网络文学100丛书
欧阳友权◎主编

名作家博客100
Network lierature

聂 茂◎著

中央编译出版社
Central Compilation & Translation Press

图书在版编目（CIP）数据

名作家博客 100 / 聂茂著. — 北京：中央编
译出版社，2014.6
ISBN 978-7-5117-2055-9

Ⅰ.①名… Ⅱ.①聂… Ⅲ.①随笔－作品集－中国－
当代 Ⅳ.①I267.1

中国版本图书馆 CIP 数据核字（2014）第 022275 号

名作家博客 100

出 版 人：	刘明清
出版统筹：	董 巍
责任编辑：	张丽辉　曲建文
责任印制：	尹 珺
出版发行：	中央编译出版社
地　　址：	北京市西城区车公庄大街乙5号鸿儒大厦B座（100044）
电　　话：	（010）52612345（总编室）　（010）52612363（编辑室）
	（010）52612316（发行部）　（010）52612315（网络销售）
	（010）52612346（馆配部）　（010）66509618（读者服务部）
传　　真：	（010）66515838
经　　销：	全国新华书店
印　　刷：	三河市天润建兴印务有限公司
开　　本：	710 毫米×1000 毫米　1/16
字　　数：	387 千字
印　　张：	23
版　　次：	2014 年 6 月第 1 版第 1 次印刷
定　　价：	65.00 元
网　　址：	www.cctphome.com　　邮　箱：cctp@cctphome.com
新浪微博：	@中央编译出版社　　微　信：中央编译出版社（ID：cctphome）

本社常年法律顾问：北京市吴栾赵阎律师事务所律师　闫军　梁勤
凡有印装质量问题，本社负责调换。电话：010—66509618

总　序

哪里才是网络文学研究的"阿里阿德涅彩线"?

欧阳友权

网络文学超乎想象的快速崛起，覆盖的是网络文化空间，改变的却是整个文坛格局和中国文学生态。凭着"技术丛林"和"山野草根"两把大刀开路，短短十几年间，网络文学终于以"另类"的面孔和"海量"的作品确证了自己的文学在场性和文化新锐性。

时至今日，随着网络对文学市场份额的强力扩张，以及人们对这一文学关注度和认知力的提升，特别是与传统主流文学互动交流的增多，网络文学在赢得技术权力话语的同时，自身发展中的困惑和矛盾也日渐凸显。譬如：

——网络文学生产一直存在的"高产"与"低质""速成"与"速朽""大跃进"与"泡沫化""人气堆"与"快餐性"之间的矛盾，它们渊源何在又如何化解？

——网络文学是技术与艺术的"合谋"，但技术的"霸权性"与艺术的"边缘化"带来的文学"父根"与"母体"的"审祖式"追问，该怎样摆脱其间张力关系的失衡与失依，进而有效根治这一文学因"技术依赖症"而剑走偏锋的病灶？

——时下大型文学网站的"全版权"经营、产业链商业模式、以读者为中心的市场导向，让文化资本的利润增值成为支撑文学发展的引擎，但市场化、产业化对艺术审美的遮蔽，加剧了网络文学的去文学性和非审美化，如此语境，文学生产该如何处理好网络市场与文学审美的悖论？

——网络文学对文学惯例和创作体制的"格式化"僭越，悄然置换了传统文学的逻辑原点，造成了传媒载体对文学传统的断裂与失范，这时候，网络文学的逻各斯命意何在？它还要不要重新律成自己的价值和意义模式以调适传统与创新的矛盾？

——还有，网络文学所依凭的后现代主义文化逻辑和消费社会的大众文化语境，导致文学诗性品质的娱乐化脱冕，但新媒体图文语像的艺术祛魅和数字化技术灵境中的诗性复魅所由形成的解构与建构并生的辩证过程，能否为网络文学提供电子诗意的返魅路径？

应该说，近年来我国网络文学理论批评界一直在思考并试图回答上述问题，只不过思考的角度不同，切入的研究路径各异，对解读网络文学的理论有效性也颇为不同——

有的把传统文论学理简单套用到网络文学身上，用中外经典的文艺理论概念、范畴和理论模式，实施"六经注我"或"我注六经"式的疏瀹与反思，急于构建网络文学的理论体系，让这只本该黄昏时高飞的"密涅瓦的猫头鹰"①在黎明时便折翅起飞，结果不仅对实际的网络文学现象体认有"隔"，也于这一新兴文学的理论开启无补，导致网络文学研究的"聚焦失准"与凌空蹈虚。

另一种是技术分析模式。这类研究者的眼中只有"网络"没有"文学"，或只有"技术文学"没有"人文文学"。他们没有把这一文学看作是人类文学审美的一个历史节点，或文学发展的一个特定阶段、一种特定类型，而是将其仅仅视为传媒载体中的一项内容，或技术之树结下的文化果实，认为技术传媒和信息工具才是它与传统文学的本质区别，于是用技术的眼光和工具理性来分析网络文学现象。由于缺失人文审美的致思维度和价值立场，其对网络文学的理论言说往往会变成技术分析的文化读本，或新名词术语的"集束式轰炸"，结果是文学人看不懂，技术人不屑于看，于实际的理论批评建设意义甚微。

当然，还有先入为主的"断言式"和即兴点评的"感悟式"评说。前者多出现在不懂网络或者很少上网阅读的"银发学人"中，他们常常会武断地以为，文学创作如春蚕吐丝，非呕心沥血不可为，而网络乃玩家"灌水"之地，如马路边的一块木板，谁都可以上去信手涂鸦，不会有什么好东西；或

---

① "密涅瓦的猫头鹰在黄昏起飞"是黑格尔的一句名言。密涅瓦是罗马神话中的智慧女神，栖落在她身边的猫头鹰是思想和理性的象征。这只猫头鹰在黄昏起飞就可以看见整个白天所发生的一切，可以追寻其他鸟儿在白天自由翱翔的足迹。黑格尔用这一比喻意在说明，哲学是一种反思活动，是一种沉思的理性，而"反思"是"对认识的认识"，"对思想的思想"，是思想以自身为对象反过来而思之。如果把"认识"和"思想"比喻为鸟儿在旭日东升或艳阳当空的蓝天中翱翔，"反思"当然就只能是在薄暮降临时悄然起飞。

者简单地认为网络无非就是一种传播的载体和工具,就像龟甲竹简、布帛纸张也曾是承载作品的工具一样,它不会改变文学的性质,因而断定,根本就没有什么"网络文学",不值得为之置喙饶舌。后者常出自网友之口和传媒评论,这类话语能够有感而发,目击意达,直指本性,三言两语,即兴评点,有时也能搔到痒处,戳到痛处,或机智俏皮,或犀利泼辣,倒也开心解颐,生津止渴。只不过有时难免蜻蜓点水,浅尝辄止,或文不对理,持而无据,甚或脱口而出,不切肯綮,姑妄说之,不负责任。

于是,网络文学的"理论江湖"可谓群伦并起,理路纷呈,涉足者不啻走入迷宫,莫辨路向。作为一种学术研究、理论建设,总有其持论的起点和逻辑的支点,相对于传统的文论"大厦",网络文学研究才刚刚起步,而与云蒸霞蔚的网络文学创作相比,其理论批评更是远远落伍不辨后尘。那么,今日的网络文学研究该以哪里为肇端、怎样寻求突破,或者说,哪里才是走出网络文学研究迷宫的那条"阿里阿德涅彩线"①呢?

窃以为,"从上网开始,从阅读出发",也许可以作为打开网络文学迷宫的一把锁钥,从这里或许可以破解诸多难题,找到那条引导我们走出迷宫的"彩线"。

其实道理并不复杂,正如研究任何问题一样,我们研究网络文学的出发点和立足点都必须以实践为基,从对象出发,进而全面了解和认识对象,找出问题症结,发现蕴含的规律,提出解决问题的可能之道,或构建切中实际的观念范式,而不能先入为主,生搬硬套,东向而望,不见西墙,或如刘勰所说:"会己则嗟讽,异我则沮弃,各执一隅之解,欲拟万端之变。"② 面对异军突起的网络文学,我们当然需要有亚里士多德、康德和黑格尔赋予的理论底气,也摆不脱孔子、刘勰和王国维的丰厚积淀,中外历史上所有的文论资源均应该吸纳传承,因为它们许多都依然有效。不过,我们能做的第一步,却应该并只能从对象的实际出发,以研究的本体为据,于网络文学研究者而言便是点击网站,阅读作品,下足新批评派所倡导的"close reading"(经细读)工夫,了解和把握网络文学的生产方式、作品形态、传播载体和接受方式,以及功能结构与意义蕴含等。特别是对时下的类型化写作与阅读市场细分的相互催生,文学网站经营的全版权商业模式构建,网络写手的创作方式与生存状态,文学读者群欣赏趣味选择和消费市场的竞争格局,文化

---

① "阿里阿德涅彩线"来源自古希腊神话,常用来比喻走出迷宫的方法和路径,解决复杂问题的线索。

② 刘勰:《文心雕龙·知音》。

资本的新媒体寻租、产业运作和盈利手段，以及数字技术带来的文学与影视、游戏、动漫、视频影像等多媒体兼容的微妙关联，还有三网融合、自媒体和信息增值方式对网络文学的生产与消费的影响等等，更是文学"扩容"、版图"越界"带给我们的新课题，尤其需要网络学人切入现场，明察深思，做一个网络文学的"局内人"。这样才有可能赢得对它有效言说的话语权，才不至于使自己的理论批评成为隔岸观火、隔靴搔痒或隔空取物之论。可见，"从上网开始，从阅读出发"虽说简单，却很重要，实为我们了解网络文学、研究网络文学绕不过去的一道"铁门槛"。

正是基于这样的学术动机，我们中南大学网络文学研究团队在陆续出版了《网络文学教授论丛》（2004）、《文艺学前沿丛书》（2005）、《网络文学新视野丛书》（2008）和《新媒体文学丛书》（2011）等4套丛书之后，又策划了这套《网络文学100丛书》。本丛书共有7部，它们分别是欧阳友权的《网络文学评论100》、曾繁亭的《网络文学名篇100》、欧阳文风的《网络文学大事件100》、禹建湘的《网络文学关键词100》、聂茂的《名作家博客100》、聂庆璞的《网络写手100》和纪海龙的《网络文学网站100》。这些选题看似简单、平实而波普可辨，实则是研究网络文学的入门之功和基元之论。这套丛书是我所主持的国家社科基金重点项目"网络文学文献数据库建设"的阶段性成果，也是我和我的团队负责组建成立湖南省网络文学研究会（2012）和全国网络文学研究会（2013）后，首次奉献给学界的一套集体成果。我们试图通过对这些网络文学前沿和基础问题的梳理与评辨，实现"广撷资源，夯实基础，明辨学理"的学术构想。丛书的作者都是我们网络文学研究基地的学术骨干，大家携手同心做一件有意义的事情，可谓"累，并快乐着"。作为丛书主编，我对他们的学识水平和敬业与协作精神均报以深深的感佩！

新生的网络文学还是"小荷初露"，对它的理论研究也才千里始足，任重而道远。从2004年出版第一套理论丛书至今，我们中南大学文学院网络文学研究团队在这一领域筚路蓝缕、荷戟远征已逾十年。无论"十年一觉扬州梦"，抑或"江湖夜雨十年灯"，过去的都将留给历史，笔下的都在书写今天，而过去和今天都将托付于未来。就让这套丛书为我们的十年耕耘献上一份小礼并画上一个稍感宽慰的句号吧。

2013 年 10 月 12 日于中南大学文学院

目　　录

前　言 ··· 1
  一、网络的力量与文学的变迁 ······································ 2
  二、博客文学的生存样态 ·· 4
  三、名作家博客的精神书写 ··· 7
  四、名作家博客的文学影像 ··· 10
  五、本书的主要内容与价值 ··· 12

第一章　牛气冲天：新浪名作家博客四大名博 ················ 16
  1. 韩寒：三重门外的赛车手 ·· 17
  2. 郭敬明：小时代里的弄潮儿 ····································· 19
  3. 郑渊洁：皮皮鲁之父 ··· 22
  4. 叶永烈：小灵通漫游未来 ·· 24

第二章　风光无限：全国文学大奖得主博客 ···················· 27
  一、茅盾文学奖得主博客 ·· 28
    5. 莫言：红高粱地里的蛙 ·· 30
    6. 阿来：尘埃已经落定 ·· 33
    7. 麦家：解密暗算的人 ·· 36
    8. 刘醒龙：生命高原的天行者 ·································· 40
  二、鲁迅文学奖得主博客 ·· 43
    9. 徐坤：春天的二十二个夜晚 ·································· 44
    10. 熊育群：寻找路上的祖先 ··································· 47
    11. 田耳：一个人张灯结彩 ······································ 50

12. 衣向东：吹满风的山谷 …………………………………… 54
　　13. 葛水平：喊山的歌者 ……………………………………… 57
　三、全国少数民族文学创作骏马奖得主博客 ………………… 60
　　14. 郭雪波：草原狼孩 ………………………………………… 61
　　15. 格致：梦里世界两重天 …………………………………… 64
　　16. 李进祥：孤独的清水河 …………………………………… 67
　四、全国优秀儿童文学奖得主博客 …………………………… 70
　　17. 曹文轩：草房子上的红瓦 ………………………………… 70
　　18. 汤素兰：笨狼的故事 ……………………………………… 74
　　19. 杨红樱：淘气包的男生日记 ……………………………… 77

第三章　与时俱进：老作家博客 ………………………………… 82
　　20. 周国平：生命如花的妞妞 ………………………………… 82
　　21. 张贤亮：镇北堡主的灵与肉 ……………………………… 86
　　22. 梁晓声：今夜有暴风雨 …………………………………… 89
　　23. 冯骥才：老而弥坚的神鞭 ………………………………… 93
　　24. 柯云路：大观园的夜与昼 ………………………………… 96

第四章　各领风骚：中年作家博客 ……………………………… 101
　一、小说家博客 ………………………………………………… 101
　　25. 北村：周渔的火车 ………………………………………… 102
　　26. 毕淑敏：生命线上的红处方 ……………………………… 104
　　27. 残雪：山上的小屋 ………………………………………… 108
　　28. 方方：弥足珍贵的风景 …………………………………… 112
　　29. 陈应松：村庄是一蓬草 …………………………………… 115
　　30. 谈歌：来自大厂的冲击波 ………………………………… 118
　　31. 王朔：玩的就是心跳 ……………………………………… 121
　　32. 王跃文：国画外的大千世界 ……………………………… 125
　　33. 陆天明：大雪无痕有乾坤 ………………………………… 128
　　34. 刘慈欣：属于地球的三体往事 …………………………… 131
　　35. 邱华栋：夜晚的诺言 ……………………………………… 134
　二、散文家博客 ………………………………………………… 138
　　36. 洪烛：穿着草鞋的浪漫骑士 ……………………………… 138

37. 苏北：灵狐 …………………………………………………………… 142
38. 彭学明：庄稼地里的娘 ………………………………………………… 145
39. 郭文斌：寻找安详 ……………………………………………………… 149
40. 谢宗玉：田埂上的婴儿 ………………………………………………… 152
41. 刘亮程：一个人的村庄 ………………………………………………… 155

三、诗人博客 ……………………………………………………………… 158
42. 于坚：尚义街六号档案 ………………………………………………… 159
43. 荣荣：风中的花束 ……………………………………………………… 163
44. 翟永明：一个女人的白夜谈 …………………………………………… 165
45. 聂沛：手握一滴水 ……………………………………………………… 169
46. 李少君：河流与村庄 …………………………………………………… 172
47. 傅天虹：黑云背后的蓝天 ……………………………………………… 175

四、报告文学家博客 ……………………………………………………… 178
48. 杨黎光：抚慰没有家园的灵魂 ………………………………………… 178
49. 何建明：一个大写的国家 ……………………………………………… 181
50. 李春雷：钢铁是这样炼成的 …………………………………………… 184
51. 陈启文：河床的命脉 …………………………………………………… 187

第五章　精彩纷呈：青年作家博客 ……………………………………… 191
52. 安妮宝贝：告别薇安 …………………………………………………… 191
53. 冯唐：万物生长 ………………………………………………………… 195
54. 李师江：逍遥游 ………………………………………………………… 198
55. 饶雪漫：离歌 …………………………………………………………… 201
56. 宁财神：武林外传 ……………………………………………………… 204
57. 卫慧：上海宝贝 ………………………………………………………… 208
58. 棉棉：吃糖的素食者 …………………………………………………… 210
59. 蔡骏：荒村公寓里的病毒 ……………………………………………… 213
60. 徐则臣：通向乌托邦 …………………………………………………… 217

第六章　青春无敌：80/90后作家博客 …………………………………… 221
61. 张悦然：脚穿红鞋的誓鸟 ……………………………………………… 222
62. 笛安：龙城走来的灰姑娘 ……………………………………………… 225
63. 孙睿：草样年华 ………………………………………………………… 229

- 64. 春树：不羁的北京娃娃 …………………………………… 232
- 65. 郑小琼：在黄麻岭独自浅唱 …………………………… 235
- 66. 莫小邪：醉在人间 ……………………………………… 238
- 67. 安意如：人生若只如初见 ……………………………… 241
- 68. 蒋方舟：第一女生 ……………………………………… 243
- 69. 李军洋：开往青春的火车 ……………………………… 246
- 70. 林卓宇：琉璃街 ………………………………………… 248

第七章 大家争鸣：文学评论家博客 ……………………………… 253
- 71. 朱大可：先知先觉的神话时光 ………………………… 253
- 72. 李敬泽：重建伦理的故乡 ……………………………… 256
- 73. 雷达：灵性激活历史 …………………………………… 259
- 74. 张颐武：新世纪的隐喻 ………………………………… 261
- 75. 谢有顺：我们并不孤单 ………………………………… 264
- 76. 陶东风：转型社会与当代知识分子 …………………… 267

第八章 众声喧哗：网络作家博客 ………………………………… 272
- 77. 当年明月：明朝那些事儿 ……………………………… 272
- 78. 天下霸唱：鬼吹灯 ……………………………………… 275
- 79. 流潋紫：后宫里的女人们 ……………………………… 278
- 80. 南派三叔：盗墓笔记 …………………………………… 281
- 81. 慕容雪村：今夜请将我遗忘 …………………………… 284

第九章 炎黄骄子：境外华文作家博客 …………………………… 288
- 一、香港作家博客 …………………………………………… 288
  - 82. 李碧华：霸王别姬 ……………………………………… 288
  - 83. 温瑞安：四大名捕 ……………………………………… 291
  - 84. 梁凤仪：醉红尘 ………………………………………… 295
  - 85. 蔡澜：附庸风雅 ………………………………………… 298
- 二、台湾作家博客 …………………………………………… 301
  - 86. 琼瑶：花非花雾非雾 …………………………………… 301
  - 87. 刘墉：冷眼看人生 ……………………………………… 303
  - 88. 胡因梦：胡言梦语 ……………………………………… 306

89. 张大春：城邦暴力团 ·················· 309
90. 骆以军：西夏旅馆 ·················· 311
三、澳门作家博客 ·················· 314
91. 姚风：瞬间的旅行 ·················· 314
四、海外华人作家博客 ·················· 317
92. 徐贲：赢得尊严的公共生活 ·················· 317
93. 唐师曾：一个人的远行 ·················· 320
94. 房晓辉：北欧中国研究站 ·················· 322
95. 毛丹青：日本虫子 ·················· 325
96. 严歌苓：金陵十三钗 ·················· 328
97. 蒋丰：架空的革命 ·················· 331
98. 洪晃：无目的美好生活 ·················· 334
99. 桐华：步步惊心 ·················· 336
100. 虹影：饥饿的女儿 ·················· 339

参考文献 ·················· 343
后　记 ·················· 352

前　言

　　大千世界，无奇不有；网络空间，纷繁芜杂。新世纪之初，博客应运而生，不早不晚，适逢其时。作为一种自媒体，博客像一面镜子，既照出芸芸众生，又浓缩社会万象。特别是名人博客、名作家博客，由于博主自身巨大的影响力和广泛的关注度，使得他们的博客不仅成为一个新闻场、文学场和社会场，而且成为一个粉丝的集散地、游客的避风港、读者的休闲处，甚至是社会焦点、热点和难点问题的信息源和发布平台。

　　新浪名人博客最早始于2005年9月。当余华、张海迪、陈染、吴小莉、闾丘露薇、徐静蕾、郭敬明、韩寒、潘石屹、王石等众多名作家、艺人、名导演、媒体大腕忽然齐聚一堂的时候，媒体的追逐、炒作和人们的关注适成正比。然而，一年多后，名人开博热情大减，一些早期开过博客的名人还来不及释放自己的激情便纷纷关闭了博客。著名作家池莉在开通博客时留下了这样的话："博客是工具，我当它是快递邮局、储存器和个人告示栏。"可是后来，她发现这个"邮局"里的许多"顾客"不是她能想象的。以前，收到读者来信，她总是有选择地回信，"可博客上不行，你不回，有人不高兴、有人哭、有人骂，像个疯人院……我是人，不可能对此无动于衷。于是，我就努力做着'疯人院的院长'，安抚所有的情绪。但事实上，我的时间是不允许我这样去做的。"一年之后，她果断地关闭了博客。池莉关闭博客，虽是个案，却很有代表性。名人们关闭博客的原因固然很多，但其中一个重要原因却是共同的，那就是名人们没有足够的时间和精力（包括心理承受力）来应对泥沙俱下的网民。尽管如此，一批真正热爱网络的名人，特别是视文字为生命的作家并没有受此影响，他们不卑不亢，继续打理自己的博客，继续守护自己的精神家园。

作为一种话语接口和传播路径，博客在虚拟与现实之间架起了一座桥梁，在当下与未知之间打开了一个通道。这种桥梁和通道的好处在于，它可以使人们毫无障碍地快速进入网络世界进行遨游，寻找快乐，释放情感。大家依赖数字化比特的神奇力量来改变所受到的现实物质世界的束缚和困扰，在虚拟的世界中实现身份的转化、精神的自由和身体的延伸，真实与虚拟的固有界限被彻底打破了，现实的社会关系也被转化为一种虚拟的实践。这种实践为博主（无论是名家还是草根）的抒写和博客文学的繁荣提供了强大的心灵冲动和现实需求。

一、网络的力量与文学的变迁

诚如大家所看到的，网络无处不在。网络的出现极大地改变了人们的生活习惯和思维方式。在消费主义盛行的今天，伴随网络而来的博客书写使文学的发展变得空前的复杂和难以把握。

网络媒介被称为"第四媒介"，因为它不同于电视、报纸、电波等等，这意味着它对传统媒介是一种补充、拓展和丰富。按照麦克卢汉的说法，网络不仅延伸了话语，而且延伸了人的眼睛、耳朵、大脑、手、脚等等。[①] 人们了解世界、看新闻、购物、学习等均可以通过网络实现，这不得不说是媒介的一次飞跃，更是传播学上的一次革命。与此同时，网络媒介也被称为"第二世界"，也就是虚拟世界，这个虚拟世界最大限度地参考了现实世界的规则，并且不断地完善和丰富着它的法则。起初，网络的作用仅仅是方便现实中的一些行为，比如视频会议、线上讨论、网络购物，是为现实社会的种种需要服务的。通过电脑这种信息终端，它兼具传统媒介的即时性、生动性、准确性和便捷性，同时，它将信息和知识以海量的方式送到受众面前，以链接为手段形成数据库，把传播内容以类似"细菌繁殖"式的速度和数量呈现。这种传播方式不是单一的、呆板的，也不是电视或者报刊传播内容的固定不变，因为文字一旦发表在报刊上，节目一旦录制上了电视，它所蕴含的信息就"固化"了。当信息不是以单一的方式和内容出现于受众面前时，

---

① Mcluhan, Marshall. 1964. *Understanding Media: The Extension of Men*. (second edition) New York: Mcgraw—Hill Book Company.

前 言

受众就拥有了对传播内容说"不"的权力,也就是拥有了对信息的参与权和选择权,这种权力是主动的,而非传统媒介的被动式选择。网络媒介让受众享有的不仅仅是想什么的内容,也赋予了受众怎样想的权力,这一权力让受众拥有足够的能量去影响媒介。同时,网络媒介让受众可以参与到信息的发布,受众开始制造公共话题,在此情形下,传统的大众传播界定变得模糊,传播不再是单向度的由媒介到受众,而变成了一种"媒介—受众"与"受众—媒介"的双向度过程。因此,从话语方式、话语内容、话语对象、话语结构到传播主体、传播客体、传播渠道等等都有了很大的改变,网络媒介对传统大众传播进行的不只是革新,更是一种后现代的"颠覆"和"肢解"。虽然网络世界作为虚拟的第二世界,但它的意义却是实实在在的,它改变了信息更迭的速度,其许多法则和理念超越了现实世界的法则,并深深影响着现实社会,成为当下或者说时尚的前沿,不再仅仅是由现实而网络,很多人的思维已经转变为由网络而现实。可以这样说,传统当中话语总是从少数人流向多数人,而网络时代的话语呈现的发散模式则让话语实现从少数人向多数人、从多数人到更多人乃至全体大众的迅速扩散。

只有充分意识到网络的力量,以及网络时代话语模式的革命,我们才能看到网络时代的作家创作和文学发展不再单单是作家个人的创作实践。诚然,由于网络出现的时间并不长,很多从传统模式走出来的作家并不习惯它,也不在乎它,在他们那里创作仍旧是个人事件,他们将自己关闭起来,保持创作的"独立性"。而更多的作家则接通"天线",打开一扇新的窗口,直接面对民众,让民众知道自己所想、所知和所为,甚至有作家让受众直接参与到自己的创作当中,进行即时创作和共同创作。如蒋子丹的长篇小说《囚界无边》就是在读者的参与下完成的。[1] 作家在第一时间将作品呈现给读者,并同时听取读者的意见和建议,在及时沟通的前提下进行创作。这种创作方式的出现最早是以 BBS 这种最简单最普遍又十分重要的网络模式而展开的。这里,我不得不提到几个重要的中文网站,这些网络的创办者都是文学场域中最早吃螃蟹的人。例如,1997 年 12 月 25 日,美籍华人朱威廉创作的一个个人主页——榕树下[2]。该网站坚持"文学是大众的文学",倡导"生活·感受·随想",使文学通过网络这一快捷的载体真正变成了大众的文学,使许多爱好文学的人好梦成真。1998 年晋江电信所创办一个小

---

[1] 蒋子丹:《囚界无边》,人民文学出版社 2012 年版。
[2] 榕树下:http://www.rongshuxia.com/,2013 年 5 月 10 查询。

BBS，后有了晋江文学城和晋江原创网，也就是晋江文学①；1999年3月，天涯社区②创办，以其开放、包容、充满人文关怀的特色受到了全球华人网民的推崇；1999年8月，红袖添香③网站创办，后来成为全球领先的女性文学数字版权运营商之一，中文女性阅读第一品牌；2001年，几个热爱武侠文学的伙伴创建潇湘书院④，今天它是重要的中文原创文学载体；2003年5月，起点原创文学协会创办，也就是今天的起点中文⑤，它还在2003年10月开创了在线收费阅读即电子出版的新模式，彻底改变了原创中文网络文学的局面。它们像"新概念作文大赛"一样，为中国文学输送了一大批新生代力量。仔细观察，我们可以发现这些中文原创网主要的运作模式几乎和后来的博客一样，都可以看作为作者在网站中开辟自己的"部落格""个人空间"，创作自己的"文学日志"，供读者欣赏和评论。只不过它们是以专业论坛的形式使网络读者受众汇聚于此，而实际上，博客在最早出现之时和这些中文网站在本质上并无太大区别，但是，博客中的个人日志与专业中文网站中的个人创作毕竟有着很大的不同，这种不同恰恰催生了博客文学的发展与繁荣。

二、博客文学的生存样态

博客（BLOG）的兴起已经有十几年历史，它是一种个人性质的网页（非网站），这种个人网页依托于大型的博客网而存在，由博客网站提供模板、数据存储，但是，网页经营、设计、书写权归网民博主所有，博主可以在博客网站通过注册相关信息以完成个人网页的创建，然后再在网页上发布与更新信息。具体来说，博客又译为网络日志、部落格或部落阁等，是一种通常由个人管理、不定期张贴新的文章的网站。博客上的文章通常根据张贴时间，以倒序方式由新到旧排列。许多博客专注在特定的书上提供评论或新闻，其他则被作为比较个人的日记。一个典型的博客常常结合了文字、图

---

① 晋江文学城：http://www.jjwxc.net/，2013年5月10查询。
② 天涯社区：http://www.tianya.cn/，2013年5月10日查询。
③ 红袖添香：http://www.hongxiu.com/，2013年5月10日查询。
④ 潇湘书院：http://www.xxsy.net/，2013年5月10日查询。
⑤ 起点中文网：http://www.qidian.com/Default.aspx，2013年5月10查询。

像、其他博客或网站的链接及其他与主题相关的媒体,能够让读者以互动的方式留下意见,这是许多博客的重要要素。大部分的博客内容以文字为主,但也有一些博客专注在艺术、摄影、视频、音乐、播客等各种主题。博客是社会媒体网络的一部分[1],较专业的博客网站有"中国博客网"[2](2002年11月18日开通)等,传统的门户网站以及各类具有较大影响力的网站也兼有博客专区,并且博客主人和受众众多,比如新浪博客、搜狐博客、网易博客、百度博客、天涯博客等等,在这其中,尤以新浪博客明星效应最大、社会影响最广。

像信息时代的很多文化产物一样,博客最早出现在西方,它可追溯到1993年。这一年的6月,世界上最古老的博客原型——NCSA的"What's New Page"网页诞生,它主要是罗列Web上新兴的网站索引,这个页面从1993年6月开始,一直更新到1996年6月为止。到1994年1月,Justin Hall开办了"Justin's Home Page"(Justin的个人网页),不久里面开始收集各种地下秘密的链接,这个重要的个人网站可以算是最早的博客网站之一。对于中国民众来说,在网络上发表博客的构想始于1998年,两年之后开始真正兴起。2000年博客正式进驻中国,并迅速发展,但是,当时只有一些博客专业网站,博客并没有受到全社会的广泛重视,也没有受到各大门户网站的关注,所以,博客在初进入中国的那些年业绩平平,主要由一些新创立的专业博客网站参与,形式主要为论坛模式,效力却不及论坛,因话语平台单薄,个人日志消失在芸芸网络话语中,威力未得显现。然而,正如阿基米德所说"给我一个支点,我可以撬起地球",这句话用在网络时代的话语传播领域再合适不过,一块石头可以搅动大海,一只蝴蝶可以引起一场风暴,网络时代就有这种特征。一个普通又不普通的人,一些普通又不普通的文字改变了博客的命运,一个"小人物"撬起了博客的命运,而今天再回头看,一个"小人物"制造的是"大事件",后来,这个"小人物"也成了"不大不小的人物"。

2003年6月19日,一个叫木子美的南方女人在她的博客上,以惊人的勇气和冷漠的邪气写下这样一段与众不同的文字[3],题目就叫《以自杀对抗

---

[1] 百度百科——博客:http://baike.baidu.com/view/1509.htm,2013年4月16日查询。
[2] 现已经更名为"博尚网":www.blogcn.com,2013年4月17日查询。
[3] 木子美原博已关闭,文字取自"木子美日记—天涯在线书库":http://www.tianyabook.com/wangluo/muzimeiriji/,2013年5月8日查询。

他杀》:"一天平均发五小时呆,想一次自杀。这样想会上瘾的。只要没有真的自杀,就还能过下去。我不敢啊,胆小啊。只要一天没有自杀念头,就会怀疑幸福。没理由啊,我怎么能够,无痛无痒。平均一天发五小时呆,想一次自杀。"这段文字不长,却像一头野兽,跌跌撞撞地冲进了欲望施虐的时代。这些文字便成了木子美《遗情书》自我暴露之怪异的开端,它仿若一朵恶之花,顿时吸引了大众的眼球。木子美审丑的文字和勾人的欲望一发不可收拾。同年8月,当木子美那一篇又一篇如《金瓶梅》一般暴露的文字娓娓讲述她与一位鼓手全方位的"性爱"时,她的文字火了,她的名字火了,作为载体的博客也火了。如今,再翻看木子美那些通篇充斥着"插入"和"尖叫"的文字时,其"三俗"之气无处不在,将之与《金瓶梅》类比,真是高看了她。《金瓶梅》成了经典,"性爱"也成了高雅文学,木子美与鼓手的性爱怎能比得上西门大官人和潘金莲大美人?当然,或者也不好说,若干年后,人们的审美和思考可能不同,《遗情书》或者也能成为《金瓶梅》第二。但是,就当下而论,我不能否定木子美的"巨大贡献",至少可以说,她"自杀式"的书写造就了博客的巨大辉煌,她以"低俗文字"撕开无数网民的"偷窥欲"或者说"色情欲",向整个世界展示了博客传播所蕴含的巨大力量,并由此开启了博客文学的时代大门。木子美的"隐私文学"疯传整个社会,人人皆知木子美,人人皆知鼓手,更多中国民众因此了解到博客,并懂得如何运用博客。更为重要的是,木子美让"网络巨人"意识到了博客巨大的社会传播力和影响力,以及背后潜藏的巨大商业价值,2005年,原本并不看好博客业务的国内各大门户网站,终于按捺不住,纷纷增设博客频道,由此开启了"星星之火,可以燎原"的博客文学新时代。

  网络时代是日新月异的时代,数字技术快速更迭,新的创意层出不穷,慢一拍可能就步步都慢,所以,新浪等门户网站均具有创新意识,一如新浪等门户网站借鉴众多中文原创网站后来也开设了中文原创频道一样,它们应势之需,及时开设了博客频道,博客文学也找到了发挥威力的平台。很难想象,如果新浪等门户网站没有介入博客,博客及其文学的命运将会怎样。博客不同于中文原创网,各重要中文原创网拥有自己成功的运作模式,众多文学爱好者和众多读者都愿意聚集,依托它们的平台,制造影响力,并由此形成图书出版,继而可以成为文学新星,也就是说中文原创网有造星功能,而一般人的博客则不容易形成热点,同时一般的博客网也很难招来名人进驻,所以,影响力不足。门户网站介入则不同,以门户网站为平台,依托于门户网站的超强实力和巨大的受众,更多人开始关注博客,同时,更多的名人也开始聚焦博客。博客也成为一种新的话语传播形式。博客的内容一般包括博主自有文字、图片和视频，代表博主言论和观点，同时，博客通过互联网络或者转发相关信息以表明博主所关注的信息以及赞同或者反对的观点，通过更新保持其话语及时性，通过博文存储列表保持其话语的持久性。进入博客的受众同样拥有一定的发言权，即通过评论来实现他们对博主所发布信息的观点和看法，但是，博客领地中博主的个人话语具有绝对的权威（通过删减和回复评论），主要呈现为由信源主体向客体的单向传播，因此，个人话语通过博客在网络公共领域得到最大程度的被肯定，博主在博客之中的言论趋于自由状态，个人话语与公共话语实现一种类似等价关系。普通人乐意于享受这种作为主角"被观赏""支配话语"的角色，并通过"链接"等与其他博主形成有效互动，形成自己的博客关系圈。而更多的人或受众则基于"猎奇心理"，或者是偷窥欲或者是欣赏欲而去访问他人的博客，于是，一时间博客成了一种时尚、一种文化潮流。后来，新浪等门户网站又审时度势，大张旗鼓地推出"名人博客"，更进一步提升了博客作为话语传播平台的地位，这些名人当中有很多是著名作家。从前一直处在纸质背后的作家们，现在一个一个走到台前，意气风发地"出现"在网上，书写自己的日志，接受大众的评论，实现读者和作者的及时交流与沟通。读者不再是一个人面对作家，而是任何时候都可以"集体阅读""海量围观"。作家原本只有通过文学作品实现的话语影响力变成了日常的、持久的、广泛的网络话语影响，与此同时，作家也必须直面网络语言或少数网民们所带来的"暴力""谣言"和"攻击"等风险。

三、名作家博客的精神书写

应该看到，很少有名作家愿意把自己未经发表的文学作品直接拿到博客中"晾晒"，大部分名作家创建博客不是用来进行文学创作或展示自己作品的。在网上逛一圈就会发现，凡是直接在网络发表文学创作的基本都是非名作家或一般的文学爱好者。当然，专业中文网站除外，它们有正规的运营机制，对发表在其上的文学作品负责，于是，也就有了签约的网络作家或驻站作家。而博客不同，博客只是给人们提供了一个展示自己的空间，不管你是不是有名，也不管你是不是作家。即便是名作家，也很少有人直接将博客文章制作成出版物，当然，韩寒等人例外，问题是并非每个作家都是韩寒，并非每个作家的作品都如韩寒的作品①（随笔漫谈），正因为是韩寒，所以很多不是作品的文字也成了作品，美其名曰"杂文"。对于大多数作家来说，文学作品的知识产权是作家独一无二的隐形资本，它恰恰不适合在博客空间直接发布，于是，我们在很多名作家博客上看到这样的郑重声明："本博客所有文章版权归属××所有，不得私自转载和采用，如有需要，请联系××邮箱。"这就形成了一个有趣的现象，说起来像个悖论：博客原本就是展示个人隐私的地方，但是，作家们偏偏又不放心在这个上面展示自己最隐私（独一无二）的文学作品，那么，新浪等门户网站为何要开辟名作家博客专区？名作家开博客的动因何在？受众能从名作家博客之中得到什么呢？

  门户网站开辟名作家博客，自然是为了影响力、知名度和人气，而名作家开博客的动因主要也是为了影响力、知名度和人气，这是商业时代的价值特色，二者神交已久，真是一拍即合，相辅相成。新浪为名作家提供了平台，名作家为新浪赚够了人气，提升了品牌，扩大了影响。如前所述，名作家博客的内容很多并非是作家们文学创作的首次传播形式，但是，名作家博客文字毕竟也是作家们的文字创作，总体上能够彰显作家们的创作风格和创作特色。语言是文学的生命，语言也是作家们安身立命的不二法宝，只要是作家的语言，就必然有作家的创作，可以说，除了小说（以写小说为主），散文、诗歌、报告文学、杂文、评论和国学等文字均能在作家博客中找到蛛丝马迹，甚至还有一些文字真的是作品的第一次传播。退一步讲，以小说为例，即便不是第一次传播，而是转帖，或者传统出版后的数字化发表，在作家博客上也方便读者对作家作品的整体性阅读。比如，你可以在余华的博客中阅读到他的《兄弟》，而这不需要你花钱买书。

  尤其重要的是，一直以来，名作家创作的隐秘性，名作家生活的神秘性，名作家们的轶闻趣事，等等，无一不是读者十分乐意了解的。有了博客这样的个人空间，名作家借此从幕后走向台前，卸下面罩，展示"真我"。博客记录了他们的生活和工作、志趣和爱好、人格和性格，乃至吃喝拉撒和狐朋狗友等方方面面。基于原始的"偷窥欲"和"认知欲"，受众去"围观"和阅读，由此可以了解作家丰富的个人世界，知道作家更多的事情。比如我们可以从莫言的博客中知道莫言原来也喜欢书法，并乐此不疲，将提携人的打油诗也贴出来，供人一笑。当然，我们也不排除名作家开辟博客，很多只

---

① 韩寒曾将自己的部分博文结集成《青春》，于 2011 年 10 月由湖南人民出版社出版。

是"玩票"性质，凑凑热闹，尝尝新鲜而已，但是，由于名作家本身的知名度和社会地位，访问量依然很高。最明显的例子莫过于叶永烈，当他在以女儿名字命名的博客上发文，观看者寥寥。而当他在以自己名字命名的博客上发文，围观者极多。我们再以金庸先生的新浪博客[①]为例，它只有一篇文章，具体说是一个简单的《声明》。这篇2007年4月17日的声明主要是讲有人盗用他的大名在博客上发文，而他自己其实是不会电脑，虽然在学习电脑，但至少这一二年内不会在博客上发文。很显然，这样的声明似乎是"不是文章的文章"，受众欢天喜地以为可以见到金庸先生的"真迹"，但进去之后可能会失望。当然，还不至于完全失望，因为此文章配有一张图片，表明这是金庸先生亲笔题写的文字。我们由此得知，金庸先生根本就不玩网络，即便是这篇"声明"，也是由新浪管理员发到博客中的。另外，这篇文章上还有一篇奇怪"消息"，内容是"金庸大师独家做客新浪征集广大网友提问"，就是这样的一句话博客，却也有一百多万的点击量。不管有没有文章，新浪要的是金庸先生的名头，有了这个名头就可以制造影响力，就可以获得聚宝盆。从中我们不难发现，经过门户网站认证的名作家博客实际上更是一个有效的信息交流平台，是名作家本人的精神栖息地和信息发布的平台。一些名作家常常会用博客记录自己参加了什么活动，见到了什么人，或者出版了什么书籍，等等。在这一点上，郭敬明和郑洁渊等人做得尤其出色，他们把博客当成了理想的广告发布地。郭敬明的博客中到处可见《小时代》的广告，郑洁渊的博客中贴满了他出版的各类图书和杂志，而余华甚至也在自己的博客上帮哈金先生做起了图书广告。除了以发布信息来制造舆论外，博客更多时候是名作家用文字制造舆论影响大众的"意见领袖"，他们类似于作家的官方网站，比如韩寒博客，他的"杂文"真够杂，但是，现在他的博客竟有近6亿[②]的阅读量，且每一秒都在增加。事实上，这种舆论影响力是名作家开设博客进行精神书写的内在动力，甚至，这样的动力对于所有博客开设者来说都适合。要知道，在微博没有诞生之前，很多的社会热点或新闻舆论都是博客制造，特别是名人博客，即便现在有了微博，名人博客仍旧是制造社会热点的集散地。

[①] 金庸新浪博客：http://blog.sina.com.cn/jinyong，2013年5月7日查询。
[②] 韩寒新浪博客：http://blog.sina.com.cn/twocold，2013年4月16日查询。

四、名作家博客的文学影像

毋庸置疑，名人是各大门户网站博客专区的金字招牌，名作家亦是。但是，名作家博客毕竟是名作家开设和打理的，不同的作家对博客的态度并不相同，并非每个作家特别是名作家都开设博客，开博客的名作家也并非每个人都认真对待和精心打理。以新浪博客为例，它是最早开设专业名人博客的大型门户网站，但是，进驻其中的名作家数量并没有想象的那么多，更不用提开博后"玩"了没过多久，便随即关闭博客的名作家。

在中国，网络从诞生到现在也就是30多年的事情。真正流行是最近15年的事情，博客流行也就是十年内的事情，然而，作家一直都在，没有网络和博客，作家还是作家。纵观名作家博客群，可以发现一般成名越早、名气越大的作家越是不屑于打理博客，越是不"认真"对待博客。有些牛气的作家完全拒绝开设博客，比如王安忆、韩少功等。也有一些牛气的作家只是玩票，博客内容甚少，打理时间甚短，更新时间甚慢，比如余华、莫言、贾平凹等。缘何如此，其实不难理解：这些作家成名甚早，名气甚大，作品影响甚广，他们有足够的资本忽略博客的影响力，他们的身份同时也可能使得他们抵触网络文字，因为他们源于传统，坚持传统的文学创作理念，不仅对纸张有所偏爱，而且也认为网络是个鱼龙混杂的地方，网络文学出不了真正的好作品。他们不愿意与网络写手平等对话，共置一堂。此外，也不排除一些作家不会用电脑、不想用电脑，比如金庸他就不碰电脑，彭见明、阎真等人也不碰电脑，都是坚持手写。当然，阎真和王跃文也合开了一家所谓的"阎王工作室"[①]，但开张之初，就在"特别声明"上清楚地写着："本博客为湖南作家阎真和王跃文之私人空间，亦官方博客。文字未经授权谢绝任何形式的转载，如使用请支付相关费用。"实际上其中的文字并非阎真上传，他们只是授权于他人经营博客。名作家开设博客让别人代为经营的事情屡见不鲜，比如南帆的博客[②]，公告为："本博客由福建师大一位年轻教师代为管理，所有来访朋友的留言或纸条南帆都不能及时浏览回复，特此公告并致

---

① 新浪博客阎王工作室：http://blog.sina.com.cn/yzwyw，2013年4月15日查询。
② 南帆新浪博客：http://blog.sina.com.cn/nanfanblog，2013年2月15日查询。

歉。本博客所有文章版权归作者所有,若需转载,请在博客上留言,得到许可方可使用,谢谢。"

作为一种文化影像,很多成名已久的作家其志趣和心思均不在博客本身,同时,也不在乎博客超乎想象的影响力,他们不仅无意经营,相反,还尽量远离这是非之地,例如前面讲到的池莉等一大批名作家。不过,名人或名作家们想远离它,但一些假冒伪劣的博主还是想尽办法来沾他们的"光彩",比如陈忠实就是其中的受害者。陈忠实的博客实际上也是经其授权由新浪网发的,结果就有了陈忠实新浪博客。实际上,其博客又算不上真正意义上的博客,因为,其中仅有两篇文章,一篇是2007年11月16日下午三点发表的《告别路遥》,仅此一篇就引起轩然大波。于是,又有了另一篇文章,即2007年11月22日中午二点发表的《声明》,声明如下:"新浪网发表的纪念路遥的文章是我15年前的旧作,我自己从未开过博客,但新浪网登的我同意在网上发表。大家不要把纪念路遥的一篇文章搞得太复杂。陈忠实委托新浪网谨发此短文。"① 牛气的作家就是不一样,他们不需要牛气冲天的博客为他们搭桥或铺路。他们在文学上已经有了广阔的金光大道,有无博客对他们来说都一样,如果受众因为作家名头响而点击进其博客,可能就会有些许失望,甚至有上当受骗的感觉。而很多时候,博客并不能拥有持久的吸引力,基于网络话语开放式的书写特征和泥沙俱下的众声喧哗,名作家们的一些文字常常导致意想不到的歪曲,给创作者以较大的心理负担,甚至造成精神伤害,因此,名作家关闭博客或者删除博客文章的情况也屡见不鲜,比如余秋雨、刘震云、陈染,等等。

与早期成名的名作家相比,青年一代的实力派作家,特别是伴随网络时代到来而逐渐成名的作家,他们精力充沛,思想先进,比较重视博客话语的影响力,也喜欢博客的自由书写,因此乐于开设博客,并且很好地经营博客,即经营时间长、更新速度快、写作文章的态度更认真。

诚然,作家年龄和名气大小并非是决定名作家博客经营状况的唯一因素,作家术业有专攻的领域也和博客经营状况密切相关。一般来说,诗歌的短、平、快与博客的即时化与碎片化相适应,诗人们大多愿意在博客上展示自己的作品。杂文、散文、小小说和评论类文本,也容易在博客上得到"发表"。而博客平台与中长篇小说性质冲突较为严重,没有谁愿意将自己的原创小说拿到博客中进行首次传播,因此,相对而言,小说家对博客的兴趣不

---

① 陈忠实新浪博客:http://blog.sina.com.cn/chenzongshi,2013年4月15日查询。

是很大，经营也不够认真。这一点，不仅仅体现在早已成名的作家群中，也体现在年轻一代作家中的小说家身上，比如80后作家笛安，其博客已经很早不再更新打理了。很多小说家即便很好地经营着博客，也甚少直接上传自己的小说文本，而是以散文、随笔或游记类文字居多，原因就在于博客的个人日志特性与散文、随笔较为契合，所以，我们看到很多散文家、评论家、文化名人的博客都被塞得满满，就连很多小说家也在进行个性化的随笔创作。当然，名作家的博客并非全是创作，很多根本不是原创文本，像新闻类文字，也常常见之于名作家博客中。基于博客作为话语传播平台的独特性，名作家更愿意在其中发布各类信息，或者进行各种"宣传"，这种博客化文字成为消费时代比较典型的文化隐象。

五、本书的主要内容与价值

本书主要通过对名作家的博客进行文本解读而展开，综合传播学、文学、美学、社会学、心理学和精神分析等多维度分析名作家的博客，并对代表性博文进行解读。而名作家的分类则是按照中国作家协会或文学批评的传统分类方式，即主要分为小说家、诗人、散文家、报告文学作家、文学评论家和网络作家六大类别。具体操作过程中，对名作家博客的选取主要依据以下三个方面：1. 作家本人要有较高的知名度和影响力，即作家要是名作家；2. 名作家必须开通了实名认证的博客；3. 本书主要是以新浪博客为首选对象，兼及网易、和讯、凤凰和天涯等门户网站和论坛上的博客。这其中，第2点即名作家的博客选取主要基于以下考虑：（1）博客文本的更新频率不能太低；（2）博客文本的主要内容不能太少；（3）博客文本要有一定的特点或亮点；（4）博客文本要有一定的点击率和读者的留言数；（5）博客主要由作家本人操作，即一般不选用由他人代理的博客。以上均为主要参考指标，具体研究过程中，特别作家、特别博客不排除特别对待。同时，在选取名作家博客过程中，还将充分考虑到作家的年龄层次、身份特征、创作风格等。

基于此，本书所选取的聚焦对象，年龄层次上分为老一代作家、中年作家、70后作家和80、90后作家；身份特征主要覆盖包括大陆作家、港澳台作家、海外华人作家在内的所有以汉语写作的名作家；创作风格兼及方方面面，并将他们分门别类，找准亮点和各自特色。在小标题制作上，既追求风趣、可读性，又尽可能兼顾名作家的代表作。本书名作家的最终选取及形成的章节框架主要为：

　　第一章是新浪名人博客排名前 4 位的作家，他们的总体特征为牛气冲天，本章主要对新浪名作家博客点击量前四位的名作家博客进行分析，探寻他们获得高点击量的原因，剖析这些作家的博客特征。第二章为全国文学大奖得主博客，他们风光无限，令人敬佩。其中，根据不同文学大奖，对茅盾文学奖得主博客、鲁迅文学奖得主博客、全国少数民族文学创作骏马奖得主博客，以及全国优秀儿童文学奖得主博客分别进行简要分析。第三章是老作家（65 岁以上）博客，这些老作家均为文学大家，难能可贵的是他们能够与时俱进，对于网络博客表现出很大的兴趣，英雄不减当年。第四章为中年作家博客，无论是小说家、散文家、诗人，还是报告文学作家，他们都是当代文坛的实力派人物，在博客的书写上，他们也不甘人后，各领风骚。第五章是青年作家博客（70 后实力派作家），分析 70 后作家们的博客，看他们精彩纷呈的文学世界是怎样的千变万化，各具特色。第六章为新生代作家博客（80、90 后），他们的博客彰显了他们的不同个性，青春无敌，前途无量。第七章是文学评论家博客，所列评论家均为大家，他们在话语世界抢占了网络的制高点，腹有诗书气自华，不急不躁，从容淡定。第八章为网络作家博客，在众声喧哗的时代，他们是宠儿，是网络文学的佼佼者，有些甚至是从博客中走出来的名家，他们为网络时代的文学新秩序树立了新的坐标。第九章主要为境外华文名作家，无论是香港作家、台湾作家、澳门作家，还是海外华人作家，他们都是炎黄子孙，都忠诚于华文母语，都把博客作为表达自己心声的最佳窗口。在写作风格上，不拘泥于常规的学术范式，尽可能活泼轻松，生动有趣，做到"散文中的学术化，学术中的散文化"的行文特色，以实现对名作家博客的广泛性（作家的地域覆盖）、代表性（作家及其博客的影响力和典型性）和权威性（本书所企望达到的深度和广度）的全方位的书写。

　　毋庸置疑，信息时代的话语传播和文学事件与传统相比有了很多不同，网络的出现在很大程度上打破了传统的传播环境，特别是对文学赖以生存的出版产生了深远影响，从技术和传播两个维度推动了文学的革新，制造出新的文学现象，作为网络时代的代表性产物的博客，也对进行文学创作的作家群产生了巨大影响，在"文学创作仍旧是作家个人隐秘事件"以及"作家从作品背后充分站到了作品前直面大众"之间架起了一座桥梁，作家不像传统时代"消失于作品"，而是充分介入到大众传播之中，并在某种程度上开始独立于作品，由此丰富了作家的身份形象，也拓宽了文学创作的传播环境。本书围绕网络时代的话语特征、文学生态、中国当代文学的发展历史与现状以及博客的诞生与发展等主题而展开，结合名作家的身份和作品，以及一贯的创作特征和社会形象，聚焦"名作家经营的博客"和"博客中的作家"两个核心维度，同时以下面这些问题作为切入点：名作家是否经营博客，哪些作家喜欢经营博客，哪些作家不喜欢，名作家在怎样经营博客，名作家是否经常更新博客，名作家是否坚持长期使用博客，名作家在博客中都张贴了什么内容，等等，再综合分析名作家博客的影响力、吸引力、知名度、美誉度和传播力，等等。同时，本书尝试勾勒出名作家博客的发展现状和整体业态，力图阐释博客尤其是网络对作家写作和文学发展的影响，并通过博客展示名作家的创作特征、语言特征、性格特征，浓缩网络时代作家的文化心理和书写特色，以便更好地认识中国当代文学、当代作家以及当代社会的方方面面，也藉此激发人们对网络时代文学将如何更好地繁荣发展、作家应具有怎样的担当精神有更深入的认识和思考。

需要指出的是，本书将微博与博客区别对待。微博可以看成博客的"血亲后代"，基于传播的实时性、交互性、传播力和影响力，微博在博客的基础上诞生，并盛行于当下，2012年底新浪微博用户总量已经超过5亿，微博也成为影响社会舆论的主要力量之一。比如微博女王姚晨的新浪微博粉丝就有44642355人[①]，这是不可想象的话语权力。姚晨女士说一句话，全中国几乎都可以听得见。微博崛起，也在一定程度上造成了博客的式微，众多名人基于对话语权的追求和传播影响力的渴望，由博客转向微博，就连一直坚持博客而不用微博的韩寒也开始"下水"。尽管开设初期，韩寒一直不用微博，但是，他终究还是没能从一而终，现在微博也成了他的主打阵地，他的新浪微博粉丝有12728805人[②]，他说一句话，全国听得见，所以，众多名人包括名作家喜新厌旧、或喜新不厌旧也就不难理解了。因为不少名作家既玩微博同时继续经营博客，并把微博与博客进行链接，进行互动，大大增强了个体的影响力和知名度。然而，微博太简短，140个字的篇幅过于碎片化，体现的顶多只是名作家的传播讯息之需求，并不具备名作家博客的文学话语特征，因此不在本书聚焦的研究之列。

总之，打着网络民主旗号的博客，以自恋的力量凸显博主们张扬个性、

---

① 姚晨新浪微博：http://weibo.com/yaochen，2013年4月16日10：24查询。
② 韩寒新浪微博：http://weibo.com/hanhan，2013年4月16日10：30查询。

追求自由、享受自我的自然属性，在节日般的狂欢和喧嚣中，名作家们有了完全不同于传统纸质媒体的中规中矩。名作家们书写之外的日常生活，包括他们的爱好、习性、家庭、友人、幕后故事以及创作中的酸甜苦辣等等，都可以在博客里或多或少地得以体现。而名作家博客对数字化语境下的文学转型、文学生态、文学审美与文学价值等都有其独特的精神场域，也有待学界给予更多的关注和思考。

第一章　牛气冲天：新浪名作家博客四大名博

韩寒、郭敬明、郑渊洁、叶永烈，这是新浪博客名作家四大名流的排名顺序（按点击量多少来排序①）。本来，排名老二的是洪晃②，就是那个章含之的养女和陈凯歌的前妻，但查了一下，她的身份是美国籍。所以，只能忍痛将她挪走。

这四个人，两个80后，一个40后，一个50后。两个老者加起来的年龄比两个年轻人加起来的年龄足足大了70岁，而两个老者的博客点击率合起来还抵不过郭敬明一个人，更不用说"博客王"韩寒了。不过，这一点也不妨碍他们成为网络时代的文化英雄。

总体感觉，这四个人的博客用一个字来形容，那就是："牛！"无论是韩寒的"牛逼"，郭敬明的"牛气"，还是郑渊洁的"牛劲"，叶永烈的"牛人"，都统统可以归结于"牛"。

因此，本章关键词就是：牛气冲天。

毛泽东主席指出："世界是你们的，也是我们的，但是归根结底还是你们的。"在新媒体飞速发展的今天，这句话，再次得到了有力的验证。长江后浪推前浪，年轻人胜过年老人，这是历史的必然。

博客只是时代的一个镜像，一个剪影。

大浪淘沙，真正留名青史的，是在写作马拉松大赛中永不停息的奋进者。

---

① 截止2013年1月17日，韩寒新浪博客点击量为587995378，郭敬明新浪博客点击量为142231085，郑渊洁新浪博客点击量为79635373，叶永烈新浪博客点击量为25286358。

② 洪晃新浪博客：http://blog.sina.com.cn/honghuang，2013年1月17日查询。

1. 韩寒：三重门外的赛车手

作为新浪博客文化名家排名第一的韩寒，给我一个总体感觉，那就是：牛！

打开韩寒的博客，个人头像是一只趴在沙发上的宠物狗，正安静地睡着。这与韩寒在文化界掀起的阵阵浪潮极不匹配。也许，从骨子里，他是渴望安静，渴望有一片属于自己的私人天地。可实际上，成为名人后，特别是有争议的名人，他要付出的代价是常人难以理解的。

截止2013年1月17日，韩寒博客的访问总量达到587995378①，5亿多人次啊。5亿人次，不是5亿人，5、6亿农民知道什么韩汉，我从来不看什么汉韩。

韩寒简介一栏沿用的是百度上的介绍，我摘录如下：

1982年出生，上海市金山区人，亚洲知名作家，赛车手，《独唱团》杂志（现已停刊）主编。"韩寒"在出生前是父亲韩仁均的笔名。1999年"新概念"作文大赛中获一等奖。1999年3月写作小说《三重门》。2010年4月入选美国《时代周刊》"全球最具影响力100人"。2012年初，麦田、方舟子等人相继质疑韩寒作品有代笔。

别人经常问我对韩寒与方舟子"恩怨"的看法，说实在，我敬佩方舟子的勇气和固执，更敬佩他像唐吉诃德冲向风车一样的冲劲和闯劲。客观地说，方舟子更能经得起历史和时间的检验。当我认真地拜读一下韩寒写的博文时，对于这个少年得志的年轻人的写作水平，委实不敢恭维。因而，对于方舟子的一系列质疑便有了文本上的强有力的支撑。

韩寒在博客上标榜："活出敢性"。他用"敢性"代替"个性"，足见这小子是不怕别人说三道四的，也希望能按照自己的性情来生活。似乎，他有理由活出他自己。这从他牛皮哄哄的"十不"公告中可以看出：

一、不参加各种研讨会；二、不举办签售；三、不给活着的人写序；四、不为他人写剧本；五、不参加剪彩；六、不参加颁奖典礼；七、不出演电视剧；八、不写任何的约稿和专栏；九、不写任何软文；十、不接受与保健品、药品、香烟、房地产有关的商业合作。

当然，生活中是否真正如公告所言，完全是另外一码事。实际上，这不

---

① 韩寒新浪博客：http://blog.sina.com.cn/twocold，2013年1月17日查询。

过是名人炒作自己的一种策略，在这看似清高的"律己"背后隐含着更大的名利渴望。一定意义上，可以追溯出名人们精神分裂的人格特征。话又说回来，韩寒本人可能并不愿意言行不一，但作为利益集团的代言者，他无法做到既自由洒脱，又名利双收。

韩寒对女人似乎有着固执的偏好，这当然没有什么不好。特别是那些有名的、又风情万种的女人，这种喜爱完全出于一种天性。因而，我能平静地看待韩寒博客仅有的四个美人的链接，她们是：徐静蕾、安妮宝贝、松岛枫（日本）和王家玥。特别是日本的松岛枫，打开链接一看，真是吓我一跳，里面脱得差不多光溜，却也是美得让人心醉。

韩寒很自恋，这是年轻人的通病。因此，他的博客有4个自己对自己的链接：我拍的照片、韩寒帖吧、韩寒非官方网站、韩寒中文网。这也是彰显他牛逼的一个方面。他还有两个链接：一个是往年的朋友，他们是路金波、石康、罗永浩和萨顶顶等21人；一个是今年的对象，他们是斯巴鲁中国拉力车队、斯巴鲁汽车（中国）有限公司和FCACA车队等18个。今年的链接似乎明确了自己的定位：做一名赛车手比做一名靠父亲在背后撑腰的写手更痛快，也更实际和有意义。

韩寒最新的博文是2012年12月18日的《要客访泰记》[①]，这篇大作让我彻底领教了韩寒的写作风格，也对他的写作水平不再抱有任何希望。博文中，除了炫耀、得意和自以为幽默外，我看不到一丝让我眼前一亮的文字。不妨摘抄第一段：

很早就收到了要去泰国参加赛车的消息，我非常犹豫，作为一个大中国的车手，去泰国参赛是否有辱我国国威？朋友说，去吧，就当去海边度假。我笑了，泰国的海滩岂能与我壮哉海南媲美。我上个月刚去过东北漠河，在北极村参观考察，几年前又去过三亚的天涯海角石，按理来说，世界的纬度已被我踏遍，其他国家都只能在经度上生长。泰国既然敢在天涯海角之南，自有他特殊之处。我决定出访该国。

这样轻佻的文字，我很难把它们与《三重门》那种沉重厚实的写作联系起来。2012年9月25日，韩寒博客上贴出了一篇小博文，是对前女友和现在妻子等人关系的看法的。小韩认为，前女友是能够与现任妻子"和睦相处"，并"成为朋友"的。这篇博文受到包括方舟子在内的许多道德人士的

---

① 韩寒：《要客访泰记》，新浪博客 http://blog.sina.com.cn/s/blog_4701280b0102edcd.html，2013年1月9日查询。

猛烈抨击。虽然我对韩寒不怎么感冒，不过我也认为方舟子等人此处的"抨击"，似乎"打偏"了。小韩不过是说说自己对于前女友与现任妻子的美好愿望而已，不值得大惊小怪的。

最后不得不提一下韩寒于去年5月18日贴上去的一篇博文《操，你想怎样——几部电影的影评》①，相信读者看到这个题目，就会大皱眉头。不过，这篇博文的最后一句话倒还有点意思：

"为热爱的人或事物洒下热血和热泪，最坏的结果无非就是对方一句你想怎样。"

凭此一句，让我对韩寒的未来多少有了一点点温暖和信心。

2. 郭敬明：小时代里的弄潮儿

提到80后作家，人们往往最先想到韩寒和郭敬明，只是，这两位似乎都不够"敬业"，韩寒喜做"赛车手"，郭敬明则成了一位潮"导演"。郭敬明的电影《小时代》最近火爆得很，《小时代1：折纸时代》和《小时代2：青木时代》累计票房达7.78亿，风头一时无二，在影视界、文化界引起强烈反响。很多人喜欢，更多人则在批评，《人民日报》甚至专门发表评论批评"小时代"电影宣扬了拜金主义，给青年人造成了不好的影响。且不说"小时代"如何拜金、如何让电影主管者爱恨交加，反正，郭敬明靠着电影是大大地赚了一把，这正是郭敬明和韩寒不同的地方。郭敬明更像一个商人，敢想敢闯，以文字写作起家，办公司，搞出版，最后，搞起了电影，且都搞得有声有色。

与韩寒博客上的宠物狗不同，郭敬明的个人头像是他本人的一张照片，头发漫画式的，淡黄的菠菜头，穿着白色衬衣，在窗前，右手摸着后脑，手肘靠在窗台上，眼睛望着窗外微笑，有点得意，又有点坏坏的样子。

郭敬明的简介同样牛逼：

1983年出生，四川自贡人。中国知名作家，畅销小说家，上海最世文化发展有限公司董事长，《最小说》等杂志主编。2002年出版第一部作品《爱与痛的边缘》。2003年，因玄幻小说《幻城》而被人们熟知和关注。2011年"中国作家富豪榜"第一名。

---

① 韩寒：《操，你想怎样——几部电影的影评》，新浪博客 http://blog.sina.com.cn/s/blog_4701280b0102e63p.html，2013年1月9日查询。

听说，郭敬明加入中国作家协会时，文坛前辈王蒙发了话，说这样的年轻人应该成为文坛的主力军。郭敬明的博客访问量是142231085①，1亿多人次，比起韩寒的5亿多人次来，这个数字有些差距。不过，这并不妨碍他成为中国大陆"80后"作家群代表人物之一。

郭敬明头一次出场是2005年10月17日，当时，他像中了头彩的小媳妇一样高兴坏了，标题《第一次写博客啊》②后面竟然跟了6个惊叹号！

"大家好。我是小四啊！不知道小四这个名字的人你们好！我是郭敬明啊！不知道郭敬明这个名字的人——你们好！……熟悉小四的人有空来踩踩吧。不熟悉小四的人，有空的话也来看看。嘿嘿。"

与韩寒的假清高不同，郭敬明一点也不掩饰自己的内在冲动，他在博客上公布了一系列联系方式：有商业合作或演艺、出席等商业邀约，请联系叶小姐；有出版范围内的合作邀约，请联系赵先生；有工作联系邮件，请发至某某邮箱。

郭敬明长得像女人一样，他的博客上比较干净，没有韩寒那样的脂粉气。他自称"小四"，与传统意义上的"小三"分野很大。他自恋式的唯一链接是：最小说论坛、新浪的最小说博客和百度的最小说吧。这都是他自我宣传的一种方式。

科技让生活日新月异。微博一出，郭敬明马上去写微博了，当然他的微博与博客是互相链接的。目前，郭敬明共写了937条微博③，最新的微博是2013年1月17日，内容是："在寒风凛冽的户外，我亲爱的林萧和崇光，却要摔进水里……"而他最新的博文却是2011年12月8日所贴，标题是：《今天，〈小时代3.0 刺金时代〉上市了，想要对你们说的话》④。里面是《小时代》的封面，在大海中，一个塔尖在怒翻的海水中漂摇。还有一张是他本人装酷的照片，在一团既像烟云又像晨曦的白雾中，他像一个战士，卷起袖子，从老式阁楼的楼梯走下来。博文开头是："几个小时之前，我刚刚结束在北京的宣传，电视节目，杂志拍照，周刊封面，报纸专访……拖着疲惫的身体回家，感觉快要虚脱了。"从这里可以看出，做一个名人并不容易。

---

① 郭敬明新浪博客：http://blog.sina.com.cn/guojingming，2013年1月17日查询。
② 郭敬明：《第一次写博客啊!!!!!!》，新浪博客 http://blog.sina.com.cn/s/blog_46d7df020100007u.html，2013年1月9日查询。
③ 郭敬明新浪微博：http://weibo.com/guojingming，2013年1月17日查询。
④ 郭敬明：《今天，〈小时代3.0 刺金时代〉上市了，想要对你们说的话》，新浪博客 http://blog.sina.com.cn/s/blog_46d7df020102dvyl.html，2013年1月9日查询。

接着他写了为什么推出这么个封面的原由："小时代我写了五年,对于这个系列的几百万读者来说,这是最后的一本,读完,就没了。"最后,小郭用加深的蓝色标出关于《小时代》情节和结局的说明:"我有想过无数种结局,我也不知道现在这个结局是不是最多人想要的结局,我也不知道这个结局是不是最好,但是,它是我辗转反侧,在无数个不眠之夜过去后,最后的选择。谢谢你们,每一个遥远的我未曾蒙面的阅读者们,谢谢你们陪伴的这五年。"这些颇具伤感、难以割舍的话,让人生出一份敬重。

郭敬明的博客有一点让我吃惊,那就是他贴出的照片又多又大,首页就有20幅照片,绝大部分是他的个人秀。我探了个究竟,原来,他一次性把16页全部放出来,而且都是全文。这需要后台技术的支持,这有好的一面,能一目了然地看见全文;也有不好的一面,很难打开博客,一旦打开,又感觉太花。

用"才华横溢"形容郭敬明并不过分。他在一篇为1989年出生的新人吴忠全小说《桥声》作序时,用《夜的原矿》为题,写得老练而从容。他认为吴忠全的文字异常洗练。这种"洗练"源于他文章里所营造的叙事语气、白描场景、转场抒情等等,全部统一在一种异常成熟且大气的语感之下。他指出:很多年轻的作者在使用着"我的胸腔里萦绕着一种磨砂般的痛楚,眼眶用力地发胀,视线被风吹得一片破碎,整个世界在我的面前被糅进一片虚无的模糊里"的时候,吴忠全轻描淡写惜字如金地用三个字表达着同样的情绪:"我哭了。"接着,他提到小说的黑暗特质,认为吴忠全仿佛一个最冷静的枪手,站在黑暗里朝你持续而平稳地扣动着扳机……最后,他以"发现者"的口吻给吴忠全的小说贴上标签:"一枚未经打磨的宝石——这枚属于黑夜的原矿。"

虽然郭敬明因《梦里花落知多少》一书对庄羽的《圈里圈外》整体上构成抄袭,最终判决郭敬明与春风文艺出版社赔偿庄羽经济损失20万元,但这个教训可以视为他写作路上付出的学费。文学是场马拉松赛,只要努力去跑,终点就会灿烂。博客上,郭敬明上一首《岁景》[①] 小诗,令人欢喜:"院落几个秋天,光景灯笼变迁。/镜光湖泊含雪,青丝疏远流年。/看朔风过寒山,铁甲过肩。/赏月牙芦苇湾,眉目含烟。"

---

① 郭敬明:《岁景》,新浪博客 http://blog.sina.com.cn/s/blog_46d7df0201017ty9.html,2013年1月9日查询。

3. 郑渊洁：皮皮鲁之父

1955年出生的郑渊洁，是名副其实的"童话大王"。2011年，他以1200万的版税收入，荣登"2011第六届中国作家富豪榜"第3位，2012年跃居第一位，这一年他获选"中国正义人物"。

博客上，郑渊洁的个人照片是在书房，两排高高的书柜里面摆满了书，光头，福态，穿着休闲服，一只硕壮的狗欢喜地扑向他，老郑也是高兴地接着狗的双掌，头微微往后仰。他的博客访问是79635373[①]。

整个博客版面的设计，很适合"童话大王"的个性特征，其中，有一半的页面被五颜六色的《童话大王》和皮皮鲁图书的封面所占据。

博客左边特别辟出两个窗口：一个窗口分别展示他给教育部的一封信和全国小学生的一封信。其中，2009年6月22日，郑渊洁在写给教育部长的一封信[②]中指出，最近有些作家到中小学用讲课作幌子，变相卖书。更有甚者，"有些作家通过给学校教师提成的方法，使得教师利用权威发动学生'自愿'购书。还有的作家在承诺会为购书的学生亲笔签名后，将学生购买的书籍收走，在宾馆由工作人员代签，欺骗学生"。他强烈呼吁作家"不再去校园销售自己的作品，给孩子自由选择图书的机会，让孩子周末和假期到书店悠闲地盘腿坐在地上通过广泛阅读挑选他们真正喜爱的童书，把它带回家，受益终生"。另一个窗口是舌战央视名主持李咏，是视频，分上下两集。有不少观众留言，其中一条用分行的方式写成的：第一次看郑渊洁访谈。好棒噢！/从小看郑渊洁童话长大的。/喜欢他的宽松的教育理念，和率真的性格。/做自己，不要去模仿别人，走自己的人生。

博客的左边还醒目地标出七则重要信息："一、点击看《新闻联播》报道盗印《皮皮鲁总动员》的不法书商被绳之以法；二、北京警方捣毁盗印《皮皮鲁总动员》印刷厂；三、盗印《皮皮鲁总动员》的正规印刷厂法定代表人被刑事拘留；等等。"这些信息虽有广告之嫌，却很实在，没有"王婆卖瓜"的虚夸，既能反映出郑渊洁的社会影响力，又彰显他的社会责任感。

博客上，占据重要版面和篇幅的是《童话大王》杂志，27年来，郑渊

[①] 郑渊洁新浪博客：http://blog.sina.com.cn/zhyj，2013年1月17日查询。
[②] 郑渊洁：《郑渊洁给教育部长的一封信》，新浪博客 http://blog.sina.com.cn/s/blog_473abae60100eqro.html，2013年1月9日查询。

洁是这本半月刊唯一的撰稿人，创作字数两千万，印数逾亿册。这个成绩，真是出版界的一个奇迹！

我敬重这个童话大王，不仅仅因为他给千千万万的中国人带来精神食粮，也不仅仅是他的正气、他的率真、他的担当，还有重要的一点是他的勤奋。一个如此有名望的人，他完全可以活得轻松自在，他完全可以封笔。但他不，依旧认真地写、认真地思考。他的博客共有270页[①]，这是其他名人所没有的。换句话说，他硬是靠写出来的，不是吹出来的，更不是炒作出来的。所以，我敬重，我佩服！

郑渊洁也与时俱进地写微博，更新很快。比方，2012年12月24日，他在微博中写道："皮皮鲁压缩人生7天。正好2012年还有7天。如果我只有7天，我会怎么办？我会尝试将这7天变成7年甚至70年，方法是写出一篇70年后还会有人看的文章。"这里面有智慧，有汗水，更有自信。

他链接的相关博文大都是社会热点：每个吃货都空有一颗减肥的心；ME不是白富美；微三国；反击，以后请别来惹我；22条很有趣的夫妻经典定律；南方周末新年献辞事件的重大意义，等等。而他推荐的博文则大多是社会热点话题，例如《中科院的"自淫"报告》《久别重逢王家卫》《"九成公务员出身平民"是障眼法》以及娱乐八卦新闻《章子怡疑因撒贝宁放弃新片》，等等。

2009年6月23日的一条博客，郑渊洁在文坛上扔了一个炸弹，他宣布退出北京作家协会。原因是，2000年后，他明显感受到北京作家协会的排挤。例如，2003年9月，北京作家协会召开第四次会员代表大会。他当选代表。可北京作家协会选择在网上向他发出开会通知。郑渊洁对此嘲笑道："我既不让你来开会，又通知了你。而且保证你看不到这个通知，但是又有据可查。从这件事上，可以看出北京作协是充满智慧的机构，只是如果用在团结作家振兴文学创作上就好了。"[②]

就在炸弹扔出的前4天，郑渊洁还在博客上发出一篇妙文：《父亲的含义是榜样》。他回忆父亲对他的教导，说从来没有打骂过他，如果"犯了事"，父亲就让他写检查。有一次，他将作文题目《早起的鸟有虫子吃》改写为《早起的虫子被鸟吃》，被老师开除。父亲仍然让他写检查。当他交了

---

① 郑渊洁新浪博客：http://blog.sina.com.cn/zhyj，2013年1月17日查询。
② 郑渊洁：《郑渊洁宣布退出北京作家协会》，新浪博客 http://blog.sina.com.cn/s/blog_473abae60100erg0.html，2013年1月9日查询。

一篇像小说的检查后,"父亲看着看着,脸上就阴转晴了"①。

博文挂出不久,郑渊洁看到文学大师刘梦溪的留言:"渊洁,这篇文章写的可真叫好呵,简捷得不能增减一字。《早起的虫子被鸟吃》可惜我不能看到。发表过没有?如能找到原稿,我们《中国文化》愿意隆重刊载,包括这篇短文。三代人的故事,淡而出之,精彩得让人神清气爽。"

郑渊洁立即回复:"看了梦溪大师的留言,我很感动。我在写作初期受到梦溪大师的提携,他向报刊推荐我的作品。斗转星移,三十年过去了,多少人事如过眼烟云,而我和国学大师刘梦溪、报告文学大师陈祖芬伉俪的情谊却地久天长。"

这样的博文,不是童话,却仍然很美。

4. 叶永烈:小灵通漫游未来

"小时候看过《十万个为什么》,很喜欢,但不知作者之一是您;印象深刻的是80年代初看的《小灵通漫游未来》,唤起了当时的我对未来的无限遐想……现在想来,小时候看的好书真的能影响人的一生!对我来说大概有三本,一本是《格林童话》,一本是你写的《小灵通漫游未来》,还有一本叫《春田狐》。虽然我现在也是大学的副教授了,但还想再看看这几本书,再重温少时那纯真的感受和体验。"②

这是2005年11月21日,一名网友在叶永烈博客的简历后面写下的一段留言,一定程度上,这段话代表了广大读者对叶永烈一直以来呕心沥血、认真写作的充分肯定。1940年,叶永烈出生于浙江温州,20岁时就成为《十万个为什么》的主要作者,21岁写出了《小灵通漫游未来》。随后转身纪实文学创作,成为历史真相的探寻者。他的代表作为"红色三部曲",即《红色的起点》《历史选择了毛泽东》《毛泽东与蒋介石》,气势磅礴地展现了中国共产党的辉煌岁月和艰难历程。

说真的,叶永烈的勤奋可以与郑渊洁有一拼。虽然网络人气不如郑渊洁,但博客的访问量也达到了25286358③,这个令人吃惊的数字。他的博客

---

① 郑渊洁:《父亲的含义是榜样》,新浪博客 http://blog.sina.com.cn/s/blog_473abae60100enu0.html,2013年1月9日查询。

② 叶永烈简介:新浪博客 http://blog.sina.com.cn/s/blog_470bc6dd010000pw.html,2013年1月9日查询。

③ 叶永烈新浪博客:http://blog.sina.com.cn/yeyonglie,2013年1月17日查询。

有着一股书卷气,像历史本身一样,沉重、纷繁、充满神秘。博客头像是叶永烈穿着花衬衣,打着领带,带着眼镜,斜斜的二寸照,一脸的幸福感,旁边是令人敬重的"元老博主"勋章。

他的博客也像郭敬明的博客一样,正文中也有二十幅大图片。左边更是有 24 幅他的著作封面,琳琅满目,叫人肃然起敬。他的全部博文共计 544[①]篇,其中,147 篇"人在旅途",115 篇散文,155 篇纪实文学,等等,分类清晰,内容充实。

说叶永烈的博客干净,是因为他只有一个友情链接,那就是"上海解放日报·叶永烈网站";他只有一条公告,那就是"上海解放日报为叶永烈开设大型网站",可从"友情链接"进入;他只有一条公益广告,那就是"为西南灾区捐思源水窖"。这样的博客,不靠猎奇,不靠"三俗",而是靠一笔一划的严肃认真来吸引读者。

叶永烈博客好看,是因他下了真功夫。多年前,他所有的采访都是自费。在上海本市就是搭公共汽车或骑自行车去采访。他的博文好看,还因为他写的东西是一般书籍上没有而大家普遍感兴趣的内容。例如,2008 年 11 月 1 日,他贴出一篇博文《我与江青擦肩而过》,文中写道:"我差点就采访了江青,跟她擦肩而过。当时我住在公安部招待所,公安部那边告诉我,说江青出来了,因为当时江青住在秦城监狱,外人是进不去的。他们告诉我说江青那几天就住在公安部所属的复兴医院,正好公安部有辆车,有人要进去找江青,我就想跟着进去。临走的时候,他们问我说你会不会发报道,我说那当然了。哎呀,这句话一说就坏了。那边说那我得请示中共中央办公厅,哎,那就不行了。"[②]

这篇博文中还有一段是关于陈伯达的,也极有看点。作者写道:"1989 年的中秋节,我去陈伯达家,他气色非常好,特别高兴。平时拍照他都戴着帽子,在家里他也戴帽子,那天去后,我拍照就说把帽子拿掉吧,他就把帽子脱了,还拿起一份《北京晚报》,摆好姿势给我拍照。"陈伯达还给叶永烈写了一副书法"凤兮凤兮,往事不可谏,来者犹可追"。落了个笔名,笔名叫"仲晦"。这是他的绝笔,一个星期后,他因心肌梗塞去世。这里的文字和内容都意味深长。

[①] 叶永烈新浪博客:http://blog.sina.com.cn/yeyonglie,2013 年 1 月 17 日查询。
[②] 叶永烈:《我与江青擦肩而过》,新浪博客 http://blog.sina.com.cn/s/blog_470bc6dd0100ba19.html,2013 年 1 月 9 日查询。

去年 12 月 28 日，叶永烈贴出了一篇《胡适和于右任的日记》，讲了一个令人唏嘘不已的故事[①]：在胡适日记中，粘贴着一份剪报，足见胡适对这份剪报的重视。那是从 1950 年 9 月 22 日香港《大公报》上剪下来的。这份剪报不是胡适本人所剪，而是蒋介石送给他的。剪报所载是胡适小儿子胡思杜的文章，题为《对我的父亲——胡适的批判》。蒋介石把转载了胡思杜文章的《大公报》送给了胡适，他的本意是以此谴责"中共暴政"造成"骨肉反目"。这在胡适看来却是蒋介石借此事嘲弄他，便反唇相讥，令蒋介石十分尴尬。不过，叶永烈提到，胡思杜的"批判"，毕竟是胡适心中的痛。尽管胡思杜如此公开表明与"反动父亲胡适划清界限"，但在 1957 年仍难逃厄运，被划为"右派分子"，在绝望中自杀。

就在上述博文贴出的三天前，作者贴出了一篇《阎锡山在台湾晚景凄凉死后热闹》[②]，文章披露：阎锡山死前，曾嘱其家属七点：一、丧事宜俭不宜奢；二、来宾送来的挽联可收，但不得收挽幛；三、灵前供无花之花木；四、死后早日出殡不作久停，等等。

岂料，博文贴出的当天，一个网名叫"李君貌的教育感悟"的人留言："叶永烈这个二逼！整天靠道听途说，来忽悠读者！"这样的抨击，早已超出了文学的层面，涉及人身攻击了。也许，作为一个名人，不可能做到个个喜欢。面对那些不喜欢自己的无理取闹者，最好的办法是：怜悯一笑。

叶永烈最新的一篇博文是《形形色色的北京旅馆》，博文有四幅大图片，都是作者自己拍的，视觉强烈。与韩寒、郭敬明和郑渊洁不同的是，他似乎还没有写微博。也许，他觉得，尚在佳境，迷恋忘返；来日有变，另谋他途。

[①] 叶永烈：《胡适和于右任的日记》，新浪博客 http://blog.sina.com.cn/s/blog_470bc6dd0102ecl6.html，2013 年 1 月 9 日查询。

[②] 叶永烈：《阎锡山在台湾晚景凄凉死后热闹》，新浪博客 http://blog.sina.com.cn/s/blog_470bc6dd0102echv.html? tj=1，2013 年 1 月 9 日查询。

第二章　风光无限：全国文学大奖得主博客

放眼当下中国文学界，茅盾文学奖①和鲁迅文学奖②应该是最高大奖了，其中，茅盾文学奖主要集中在长篇小说领域，获奖者都是叱咤文坛的大家，比如陈忠实、贾平凹等，也不乏去年刚刚获得诺贝尔文学奖的莫言。鲁迅文学奖覆盖的范围则更广，中篇小说、短篇小说、散文、诗歌，甚至文艺评论都在其列。综合分析，茅盾文学奖和鲁迅文学奖几乎保证了文学领域的任何翘楚都不会成为漏网之鱼，然而，事实未必如此，毕竟"僧多粥少"。我们可以说获奖者的确都是优秀的作家，但是，优秀的作家并非都获得了大奖，不过，总归来说，这二者提供的长长名单基本能够反映当下文学的创作环境、创作水平和创作特征。

当然，针对"僧多粥少"的局面，也不是没有解决办法，既然粥少，那就再做一些粥，于是，就产生了一些"细化"特征的文学奖，比如"人民文

---

① 茅盾文学奖是根据茅盾先生遗愿，为鼓励优秀长篇小说创作、推动中国社会主义文学的繁荣而设立的，是中国具有最高荣誉的文学奖项之一。茅盾文学奖由中国作家协会主办，每四年评选一次。参评作品为长篇小说，字数在13万以上的作品。尽管仍有颇多争议，但茅盾文学奖依然不失为中国最重要的文学奖项。

② 鲁迅文学奖是以中国新文化运动的伟大旗手鲁迅先生命名的文学奖项。创立于1986年，是为鼓励优秀中篇小说、短篇小说、报告文学、诗歌、散文、杂文、文学理论和评论作品的创作，鼓励优秀外国文学作品的翻译，推动社会主义文学事业的繁荣与发展而设立的，是中国具有最高荣誉的文学大奖之一。

学奖"①、"十月文学奖"②、"冰心散文奖"③ 等等,其中针对作家民族特征而设置的骏马文学奖和针对儿童文学作家设立的儿童文学奖很有代表性,且它们都直接诞生于中国作协,面向全国评奖,所以,也不失为文学大奖。

如同世界文学要看诺贝尔文学奖,中国当代文学也要看中国的全国性文学大奖。总体来说,文学大奖获得者均是作家中的佼佼者。本章主要聚焦这些大奖获得者的博客,看看他们的博客与普通人的博客、或者与同为名作家的博客有什么样的不同,从中我们可以看出中国的文学领军者对网络的看法,也一定程度上探测出中国文学的现在和未来与网络发生的内在关系。

一、茅盾文学奖得主博客

回顾茅盾文学奖长长的名单④,可以发现茅奖作家几乎都是中国当代文坛赫赫有名的人物,不少人用如雷贯耳毫不过分,比如莫言,比如贾平凹。

---

① 人民文学奖是我国文学界一项重要的文学奖,人民文学奖由人民文学出版社主谡,1986 年首次评奖,每过几年嘉奖一批优秀作品,第二届是 1994 年,第三届是 2001 年。

② 十月文学奖是中国十月杂志社举办的全国性文学奖项,设立于 1981 年,主要对发表在《十月》上的优秀长篇小说、中篇小说、散文等作品进行评选与奖励。《黑骏马》《绿化树》《晚霞消失的时候》《高山下的花环》《雪城》《北京人在纽约》等作品都是获得该奖项的文学作品。

③ "冰心散文奖"是一项具有较高权威的全国性的散文大奖。著名作家冰心女士生前曾是中国散文学会名誉会长,冰心散文奖是遵照其生前遗愿而设立的,旨在彰显我国散文创作的成就,不断评选出题材广泛、思想敏锐、着力表现现实生活、创作形式风格多样的优秀散文。此奖项每三年一届,自 2000 年以来已评选了三届。由于冰心散文奖与鲁迅文学奖中的散文奖有重复,且其公信力和影响力没有达到应有的高度,故不纳入本书研究的对象之列。

④ 第一届(1977~1981)(1982 年,六部长篇小说)《许茂和他的女儿们》周克芹、《东方》魏巍、《李自成》(第二卷)姚雪垠、《将军吟》莫应丰、《冬天里的春天》李国文、《芙蓉镇》古华;第二届(1982~1984)(1985 年,三部长篇小说)《黄河东流去》(上下集)李准、《沉重的翅膀》(修订本)张洁、《钟鼓楼》刘心武;第三届(1985~1988)(1991 年,五部长篇小说,另有两部获得荣誉奖)《平凡的世界》路遥、《少年天子》凌力、《都市风流》孙力、余小惠、《第二个太阳》刘白羽、《穆斯林的葬礼》霍达、(荣誉奖二部)《浴血罗霄》萧克、《金瓯缺》徐兴业;第四届(1989~1994)(1997 年,四部长篇小说)《战争和人》王火、《白鹿原》(修订本)陈忠实、《白门柳》(第一、二部)刘斯奋、《骚动之秋》刘玉民;第五届(1995~1998)(2000 年,四部长篇小说)《抉择》张平、《尘埃落定》阿来(藏)、《长恨歌》王安忆、《茶人三部曲》(第一、二部)王旭烽;第六届(1999~2002)(2005 年,五部长篇小说)《张居正》熊召政、《无字》张洁、《历史的天空》徐贵祥、《英雄时代》柳建伟、《东藏记》宗璞;第七届(2003~2006)(2008 年,四部长篇小说)《秦腔》贾平凹、《额尔古纳河右岸》迟子建、《暗算》麦家、《湖光山色》周大新;第八届(2007~2010)(2011 年,五部长篇小说)《你在高原》(10 册)张炜、《天行者》刘醒龙、《蛙》莫言、《推拿》毕飞宇、《一句顶一万句》刘震云。

第二章　风光无限：全国文学大奖得主博客

茅奖作品则大多数成了经典和大中专学生的必读书目，其中多部作品亦是中国当代文学最高代表，比如贾平凹的《秦腔》，比如陈忠实的《白鹿原》，比如王安忆的《长恨歌》。茅奖名家博客我自然不会漏过，然而，经过搜索，结合作家有无博客、博客文章多少、博客是否由他人代理以及博客文章更新频度等这些本书选择作家的必备指标，在遴选"茅盾文学奖作家博客"中，确实把我给难住了。

魏巍等老一辈作家早已与世长辞，无博客当然正常。姚雪垠、周克勤等年事已高，对博客不感兴趣也容易理解，但是，细细思考，这并非只和生死或者年龄有关，因为整个茅奖作家群体几乎都对网络博客表现出"冷淡"情绪。王安忆、张炜等压根就没有开设博客，陈忠实先生倒是有新浪博客[①]，且经过认证的，但是，只有一篇《告别路遥》的文章，当然，如果另一篇《声明》也算文章的话，那么，就是两篇。事实是，尽管陈忠实先生的博客经过新浪认证，却也明确表明是新浪人员代为管理的，而非本人经营，由此，我们可以看出博客也不怎么招陈忠实先生的青睐。毕飞宇先生也有博客，但是，只"玩"了13天，而且还是遥远的2006年。徐贵祥同志也有新浪博客[②]，但是，文章也是寥寥，最后更新是在2012年1月，是转载的一篇文章，作者为高希希导演。

让我感到意外的是，网上倒是有贾平凹的新浪博客[③]，但是，此博客无新浪认证，我不敢主观臆断就是其本人博客，不过从行文来看，我宁愿相信这就是贾的博客。我很喜欢他的博客头像：一幅颇有味道的自画像。我也喜欢其中的文字，第一篇文章就是《写给母亲》："人活着的时候，只是事情多，不计较白天和黑夜，人一旦死了日子就堆起来，算一算，再有二十天，我妈就三周年了。"[④] 最后一篇文章是其最新作品《带灯》的"广告"。其中《说韩寒》一文让我觉得颇有味道，开始是这样说的："最近一直在开会，不太发言但听人家说，就无聊了，心里也愧疚。待散了会，听人说中国的'文坛'被少年作家韩寒一脚给踢了，着实惊了一下，忙去寻那几篇文章来看，却发现白烨的博客已经关了。又看见韩寒说'准王蒙乱搞，贾平凹性交，余华写屄'，这话让我有点难受。我觉得我要说一些话，但寻不着了感觉。我

---

① 陈忠实新浪博客：http://blog.sina.com.cn/chenzongshi，2013年4月10日查询。
② 徐贵祥新浪博客：http://blog.sina.com.cn/vipxgx，2013年4月10日查询。
③ 贾平凹新浪博客：http://blog.sina.com.cn/u/2004662313，2013年4月10日查询。
④ 贾平凹：《写给母亲》，新浪博客 http://blog.sina.com.cn/s/blog_6a599bc80100llpm.html，2013年4月10日查询。

是写不了杂文的人。"① 可见贾平凹是"可以拉的下脸的实在人",乐于自嘲的人总是可以 hold 的。贾平凹也不乏真性情,这从《哭三毛》《落叶》《酒》《变铅字的时候》等小文章都能看得出。

茅盾文学奖获得者大部分都不玩博客,玩博客的也多属于"玩票"性质,从中,我只选出三位"及格"的作家,阿来、刘醒龙和麦家,然而,诺贝尔文学奖实在影响巨大,所以,莫言也被"破格录取",并列为本章的头名勾勒对象。

5. 莫言:红高粱地里的蛙

莫言的新浪博客,内容很少,而且已经很久没有更新,却总比没有好,博客内容多少能反映出莫言的性情,我们也能有幸借此一睹莫言的另一面。点开莫言新浪博客,可以看见一张张"滑稽"的漫画风格头像,博客背景设置居然是一片类似童话的房子和星空,出乎我的意料,莫言居然这么搞笑。

莫言开博是 2009 年 12 月的事情,最后一篇文章则发布于 2011 年 5 月份,名曰"打油诗篇",内容如下:

各位朋友,好久不见。如说想念,那是谎言。如说不想,也是扯淡。该见就见,不见不散。我回高密,浇麦抗旱。一片白霜,水里含碱。我爹保证,亩产过千。不由感叹,忆起当年。亩产二百,已算丰产。上周大雨,雷霆电闪。旱情解除,打马回转。今年口粮,不会犯难。新麦蒸馍,味道香甜。石磨火烧,高密特产。怀揣两个,临危不乱。回京无事,写字消闲。左手书法,打油诗篇。贴上几张,供您批评。②

文字下面附有六幅书法,供网民品评。此时,莫言尚且还不是茅盾文学奖获得者,更遑论诺贝尔文学奖了。

"无官一身轻",无荣誉压身,莫言落得清静,志淡泊,眼明亮,看得清楚,也看得开。为数不多的博文,几篇演讲和访问稿我就不多评头论足了,我特别喜欢的是他的书法。我对书法了解不深,暂且不评论他的书法造诣几何,但是,我喜欢他的这种心态。莫言是一个纯粹的人,也是一个真诚的

---

① 贾平凹:《说韩寒》,新浪博客 http://blog.sina.com.cn/s/blog_777cb8290101561x.html,2013 年 4 月 20 日查询。

② 莫言:《打油诗篇》,新浪博客 http://blog.sina.com.cn/s/blog_63acd9f50100qzxz.html,2013 年 4 月 25 日查询。

第二章 风光无限：全国文学大奖得主博客

人，更是一个有趣的人，博客就是他的"书房"，莫言的博客中有一首打油诗："练字说明人未老，挥毫可以长精神……冷眼懒看文坛事，是非曲直史中论。"并附言说："打油诗一首答观我博客众文友。小说正写着，话剧正改着，闲书正读着，书法正练着，革命进行着。"①寥寥数字，勾勒出莫言的"老顽童"形象，煞是可爱。

莫言的一篇博文是2009年12月22日的《作家应把历史记忆当成素材宝库》，这是一篇访问稿。粘帖访问稿、演讲稿或者旧作，这对很多名作家博客来说是常有的事情，莫言也做了，但是，莫言不认同这是"博文"。2009年12月24日，他又发表"第二篇博文"，博文特别取名《第一篇博文》，最开始的内容是："问候朋友：我，莫言，一个很笨的家伙，老家伙。多年前我给一个公司打电话，听到接线生说：莫老头儿！当时我还不高兴，训了她一顿。现在，走到街上，戴红领巾的小孩儿，都喊我爷爷了。童言无欺，知道岁月无情，真的是老头了。老了就该老实在家呆着。可是，我去新浪接受采访，为了一本名叫《蛙》的新书。我进门刚刚坐定，一个小伙子，就拿着一张白纸，白纸上有黑字，很小，我看不清。他说：莫老师，我给你开通了博客，还有微博。我说博客我知道，可什么叫微博？于是他告诉了我什么叫微博。他要把我的手机和微博捆绑起来，我说，不，一听到捆绑我就害怕。小时候，被人家捆绑怕了。"②

2009年12月27日，莫言博客有了第三篇博文《博文第二》："昨日去石家庄。上午在河北师大'演讲'。之所以用引号，是我怕糟蹋了这词儿。音乐学院礼堂没有暖气，初进去冷，一会儿，人气飙升，竟不冷了。先是由两个学生，一男一女，朗读《蛙》第五部第四幕，他们拿到书不过几个小时，竟然读得声情并茂，引起台下一阵阵笑声。"③莫言在讲故事、在讲笑话、在"写日记"，这才是纯正的博客风格，这也是莫言的一种风格。这些文字都不失为精品，字里行间，让人备感亲切，仿若莫言就在面前和你"唠嗑闲谈"，无独有偶，莫言在诺贝尔文学奖颁奖典礼现场的演讲题目就叫《讲故事的人》，这正是他的质朴。

---

① 莫言：《练字说明人未老》，新浪博客 http://blog.sina.com.cn/s/blog_63acd9f50100jfrb.html，2013年4月29日查询。

② 后来新浪还是把莫言"捆绑"了，莫言有微博，http://weibo.com/moyanblog，但是，微博基本不用。

③ 莫言：《博文第二》，新浪博客 http://blog.sina.com.cn/s/blog_63acd9f50100gma9.html，2013年4月29日查询。

31

低调、淡定和自嘲,莫言是可爱的,这是莫言的真诚,更是莫言的睿智。

2011年5月,在发表最后一篇博文三个月之后,莫言拿到了茅盾文学奖,他圆了梦,"帮众人圆了梦",也"帮茅盾文学奖圆了梦"。如果当时莫言未拿茅盾文学奖,却在后来拿了诺贝尔文学奖,估计茅盾文学奖也挂不住"面子"。

并非获得大奖之前莫言不出名,莫言出名很久了,只是诺贝尔奖太大了,"人怕出名猪怕壮",一人一句,不管好坏,唾沫星子也能淹死人。诺奖之后,中国铺天盖地讲莫言,我猜想,不管茅奖或者诺奖都打扰了他的生活和创作,对他来说是甜蜜的负担,不然,他也不会在此之后就不在博客中"炫字""逗乐"。诺奖之后,众多人前赴高密东北乡"朝圣",甚至到莫言的老屋"偷草、偷菜、偷土、偷砖",让莫言头疼,他不得不声明:"请不要再打扰我的老家。"

莫言说,他并不想被那么多人关注和打扰,他只想回归宁静,感知自己的灵魂,继续自己的文学创作,继续自己关于人的文学。莫言说这话是认真的。时至今日,莫言仍旧是沉默的、低调的,不说大话,不与人争口舌。再看他的博客,心中未免唏嘘感叹。广大的读者,请不要再去高密东北乡骚扰莫言、"偷"他的东西,如果喜欢,可以上网看看他的博客,收藏他的书法,即便这些书法无法升值,却能让你触及莫言的灵魂,触摸他的那份淡定、自嘲、率真和睿智。

莫言的作品并不是畅销书,即便都是顶级的文学作品;然而,诺奖之后,市场伴随着舆论大爆发,莫言也荣登2012年中国作家富豪榜第二位。这种名人效应在莫言的博客点击量上也有体现,十余篇文章,长久不更新,其博客点击量却有1390571[1]。这是莫言的幸运,却可能是文学的不幸。我很想问问读者:诺奖之前你是否听说过莫言?是否知道他写过哪些作品?是否读过他的作品?诺奖之后,买了他的作品,你又是否有读完?我更想问读者一句:我们正在以怎样的态度对待我们的文学?读书不是赶时尚,更不是"娱乐盛宴"。如果作家真诚对待文学,那么,读者是不是也应该有一份对文学的真诚呢?

---

[1] 莫言新浪博客:http://blog.sina.com.cn/blogmoyan,2103年5月8日13:00查询。

6. 阿来：尘埃已经落定

阿来，藏家人，格萨尔王的传人，从《尘埃落定》到《格萨尔王》，阿来讲述的是藏族故事，格萨尔王成就了阿来，当然，阿来也成就了格萨尔王！

阿来博客的背景设计很简单，深棕色的页眉，连接一片米黄的横格纹！直觉告诉我，这简单又简约的空间拥有某种禅机，因为，仿佛泛黄的纸张总能散发出岁月的味道，而凡是与时间挂上钩的沉淀物就都拥有了历史寓意。实际则不然，这并非仅仅与时间有关，这和阿来有关，阿来似乎有一颗禅心！诸如博文所见，《善的简单与恶的复杂》[①]、《远游的植物》[②]、《人是出发点，也是目的地》[③]。

茅盾文学奖获得者的境界真的不同，莫言如是，阿来亦如是。他们的博客均没有链接百度百科中他们的词条，亦没有设置他们的个人简介，大有一副你"爱知不知""有恃无恐"的意味。正所谓"天下谁人不识君"，来者，自然寻人而来，寻文而来，都是有缘人，所以，阿来的博客点击量不低：1060342。[④]

阿来的博客不设置任何链接，不设置关于他的作品的任何介绍，也不设置他的联系方式。左侧置顶栏是阿来的微博[⑤]，以及他的最新微博内容。但是，似乎他不太喜欢微博，反而更喜欢博客，微博内容都是他博客内容的链接或者由博客形成的"长微博"。微博链接下方是阿来的头像，是一张他接受新浪网采访的照片。照片中，他慈眉善目，温文尔雅，精神饱满，面容投射出平静、祥和、敦厚、温驯，有几分释迦摩尼的味道，所谓禅意、悲悯情怀，由此诞生。

其实，阿来的禅意可能来自于我对藏族的印象。很奇怪，说到藏族，我首先想到的就是藏传佛教，由此也影响了我对阿来的认知，但是，毋庸置疑，阿来是"得道"的人，他对藏族的信仰十分虔诚，他乐意做一个藏族的

---

① 阿来：《善的简单与恶的复杂》，新浪博客 http://blog.sina.com.cn/s/blog_60ad606e0100hdjl.html，2013年5月8日查询。

② 阿来：《远游的植物》，新浪博客 http://blog.sina.com.cn/s/blog_60ad606e0100fwmo.html，2013年5月8日查询。

③ 阿来：《人是出发点，也是目的地》，新浪博客 http://blog.sina.com.cn/s/blog_60ad606e0100j765.html，2013年5月8日查询。

④ 阿来新浪博客：http://blog.sina.com.cn/imalai，2013年5月8日14：38查询。

⑤ 阿来新浪微博：http://weibo.com/alai，2013年5月8日查询。

传道者。

  截止目前，阿来有79篇博文，第一篇"正式博文"应该是2009年6月24日的《雪中花》，其中说道："前两篇文章，都是新浪的编辑帮忙的，一来是不会，二来，这些天一直飞来飞去，成都—北京—重庆—大连—北京—成都，先是地震，后来是写长篇，答应朋友们讲点小课之类的事情都拖下来，这次集中还了一些。过去一直没有开博，就是不知道该写什么。想写的吧，最后会发表，剩下就是这样的起居注了。也许以后会把一些将会发表的小文先与朋友们分享。"① 随文附赠两张雪中花的照片，"一张是紫菀，黄色的叫虎耳草。开在海拔三千米上下的地方"。二者皆为西藏横断山脉的花朵，不知为何，看到这两张照片，我联想到的却是雪莲花，然后想到佛陀，或者这是阿来的修为影响了我。

  阿来是一个"行者"，一个"思考者"，他上了天山，下了黄河，到过武威，来过丽江，走遍了大江南北。古人有云："行千里路，读万卷书。"阿来则处处不无感悟。《空山》三记、《武威》记一二三四、《一滴水经过丽江》都是他的行思，如他自己所说："武威行后，又到丽江，其实都在作关于藏文化边缘区的一些相关调查。说调查也不准确，因为材料多从书面上来，但从书上搜得材料后，还要想到这些事实的曾经的发生地，感受一番。不意，当地政府知道我到了丽江，邀我写一篇适合小学生读的关于丽江的文字。这是很不好写的文字，试着写了。交卷给丽江当地外，也贴在这里，聊作丽江之行的一个纪念。"② 他并不说教，只是"布道"，他说："我是一片雪，轻盈地落在了玉龙雪山顶上。"

  最能充分展示阿来的禅韵境界的则是《成都物候》系列，从"一"到"十九"，从2010年1月17日到2011年11月4日，阿来图文并茂地记录着他所居住的成都的"自然禅意"：腊梅、梅、贴梗海棠、早樱、玉兰、李、苹果属海棠、紫荆、迎春、泡桐、丁香、鸢尾、紫薇、芙蓉、栀子、女贞、荷、桂。每一篇都是图文并茂的佳作，读来让人心神宁谧。2012年2月9日，他又写下《成都物候记序》，为此做了一个总结，原来，2010年年初，他检查出胆囊有问题，要手术切除，但是，他害怕动刀子，"术前的夜晚，

---

  ① 阿来：《雪中花》，新浪博客 http://blog.sina.com.cn/s/blog_60ad606e0100dry0.html，2013年5月8日查询。

  ② 阿来：《一滴水经过丽江》，网易博客 http://imalai.blog.163.com/blog/static/1322078652012727228080/，2013年5月8日查询。

更要出去走路。那夜,走在锦江边上,突然从朦胧路灯光芒中嗅到一股浮动的暗香。于是,不由自主地停下来,深深呼吸,让那香气充满心胸同时,还将自己薄薄地环绕。此时,幽暗的锦江水上浮动着两岸迷离的灯光。于是,心安。于是,拨开树丛见到了那树早开的蜡梅。那一夜,回到医院也睡得空前安详。我是一个爱植物的人。爱植物,自然就会更爱它们开放的花朵——这种自然演化的一个美丽奇迹。因为,植物最初出现在地球上时,是没有花的。直到一亿多年前,那些进化造就的新植物才突然放出了花朵。虽然,对于植物本身来讲,花意味的就是性,就是因繁殖的需要产生的传播策略。但人从有最初的文明以来,就在赞叹花朵匪夷所思的结构,描摹花朵如有神助的设色,提炼或模仿令人心醉的花香。读书的习惯没有让我心安,而爱植物,爱花的习惯却助我度过了一个心理上的小难关。"① 读来,我只想说,对自然的虔诚,就是对灵魂的虔诚,如他所言:"在我的经验中,大多数人都在为生存而挣扎,而争斗,但文学让我懂得,人生不止是这些内容,即便最为卑微的人,也有着自己的精神向往。而精神向往,并不是简单地把自己托付给中介机构一样的神职人员,或者另外什么人,就可以平稳地过渡到无忧无虑无始无终的天国,而是在自己的内心生出能让自己温暖,也让旁人感到安全与温馨的念想,让她像一朵花结为蓓蕾,悄然开放,然后,把众多的种子撒播在那些荒芜的土地之上。"②

是什么让阿来收获了禅意?是文学,更是格萨尔王。阿来的博客文章主要有三类,一是意识富含禅韵的散文或行记,二是关注汶川和玉树的大文章,另一类就是民族的寻根——关于格萨尔王。博文之中,你很少能够见到让阿来蜚声中外的《尘埃落定》,唯一一篇,也是他的最新一篇博文,是《〈尘埃落定〉十五周年纪念版后记》,但是,关于《格萨尔王》的创作却清晰可见。他在行走,在寻找,在奋笔疾书,格萨尔王就在他心中和文中,格萨尔王的雕像也多次出现。也难怪,开博期间,正是他创作《格萨尔王》的时期。2009 年 8 月,他写下《我的格萨尔故乡还愿之旅》,其中说道:

不是第一次了,写完一部作品后,总要重新游历一遍作为故事背景的那片大地。有些时候,这种游历会有一个直接的结果,《尘埃落定》之后,我

---

① 阿来:《成都物候记——序》,新浪博客 http://blog.sina.com.cn/s/blog_60ad606e010104tl.html,2013 年 5 月 8 日查询。
② 阿来:《人是出发点,也是目的地》,新浪博客 http://blog.sina.com.cn/s/blog_60ad606e0100j765.html,2013 年 5 月 8 日查询。

就曾经重新游历了当年嘉绒十八个土司的故地,四川省阿坝州和甘孜州的部分地区,不意间又写了一本叫《大地的阶梯》的书,一本地理、文化、历史交相辉映的书,当然也可以说是一本芜杂的书。更多的时候,则只是行走与回味,也许,正是在这样的游历中,新的故事又在心中生长了。①

2009年8月,阿来在法兰克福书展应邀演讲,他的题目是《没有一种固定不变的民族文化》,结尾他说:"即便是最为悲观的人也会对这个世界怀有一些美好的期望,所以,我也对不同文化间彼此平等,弱势文化真正被尊重,抱着一份美好的期待,尽管我知道,这种期待其实相当渺茫。"格萨尔王,雪域高原的神!千百年来,说书人口口相传,而阿来就是格萨尔王的传人,他始终没有忘记自己的民族,并将民族文化推向世界,并虔诚地将民族的瑰宝写到纸张上。

透过阿来博客,我们可以发现:阿来向善,心有禅机,悲悯天下。因为,格萨尔王就是他心目中的佛陀!

7. 麦家:解密暗算的人

麦家原名蒋本浒,麦家本来是其笔名,现在,他的身份证也是麦家了。

说到为何取笔名麦家,他自己说,旧年,家里的成份不好,但是,他却好读书,11岁开始写日记,11年之后,看到《麦田里的守望者》,突然顿悟,开始了自己的创作。更深刻的原因是,为了告诫自己,小时候家里是种麦子的,所以他取名"麦家"。这个名字时刻提醒他,让他不忘了自己是从一个跟麦子有关的家庭走出来的,让他始终记住自己的根在哪里。如今,"麦家"二字拥有巨大的社会价值、文化价值和商业价值,一旦创造了巨大价值,就回不了头,他只能叫麦家,但是,在一档电视节目当中,他自己说,"麦家"是属于大众的,"蒋本浒"则是属于我的亲人。"念亲恩",麦家在提及儿子姓"麦"或者"蒋"时讲到了父亲,因为,父亲刚刚去世,到此,他的眼眶也湿了。

麦家是个质朴的人。诚如英文歌曲所说"old and wise",岁月让人智慧,时间也让他回归传统。2012年10月18日,麦家发表博文《历久弥新的感动》,为父亲周年祭:

---

① 阿来:《我的格萨尔故乡还愿之旅》,新浪博客 http://blog.sina.com.cn/s/blog_60ad606e0100eiie.html,2013年5月8日查询。

第二章　风光无限：全国文学大奖得主博客

昨天是父去世周年祭日，六点钟就起床赶回去祭祀。烧了一小时的纸钱，若论金额少说有百万。风大，纸灰满天飞，母亲说这样好，飞得越高父亲取得越多。纸灰呈灰白色，母亲也说这样好，越白说明父亲在阴间活得清白。母亲还要我们在灰堆上盖手印，男左女右……讲究之多之庄重，让我一时觉得父亲没死，只在远方……"①

质朴的文字，读来让人感触颇多，继而潸然泪下。

《暗算》《风声》等小说的成功，让麦家声名鹊起，很多人称呼他为"中国的丹·布朗"。麦家的侦探推理小说行文简洁有力，布局精巧，很适合转化为电视和电影，他本人也有编剧身份，人们也称呼他为畅销书作家、逻辑推理大师，但是，他的博文却看不出这些。打开他的博客，看着他和父母在一起的泛黄的老照片，会觉得他是一个邻家的孩子，朴素的一如麦子，然而，行文间掩饰不了的却是他的睿智。他的博客空间铺满了金黄的麦穗，博文都处在这片金黄当中，这幅景象鲜明地告诉人们，麦家就是麦田里的"守望者"，而守望是因为要"捕猎"。仿若一双藏在暗处的雪亮的眼睛，让人如芒在背，这就是麦家的"老谋深算"，然后，你才知道，他喜欢制造悬疑，解剖分析，层层推进，探寻究竟。

5213851②的点击量在茅盾文学奖作家中绝对算最高，这和他的"剧作家"身份不无关系，影音传播比纸质传播的社会影响力还是要大些。不然，电视和电影明星也就不会有那么多粉丝，但是，说到底麦家是一个作家，靠文字吃饭。他有190篇博客文章，整整38页，博客有公告："本博客是麦家与广大读者的交流平台，所有博文欢迎个人或公益性团体转载、使用，但若涉及商业用途，务请先发信与我联系。"他的博客不设链接，左方最下面则关注着"扬帆计划"③，同在四川成都，阿来和麦家都对此公益活动设置了关注，这让我肃然起敬。

麦家的博文分类中，"世界杯专栏"共有59篇文章，这引起了我的关注。仔细观察，方知道麦家最早的博文就和世界杯有关。麦家开博是2005年10月31日，这在名作家当中是较早的，可以算得上是第一批吃螃蟹的人，当日他就有一篇"博文"《我认为谁是美女？》，但是，此文只有题目，

---

① 麦家：《历久弥新的感动》，新浪博客 http://blog.sina.com.cn/s/blog_5555b48c0101aqg3.html，2013年5月8日查询。
② 麦家新浪博客：http://blog.sina.com.cn/maijia，2013年5月8日16：53查询。
③ 扬帆计划——我要读书，让贫困地区的孩子有书读。

却无内容。他真正意义上的第一篇博文出现在 2006 年 6 月 9 日，标题为《感谢世界杯！我终于开博》①，文章对他开博的前因后果做了交代。应了某报纸的专栏邀约，麦家开始写世界杯，纸媒和网络媒介相结合，他也开始了博客之旅。2006 年世界杯期间，他推出了《暗算世界杯》系列，前后 30 多篇文章，诸如"王者归来、无需太多、暴风一族、铁血时分、黑色午夜、梦死醉生、沉默是金、左右为难、沙漠寂寞、江湖明道"的副标题像极了玄机重重的谍战片。2010 年，世界杯期间，他又推出了《风雨世界杯》系列，共 24 篇。想来，他应该是一个铁杆足球迷，当然，也不排除另外一种可能——对于他这样的推理演算高手，世界杯正好是个合适的舞台。

茅盾文学奖获得者的名家不可能将小说放到网上直接第一次传播，除非是已经出版和发表的，所以，麦家的文章列表中，"小说"只有 1 篇，《〈暗算〉之〈序曲〉：谨以此书献给安院长并全体 701 人！》。说到底还是"暗算"，还是 701，不足为奇。"访谈"类麦家也放置的不多，只有 8 篇，另外还有"回复" 2 篇，"背景" 15 篇，这些都是关于他的新闻和著作的一些信息介绍。

最多的博文是"随笔"，共 61 篇，大都为麦家真情实感之作。比如"属于时间"系列，"我心里的几片羽毛"系列，"我心里的几片羽毛之五"，他写道："写作是坐牢。写作每天把我关在屋子里，我不觉得这是愉快的。但是我知道，如果让我每天出门，去办公室上班，去各种公共场所——茶馆、酒吧、夜总会——跟一些认识或不认识的人谈天说地，那样的话我会更不愉快。没有谁想有意为难我。不是这样的。问题是每个人身上都存在着这样或那样的需要别人适应或理解的种种习惯，甚至毛病。对我来说，我要忍受自己和自己的那些问题已经让我感到困难了，更不要说去忍受别人的。一个人呆在家里，除了有点孤独无聊外，没什么对付不了的困难，而写作又是对付无聊的好办法。"②

他的随笔中不乏针砭时弊的文章。比如 2010 年 9 月 1 日的《李敬泽词

---

① 麦家：《感谢世界杯！我终于开博》，新浪博客 http://blog.sina.com.cn/s/blog_5555b48c010003wa.html，2013 年 5 月 8 日查询。

② 麦家：《我心里的几片羽毛（之五）》，新浪博客 http://blog.sina.com.cn/s/blog_5555b48c010003zt.html，2013 年 5 月 8 日查询。

第二章 风光无限：全国文学大奖得主博客

条》，看到百度和谷歌的"李敬泽词条"①，他觉得"就像廉价的印刷画或是海滩上的沙砾，平凡得连虚张声势的精神气都没有"。麦家重写了该词条，写得很长，文字既幽默又犀利，对李敬泽表达出惺惺相惜之情，这里不全文附送。麦家为何对李敬泽有这份友情和尊重？2007年10月刊的《人民文学》破天荒为麦家"开先例"，全文刊载长篇小说《风声》，这正是李敬泽的魄力。再往前说，麦家获得今日之名望和成就，也是蛰伏多年。当初，他发表长篇《解密》四处碰壁，省内刊物尚且都不接收，他横下心将稿子寄给中国青年出版社和《当代》杂志，后来，却顺利出版了。他在另一篇博文《好作品还要好运气》提及此事时就说："这就是我们的出版界，认人不认作品，作品写好了还要运气好，像中彩票一样的，要碰到伯乐。这些年，出版社为了一部名家的稿子，恶性竞争的例子时有发生，其实何苦呢？我经常看到一些无名作者的好稿子，觉得好，推荐给出版社，他们总是不要，而宁愿要一个有名作家的烂稿，甚至是想象中的稿子。这显然不是一个成熟的出版界。"②

更引起我的注意的是"随想"栏目，5篇文章。"随想"和"随笔"，为何设置两个栏目？打开"随想"，方知绝非"随想"，应是"重要之作"。第一篇随想是开博的纪念文章《感谢世界杯！我终于开博》，第三篇是关于汶川地震的《拷问记》，第四篇是他针对"消灭网络"③传言愈演愈烈后的无奈澄清文章《2010年04月10日》，第五篇是他的最新力作《刀尖》的系列博文中的一篇。最特殊的是第二篇，发表于2006年6月14日的《BLOG的具象》④，说的是他的"博客头像"的由来。他的头像是一幅涂鸦漫画，那是时年刚刚9岁的麦家儿子所画，一堆格子状物体和一个放风筝的人。麦家问儿子那是什么意思，儿子说是"放飞理想风筝的爸爸"。麦家则说："我看

---

① 著名文学评论家、编辑家，山西芮城人。1964年生于天津。1984年毕业于北京大学中文系。同年进入中国作家协会工作，历任《小说选刊》杂志编辑，《人民文学》杂志编辑、编辑室副主任、主任、副主编。20世纪90年代开始从事文学批评，以侧重分析当下文学现象、推介文学新人见长。著有评论集《颜色的名字》《纸现场》《目光的政治》《看来看去或秘密交流》《冰凉的享乐》《读无尽岁月》《文学：行动与联想》《见证一千零一夜》《为文学申辩》及长篇散文《河边的日子》等。作品曾多次获奖，2000年获冯牧文学奖·青年批评家奖，2004年获华语传媒文学大奖·评论家奖，2007年获鲁迅文学奖·理论评论奖。

② 好作品还要好运气：新浪博客 http://blog.sina.com.cn/s/blog_5555b48c0100i8uq.html，2013年5月8日查询。

③ 一个研讨会上，麦家所作《网络时代的文学处境》，被网民误读，引起轩然大波，他也被无数网民声讨。

④ 麦家：《BLOG的具象》，新浪博客 http://blog.sina.com.cn/s/blog_5555b48c010003z8.html，2013年5月8日查询。

如果真要有一个标题，有一个平庸点的可以是'爬格子的麦家'——有点辛苦、有点执著。"

8. 刘醒龙：生命高原的天行者

"为何我眼里满含泪水？因为，我对这土地爱得深沉。"艾青先生的这句诗被无数人在无数的文章中引用，我也曾多次引用，而打开刘醒龙的博客，面对他的博文，我又一次想到这句诗，这一次是不由自主。

"这是我第一次描写父亲。/请多包涵。就像小时候，/我总是原谅小路中间的那堆牛粪。/这是我第一次描写家乡。/请多包涵。就像小时候，/我总是原谅小路中间的那堆牛粪。"

这是刘醒龙第二篇博文《抱着父亲回故乡》里的诗句，发布时间是2013年3月15日，这是一篇祭奠文章，文中还写道：

"我很清楚，自己抱过父亲次数。哪怕自己是天下最弱智的儿子，哪怕自己存心想弄错，也不会有出现差错的可能。因为，这是我平生第一次抱起父亲，也是我最后一次抱起父亲。"①

这里的"抱着"，是格外的疼爱，格外的沉重，格外的温暖。亲情是任何人都无法迈过的额头，作家亦如此。我虔诚地认为：每个真正的作家都应该是一个孝顺的儿子或者女儿，如果，连亲情都无，那么，自然也就谈不上感情丰富、思维细腻，又如何做文章呢？刘醒龙在这篇博文中写的都是平凡小事，情真意切，百转千回，4000余字，反反复复仿若呓语，托出的是人间正道。

无独有偶，2006年2月5日，他有博文《借你的奶奶做母亲》，这是一篇写母亲的文章，视角却是他小女儿的，记录的同样是家长里短，文中可见作者惊人的观察力和高超的叙事能力："我们是在黄昏时刻到家的。从车窗里望见系着抹腰的母亲孤单地等候在院门外的那一刻，我第一次发觉，一生中最先学会、叫得最多、最了不起的称谓，竟然无法叫出声来。是女儿趴在怀里，冲着奶奶，响亮而又深情地替我叫了一声生命中最爱的母亲。母亲灿烂的笑容，分明是冬日苍茫中最美丽的景致。"② 人到中年，对于亲情倒是

---

① 刘醒龙：《抱着父亲回故乡》，新浪博客 http://blog.sina.com.cn/s/blog_46cd54b5010168cr.html，2013年5月8日查询。

② 刘醒龙：《借你的奶奶做母亲》，新浪博客 http://blog.sina.com.cn/s/blog_46cd54b50100025w.html，2013年5月8日查询。

第二章 风光无限：全国文学大奖得主博客

显得有些拘谨，在心头，却难说出口，倒是"童言无忌"，真情流露。同样是几千字的文章，最后，他写道："那一天，我将女儿叫到身边，故作神秘地问，将你的奶奶借给我当母亲好不好。女儿很快就明白我在逗乐，一边说奶奶本来就是你的母亲，一边像小猫小狗一样快乐地跑开了。所有的青春少女都是在快乐中渐行渐远，直到无踪无影，留下来陪伴终生的都是不再将爱字说出口来的老母，那才是每一个人的至亲。"①

刘醒龙的博客界面很简单，背景是淡淡的蓝天和淡淡的白云，头像是他的一部作品名称"圣天门口"，总访问量为716339②，左侧一栏有音乐设置，下面是他的微博和置顶的几条微博内容，再下面是照片播放器。博客还设置有几个链接：《芳草》大型文学杂志（双月刊）\中国作家网\上海《文学报》\北京《文艺报》\人民网文化\左岸文化\武汉市文联\中国艺术批评。右侧一栏置顶是他的个人简介，资料经他精心编辑，历数了他的个人信息和所获奖项，同时，他还特别设置了"我去过的地方"，并专门开设"《圣天门口》评论"栏目。

2005年，博客在新浪刚刚兴起，他就已经开设了自己的博客空间，2005年10月12日，他发表了第一篇博文《民族叙事与史诗意味的凸显（上）》，一出手就是一个宏大命题。2005年12月1日，他又有文章《文学要读者不要"粉丝"》出现在空间，他说："文学需要的是读者，而不是'粉丝'。'粉丝'太多，就算杀不死文学，杀死他们热捧的某位却是可能的。"③尽管这些文章都非"一次传播"，是已经发的文章的电子版，但是，他已经在尝试用博客"说话"。

2005年到2013年，8年的时间，他的博客从未间断，157篇博客，成果颇丰。他将文章分为三类，"天佑诗情"4篇、"散文随笔"56篇、"私人文事"61篇。其中很多博文是关于他的重要著作，诸如《凤凰琴》《天行者》《圣天门口》，而说得最多的是《圣天门口》，但是，他并非"王婆卖瓜，自卖自夸"。每一次说自己的著作，他都有不同的解读，诸如《谁先被历史所杀？》。另外，他也乐于接受别人对他或者他的著作的评论或访问，诸如《阎晶明：不应该被遗忘的人群》《刘醒龙：对小人物充满敬畏 文学之外的

---

① 刘醒龙：《借你的奶奶做母亲》，新浪博客 http://blog.sina.com.cn/s/blog_46cd54b50100025w.html，2013年5月8日查询。
② 刘醒龙新浪博客：http://blog.sina.com.cn/liuxinglong，2013年5月8日21：07查询。
③ 刘醒龙：《生命之上，诗意漫天》，新浪博客 http://blog.sina.com.cn/s/blog_46cd54b50100u0j0.html，2013年5月8日查询。

东西不在乎》。

　　作为社会名流，刘醒龙关注社会，把文学精神践行于当代。比如，《谁是离我们最远的人?》中他说道："如果'希望'是常态，就不用搞'工程'了!!!! 这是我在2009年最后一天里反复问自己的一个问题。"有些话不便明说，更不能明说，四个感叹号，不言而喻！这正是作家的社会责任感。作为名家和《芳草》杂志的主持人，他也关注文学界，阅读文学界，诸如为阅读感受《边地王者》①和他人的序文《善爱到灵魂》②、《与上帝和解》《纪念道德崩溃的日子》。当然，他的爱好也是多元的，比如在博客中也能见到他的书法。而行纪则是他的博客的重要组成部分，比如"新疆九日"系列、比如俄罗斯行纪《海在心的深处》③。

　　喜欢行走的人，必有人文情怀，而我读刘醒龙，最在意他的"文学诗性"。

　　且不去评论他发布的4篇诗歌（实际是三篇），仅仅"天佑诗情"这个栏目标题就让我肃然起敬，一个拥有和爱惜"诗性"的作家，必然是一位不凡的作家，诚如，他的博文《生命之上，诗意漫天》，那是他的茅盾文学奖的致谢词：

　　我回到离古城黄州只有二十公里，一个叫刘家垸的小地方，在爷爷长眠的小山上，为年迈的父亲寻找最后的安身之地。在爷爷的坟头前我长跪不起，并用乳名自称，以让老人家认识这个曾经受到百般宠爱的长孙。那时候，我不曾丝毫记起文学。等到我一步一步地离开茅草与水稻，十里百里地朝着城市远去，才发现缭绕在身前身后的全是文学情愫。一个人的生命之根，是感恩的依据，也是其文学情怀的本源。每个读书人都有其永远摆脱不了的情结，于我而言，这情结的名字就叫文学。无论文学是辉煌还是寂寞，也有她永远摆脱不了的情结，这情结的名字就叫诗意。"④ 这样的文字掷地有声。一个有情有义的作家，一个一身正气的作家，一个敢于担当的作家，一个不断探索和发声的作家，这就是刘醒龙！他对文学是真诚的和虔诚的，

---

① 刘醒龙：《边地王者》，新浪博客 http://blog.sina.com.cn/s/blog_46cd54b501016w9v.html，2013年5月8日查询。

② 刘醒龙：《善爱的灵魂》，新浪博客 http://blog.sina.com.cn/s/blog_46cd54b50100tjpx.html，2013年5月8日查询。

③ 刘醒龙：《海在心的深处》，新浪博客 http://blog.sina.com.cn/s/blog_46cd54b5010001ld.html，2013年5月8日查询。

④ 刘醒龙：《生命之上，诗意漫天》，新浪博客 http://blog.sina.com.cn/s/blog_46cd54b50100u0j0.html，2013年5月8日查询。

第二章　风光无限：全国文学大奖得主博客

在《有一种伟大叫巴金》① 中说："是您自己的选择，还是上苍的安排，泪水清扬的满月，就这样载走了亲爱的巴金老人！从此以后，谁堪做文学中国的良心？我惟有匍匐在山海关外的茫茫大地上，祈望天空那颗最大最圆的月亮成为您的永生！"

从乡土之中走出，长大之后，他无法再回去，他说，乡土给文学以生命，文学却是乡土的挽歌。背着文学精神的负重，开拓文学之路，他这样说自己：

"我一直对自己的身份感到怀疑。身在武汉，我总被认为是乡下人，而在乡下，却从来没有人认为我是农民；我明明在县办小厂当过十年工人，在真正的产业工人面前却又自愧不如；成为作家后，我被认为是知识分子，却还是缺乏真正的身份认同感。"② 他说："飘泊是我的生活中最纠结的神经，最生涩的血液，最无解的思绪，最沉静的呼唤。说到底，就是任凭长风吹旷野，短雨洗芭蕉，空有万分想念，千般惦记，百倍牵肠挂肚，依然无根可寻和无情可系。"③

诗意漫天，他不会选择沉默，与上帝和解。他选择做天行者。

二、鲁迅文学奖得主博客

获得鲁迅文学奖可能比茅盾文学奖相对容易一些，不仅仅是因为茅盾文学奖是长篇小说领域的问题，这里我只是比较获奖概率，毕竟鲁迅文学奖考虑得更"周全"，"粥"也就比茅盾文学奖多了不少，从而让各个领域的佼佼者都有获得最高认可的机会，于是，这也似乎就注定了鲁奖名作家博客要比茅奖名作家博客要多。

看上去，这是没有因果的因果关系，可能是我牵强附会，但是，网络世界的法则似乎总喜欢和现实世界相反。鲁奖名作家不仅开设博客的众多，且

---

① 刘醒龙：《有一种伟大叫巴金》，新浪博客 http://blog.sina.com.cn/s/blog_46cd54b50100006e.html，2013 年 5 月 8 日查询。

② 刘醒龙：《乡土不是净土》，新浪博客 http://blog.sina.com.cn/s/blog_46cd54b501000b9w.html，2013 年 5 月 8 日查询。

③ 刘醒龙：《钢构的故乡》，新浪博客 http://blog.sina.com.cn/s/blog_46cd54b50100sxwn.html，2013 年 5 月 8 日查询。

经营博客的态度大都非常认真,是真的在博客里搞文学或者做文化。

由于鲁奖获得者开设博客的较多,而我只能在此选择其中五位,所以,很多鲁奖获得者的博客我分配到了后面的一些章节中,比如于坚,我将他分配到了诗人章节;比如杨黎光,我将他分配到了报告文学章节。这让我苦恼,也让我欢喜。我以为,鲁迅文学奖的综合性恰恰更好地反映当下的文学生态与网络是有密切联系的,这种联系正好让我看到作家们正在以积极的心态面对文学和生活,未来可期。

9. 徐坤:春天的二十二个夜晚

"传统的批评家,除了积攒一些不痛不痒、千篇一律的等腰著作等着评定职称,还能干些什么呢?批评家要想重新赢得人们的尊敬,首先必须坚定自身的道德文化立场,除了加强批评队伍的理论建设外,还要勇于对现实发言,对净化文化环境发挥积极作用……同时身为作家,我们是不是也要时刻反省吾身,时刻问自己:是否忘记了初进文学创作这条道路时曾发誓要追求永恒、要完成打造艺术作品永久魅力的使命?批评家就应该是那样一群人,那样一群时时提醒我们不要忘记使命的一群人,那样一群令人尊敬的智者和贤者。"① 徐坤如是说。"批评的激情与作家的伦理",可以看出她对作家和批评家的独到认知。她并非"信口开河",而是"有感而发"。写作几十年,著作颇丰,又是鲁迅文学奖获得者;同时,她的很多精力则放在文学批评上,理论成果卓著。在此,我并没有说成是文学评论,在我看来,徐坤是热衷于文艺批评。诚如哈贝马斯所说,文化应该具有批判意识,且相比来说其主要功能和内容也应该是批评,徐坤心中亦如是。正因为心中拥有这样的价值,徐坤才会用心写作,并热衷于批评,两者她都做得很好。

作家?批评家?不,我眼中,她更是一位知识分子,这才是本质。

一个真正的知识分子,她清楚自己要坚持什么,她有她的文化担当。

她的博客背景同样也不复杂,亦不花哨,置顶是湛蓝清澈的海水,几把散落的精致的伞,博客认证词为"作家,小说《厨房》《狗日的足球》,话剧《性情男女》,长篇《春天的二十二个夜晚》"。她原籍辽宁沈阳,1993年,年过而立,她开始发表作品,2000年凭借短篇小说《厨房》获得鲁迅文学

---

① 徐坤:《批评的激情与作家的伦理》,新浪博客 http://blog.sina.com.cn/s/blog_4709e80d0102dxzn.html,2013年5月14日查询。

第二章　风光无限：全国文学大奖得主博客

奖。博客中，她对自己的认证是"北京作家"，她没有写上原籍，可能定居北京多年，她习惯了。她的头像是她的照片，身穿红色外套，带着眼镜，没有一丝东北人的粗犷，反而满是京城人的华贵气息。这是她知识分子的精气神，处在文化之都，浸染的是精英的气定神闲。但是，她没有忘记东北，东北是她的创作素材，追寻理想的道路上，她把黑土地的味道都融入了她的知识和话语，并且天衣无缝。

诚如杨炼所说："天底下无所谓故乡，也无所谓异乡，你就生活在那片从来没有过你的土地。"对于故乡的模糊，也许可以理解为她的包容。"何谓包容？对一个社会而言，是要有海纳百川的气度；对作家自身而言，是要有厚德载物的胸襟。社会对于文学的理解，应该犹如诺贝尔文学评奖一样，不仅要包容和提倡那些体现正能量、表现出理想倾向的文学作品，同时也要表彰那些揭露黑暗面、把人类从苦难和黑暗中提升到光明境界的作品。"① 一个真正的知识分子应该具有这种胸怀，此博文有关第二次"中国·澳大利亚文学论坛"，其中有一张合影，莫言也在其中，且在前排最中间。不同于很多作家对莫言的"争风吃醋""嫉妒眼红"，莫言获得诺贝尔文学奖后，她也在博文上祝贺，并写道"莫言得上了，真心的激动和高兴！为他，也为中国文学。说心里话，如果这次赌奖赔率排在前边的不是莫言，而是王蒙、铁凝、余华、王安忆、阎连科、刘震云、阿来等如今在国际文化交流舞台上非常活跃、译本非常多的优秀作家，我也一样会倒计时守在电脑前，焦急等待他们获奖的消息。我是真心希望咱中国作家获得这个奖，了断纠缠了好几代人的心结，让文学一扫被边缘化的阴霾，能够重振辉煌，得到更多正能量的关注，还原所承载的光荣与梦想。"② 一个作家的真诚铸就了她的胸怀，她的胸怀里不是某个地点或者某个人，而是一个家国，是一片天下。

看看她的履历：1982年9月至1989年7月在辽宁大学中文系读本科、研究生，获硕士学位。2000年9月至2003年7月在中国社会科学院研究生院攻读博士，获文学博士学位。1990年至1996年，中国社科院亚太所。1996年至2003年，中国社科院文学所。2003年至今，北京作家协会。现为北京作家协会党组成员，驻会一级作家，北京市青联委员，中国作家协会全

---

① 徐坤：《文学与包容》，新浪博客 http://blog.sina.com.cn/s/blog_4709e80d0102ecfu.html，2013年5月14日查询。
② 徐坤：《我看莫言——祝贺莫言获得诺贝尔文学奖》，新浪博客 http://blog.sina.com.cn/s/blog_4709e80d0102e7sn.html，2013年5月14日查询。

国委员会委员。

博士学历,研究院的学者身份,作家,社会团体的成员,同时有官职,种种都决定了她和一般的作家不同。她关注的东西更多。单单说她的博士身份,拿到鲁迅文学奖,她完全没有必要再去拿一个博士学位,但是,她本身仍旧有这份坚持。博士身份在现有的一线作家当中几乎是鲜有的,此表现的是她作为知识分子和学者的诉求。她的博文中最多的就是"批评",当然,也可以说成是评论。从学术交流会议的发言或者演讲,到对图书或者文章的分析,或者是对时下电影的点评,总归她时刻关注着文化界。最新博文她则赞扬了小剧场:"小剧场的戏,以其轻捷,以其明快,以其热切,以其迅疾,恍如城市钢筋水泥玻璃幕墙森林中的一乘快骑,打着响鼻,吹着唿哨,蹄音嗒嗒,鬣毛振奋,鼻息吼春雷,蹄声裂寒瓦,如长风、如细雨,在干燥雾霾的城市里迅疾掠过,时时掀起阵阵涟漪。"

她的博文中也有关于她自己的文章,或者是小说,或者是作品评述,或者是活动近况,首页就有她"再向豆坪小学捐款20万元并设立'作家爱心助学基金'"的报道,配有她和孩子们在一起的照片,曰"你有希望,中国便有未来"。

她的心态很阳光,博客设置了她的新浪微博链接,显示了首条微博,内容为转发:"哈哈哈。对英国人再次无语了!!前几天,有5000名英国最顶尖的马拉松选手参加了全英北马拉松大赛。可是!最后只有一个人跑完全程。(所以自然拿到冠军)因为。。其他人。呃。第一名跑太快。。而跑在第二名的人又跑错了岔路。所以带着后面4998人全部跑错了。"看罢,我也跟着乐了。

这则短短的笑话,我似乎读出了她的弦外之音:领跑者出现了问题,可能就成了笑话。同样,一个社会,知识分子是精英群体,即领军群体,他们引领着时代。知识分子应该怎样自处?她在博文中大胆发问!不仅仅以作家的身份。

《水流云在:英若诚自传》,这是她2011年"读过的一本最有价值的书。这也是一本真诚和感人的著作"。并由此有了"知识分子:向死而生——读《水流云在:英若诚自传》[①]"一文,作为一名知识分子,她回答:"什么叫知识分子?知识分子就是一刻也不放弃光明和希望、永远也不放松对自己要

[①] 徐坤:《知识分子:向死而生——读〈水流云在:英若诚自传〉》,新浪博客 http://blog.sina.com.cn/s/blog_4709e80d0102dtha.html,2013年5月14日查询。

求的人。为了不使自己脑力被废黜，在任何残酷非人的环境下都顽强而决绝地进行智力操练。知识分子，向明天，向未来，向死而生，永远担当着民族的良心。"

569260① 这是她的博客点击量，我亦聆听其声。她说，其实她更喜欢《水流云在：英若诚自传》的英文名称，以此行英文小结，合适不过：Voices Carry：Behind Bars and Backstage during China's Revolution and Reform（可直译为《声音传播：在酒吧和后台进行的中国革命和中国改革》）

10. 熊育群：寻找路上的祖先

熊育群，对文学情有独钟的岳阳汉子，新鲜出炉的鲁迅文学奖获得者，我关注他的散文已经很久。

我和他本人有些渊源，2007 年，我受邀于光明日报出版社主编"走进文化大师"系列，其中一本就是他的文艺对话集《把你点燃》，此书反响甚好，2007 年 1 月出版，2008 年 1 月就再次印刷。此书原本是熊育群以对话形式在羊城晚报开辟"文艺现场"版推出近二十个名家对话专版，曾由中国文联出版社结集成《一直在奔跑——艺术大师对话》于 2003 年 10 月出版。

打开熊育群的博客空间，我首先想到的就是远方。博客顶部背景是一片暮色中的大地和天空，几株模糊的芦缨，也可能是马尾草或者其他，淡蓝的天空中飘着两朵被夕阳映得金黄的云彩；空间其他的背景则是一致的，无边无际淡黄色或者米黄色，这更让我想到遥远的旷野，无边的戈壁或者漫长的历史。"我是一个富有好奇心并喜欢在路上的人，一个不喜欢墨守成规，不热爱世俗生活的人，喜爱文学便是最自然不过的事情……一生就像流水，不知前方流向哪里，但总是向生活的低处流。但回头，一步一步却全是文学的影响。"② 这样简约而不简单的空间色调似乎正好寓意着他非同一般的时间观和人生观。

他的头像中规中矩，是他的一张照片，中规中矩中却有另外一番意味。照片中，他的面庞几乎覆盖了整个画面，唯一露出的背景，看得出是饭店之类的聚会场所，因为，有很多的红布，而熊育群坐在那里，微微昂起头，戴

---

① 徐坤新浪博客：http://blog.sina.com.cn/xukun，2013 年 5 月 14 日 22：08 查询。
② 熊育群：《一生就像流水》，新浪博客 http://blog.sina.com.cn/s/blog_485f68420100lspc.html，2013 年 5 月 9 日查询。

着一副眼镜,目光深邃,表情坚定,仿若告诉我们,他的思考并不属于这个热闹的场地,身处繁华之中,他也一直看着远方,想着远方,粘着远方。如他自己所说:"而立之年,我从长沙迁居广州,在一个商潮涌动充满财富传奇的南方,是否放弃文学,内心犹疑。放弃她,不只是对当初理想的否认,也是对自己心灵的背叛。①"

从长沙到广州,这是一步跨越,但是,他并未忘记潇湘,反而他对他的"湘人"身份特别在意,甚至因此有几分说不出的自豪感。他对自己的简介是"熊育群,端午节出生于汨罗江畔",端午节和汨罗江畔,我猜想他的灵魂在深处尝试穿越时间,与屈子产生应和,他无法割舍,他有自己的解读:

"汨罗江与洞庭湖交汇的地方,是洞庭湖东汊,又叫汨罗江尾闾,在这片平坦、辽阔的荒洲,十二条河流流得非常平静。河流之上散落着一些村庄,稀稀落落,远远望去,只看得见小片的灰,那是房屋的青瓦。多雾的雨天,远处的行人总是朦胧而又行色匆匆,鹧鸪的叫声从屋后菜园传来,声音清新又湿漉漉。暮色里的屋檐,在不经意的一瞥中,变作一道黑色的剪影。一条水牛突然无事生事对着天空长哞一声……"

雨中的潇湘清丽而又古老,淡雅而又厚重,他的灵魂也在十二条河流中流淌。

他从业经历丰富:"同济大学建筑工程系毕业,任过湖南省建筑设计院工程师、湖南省新闻图片社副社长、羊城晚报高级编辑、文艺部副主任,一级作家,现任广东文学院院长、中国作协散文委员会委员、同济大学兼职教授、广东省作协散文创作委员会主任。"简介中有他的各种散文作品,下方也列出了主要作品的封面。而我特别注意到他的各种身份的重叠。多重身份不无好处,特别是记者的身份给了他走向远方的一扇门,而不至于成为"穴居作家"。不同的人生经历,多元的知识构成,并没有让他消失在喧闹的人群,促成的是他对自己不断回归,这种回归是"永怀灵魂的应和",坚持用远方写散文和诗歌。"红尘中,我在出发,像追问大地一样走向世界的各个方向,具体的事物与古老的文字,总被这样的追问打开,生命的感受与自然奇妙的结合,让感觉、情感、死亡、悟……与灵魂秘语。这成就了我的心灵

---

① 熊育群:《一生就像流水》,新浪博客 http://blog.sina.com.cn/s/blog_485f684201001spc.html,2013年5月9日查询。

第二章　风光无限：全国文学大奖得主博客

史，也成就了我的散文时代。①"

2006年1月开博，最后一篇文章则是2012年年底，整整六年的时间，他的博客点击量不算高，61657②。我并不认为这和他的博客文章量有关，尽管他更新的频率确实不高，文章只有6页，40篇文章左右。点击量不高应该主要和他的博文风格有关。坚持自我，坚持文学理想，作独具匠心的文章，他的博客干干净净，没有一篇类似"琐碎日记"的小文章，都是宏大的"散文随笔"，具有文学的高尚性、文艺的高深性和文化的高雅性。不仅如此，要阅读他的文字，几乎不用打开每篇文章，只需点击进入每一页，就可以把他的文字尽收眼底。这是他的博客设置问题，他的文章篇数较少，文章列表显示的文章内容部分很多，有些甚至直接将全文显示，连成一阵，密密麻麻却错落有致，煞是壮观，仿若一幅波澜壮阔的长卷，有气吞星汉，胸藏万钧之感，这也就要求读者有足够耐心，细细来看，否则，不可能有定力和心力完成阅读。

他有行者的灵魂，他的灵魂醒着，时空经纬在他心中，他边走边思考，走在远方，思考在远方。他的文字几乎没有静止的状态，住在岭南，行走天下。从南方出发，一路向北、向西、向东，在中国的任何一个地方，甚至异国，比如非洲。他的最新一篇博文是《风过草原》："'加格达奇'，发音奇特，火车票上读着它，意义不明。K7042次火车一夜摇晃，抵达这座城市。这时是夜晚三点。加格达奇的黑夜已经没有了，天空曙日东升，阳光如风，天蓝地白。""大兴安岭并不险峻，它在天地间延伸，显得舒缓平坦。茂密的森林，遮天蔽日，这些高大的松树、白桦树和杨树，彰显了山的气魄。我竟然从北到南，沿着它的千里山脉走到了尽头。""走过拓跋鲜卑当年的迁徙之路，城市在草原出现：甘河、根河、陈巴尔虎旗、额尔古纳、满州里……"③

类似的还有随后的《西北向西》。一路走，一路文章，形体的行走只是表面，灵魂的行走和思考的行走才是真的，他获得鲁迅文学奖的散文《路上的祖先》就是代表。从岭南出发，抵达贵州古夜郎国的"隐蔽峡谷"，到哀牢山、无量山的"神秘墓碑"，再到西部中国（青海、新疆）的"一户汉

---

①　熊育群：《一生就像流水》，新浪博客 http://blog.sina.com.cn/s/blog_485f684201001spc.html，2013年5月9日查询。

②　熊育群新浪博客：http://blog.sina.com.cn/xyq1，2013年5月9日17:24查询。

③　熊育群：《风过草原》，新浪博客 http://blog.sina.com.cn/s/blog_485f684201019dhp.html，2013年5月8日查询。

人",天地、时空、历史、文化、人物,在他脑中纵横捭阖,形成一个"大写的中国"。

他的博文中有多篇关于莫言的文章,2012年10月13日一天就有《莫言文学创作要点(一次创作长谈)》《莫言的两个下午》,这和莫言获得诺贝尔文学奖有关。熊育群与莫言有何联系?我在熊育群的博文中也找到了答案。"他是楚人",这是莫言对他的《春天的十二条河流》的一篇评论,文中说:"他(熊育群)的游记文字,总是能发人之未见,这大概与他是学建筑出身有关。建筑是凝固的诗篇,也是物化的历史。他在建筑方面的训练,使他独具慧眼,能把死物写成活文章……惟楚有才。楚人出楚,往往易成大器。让熊育群去盖大楼的可能性比较小了,但让离开了楚地的熊育群写出大文章,却是我作为他的朋友的一个殷切盼望。"① 莫言对他的评价是极高的,也认他这个朋友,或者有心灵相通之处。

比之《路上的祖先》,我更喜欢《春天的十二条河流》,可能因为我也是湘人的缘故,所以感触颇多,而熊育群的博客中关于此文的评论文章很多,都是重量级的。由此可见,楚地潇湘对他的影响,莫言说"他是楚人"也就不足为奇。

熊育群为何迁居广州?抑或他想让楚地成为"远方",以便更好地写下潇湘?

11. 田耳:一个人张灯结彩

"田耳,凤凰人。看似白白胖胖,有些粗率,实际上很精。在他还是初中生的时候,我在一个朋友家里见过他。他那时拿出了一大摞武打小说的初稿要我看,我劝他把主要精力放在学习上,考上个好大学再说。不知道我这种做法是不是误导,是不是耽误了一个作家。"原《芙蓉》杂志主编颜家文曾经这样形容田耳。颜家文的意思是,田耳如果更早地将精力投入到写作当中,他可能早就实现凤凰涅槃了。年轻的田耳读书、经商,业余时间并没有忘记写作,可能有点晚,但是,值得庆幸的是,我们并没有因此而错过这位年轻的作家。

田耳有一点"墙外开花墙内香"的味道。他最早出名竟是在宝岛台湾,

---

① 莫言:《〈春天的十二条河流〉》的评论:新浪博客 http://blog.sina.com.cn/s/blog_485f6842010003ws.html,2013年5月8日查询。

第二章 风光无限：全国文学大奖得主博客

曾先后荣获过第十八届、二十届台湾联合文学新人奖。后来，他和谢宗玉、于怀岸、马笑泉、沈念被称为"湘军五少将"，是新世纪文学湘军代表性作家，他的小说《一个人张灯结彩》斩获第四届"鲁迅文学奖"优秀中篇小说奖，可谓实至名归。

年轻的田耳没有因为获得大奖而变得浮夸，他也不自我标榜。生活依旧平静，处事也十分淡定。诞生过沈从文、黄永玉这样文学大师的凤凰，秉承大师血脉的田耳获得一个全国性大奖，犯不着欣喜若狂。他坚持自己的生活习惯和情趣兴致，有些"淡泊所以明志"。他始终扎根在远离喧嚣城市的乡土之中，细致观察和体味生活，品尝他的文学和人生，一如博文《事情很多的夜晚》中所说："顾名思义，我们苋村以前也就是个村，很早就有先辈人来这里耕种渔牧。后来马路就通过来了，恰是那年我生下，我跟村外马路一样的年纪，同庚。后来村就不村了，越来越靠近县城，最后就成了城郊区一部分。①"

在我看来，田耳"可能看得破红尘"，独居世界一隅，过着自己想过的日子，做着自己想做的文章，闲时玩玩博客，或者说"玩"字用在田耳身上并不合适，因为，他的博文显示出他对网络世界的真诚，这也是他对世界和文学的真诚。

他的博客背景很干净，博客名称是"一眼望不到尽头"，或者他这是在说生活和人生；博客头像是一个可爱的小女孩，没有猜错的话应该是他的女儿，想来，作为父亲，他很爱女儿，从中也能看出他作为父亲的自豪感，以及他的生活的幸福感和认真的态度；他的博客有文章分类列表，设置了评论和留言，链接着近百位文化界人物的博客，出名的或者不出名的都有；链接下面是"访客"与"好友"，最下面是音乐播放器，且设置为"自动播放"，点击他的博客就可以听到他选择的音乐，第一首是名为"All good things come to an end"的英文歌。

看看这些博客设置，有着明显的草根博客的特征，中规中矩，透射着普通生活和凡人性情的点滴。由此，可想田耳也是源于生活又消融于生活的作家，不做作，不掩饰，不夸张，不声张，寂静欢喜，独自盛开。从2006年3月12日写下第一篇博文日记《植树节》到2013年5月11日《沈从文先生逝世廿五周年祭辞》，192篇博文，他的博客就没有断过，一点一滴写得

---

① 田耳：《短篇：事情很多的夜晚》，新浪博客 http://blog.sina.com.cn/s/blog_48d468480101iqkt.html，2013年5月13日查询。

认真，即便他的博客点击量并不算高，107131①，他并非为了宣传，或者博个彩头，而是乐在其中。

从他的博文内容我们更能发现他的生活观和对文学的态度。

他的文章列表中有 73 篇"日记"，点击进去，你会发现，这些是正儿八经的日记，文章都以月日命名，比如第一篇以月日出现的日记为 2006 年 3 月 13 日的"3 月 13 日雪，气温 4 度，人体感觉真 TMD 冷"，开篇写道："她老觉得我话少，其实以前话还是蛮多。这两年写作以来，话少了些。写作就是说话，在纸上说完了，见着人就不想再说。沉默也许是写作者的职业病吧。"最晚的为"5 月 22 日晴（2008－05－22 20∶21∶43）"，②开篇写道："近日一直居家，看新闻，赶稿，看书。连日新闻让人切切实实体会到生的脆弱和死的意外，体会到生年短暂，时间弥足珍贵，读起书来忽然也暗下一把力气，读的效率比以往高出许多。总有那么多该读的书竟然还没有读，让人备感无奈。"博客最早出现就被称为"部落格""个人的网络日志"，他倒真用博客记录生活，日记内容是他真实所想所思，所作所为，所看所读，无半点矫揉造作。一般作家总喜欢把自己藏起来，这样就有神秘感，显得高深莫测，而他却与众不同，乐于把自己的世界解剖，亮出来与大众分享，其实可能无人分享，反而，他追求的或者正是怡然自得。我一直觉得认真经营博客日志的人都是热爱生活的人，田耳也是这样，率真、纯粹与坦荡。

"他评"有 16 篇文章，让我颇感意外的是，这其中有些评论是与他自己的创作无关的"他人作品"评论和探讨，比如《作者回应》③，一口气贴出了四个作者关于四本书的回应，应该是他对这些书做了评论，才有的回应。当然，他评中更多的是别人对他的作品评论，其中有篇"转贴：王跃文先生的评论文章"④ 文中写道："这部小说⑤底色是幽暗阴郁的，可我读完之后留在心底的竟是温暖。这种温暖，不是冬日严寒里的熊熊炉火，而是漆黑夜路上一盏昏黄的灯，它微弱、颤抖、模糊，好像随时都会熄灭，但它始终在寒

---

① 田耳新浪博客：http://blog.sina.com.cn/tianer，2013 年 5 月 13 日 21∶09 查询。
② 田耳：《5 月 22 日晴》，新浪博客 http://blog.sina.com.cn/s/blog_48d4684801009cpl.html，2013 年 5 月 13 日查询。
③ 田耳：《作者回应》，新浪博客 http://blog.sina.com.cn/s/blog_48d468480100050z.html，2013 年 5 月 13 日查询。
④ 田耳：《转贴：王跃文先生的评论文章》，新浪博客 http://blog.sina.com.cn/s/blog_48d4684801000ksn.htm，2013 年 5 月 13 日查询。王跃文对田耳小说的评论文章"写给孤独的安魂曲——读田耳的中篇小说《一个人张灯结彩》"。
⑤ 指《一个人张灯结彩》。

夜里若隐若现。"这正是田耳文字的特征,文字细腻、质朴、柔软,却又渗透出危险、震颤、忧郁的情感色彩,背后则透射出他的睿智和穿透纸背的思想力度。他的全部博文有七十多篇没有分类。这些没分类的文章和"杂篇"里的一些博文需要细细阅读。

　　田耳毫不忌惮,他把散文和小说直接贴到博文空间,这也是他的坦然和淡定,文字读来好像平常随笔,却如涓涓细流,淌进人的灵魂。比如他的"村庄①"系列,开头写道:"我喜欢马路边村庄的标示牌,黑圈,黄底,中心构图是一幢孤零零的房子和一棵树。我想那是夜晚来临时的情景。傍晚坐在车里,看向路边,那种标示牌蓦地进入视野,会陡然而生对简单生活的无限向往。我去的那个村山高水低,十分荒蔽,竟然有两百多户,八百多口。"故事一直叙述下去,细枝末节都有味道,我却混淆了这到底是小说还是散文,因为,他的散文和小说风格太像,他说是小说就是小说,他说是散文那就是散文了,比如他的短篇"事情很多的夜晚",散文味道就很浓。当然,像《围猎》《夏天糖》《氨肥厂》等的小说意味就更明显了,但是,文字之中,总可以看清他的风格,诚如李敬泽先生所说:"田耳在他的最佳状态中,正是一个灵验的讲述者,任何灵验的讲述者均无个性——巫必戴面具,乡野之上的道士也必是一个通灵而通俗之人,田耳有一种本能的通俗——同时他大概从'低级小说'和庸俗电影中获益良多,这也使他有可能与'知识'和浮辞所覆盖的世界划开界限,他由此获得了隐蔽的'个性'。"说的也正是他的"随意而为,却绵里藏针,文字不露锋芒,却处处闪光"的文字风格。

　　关于创作,田耳如是说:"如果可以对人生重新加以规划,我愿意当一位只写短篇小说的作家……我会用一个毫不暴露自己的笔名写下去,发表下去,过一种略有些困顿的生活……适度困顿对短篇小说家而言是一种福分,惟遭遇困顿……短篇小说和长篇小说是完全不同的概念。专业作家需要用长篇小说开疆拓土,确立自己的江湖地位。短篇小说作家不同,他们应是潜伏在自己生活中的特务,一个个简约的短篇就是他们递交的关于人类生活隐秘状况的情报。"②

　　潜伏在生活中的追梦者,以敏锐的观察力发现生活的实事和隐秘,才华

---

　　①　田耳在 2006 年 8 月 16 日到 2006 年 9 月 1 日,连续在新浪博客中发表了村庄——村庄(五)5 篇博文。
　　②　田耳:《创作谈:短篇小说家的面容》,新浪博客 http://blog.sina.com.cn/s/blog_48d468480101jtdb.html,2013 年 5 月 13 日查询。

横溢,处事老到,这就是田耳。他的博客有如他的为人,真实,自然,本色。

12. 衣向东:吹满风的山谷

著名评论家雷达说过:"衣向东是当今文坛一位实力很强的中年作家。他非常勤奋,在一些饭局和集会上很难见到他的身影,大多数时候,他似乎游离于文学圈之外,不是看书写作,就是拿出一定时间体验生活。这些年来,他创作了大量的小说和剧本。①"确实如此:30多个短篇、30多部中篇,尤其还有6部长篇,这样的实绩,放在谁的头上,都可以用"著作颇丰"来形容。衣向东1991年毕业于解放军艺术学院,长期在部队生活,有着典型的"军旅作家"特征,一身正气,且多写军旅题材,比如,获得鲁迅文学奖的《吹满风的山谷》,获得老舍文学奖的《初三初四看月亮》,获得解放军文学大奖的《小镇邮递员》。

如今的衣向东早已经从部队转业,否则,他也不可能这样方便地应用网络,因为,部队的信息管理是比较严格的,特别是网络不能随便使用,这和国家机密有关,所以,我们可以看到,很多当下还在部队工作的军旅名家都鲜有博客。

当然,现在我们再去看衣向东,已经很难简单地将其定位为"军旅作家"了,因为,他的很多创作早已超越了军旅题材,他赋予其作品更广阔的时空背景和历史厚度,《牟氏庄园》和《站起来说话》两部长篇小说是衣向东创作生涯的又一次突破,同时,这两部作品也在更广泛的视域里升华了衣向东,特别是《牟氏庄园》。如他自己所说,他的创作很多关于军旅,但是,他的所有创作同时"都与我的家乡有关"。他的家乡是山东胶东,胶东是红色革命重地,所以,他后来选择了军旅。而《牟氏庄园》是他对胶东乃至中国历史的一次回归,这部长篇小说有着典型的"红楼梦"的构架特征,很多人也称其为"当代的《红楼梦》"。

衣向东不仅仅是一个作家,也是一个成绩不俗的编剧,他的大部分小说都被自己改编成了剧本,拍摄成电视电影。他还参与编写和策划多部影视作品,包括电视连续剧《我们的连队》《水落石出》《牟氏庄园》《将军日记》

---

① 衣向东:《〈文艺报〉专版——雷达、衣向东、王云霞【文学创作谈之十六】》:新浪博客 http://blog.sina.com.cn/s/blog_4a973bdb0102e3vi.html,2013年5月14日查询。

《大突围》《像兄妹一样手拉手》,单本剧《我和连长》《小点》,365 集情景喜剧《抬头不见低头见》,电影《初三初四看月亮》《小镇邮递员》《好人大冯》《火影雄兵》,等等。

尽管衣向东退伍转业,也不再合适称呼他为"军旅作家",但是,阅读衣向东的作品,尤其是打开他的博客,我们可以感受到骨子里他的属于军人的大气与豪迈、坚持与认真、使命与担当,真是"退役不退伍",英雄不改本色,我们可以称他为"不穿军装的军人"。

衣向东的博客背景设置比较简单,简单中自有一番大气磅礴的气势和深深的寓意,尤其是置顶部分,这是一片银装素裹的针叶林,剩下白茫茫的雪界,很自然让人想到《林海雪原》。有人就这样评论衣向东:"半个世纪以前,东北大森林里一群胶东汉子纵横驰骋、矫健勇猛的身影通过曲波的一部《林海雪原》深深印上了人们的心头,而就在时代变换,我们再也找不到像《林海雪原》这样的作品的时候,透过茫茫迷蒙,我们突然发现了一道星光,那就是衣向东,那就是衣向东笔下那些普普通通但又无比伟大的新时代军人形象。"

他的头像是他的一张站着拍下的照片,照片中他白色短袖,衣领高高竖起,一手拿着佛珠,一手扶着屋墙,腕上带着一块军人特征的手表,面部表情笃定,眼睛被墨镜遮挡,头发乌黑有点长,一律梳向后方,在我看来,就是军人气质了。

头像之下发布着一条"重要消息":"非常抱歉,因我最近写作太忙,没时间给朋友们邮寄小说自选集,过些日子吧。致歉。"想来,这应该和他 2013 年 1 月 15 日的博文"小说自选集出版"有关,其中说道:"经再三考虑,此小说集不放在网上签名销售,使得这本书出版的目的更纯粹一些,也显得更珍贵一些。这本小说集,是对自己过去中短篇小说的一次梳理,属于'孤芳自赏',印制的数量不多,用来送友人收藏品读的。"这说明他心思细腻,待人真诚。

他的博客点击量比较高,3874493[①],这说明他的社会影响力较大,影响力从何而来?左侧栏有他的"新浪微博"链接,并显示着两条微博,其中一个是"很久没发表中短篇小说了,其实不是写不出来,而是自己都觉得,多发一篇少发一篇有意义吗?浮躁的现实中,潜心创作的小说,经常被忽视和淹没,而一些垃圾作品,却被一些人捧臭脚,爆炒的发紫"。并设置有

---

① 衣向东新浪博客:http://blog.sina.com.cn/yixiangdong,2013 年 5 月 14 日查询。

"评论"栏和"访客"栏,这些显示出他的文学担当意识,以及与读者交流的真诚。他是面向大众的,并且有自己的"呐喊",乐于与读者打成一片。这些从他的博文内容也可以看出,最新博文2013年4月27日的"学校教育应高举'做中国脊梁'的爱国旗帜"中他说道:"其实这(做中国脊梁)不是一句新鲜词,为什么听了感觉振奋?因为当下我们很多学校,只追求学习成绩,缺失的就是这种'民族气节'的教育。"这是他在北京20中与学生们演讲的稿子,其中可以看出他浓厚的家国使命感。一个兼有内心修炼,又同时站着向世界传播思想的人,自然会受到大众关注。

他同样是不做作的,可以理解为军人的严谨性和心怀坦荡。

他有"图片播放器",滚动播放着他各个时期的照片,从他青葱年少的军旅生涯,到他大气从容的当下时光,一览无余,不仅如此,他的博文中也大量配有照片,首页前五篇博文均有照片,前两篇都是他自己的,第三篇是风景照片,四五篇则是他的书法,想来,他也是喜欢写字的,一幅为"佛",一幅为"惠风和畅",他在坚持灵魂修炼,这也不难理解他的头像手拿佛珠。

博客右侧栏是他长长的"公告"——"衣向东简介":"当代著名小说家、编剧。山东烟台人。1982年入伍,当过通信员、文书、招待员、饲养员、报道员、新闻干事、刊物编辑和主编。2006年1月退出现役,成为自由写作者……"洋洋洒洒长度几乎有半个网页页面,历数了他的创作生涯、所有作品、所有奖项,且一律为红色的字体,行距较大,并在结尾处写着:"博客中作品和图片,版权所有,请勿转载,如需要,请打个招呼。"这种风格也不由让我想起他是一个军人。

2006年8月24日写下第一篇博文,近7年的时间,在博客空间,他笔耕不辍,截至2013年5月14日他已经写下577篇博文,凡我所选的名作家博客当中,他的博文数量无疑是最多的!他的勤奋由此可见一斑,其中,244篇小说、39篇散文、46篇文学谈创作谈、125篇杂谈、87篇留言、15篇娱乐、15篇访谈。他的博文不仅仅关乎文学,或者文化,而且涉及到社会的方方面面。

他的第一篇博文发表于2006年8月24日,名曰《我的博客不会关闭》。①

我开博了。我是在一些作家朋友关闭博客的时候开张的。

---

① 衣向东:《我的博客不会关闭》,新浪博客 http://blog.sina.com.cn/s/blog_4a973bdb010005mr.html,2013年5月14日查询。

作家真的不易开博客,最主要有两点原因,一是没时间打理,二是很容易把自己熬干了。如果把作家的写作资源比喻成一桶水,那么开博就等于在水桶上扎了一个洞,水会从这儿流出去,看似流得细碎,可是天长日久就会把桶里的水耗尽。当然还有一个原因,就是经受不起口水战。

我是经过慎重考虑才决定开博的,而且开了就不会关闭。我已经想好了,在被扎破的水桶外面,又放了一个盆子,把流出的水接住。

而且我不怕口水战。不惹事,但也从不怕事。这就是我做人的原则。

在开博之前,我反复在想,我为什么要开博?我给自己找了两条理由,一是创建一个跟朋友交流的平台,接收外来信息;二是倾听不同的声音。

朋友们,请举起手支持我吧,给我温暖,哪怕一只手,一个眼神,一把雨伞,一缕阳光~~~~都可以成为我的一座桥梁,托举我走向彼岸。

一个不穿军装依旧保持军人作风的人,一个雷厉风行、无所畏惧的人,一个热爱写作、可以用文字取暖的人,这是衣向东,是军人衣向东,作家衣向东,平民衣向东。他的博客像他的人一样,亲切,坦荡,真诚,阳光。

13. 葛水平:喊山的歌者

读葛水平的作品,会让你觉得时光的河流很缓慢、很柔软。

她的博客取名为"葛水平的草窝",认证名为"沁水草",这个名字让我想到"在水一方",自然也会想到安静怡人的窈窕淑女,独立水边,暗自芳香。她的博客空间很简单,没有什么花哨的插图和照片。"认证简介"言简意赅:山西长治文联主席,代表作《喊山》《守望》《官煤》等。小说《喊山》获第四届鲁迅文学奖。她的头像并非她本人照片,而是一个有些褪色的"福娃",不是北京奥运会吉祥物式的,而是中国农村常见的旧式装饰,就像老屋的土墙上贴着的抱着鲤鱼的福娃。主页面没有博文显示,而是设置为博文列表,一页显示10篇文章名称,共17页,列表只在页面上部,这样一来,她的博客页面下方几乎都是空的,文章悬挂在上方,要看她的博文,必须点击进去观看。一切似乎都有女人心思细腻的表征:文字深处闺中,秘密藏在心里,若想一探究竟,就要掀起盖头!

我一直认为葛水平是一位美女作家,美丽不仅仅来自于她的容颜,更来自于她的文字,来自于她的个性和她的气质,所以,看到她的照片或文字感觉舒服。

她的博客置顶设置有音乐播放,细心的她没有将其设置为"自动播放"——自动播放带有某种"强迫性",强迫"读者"聆听她的"心声"似乎不是她所愿意的。想听她、想看她、想懂她的人才会点击聆听,这是她所希望的,正所谓有缘人,自会寻她,若非有缘,她亦不强求。音乐盒里只有两首音乐,一为"静山映湖(古琴即兴)",一为"拨云(罗浮山即兴——古琴)"。点击聆听,即可发现音乐静寂空幽,恬淡高远,需要平心静气才听得下去,越听心越下沉,此音乐最大特征就是"慢",听着音乐,可以幻想到白衣女子素手一下一下拨弄琴弦的影像,如屋檐雨,滴滴落下,声声慢,还是慢,慢得让听者的呼吸心跳也跟着慢。

葛水平心思如密密针孔,无数幽思,遗世独立,只待知音人应和。这个山西沁水县的精致女人,这个山西长治戏剧研究院的编剧,除了小说外,她还创作有戏剧剧本多部,也曾出版过诗集《美人鱼与海》《女儿如水》,散文集《心灵的行走》。她自比"沁水草",野心不大,韧劲十足;美丽,但不自恃。她最初与戏曲结缘,而后才是文学。

葛水平的博客中有一些她的照片,在网络上也可以百度到她的照片,很多照片中,她都身穿民族特色服式,衣服上有着独具一格的花纹,有些则是颜色质朴的素服,衣袖有些宽大,更多的时候脚蹬布鞋,这些都成就了她的淡然自若和属于她的高贵,每一张照片中她的面庞都写满安详,淡淡的微笑仿若蒙娜丽莎。

她是一个有情有爱的女子。2013年5月12日的博文中有两张照片和两句话,第一幅照片是一个小男孩在楼梯口高举着手,第二张照片中葛水平和小男孩坐在石滩上相视而笑,笑容温暖,搭配文字为"从打倒葛水平到咱俩成为知己",我并不知道小男孩是谁,但是,两句话和两张照片叙述了一个长长的关于爱的故事,有开始,有结局,有坚持,有收获,有时间的味道,有阳光的颜色,而此博文的名称为"我愿宿醉不醒",这是她的爱的态度,她愿意在这份爱中不醒。

因为情,因为爱,葛水平是美的,她是文学上的舞者,更是舞台上的歌者。

2013年3月22日,她有博文《长袖曼舞的时光》[①]:

"三十年前的一个秋天,我十六岁,在街角的一个不显眼处,守望一个人。街上行人匆匆,逆着下午的阳光,我突然就有了一种孤独的感觉。目及

---

① 葛水平:《长袖曼舞的时光》,新浪博客 http://blog.sina.com.cn/s/blog_5c5b8e050102dxd7.html,2013年5月14日查询。

第二章　风光无限：全国文学大奖得主博客

之处——县人民礼堂，我看到了他。他用手撕扯着所有进去听下午戏的门票。我肯定这不是在制造一种戏剧效果，因为，这是我的初恋。我站在那个抬头正好目视他的地方，想我该找一个机会和他交谈。这种机会让我在这样的时空界限里等待了一年，我站在这里的全部意义就因时间的提示愈加无奈了。事实上，是我自己在单恋。"

全文从这个秋天开始，蔓延到1986年开往东北的火车、1997年北京的剧院，再到当下的情思，三十年斗转星移，时空变幻，不变的是爱的思绪，结尾说："春天是那样透明，思想在行进中就如水一样四处漫溢，我突然感到了某种温柔的触及。"

初恋在岁月中发酵，一路醇香，她依然歌唱，长袖曼舞。引起我更多关注的是此文的配图，一张身穿水红戏服、凤冠霞帔、婀娜多姿的歌者照片，这是葛水平本人的照片。三十载时光，水袖衣衫中不变的是她的一笑一颦和走向大地的爱。看着照片，仿若还能听到她的"咦、呀、呼、哪、咳、哎"的唱腔，说着关于"十余载皇驸马南柯一梦，此一番管叫你转眼成空"的在水一方的故事。

一个女子，她怀的不仅是心中小爱，更不仅是家庭之爱，而是怀着大爱。

作为一名作家，葛水平有着她的大爱，慈悲为怀。

她的博客链接有她的新浪微博，最新的微博显示其上，是一则转载而来的微博，内容为："13岁的女孩因不满同学比自己漂亮就把同学杀了；一男孩因不满父亲姐姐看管就雇人把父姐一块儿做了；一个博士毒杀了另一个博士；小学校长居然带六个小学女孩出去开房蹂躏！中国的教育到底走在哪条路上？！"

母性情怀或者师者之心，在葛水平的眉目之间、她的歌声里亦听得清清楚楚。

"乡村儿童的命运，是面对乡村无限的寂静定型的。在故乡大山的褶子里，有好多零星村庄，它们分布在山腰或山沟里……村庄的孩子们在这样一种环境中长大，到上学的年龄，常常是从一座山到另一座山的村庄上学，间隔的距离在视线之内，却不能用脚步来丈量。[①]"她在《山中的孩子》里这样写道："我从蜿蜒的小道攀援走近村庄时，在村口一棵古槐树下看到了一

---

① 葛水平：《山中的孩子》，新浪博客 http://blog.sina.com.cn/s/blog_5c5b8e050102dxfs.html?tj=1，2013年5月14日查询。

个孩子,两腮红扑扑的,许是骄阳的馈赠。孩子看着我笑了,那笑透着一股子野性。他就是军……在与军共度的一个礼拜里,我深感他的勤劳、朴实、善良、勇敢,当然,更多的是他对知识潜在的渴望。他常从海拔1000米的山上帮助家里伐木砍柴,暮色中回家,还要烧火做饭,唤牛归宿……军更大的愿望是上中学,到山外那些灯灯火火的城市走走。从他的眼神里,我不得不坚信:外面的世界有他未来的梦。"[1]

鲁迅文学奖评委会给予她的《喊山》的评语是:"《喊山》是一篇读来令人震惊的充满现实感的作品:一个被拐卖的女人被以极为野蛮的方式剥夺说话的自由达十年之久,整日生活在沉默和恐惧中,最后终获解脱和自由。《喊山》以'声音'为主题,在民间生活的丰厚质地上展现人心中艰巨的大义和宽阔的悲悯。它在艺术上显示出极为成熟的风格:作者通过诗意的语言、鲜活的细节和耐心的叙述,彰显了一个与尊严和自由相关的主题,给人留下美好的印象。"

长袖曼舞,几十载,葛水平一直在生养她的那片土地上歌唱。

歌声里,是她所有的爱和心事,是她所有的年华。

一如水中的艾草,寂静欢喜,不怒不争,洁白如玉,满身芳香。

606,712[2]的点击量,众人正听着她的歌声,嗅着她的芳香。

三、全国少数民族文学创作骏马奖得主博客

质朴、纯洁是少数民族作家的特征,这和文化认同以及文化自觉有关。因为,少数民族作家的生活环境相对纯洁,文化环境相对纯粹;同时,少数民族文化相对处于"弱势",从小浸淫着本民族文化长大,他们大都有信仰,对本民族文化有很高的认同,并把推广和复兴本民族文化当作毕生事业。所以,阅读骏马奖作家的博客,更像是一次少数民族文化的发现旅程。

---

[1] 葛水平:《山中的孩子》,新浪博客 http://blog.sina.com.cn/s/blog_5c5b8e050102dxfs.html?tj=1,2013年5月14日查询。

[2] 葛水平新浪博客:http://blog.sina.com.cn/geshuiping,2013年5月14日18:00查询。

第二章　风光无限：全国文学大奖得主博客

14. 郭雪波：草原狼孩

1948年生人，年逾花甲仍旧在为蒙古奋笔疾书，我很佩服郭雪波。

郭雪波的博客背景是一张踢足球的照片，这应该是新浪博客模版库里提供的一个选择，至于郭雪波是不是对足球情有独钟，我无从知晓，但是，他的博文中有部分是足球随笔，2010年6月12日午夜，世界杯开幕式结束，他写下博文"欢迎，'屎克郎'推出世界杯"①，他打趣："世界杯，这个人类最疯狂的节日，终于被南非黑'屎克郎'——甲壳虫推出来了！这是个多么有创意的一笔！让足球回归原本，回归底层，回归第三世界的南非，回归人类发源地——当初人如甲壳虫般爬行的古老土地，这寓意可是太美妙，太智慧，太伟大了！"那届世界杯期间，他还写了"并非韩用思想是希腊用屁股踢足球""西班牙斗牛士们，我等得你们好焦灼"等文章。而当看到"必须'做掉'谢主席（原足协主席）吗？！"，对已经无可救药的中国足球还如此关注，我开始肯定他确实是个资深球迷。

自2007年7月17日开始写下第一篇博文，郭雪波就没有停过，一直在博客空间认真写，写了整整22页，一百多篇文章，即便有些是先经过纸质媒介传播之后再黏贴的"旧作"，也还能为我们打开一扇走进他的大门，因为，其中文章都是真诚之作，文字亦属于精华。如，"敦煌的困惑""行路难的忏悔""穿越你的灵魂"等灵魂解读系列，"父爱如山"等深情之作系列，"乡村趣事"等社会解构系列，"文学需要一颗真诚的心"等文艺评论，还有关注"三聚氰胺"的时评，这些文章都表明他胸怀大众、心有天下、践行文化的责任，细细阅读郭雪波的博客可知，他的"天下之心"源自他的"民族心"。生于草原，长于大漠，一生迈不过民族的额头。他对蒙古大漠有着无比深情，他是"大漠之子"，他用文学传承萨满文化，他说："我所有的作品都是一脉相承的，起点是从小影响我的萨满文化、游牧文化，还有农耕文化。"② 他更是用生命在传承萨满文化。

萨满教很可能是世界上最早的宗教。它的历史可能与现代人类出现的时

---

① 郭雪波：《欢迎，"屎克郎"推出世界杯》，新浪博客 http://blog.sina.com.cn/s/blog_4dcda3030100ik75.html。

② 郭雪波：《用文学传承萨满文化》，新浪博客 http://blog.sina.com.cn/s/blog_4dcda3030102e2gg.html，2013年5月1日查询。

间一样长久，甚至在文明诞生之前，即当人们还用石器打猎时这种宗教就已经存在，有近万年历史，曾经长期盛行于我国北方各民族，今天犹在，但是，生存空间已经越来越小。在纪录片《北极之旅》中，我有幸见到萨满教的巫师演奏"口簧琴"，琴声在苍茫的草原上飘荡，灵异鬼魅，当真仿若灵魂的颤音，无数游牧人在琴声中于凌晨四点左右，面向东方，迎接极地日出，举行属于他们的弥撒。这真的就是宗教了，真的就是发自灵魂的信仰了，正是萨满文化，创造了草原文明。

郭雪波的博文，写的最多的是蒙古，是草原，是马头琴和马奶酒，是关于萨满的种种。狼的那双蔑视人类的眼睛、不忍离去的胡杨林、哭泣的草原、请放过呼伦湖吧——含泪走过呼伦贝尔草原、成吉思汗劈刺等等，这些文章几乎占据了他博文的一半以上。无论他走到哪里，心中装着的是蒙古，尽管，他的个人简介中写的是北京作协签约作家，他的灵魂已锁进马头琴。他的最新力作是长篇小说《青旗－嘎达默林》，他说："写下最后一个字之后，我如释重负，那是2008年9月13日深夜，自己仰望长空大哭了一场。这是长达四十年的求索和还愿。"

郭雪波写的最多的是狼的故事，"沙狼（骏马奖获奖作品）""公狼母狼狼子""银狐""沙狐"等，这不禁让我想起《狼图腾》。读了郭雪波，你方才知道"狼不是蒙古人的图腾"，"蒙古人，崇拜长生天长生地，崇拜自然，崇拜祖先，并祭拜以天地自然和祖先象征的'敖包'。草原上，狼和游牧民族是生存竞争对手，是敌对关系。蒙古人历来爱憎分明，不会把敌人当作崇拜的偶像的。在蒙古族的历史文化资料中，从未发现狼是蒙古人图腾这样的记载"。[①] 所谓"狼图腾"只是关于功利主义和市场竞争的所谓"生存法则"的畅销书和商业秀。

具有民族忧患意识的郭雪波始终在为草原呐喊，他说："稍微了解历史的人都知道，游牧民族逐水草而居，踏上马背，随处安家，骨子里充盈着浪漫与不羁，几千年来都是这样生活。'物竞天择，适者生存'，草原的植被比较脆弱，必须轮牧、游牧才给草原生长繁衍的机会，不能赶尽杀绝生养人的草地。"[②]

谈到汉族，郭雪波说："李敬泽曾说过这样一席话，大意是'汉族作家

---

① 郭雪波：《狼不是蒙古人的图腾》，新浪博客 http://blog.sina.com.cn/s/blog_4dcda303010009fu.html，2013年5月1日查询。

② 郭雪波：《用文学传承萨满文化》，新浪博客 http://blog.sina.com.cn/s/blog_4dcda3030102e2gg.html，2013年5月15日查询。

的作品缺天缺地缺自然，只会在窝牛角里勾心斗角、尔虞我诈'。当然，一部《红楼梦》都已经把中国几千年的人情世故、尔虞我诈写得淋漓尽致了。①"我们不得不承认汉文化目前就在某种程度上存在"认同困境"，即有没有信仰的核心。在全球化制造的文明冲突与重构之中，物质文化和消费主义愈演愈烈的现实，又面对纷繁芜杂的网络文化带来的冲击，我们的文化核心在哪里？且不论炎黄和儒家，单说宗教。宗教的力量源自灵魂，是神秘的，同时也是最有力的，而中国是没有宗教信仰的国家，或者你说，中国人也有信佛和向道，但是，那不是大多数人的灵魂皈依，和精神无关，而是为"升官发财保平安"的功利。

说了那么多，看似与郭雪波无关，实际上，我想对他表达一份敬意！

敬意源于灵魂，也是对草原文明和萨满文化。

1496100②的博客点击量，郭雪波拥有他的影响力，他在为蒙古大声疾呼，无论是关于狼，还是关于草原，或者湖泊，以及草原文化和萨满文明。这是他的文化自觉。他的博客头像是他自己的个人照片，照片中的他身着蒙古服式，头发蓬乱向后，胡须略显沧桑，凝眉举目之间显出一份苍凉。不知为何，这让我想起另一个蒙古人：腾格尔。一个作家，一个歌者，他们二人似乎共同制造了蒙古人在我脑海中的标准形象。读郭雪波的文字，腾格尔的歌声亦在脑中回荡："蓝蓝的天空，悠悠的湖水，这是我的家呦噢……我爱你，我的家，我的家，我的天堂。"但是，偌大的蒙古仅靠着郭雪波或者腾格尔怎行？我怕有朝一日，天堂不在！

如果，郭雪波单单向着萨满呼喊，那么，不免有狭隘民族主义之嫌。

可是，他没有，他的文学超越了民族，并抵达了整个世界。

对于世界，他有同样的爱和统一的人文关怀，并贯穿始终。

例如，郭雪波在首篇博文《希望回到宋朝》中曾满怀激情地写道：

"青瓷从唐至宋，统领江山，深沉，优雅，含蓄。古人云：自古陶重青品。唐曰千峰翠色，宋汝，官，哥，龙泉其色皆青。探究其原故，青色乃是生命的最初本质，人类从原始起就崇尚苍天，天色为青。青乃天色也。追求艺术，人类从未离开过天地生命的本质——青色。"③

---

① 郭雪波：《用文学传承萨满文化》，新浪博客 http://blog.sina.com.cn/s/blog_4dcda3030102e2gg.html，2013 年 5 月 15 日查询。

② 郭雪波新浪博客：http://blog.sina.com.cn/guoxuebo，2013 年 5 月 15 日 16：30 查询。

③ 郭雪波：《希望回到宋朝》，新浪博客 http://blog.sina.com.cn/s/blog_4dcda303010008w2.html，2013 年 5 月 15 日查询。

他的最后博文 2013 年 3 月 12 日的"那棵银杏树"写有："一株银杏树生长在这座院子里，成了一棵天下皆知的名树。其实，它才是成就了天下的那些名人。名人们都可故去，它却依然存在，依然活着，平凡而朴朴实实地活着，精神矍铄，气节故我地活着。它会活很久。与历史同在。因为它扎着土地民众之根①。"

敬畏生命，道法自然！这正是他的灵魂，源于萨满和草原。

他是中国环境文学研究会副会长，他的《狼孩》获得首届生态文学奖。

他说："通过这么多年的学习与反思，我慢慢明白，所谓环境问题，所谓人与自然和谐相处的问题，根本上都是人与人之间的问题②。"

一份无奈，还是一份希冀？这是一种忧患意识，更是一种责任和担当。我们常说，民族的，即世界的。我相信：通过萨满，郭雪波及他的文字可以抵达更加辽阔的世界。

15. 格致：梦里世界两重天

格致是个开朗的人，格致是个洒脱的人，格致更是个勇敢的人！

格致的头像是她的个人照片，照片中的她面庞温润，精神饱满，面带笑容，身着满族服式，看她照片中的手臂位置，这应该是一张"自拍"！难得她有这个兴致和心情，娱乐也娱乐得认真，这是一种心灵境界，也是生活态度。

最新博文，2013 年 5 月 13 日的"南海阿顺——我的水下 30 分钟"，格致亮出了自己的潜水照片，又是在水下伸出 V 字手势，又是在水面上做"心形"图案。看上去，她玩得不亦乐乎，仿若在说她"人生逍遥游"的性情，又给人"出水芙蓉"的美——快乐就是她的护肤品，文学就是她的营养品。有人说她柔弱，她哈哈一笑，觉得这是一种误读。她在博文中自我介绍：

其实我一不柔二不弱。我差不多成了一粒蒸不熟、煮不烂的铜豌豆。我老人家十岁丧父，十六岁离家赴外地读书。十八岁失恋，22 岁上班入错行。

---

① 郭雪波：《那棵银杏树》，新浪博客 http://blog.sina.com.cn/s/blog_4dcda3030102ecm5.html?tj=1，2013 年 5 月 15 日查询。

② 郭雪波：《用文学传承萨满文化》，新浪博客 http://blog.sina.com.cn/s/blog_4dcda3030102e2gg.html，2013 年 5 月 1 日查询。

第二章 风光无限：全国文学大奖得主博客

28岁结婚嫁错人，29岁生出一个正确的儿子。35岁写出第一篇散文，39岁出第一本书，43岁被该死的吴连长抛弃成为一个模范寡妇，我要是柔，我要是弱，早都死8遍了。就这么多事我都不死，我都怀疑我到最后还能不能死了①？

如此自嘲，这是典型的东北人个性，神经粗大，性格爽朗，凡事看得开！

相比之下，百度百科关于她的介绍就呆板多了："格致，原名赵艳萍，满族，爱新觉罗氏，生于吉林，祖籍沈阳。散文作家。1985年毕业于吉林永吉师范学校。曾做过教师、公务员。现居吉林市。"

看完此条介绍，最引起我关注的是"爱新觉罗"这个皇家姓氏！

然而，时至今日早已不是大清天下，她自己也看淡了，做个凡人可能更好。

她从文的时间较晚，成绩却很斐然，这很大程度上归功于她的化繁为简，化平凡为不凡。有人就说："格致的文字没有大量的修饰词，朴素之极。她像金匠，精心地筛选每一个词，绝情地不漏掉多余的字，打造一朵美好的、理想中的'金玫瑰'。在时尚的今天，平淡的美，越来越少了，越来越珍贵了。"2004年，人民文学奖这样授予她颁奖辞："格致是近几年凸现的新锐散文小说的代表。其作品与传统散文相比有着明显的变数。其提升了散文审美上的难度，同时也加大了对于散文认识上的难度。格致的散文凸显了一种珍贵的散文精神；从个人经验出发，真挚、执著地探索公共经验，探索真正迫切的心灵和思想疑难。"李敬泽也说："格致最不欠缺的就是感受力。她对人的境遇、动机，对人的身体和心灵有一种敏锐的，甚至是过敏毒辣的洞察。"心与物，灵与肉，精神与时空，混合发酵，成就的是格致精神世界的两重天。

格致的博客空间名称即为"梦说两重虚"！背景是一片淡淡模糊的水墨山水，几个蝴蝶，清晰硕大的荷和两只鹤，一虚一实，实中有虚，虚中有实。何谓两重虚？我想这幅图画就已经做了象征性的说明。结合阅读感知，我将其定位为类似卡夫卡式的世界，即以类似卡夫卡写小说的方式写散文，不同的是格致将形而上的东西说成"梦说"。她把这些在体验的基础上上升为感受、感知、感觉，由肉到心到灵，达到梦境一样的无拘无束，继而突破

---

① 李明辉：《柔弱而勇敢的栖居》，新浪博客 http://blog.sina.com.cn/s/blog_5de482ed0102e1o5.html，2013年5月15日查询。

一切时空界限和自然常识,以非逻辑代替逻辑,以无思考代替思考,实现最高的精神自由与秩序。

不妨看看她的"《两重虚》——男生握着方向盘(美文 2013 年 4 期)①"。

"梦说:我和一些同学来到火车站。我们突然就不愿意上课了,也许是从那个乡村中学毕业了。我们要离开这个叫大口钦的小镇去远方。

"我说:去什么地方,坐去那个地方的火车。这是很简单的事情,年龄小也不应该犯这样的错误。"

文章分为"梦说"和"我说"两部分,但是,无论"梦说"还是"我说",内容皆"虚",构成了"二维虚",即"两重虚"。两重虚充斥着碎碎呓语,混淆了一切概念。梦即我,我即梦,"我说"就是"梦说","梦说"就是"我说"。

2008 年 12 月 25 日,第一篇博文"第三个平面②"开始,格致就已经在建设她的"两重虚"博客"迷宫",其中,第三个平面以日记体进行,看似历数琐碎生活,仔细阅读则不知不觉跟着丢了逻辑,如她这篇博文的配图一样:某电视剧中,杨广的背后出现了《沁园春·雪》,不要以为,格致有取笑之意,她是要很正经地告诉我们,时空可弯曲,这样的事情在两重虚世界正发生。几年下来,她不断给她的博客迷宫添砖加瓦,22 页,一百多篇文章,迷宫"九曲十八弯",然则,148,018③ 的点击量,众人还是跌进她的两重虚,却非全部认同。

很多人对格致的风格不认同,杨永康先生说:"孙仁歌先生……既置疑了格致散文的虚构性,又置疑了格致散文的诚挚性,进而置疑了格致散文的正当性……评论家就是化学家,而批评家则是炼金术士。前者仅有木柴和灰烬作为分析的对象,后者则关心火焰本身的奥秘。是的,最最最重要的火焰本身的奥秘而非木柴与灰烬的奥秘。"④ 评论家眼中,格致不是在写散文,而是在搞心理试验。

---

① 格致:《两重虚——男生握着方向盘(美文 2013 年 4 期)》:新浪博客 http://blog.sina.com.cn/s/blog_5de482ed0102e244.html。

② 格致:《第三个平面》,新浪博客 http://blog.sina.com.cn/s/blog_5de482ed0100bhma.html,2013 年 5 月 15 日查询。

③ 格致新浪博客:http://blog.sina.com.cn/jlgezhi,2013 年 5 月 15 日 20:40 查询。

④ 杨永康:《诚挚地面对诚挚》,新浪博客 http://blog.sina.com.cn/s/blog_5de482ed0102e0z3.html,2013 年 5 月 15 日查询。

对此，格致自嘲一笑，"寡妇门前是非多"。她回应："这事一开始就把我给拐哒进去了。这些年我老实巴交，没招谁没惹谁，天天除了上班就写散文，连诗歌我都不敢写，连我儿子缺个后爹这件事我都不敢帮孩子解决。我小心翼翼、前怕狼后怕虎，就算这样，我还是摊上了事儿……"。

谈了那么多格致，却没有谈论她的民族性，似乎她的作品在这个主题上的表现还远远不够。其实，面对格致的豁达，或许我们无需对满文化追根问底。满族有着太多的辉煌，又有着太多的苦难，历史的辉煌和苦难已经远离今日的格致，豁达正是她的民族性的升华，通过一场灵魂试验，她找到心的归处，并拾起民族遗失的辉煌。

归根结底，于她，满族一直都在她灵魂之中。她说："也许我生命的全部意义在这个找寻上，寻找一个我从未见过的东西，一种文字，一种于我出生前就隐藏于泥土或其他物质中的文字。它就是满文——一个不朽民族的语言文字。"

如幻如梦，天人合一；荣耀既逝，现实如斯。格致的书写是一种找寻，这种找寻根植在她的精神结构中，在记忆深处，在生命沉睡的午夜，在闪烁着希望的云的最顶端。

16. 李进祥：孤独的清水河

李进祥很质朴，质朴得有如一个有点害羞的农家孩子。

一段残旧的土墙，出现裂痕，苔痕斑斑，烟熏的门扉，门口一只家猫探出身子，一双炯炯有神的眼睛，却像在诉说一个悠长悠长的有关岁月的故事。然后，我看到，在断墙的角落，泥土的缝隙里，两片青翠的植物生长。这些就是李进祥的博客背景的置顶设置，仅仅这一幅图片，我已经听到很多。而布满空间的泛黄颜色则告诉我们：他是乡土的孩子，永远保留着泥土的颜色。

甘肃这些年出了不少优秀作家，骏马奖获得者就有了一容、钟祥、李进祥等，之所以选择他，因为，他的博客符合我的标准，更因为他触动了我的灵魂。

李进祥，男，回族，宁夏同心人，1968年生，中国作家协会会员，宁夏文学院签约作家，吴忠市作协副主席。30岁之前，当过乡村教师，做过生意。30岁之后，开始文学创作。著有长篇小说《孤独成双》、短篇小说集《换水》、系列中短篇小说《清水河人物》、系列散文随笔《人生寓言》等。

有人说，他的小说朴素、寻常，像一个未施粉黛的乡村姑娘，然而，在朴素寻常的面貌之下，有着让人不敢小觑的穿透人生的艺术力量。那种对乡土的痴恋与悲悯，对人性的洞察与理解，对人的命运的格外关注与不倦的追问，都表明他的小说天地远比我们想象的要开阔与丰富得多。

他的博客头像是他的一张侧面近照黑白照片，可能，他有意制造岁月的痕迹和乡土的痕迹，黑白正适合，看上去，却没有做作之嫌。照片中，他的侧面轮廓分明，面部表情严肃，目光正对手中的笔端。我喜欢他的这种神情。这是什么神情？他的博客认证名称为：注视和记录。这正是他神情里的内容。

2012年，凭借《换水》获得第十届骏马文学奖，同时，《换水》也是他的第一部小说集的名字，囊括了他自2002年至2009年8年内创作的27部短篇小说，讲述的是他的家乡——宁夏南部山区清水河畔发生的故事①。世界上有很多河流，大大小小，无数的人生长在河边，成就了无数故事，肖洛霍夫的《静静的顿河》就是代表，李进祥的清水河虽然不像肖洛霍夫的顿河一样大河滚滚，其小说也不像肖洛霍夫一样是波澜壮阔的史诗，却也包涵着源于生活的记录。

小说中，他刻画了清水河的小人物，尤其是那些女性，没有心思裂缝地疼痛，没有奔走四方的疾呼，他只是平静地陈述，仿若河流的温柔和美，他说："我觉得，清水河畔女性身上那种善的、柔的、给人慰藉的感觉更接近文学。"

缘何而注视与记录？李进祥的想法很朴实，亦很感人：

"8年时间的写作，说实话没有一个前定的主题。但这些小说反映的都是宁夏南部清水河沿岸回族的人和事，都是底层农民、农民工的事，它们在客观上形成一个整体风貌或者说是主题。简单地说，就是反映在现代化、城市化进程中，农村、农民的两难境地、尴尬处境和付出的巨大代价。我写这些作品，就是希望他们能生活得更好些。②"

正所谓静水流深！李进祥如是，养育着无数生命的清水河应该也如是。"清水河是一条非常清澈、干净但很苦涩的咸水河。我从小在河里泡大，对

---

① 李进祥：《"骏马奖"获得者李进祥：这不是一个单纯的文学奖项》，新浪博客 http://blog.sina.com.cn/s/blog_66907ad501012l66.html，2013年5月15日查询。

② 李进祥：《用最洋的方法写最土的事情》，新浪博客 http://blog.sina.com.cn/s/blog_66907ad501012zti.html，2013年5月15日查询。

第二章 风光无限：全国文学大奖得主博客

清水河有着深厚感情。那里回族同胞多，崇尚苦行苦修，以及道德的自我完善，各民族平和、融洽地生活在河畔。①"在北京接受颁奖的李进祥这样向记者描述。这样的表述可能有官方话语之嫌，但是，听李进祥这样说，却格外的真诚，我能从话语中感觉到他发自内心的感恩之心，因为，你很少能看到作家把自己放到这么低的位置从"道德的自我完善"说自己。

李进祥承认："我是回族，天然地有信仰，我的关照眼光和文学表达，自然有信仰的色彩在。我并不专门写宗教或者信仰色彩的文字，我写文字不是为了宣扬宗教。文学不是用来传教的，也不是用来阐释信仰的。文学有自己的信仰，就是真善美，就是相信生活可以更美好……作家通过自爱，而施人以爱；通过自重，而尊重万物；通过自信，而相信人类；用自己的思想探索，给人以方向；用自己的信仰之光，给世界以光芒。②"这正是他的价值观，也是他的创作追求。他发现、注视并记录着真、怀揣着善、向往着美。

当记者拿清水河之于他对比湘西之于沈从文等时，李进祥说："这话的意思对，清水河对我的确重要，但与沈从文、老舍类比，让我还是感到很惶恐。作家是有层次的，不能随便与大作家类比。"他的说法不无道理，他的谦虚亦很真诚。

2010年3月28日开始写博客，三年的时间里，他有149③篇博文，计小说13篇、散文随笔21篇、杂谈27篇、评论23篇、人物速写1篇、转帖文章23篇、图片4幅、创作谈2则、通讯5篇、通知1份，每一篇都是真诚之作，每一个文字都是深思熟虑。他的博客设置很多内容，有访客，有评论，有图片播放器，有音乐盒，有他的新浪微博链接，一切都表明他是一个细心的人。尤其让我注意的是他的博客链接。他的博客左侧设有一串链接，右侧设有两串链接，都经过他的精心编辑，分别为"鲁十三、师友""链接1（期刊杂志）""链接2（师友）"。

在个人简介一栏，李进祥最后一句特别写道："鲁院十三届高研班学员。"想来，鲁院对他来说有很重要的意义。而阅读他的博文，也可以发现"鲁院散记"系列博文。他在那里学习，在那里成长，在那里沐浴着文学的

---

① 李进祥：《"骏马奖"获得者李进祥：这不是一个单纯的文学奖项》，新浪博客 http://blog.sina.com.cn/s/blog_66907ad501012l66.html，2013年5月15日查询。
② 李进祥：《用最洋的方法写最土的事情》，新浪博客 http://blog.sina.com.cn/s/blog_66907ad501012zti.html，2013年5月15日查询。
③ 李进祥新浪博客：http://blog.sina.com.cn/u/1720744661，2013年5月15日15：30查询。

光辉。饮水不忘思源,他牢记,并且感恩。

"扫脸,清水河一带方言。类似开脸,是姑娘成人结婚前的一道仪式。大凡女儿家,脸上,尤其是两鬓和上唇处都有一层汗毛,软软的、黄黄的、细细的,像一层绒。比作刚出壳几天的鸟雀,是有些过了,比作桃子上的细毛更有些不妥,很难找出个恰当的比方。这也就是把姑娘叫黄毛丫头的原因。"①

这是李进祥第一篇博文的开端内容!他似乎在告诉我们:文学就是注视和记录。他告诫自己也提醒同行:最普遍的价值关照最独特的人群,写作才有意义。李进祥"用最洋的方法写最土的事情"。正因为此,他在途中,他的梦想充满色泽,他的未来令人期待。

四、全国优秀儿童文学奖得主博客

百年大计,教育为本。十年树木,百年树人。儿童是祖国的花朵,是国家的希望和未来。作为为全国千千万万儿童输送精神资源和思想养料的作家来说,担子不可谓不重,责任不可谓不大。应该说,有什么样的阅读对象就会有什么样的作家群。儿童文学作家与成人作家相比,在认真程度和责任心上,有过之而无不及。即便是在网络上"玩"博客,全国优秀儿童文学奖的得主们也"玩"得很认真,态度诚恳,文字工整,博文的内容与一般作家的博客相比,与教育有关的博文占了很大的比重。同时,他们的博客空间充满暖色调,与阅读对象极为匹配,和谐的气氛中大都散发出童稚、童趣和童真。

17. 曹文轩:草房子上的红瓦

一次聚会,有位出版界的朋友在我耳朵边念叨曹文轩的名字。她说:"其实曹文轩老师是一个被低估的作家,如果他不把那么多精力放在儿童文学领域,他的成就可能更大。"曹文轩的作品我是读过的,对他也甚为敬佩,

---

① 李进祥:《扫脸》,新浪博客 http://blog.sina.com.cn/s/blog_66907ad50100hg85.html,2013年5月16日查询。

第二章　风光无限：全国文学大奖得主博客

他被广大读者定义为儿童文学作家。想来，朋友可能是觉得把他定位为一个儿童文学家而为他抱屈，认为他是被低估了。可是，我不觉得把他定位为儿童文学家是一种低估，安徒生和格林兄弟不就誉满世界么？作为中国最优秀的儿童文学作家之一，曹文轩在我心中的地位是很高的。

曹文轩的博客背景甚为干净，干净之中是几抹虚化的灰色，一根电线很清晰地凸出在博客右上方，一只明亮的鸟站在其上，神情熠熠，回眸远方。左侧栏置顶是他的头像，为他本人黑白照片，画面干净，画面中他斯斯文文，看向远方，目光似乎正好和天空停歇的鸟聚焦。

曹文轩的博客名称为"麦田"，开博之初，他有博文"关于'麦田'的由来"：其一，他的一个朋友开了一间咖啡馆，让他帮忙起个名字，他提了麦田，"这个名字很田园，作为一个咖啡馆的名字，很有点儿品牌的味道。当时众人甚至都默默地依着麦田的主题想到了咖啡馆的布置。但第二天，朋友告诉我，不打算用这个名字了。因为朋友的朋友说这个名字不好：'麦田'的谐音是'卖甜'，像青楼的名字。我就在心中嘻笑：中国文化真是博大精深啊！"后来，麦田这个名字他就留在他心里；其二，"我是个很喜欢写麦田的人，在我的小说中无数次地写到了麦田。另外，还占了塞林格的一个意象：麦田的守望者。"后来，这个名字被创意和推广，他则成了"麦场主"，而拥有他一本书的（读者）是麦粒级，拥有他几本书的（读者）是麦穗级，拥有他很多书的（读者）是麦垛级。①

由此不难看出曹文轩很有幽默感，我还注意到他的博客有"儿童区"和"成人区"，尽管，文章都没有按此归类，这两个标题却留了下来，一不小心制造了一个"笑点"，因为，很自然让人联想到很多关于"少儿不宜"的标志！

作为儿童文学作家，曹文轩童心未泯。作为北大知名教授，曹文轩聪明睿智。他1954年出生，1983年推出《没有角的牛》，三十年间他保持着旺盛的创作力，著作一部接着一部出版，影响了无数的中国孩子。许多孩子就是读着曹老师的书长大的。随风潜入夜，润物细无声。曹文轩及他的作品也必定影响了中国的过去、现在和将来，这是儿童文学家最让人敬佩之处。

实际上，曹文轩本人并没有将自己局限于儿童文学，他既是当代文学大家，又是优秀编剧，学术著作也同样成果卓著。他凭借短篇小说《再见了，

---

① 曹文轩：《关于"麦田"的由来》，新浪博客 http://blog.sina.com.cn/s/blog_4826ce9c010002bu.html，2013年5月16日查询。

我的小星星》和长篇小说《山羊不吃天堂草》《草房子》三获全国儿童文学大奖,他还获过国际安徒生奖提名奖、冰心文学大奖、金鸡奖最佳编剧奖、中国电影华表奖、德黑兰国际电影节"金蝴蝶"奖,等等,而由他小说拍摄的电影《三角地》去年年底还在全国上映,反响不俗。

曹文轩的博客功能设置十分简单,只在左侧栏有"分类""图片播放器""评论""留言"和"访客",没有"个人简介",没有"朋友",没有"链接",整体看上去十分轻快。2005年12月22日开博,2013年还在写,却是只有9页文章,共87篇,769996[①]的点击量似乎也和他广泛的社会影响力相匹配。

2005年12月22日,曹文轩开了博客,只留一句话,"先给大家打个招呼!"却不算正式开博,因为,精力有限,登录麻烦,且网络世界未知太多,心有犹疑。2006年3月15日他才向"大朋友、小朋友、老朋友"正儿八经地问候,一众朋友"怂恿",耳根子很软的他终于"博"了,他给自己定了"十原则";[②]

一、不哗众取宠,更不做秀;

二、有感而发,不必强求自己一定要说些什么;

三、怀一颗平常心,不求喧闹,只求投机;

四、用一种朴素的方式表达自己的心境与想法,不求华丽与博人一笑;

五、多谈文学,少谈政治;

六、坦诚相待,推心置腹;

七、时间宝贵,不必鸡毛蒜皮,以流水帐去费人工夫;

八、不要大而无当,多说些实实在在的话题;

九、既有对话,又有独语;

十、要有自知之明,切不要牛气哄哄。

为何选择3月15日这个特殊日子?曹文轩似乎要表明自己的十原则并非"戏言",读者如果发现所贴博文超出这个范畴,可以举报、投诉和打假。

曹文轩的博客有一段"断档期",2010年4月28日的"谢谢"一文和前面一篇2006年5月18日的博文几乎相隔4年时间,如果没有这段空白,他的博文数量应该不止87篇。当初为何要"归隐",而今为何要"出山",

---

[①] 曹文轩新浪博客:http://blog.sina.com.cn/caowenxuan,2013年5月16日11:46查询。

[②] 曹文轩:《博客开场白》,新浪博客 http://blog.sina.com.cn/s/blog_4826ce9c010002ah.html,2013年5月16日查询。

第二章　风光无限：全国文学大奖得主博客

个中原由，有待考证。但时隔四年，重新归来的他却恍然醒梦般说："亲爱的老师、同学、朋友们：我一直以为我的博客在 2006 年就停止了。今天我才知道它还开着。我没有想到还有这么多的老师、同学和朋友们在这里关注着我。我只说一句：谢谢。①"

毋庸置疑，曹文轩对孩子们很友善，很慈爱，"儿童区"的唯一一篇博文是他《致海门市实验小学同学们的信》，题头为："海门实验小学的孩子们：你们好！感谢你们给我寄来的近百封的信。你们对我和我作品的喜爱，如同一份份厚礼，带给我喜悦。因此我想将这封回信也作为礼物回赠与你们。"结尾为"怕你们看不到这封信，我过几天会再邮寄一份给你们校长和老师，再次谢谢你们送给我的这份厚礼。祝愿所有的孩子都能成长为爱读书会读书的人。你们永远的朋友：曹文轩。"②

饶有意味的是，身为儿童文学家的曹文轩，关于儿童的博文并不多，大部分的博文是关于读书和学术。"开场白"之后就是"混乱时代的文学选择"系列，共 6 期；随后是"小说窗"系列，共 11 期，而"读鲁迅"系列、"读普鲁斯特"系列等文章随处可见，阅读是他的主打节目，博客成了他的"阅读札记"。

2012 年 8 月 8 日，他在博文中道：

"阅读是对一种生活方式、人生方式的认同。阅读与不阅读，区别出两种截然不同的生活方式或人生方式。阅读的生活和人生的那一面，便是不阅读的生活和人生。这中间是一道屏障、一道鸿沟，两边是完全不一样的气象。一面草长莺飞，繁花似锦，一面必定是一望无际的、令人窒息的荒凉和寂寥。③"

而在此前的 2012 年 7 月 14 日，他在博文说到：

"这是一个享乐主义的时代，一个平庸的时代。相比从前，人们虽然少了温饱之虞，但也失去了心灵的丰盈和目光的深沉。在一片毫无质量的傻笑之中，人的心灵变得苍白，目光变得浅薄。浮躁人生，从此开始。此刻，我们谈论对经典的阅读，就显得比以往任何时候都要有意义。只有回到对经典

---

① 曹文轩：《谢谢》，新浪博客 http://blog.sina.com.cn/s/blog_4826ce9c0100hva1.html，2013 年 5 月 16 日查询。

② 曹文轩：《致海门市实验小学同学们的信》，新浪博客 http://blog.sina.com.cn/s/blog_4826ce9c0100hwso.html，2013 年 5 月 16 日查询。

③ 曹文轩：《阅读是一种人生方式》，新浪博客 http://blog.sina.com.cn/s/blog_4826ce9c010113g3.html，2013 年 5 月 16 日查询。

的阅读上、将阅读经典作为阅读的基础,我们才有可能获得一个理想的阅读格局,也才有可能将我们从享乐主义的泥淖中解救出来。经典就是有这样神奇的力量。"①

可见,他对阅读之重视。他认为,阅读不仅可以对抗平庸,更可以拯救灵魂。他持之以恒地践行阅读,并把自己的感受与广大读者分享。

与其说曹文轩是一位优秀的作家,不如说他更是一位出色的教育家。博客就是他对大众进行"审美教育"的载体和窗口。他说:"在蔡先生(蔡元培)这里,美育并不是一个独立的概念。它是一个与其他概念相关的基础性概念,也就是说,一个学校无论哪一学科、无论哪一方面,都得贯彻审美教育的理念……审美教育也是教育。如果能把审美教育作为各科教育的基石,让孩子们在教育中发现美、感受美,使教育本身浸润于美感之中,我相信,无论是对教育者,还是对被教育者来说,教育都将成为一种愉悦的过程。"②

显然,这些话绝对不仅仅适合于儿童,而是适合于我们所有的人!这些博文体现着曹文轩的"育人之心",彰显的是一个教授型作家对于教育的前瞻意识和对于写作的审美诉求。

18. 汤素兰:笨狼的故事

"五一节我先生从老家回来,带了一小包茶叶,是今年清明节前母亲采摘的新茶。晚饭后坐在客厅里,泡了这明前的新茶,看着一片片翠绿的茶叶在水中慢慢地舒展开来,听着屋外的雨声,往事一层层地浮上心头。③"

读这样的文字,顿觉此女子心若兰芷,灵有芳香。

"喝一口温热的茶汤,随着茶汤吸入鼻腔的,还有老家山上黄藤根的香味和来年的枫球的香味,暖在心田的,是母亲的情意。"

读这样的文字,又觉此女子情深义重,幽思绵长。

这女子是汤素兰,这些文字摘引自她最新的博文《母亲的茶》。

我和汤素兰是老朋友,1998年,我们同获湖南省青年文学奖。她在出

---

① 曹文轩:《回归经典》,新浪博客 http://blog.sina.com.cn/s/blog_4826ce9c01010gwy.html,2013 年 5 月 16 日查询。

② 曹文轩:《审美教育也是教育》,新浪博客 http://blog.sina.com.cn/s/blog_4826ce9c01010rq1.html,2013 年 5 月 16 日查询。

③ 汤素兰:《母亲的茶》,新浪博客 http://blog.sina.com.cn/s/blog_484f827c010197fa.html,2013 年 5 月 16 日查询。

版社工作的时候，我在报社工作。我从国外归来进入大学后，她也从出版社出来进入与我一校之隔的大学。我在光明日报出版社主编一套文化散文丛书时，还特地约她写过一本。因为熟悉，反而忽略了她的美丽。而今，多年之后，当我看到她的博客头像，仍旧感觉颇为惊艳。

并非她本人和头像照片对应不上，我一直都将她看作美女作家，作家中的美女，只是她的博客头像照片更显年轻，很难将其与"1965年出生"牵扯上关系。头像中的她低首垂眉，婉约动人之间，又有遮不住的大家闺秀的气质。时间在她的身上仿佛没有痕迹，岁月碾过，光阴驻进她的身躯，转化为端庄和美，而我甚至觉得她的容颜会一直年轻下去，因为，她的心年轻，她的灵魂蔚蓝。

她的博客顶端，色调明亮，站着四只嫩黄的小鸡，几分慵懒，几分胆怯，几分懵懂，几分可爱，正好踩着她的博文页面框，小鸡的周围就是无边的蔚蓝色，澄澈的蔚蓝色充斥了整个博客空间。用灵魂包容和守护稚嫩的生命，这就是汤素兰了！一位有着暖爱的优秀儿童文学作家，有着仁心的高校教育工作者。

汤素兰的博客名称为："汤素兰的童心世界"。认证信息简明扼要："湖南省作协副主席，民进湖南省副主委，全国政协委员，湖南师范大学文学院教授汤素兰"。左侧栏置顶是"博主被推荐的博文"，她共有32篇博文被新浪推荐，其中，2013年3月4日至2013年3月11日发表的9篇博文被连续推荐，由此可见她的博文质量很高，她写博文态度很认真、很诚恳。她最新被推荐的两篇博文分别为2013年3月8日的"也说中国梦"和2013年3月11日的"我的中国梦"，"中国梦"是个与时俱进的话题，两篇都在说，内容却大不相同。

"也说中国梦"里汤素兰的"中国梦"是这样的：

"假如有一天我到了一座陌生的城市，发现自己丢了钱包和手机。我在街上遇到一个人，我告诉他我是外地人，因为丢了钱包手机，已经饿了一整天了，我请求他借钱给我买顿饭吃，他相信了我。我又向他借手机，告诉他我需要用他的手机给我的朋友打个电话，让他们给我汇钱来，他又把手机借给了我。我把电话拨通，告诉我的朋友，我现在身无分文，请她快点给我汇钱过来，她也相信了我。最后，我在这个陌生的城市得到了陌生人的帮助，也得到了熟人的帮助，我顺利回到了家，回家后还收到一个邮件：邮件里是我的手机和钱包。原来我中途下车的时候忘记拿自己的包了，长途车上的人发现了我的包,并且根据包里面的信息,把东西寄了回来。①"

主题明确的"我的中国梦"一文,则从孩提时代入手:"小时候最爱做梦。看到鸟儿飞,希望自己也有翅膀。听到宝葫芦的故事,希望自己也能捡到一个宝葫芦。夏天吃到棒冰,希望自己将来能当一个卖棒冰的人,家里有吃不完的棒冰。冬天吃到年糕,又希望将来成为一个会打年糕的人,一年四季都有年糕吃②",谈到她的理想是当老师,而现在她实现了,同时,她也是一个儿童文学作家,自然,她也谈论了儿童文学,以及关于中国儿童文学的现状与发展之梦。

前一个中国梦,汤素兰基于一个平凡的中国人而勾勒;后一个中国梦,汤素兰则基于童心世界而描绘。作为一个儿童文学作家,汤素兰无疑获得了巨大成功,她创作出版四十余部儿童文学作品,曾获得全国优秀儿童文学奖、宋庆龄儿童文学奖、冰心儿童文学奖、陈伯吹儿童文学奖、张天翼儿童文学奖、毛泽东文学奖,等等。

与孩子打交道的汤素兰,心思细腻,凡事观察入微,这也体现在她的博客中。她的博客"个人介绍"栏有三种不同颜色的字,红字部分是一个"公告":"各位朋友,因为本人住处偏僻,除邮政快递 EMS 之外,如中铁快运、宅急送等一般快递公司邮件不能送达。为避免邮件丢失,如朋友快递文件,请寄到学校。"后面缀有地址;黑字部分是她的信息简介,包括她的各种身份和获得奖项,以及"代表作有《笨狼的故事》《小巫婆真美丽》《小朵朵和大魔法师》《小朵朵和半个巫婆》和儿童小说'酷男生俱乐部'系列等。"蓝字部分则是她的"邮箱地址"。

汤素兰的博客链接很多,排列和分类整齐有序,分为:"童书作家",链接曹文轩等和她一样的儿童文学作家;"鲁院同学",链接她在鲁院读书期间同学保东妮等;"文学沙龙",链接一些湖南作家,其中亦有我的个人网站链接;"常去看看",是她较为关注的郑重、李敬泽、张晓梅、周国平链接;另外,她还特别链接了"高一家长博客圈"和"同升家园"两个与孩子相关的网址。

同时,她的博客还设置"评论""留言""好友""图片播放器"等众多

---

① 汤素兰:《也说中国梦》,新浪博客 http://blog.sina.com.cn/s/blog_484f827c01017g1u.html,2013 年 5 月 16 日查询。

② 汤素兰:《我的中国梦》,新浪博客 http://blog.sina.com.cn/s/blog_484f827c01017hxl.html,2013 年 5 月 16 日查询。

栏目，但是，层次清晰，有条有理，整体干净大方。她的博文更新快，质量高，篇幅较多，全部博文共445篇，整整45页，分类很工整："我的博客日志"（125篇）、"我写的书"（34篇）、"我读的书"（37篇）、"我的童话故事"（47篇）、"我的文学思考"（30篇）、"我的散文随笔诗歌"（69篇）、"我的居家生活"（24篇）、"我的关于我"（23篇）、"我的教学笔记"（9篇）、"我的书评序跋"（7篇）、"政协提案及社情民意"（20篇）、"别处精彩"（2篇）。436908[①]的点击量算的上一份颇为丰厚的大众回报，有心的读者只要愿意，可以多看看她的空间，从她的博文之间定可收获很多。这里，我尤其注意到"政协提案及社情民意"，她在2013年3月份发表了"关于男女公务员同龄退休的建议""三八妇女节，贴一个关于妇女权益的提案""《潇湘晨报》关于公民道德问题的采访""关于坚持'一纲多本'，维护中小学教材编辑出版公平竞争秩序的建议""关于建立高速有效的'社会保护型'未成年人保护机制的建议"等多篇文章，话题涉及公共社会多个方面。看来，她谨记她的政协委员身份，所以，她做着凡人的事情，还要操"中南海的心"。

汤素兰越来越清楚自己的角色，她不仅仅是一位作家，不仅仅是一位教授，她还是一个民主党派的省级负责人和全国政协委员。这些不同角色带给她更多的是对社会的人文关怀，是一份责任意识，是一颗跳动的爱心，这些品质也正是她蔚蓝色童心世界的延伸。蔚蓝源于童心。对儿童文学，汤素兰有着自己的理解和认知："儿童文学虽然是为孩子写作的，但是，真正优秀的儿童文学作品，都是作家心灵世界的外化，是作家生命体验和情感的表达，是8岁和88岁的人都能阅读的。"[②] 在汤素兰看来，经典的作品，不分成人与儿童，重要的是能经受时间的考验，能超越空间的阻隔，能在不同的人群里获得心灵上的共鸣。她的文学梦想是："我总是期待我自己能写得更好一些，梦想自己的作品也能像那些经典作品一样，经受住时间的淘洗，历久弥新。"我祝福老朋友梦想成真。

19. 杨红樱：淘气包的男生日记

太耀眼的红，吓人一跳，以至于我分不清是纯红还是深红！这是我打开

---

① 汤素兰新浪博客：http://blog.sina.com.cn/u/1213170300，2013年5月16日20：10查询。

② 汤素兰：《我的中国梦》，新浪博客 http://blog.sina.com.cn/s/blog_484f827c01017hxl.html，2013年5月16日查询。

杨红樱博客的最初印象。实际上，我愿意将此颜色归结为纯红，代表着热情似火，青春永动，激情无限，活力无穷。

杨红樱正是这样一位作家，仿佛她的名字一样：樱桃正红。

2006年，吴怀尧创立了"中国作家富豪榜"，第一期榜单余秋雨拔得头筹，同期，郑渊洁第八，杨红樱第九；之后历年的中国作家富豪榜，杨红樱都没有跌出过前十位。2010至2013年，杨红樱更是连续三年位居前三甲，尤其是2010年更是成为中国作家富豪榜首富，可与其相比的是郭敬明和郑渊洁，由此可见，她该有多红多火！

她的作品在整个社会范围内形成一种"杨红樱现象"，全国一百多家媒体进行报道和分析，中央电视台《东方之子》甚至播放了杨红樱专题。而有专业机构在全国10个中心城市做过调查，3—6年级的小学生90%以上都看过《淘气包马小跳》，这样的数据令人咂舌。

这是杨红樱春风得意的美好时代，她确实配得上这些财富和更多荣誉！她生于1962年5月12日，湖北省武汉市武昌区人，刚成年就当了小学老师，喜欢和孩子们讲故事，这些故事都是她自己想出来的，学生们很喜欢，于是，19岁的她开始了童话创作，进入儿童文学界。2000年，她以《女生日记》崭露头角，其后的《男生日记》《五·三班的坏小子》《漂亮老师和坏小子》《淘气包马小跳系列》更是一部比一部火爆，这些作品甚至远销欧洲。

不要说她是个天才，她成功源自她的勤奋，更源自她对孩子们的一份爱。

7年小学老师，7年儿童读物编辑，这样的经历，一路走来，她并不容易。

杨红樱的博客共有25页，很多文章是关于"马小跳"同学的，因为，她现在主持着全国第一个以小说人物命名的杂志，即《马小跳》，每一期杂志新鲜出炉，她都会在最短的时间内将当期杂志封面贴到博客空间。她的"相册专辑"栏目，也几乎都是关于"马小跳"的照片，最近一篇关于马小跳的博文是"独家访谈：关于马小跳和他的贪玩老爸[①]"，文中提到马小跳父亲马天笑的原型，她说："我爸爸就是马天笑先生的生活原型，我爸爸的名字叫杨天笑。他是一个开朗乐观、与人为善、富有生活情趣的人，喜欢玩，也会玩。"

[①] 杨红樱、乔世华：《独家访谈：关于马小跳和他的贪玩老爸》，新浪博客 http://blog.sina.com.cn/s/blog_620da5b50102eget.html，2013年5月16日查询。

第二章 风光无限：全国文学大奖得主博客

纯红的博客背景，置顶处是一张照片，一条小狗（贵妇犬）站在一堆金黄的玉米前面，小狗看着远处，展开嘴巴，伸着舌头，仿佛在笑。结合"图片播放器"里杨红樱与一条白色小狗的合影，以及"相册专辑"，才知这是"名狗"，是她的爱犬，叫仔仔①，她有一本关于仔仔的书叫《爱仔仔的理由》。而她的最新一篇博文正是"独家访谈：关于仔仔②"，其中说道："2008年，我定居北京。一个朋友带着仔仔上我家来玩，我一开门便看见它望着我的眼睛，那眼神注定了我和它的缘分。朋友告别时，我竟舍不得仔仔离开，我希望把仔仔留下来陪我几天。从此，仔仔留在我家里，再也没有离开。"她说："当这个宝贝儿来到我们身边的那一瞬间，它不仅将整个生命交给了我们，同时还将全部的情感也交给了我们。"

博客头像下方是杨红樱的新浪微博链接，首条微博转发了一位名叫"深圳的春天57"的网友的微博，内容为：亲爱的@杨红樱阿姨：我是您最真诚的小樱桃，我家里已经有28本您写的书。有《非常校园系列》，《杨红樱话本》，《淘气包马小跳》系列，《笑猫日记》系列。我最喜欢您写的《笑猫日记》系列中的《寻找黑骑士》，我百看不厌，还懂得了一个道理："心中有爱，就有希望"。

杨红樱的儿童文学创作主题围绕教育而展开，提倡教育应该把人性关怀放在首位，她尤其重视当代儿童的生活现实和心理现实，深情呼唤张扬孩子的天性，舒展童心、童趣，探悉成人世界与儿童世界的沟通，让孩子拥有健康、和谐、完美的童年。这一理念在她的很多博文中都有体现。"关于老师"中她说："我特别佩服这种让学生学得轻松的老师，我做过老师我有深深的体会，要达到'学中玩，玩中学'的教学效果，其实对老师的素质要求更高。③""林老师（马小跳的美术老师）还有一颗能理解孩子的心，所以她能征服孩子的心，孩子们都喜欢她。"另一篇博文"关于父亲"中她说："马天笑先生从来没有忘记自己曾经也是孩子，所以，尽管马小跳是他的儿子，他也不会居高临下一味地去教训他。当马小跳犯错误时，他会想想自己是怎样

---

① 杨红樱：《爱仔仔的理由》，新浪博客 http://photo.blog.sina.com.cn/photo/620da5b5gc4632f94401b，2013年5月16日查询。

② 杨红樱、乔世华：《独家访谈：关于仔仔》，新浪博客 http://blog.sina.com.cn/s/blog_620da5b50102egll.html，2013年5月16日查询。

③ 杨红樱、乔世华：《独家访谈：关于老师》，新浪博客 http://blog.sina.com.cn/s/blog_620da5b50102egeu.html，2013年5月16日查询。

长大的。这样的爸爸,更容易跟孩子交朋友。"①

尊重孩子的天性,敬畏孩子的童心,她爱孩子,喜欢和孩子打交道,乐于走进孩子们中间,博客空间里有很多关于她在全国各地与孩子们在一起活动的照片;299282②的点击量,她也在网上与孩子们互动,比如,她有博文"龙女贝儿四年级的寒假生活——转载龙女贝儿的博客"③"小樱桃韩枝宏来信"④等就是关于孩子们的博文。从儿童中来,到儿童中去,她始终用文字呵护童心。童心对孩子有多重要?她说:"在大多数的孩子都失去了童年的大环境下,他(马天笑)尽可能地给了马小跳一个丰富多彩的童年,艰难地呵护着马小跳的童心,这样的父亲,是令人肃然起敬的。同时,作为世界闻名的玩具设计师,他也算是一个成功男人。像他这样还保有童心的男人,往往容易成功,因为他们身上具备成功的因素,比如真诚,比如想象力,比如坚持性。"⑤

杨红樱的博客头像则是她和她笔下的漫画人物马小跳的形象的合影。合影中,她和马小跳亲昵地贴面,马小跳做着可爱的嘴脸,她亦笑得开心。不仅仅是头像,打开她的图片播放器,或者浏览她的博客,可以发现她的很多照片,不管身处何处,她总是微笑的,这种笑发自内心,每一张照片她的笑容里都散发阳光的味道。她拥有快乐哲学,认为"快乐是一种能力,是一个人可以面对一切的能力。我一直认为我笔下的马小跳,还有《男生日记》中的吴缅,他们跟现实中的孩子一样,也有成长的烦恼,也有不被成人理解的委屈,还有种种的无奈,但是他们有能力让自己快乐起来,这就很了不起。成长过程的最佳状态是快乐。"⑥

杨红樱爱笑,她在传递快乐,传递正能量,向孩子们,向所有人!那么,怎样用一个词汇来定位这样的一位作家呢?她的女儿最有发言权。在

---

① 杨红樱、乔世华:《独家访谈:关于马小跳和他的贪玩老爸》,新浪博客 http://blog.sina.com.cn/s/blog_620da5b50102eget.html,2013年5月16日查询。

② 杨红樱新浪博客:http://blog.sina.com.cn/u/1645061557,2013年5月17日0:00查询。

③ 龙女贝儿:《龙女贝儿四年级的寒假生活——转载龙女贝儿的博客》,新浪博客 http://blog.sina.com.cn/s/blog_620da5b50100p1hp.html,2013年5月16日查询。

④ 韩红枝:《小樱桃韩枝宏来信》,新浪博客 http://blog.sina.com.cn/s/blog_620da5b50100p41p.html,2013年5月16日查询。

⑤ 杨红樱、乔世华:《独家访谈:关于马小跳和他的贪玩老爸》,新浪博客 http://blog.sina.com.cn/s/blog_620da5b50102eget.html,2013年5月16日查询。

⑥ 杨红樱、乔世华:《独家专访:快乐是一种能力》,新浪博客 http://blog.sina.com.cn/s/blog_620da5b50102eglg.html,2013年5月17日。

《天真妈妈》一书中,杨红樱谈到创作这本书的灵感,她说就来自于她和女儿亲密无间的关系。之所以被女儿昵称为"天真妈妈",杨红樱解释说:"女儿是最了解我的人,现在她已经长大成人,在国外读研究生,她说我身上一直都有一种简单的力量,这种简单,是因为天真。她还说天真跟年龄无关,即便她的妈妈活到 80 岁,都会是一个天真的女人。"①

天真!这是杨红樱的快乐童心,是她博客中的基调,是她作品中的关键词,也是她的人生信条和成功的源泉。

---

① 杨红樱、乔世华:《独家专访:关于女儿》,新浪博客 http://blog.sina.com.cn/s/blog_620da5b50102egli.html,2013 年 5 月 17 日。

第三章　与时俱进：老作家博客

　　博客是21世纪的新生事物，是技术革命的产物。年轻一代作家喜欢博客很容易理解，一些德高望重的老作家也喜欢博客，真是令我大感意外。一般来说，人年纪大了，就容易"倔强"，很难接受新事物。我接触过多位老作家，他们连电脑都不会用，也不愿意学，只觉得面对电脑这种冷冰冰的机器，脑子就凝固了，根本写不出东西来。他们宁愿一笔一划地写，一字一句地琢磨，反复修改后，再让家人拿到打印店让服务人员打印出来。因此，我曾想，一直习惯了纸笔创作的老一辈作家如何玩得转网络博客？

　　当然，也有一种说法，即人越老看得越开。不是有"老顽童"的说法吗？做不好没关系，努力去学就行。玩不好也不怕，自己高兴就行。正是这样一种积极乐观的开放心态，使一大批老作家与时俱进，开起了博客，并且认真负责，乐此不疲，颇有一种"活到老学到老"和"生命不息，写作不止"的拼搏精神。

　　科学是第一生产力。老作家没有被时代抛弃，而是抓住了"无限好的夕阳"，摆脱了"写残了手脚写出了老茧写瞎了眼"的劳累之痛苦，享受了"我思我想我写作我发表"的自由之快乐。很庆幸能在博客空间看到这些可以被称为大师的人，他们老当益壮，激情依然，焕发创作上的"第二春"。他们用智慧、汗水和韧性赋予了博客这种自媒体一种"平等性""正当性"和"开放性"，也为年青一代作家树立了新的写作姿态。

20. 周国平：生命如花的妞妞

　　2005年11月7日，周国平开博！他和大家打招呼说："我的博客今天

第三章 与时俱进：老作家博客

开通，欢迎各位来访并提宝贵建议。"这么早开博，在所有开博作家当中，他属于检测"春江"是否"水暖"的第一批勇敢的"鸭子"。

打完招呼，就有人给他留言，有人感到出乎意料：周老师也开博了。对于一位花甲之年的作家，在博客诞生之初，就进入了这个领域，实属难得，时至今日，他已经年近七旬，但是，真正去计算他的年龄，我很难将"花甲"和"古来稀"之类的界定和他扯上关系，尤其是看到他厚厚的38页博客列表中的371①篇沉甸甸的博文，这是勤奋的象征，是汗水的结晶。

打完招呼，面对迅速而来的评论，周国平很淡定，他留言说："谢谢各位。做不做这个博客，我心里也有犹豫，就是怕从此不得安静了。但是，我想我们每个人都是自己的主人，是可以把握分寸的。有时我会潜心做事，露面较少，也请你们原谅。我觉得还是利大于弊，我珍惜与你们交流的机会，我相信在这里可以更多听到真话。"②

周国平不仅能够走在时代思想的前端，也敢于掌握时代前沿的技术，用最新的手段传播最有力的思想，他搞得定，而且搞得很好，他坚持下来了，无数的留言和评论，23284570的博客点击量，在所有名作家博客中都属前列。

如今流行一句话，"不懂问度娘"，但是，并不是所有人对"度娘"都满意，包括周国平在内很多作家对"度娘"并不认同。"周国平简介"中说："鉴于百度百科对我的介绍严重过时，投诉无回音，我自拟简介如下：周国平，中国社会科学院哲学研究所研究员。1945年生于上海，1967年毕业于北京大学哲学系，1981年毕业于中国社会科学院研究生院哲学系。著有学术专著《尼采：在世纪的转折点上》《尼采与形而上学》，散文集《守望的距离》《各自的朝圣路》《安静》《善良·丰富·高贵》，纪实作品《妞妞：一个父亲的札记》《岁月与性情——我的心灵自传》《偶尔远行》《宝贝，宝贝》，随感集《人与永恒》《风中的纸屑》《碎句与短章》，诗集《忧伤的情欲》，以及《人生哲思录》《周国平人文讲演录》等，译有《尼采美学文选》《尼采诗集》《偶像的黄昏》等。"

博客头像下方分别为"周国平新书"（两个）、"周国平重版书""周国平尼采翻译"，其中有30本图书信息，想来，他对版权看重。博客中还有"版

---

① 周国平新浪博客：http://blog.sina.com.cn/zhouguoping，2013年5月17日11：10查询。
② 周国平：《打招呼》，新浪博客 http://blog.sina.com.cn/s/blog_471d6f68010000bb.html，2013年5月17日查询。

权声明"：凡有媒体要转载本博客文章，必须征得本人授权，请发函到以下邮箱联系。

他博客认证消息是："当代著名哲学家、学者、作家周国平。"这是实至名归。作为僵化体制的受害者和叛逆者，由于一直没申报或参与诸如国家社科基金之类的各类项目及评奖，他的博士生导师的资格迟迟没有批复下来。以至于不少莘莘学子试图报考他的博士生，被他用自嘲式的信函委婉回拒。

中国当代社会缺乏哲学家，但周国平是一个。他的文学成就也十分巨大。文学和哲学的结合形成了他卓越的话语能力和话语权力，造就了他独一无二的影响力，这在周先生的微博中也有体现，他的博客设有自己的微博①链接，目前有微博粉丝 5387146 个，博客还显示着他最近的微博，第一条是："推荐刘易斯著《批评官员的尺度》。媒体对政府的监督至关重要，被称为立法、行政、司法之外的'第四权'。此种监督权的行使，依赖于法律对言论自由的保护。但政府的天然倾向是限制言论自由，即使在美国，媒体与政府之间也充满博弈。本书用一个典型案例勾连了美国法官们捍卫媒体言论自由的历史。"

周国平一直在做哲学这门学问，即使在博客里。3 篇"我的大师"、26 篇"散文"、11 篇"杂记"、3 篇"评论"、6 篇"回复读者"、5 篇"人物印象"、12 篇"守望者语"、6 篇"出版信息"、7 篇"人文讲演录"，博文包罗万象，处处闪现思想的光芒和温度。最新博文 2013 年 5 月 11 日的"十字路口的中国改革"，他谈论经济，推荐吴敬琏、马国川先生的《重启改革议程——中国经济改革二十讲》一书，文中说道："本书的一个基本论点是，当今据称已初步建立的'社会主义市场经济体制'实际上是一种半统制、半市场的混合体制，而且政府的统制占据着主导地位，其中隐藏着改革停滞乃至倒退的危险。"通过一番阅读后分析，他疾呼"中国正站在新的历史十字路口上，何去何从，命运攸关。如果听任改革停滞和倒退，中国社会就会陷入新的混乱和溃散。唯一的出路是重启改革议程，坚定不移地推进市场化的经济改革和法治化、民主化的政治改革。"②

哲学是什么？就是有关社会一切的学问，文学也包括在内。

点击周国平的"散文"，你会发现，其中文章仍旧可以归为哲学，文中

---

① 周国平新浪微博：http://weibo.com/u/1193111400，2013 年 5 月 17 日 12：34 查询。
② 周国平：《十字路口的中国改革》，新浪博客 http://blog.sina.com.cn/s/blog_471d6f680102ee2f.html，2013 年 5 月 17 日查询。

都是他思想者的影子。比如《知识分子》:"我不认为知识分子应该脱离社会实践,但是,我觉得在中国的知识分子中,精英或想当精英的人太多,而智者太少了。我所说的智者是指那样一种知识分子,他们与时代潮流保持着一定的距离,并不看重事功,而是始终不渝地思考着人类精神生活的基本问题,关注着人类精神生活的基本走向。他们在寂寞中守护圣杯,使之不被汹涌的世俗潮流淹没。"①

哲学的本质是什么?就是关于人的一切学问,这一点和文学相通。或者说,和一切艺术相通。

某种意义上来说,真正的作家必然是某种程度上的哲学家,而好的哲学家则必须是一个好作家,柏拉图如是,卢梭如是。周国平也是好作家,他的很多书都是极好的文学,归根结底是在讲人的哲学,《妞妞:一个父亲的札记》就是例子。于旁人,他想说:"虽然我所遭遇的苦难是特殊的,但是,人生在世,苦难是寻常事,无人能担保自己幸免,区别只在于形式。我相信,在苦难中,一个人能够更深地体悟人生的某些真相,而这也许是本书的另一个价值。"于自己,他说:"作为女儿的妞妞始终在我和雨儿的心中,任何评判都与她无关。妞妞永远一岁半,她在时间之外。我的生活没有停留在十多年前的那个苦难上面,它仍在前行,其后又发生了许多事情,这证明我的确是一个受制于时间的凡俗之人。但是,我知道,我心中有一个角落,它是超越于时间的,我能在那里与妞妞见面。我还知道,我前方有一片天地,它也是超越于时间的,我将在那里与妞妞会合。"②

"妞妞"的离开让周国平失去很多,也领悟太多,又拥有更多,由此,我联想到他的另一篇博客散文"向孩子学习":耶稣说:"你们如果不回转,变成小孩子的样子,就一定不得进天国。"帕斯卡尔说:"智慧把我们带回到童年。"孟子说:"大人先生者不失赤子之心。"几乎一切伟人都用敬佩的眼光看孩子。在他们眼中,孩子的心智尚未被岁月扭曲,保存着最宝贵的品质,值得大人们学习。③

面对关于"妞妞"的文字,我敬畏伟大的生命,也敬畏写了如此美好、

---

① 周国平:《知识分子》,新浪博客 http://blog.sina.com.cn/s/blog_471d6f680100dfhd.html,2013 年 5 月 17 日查询。

② 周国平:《〈妞妞〉新版自序》,新浪博客 http://blog.sina.com.cn/s/blog_471d6f68010004s4.html,2013 年 5 月 17 日查询。

③ 周国平:《向孩子学习》,新浪博客 http://blog.sina.com.cn/s/blog_471d6f680100dplw.html,2013 年 5 月 17 日查询。

伤感却不乏温暖文字的人。我相信一个父亲的爱，会让小宝贝在天国安好。

一个上午，又一个中午，还有一个下午，我一直在看周国平的博客，然后，又拜读他的纸质读物，如学术著作《尼采：在世纪的转折点上》、散文集《守望的距离》、诗集《忧伤的情欲》、译著《偶像的黄昏》等，特别是纪实作品《妞妞：一个父亲的札记》更是让我热泪盈眶，感触至深，领悟良多。为了献出后学的一份敬意，我甚至关注起他的微博，快乐地成为他的粉丝。2013年10月2日下午三点，他发出这样的一条微博："一个人只要知道自己真正想要什么，找到最适合于自己的生活，一切外界的诱惑与热闹对于他就的确成了无关之物。你的身体尽可能在世界上奔波，你的心情尽可以在红尘中起伏，关键在于你的精神一定要有一个宁静的核心。有了这个核心你就能成为你奔波的身体和起伏的心情的主人。"阅读这样的文字，当然会得到精神的滋养，因为爱他而更加敬重他。

时间在周国平的文字里漫溯，回到2005年11月11日时，他有三篇博文三篇文章写了三位哲学家，分别是来自爱菲索的"玩骰子的儿童"赫拉克利特①、来自巴比伦的对亚历山大大帝说"不要挡住我的阳光"的第欧根尼②，以及将哲学定义为"认识你自己"的苏格拉底③，后来，他将三篇博文归为"我的大师"。

行文到此，我的脑子里突然发问：周国平是什么？借用他的话，他也是我的大师。回想苏格拉底的言语：我所唯一知道的，是我一无所知。我们每一个人都如是，周国平亦如是。周国平的博文没有说教意味，他只是在尝试认识他自己。读他的博文，我本也是尝试认识他，最后，我发现这是认识我自己的阅读旅程，于是，我称呼他"我的大师"，我愿意把荣誉之词送给他：他是人文领域的卓越思想者，当代中国最有影响力的知识分子之一。

21. 张贤亮：镇北堡主的灵与肉

都说张贤亮是个"人精"，而我更乐意称他为"人妖"，我曾经写过一篇

---

① 周国平：《玩骰子的儿童（赫拉克利特）》，新浪博客 http://blog.sina.com.cn/s/blog_471d6f68010000cp.html，2013年5月17日查询。

② 周国平：《不要挡住我的阳光（第欧根尼）》，新浪博客 http://blog.sina.com.cn/s/blog_471d6f68010000cq.html，2013年5月17日查询。

③ 周国平：《未经省察的人生没有价值(苏格拉底)》，新浪博客 http://blog.sina.com.cn/s/blog_471d6f68010000cr.html，2013年5月17日。

第三章　与时俱进：老作家博客

文章，叫《半人半妖张贤亮》。当然，我这里的"妖"不是指"妖媚"或"妖冶"，我说的"人妖"也不是泰国的"人妖"，而是指张贤亮像"妖"一样"精明""善变"和"通人性"，能发挥出不可思议力量的"能量体"。

"人们忙来忙去不得闲，每个人都仿佛变成了机器。工作越紧张，人越要变着花样去消遣，以使自己的神经得到片刻的松弛。消遣的方式越新奇，花的钱也就越多，这样，人们又必须拼命地、精神更为紧张地去赚钱，赚来钱再去玩新的消遣以求更松弛的松弛……如此周而反复，无休无止，最后，人们可能并不是因为工作累死，而是为了寻找金钱好去消遣而死……真的，只要自己开心，哪种方式都是消遣。像我这样，病中躺着翻翻书，喝一杯清茶，不是也蛮舒服吗？①"

2007年7月19日，张贤亮宣布开博，写下的第一篇博文《消遣的方式》。细细想来，张贤亮搞博客应该也是他的一种"消遣的方式"，想搞时搞一搞，不想就"凉着"。5年多时间，张先生只写了60篇博文，分为三类：3篇"早期作品"、5篇"近代杂文"、3篇"新闻报道"，剩余49篇博文均未分类。但是，我倒喜欢他的随性，随性是他真性情，有博客能一睹他风采足矣。

"曾经有一份真挚的爱情，摆在我面前，我没有去珍惜，以至于失去之后我才后悔莫及。如果上天再给我一次重来的机会，我愿意对那个女孩子说三个字：'我爱你！'如果非要给这份爱一个期限，我希望是'一万年！'"不用我说，众多的读者应该都知道这句话出自"无厘头文化"鼻祖周星驰的那部《大话西游》，但是，你可能不知道周星驰和张贤亮先生有何联系？

"张贤亮的镇北堡西部影城"，这是张贤亮的博客名称。镇北堡西部影城是何地方？镇北堡西部影城距银川市35公里，在一个原始古堡基础上修建，保持并利用了古堡所在地原有的奇特、雄浑、苍凉、悲壮、残旧景象，具有浓烈的荒凉感、黄土味及原始化、民间化的审美特征，是《红高粱》等众多电影的取景场地，同样，《大话西游》也在此取景，"至尊宝"的老巢就在这里。张贤亮是这个影城的董事长，难怪张先生的博客里有"公告"："探索西部之旅：神秘的西夏王朝、有趣的电影拍摄现场、一代精英文学代表、一座记载着历史岁月的城堡期待与您共度美好时光。"同时，在他的"图片播放器"里也可以看到很多相关照片，想来，身为堡主，他尽职尽责，博文很多

---

① 张贤亮：《消遣的方式》，新浪博客 http://blog.sina.com.cn/s/blog_49bed4e6010009hq.html，2013年5月17日查询。

87

也是关于此城堡。

2011年9月12日,张贤亮写道:镇北堡西部影城又有新的亮点,将向广大游客推出"老银川一条街"景观。街道以复制原"宁夏省国民政府"即俗称"马鸿逵官邸"的建筑物为中轴,以解放前银川市最繁华的"柳树巷"(即现在鼓楼南的步行街)为蓝本。街长120米,两边店铺包括当年著名商号如"百川汇""天城西""合盛恒""敬义泰"及"大陆文化社""大公报宁夏分馆""宝珍照相馆"等,各种式样店面中杂有小饭馆小杂货铺,街中间有当时银川市较大的"羊肉街口""米粮市"巷口。迎向游客的两面一侧是当年银川市唯一的娱乐场所"承天寺戏台",一侧是1958年前银川市唯一的对外交通枢纽"银川汽车站"[①]。

张贤亮给自己的个人简介却没有提到"堡主"之事,说到底,他是作家和文化人:"曾任宁夏回族自治区文联副主席、主席,中国作家协会宁夏分会主席等职,并任六届政协全国委员会委员,中国作协主席团委员。1979年重新执笔创作后,先后发表了多部小说。其中《灵与肉》《肖尔布拉克》分别获1980年及1983年全国优秀短篇小说奖,《绿化树》获第三届全国优秀中篇小说奖。"

偏居世界一隅,"拥有一座能赚大钱"的城堡,又可看尽"日出日落,云卷云舒",面对"长河落日圆,大漠孤烟直",品一杯茶茗,正合张先生的心意。想来,他可能并不看中董事长,而是对这一处世界真的喜欢。博文"大话狗儿[②]"当中,配有一张照片,他和一条洋狗在一片黄土地上握手,戴着眼睛的他笑得开心,狗儿也伸着舌头笑得可爱,照片的背景有一片黄色的泥土房子,和黄土地融为一体,初看,环境的荒凉之感和他文化人打扮以及洋狗的珍贵格格不入,再看,却觉得这种逍遥游的日子实为难能可贵。文中,提起瑞典人把狗当成家庭成员,他"消遣"道:"在'世味年来薄似纱'的社会,听过老婆嫌丈夫无能、丈夫移情别恋而离婚的,听过子女嫌家庭贫穷离家出走或是在同学面前羞于开口叫爸爸妈妈的,却从来没听过哪家的狗怨主人不喂它进口狗粮不辞而别。'儿不嫌母丑'好像并不确切了,'狗不嫌家贫'倒成了'放之四海而皆准'的真理。"

---

① 张贤亮:《镇北堡西部影城打造"老银川一条街"》,新浪博客 http://blog.sina.com.cn/s/blog_49bed4e60100uj4c.html,2013年5月17日查询。

② 张贤亮:《大话狗儿》,新浪博客 http://blog.sina.com.cn/s/blog_49bed4e6010009yj.html,2013年5月17日查询。

这份"消遣"显得怡然自得，张贤亮内心应是"得道"了，如同西游记里的唐僧，九九八十一难获得真经。"得道"的背后是很多故事。不知苦，哪知道简单是福。当年，因《大风歌》他被打成右派，在底层过了长达22年的劳动改造生活。时至今日，再提当年，他在2010年5月23日写下"关于《大风歌》"，他释然，文中感慨："回想当年，不胜感慨，那时我21岁，现在已70有4，中国和我个人都起翻天覆地的变化，使我觉得恍如隔世，过去的一切宛如梦幻。今天我特地找出当年的诗及批判文章以证实那不是梦，确实是一段我们曾经经历的历史事实。那时我多么热情啊！而今已垂垂老矣！"[①]他特别贴出《大风歌》全文，并贴出当年公刘先生在人民日报批判他的文章，并说："公刘先生是位我尊敬的著名诗人，现已去世。我当时就理解这是他的违心之作，果然，在发表这篇批判文章后两个月，他也被打成'右派'。"

智者乐山。人生最难的或许不是收获，反而是舍得；不是拾起，而是放下；不是浓，而是淡。淡泊以明志，心远地自偏，"采菊东篱下"，方能见南山。

张贤亮的博客背景为淡黄水墨，搭配两行字，一为英文"my life"，一为中文"轻描淡写"，只此几字混在一片赤黄的博客背景中，勾勒出他的写意人生。所谓黄色应该就是西北的颜色。半人半妖的张贤亮在黄沙万里之中与大风为伍，追日出，品夕阳，喝老酒，唱情歌，逍遥自在。

22. 梁晓声：今夜有暴风雨

2005年12月13日，梁晓声开博，也是相当早的。

"朋友们好，我已经在新浪BLOG安家了，欢迎你时常过来做客，大家多多交流。"简单一句话，算是给读者打了个招呼。此后的7年间，梁晓声开始在博客海洋里沉浮。

梁晓声的博客背景设置和张贤亮的是一样的，应该是新浪博客提供的一个模版，两位大师选择了同样的模版，不说"不谋而合"，也有"英雄所见略同"的感觉。"My life 轻描淡写"对于张贤亮先生如是，对于梁晓声先生也如是，只不过，轻描淡写的内容不同。不像张先生有一座城堡，悠然地做

---

① 张贤亮：《关于〈大风歌〉》，新浪博客 http://blog.sina.com.cn/s/blog_49bed4e60100ijzn.html，2013年5月17日查询。

着堡主，地处塞外逍遥游，梁先生至今仍旧背负着沉重的灵魂，仗剑而行，依旧在陈述苦难，伸张文学道义，正如他所敬崇的文学大师们，"为着他们各自的目的进步，一生大抵在做两方面的努力——促旧时代速朽；助新时代速生"。①

他向80后打趣道："至于情怀，由老夫子式的人写，比如我，总还发得出去。由你这样的80后来写，仿佛不对劲了……但于今想来，文学在你那儿是一回事，在我这儿是另一回事。文学的道义承担，是我这种人应恪守的。"看似一种"娱乐"，实际是一种无奈的释然和接受，正如他所说："在我们的生活中，自私自利和个性独立像劣酒和酒精一样常被混为一谈，这真可耻。""竞争同一职业男的不如女的，老的不如少的，字写得漂亮不如脸儿漂亮的，从业经验不如乖巧的做人经验。""公开的下流也是一种快感，目前一部分人都巴不得有公开下流的权利和获得公开下流的快感呢。"② 他说他讨厌"不干净的厕所和太精英荟萃的沙龙"，这是对"最低级"和"最高级""趣味"的双重疑问。以上这些都和他最新出版的《郁闷的中国人》有关，看着当下的中国的林林种种，他是够"郁闷"的，很多事情他是看不惯的，但是，又能怎样，他一个人也力不从心。可道义在心中，他又不能忘，只能老来聊发少年狂，别人听与不听，他也无可奈何。

翻看梁晓声的博客，第一篇正式博文就是猫和狗的对比，说到狗的忠乃至愚忠以及狗的种种责任感，种种做狗的原则。狗是"入世"太深的动物，狗活得较累，实在是被人的"入世"连累了。相对于狗，猫是极"出世"的动物。猫几乎没有任何责任感。连猫捉老鼠也并非是出于什么责任，而是自己生性喜欢那样③。相比狗来说，猫看似温驯的多，万事都显得可爱得体，但是，你却不知道猫在想什么。猫捉老鼠，与此同时，一条鱼甚至就可以把猫拐跑，因为猫懂得什么是好东西，它们知道跟一个贵妇远比跟一个村姑舒服，而狗永远不知道背叛，即便每天只能"吃屎"，又即便只能饿死，也要在主人家中。城市里有很多流浪狗和流浪猫，但是，性质不同，流浪狗永远是迷失了回家的路，而流浪猫一般都是离家出走。

---

　　① 梁晓声：《论人心冷暖与世态炎凉》，新浪博客 http://blog.sina.com.cn/s/blog_477979190102e2kc.html，2013年5月17日查询。

　　② 梁晓声：《我讨厌不干净的厕所和太精英荟萃的沙龙》，新浪博客 http://blog.sina.com.cn/s/blog_477979190102dyw6.html，2013年5月18日查询。

　　③ 梁晓声：《猫是极"出世"的动物》，新浪博客 http://blog.sina.com.cn/s/blog_47797919010000n3.html，2013年5月18日查询。

猫猫狗狗，其实，还是说人，如果读者愿意承认的话，当然，不要对号入座！

梁晓声在文革时期是受了大罪的，他甚至表示，如果再回到那个年代，他要么自杀，要么移民。如今当然是新时代，他不用移民或自杀，但是，道义在他心里永存了，即便再痛、再重，即便要独自上路，踽踽独行，他在所不辞。

同为轻描淡写之人，借用金庸先生的著作，张贤亮很像南帝，而梁晓声则像极了北丐，只是，梁晓声不像洪七公，他那永不发笑的面庞和眉心的皱纹，写满太多沉重的意味，刻下太多历史的印痕，让人看了，不免心疼。

博客中的个人简介直接链接"度娘"百科："梁晓声，原名梁绍生。当代著名作家。祖籍山东荣城，出生于哈尔滨市，现居北京，任教于北京语言大学人文学院汉语言文学专业。曾任北京电影制片厂编辑、编剧，中国儿童电影制片厂艺术委员会副主任，中国电影审查委员会委员及中国电影进口审查委员会委员。"

点开"度娘"的百科，还会发现，梁晓声隶属民盟，是全国政协委员。博文"路在脚下，任重而道远"即在政协会议的讲话，题头有云："2012年全国政协会议期间，面对贾庆林同志的发言"，此文中提到了梁漱溟先生，梁漱溟年轻时，父亲曾问他："这个世界还能变好吗？"这个问题也成了各个时代中国知识分子的共同问题。周国平先生在博文中也有提到，他说："今天选择乐观回答的人恐怕会少许多。原因是多方面的，其中之一是当今国人的道德状况令人沮丧，官员的腐败，商人的黑心，普通民众中对生命冷漠的事例，等等。原因何在，是人性变了吗？我的看法是：第一，基本人性不会变，不要说二十几年，几千年也没有什么变化；第二，道德的基础在人性中，道德出问题不是因为人性变了，而恰恰是因为背离了人性。"[①] 梁晓声给予的答案则是肯定的，并提出建议，主要归纳为以下：政府在社会分配方面必须调整贫富悬殊；特殊人群年薪需公开化、透明化、标准化；补偿在改革开放初期做出利益牺牲的工人群体；切实有效重视和解决腐败问题；精简中国官员庞大机构队伍[②]。仔细想来，周国平未必就是否定，梁晓声未必就

---

① 梁晓声：《这个世界会好吗？》，新浪博客 http://blog.sina.com.cn/s/blog_471d6f680102edv7.html，2013 年 5 月 18 日。

② 梁晓声：《路在脚下，任重而道远》，新浪博客 http://blog.sina.com.cn/s/blog_477979190102e61b.html，2013 年 5 月 18 日查询。

是肯定，出发点和阐释的角度不一样。

诚然如斯，梁晓声对这个社会仍旧充满爱和希望，尤其是作为师者。

2009年6月25日，在某校毕业生典礼上，他要学生们踏实地走好人生的每一小步，并说："普通之人生不是百米跨栏，也不是全能竞技，而只不过是淡定、自信、达观、宠辱不惊地向前走路而已。只要你是一个热爱生活，肯于付出努力的人，寻常中便会产生出某些回报来——而这也正是我们热爱生活的理由。"①

梁晓声的博客没有其他作家的链接，只有唯一"好友"链接：风勿言②，是他的学生徐育伟的博客。所谓学生，也不是他的"嫡系"，而是一个热爱文学的青年。他在博客中转载了徐育伟的几篇小说，并有博文"致徐育伟同学"。当年，他教育徐育伟作文要有道义和大义，如今看到这位80后背负沉重的精神，真诚书写载道的文字，他竟然不忍了，他说："那种道义承担压在你们年轻人的肩上，委实的太过沉重了。对你这样的在北京无依无靠，打拼自己的人生已是疲惫不堪。故我现在要重新对你说，对于你——生存第一；发展第二；回报父母第三；完成爱情第四……当然，同时兼顾最好。大抵而言，兼顾难也。至于文学，你可以暂时放一边去。③"一位作家说出此话，让人心酸；一位师者说出这话，无比真诚。

7载博客生涯，梁晓声写下137篇博文，皆为精品，其中不乏长文"大鸟"系列（共七篇）、"表弟"系列（共22篇）等，5020701④的点击量是大众对他的聆听，能够聆听，我们幸运，这幸运来之不易。

2012年12月7日，梁晓声写下博文《当"交管"撞上"人文"》⑤，明确表示，这是他的最后一篇博文，并在开头附上"告别的话"：

"这是我最后一次发文章于博客，便有些告别的话要说。

事实上我与电脑的关系一点儿也不亲密，我的手至今未在电脑上敲出过一个字。博客是当初应要求而来，而且起初由网站打理。但凡是署我名字的

---

① 梁晓声：《在毕业生典礼上的感言》，新浪博客 http://blog.sina.com.cn/s/blog_477979190100dwbl.html，2013年5月18日查询。

② 梁晓声：《风勿言——徐育伟的博客》，新浪博客 http://blog.sina.com.cn/xyw26，2013年5月18日查询。

③ 梁晓声：《致徐育伟同学》，新浪博客 http://blog.sina.com.cn/s/blog_477979190100evgz.html，2013年5月18日查询。

④ 梁晓声新浪博客：http://blog.sina.com.cn/liangxiaosheng，2013年5月18日9：31查询。

⑤ 梁晓声：《当"交管"碰上"人文"》，新浪博客 http://blog.sina.com.cn/s/blog_477979190102e61d.html，2013年5月18日查询。

所谓'博文',确乎每一个字都先由我写在稿纸上。后来我便为此将文移送打字社,可渐觉麻烦。……有些朋友留言给我,我却因不会打字而从未回应过,一直心存大疚。这既悖情理亦不公平。不公平而悖情理之事,不可让它继续。"

原来,梁晓声写博客竟是这样不容易,但是,他还是坚持了7年。这是怎样的一种韧性和拼劲?

梁晓声在"老驼的喘息"中记录了一只骆驼:"老驼尚未卧下,一动不动地站在原处,瞪着双眼睇视我,说不清望的究竟是我,还是我手中的饮料。①"

实际上,仔细想想,梁晓声何尝不是中国文学界的一只"老驼"。我相信,只有这样的"老驼"才会在"今夜有暴风雨"中屹立不倒!

23. 冯骥才:老而弥坚的神鞭

我没想到,冯老居然也有博客,而且开设得也很早。

2005年10月25日,冯骥才留下第一篇博文,其中写道:"你有你的心灵空间,我有我的心灵空间,这里是我和你共有的心灵空间。"② 随即引来了大众的关注,甚至招来一些专家的不同意见,不得已,2005年11月14日,他又写下博文"冯骥才眼中的新浪博客",详解为何博客,他说:"读者对于我是一个神奇又神秘的世界。当一篇文章刊在报刊上,或一本书问世,读者的感受我无从而知。报刊的读者只是一个模糊的概念,一种无声的、看不清的整体。但是在博客上,读者变成千千万万个面孔、声音、个性。他们是一个个活脱脱的'人'。他们逼着我思考和反省。博客的读者更神奇也更神秘。"③

冯老解释了为何而"博",还说明了"博"的细则:"对于新浪博客,我作了每周2至3次的更新计划,内容概有:水墨文字、灵性、我的小说、今日新作、大冯行踪。需要说明的是,为了民间文化考察,我在四处奔波。日

---

① 梁晓声:《老驼的喘息》,新浪博客 http://blog.sina.com.cn/s/blog_477979190102dvqm.html,2013年5月18日查询。

② 冯骥才:《冯骥才博客的开篇语》,新浪博客 http://blog.sina.com.cn/s/blog_46e7b3fd01000099.html,2013年5月18日查询。

③ 冯骥才:《冯骥才眼中的新浪博客》,新浪博客 http://blog.sina.com.cn/s/blog_46e7b3fd010000j9.html,2013年5月18日查询。

后每当我出门在外,便会在门上贴个条子,写道'对不起,我不在家'。告知来访的朋友们知晓个中缘由,就请千万不必为了'吃闭门羹'而沮丧。欢迎再来叩我的门板①。"

本来,我都是叫他冯老的,但是,看他自称"大冯",觉得格外亲切,也就跟着叫"大冯"同志吧。我是千万读者之一,我喜欢叩"大冯"同志的门。

"大冯"同志是个讲信用的人,说到做到!七年半的时间,"大冯"同志一直在按照当初的承诺经营博客。4282276②的点击量很高,652篇博文在所有名作家博客中也是名列前茅,这些博文具体分为:28篇"新闻"、63篇"守望民间文化(新闻)"、33篇"守望民间文化(文章)"、43篇"文化批评"、217篇"文学作品"、131篇"水墨文字"、30篇"绘画新闻"、95篇"北洋书院"、5篇"创作档案"、7篇"网上寒暄",尽管,所设栏目相比最初设定有所变动和增加,但是,分类总归清晰合理,虽说,"大冯行踪"不见踪迹,有些可惜,但是,我还是喜欢称呼他"大冯",且他的"行踪"在很多博文中可以发现。

另外,"大冯"的博客还设置"灵性(连载中)"栏目,截至目前③已经更新至第九十六期。何为"灵性"?大冯有博文"《灵性》序",他解释道:"出于写作的本性,我的灵感常常是一些句子。我喜欢一个漂亮的句子冒出来那种感觉。无论是诗样的片断,还是哲思般的警句;都不是思维的结果,不是苦心孤诣的营造,不是虚拟的美文;而是来自灵魂深处的一种生发,一种流泻和创造。"④ 他习惯在床头放着纸笔,想到就会写下,于是,有了一篇书。说白了,"灵性"就是大冯无数"瞬间的思想碎片",而瞬间的可能是最真的、最具灵性的。在此,不妨就拿"《灵性》(连载九十六)"⑤ 看看,只有四句话,分了三个小节:

---

① 冯骥才:《冯骥才眼中的新浪博客》,新浪博客 http://blog.sina.com.cn/s/blog_46e7b3fd010000j9.html,2013年5月18日查询。附:博客更新参照——栏目一:水墨文字,更新日期:每周一;栏目二:灵性,更新日期:每周三;栏目三:我的小说,更新日期:每周五;栏目四:散文随笔,更新日期:不定期;栏目五:大冯行踪,更新日期:不定期;栏目六:网上寒暄,更新日期:不定期。

② 冯骥才新浪博客:http://blog.sina.com.cn/fengjicai,2013年5月18日17:33查询数据。

③ 冯骥才新浪博客:http://blog.sina.com.cn/fengjicai,2013年5月18日17:08查询数据。

④ 冯骥才:《灵性——序》,新浪博客 http://blog.sina.com.cn/s/blog_46e7b3fd01008m4b.html,2013年5月18日查询。

⑤ 冯骥才:《灵性(连载九十六)》,新浪博客 http://blog.sina.com.cn/s/blog_46e7b3fd0102dzyh.html,2013年5月18日查询。

476：世界上所有的一切都在书里，世界上没有的一切也在书里。/477：用思想站着。/478：该画句号了。但句号不是结束，每个句号后边都是一个新的开始。

数字是他"灵性"的编号，将记忆碎片串起，目前是478个！

"大冯"的很多文字十分有玩味，比如他的《俗世奇人》，这也是个系列，他的博客也专门设置了"俗世奇人"栏目，目前已经连载到第十八篇，写得都是俗世小人物，记的都是琐碎稀奇事，仿佛"世说新语"，比如其中一个叫大回。

大回是个钓鱼能手，想什么时候钓鱼就什么时候钓鱼，想钓到多少鱼就能钓到多少鱼，想钓到什么鱼就能钓到什么鱼，大鱼小鱼、鲫鱼鲤鱼王八通杀，所以，人送外号"鱼绝后"，但是，一天夜里大回提着一篮子鱼被一辆拉鱼车轧死了。

凭着这个故事，"大冯"用两句话警世[①]：

"人说钓鱼凭的是运气，他凭的全是能耐。""能人全都死在能耐上。"

大冯的博客背景有意味，一片凝固的浅绿色，置顶一片树木，两棵粗大笔直树干尤为显眼，树干缝隙间，夹着一轮明晃晃的太阳，阳光照耀，整个树林都亮了，阳光的轨迹进一步侵袭，冲破浅绿色界限，探射到博客空间。整个设置，仿佛一片凝固的天空打开了一扇窗子，送来清风绿树和无限阳光，世界变得明亮。

这让我想起"圣经"的名句："上帝说，要有光，于是，便有了光。"

而据我推测，大冯想表达：给世界带来光明、引领世人方向的灵魂之光。

或者，直接可以把这幅图像解释为"知识分子的文化先觉"。

"大冯"是一位泰斗级的知识分子，他有个人简介，链接的是百度百科，文曰："冯骥才，男。汉族。浙江宁波人，祖籍浙江慈溪，1942年生于天津。当代著名作家、文学家、艺术家，民间艺术工作者，著名民间文艺家。现任中国文学艺术界联合会执行副主席，中国文联副主席，中国小说学会会长，中国民间文艺家协会主席，天津大学文学艺术研究院院长，《文学自由谈》杂志和《艺术家》杂志主编，并任中国民主促进会中央副主席，全国政协常委等职，2009年1月16日被国务院聘为国务院参事，现任央视《感动

---

① 冯骥才：《俗世奇人之十七〈大回〉》，新浪博客 http://blog.sina.com.cn/s/blog_46e7b3fd010006tb.html，2013年5月18日查询。

中国》推选委员。"

　　作为知识分子,"大冯"最不缺的就是批判意识。

　　博客中他把"文化批评"类文章单独设置成栏目,显示在博客头像下方,可见,文化批评在他心目中的地位,他最新的"文化批评"是"经济社会与文明社会",曰:"人们所关切的人际关系、行为准则、法治自觉、教育目的、环境意识、社会风气等等,都关乎社会文明。文化最终的目的也是文明。人类历史和各国历史最辉煌的时期,不仅仅是 GDP 攀升的时期,更是文明高度发展的时期……文明社会的建设是一个进程……如果被政绩化一定又会是口号化,一阵风一样地掠过。文明社会建设的关键是国家层面文化和文明的自觉,必须是依照文明的性质与规律科学地进行文明建设,必须沉下心来做……经济迅速发展的时期,文明社会是否应当作为我们社会建设与发展的终极目标去逐步实现?①

　　文化批评意识是一个知识分子不可丢掉的意识,因为,它代表着自觉。诚如"大冯"所说,社会发展需要文化自觉,而"文化自觉是清醒地认识到文化与文明的意义和必不可少。然而,对于知识界来说,只有自觉还不够,还要有先觉,即文化的先觉;因为知识分子的性质之一就是前瞻性和先觉性。在全社会的文化自觉中,最先自觉的应是知识分子。文化先觉是知识分子的事"。②

　　拥有文化自觉的知识分子就是"大冯"博客中的太阳!

　　我不说"大冯"就是太阳,"大冯"也不敢自夸!

　　但是,"大冯"肯定是一缕金色的阳光,是构成太阳的无数的光子之一!

　　所以,我称之为"大冯"同志,他的另一个意识是:大写的冯骥才。

24. 柯云路:大观园的夜与昼

　　作家的极致是什么?莫言是一种极致,柯云路是另一种极致!

　　所谓两种极致,一种是文学上的极致,一种是写作上的极致。

　　文学是写作,写作未必是文学,同样,作家未必都是文学家!

---

　　① 冯骥才:《经济社会与文明社会》,新浪博客 http://blog.sina.com.cn/s/blog_46e7b3fd0102e5y8.html,2013 年 5 月 18 日查询。

　　② 冯骥才:《知识分子与文化先觉》,新浪博客 http://blog.sina.com.cn/s/blog_46e7b3fd0102e5sl.html,2013 年 5 月 18 日查询。

第三章 与时俱进：老作家博客

这样说，我没有否定柯云路是文学家的意思，他的文学成就已经足以支撑他文学家的地位，1980年开始写作，他的处女作《三千万》在人民文学杂志发表，随即就获当年全国优秀短篇小说一等奖，这个奖项相当于现在的"鲁迅文学奖"，接下来的一年，他发表的长篇小说《新星》则又在文学界引起轰动。当然，若只论文学成就，当今中国，估计没有一个人敢说他比莫言更牛！即便他敢说自己不比莫言差，也绝不敢说他比莫言厉害，毕竟有个诺奖在那里。柯云路的极致在于写作的数量和写作覆盖的领域，当今中国，若讨论这两点，估计没人敢说他比柯云路更厉害，但是，就一个作家来说，"这个"厉害可能也没有必要去争的，说到底，这和作家的性格有关，柯云路是个大"杂家"！

先来看看柯云路博客中的作者简介："当代著名作家。人生最大爱好有三：哲学，科学，文学。在文学领域，著有长篇小说《新星》《龙年档案》《芙蓉国》等二十余部，并多次引起轰动。在文学以外，著有文化人类学专著《人类时间》，历史研究专著《极端十年》，心理学专著《焦虑症患者》，教育学著作《中国孩子成功法》、婚恋研究专著《婚姻真相》等，皆受到读者欢迎。《破译疾病密码》《走出心灵的地狱》是作者关注当代人身心健康与人生智能的代表性作品。

再看看他在博客中所设置的"主要作品"一栏列有：

柯云路（小说）文集——《新星》《龙年档案》《做局高手》《涅槃》；文革小说代表作——《芙蓉国》《蒙昧》《牺牲》《黑山堡纲鉴》《青春狂》；历史研究专著——《极端十年——中国文化大革命全过程分析》；近期出版作品——《不焦虑》《走出心灵的地域》《破译疾病密码》《工作禅二十四式》。

早年，他以纯文学进入文坛，引起了巨大轰动，他的文学作品主要以描写"文革"而闻名，他的所有小说几乎都是围绕文革这一主题，包括他的历史研究专著，他也称得上文革"专家"，在他的博客里这类文章最多的就是《芙蓉国》系列。

信手拈来一篇"《芙蓉国》：江青眼中最有魅力的男人"，其中写道：

"1938年，久经情场风波的江青嫁给了比她大21岁的毛泽东。虽说是一代枭雄，智慧超群，二人恋爱也完全自愿无一丝勉强，但毕竟带有青春与权利结合的影子。如果毛泽东不是中国共产党的第一人，很难想象她会爱上这个满嘴浓重湖南农村口音、脾气火暴、抽烟、吃茶叶、嗜好辣椒和红烧肉的人。周恩来生于南方而成长于北方，曾赴东洋、西欧，到过苏联，见识广博，具有异国文化的修养……自持自律，尊重女性。这些品质，对生长于北

97

方、个性开放好幻想、喜欢读外国小说、从事文坛工作出身的江青有很大的吸引力……据毛的卫士长回忆,江青很倾慕周恩来,常不避嫌地对身边人员说,周性情好,谦恭有礼,风度翩翩。她还希望毛泽东向周学习,改掉粗鲁的农民本性,惹得毛大为光火!①

这类文章有明显的"猎奇""探秘"特征,多半为后人猜测臆断而来,主要是抓住了读者的心理,以满足大众的阅读欲望,有市场。当年,《芙蓉国》一出,也成了一个热门的文化话题,并形成了一股文化热潮,但是,所谓文化热潮和文学又有多大关系?比之他最初的《新星》,《芙蓉国》的文学性逊色不少。

柯云路的写作都可以归为文化事件,而不再专属于文学事件,尤其是到了后期。想来,柯先生在文化上也是"得道"的,只是与文学无关。一个很简单也很深刻的标准(源自哈贝马斯的理论):中期,他的写作丧失了文化的批判性,向探秘和猎奇发展(当然,也可以说成是传记,从这个标准上来说,这也是很高的文学成就);后期,他则向"哲学"发展,这里的哲学不是周国平式的哲学,与苏格拉底无关,而是实用主义,甚至是明显功利主义的哲学,即现在流行的官场大揭秘、成功激励学、社会心理学、情感心理学,甚至,育儿经、养生学。我由衷佩服柯先生的人生阅历和积累,这不是一般的作家可以做到的。

与柯云路的创作领域相对应,他的博文列表是这样的:260篇"家长学校"、412篇"禅修入门"、233篇"婚恋诊所"、240篇"养生之道"、144篇"社会民生"、25篇"文化访谈"、274篇"柯云路文集"、35篇"非原创重分享"。

"专业特征"明显的栏目我就不讲了,看看"社会民生",点进去可以看到这样的文章列表(摘录):"李连杰:一切困难都是为了让我们更强大(图)!""转帖:百岁老人的养生长寿秘诀(图)""揭秘:当代中国最敢花钱的人!(图)""柯云路:中国人为什么笑不出来(图)?""两会特稿:中国人为什么勤劳而不富有(图)?""柯云路:官场达人自曝送礼潜规则(图)""柯云路:40年前最难忘的中秋节(图)"……所列博文都和社会民生有关,但是,其中很少人文关怀,更像一个万事通"专家"在作答。"专家"能解答所有问题,但是,失去人文关怀,文字也就称不上文学,社会和民生只能

---

① 柯云路:《芙蓉国:江青眼中最有魅力的男人(组图)》,新浪博客 http://blog.sina.com.cn/s/blog_5846b2950102e0t3.html,2013年5月19日查阅。

第三章 与时俱进：老作家博客

是有表无里。

再看看"柯云路文集"，第一篇是"揭秘：中国人为什么喜欢饭局？（图）"，① 内容是"转载：《中国就是个大厨房》"，作者是张兵，来源是《意林公务精英版》，里面的配图是柯先生自己的《做局高手》图书封面。再任选一篇，"揭秘：毛泽东生前最担心的两件事（图）"② 讲的是："天安门'四五事件'后，毛泽东的生命更衰弱了，他所发动的文化大革命也显出了越来越深重的衰败。"面对不可捉摸的未来，伟大的领导人要该怎么办？有什么事情放心不下？同样"大揭秘"在柯先生的"文集"里比比皆是："揭秘：中国人炒股为什么总是赔钱（图）？""揭秘：没有远见的中国富人为何短命（图）？"……尽管，其中语言相当睿智，分析也相当独到，但是，我只想感叹：柯先生知道的秘密确实不少。

柯云路博文的最大特征就是几乎每篇文章都有配图，很多图片是与文章相关的图片，比如毛泽东的老照片，比如江青同志的老照片，还有一些配图是与文章不相关的图片，最多的就是来自西洋国的漂亮照片，这些照片与很多励志、心理图书所选的照片风格极为一致，再有，就是一些漫画照片，而更多的还有柯云路自己图书封面的照片，即便文章是转帖，与自己的图书内容上无直接联系，比如，2013年5月1日的博文"ZT：美国孩子9岁前必须学会的礼节（图）"内容是"美国孩子九岁前需掌握的25种基本礼节"，原载美国《父母》杂志，作者David Lowry，文章配图则是柯先生自己的《培养好孩子的20条"金"规》封面。

柯云路的博客背景是一片浅绿色，顶部有两个脚印。柯云路一路走来，一步一个脚印，博文已经有2129③篇，可谓勤奋，可谓用心。看来，他是把博客作为"主战场"的，他在博客中"设坛开讲"，解答"十万个为什么"，"揭尽天下之秘"，教人"怎样养育好儿女""怎样成功""怎样收获好的婚恋""怎样有个好身体"，不得不说柯先生用心良苦。我也不得不感叹：一个作家，"杂"到这种地步，也不可谓不是另一种纬度上的成功，因为，它们总归还是关于"人"的学问，对当下精神迷失和心理亚健康的大众不无好处，总归著书为人，造福社会。只是，这个过程，柯云路明显也是想借助

---

① 柯云路：《揭秘：中国人为什么喜欢饭局？（图）》，新浪博客 http://blog.sina.com.cn/s/blog_5846b2950102e3i9.html，2013年5月19日查询。

② 柯云路：《揭秘：毛泽东生前最担心的两件事（图）》，新浪博客 http://blog.sina.com.cn/s/blog_5846b2950102e3cb.html，2013年5月19日查询。

③ 柯云路新浪博客：http://blog.sina.com.cn/keyunlu，2013年5月19日11：08查询。

博客来最大"宣传"自己,从而,建立自己的图书商业版图,当然,你也可以把此看作是为了造福于人,以此更好地与大众开展交流。他的博客留有他的信箱、微博,甚至微信号,这是所有的其他名作家博客没有的。不仅如此,柯先生还留有微信公众号,名曰"大爱健身法",而他的一些博文开头也留下这样的话:"欢迎加入柯云路微信书友圈:1. 查找微信公众帐号:大爱健身法;2. 或搜索微信号:keyunlushuyou。"

无疑,99518081 的点击量,柯云路的宣传目的或者交流目的达到了。与很多老作家"甘于寂寞"不同,柯云路用勤奋的双手托起自己的翅膀,不停地飞,留下了影子,也留下了精彩。徜徉在柯云路的博客,仿若游走在网络世界"大观园",却是饭后消遣,走马观花,一路闲逛,姑且看看。这是一种文化的成功,且是极大的成功,但是,也仅仅局限于此,我不敢说这是文学和人文的成功。

第四章　各领风骚：中年作家博客

中年作家群是中国当代文学的核心力量，他们兼具实力与名气，拥有极高的影响力和号召力，其作品也经过了时间的考验，并引领和推动着中国当代文学的进步与发展。而恰恰，也是这一人群对博客的忽视最大。

表面上看起来，他们之中开博客的名作家很多，但是，与他们这一群体的人数众多相比，开设博客的人还是太少，名作家博客比例明显偏低。同时，即便开设博客，他们对博客下的工夫也不多，博文量也相对较少。

但是，他们能够介入博客意义却是重大的，这在一定程度上表明他们对网络和博客的认可态度，尽管，怀疑并未完全消失，经营也显得小心翼翼。

一、小说家博客

中年作家群体中，对网络和博客表现得最为冷淡的应该就是小说家这个群体，尽管，他们的人数看上去不少，博文量却都不多，且博文很少有小说文本。这和小说的特征不无关系。小说是极为个人化和个性化的创作，在它未面世之前，完全只和作家本人有关，私密性最高，所以，最不适合在网络中直接发布。当然，也有当下有很多网络写手和网络作家反其道而行之的现象，在网络中实时发布小说，与读者实时交流，实时创作，但是，这种理念显然不容易被中年小说家群体接受，因为，他们比老一辈作家还要"顽固"。拥有知名度和影响力的他们，对个人创作理念和个人文字风格最为坚持，不可能将创作过程完全开放。

25. 北村：周渔的火车

"拯救是藉着单纯的信，因信我们得以称义。不是基督的义成为我们的义，乃是基督成为我们的义。"①

《新约》《旧约》，抑或《圣经》是我的床头必备之书，注意，不是书柜里的必备之书，书柜里的书是想阅读时才会去读，或者闲着无事时才会去读，而床头的书，有事没事我都会去读，甚至每日睡前都会翻一翻。有段时间，我的睡眠质量不好，心里放着很多事情，于是，我选择阅读耶稣基督，灵魂得到了抚慰，不再喧哗与躁动，自然而然也就睡得好了，后来，也就养成了此习惯。当然，只是阅读《圣经》还称不上信徒，只有真正把基督放在心里，才算信了上帝。

北村是一个虔诚的基督徒，据说，在全国信徒圈子里，名气极大，地位也极为崇高。北村的信仰造就了他作品的个性与不俗，也让他赢得了"神性写作"和"神性小说"的中肯评价。

查阅百度，它会告诉你关于北村的故事，其中有这样一段：1992年北村个人创作转型，从先锋小说创作转向关注人的灵魂、人性和终极价值的探索，开启另一创作高峰，1993年发表或出版了小说《施洗的河》《武则天》《玛卓的爱情》《孙权的故事》《水土不服》《最后的艺术家》《伤逝》等。在文坛引起强烈反响，以"神性写作"成为小说界的一个独特现象②。

北村在他的博客中有文章"圣灵参透万事，对拙著评论中最精准的一篇，特此转载：作者：张凤琳"，这是别人写的关于北村的论文，论文对他和他的作品评价应该是他最满意的。此论文目录③中有：第一章身份定位：基督徒作家/第一节先锋作家北村/一、远去的先锋/二、真正的先锋/第二节基督徒作家北村/一、基督教与基督徒作家/二、当代基督徒作家北村

可以清楚地看到，北村承认他的基督徒身份，并坚定这份信仰。

而在基督徒作家之前，他的身份显然是先锋作家，他亦认同。

中国当代文学历史上，"先锋派"是重要的流派之一，出现了很多响当

---

① 北村：《旧文「赦免」：初信主时的一篇随笔，曾发表在「山花」杂志上》，新浪博客 http://blog.sina.com.cn/s/blog_488efcbb01012j6s.html，2013年5月19日查询。

② 百度百科北村：http://baike.baidu.com/view/132807.htm#sub8795301。

③ 张凤琳：《圣灵参透万事，对拙著评论中最精准的一篇，特此转载：作者：张凤琳》，新浪博客 http://blog.sina.com.cn/s/blog_488efcbb01012m1q.html，2013年5月19日查询。

当的文学大家,比如马原、余华、苏童、叶兆言、格非,北村也是这一流派的重要作家之一。当年,他的"者说"系列小说轰动文坛,从1988年到1992年他先后发表《逃亡者说》《劫持者说》《披甲者说》《归乡者说》《聒噪者说》等。

先锋文学是"文革"的一次文化释放,也是对西方现代主义的一次成功借鉴,他对挖掘中国文化的现代性以及促进中国现代文学的发展有不可磨灭的贡献。自然是先锋作家,北村也不无例外地具有强烈的"先锋意识"。在此,我们可以看一下先锋文学的开端:象征主义,其源头是波德莱尔的《恶之花》,以无序建造有序,以喧哗生成安宁,以躁动包裹平静,以恶之极生善之根。当年,一腔热血的北村就是抡起斧头和锤子,试图砸碎旧有的文学传统和思想桎梏。带着明显的学习性和试验性,青春无限的他以豪情祭奠一场文学和思想盛宴。

仿佛一幕舞台剧,高潮不断,高潮之后,迅速冷却,转换入另一节奏。

1992年,令人大跌眼镜,北村皈依基督,且是无比虔诚!

仔细想来,这不难理解。西方与东方不同,基督的教义里,"人之初,性本恶",一个人要通过信仰基督以行善来赎罪,最终获得神的救赎。西方现代文学的产生和基督有着千丝万缕的关系,没有基督就不可能有现代文学,西方的现代文学在某种意义上是对基督的"发问"和"审判",凭借基督之名,以"恶之花"挑战西方现代文明的理教与秩序。中国的传统社会则没有基督,而先锋文学取义于西方现代主义,舶来"恶之花"的种子,开出的"花"自然就有基督的基因,因"恶"之根本,所以向"善",而从根本上说,"恶之花"的极致就是"善"。从先锋文学领悟到基督的教义,可能是北村转变的原因。这里,并非说先锋文学是"恶"的,而是对"一种秩序""破坏"之后的"重构",是"狂热"之后的"冷却"。进一步讲,其实先锋的"破坏"也是一种"构建"的过程,之后就是回归,比如余华,他最好的作品我认为是《活着》,活着实际上是他对中国传统的回归,从而,他拥有了属于自己的中国现代性文学。而对于北村,他的回归之处则是基督,从而,他拥有了属于自己的中国作家的"神性文学"。

可以说,如果没有先锋的北村,就不会有基督徒北村。

"问题开始之先,我们或许能找到一个共同点,那就是承认在世间有苦难。在一切表象的背后我们可以窥见现实的残酷性,它酿就了几乎所有文学的悲剧品格。有的时候我们对它视而不见是因为文学提供了一种虚假的信心维持了人类基本的荣誉感和尊严,这正像福克纳和海明威所做的。现在的问题在于,文学是否真实地提供了这种信心呢?回答是否定的……"①

这是北村的原话,由此论述开始,他要"肯定和找到一种绝对价值"。本篇博文共分两部分,每一部分题头,他都引用了基督教义,其中第一个题头是:

「因为世人都犯了罪,亏缺了神的荣耀。②」

「人非有信,就不能得神的喜悦;因为到神面前来的人,必须信有神。③」

从那个时候开始,北村坚定地跟着基督走了。

20年的神性文学创作,北村已经成为上帝的孩子。他的博客背景是黑暗、红烛、握拳的祈祷、绿丝带、雅安地震④图!他在向上帝祈祷,希望上帝能够听到他的声音,为雅安赐福。

北村的头像是他本人照片,一头长发,满脸胡须,一副眼镜,神情里弥漫着属于基督徒的安详,双眼斜视,目光里仿若可以看到来自主的悲悯。

2006年2月13日北村开博,设有朱伟、朱大可、叶匡政、朱必圣和中国当代文学五个网址链接,409253⑤点击量,至今有155篇博文,其中,神性文字居多,不乏"我和上帝有个约会"的长篇系列,最新博文是2013年5月11日阐释基督教义的博文"2013年5月11日",⑥且让我们跟着北村聆听上帝——

人权:「神就照着自己的形象造人,乃是照他的形象造男造女。⑦」

慈善:「藐视邻舍的,这人有罪;怜悯贫穷的,这人有福。⑧」

26. 毕淑敏:生命线上的红处方

"假如不能把群山带给人们,就把人们带到山里来。"和蔼可亲的毕淑敏

---

① 北村:《旧文「赦免」:初信主时的一篇随笔,曾发表在「山花」杂志上》,新浪博客 http://blog.sina.com.cn/s/blog_488efcbb01012j6s.html,2013年5月19日查询。

② 罗马书三章二十三节。

③ 希伯来书十一章六节。

④ 北京时间2013年4月20日8时02分四川省雅安市芦山县(北纬30.3,东经103.0)发生7.0级地震。震源深度13公里。震中距成都约100公里。成都、重庆及陕西的宝鸡、汉中、安康等地均有较强震感。

⑤ 北村新浪博客:http://blog.sina.com.cn/beicun,2013年5月19日16:50查询。

⑥ 北村:《2013年05月11日》,新浪博客 http://blog.sina.com.cn/beicun,2013年5月19日查询。

⑦ 创世记一章27节。

⑧ 箴言十四章21节。

这样说，也这样做，她首先把自己带进山里！1989年我在鲁迅文学院读书的时候，我见过这位大姐。虽然没有打过什么交道，但印象却很深。可能与她脖子上的一条红围巾有关，加之她当时那部红极一时的小说《红处方》。

　　某种意义上来说，毕淑敏诞生于大山，1952年，她出生于新疆伊犁，后来跟随父母回到北京，1969年，怀着对信仰的一片热忱，不满17岁的她入伍，在喜马拉雅山、冈底斯山、喀喇昆仑山交汇的西藏阿里高原部队当兵，她又回到了那片大山，在海拔5000米的青藏高原这一待就是11年，历任卫生员、助理军医、军医等职。生于山，成长于山，所以，似乎可以说，她是大山里来的女人。

　　正因为在世界上那么多伟大的山里生活过，毕淑敏在加拿大面对落基山时是十分自信的，惊叹于落基山的美景之余，她穿起了当地印地安人狩猎时的雪靴，却是磕磕绊绊，寸步难行，于是，打趣道："终于知道了什么叫'灭顶之灾'，什么叫'无力自拔'，什么叫'一失足成千古恨'。"而看见当地的驯鹿飞奔自如，她忍不住发问："它们为什么如此快捷奔跑，却不会陷入雪中？"向导说："这里是它们的家园。这是它们飞奔的秘密。"然而，这里不是她的山！

　　毕淑敏的山在青藏高原，在那里，她就是"驯鹿"，她拥有全部生命和美好。那里的山有她激情燃烧的岁月，那岁月，是她永恒的生命之光，塑造了她高贵的灵魂，纯洁的品性，某种意义上来说，也成就了她后来的创作。2011年8月31日，她写下博文"感恩"，博文中插播视频，是"解放牌汽车的广告"，从50年代一直说到新世纪，蒙太奇的手法，映像画面历数了解放汽车的历史变迁。毕先生看罢，怦然心动，只想感恩，因为，她的激情岁月，一直都有解放汽车相伴：

　　"42年前，从我穿上绿军装的第一天起，就和这车结下了不解之缘。1969年，我们120名女兵，从新疆的乌鲁木齐出发，用6天时间翻越天山，抵达南疆的喀什。短暂的集训之后，我又和4名战友，再用6天时间，翻越新疆和西藏的崇山峻岭，抵达西藏阿里军分区。这几千公里的长途跋涉，乘坐的都是解放牌卡车，挤在大厢板上……在阿里11年，所有的信件，都是解放车送上来的……我第一次探家，也是坐大解放下的山。"① 一辆汽车，装载着数不尽的记忆，"这些回忆，蛰伏心海多少年，好像沉没的渔舟，只

---

　　① 毕淑敏：《感恩》，新浪博客 http://blog.sina.com.cn/s/blog_51f250a20100tw7q.html，2013年5月19日查询。

剩下残骸。感谢这段视频,如金色的鱼竿,将记忆钩钓起来,让青葱岁月若隐若现"。那里,有她和山的故事!

因为那段岁月,她感恩解放牌汽车,感恩是真诚,源于她的医者仁心。

医者仁心,对于当下很多医生未必适用,但是,对于毕淑敏,绝对适合。

当年,周树人先生为了国家民族,弃医从文,后来,中国有了鲁迅,于是,在传统的观念里,似乎"医"和"文"就有了矛盾,但是,毕淑敏告诉我们,未必尽然。有人说,最高的医生就是"心医",即以心医病,同时也可医人心!毕淑敏应该就是这样的心医。毕淑敏以"医心"做"文心",以"行医"而"行文",并把"医之相关"转化为"文之相关",于是,有了《红处方》《血玲珑》等,几十载的"亦医亦文"生涯,毕淑敏在文学界和医学界都声名甚高。

医者治人身,文者治人心,道理相通,可护卫表里。

对毕淑敏来说,文即是医,医即是文。

2012年"2月15日①",获悉香港部分地区鸟类感染H5N1,毕淑敏忧心忡忡,怕有人也被感染,于是又联想起9年前春天的SARS。当年,毕淑敏作为作家和医生两个身份身处一线,一直陪伴在那些SARS病人左右。她说,即便当下真有禽流感,也不要害怕,因为,她"坚信自己的生命是有价值的,坚信人间有温暖的情谊和敬业精神的存在。坚信肌体有战胜病毒的抵抗力,坚信自己正在被人惦念也惦念着别人"。这正是她的国内首部心理能量小说《花冠病毒》主旨之一。

"树不可长得太快。一年生当柴,三年五年生的当桌椅,十年百年的才有可能成栋梁。"② 2003年,毕淑敏受命到SARS一线采访,同去的报告文学家早已写出了作品,她却迟迟没动笔,多年之间,这个命题一直在她脑海中回荡:"身穿特种隔离服,在焚化炉前驻留。我与SARS病毒如此贴近,我觉得自己闻到了它的味道。病毒其实是没有味道的,我闻到的也许是病人的排泄物和消毒液混合的味道。袋子密封非常严密,其实这味道也是闻不到的,只是我充满惊惧的想象。"她称这本《花冠病毒》是她的"百达翡丽"

---

① 毕淑敏:《2月15日》,新浪博客 http://blog.sina.com.cn/s/blog_51f250a20100zrcb.html,2013年5月19日查询。

② 毕淑敏:《花冠病毒·自序》,新浪博客 http://blog.sina.com.cn/s/blog_51f250a20100z5yl.html,2013年5月19日查询。

和"天梭"。

SARS是一场关于生与死的博弈,那么,汶川地震则是爱的传递!

毕淑敏的第一篇博文与第二篇博文均写于2008年5月27日,是"在海外为祖国募捐",那时,正值"5·12汶川大地震",毕先生在日本,心急如焚,每天关注着灾区情况,后来,毕淑敏发起了一场募捐,她的儿子亲自用日语演讲,无数日本友人自发相助,慷慨解囊,令她甚为感动。所得捐款,她全部交到红十字协会。

2008年5月29日,她已经身赴汶川地震一线,面对那些地震中幸存下来的孩子,她送上可爱的录音玩具,并写下"最缓慢的微笑":

"当玩偶说出祝福的话语时,孩子们终于静静悄无声息地微笑了。近在咫尺。这是我一生所看到的最为缓慢的笑容,无比脆弱,像一个帝企鹅的蛋在冰天雪地经过长久的孵化,终于探出小小的额头。然而这微笑又如此强韧,一经绽放,它就动人心魄的灿烂起来,携带着抵挡不住的芬芳。"①

缓慢的微笑,生命的微笑,孩子永远是这个世界的花。见完孩子,毕淑敏决心留在震区服务,可是,丈夫担心,怕她有万一,她说:

"你不用担心。我想和你说的只有一句话,万一发生了什么事,比如我死了……不管死相多么惨,这可不是我的责任……我要告诉你的就是——请你坚信我在最后时分一定很安详,因为这是我愿意做的事。因为我已尽力。②"

死亡是一个永恒的话题,如何面对死亡?作为医生的毕先生面对最多的就是病人和死亡,这也是作为作家的毕先生文学讨论的终极问题和核心问题,很多年前就写下《预约死亡》,从死亡那里她获得了文学的真谛,《花冠病毒》依然如是。

人终有一死,与死亡对话,毕淑敏告诉我们的是生命的意义。从她的文字中,我们能够获得关于生者的温暖正能量!只有薄薄的六页博文,却有3329572③的点击量,无数人向她寻找生命的温暖。

毕淑敏的博客头像,是真实的照片,笑容很暖,仿若冬日的阳光,充满希望。

---

① 毕淑敏:《世界上最缓慢的微笑》,新浪博客 http://blog.sina.com.cn/s/blog_51f250a201009jd0.html,2013年5月19日查询。
② 毕淑敏:《世界上最缓慢的微笑》,新浪博客 http://blog.sina.com.cn/s/blog_51f250a201009jd0.html,2013年5月19日查询。
③ 毕淑敏新浪博客:http://blog.sina.com.cn/bishuminblog,2013年5月19日20:39查询。

27. 残雪：山上的小屋

残雪在当代中国文学界绝对是一个特殊的存在！她的博学、善思和执迷的先锋精神造就了她。她拥有超强的自信，这份自信源自于她对她自我创作信仰的坚持和肯定。她不媚俗、不从众、孤傲、清高，只做她自己。她沐浴湘风楚雨，这是她的幸运；文学湘军有了她的存在，便有了属于文学湘军的一份荣光。

可以说卡夫卡是残雪文学的源头。某天，读到卡夫卡，感觉到一双眼睛盯住了我，那些看似无序非逻辑的语言成了最深最有层次的逻辑，卡夫卡在解剖自我，更是在解剖一个"人"，残雪应该也感觉到那种灵魂之刀在解剖自己。于是，她走上了一条解剖自我的卡夫卡式的道路。我这样说，残雪可能会不高兴，因为，她坚信自己可以超越卡夫卡。不要以为她在说"大话"。"大话"要看是谁说，有底气和资本说的人，说出来也就不是"大话"了。我和她偶有碰面，对她有所了解——你说的话她并非不喜欢，因为，在她的思维里，可能没有喜不喜欢这个概念，而只有认同与不认同，认同也罢，不认同也罢，她会坚持自我。

可想而知，她的个性和文学可能会不被接受，最开始，的确是这样的。她的成名作《黄泥街》投递《收获》，两次被退稿，她对李晓林女士的建议不敢苟同。后来，《黄泥街》在台湾发表和出版，她在台湾出了名，又在日本出了名，这才又"杀回"大陆。她一直没有"屈服"，反而大陆文学界向她"屈服"了。于是，她说："我是第一个在'两岸'来来往往的作家，别人都做不到这一点。"①

残雪搞得是"新实验文学"，2005年10月24日，她发布第一篇博文，名曰《什么是新实验文学》一文中，开篇她即表明态度："一年以前我曾同张小波讨论过什么是'我们的文学'的问题，当时他提出，将我们的作品称之为'描写本质的文学'比较贴切。现在时间又过去了一年，在反复接触这个问题当中，我越来越觉得应该将我们这种特殊的文学称之为'新实验'。做实验的特征的确贯穿在我和我的文学同人的作品当中，但我们的实验同西方新小说那种以文本为主的语言实验又有很大的不同。我们是在自身的内部

---

① 残雪：《文坛很黑》，新浪博客 http://blog.sina.com.cn/s/blog_46eacfc90100zhtl.html，2013年5月19日查询。

第四章 各领风骚：中年作家博客

从事一种暧昧的交媾活动，而外在的形式上，反而保留了对经典文学语言的尊重。在这个意义上也许可以说我们的颠覆更为致命，因为这种文学是直接从人性最深处通过力的螺旋形的爆发而生长起来的，她的合理性不言自明，她的生命力不可估量。"①

什么是"新实验"文学？《山上的小屋》就是一个很好的例子。

破碎的时空，跳跃的思维，无数的象征，非逻辑的叙事结构，昏沉的色调，摇曳的情愫，小屋就建在那山上，没有任何依靠，然后，所有文字构成一个封闭空间，与空间以外的世界没有发生联系，又似乎时刻发生联系。这个封闭空间就是残雪的时间。一般的读者可能读不下去此篇文字，不一般的读者可能也读不懂她的此篇文字，即便是非同一般的读者也可能不会完全读懂她的此篇文字，显然，我也在其列。我不敢说我完全懂得，如果我说懂得，并表达自己的想法，残雪可能会指出我的臆断之处，因为，针对不同意见，她总会提出截然不同的观点。

不是残雪本人，你永远无法完全理解她的世界本质。

她有她的法则，法则与所有都不同。她不需要你来说教于她，不管你说什么，她可能都不会听，亦可能都会反驳，或者将你的法则消失于她的法则之内，最后变成你要聆听她的法则，你可能不知所云，不是她讲不清楚，而是你亦听不懂！

很多人认为她太过自我，但是，她说追求自我不等于自私自利：

"自我是一条可以无限深入、不断扩张的精神通道，它通向那个无边的人类精神的宇宙。人，只要他一天不满足于自己的动物本能，只要他一天不放弃精神的追求，自我就与他同在。换言之，自我就是一个人的灵魂世界，是人区别于动物的根本。每个追求自我的人以其特殊的方式对这个世界不断加以认识和开拓，认识越深入，境界就越宽广，直到最后与人类精神的宇宙连为一体。"②

残雪评论他人，亦如解剖她自己："一个人不甘于做一个冷漠的、粗糙的、庸庸碌碌的人，而要追求一种高尚的精神生活，要实现对于人类的爱，那么他就只能从认识自己、分析自己、批判自己做起。他在这样做的时候，

---

① 残雪：《什么是新实验文学》，新浪博客 http://blog.sina.com.cn/s/blog_46eacfc9010000qk.html，2013 年 5 月 19 日查询。

② 残雪：《追求自我就是自私自利？》，新浪博客 http://blog.sina.com.cn/s/blog_46eacfc9010000ql.html，2013 年 5 月 19 日查询。

总是有种纯净的、难以达到的理念在前方召唤着他，激励着他，使他不敢懈怠，因为懈怠即放弃精神，回到肉体的黑暗之中去。"

换言之，人即世界，每个人都是一个世界，这个世界昏暗，充满螺旋，本质总是沿着螺旋藏在最深的黑暗里，所以，晦涩难懂，亦最难被发现。文学的责任可能不是挖掘人与公共社会重叠的部分，而更在于要无限向内将自己彻底挖掘出来，解剖得干干净净。在这一点上文学和哲学不谋而合，都是关于人的学问。我并不想把此归结为哲学的"形而上"与"形"的博弈，只想做一个推论：残雪可能不会喜欢马克思，而是会更喜欢黑格尔，但是，她也不会受黑格尔束缚。

残雪原名邓小华，和著名的学者邓晓芒先生是兄妹，不久前，他们出过一本对话集，名字叫作《于天上看见深渊——新经典文学对谈录》，残雪有云："谈话围绕我多年创作中的哲学底蕴展开，进行文学与哲学之间最深层次的沟通。我将我的文学称之为新经典文学，因为我反对西方后现代的某些观点，主张发扬西方经典（文学与哲学）的精神，并倚仗我们东方文化的底蕴的优势，通过全新的创造去超越西方经典。"① "于天上见深渊！"这个名字起得很大胆，也很贴切：每个人都是深不见底的"深渊"，深渊或者只能在高处才可见，但是，所谓天上，言外之意，她也高到了天上，高过所有，包括东方西方，这就是残雪的性格。

一次接受采访中，有人问她作品中反复出现的墓园是不是有卡夫卡"城堡"的象征意味，残雪心直口快地说："我的'城堡'不是建在山坡上，它就夹杂在世俗里头，这大概是残雪超越前辈之处吧。我不像西方人那样需要一个彼岸。而是此岸与彼岸都在一个灵魂之中，我就是自然，比西方人更有张力。"②

或者，可以做出这样的猜想：残雪的文学里，她走的道路是当下绝无仅有的，与任何一个都不同，且是正确的；残雪的世界里，她的创作应该是当下最高的，且是当下最好的！包括所有中国作家在内，可能也某种程度上包括西方，所以，她敢否定王蒙、王安忆等当代中国作家，并否定中国传统文化的自信。

---

① 残雪：《文坛很黑》，新浪博客 http://blog.sina.com.cn/s/blog_46eacfc90100zhtl.html，2013 年 5 月 19 日查询。

② 残雪：《文坛很黑》，新浪博客 http://blog.sina.com.cn/s/blog_46eacfc90100zhtl.html，2013 年 5 月 19 日查询。

残雪超强的自信并非尽有道理，也并非全无道理，她有资本。说到何以再版《五香街》，她自信地说："《五香街》不久前在瑞典文化界又获得了极高的评价。他们是看的耶鲁大学的英文版，称该长篇为'伟大的小说'。有一个出版社现在正在筹备出瑞典文版，已和我联系，我很高兴。读者嘛，随他们去读。但我心底里希望出现高层次的读者。这样的读者，将我这类文学不看作写别人，而看作写自己。希望读者读出自审与自嘲，从中获得高级精神享受。"①

由博文可知，麻省理工学院甚至也开设了她的个人网站②。正因为有这个自信和坚持，她才敢说："平庸的作家只能追求'黄土地'似的故乡"③；她才更敢说："（中国）文学需要哥白尼似的革命"④。

"我的文学观就是提倡精神享受的。但精神又是从世俗欲望转化而来的，所以我也'拥抱生活'，只不过同主流文学的那种拥抱完全不同罢了……很难说。你（郑晓驴）所说的善恶⑤是道德判断，我的小说里是排除这种东西的。你也可以将我的小说中的道德观称为'超级道德'，那是种理想。纯文学就应该如此。"

既是哥白尼似的革命，就意味着核心要由"地球"变为"太阳"，说的也就是"文学"的本位在哪里？残雪的太阳自然在"人性"本体。她寓意要彻底改变几千年来形成的人文概念和善恶观，"人性"这个"世界"本身才最高，因为，只有通过自我意识参与的最彻底的自我剖析和自我批判，才能获得最终的自我认识，这个认识会自然而然地使人抵达到最终的善和最终的道德观！

对于这样一个特立独行的作家，采访她都要格外小心。有人就问她的《吕芳诗小姐》灵感来自于哪里？想讲个怎么样的故事？残雪的原话是："不客气地说，你这个问题的提问方式太老旧了。像我这样的实验小说从来不会

---

① 残雪：《文坛很黑》，新浪博客 http://blog.sina.com.cn/s/blog_46eacfc90100zhtl.html，2013年5月19日查询。
② 残雪麻省网站 http://web.mit.edu/ccw，2013年5月19日查询。
③ 残雪：《平庸的作家只能追求"黄土地"似的故乡》，新浪博客 http://blog.sina.com.cn/s/blog_46eacfc901019xr4.html，2013年5月19日查询。
④ 残雪、郑小驴：《文学需要哥白尼似的革命——郑小驴采访残雪》，新浪博客 http://blog.sina.com.cn/s/blog_46eacfc90100nhss.html，2013年5月19日查询。
⑤ 郑晓驴提问残雪：在当代作家里，您是唯一几十年如一日始终对探讨人性的内在深度兴致勃勃的作家，正如您所说的，"理性的海、人性的地狱和天堂"，您认为人性里最本质的东西是什么？邪恶、伪善、纯洁或者什么都不是？

名作家博客100

从书本或生活中去产生一个灵感,然后根据灵感讲一个故事。那是现实主义才那样搞。"

或者,残雪可能不属于我们这个世界。你可以说,她确实有些狂,太目无一切,太把自己当回事;或者,你也可以说她不想将自己的灵魂和世界的"庸脂俗粉"牵扯上一点联系,她可能超过了我们的时代和所有人,远远走在了最前方。130[①]篇博文是她的自我表达,773662[②]点击量却未必都是支持,反对声肯定很多。

关于残雪,我只想说:她拥有一颗纯粹的人的灵魂!我也绝对相信残雪拥有最纯粹的善和道德观。残雪只是要追求自由,而绝非要与他人为敌,她唯一的敌人是她自己。她的出现和存在,对中国文学是必不可少的,她为我们带来另一种可能。正如她自己所说:"我当然可以超越卡夫卡,怎么不能?我们中国人要搞这种文学创作,当然是要超越,要不我们还要搞这个干什么呢?"

28. 方方:弥足珍贵的风景

方方的第一篇博文是"关于在高铁发微博的事",时间是 2013 年 1 月 14 日 22:52,这里必须精确到时分,因为,方方的第二篇博文还是"关于在高铁发微博的事",时间是 2013 年 1 月 14 日 22:50,方方的第三篇博文依然是"关于在高铁发微博的事",时间是 2013 年 1 月 14 日 22:49,第四篇博文仍旧还是"关于在高铁发微博的事",时间是 2013 年 1 月 14 日 22:31。短短十分钟,方方发了四篇相同名称的微博,可见她很重视,又有些纠结。这到底是怎么回事?

自然是关于在高铁发微博的事。让我们来看看她的这篇微博:"高铁深圳到武汉 G1016 次列车一等座的服务可不是一般的差!向列车员提意见,她冷淡而从容地说:你们可以向公司投诉。也可以写出来我帮你交给车长。遇到这样的年轻人,真不知让人如何说!高铁车票价不低,服务得跟上才配这个价呀。"[③]

[①] 残雪新浪博客:http://blog.sina.com.cn/canxue,2013 年 5 月 19 日查询。
[②] 残雪新浪博客:http://blog.sina.com.cn/canxue,2013 年 5 月 19 日 23:37 查询。
[③] 方方新浪微博:2013 年 1 月 13 日 18:05;http://weibo.com/1222425514/zeiky7yzU,,2013 年 5 月 20 日查询。

第四章 各领风骚：中年作家博客

微博是个好东西！自从有了微博，大众就有了一种话语权形式！

微博也是个不好的东西！自从有了微博，大众想说什么就说什么！

这里的方方是一个消费者，她在用微博维权，这是无可厚非的。

坏就坏在她不是一般的大众，而是著名作家，微博粉丝两百多万①，她说一句话，提一个建议，可能就是一石激起千层浪。

微博从根本上说是传递信息的地方，文字有明显的信息化特征，微博文字往往要过滤掉很多细节，所以，大众未必能了解全部真相，于是，误读和误解就产生了。虽说都是粉丝，却鱼龙混杂，每个都不一样，嘴长在别人脸上，别人想说什么就说什么，说的太难听，方方就觉得很不应该。

微博上惹来的"麻烦"，方方寻求"博客"来解决，于是，"连发四弹"。

"对于我在微博批评高铁服务一事，居然有许多人在我的评论里说支持乘务员，并对我大加批评。这个真是有点冤。看来是我没有说清楚，在这里我还是详细陈述一下昨天乘高铁经历比较好。"② 想来，方方是要为自己"申冤"的。但是，"申冤"也没必要连发"三篇"文章，且是相同名称，看着她是太用力了。仔细读来，第一篇、第二篇、第三篇内容基本相同，而第四篇略有出入，第四篇比另外三篇多了一句话："见她（高铁乘务员）如此，我和楚风（方方友人）说，这样的年轻人，什么都不缺，缺的就是教训。于是顺手就发了那则微博。"③

仔细想来，这句话应该是不受网民欢迎的，是小辫子，如被抓住，非但不能"申冤"，还可能"火上浇油"，而且可能会在某种程度上损坏方方的形象。方方连发四篇相同名称的博客，是不是就为了将此博客"沉"下去？

想来，方方太把这事情当回事了，网络上的事本来就是全开放的。如今的方方已经把重心转向微博，她的博客空间，从 2009 年 10 月 21 日之后，只有六篇文章，2013 年只发了四篇文章，且全部是这个"高铁事件"。反而，微博几乎每天都会更新，粉丝数量也很庞大，既然开了微博，自然要有心理准备接受网民的"狂轰滥炸"，如果没有一点定力，是挺不住的。方方毕竟还是"要面子"的人，"脸皮薄"，这个是可以理解的，然而，她的这种反应，我觉得值得商榷。正如有网友给她留言："谁认真谁就输了，嘻嘻。"

---

① 方方新浪博客：http://blog.sina.com.cn/zjfangfang，2013 年 5 月 20 日查询。
② 方方：《关于在高铁发微博的事》，新浪博客 http://blog.sina.com.cn/s/blog_48dcbbaa01015oyk.html，2013 年 5 月 20 日查询。
③ 方方：《关于在高铁发微博的事》，新浪博客 http://blog.sina.com.cn/s/blog_48dcbbaa01015oxv.html，2013 年 5 月 20 日查询。

方方是认真了!

方方的认真我却觉得很可爱,我力挺,作家就需要一份认真。

点开方方的博客,最夺人眼球的就是她的背景设置。置顶是一片山地和两辆山地越野车在奔腾,看上去很有气势。或者,这是方方内心世界的一种写照:人生旅游,在路上,享受沿途的风景,寻找体验的快感。她的博客头像亦是一身休闲打扮,戴着一顶休闲帽,置身农家小院外,身体靠墙而立,双臂抱在胸前,一只脚踩地,一只脚弯曲依墙,面带微笑,一副洒脱的神情——真是难得洒脱。

当作家并不容易,尤其是在这个话语纷繁、价值观混乱的时代。

我觉得真正的作家都有细腻的心思和认真的态度。可是,当下,你太认真别人就会说你"装高调""假正经",而你一旦不认真,别人又会说你这作家"耍流氓"。如今的人似乎就喜欢大俗,却又不允许知识精英太俗。俗与不俗之间,一切的判定标准就乱了。我并不喜欢把"认真"和"俗气"对应起来,我清楚,与作家的"认真"对应的应是"洒脱"。这里的"洒脱"是灵魂的释放,只是,出于种种原因,作家也不能自由自在,于是,也难得洒脱。

作为名作家、湖北省作协主席,方方要处理文字上的事情,要处理社交上的事情,不管多忙,方方都在试着寻找一份洒脱、一份自由和一份心的宁静。

方方的博客设置很简单,"留言""评论",还有三个"链接",分别为"新浪博客首页""我爱读书会"和"莫扎特作品","莫扎特作品"是一个"经典音乐库",里面尽是莫扎特、贝多芬、巴赫和中国古典音乐。她有"公告"内容为:"日子很平淡,没啥好公告。"她的博文不少,共有36页,基本都是2009年10月21日之前发的。她的博文大部分是她在路上的所见、所看、所闻。她给大众一路风景,2148765[1]点击量,大众也喜欢聆听她的心声。

她的最后"旅途"博文是"嗨,我在德累斯顿"系列,共十篇,是她于法兰克福书展期间在欧洲的见闻,每一篇都有一张她亲自拍摄的美图。关于博客写作,最后三篇的每个题头她都在道歉,现摘一篇题头:"我已经离开了DD,正在欧洲其他地方游走。因为不能及时上网以及没有足够的时间写作,所以,我的博客只能断断续续,并且也无精力写得更详细。在这里抱歉

---

[1] 方方新浪博客:http://blog.sina.com.cn/zjfangfang,2013年5月20日17:11查询。

一下。"①

一路旅途,一路博客,她是很认真的。即便疲惫,她也向大家微笑问好。

2012年她有两篇博文,都是2012年9月26日上传,名曰"公共空间的诗歌",两篇博文实为一篇,姑且引其中小诗,虽为别人所作,却可表达方方心境:去山顶种一棵橡树/让落单的鸟望着它飞/我曾经想过/在月亮好的夜晚/一个人去那里看看/山下的灯光就可以了/我靠着橡树/什么都不说/山顶寂静无声/人间若有若无/我的橡树在微风中颤抖/每一片叶子都不同/每一片叶子都很好②。

众声喧哗的时代,文者之心未必谁都能懂,但请不要藐视一份认真!其实,关于高铁发微博的事,我宁愿方方大骂一句,让自己任性一回。但是,她肯定不会,作为一个有责任感的名作家,洒脱难得。正因为此,方方的世界,摆脱了七哥式的阴影与狠毒,温和、宽容,向社会展示弥足珍贵的风景。

29. 陈应松:村庄是一蓬草

"常常,看着你,对视着你,注目着你,远远地,就是一蓬草,野草,杂草,荒草。你在没有路的地方,路最深最远的地方,在天的涯岸,水的尽头……歌颂过它头上的一朵野花,可你无法歌颂它在冬天里干枯的面容;躺在上面睡一觉吧,一觉醒来,你已人老珠黄,不识前路,衰草渐渐掩埋了所有通往春天的道路。③"

喜欢陈应松带着炊烟般的文字,也喜欢他带着草香的博客。

夕阳无限,不叹已近黄昏,黄昏只是一个灵魂的隐喻,野旷天低树,虽然,没有江清月近人,但是,飞鸟在远处掠过,天空留下了它们的翅膀,一切都带来乡村的讯息,原野的轻昵,那是属于远方的絮语,是心灵的一片柔软之地。一片橙黄之地,铺满金子,于是,天空也成了河流的影像。这是我

---

① 方方:《嗨,我在德累斯顿(九)》,新浪博客 http://blog.sina.com.cn/s/blog_48dcbbaa0100en2s.html,2013年5月20日查询。
② 方方:《2012年09月26日》,新浪博客 http://blog.sina.com.cn/s/blog_48dcbbaa010139r3.html,内容为"公共空间的诗歌",转载的是几位诗人的诗歌,此为小引·武汉所作《去山顶种一棵橡树》。
③ 陈应松:《村庄是一蓬草》,新浪博客 http://blog.sina.com.cn/s/blog_4f94c62d0102eszo.html,2013年5月21日查询。

对陈应松博客设置背景的一种解读,随着解读,我的灵魂亦下沉。

接着,我被他博客中的三幅照片所吸引,一幅是开头提到的《村庄是一蓬草》里的村庄近景,一片老旧的房子,青砖黛瓦,栉比鳞次,山自苍翠,竹子一丛丛,清秀挺拔,俊美无比,空气中有淡淡的水汽氤氲,这就是村庄了。

另两幅照片连在一起,一为无边无际的油菜花,中心有一座小屋,更远处是一带水墨山水似的树木,配文为"俺家乡公安县的三月天";另一幅同样有油菜花,却是近景,主角是油菜田之中的河流,河流蜿蜒,消失在转弯处,树木在彼岸成行,行船却仍留此间,宁谧淡然,远离喧嚣,仿若听得见寂静,竹篙没入水中,漾起细细水纹,配文为"俺出生并生活的小河虎渡河边的三月"。

三月的声音,关于乡村的故事,这两幅照片出自他的博文《三月》。

"三月,一个娇嫩的词,像豆腐一样嫩,生怕被冬天抢走。三月走着,走着,变成了一个宽阔的、令人景仰的字眼。三月不是一个季节,是一种冲动。三月只有与农历接合才是温暖的,笃定的温暖,流汗。在农谚的三月天,已是犁耙水响,紫燕归来,寒冷已呈强弩之末。"[1] 三月很嫩,仿若泉眼,泉水清澈。

爱上陈应松的三月,爱上他的文。"三月在乡野委实太多,不值得大惊小怪,左一个三月,右一个三月;这个坡一个三月,那个沟一个三月;腐草间是三月,池塘里也是三月。不止几株樱花杏花,不是一个盆景大的公园。三月在乡下漫山遍野,无边无涯。每一块地都是三月的集市,每一道沟也是三月的百货大楼。"[2]

陈应松的博客目前有 1292764[3] 的点击量,共 284[4] 篇文章,分为评论、访谈·演讲、陈应松作品评论、写字、新闻、视频、书法绘画等,这些文章类别同时被设置成博客栏目,并显示着相应类别的最新博文名称,比如"小说"栏,显示着送火神、一个人的遭遇、野猫湖、夜深沉、祖坟等。

博客中可见他给自己的个人简介,简介内容事无巨细,很长,在此,只

---

[1] 陈应松:《三月(散文)》,新浪博客 http://blog.sina.com.cn/s/blog_4f94c62d0102eokh.html,2013 年 5 月 21 日查询。

[2] 陈应松:《三月(散文)》,新浪博客 http://blog.sina.com.cn/s/blog_4f94c62d0102eokh.html,2013 年 5 月 21 日查询。

[3] 陈应松新浪博客:http://blog.sina.com.cn/cyscys5656,2013 年 8 月 18 日 16:10 查询。

[4] 陈应松新浪博客:http://blog.sina.com.cn/cyscys5656,2013 年 8 月 18 日 16:10 查询。

第四章　各领风骚：中年作家博客

摘录以下："祖籍江西余干县瑞洪镇，1956年生于湖北公安县黄金口。武汉大学中文系毕业。出版有长篇小说《猎人峰》《到天边收割》《魂不守舍》《失语的村庄》《别让我感动》，小说集《一个人的遭遇》《陈应松作品精选》《星空下的火车》《小镇逝水录》，诗集《梦游的歌手》等50余部。小说曾获第三届鲁迅文学奖、第二届中国小说学会大奖、第十二届《小说月报》百花奖、2006—2007年度《中篇小说选刊》奖、首届全国环境文学奖、2004年人民文学奖。"

他的《一个人的遭遇》的图书封面和油菜花的色调相似，也是全黄色，不同的是，封面的黄色是残旧的黄，犹如泛黄的纸张一样，上面画着脆弱的天空，苍黄的大地，干枯的树，但是，这片黄色和油菜花出自同"一片乡村"。图书的文字介绍说："作为中国'底层文学'的代表作家，近几年来，陈应松坚持行走于故乡的田野，用他敏锐的视角，利刃般的文字，一点一点划开那方土地的肌理，裸露土地的荒芜，使干涸的现实人心无处遁形。①"

两种黄色表明乡村一直处在对立的两极：甘甜又苦涩，丰美亦荒芜。陈应松当然也明白，正因如此，他才更爱这片土地。与故乡相比，他写的多的就是神农架，他爱这片离他最近的净土。神农架的冬，或者神农架的秋都是他的挚爱，自然给予他世界的"漫山红遍"，也给予他"风雪夜归人"，汉江平原的风就响在耳畔，我有些羡慕他，身处祖国中南，有什么地方比神农架更适合领略秋冬之美？或者张家界也不可比！

陈应松的博客头像是他在国外的一张旅游照片，带着墨镜的他精神奕奕，身后是欧洲风格的房屋，几条机动船，看得出，这应该是一个港口。陈先生是喜欢旅行的人，到过很多国家和地方，博文中就有《出埃及记》《伊斯坦布尔记》等，他的文字很精致，摄影技术也相当了得，这类博文均配有照片，照片选景和角度恰到好处，要么气势雄浑，要么纯净美丽。在伊斯坦布尔，他写马尔马拉海的早晨："海风吹开了城市的几许惺忪，朝霞像是金箔涂抹在绸缎一样的城市上空。清新的空气颤抖着，海岬有三两个无声疾走早锻炼的人，野猫们很多，这个海岬至少有一百只，它们举止正派，神情自若，穿行在挡海浪的大石头缝里。海边的石头长满了绿英英的浒苔。这些安

---

① 陈应松：《〈一个人的遭遇〉出版》，新浪博客 http://blog.sina.com.cn/s/blog_4f94c62d0102elow.html，2013年5月21日查询。

详的野猫是城市边缘的浪人,它们是一个城市溢出的宁静。①"

他走遍世界,寻找生活,聆听风景,但是,他不会丢掉他的乡村。他说:"埃及,虽然我那么想靠近你。你有多么厚重的历史,像一千座金字塔,屹立在风沙中,万年不倒。但你也似乎仅剩风沙漫漫中的金字塔了。这只是象征,不是生活。就像一块碑,记载过去的时光;一个记号,一个遥远的影子而已。②"他说,"你(埃及)不是我渴望的"。

陈应松的心住在他的乡村,他就是乡村的"一蓬草"。

他的乡村住在他的心里,就是他的灵魂的"一蓬草"。

因为这蓬草,他才可以走遍世界;因为这蓬草,他终将回去。

"花成烂泥,落叶满径……我会在村子里不停地徜徉,让你记住我的身影,哪一天,不要不理会我终将被你拽回的亡灵。当我的心因莫名颤抖而摇晃的时候,村庄它更像是一蓬草,在目送我远走的天的尽头,摇曳着,沉入夕阳。"③

30. 谈歌:来自大厂的冲击波

谈歌先生的经历很丰富,做过锅炉工、修理工、车间主任、地质队长;谈歌先生还干过宣传干事、报社记者、政府副市长,这其中副市长很显眼。做到副市长,且文学成就还能这么高的,谈歌可能是为数不多的"为文为官两相宜"之成功者之一。

按说,做过政府高官,谈歌应该一颗红心向太阳,讲政治,讲"原则"。但是,谈歌在博客中讲的并不是这些。似乎,在官场走了一圈,他的目光更为锐利,手里的笔更为锋利,心中的姜更辣。这里并非说谈歌现在"不讲原则",也并非说做官就不能从文,官与文在中国的传统里历来很难分开,但是,谈歌不一样,我认为谈歌身体里还住着一个"愤青",且是越老越"愤怒",只是"愤怒"已经不再显示于形上,而是转化为一种智慧——只发问,不解答;只陈述,不解释。实际上答案就在问题里,解释就在陈述中。说白

---

① 陈应松:《伊斯坦布尔记》,新浪博客 http://blog.sina.com.cn/s/blog_4f94c62d0102ehy7.html,2013年5月21日查询。

② 陈应松:《出埃及记》,新浪博客 http://blog.sina.com.cn/s/blog_4f94c62d0102ehy7.html,2013年5月21日查询。

③ 陈应松:《村庄是一蓬草》,新浪博客 http://blog.sina.com.cn/s/blog_4f94c62d0102eszo.html,2013年5月21日查询。

第四章 各领风骚：中年作家博客

了，一切看上去都是轻描淡写的闲谈，却是大有深意，于是，也就"愤怒"得恰到好处。

谈歌在博客中没有自我简介，我还是要补充一下："谈歌，原名谭同占。1954 年出生，祖籍河北完县（今河北省顺平县）。1970 年参加工作。1977 年开始文学创作，迄今共发表长篇小说 19 部，中短篇小说千余篇，计有 1500 余万字。部分作品被译成法、日、英等文字介绍到国外。①"

谈歌的博客空间很"潮"，置顶是 2010 年上海世博会芬兰馆的碗造型，最左侧有一栋欧式建筑，看上去疑是国外某政府的大楼，具体是什么，我不知道，谈先生用此置顶，我亦不知道是何用意，难道是时下最流行的话语"快到碗里来"？不管怎样，此模板却是很受欢迎的，上面显示，此模板已被传递 51244143②。此模板的传递次数体现了网络传播的巨大效力，谈歌开博也是异曲同工，他开博正是为了传播话语。别的名作家开博尚有自娱自乐的特征，谈歌的博文则明显带有大众传播特征和"企图"，仿佛在说"快到我碗里来"。

谈歌十分勤快，博文更新较为频繁，共有 34 页，331 篇文章，博文涉猎范围也十分广泛，而且不刻意追求文雅和工整，现有的第一篇博文是 2013 年 5 月 20 日的"［转载］谈歌小说《四家书楼》阅读"，转载的是风如松先生对谈歌小说《四家书楼》的阅读分析，这是一篇短小说，风如松先生在小说后面设置了很多选择题，类似于高考的阅读理解。谈歌在原文评论说："多谢抬举！转走！"③

这篇文章还和谈歌自己有关系，说的也是自己的小说，接下来就陡转直下。现有的第二篇、第三篇、第四篇、第五篇博文全与经济金融有关！

第二篇为"［转载］名人塘水滚塘鱼"，他在题头写道："如今宏观经济、失业率、股市，三者之间一点关系都他妈没有。"谈先生骂得也是直白，说的其实是美利坚的事情，实际上则和对冲基金④有点关系；他的第三篇文章就是"对冲基金的时尚宗谱：市场的霸主"，第四篇则是"对冲基金精英的

---

① 百度百科谈歌：http://baike.baidu.com/view/569659.htm，2013 年 5 月 21 日查询。
② 谈歌新浪博客：http://blog.sina.com.cn/zjtange，2013 年 5 月 21 日 20：52 查询。
③ 谈歌：《谈歌小说〈四家书楼〉阅读》，新浪博客 http://blog.sina.com.cn/s/blog_612b65240102e8ex.html，2013 年 5 月 21 日查询。
④ 采用对冲交易手段的基金称为对冲基金（hedge fund），也称避险基金或套利基金。对冲交易的方法和工具很多如卖空、互换交易、现货与期货的对冲、基础证券与衍生证券的对冲等。对冲基金通过对冲的方式避免或降低风险，但结果往往事与愿违。由于潜在风险较大，因此对冲基金被界定为私募基金的一种，而不是公募的共同基金。

alpha 新纪元",第五篇则是"揭秘首富对冲之道"。谈歌是不是也玩股票、期货或者基金,不然对冲基金怎么刺激了他!而且多次提到对冲大师 David Tepper,想来他中毒不浅。

看到此处,你可能都没觉得怎样"愤怒",那是因为,谈歌还没开火。2013 年 4 月 15 日,谈歌终于开火了。这一日的博文是"看图:宁波城内'中日热烈友好'场景!!"开头附诗"看图说话:钓鱼争端尚未平/神州处处大游行/宁波城内人攒动/粉丝欢呼苍井空",① 下方是新鲜出炉的 7 张照片,照片中,苍老师驾到,人潮汹涌,男女前呼后拥,抢着合影,摆着"二"的手势,贴在苍老师身边,笑得合不拢嘴,简直把苍老师当神一样膜拜,甚至有的人为了"沾上苍老师的玉体"而摔倒在灌木丛中。够狂热!何等壮观!谈先生还能说什么?

再选一篇 2011 年 3 月 25 日的博文,"谈歌:中石油的脑袋进水了?(调系山东快书)"读来一乐。内容为:"当里个当,当里个当,/中国石油愁的慌。/中石油的脑袋进水了?/小日本儿,闹地震,/中国石油很郁闷。/为什么,这么说?/里边的名堂还很多。/大白天,见鬼了,/中石油的脑袋进水了?/中石油,把中国股民赚完了,/中石油,开始给日本捐钱了……"乐中自有愤怒的火。

我尤其喜欢谈歌关于奥运会的系列博文。2012 年 8 月份,伦敦奥运会期间,谈先生好不"乐呵",有博文"有人上书奥运会:要求恢复拔河项目!(组图)",途中搭配中国当代姑娘玩拔河和中国旧时玩拔河,拔河当然进不了奥运会,谈先生是要说中国的体育只看着自己的"一亩三分地"么?另有博文"没长眼?国际奥委会因为希特勒作检查!(组图)",讲到第十一届奥运会在德国举行,当时还不是世界战争罪人的"希某人",作为东道主国元首,意气风发,现场飘满法西斯党旗,煞是壮观——看来,谈歌对奥委会也不是完全满意,抑或是在陈述历史的吊诡?最有趣的当属"长见识!中国第二次参加奥运会'民国范儿'的心酸镜头!(组图)",贴有三张图片,一为第二次奥运会中女排碰杯的合影,依稀还能看见年轻的"郎铁头",后两个为"第十一届奥运会""民国代表团"的合影,两幅图片却有相似的韵味,谈歌文中写道:"行车 1 人、篮球 14 人、足球 22 人;另有国术表演队 11 人;体育考察团 33 人;还有干事、秘书、顾问等多人。(干事?秘书?疑有

---

① 谈歌:《看图:宁波城内"中日热烈友好"场景!!》,新浪博客 http://blog.sina.com.cn/s/blog_48d6380a0102e805.html,2013 年 5 月 21 日查询。

出国观光之嫌!)"①别误会,这里写的可是"民国代表团"的体育范,剩余的"你懂得"!

博客头像中,谈歌正昂头闭眼哈哈大笑,这是谈歌的范儿,读谈歌的博客,你也会忍俊不禁,所以,大伙都喜欢,9563741②的点击量确实是个庞大的数字。嬉笑怒骂皆成文章,笑吧,如果你不懂其后的愤怒,也无妨。

他有博文"(转载图片):请关注这两双手!!",③一张图片是一个刚到新学校的城市流动儿童,睁着天真的大眼睛,看着教室前方,握着笔杆,双手满是冻疮;一张图片是一位工作了43年的仍在工作的80岁环卫工老奶奶,和她皱纹叠叠干枯苍老的手,谈歌用大字在题头写着:"请关注这两双手!!"

我在想,作为上个世纪九十年代中后期中国文坛上"现实主义冲击波"的代表性作家,谈歌的"愤怒"源于他对现实的关注;谈歌的"愤怒"源于这双苍老的手!这是邻居的手,农民的手,工人的手,母亲的手!

31. 王朔:玩的就是心跳

阳光,蓝天,几棵高耸的芦缨,世界干干净净,一片美好!
看到这样的博客空间,或许你会觉得,这里应该是一片心灵净土。
不,这是错觉!其实,这个空间充满冷嘲热讽,又有那么点愤懑和无奈。

这是个火药库,是一片冷战场,是王朔的博客。

王朔会玩,喜欢"心跳"的感觉,很爱"找茬"。他喜欢骂,骂鲁迅,骂金庸,当然也常常损损自己。2006年3月11日,开博第一枪,仍是骂,这一回,竟是对准了小字辈韩寒:

"韩寒这丫的现在异常的嚣张,在博客大肆侮辱我等苦心经营的文坛,更让人发指的是这小子竟然在众目睽睽下调戏号称美女导演的老徐,让我等老王们异常的不忿。这小子也不称称自己几斤几两,以为写了几本所谓畅销书就不得了啦,其实写了些什么啊,长安乱都不知道写的什么,一座城池就

---

① 谈歌:《长见识!中国第二次参加奥运会"民国范儿"的心酸镜头!(组图)》,新浪博客 http://blog.sina.com.cn/s/blog_48d6380a0102e2l2.html,2013nian,2013年5月21日查询。
② 谈歌新浪博客:http://blog.sina.com.cn/zjtange,2013年5月21日21:53查询。
③ 谈歌:《(转载图片):请关注这两双手!!)》,新浪博客 http://blog.sina.com.cn/s/blog_48d6380a0102e6b4.html,2013年5月21日查询。

是在瞎调侃，我闭着眼睛都可以写个三五本。可能韩寒也有自知之明，知道自己并不是什么文人，于是很聪明的选择做个车手，他可以自豪的说自己是赛车里文章写的最好的，写文章里车开的最好的。但可惜他还是选错了，因为中国赛车比中国男足还没有希望。①"可能还嫌"痞"得不够，末了他还加了一句："这一点我感到很惋惜，只希望他别再搞个什么车毁人亡什么的。再祈！②"

最后，这句落笔太"贼"了，他果然是没安"好心眼"，不过，我喜欢！他的"第一次"给了最火的"赛车手"。

他的第二次，则给了与"赛车手""关系最好"的老徐小姐。

"老徐的博客会这么火，号称网络第一热博，而且并没写什么隐晦的事情，实在让人有些出乎意料。客观地说老徐只是个过气演员二流导演，自从《将爱情进行到底》后就没有什么让人记起的角色。改行当导演后似乎有所成就，还拿了个洋奖，但很大程度上是靠了原著小说本身的名气，而且在国内也没什么票房，虽不能以票房论成败，但起码是不能让人信服的。老徐一直长盛不衰有一个很大原因就是她的气质，是有名的气质美女，尤其深受学生朋友的爱戴。但'气质'究竟是什么呢？没有人说的清，我只知道我一说自己有气质，别人就笑，笑得很开心。不过难能可贵的是，老徐虽在娱坛大染缸里浸淫多年，仍能保持一颗童心，至少在博客上反映如此，甚至和韩同学互动，实在让人相当地景仰啊！"③可能他"自觉"有点过了，于是，结尾赶紧说："对不起，以上全是放屁，下面才是正题：徐静蕾是天下第一大美女我喜欢徐静蕾徐静蕾永远是我崇拜的偶像我永远支持徐静蕾！！这下，大家都满～足～了吧！"④

实际他是"有恃无恐"，说了老徐还不够，还要呛一呛老徐的拥趸。这种正话反说、带有明显广告嫌疑的文字，只有王朔写得出来。

2006年3月19日，关于老徐的博文写完，他可能还嫌不够火爆，2006年3月22日，他又写了"所谓红人"，开了"五枪"，"中枪"的有"大嘴"

---

① 王朔：《韩寒这丫的！》，新浪博客 http://blog.sina.com.cn/s/blog_48d0b609010002h0.html，2013年5月22日查询。

② 王朔：《韩寒这丫的！》，新浪博客 http://blog.sina.com.cn/s/blog_48d0b609010002h0.html，2013年5月22日查询。

③ 王朔：《徐静蕾是谁？》，新浪博客 http://blog.sina.com.cn/s/blog_48d0b609010002k6.html，2013年5月22日查询。

④ 王朔：《徐静蕾是谁？》，新浪博客 http://blog.sina.com.cn/s/blog_48d0b609010002k6.html，2013年5月22日查询。

宋祖德、"馒头血案"制造者胡戈等，而名列状元和榜眼还是韩车手和老徐，二人在他的"撮合"下总算"合体"到一篇文中了，他朝俩人又补了一枪。

文章开头有"前言"，曰："本人怀着沉重的心情对天发誓：本人以下言论绝对是抱着'吃不到葡萄说葡萄酸'的卑鄙心理写下的，请各位达人务必毫不吝惜地强烈鄙视我、疯狂蹂躏我、无情抛弃我吧！"

这不止是赤裸裸"找茬"了，这是"无赖""耍流氓""不要脸"了。

这几篇博文在当时引起了轩然大波，让王朔"红得发紫""火得发烫"。

铁的事实告诉我们：想红，就要找红人的麻烦；想火，就要找火人的不快。

王朔可能不一样，他未必想红火，因为，他本来就很红火。上世纪八十年代勇闯文坛，文字特立独行，语言幽默辛辣；后来搞编剧，《渴望》和《编辑部的故事》都是风头一时无两、万人空巷；进入新世纪，他和冯小刚同志、葛优葛大爷一起搞的《非诚勿扰》也是引领了电影潮流，创造了票房神话。

王朔喜欢"找茬"可能是天生的，"耍流氓"亦是天生的。

他并非要找谁的麻烦，他是要找所有人的麻烦，不然，他"皮子痒痒"。这是他的创作风格，是他的说话风格，也是他的语言特征。他当然知道，天下人都喜欢听好听的，但是，他就要说难听的话。光说难听的，没水平。把难听的话说成段子，说得幽默，说得让人笑，这才是高手。他就是高手。"耍流氓"，那也要能拉得下脸，放得下面子，这是对自己下狠手。俗话说的好："我不下地狱谁下地狱？"炼到"百毒不侵"，方能"杀人于无形，见血于笑谈"。

韩寒说："文坛是个屁。"王朔则说："如果说'文坛是个屁'，那娱坛就是坨屎，经验告诉我们屁再臭也臭不过屎的。"说到底，他始终都记得自己是个文人，也只承认自己是个文人。大千世界，百花齐放，文坛也需要这样一号人。

但是，千万别以为，他不找文坛的茬，文坛和娱坛都是他的"茶"。

他的第四篇博文《所谓"诗人"》就开始朝原本闹哄哄的诗坛开枪了。

"'诗人'本是令人仰止的字眼，美好而纯净，孤独而忧伤，让人想起普希金、雪莱、泰戈尔等……可是目前有一帮文化垃圾恬不知耻的自称'诗人'还是'大诗人'，让人不禁膀胱发胀尿意难忍，恨不能一泡尿撒在丫们呲咧的嘴里。"①

他朝沈浩波开枪说:"就是一个性饥渴的厉害却又没钱去嫖的人,一双色迷迷的老眼总在异性的两点一线上窜动,还自鸣得意是什么狗屁派的代表人物,你就是写下半身也要写小说啊……丫愣是憋的脸红脖子粗的挤出几个破字,然后不用标点符号,就美其名曰是诗了,我看是屎吧,屎不也是下半身创造的吗?"②

这话说的粗,却还是言达其意,尽管,这是他一家之言,但是,他有权力说话。可能这已经不是"不要有辱斯文"的时代,而是"人至贱则无敌"的年月,文人也像泼妇一样,站在大街上骂架了,王朔也就"流氓"得"坦荡荡"了。

2006年至今,王朔写了14页博文,一年几篇——这倒也是,"骂架"也要喘口气,更何况"文化流氓"还要动脑子,不能天天耍,时时耍。他有"自知之明",博客头像就是一副贴图,其上有文字"没形象照可以不?",实际上,我觉得改成"没形象可以不?"更合适。他应该是符合相当一部分大众的口味的,这种口味是"重口味""闲着蛋疼",4250898③的点击量很能说明问题。

"致我们注定苦逼的青春"是他的最新博文,发表于2013年5月16日,文曰:"十年前,你毕业于一个不入流的大学,学了个不入流的专业,不过幸好你基本没怎么学过,所以你没有被怎么影响,你还保持着高中时的青春气息,只是胡茬多了点,头发也脏了点,不过没关系,一点都不影响风中飘逸的头皮屑。"④ 文字"含沙射影",自然让人想到赵薇同学新近很火的"小清新"电影《致我们终将逝去的青春》——果然,他谁的茬都找,而谁越红,他更越是找茬。

借用时下流行话语应是:放眼文化界,王朔一直在"流氓",从未被超越。

"光脚的不怕穿鞋的",想来,王朔应该是有些自鸣得意的。王朔的任何

---

① 王朔:《所谓"诗人"》,新浪博客 http://blog.sina.com.cn/s/blog_48d0b609010005vi.html,2013年5月22日查询。
② 王朔:《所谓"诗人"》,新浪博客 http://blog.sina.com.cn/s/blog_48d0b609010005vi.html,2013年5月22日查询。
③ 王朔新浪博客:http://blog.sina.com.cn/why781,2013年5月22日18:50查询。
④ 王朔:《致我们注定苦逼的青春(1)》,新浪博客 http://blog.sina.com.cn/s/blog_48d0b6090101bius.html,2013年5月22日查询。

行动都足以成为文学事件,这就是他的成功。无论你喜欢与否,他在逍遥中。

32. 王跃文:国画外的大千世界

王跃文和我是朋友,他是脾气很好的人,说话很幽默,笑起来像个小孩子,说起段子来,谁听了都是享受。他的博客背景就是一个类似童话镇的世界,还有一个卡通男孩。但是,别以为他是搞笑派,他做人和做文章都是极为认真的,且很有想法。

他的头像是1999年的照片,为何要选用这张照片?可能是显得年轻帅气和有点忧郁,容易招小姑娘喜欢,他的博文"老头子"里,有位小姑娘就"中了招"。小姑娘本以为他是老头子,没想"这么年轻"。他打趣道,头像是年轻时的照片,现在他确是八十多的老头子,姑娘居然信了!他的博文"我的非鎏金岁月"里贴了他各个时期的照片,也有头像这张,配文:"1999年,出版了《国画》。这年秋天,该书不再重印。照片是在我书房拍的,我这无意间的表情很符合当时的情绪。从此以后,不再穿西装。告别西装,等于告别一种生活。肩头的黑色是衣领,不是披下来的头发。同年,出版了小说集《没这回事》。①"

头像下是他的微博,显示其首条微博,最新微博则为2013年5月20日0:07分发出:"真的很多事,真的忙不开。再次对朋友们说:离开微博,各自珍重!"他玩微博也有很久了,粉丝几百万,竟然是说不经营微博就不经营了。不过,也可能是暂时的。微博不搞,他的博客倒是一如既往,从没冷过。

博客有"栏目"标题为"王跃文的百科",那是"度娘"对他的介绍:"王跃文,当代作家,湖南溆浦人。1984年大学毕业后分配在溆浦县政府办公室工作,后调入怀化市政府办公室、湖南省政府办公室,都是写官样文章。业余写小说。1989年开始文学创作,发表中短篇小说若干,曾获湖南省青年文学奖,从2001年10月起,专职写小说。现服务于湖南省作家协会。有中国官场文学第一人之美称……"虽说"度娘"的介绍太正统,王跃文也还用了。

---

① 王跃文:《我的非鎏金岁月》,新浪博客 http://blog.sina.com.cn/s/blog_55f402f60100hun7.html,2013年5月22日。

"有中国官场文学第一人","度娘"这话还是说到点子上了。这个头衔来之不易,他的官场作品很多,影响力也很大,更是十分畅销。34页共300多篇博文,5618719的点击量①,他的博客也是受欢迎的。

博客中,有两个连在一起的"公告",第一个"公告"的内容是:

"我的全部作品包括《国画》《梅次故事》《西州月》《亡魂鸟》《大清相国》《苍黄》等在新浪读书频道都可找到,欢迎朋友们阅读。"并给出了查找网址,接着写道:"没时间在线聊天,请朋友们理解!本人最近市面上在销的小说有《苍黄》《蜗牛》《平常日子》《王跃文作品精选》《大清相国》。目前市面上还有《有人骗你》和《我不懂味》。其他署我名字的书很可能就是盗名书。"

第二个"公告"是他的作品明细,旨在提醒读者不要上当受骗买盗版书。

另外,他写道:"我同阎真合开了一个博客,地址如下,有兴趣的朋友去看看。"也就是"阎王工作室②"。阎真是我的同事,他是不怎么用网络的,这些年,他的创作还都是手写稿。阎王工作室应该是由别人帮他们打理,其中,阎真的文章不多——主要是阎真不会用电脑,也不愿花力气来经营这些东西。王跃文则不然,当了湖南作协的常务副主席,一定要给后辈树个榜样。他的博文经常更新,内容繁杂。

为何会有"阎王"?提到当下湖南文学,人们常常会提到"官场小说",湖南有一个"官场小说作家群",王跃文、阎真都被归为这个群体,他们"合体"也就正常了。尽管,我并不认为王跃文《国画》等一系列作品只是官场生态,就像我不认为阎真的《沧浪之水》也只是在写官场生态一样,正如王跃文自己所说:"我觉得人们对官场小说的认识普遍存在局限,认为官场小说无非就是反映官场那些事儿,胆子再大些无非是碰碰现行体制方面的某些问题。我认为其实不然。真正好的官场小说,除了可以全面深刻地反映当今中国社会的现实,实际上还反映了中国普遍的国民性问题。"③ 基于此意义,他们的小说实际远远超越"官场概念",但是,"官场小说"叫得多了,也就很难改了,更何况王跃文自己也欣然接受:"我觉得作家们没必要

---

① 王跃文新浪博客:http://blog.sina.com.cn/wyuewen,2013年5月22日23:30查询。
② 阎王工作室:新浪博客 http://blog.sina.com.cn/yzwyw,2013年5月22日查询。
③ 王跃文:《发言提纲》,新浪博客 http://blog.sina.com.cn/s/blog_55f402f60100domo.html,2013年5月22日查询。

第四章 各领风骚：中年作家博客

躲躲闪闪，如果需要贴标签，不妨承认反映政治和官场的小说，就叫官场小说。这掉不了价。相反，温文尔雅地叫什么政治文化小说，添上文化二字也添不了什么油彩。要紧的是把小说写好。至于文学理论界爱怎么说，那是文艺批评家们的事，作家完全可以不对此负责。①"

很多人喜欢官场小说，因为，"当代官场小说之所以拥有广大的读者群，很大程度是因为它多少反映了现实官场中某些真实，这些真实官场之外的人无缘窥见，身在官场中的人又讳莫如深，官场小说因此多少有些'揭秘'的因素"。然而，也是因为"官场小说"，很多人总觉得湖南人喜欢玩"官场政治"，很多人也对"官场小说家"产生误解，以为他们都是"城府很深"之人、善玩"权术"，实际上，作家就是作家，创作源于生活，又高于生活，写官场，未必身在官场，更未必热衷那套权术。王跃文有他自己的创作理念和文学价值取向："关于官场小说的真实性，我总的看法是：我们在文学中可以忽略掉有些恶，但不应该向恶妥协；文学应该呼唤光明和温暖，但文学绝不能奉上虚假的光明和温暖。"②

我喜欢他的小说，我更喜欢他的杂文，他最不缺的就是正气和正义感，内心深处，他拥有极高的文化责任感，他的杂文就很有正气。

2005年10月29日，他写下第一篇博文，开坛即开疆，没有多余的闲话。有人就"李玟不认识岳飞，萧蔷不知道雷锋"大谈这些明星的"素质低"，王跃文却不这么认为，他觉得这是"文化自恋或自大"在作怪，进一步讲，他觉得，谁也没有理由笑话别人不知道自己，而应想想别人为什么不知道自己。他说："正像说话是我们的权利，不说话也是我们的权利；那么知道是我们的权利，不知道也是我们的权利……曾经有过一段历史，我们不仅被剥夺了说话的权利，也被剥夺了不说话的权利；我们不仅被剥夺了知道的权利，也被剥夺了不知道的权利。……也许，我们争取不知道的权利比争取知道的权利更有意义。因为我们如果真的被剥夺了不知道的权利，谁都会沦为罪人。史鉴不远，绝非危言。"③

作为湘人，他有湘人的古典人文情怀，和胸怀天下的厚重民族感。他对

---

① 王跃文：《发言提纲》，新浪博客 http://blog.sina.com.cn/s/blog_55f402f60100domo.html，2013年5月22日查询。
② 王跃文：《发言提纲》，http://blog.sina.com.cn/s/blog_55f402f60100domo.html，2013年5月22日查询。
③ 王跃文：《不知道又如何？》，新浪博客 http://blog.sina.com.cn/s/blog_55f402f601000085.html，2013年5月22日查询。

湖湘精神的阐释很有见地，关键词是：自卑亭！欲上岳麓山，必过自卑亭，然后，才是岳麓书院和那副天下皆知的对联。他引经据典说《中庸》："君子之道譬如远行，必自迩；譬如登高，必自卑。"

王跃文写道：

"湘人历来也颇好以此联夸耀：惟楚有材，于斯为盛。从自卑亭的谦恭笃实，到岳麓书院的踌躇满志，相距不过一箭之遥。湘人的狂傲，似乎不屑掩饰。又因外人对门联中的发语词"惟"字误读，似乎湘人真是自大。"从楚狂接舆说到近代志士，最后点题："岳麓山必经自卑亭，而自卑亭的精神实为岳麓山的根柢……自古湖湘狂士无不从'自卑'而入门径，又以'敢为人先'、'经世致用'而纵横天地。没有狂气，不成湘人；只知狂傲，亦非真湘人。"①

"人情练达即文章。"王跃文有大智慧，但他告诫自己：不可任情使性②。《国画》让他大红大紫，却也令他丢了饭碗。后来虽然因祸得福，但这种事情，最好不要再次发生。这就是王跃文的自警，有了这种自警的人，不成功也难。

33. 陆天明：大雪无痕有乾坤

陆天明是谁？很多人会说，他是一个"反腐作家"！作为"反腐作家"，他却说："我现有的九部长篇小说，数十部集电视剧，一部电影，两三部话剧，只有三部是写反腐的。反腐剧被禁，不写反腐，我还是有饭吃的，能活得下去的。而且我要说，从明年起我将不再写电视剧了。"③

他的博客中链接着"度娘"对他的百科："陆天明，江苏海门籍，长于上海。作家、中央电视台电视剧制作中心文学部专职编剧。《大雪无痕》《省委书记》等电视剧作品的编剧。"

他的博客头像是他身穿风衣、头戴礼帽的照片，身处纷飞大雪之中，他面带微笑，这不禁令我想到他的《大雪无痕》。雪落无声，"大雪有痕"，厚

---

① 王跃文：《从自卑亭往上走》，新浪博客 http://blog.sina.com.cn/s/blog_55f402f601009hc1.html，2013 年 5 月 22 日查询。
② 王跃文：《旁观者言之一》，新浪博客 http://blog.sina.com.cn/s/blog_55f402f60100htfu.html，2013 年 5 月 22 日查询。
③ 陆天明：《我为什么没去受领这样一个"崇高"的荣誉称号？》，新浪博客 http://blog.sina.com.cn/s/blog_46d54ecd0100wcxd.html，2013 年 5 月 23 日查询。

厚的积雪压弯了他身后的树枝，却压不弯他的脊梁，也遮不住他的眼睛。

做了三十多年的作家，干了三十多年的编剧，陆天明有他的分量。

2011年年底，他被有关方面"授予中国电视产业二十年突出贡献编剧"，这是"极大的荣耀"，按照常理，他应该去领奖，即便奖项有"大锅饭"中"分猪肉"之嫌，但是，人生能有几个二十年？更何况他已经到了一定年纪。但是，后来他没去！为什么没去？倔强的陆天明有他自己的想法，他说："当我仔细阅读了那'百部优秀作品名单'后，一股强烈的郁闷和不解之情汹涌了上来。在组委们'精心'操作下评出的这一百部作品几乎囊括了二十年各个时期、各类题材、各种有代表性的创作者的作品，却唯独没有一部正面写反腐败题材的作品。"①

没有就没有吧！给你奖项是"看得起你"，何必较真？他还真较真了！

原本，他也是想去的，看了名单，他想多了！想到反腐剧，如果中国电视中没有"牛逼"的反腐剧也就罢了，但是，"反腐题材作品的出现曾经刮起过一股收视狂风，引得国内外的轰动和强烈关注……它们获遍了国家大奖，说明相关部门和专家是认可它们的质量的。它们收视率高，说明人民是认可它们的质量的。那么，为什么在'精心'选择的'百部优秀作品'中，偏偏漏掉了它们？②"

这不是"疏忽"，而是"精心"漏掉！几年前，有关方面就对某知名电视台黄金时段播"反腐剧"进行过处理，后来，"反腐剧"再没进过"黄金档"。上面有人"干预"，下面没了市场，一落千丈，如今"反腐剧"无人问津了。

这会不会断了陆天明的"财路"？非也！只是这伤了他的那颗心。

他眼里，"反腐"不是电视娱乐，而是"现实主义"、是一种"直面现实的态度"，他言之凿凿："我们一直把他们奉为圭臬的鲁（迅）郭（沫若）茅（盾）巴（金）老（舍）等'旗手'们，哪一个是躲开了他们那个时代的社会矛盾和人民生存诉求，而成就了大作家大作品的？当然，直面了现实和人生，不一定就能写出大作，成为大作家，但不直面现实和人生就肯定出不了大作家和大作品。"③

---

① 陆天明：《我为什么没去受领这样一个"崇高"的荣誉称号？》，新浪博客 http://blog.sina.com.cn/s/blog_46d54ecd0100wcxd.html，2013年5月23日查询。

② 陆天明：《我为什么没去受领这样一个"崇高"的荣誉称号？》，新浪博客 http://blog.sina.com.cn/s/blog_46d54ecd0100wcxd.html，2013年5月23日查询。

③ 陆天明：《我为什么没去受领这样一个"崇高"的荣誉称号？》，新浪博客 http://blog.sina.com.cn/s/blog_46d54ecd0100wcxd.html，2013年5月23日查询。

也难怪，如今社会"一片和谐美好"，你"反腐"不是制造"矛盾"么？最后，他"一赌气"，就没去领奖了，值与不值？他说："称号并不重要。没有直面现实直面人生的权利，只有称号管什么用呢？！！！如此而已。而已而已。"

徒有一腔正气，也只能"而已"！但是，作为读者，我为他这股子气感动。仔细想想，作为一个编剧，他对"反腐"应该是又爱又恨！爱，是因为这是他想为之，恨是因为"不能"。就像他对电视一样，三十年，围着电视打拼，到头来，他只说"中国的电视事业"，并说，请原谅我不能用"产业"，这也是又爱又恨。说来也怪，中国搞什么好像都有点"四不像"，电影也是！

"谈论国产电影，实质上是在谈论一个非常严肃的中国问题。这些年，它真的让国人很纠结！"陆天明继续又爱又恨。面对一方面"电影大繁荣"，另一方面"国产片？我看都不看"，他用了五六千字探讨中国电影到底是什么"玩意"？

四不像的中国电影到底"缺什么"？片子常在国外获奖，又常在国内被"禁"的青年名导演贾樟柯说的好："当前中国电影最缺少的就是当代性。"对此，陆天明甚是赞同，他说中国电影缺的是"一种'本土的生活实感'。是与本国民众的'心象共通'。缺少了这一点，就无从谈及强烈的文化皈依感，也无从谈及强大的内心诉求，精准的文化指向，漫染斑斓而执著贲张的精神重建意识……更无从谈及电影人的灵魂尊严所在。而缺少了这些，我们还说得上去拍什么好电影吗？那就很难很难了"。[①] 俗话说的好，缺什么就补什么呗？事实可不是这么简单！固然，这和电影人有关，和观众有关，更和大的社会背景有关。中国或者不乏这类导演，比如前面的贾樟柯，但是，贾樟柯的东西大部分被"禁"了，没有被禁的也没有排片量，即便"侥幸"进入大影院，也几乎无人问津！

一位年轻的电影导演流着眼泪"反省"说：我们真的不能再"撒娇"了。陆天明意味深长地说：但愿这是真心话。不过，我倒想问问：中国的电影真的繁荣么？真的还"有救"么？

不去谈论电视、电影这些和"娱乐"挂钩的存在，回归到陆天明作为作家的本身——作为一位作家，他对写作又爱又恨，甚至对自己都是又爱又

---

① 陆天明：《国产电影,要想爱你真有那么难吗?》,新浪博客 http://blog.sina.com.cn/s/blog_46d54ecd01011uap.html, 2013 年 5 月 23 日查询。

恨。陆天明说，特别喜欢惠特曼的一句诗："我听见美国在唱歌……"第一次读到，他突然心悸，成为作家之后，这句诗歌一直在他心里，他说："多年来我也一直在追问自己：你倾听中国在歌唱吗？你听见中国的歌唱了吗？你明白中国的歌声里所包含的那全部的感伤和沉重、幽思和期待吗？……为此，几十年来，我走过许多弯路，也曾真诚地放弃过自我，又曾极其痛苦地去寻回那文学创作中绝对不可或缺的'自我'。然后在新遭遇的困窘中，去拷问，你寻找回的那个'自我'到底是什么样的'自我'？一个作家到底应该拥有什么样的'自我'，才能有助于敞开自己灵魂慧知和激情的窗户，去倾听捕捉'中国'亿万民众发自心底的'声音'……①"

一个拥有大写灵魂的作家，他有正气在丹田，激流涌，向乾坤！

对于写作，陆天明无比认真！2005 年 10 月 13 日，他在博客安家；2013 年 5 月 14 日，他写下了第一篇博文"上海申江导报记者采访录"，2012 年 9 月 4 日，他的博客 6 岁多②，共 168 篇博文，3183436③ 的点击量，他说："我将持续地用我固有的那种倔强和愚拙写下去，而不管别人会说些什么。"这是陆天明的心声，也是他热爱文学的生动见证。

34. 刘慈欣：属于地球的三体往事

在刘慈欣成为"科幻大师"的路上，博客一直陪伴。这是博客的幸运，更是刘慈欣的幸运。

2006 年 3 月 15 日，刘慈欣开博时已经小有名气，却还远没有洛阳纸贵的那种出名，其时，他那被称为中国科幻文学里程碑的"三体"系列，即"地球往事三部曲"均还未问世。浏览他的博客，可以和他一同见证"三体"的诞生，见证中国科幻文学的成长历程。

开博 7 年之久，刘慈欣只有博文 85 篇，其中"科幻"作品就有 65 篇。博客点击量倒是不太高，884855④，观众应该多是科幻迷。

可以看出，刘慈欣不随便写博客，他的时间大部分都在写他的科幻了，

---

① 陆天明：《我和我父亲的文学理想》，新浪博客 http://blog.sina.com.cn/s/blog_46d54ecd01014os1.html，2013 年 5 月 23 日查询。
② 陆天明：《我的博客今天 6 岁 328 天了，我领取了元老博主徽章》，新浪博客 http://blog.sina.com.cn/s/blog_46d54ecd01012c73.html，2013 年 5 月 23 日查询。
③ 陆天明新浪博客：http://blog.sina.com.cn/lutianming，2013 年 5 月 23 日 16：54 分查询。
④ 刘慈欣新浪博客：http://blog.sina.com.cn/lcx，2013 年 5 月 23 日 22：00 查询。

但是，一旦写博文，他就很认真，基本没有转帖，全是自己的文章，自然，也都和科幻有关。我觉得他的气质和一般作家不同，也可能科幻作家都有这种特征：少言寡语，低调专注，就连博客名称也很"低调"，叫"大刘的博客"。博客头像是一张他自己的素描画像，戴着厚厚的眼睛，额前的头发已经掉光，眼睛一直盯着下前方，一只胳膊支在身体下方，手摸着嘴巴，黑白色调之中仍能看出他的执著劲头，这应该是他创作和思考时的形象。用素描做头像，看得出他的低调，却有些韵味，并带有神秘性，刘慈欣可能真的不想显示"真身"，毕竟他不是帅哥。

想看刘慈欣的照片，问一问"度娘"就知道了！先看"度娘"关于他的百科：

"刘慈欣，中国当代新生代科幻的主要代表作家，中国科普作协会员，山西省作家协会会员。1963年6月出生于北京，祖籍信阳市罗山，山西阳泉长大。1985年毕业于华北水利水电学院（现华北水利水电大学）水电工程系。代表作有长篇小说《超新星纪元》《球状闪电》、"地球往事"系列（《三体》《三体Ⅱ：黑暗森林》及刚刚出版的《三体Ⅲ：死神永生》）等，中短篇《流浪地球》《乡村教师》《朝闻道》《全频带阻塞干扰》等。曾多次获得中国科幻银河奖。"

真人照片里，刘慈欣有些"木讷"，"憨憨的"，眼神很飘忽，仿佛一个刚熬通宵的人，不善言谈，性格内向，是"充耳不闻身边事"的"怪胎"，由着他的形象，几乎可以联想到很多"科学达人"，"数学天才"。刘慈欣也是个"科学达人"，"数学天才"，是标准的理科生！1989年，他就开始玩电子产品，还编了应用软件，博文有曰："电子诗人是本人二十多年前（1989年）编的一个小软件，后来由DOS升级到WINDOWS，仍在网上流传，感觉怪怪的。现在网上流传的版本有BUG，大家可能发现了，写出来的诗每个词都押韵，这样诗的自由度就小多了，写出来的东西质量大降，所以写的时候最好选择'不押韵'。因为原程序只能在FOXPRO环境下运行，有不相识的朋友给集成到WINDOWS环境下，期间出现了这个BUG，可能是少了一个循环判定条件。因原代码丢失已无法修改。欢迎大家自由使用！记住选'不押韵'！"[①]

FOXPRO是什么我都不知道！而他，上世纪八十年代末就已经是IT人

---

① 刘慈欣：《关于〈电子诗人〉的小提示》，新浪博客 http://blog.sina.com.cn/s/blog_540d5e800101aikv.html，2013年5月23日查询。

才。看罢，我暗自吃惊，心生疑问：刘慈欣都在想些什么？看来，他的脑子里装的东西和别人都不一样，就像约翰·纳什，纳什脑子里装的都是数学公式和符号，就连身边朋友也是他数学理论中的符号，后来他搞出了"纳什均衡①"，获得了诺贝尔奖，也成就了电影《美丽心灵》。而对于刘慈欣，如果他不搞写作，而进军IT行业，或者专攻科研，我想应该也会大有所成。但是，他选择成为一名作家，他的脑子里可能时刻都装着科幻世界。他出道较晚，却足够幸运，也是实力使然，1999年才进军科幻文学，当年就捧得了中国科幻银河奖，之后，更是连续7年得此奖，此科幻创作实力可见一斑。这其中，最"牛逼"的创作当属《三体》系列。

2006年4月18日凌晨，刘慈欣连发三篇博客，"关于《三体》"系列，当时，《三体》并未出书，而是在连载，对此，他很无奈："《三体》终于能与科幻朋友们见面了，用连载的方式事先谁都没有想到，也是无奈之举。之前就题材问题与编辑们仔细商讨过，感觉没有什么问题，但没想到今年是文革三十周年这事儿，单行本一时出不了，也只能这样了。其实这本书不是文革题材的，文革内容在其中只占不到十分之一，但却是一个漂荡在故事中挥之不去的精神幽灵。"一部科幻小说，也能和文革禁忌挂上钩，为何？因为，他"试图讲述一部在光年尺度上重新演绎的中国现代史，讲述一个文明二百次毁灭与重生的传奇"。②

作品宏大，想象绚丽，这是刘慈欣科幻的特点，但是，这还不足够让我佩服他。故事饱含人文精神，这才是刘慈欣和很多科幻作家的不同之处，正因如此，我愿意称呼他为"科幻文学家"，有评论就说："他的科幻小说成功地将极端的空灵和厚重的现实结合起来，同时注重表现科学的内涵和美感，兼具人文的思考与关怀，努力创造出一种具有中国特色的科幻文学样式。"关于《三体》，他自己也说："这是一个关于背叛的故事，也是一个生存与死亡的故事，有时候，比起生存还是死亡来，忠诚与背叛可能更是一个问题。疯狂与偏执，最终将在人类文明的内部异化出怎样的力量？冷酷的星空将如

---

① 纳什均衡，Nash equilibrium，又称为非合作博弈均衡，是博弈论的一个重要术语，以约翰·纳什命名。假设有n个局中人参与博弈，如果某情况下无一参与者可以独自行动而增加收益（即为了自身利益的最大化，没有任何单独的一方愿意改变其策略），则此策略组合被称为纳什均衡。

② 刘慈欣：《三体（1）》，新浪博客 http://blog.sina.com.cn/s/blog_540d5e800100034h.html，2013年5月23日查询。

何拷问心中道德？①"

刘慈欣将"三体"定义为"地球往事"，这绝对是大师级的思维。而实际上，三体的故事并非只可能发生在外层空间。他说："现代网络形成了人类聚集的第二个空间，这个虚拟空间与地球表面的实体空间相平行，其体积也在急剧增长……虚拟空间将越来越多地承担城市的功能……是否人类的历史上经历过的一切都要在网络世界中重来一遍，我们不知道。我们希望传统城市曾经催生的新思想的爆发、工业和技术革命以及文化的繁荣能够再次出现在虚拟城市中，进而给人类带来第二次飞跃；但祈祷历史上城邦国家间的残酷战争不要在虚拟城市间爆发。"② 最后，他还留下一句："也许，第40届奥运会的主办城市将是一座虚拟城市，它的名字叫枫叶刀市，具体位置自己去网上查吧。"

刘慈欣真是个奇人！他的"脑袋"装着一个神秘的宇宙！他比科幻作家更人文，比人文作家更科幻，这正是刘慈欣的成功和卓越之处。

35. 邱华栋：夜晚的诺言

邱华栋少年成名，他是作家，也是出版家，酒量很大，为人豪放，是个地道的文化人。如今，"文化人"和"诗人"一样被社会赋予了很多额外意义，但是，这里的文化人绝对是褒义。在我的印象中，他胖胖乎乎，却绝顶聪明。

关于自己，他的博客有"公告"，"公告"内容为：

"邱华栋，1969年生于新疆昌吉市，祖籍河南西峡县。16岁开始发表作品，并编辑校园《蓝星》诗报。18岁出版第一部小说集，并被免试破格录取到武汉大学中文系。1992年大学毕业，分配到北京工作，曾任《中华工商时报》文化部主任助理、《青年文学》杂志主编。在职文学博士。现任《人民文学》杂志副主编。"接下来是他长长的创作历程、作品简介和获奖情况。

新疆人，这样称呼他很合适，他有文人的雅致，更有西北人的粗犷。有

---

① 刘慈欣：《三体（1）》，新浪博客 http://blog.sina.com.cn/s/blog_540d5e800100034h.html，2013年5月23日查询。

② 刘慈欣：《城市，由实体走向虚拟》，新浪博客 http://blog.sina.com.cn/s/blog_540d5e800101kp0i.html，2013年5月23日查询。

第四章 各领风骚：中年作家博客

一回，他跟舒婷、李师东等一干人来到长沙，吃喝和谈笑之间，让我见识了他的雅致和粗犷。他写诗，写散文、小说，搞翻译，做编辑，激情满怀，精彩纷呈。

邱华栋的博客头像应该就是在新疆地区拍摄的照片：天高云淡，房屋星点，他带着墨镜，完成了一张成功的"自拍"，可能就是在他追逐丘处机的途中。他现有的最新一篇博文，是关于小说《长生》，其中有云："促使我写这部小说的机缘，要追溯到我上大学的时候了。那个时候，在大学图书馆里读书，我偶然接触到了丘处机的诗，就很喜欢，我就开始给他的诗做一些笺注。这使我对丘处机这个道人产生了浓厚的兴趣。这些年，我的足迹也走过了丘处机当年走过的地方：山东栖霞、昆嵛山、北京白云观、陕西终南山、新疆伊犁、阿尔泰山，以及他当年走过的河北、内蒙和新疆的其他一些地方。在近八百年前，丘处机穿越阿尔泰山，还来到过我的出生地新疆昌吉市，那个时候，蒙古语称呼那里是昌八剌。"①

博客头像的下方是邱华栋的微博，显示首条微博，内容是2013年5月22日转发的微博："邱华栋《闯入者》用赤裸裸且毫不夸张的语言、无限的让人佩服震惊的想象力勾勒出现实的生活百态。虽是百态却具有一个共同点——闯入者的角色。深陷其中，体味现实，透着丝丝血腥味儿。"他的转发语是："谢谢你这么到位的点评。那我会更努力地写作。"②

作家的身份前提下主持纯文学期刊，邱华栋一直没有离开纯文学领域，他拥有一颗纯粹的文学心灵，而《青年文学》和《人民文学》是中国纯文学领域两大重要刊物，能够有幸主持这两大刊物，对邱华栋的个人影响很大，他也不再仅仅是一个作家！杂志主持人的身份丰富了他的文化人的内涵，从博文可以看出，他一直在关注文学，更在关注社会和文化。

共计博文359篇③，很大一部分是转帖，他的一双眼睛始终在观察和关注。2012年9月7日，他连续关注钓鱼岛问题，其中一篇他特别注意到村上春树④，邱华栋看得仔细，一来，他对钓鱼岛问题也是够愤慨的；二来，

---

① 邱华栋：《邱华栋最近出版的长篇小说〈长生〉和诗集（共三种）》，新浪博客 http://blog.sina.com.cn/s/blog_53a1468b0101dzew.html，2013年5月23日查询，此为《长生》后记。
② 邱华栋微博 2013年5月22日 09：08：http://weibo.com/1403078283/zxQWktc0L?type=repost，2013年5月23日查询。
③ 邱华栋新浪博客：http://blog.sina.com.cn/qiuhuadong，2013年5月23日22：20查询。
④ 邱华栋：《村上春树谈日本领土争端：狂热于领土犹如人醉于劣酒》，新浪博客 http://blog.sina.com.cn/s/blog_53a1468b010196n8.html，2013年5月23日查询。

135

他可能确实喜欢村上春树。邱华栋摘引道:"村上认为,文化交流是'供灵魂来回穿梭于国境之间的道路',作为一名日本人,担心钓鱼岛和独岛问题会阻碍这条道路。'劣酒宿醉终会醒,但灵魂交流之道不可一日阻碍。多少人花费多少心血搭起了这个灵魂交流之道。这是一条无论如何都该维持畅通的重要道路。'①"邱华栋始终相信文化是全人类的事业,而人文精神可以跨越国界,抵达全人类。

2012年底,他前后有十几篇文章关注莫言和诺贝尔文学奖。他的态度明确,博文曰:"这是一个全体中国人应当向莫言表达敬意的时刻。而在国内,有人打着所谓'民间社会'的旗号,按照一种想象的所谓'诺贝尔伦理',对莫言展开猛烈抨击。莫言获颁诺贝尔奖,这是世界最高文学奖项对其文学成就的一种肯定,但他身上有没有值得质疑、批评与批判的东西呢?当然有,公众完全可以质疑、批评与批判。但不能抹煞莫言的文学成就,尤其是在他领奖的这一刻,这是一个值得和需要肯定与赞美的时刻。"②

邱华栋未必喜欢莫言,也未必喜欢莫言的作品,但是,邱华栋尊敬他。这是对我们自我文化的一种尊重,是对我们古老的民族语言的敬畏。

博文之中,最让我喜欢的是他的读书和推荐读书部分。"多读书,好读书,读好书""非读书无以明智",这是做人态度,也是生活态度,是修身养性。无论古今,不分中外,邱华栋一直坚持读书,也推荐大家读,读来就一定有收获。博客中,每隔一段时间他就总结近期的读书生活,名曰"微书话",形成系列:

"早晨起来洗了澡,看窗外飞雪连天,读《漫游者寄宿所》,赫尔曼·黑塞的诗集,心情愉快。欧凡译,07年外研社出过德汉对照本。黑塞的诗短小精悍,和自身的成长一路纠缠,贴身之作,内省之作,沉思之作,凝神之作,痛彻之作,如外面的飞雪。"③

他有博文"邱华栋推荐书单(2012年103种新书)"④,其中,长篇小说就有28种:

---

① 邱华栋:《村上春树谈日本领土争端:狂热于领土犹如人醉于劣酒》,新浪博客 http://blog.sina.com.cn/s/blog_53a1468b010196n8.html,2013年5月23日查询。

② 邱华栋:《中青报:用"诺贝尔伦理"贬低莫言是自以为是》,新浪博客 http://blog.sina.com.cn/s/blog_53a1468b0101apt0.html,2013年5月23日查询。

③ 邱华栋:《2013年2月微书话》,新浪博客 http://blog.sina.com.cn/s/blog_53a1468b0101cg0s.html,2013年5月23日。

④ 邱华栋:《邱华栋推荐书单(2012年103种新书)》,新浪博客 http://blog.sina.com.cn/s/blog_53a1468b0101ahtu.html,2013年5月23日查询。

第四章 各领风骚：中年作家博客

《芬尼根的守灵夜》，戴从容译，华东师大出版社 2012 年 12 月版
《浮士德博士》，托马斯·曼，上海译文出版社
《自由》，弗兰岑著，南海出版社
《安魂》，周大新，作家出版社
《2666》，罗贝特·波拉尼奥，上海文景
《我不是潘金莲》，刘震云，长江文艺出版社
《牛鬼蛇神》，马原，上海文艺出版社

……篇幅有限，不一一列举，建议大家去他微博看看，必有收获。应该说，这些书目，绝大部分他应该读过，否则，他也不敢推荐了。但真要读完这些书目，所花精力和时间确实比较惊人，因此，我有时想：这个作家难道是超人？他可以不吃不喝不睡一直工作下去？看来，下回见面我得问问他。

读书中，他对当代文化始终都有自己的思考和忧患，比如，他说："在 21 世纪这个大众媒介时代，我很难相信，还会有像卡洛斯·富恩特斯[①]这样有宏大的抱负、企图囊括历史和整个时代的全部面貌，将时间与历史打通，在时间中自由穿梭的作家出现，谁还愿意花这么大的力气，去画这么宏伟的历史和时间的文学壁画？我真的有些悲观，因为，在眼下电子媒介逐渐占上风、到处都是信息垃圾和碎片的后现代与全球化的社会里，卡洛斯·富恩特斯属于那种正在消逝的文化背影和一个伟大的文学传统，这个传统也许不会再回来了[②]。"

读书，就是他出版人的标签，更是他文化人的标签，代表着他的纯洁和高尚。而他对文学和文化的忧思并非没有道理，634808[③]点击量着实不算太高。由这个数字，我们能看出大众的"阅读倾向"：邱华栋所坚持的理想生活在当今的大众文化生态中无法处于优势地位。幸好，邱华栋始终在坚持，寻找属于汉文化的光荣，无论你是否跟随，他都在路上，逆风而行！

[①] 邱华栋说：卡洛斯·富恩特斯是我最喜欢的拉丁美洲作家之一，墨西哥 20 世纪最杰出的小说家，他以 50 多年的文学创作生涯和超过 20 部长篇小说及其他数十种文学评论和随笔集，给我们带来了一个斑驳陆离的、复杂而广阔的文学世界。这个文学世界中的长篇小说，被他称为是"时间的年龄"为总标题的小说世界。这个系列的作品，到 21 世纪，终于构成了还可以叫作"墨西哥的 20 世纪"的宏大壁画，在这幅壁画上，跃动着无数活灵活现、栩栩如生的墨西哥人，以及他们所创造的历史。

[②] 邱华栋：《卡洛斯·富恩特斯：文学大壁画："时间的年龄"》，新浪博客 http://blog.sina.com.cn/s/blog_53a1468b0101djw4.html，2013 年 5 月 23 日查询。

[③] 邱华栋新浪博客：http://blog.sina.com.cn/qiuhuadong，2013 年 5 月 23 日 22：20 查询。

二、散文家博客

与小说家相比,散文家玩博客"玩"得比较认真!这种现状可能也和散文的文本特征有关,一切"散"的文字似乎都可以划归为散文,比如,随笔,随想,漫谈,日记,阅读,心语等等,这些文字和博客空间"部落格"的功能高度匹配,于是,散文家们也就可以大展拳脚,博出个性,展示精彩。退一步讲,其实,任何一个作家群体在博客中最新发布的内容也都是散文,所以,散文家的博客文本一般比较丰富,尤其引人注目的是散文家们对博客的态度也很严肃,很少有乱粘乱贴文章,更不会发一些无聊的信息,大都文笔工整,所发博文也多是精品。

36. 洪烛:穿着草鞋的浪漫骑士

但凡文人,大抵都是多情的,即便不多情,也是真性情,洪烛绝对算一个。

打开洪烛的博客,可以见其头像,照片中,他笑得很是开心,春风得意之感,真性情流露无遗,而博文中,他更多又以诗人自居,就更显真性情了。他配得上"诗人"称号,有作品为证,最新诗歌就有《仓央嘉措心史》,一首共计 3000 行的长诗,且已经准备出版付梓,他的博客也对此长诗进行了不定期连载,如:

没人看得见你头戴的王冠
但你自己能感受到它的份量

没人够得着你头顶星星的闪光
那是你亲手把这天上的钻石
镶嵌在王冠之上
……

此段名为"诗人的冰山",博文名为"仓央嘉措:只看你一眼就浑身发烫"[①]。

[①] 洪烛:《仓央嘉措:只看你一眼就浑身发烫》,新浪博客 http://blog.sina.com.cn/s/blog_4a62bfcf0102emf8.html,2013 年 5 月 27 日查询。

第四章　各领风骚：中年作家博客

博客中有他的微博链接，最新的微博清晰可见，也与"仓央嘉措"长诗有关：

"喜欢读诗写诗并认我为师学诗的亚洲超模冠军@解舒雅，一直热情帮我宣传新作《仓央嘉措心史》，应我之约为该书写了阅读感受。小姑娘的文笔真不错。""有理想的90后孩子。跟我们19岁时一样，对文学充满热情。""感谢小朋友总那么仗义地相助。出版社责任编辑对你的文章很满意。准备用作该书序言。出书时还会有一些宣传活动，继续帮忙。和诗歌相关的都是好事。"①

洪烛在博客中亦有直接贴出解舒雅小姑娘的相关文章，并粘贴了若干张小姑娘的照片，每张照片都有一段诗歌作为应和，第一段应和为：

"《仓央嘉措心史：相爱只有一天》@解舒雅：我的生命好像只有一天，就是遇见你的那天。生命中的第二天，就是比死亡更难受的离别。你的一年有三百六十五天，我只是其中某一天。所有的日子你都记住了，只把这一天交给了忘却。我生命的一天短得像瞬间，又长得像一百年。为遇见你，我花了比别人更多的时间——@洪烛 长诗《仓央嘉措》②"

这些文字让我有些恍惚！首先说明，我并非八卦或者娱记，从文学的角度和审美的艺术出发，我觉得洪烛应该很是欣赏这位美丽的"解姑娘"的，此姑娘不但高挑漂亮，且才思过人，气质不凡！爱美之心，人皆有之，更何况是诗人！

洪烛有真性情，从他最喜欢的国外爱情诗歌也能见得一斑。

大学，初见普希金的《致凯恩》，他就如痴如醉，并在纸上重现一段相遇：

"俄国女郎凯恩，光洁地站在木头窗户前面，用梳子拉直蓬松的金色阳光。往壁炉里浇上半瓶香槟，屋子里便升起春天的声音。这真是奇妙的瞬间，窗外有一队雪橇抒情地滑行。她想起普希金就是在这铃声中走的，用沙哑的嗓音留下一句诺言，于是换上曳地的黑丝绒长裙，轻盈地穿过葡萄架覆盖的庭院。在那排沸腾如银汁的白桦林里，诗人答应要送她一件礼物。俄国女郎凯恩坐在黑篷马车上，就这样带着好奇的微笑，驶上米海洛夫斯克村新

---

① 洪烛新浪微博：http://weibo.com/1247985615/zyH5ltccJ？type=repost。
② 解舒雅：《读洪烛〈仓央嘉措心史〉有感（图）》，新浪博客 http://blog.sina.com.cn/s/blog_4a62bfcf0102emgl.html#comment，2013年5月27日查询。

铺的道路……①"

时至今日,他说,他最喜欢的普希金诗歌作品还是《致凯恩》!

洪烛最喜欢的另外一首外国诗歌,是叶芝著名的《当你老了》!这是叶芝写给女演员毛特·岗的,但是,毛特·岗一生都没有答应叶芝的求爱。于是,洪烛有感而发说:"好好地活着,好好地爱,好好地写诗。怎么过都是一生,还有比做一个诗人更有意思的事情吗?即使梦想被拒绝或磕磕碰碰,也同样有意思呀。在生活中的被拒绝,有时比被接纳更能激发一个诗人的灵感。②"

这两首诗,一是"人生若只如初见",一是"执子之手,与子偕老"!洪烛最喜欢它们,倒真是印证了他的属于诗人的多情和深情!

博客空间中设置有"博上人家",罗列着诗人祁人、英国姜丰等28位作家和朋友的博客链接,28位当中,诗人占据了大多数。这样看来,洪烛"铁了心"要做一个诗人,为何呢?想来,诗经中的《关雎》就是答案,"窈窕淑女,君子好逑",这里的君子一定就是诗人了。纵观古今中外,诗歌最显真性情。

当然,如果从个人创作来说,洪烛不仅是位诗人,更是位散文家。

博客有"公告",内容为他的自我简介:"洪烛原名王军,1967年生于南京,1979年进入南京梅园中学,1985年保送武汉大学,1989年分配到北京,现任中国文联出版社编辑室主任。中国作家协会会员。出有诗集《蓝色的初恋》《南方音乐》《你是一张旧照片》《我的西域》,长篇小说《两栖人》,散文集《我的灵魂穿着草鞋》《眉批天空》等十几种……获中国散文学会冰心散文奖、中国诗歌学会徐志摩诗歌奖、老舍文学奖散文奖、央视电视诗歌散文大赛一等奖等。"

散文占据了他著作的大多数,更给他带来一个个文学大奖,他自然不会忘散文。散文已经融进他的灵魂,他出口就是散文,一如美在他心;他出口都是情。翻看他最近的散文,就有"谁是世界第一美女?"文曰:"西方文明史为何有'海伦情结'?是因为荷马史诗……荷马是否亲眼目睹过海伦的美貌,无法考证。但按道理说是不大可能的,因为他是个盲诗人。这并不妨碍

---

① 洪烛:《推荐我最喜欢的一首外国爱情诗(图)》,新浪博客 http://blog.sina.com.cn/s/blog_4a62bfcf0102em83.html,2013年5月27日查询。

② 洪烛:《推荐我喜欢的外国爱情诗(之二)》,新浪博客 http://blog.sina.com.cn/s/blog_4a62bfcf0102emay.html,2013年5月27日查询。

他塑造出这位迄今为止全人类最美的女性,海伦的身上简直留有荷马的指纹。"①

洪烛的意思,荷马把海伦的身体"摸了个遍",留下文字做指纹。

说了国外,再说国内。他有多篇博文都是关于古时宫里的那点事情,均和妃子宫女有关,比如杨贵妃玉环小姐。听听洪烛怎么说!他说,诗仙李白为何与杨贵妃闹出绯闻?这个我没听说过,但是,他说的头头是道!言曰:"中国古代四大美女中,闹绯闻闹得最厉害的,当数杨贵妃。她的绯闻男友都是大名人。"

他说,杨贵妃有俩"绯闻男友",一为能武的安禄山,想来,当年玉环死在马嵬坡下可能也和这绯闻有点关系?另一人是能文的诗仙。贵妃眼里,李白是什么人?洪烛道:"杨玉环虽然是贵妃,骨子里还是有文艺女青年的情结,带着点追星族的好奇,观察着这个被民间称作天下第一诗人的李白。②"

这千年的贵妃,洪烛竟然是一眼就看穿了她!

太白又是怎样看玉环呢?二人第一次遇见,李太白酒后被召见,杨贵妃于牡丹花下见了诗仙,手持一朵牡丹,让其写诗歌。牡丹常见,杨贵妃却是头一次看见,于是太白眼睛就花了。太白心想:"别说皇帝让我写诗,即使皇帝不让我写诗,我也想写,我也要写!看到大美人,哥们又有灵感了:啊,生活多美好呀!看来这回来长安来对了,不仅美酒管够,美女还可以尽管看。这可不是一般的民间小妞,是皇家第一美女,我看的时候可要装得礼貌点、斯文点,别让我的眼神把她给惊着了……"就这么想着,李白一会儿假模假样地看看花,一会儿又眼睛都顾不上眨地看着杨贵妃。他看花时一点都没记住花的模样,看杨贵妃时那印象却刻骨铭心。套句俗话:看花时觉得花很远,看美女时觉得美女很近。③

说到底,文人总和饮酒作乐、花花草草脱不了干系,最离不开的还是美女。

洪烛也是凭着他的才情调侃,事情可能是有这么个事情,绯闻就谈不上

---

① 洪烛:《谁是世界第一美女?(组图)》,新浪博客 http://blog.sina.com.cn/s/blog_4a62bfcf0102emgx.html,2013 年 5 月 27 日查询。

② 洪烛:《诗仙李白为何与杨贵妃闹出绯闻?(组图)》,新浪博客 http://blog.sina.com.cn/s/blog_4a62bfcf0102ekfc.html,2013 年 5 月 27 日查询。

③ 洪烛:《诗仙李白为何与杨贵妃闹出绯闻?(组图)》,新浪博客 http://blog.sina.com.cn/s/blog_4a62bfcf0102ekfc.html,2013 年 5 月 27 日查询。

了。我倒觉得可能是洪烛对玉环有意,"吃了干醋",用文字调侃太白,调戏玉环。

真性情贵在"真"字,犹如太白"斗酒诗百篇",洋洋洒洒,洪烛的博客有 4890① 篇博文,不知道他是否"也喝了酒",大家也都喜欢洪烛,26440665的点击量在作家中名列前茅,而看过他的文字,我才感叹:难得洪烛真性情。

37. 苏北:灵狐

苏北是我在鲁院的同学,也是我的好朋友。印象中,他就是"灵狐"一类的人物,既聪明,又狡黠。他的长相让我想起瘦脸版的余秋雨,说话的腔调轻轻细细,每每一笑,眼镜片上的光芒就一愣一愣地发散开去。

苏北的博客中没有设置个人简介,但是,他的博文里可以找到:

苏北,1962年出生,做过教员、银行职员、编辑、记者。1986年开始发表小说,以短篇小说为主。他的中短篇小说主要有《秋雨一场接一场》《蚁民》《恋爱》《洗澡》《刀技》《狗报》等,部分作品曾结集为《苏北乡土小说》。1990年后,主要致力于散文创作,近年来,苏北在《大家》《小说月报》《中国作家》《北京文学》《美文》《散文》等报刊发表作品约100万字。散文作品结集出版的有《灵狐》《远踪晚风》和《像鱼一样游弋的文字》等②。

这是 2006 年的介绍,信息还算齐全,读来,却又总少了一点什么。

仔细想来,我才觉得缺的少的那点都和"汪曾祺"有关。

一个安徽人为什么取名"苏北",这和汪曾祺不无关系。有人说,他是"天下第一汪迷""汪曾祺的超级粉丝";有人说,汪曾祺是苏北的耶路撒冷,是苏北的圣地灵山;有人说,受汪曾祺指点的青年作家无数,如今修成正果的,一是山西大同的曹乃谦,一是安徽天长的苏北③。

苏北的老家天长和汪曾祺的老家高邮中间只隔着高邮湖,他很早就着迷

---

① 洪烛新浪博客:http://blog.sina.com.cn/hongzhublog,2013年5月17日19:00查询数据。

② 平淡、激情、灵性 苏北作品七人谈:新浪博客 http://blog.sina.com.cn/s/blog_4897e12f0102e65s.html,2013年5月27日查询。

③ 苏北:《忆读汪曾祺》,新浪博客 http://blog.sina.com.cn/s/blog_4897e12f0102dxq4.html,2013年5月27日查询。

于汪曾祺,曾将汪曾祺的作品摘抄四大本子。苏北第一次见到汪曾祺却是有些"不雅"!1989年,我和苏北一同在鲁迅文学院学习,汪老来给我们讲课,苏北见到"偶像"就不淡定了,为了接近汪老,他"不择手段",跟着汪老去洗手间,汪老是真急,他是假装,也就是抓住了那个机会,他和汪老说上几句话,时间"紧迫",他只说关键的,点明自己老家是天长,点明自己寄过四个大笔记本给汪先生。对此,"汪先生哼哼啊啊的,第一次碰上这个莽撞的青年,还没有完全反应过来"。① 但是,苏北就此在汪老那里留下了印象,二人也开始了一段忘年交。

苏北在北京工作期间,差不多三天两头往汪老家里跑。有时还把一些男男女女的文友带了去,每次都是老爷子亲自下厨给他们做菜做饭吃。苏北也和汪老的家人无所不谈,建立了深厚的感情。② 汪老去世之后,当年,常和苏北一起去汪先生家的龙冬说:"汪先生去世了,我们也应该长大了。"回想当年,常常夜间灶房,和汪老一聊就到三更半夜,翻墙出门,苏北一时语塞了。他说:"想想也真是无趣,到了而立之年,在精神上还依附于一个人。不,是皈依着。可有什么办法呢?我曾写过一则几百字的小文《精神的小屋》,汪先生去世已近十个年头了,我们又何尝不是依然在不断重读着汪先生的作品呢?③"

作为同学和朋友,我清楚苏北对汪老的"一往情深"!他写了一本书,就叫这个名字,寄来给我看,我就很妒嫉他与汪老那种无话不谈的"忘年交"的关系。后来我写了一篇关于这本书的评论在《文艺报》上发表,苏北来电话,有点羞涩地说,沾了汪老的光。

1990年之后,苏北把创作重心转向散文,写了一系列带有汪老遗风的作品,反响颇佳。如果说,汪老继承了沈从文的衣钵,那么,苏北也有雄心成为汪老的关门弟子。

有人说,苏北好像大半人生都在欣赏、品鉴汪曾祺的人和作品,这并非不无道理。他自己也说,他是汪迷中"最认真、最持久、最痴迷的一个"④。

---

① 苏北:《一往情深(上)》,新浪博客 http://blog.sina.com.cn/s/blog_4897e12f010004zl.html,2013年5月27日查询。

② 郝雨:《温暖的汪曾祺——评苏北著〈一往情深〉》,新浪博客 http://blog.sina.com.cn/s/blog_4897e12f0100duid.html,2013年5月27日查询。

③ 苏北:《一往情深(上)》,新浪博客 http://blog.sina.com.cn/s/blog_4897e12f010004zl.html,2013年5月27日查询。

④ 段春娟:《拿地名当笔名的稀罕作家》,新浪博客 http://blog.sina.com.cn/s/blog_4897e12f01017n6a.html,2013年5月27日查询。

它（汪老的文字）使我内心柔软，对生命，对一切生灵，充满怜爱之心；

它使我懂得欣赏美的东西：花朵、溪水、草木和少女；

它使我不为物质所累，心中有光，有生命的"大"的妄想；……尽管这种想法有时是虚幻的，但它是有益的；

它使我在漫长的生命中，性格中慢慢有了点书卷气，甚至包括长相；①

汪老之于苏北既是偶像，又是导师，也是朋友。苏北关于汪老的文章很多，结集成书的专著也有几本。他本人也走遍江苏高邮，再发现汪老的散文世界。归根结底，散文是苏北与汪老的关键纽带。某种意义上来说，苏北的散文创作是对汪老的文脉和精神的承继，我不敢说苏北达到了汪老的境界，但绝对深得其意。

2006年，杨扬、杨剑龙、王宏图、郝雨、李有亮、王晓云、徐芳、朱自奋、李凌俊等学者专门举行了一场苏北作品研讨会，主题就是"平淡、激情、灵性"。简而言之，我认为，苏北的散文的特点是平淡又细腻，平淡之中娓娓道来生活的趣味，细腻之间包含人性的温度，尤其透射出文字的灵性和散文的诗意。它是宠辱不惊，是大智慧，是风轻云淡的生命哲学，用柔软的力，与生活从容对话，让人读来一见如故②，其中，你可以体味到周作人，当然，更可以看见汪曾祺。正所谓：世俗生活的鸡零狗碎在他笔下都成了雅文，"凡人琐事真性情"是也③。

看看苏北的博文，信手拈来，都是好文，比如"关于老"："我现在算中年吧。五十出头。可是各种毛病已经显现，先是颈椎，脖子疼，不舒服，头要转来转去，噢，颈椎出毛病了。再是夜里醒来一次，上厕所。之后半天才睡着，早晨起来头晕乎乎的，噢，前列腺不中了。这就是中年了。"④

他已人到中年，他的父亲和岳母也很老了。人老了就喜欢不停地唠叨，性情也大变，这也是人老的标志，苏北将关于二老的琐事娓娓道来。大体是，原本当领导、厌倦吃喝的父亲不再像从前一样不提要求，而是吵着要吃

---

① 苏北：《不疯魔，不成活》，新浪博客 http://blog.sina.com.cn/s/blog_4897e12f0100bf2t.html，2013年5月27日查询。

② 平淡、激情、灵性 苏北作品七人谈：新浪博客 http://blog.sina.com.cn/s/blog_4897e12f0102e65s.html，2013年5月27日查询。

③ 苏北：《让文字绽放如花》，新浪博客 http://blog.sina.com.cn/s/blog_4897e12f0102e6ue.html，2013年5月27日查询。

④ 苏北：《关于老》，新浪博客 http://blog.sina.com.cn/s/blog_4897e12f0102e6ow.html，2013年5月27日查询。

肉；开药铺、从不缺药的岳母则总说自己身子每况愈下怕是熬不了多久，吵着住院等等——人老了，大抵都像孩子，所说所做，"趣味"多了，趣味之中却是浓浓亲情。

见文如见其人！他的头像是自己的照片，照片中的他拿着一根烟，很是惬意，惬意的背后是自信、淡然和认真。苏北很认真，搞博客也是这样。苏北从2006年开博，至今有482篇文章，521316的点击量①。尤其让我注意的是，但凡博文是苏北自己的文章，结尾都附有字数统计，比如"关于老"就标有1900（字）。

博文首页，还有篇3100字的文章，《父亲要买一块墓地》。人老了，真的就成了孩子，买墓地也像"买糖果"，"说买就一定要买"。拗不过父亲，苏北找了"七大姑八大姨"陪老父亲选墓地。一个墓园，墓地也分档次，大小不同，位置有别，价格不同。苏北从头到尾不说话，只让表弟说话。老父亲"很可爱"。巧遇以前的同事来选墓地，当年，他们搭班做领导，他是书记，那人是副书记，本来就对自己的墓地有好多想法，老父亲现在想法更多。最后，家人选了一块靠墙角的墓地，立碑刻字也要讨价还价……

说到此处，我有些心虚，因为，我发觉不管怎么概括，都不能将"父亲要买一块墓地"讲清楚，其中涉及的人物形象、生活细节、思维逻辑和情感变化实在丰富，我只能画出一个"轮廓"，却无法穷尽，若想真正领略精髓和志趣，还是要去阅读全文，建议大家去看看，细细读。细细读苏北，才能体味一种柔软绵长而又深刻的中国式的抒情的人文主义关怀。

汪老说他自己是"一个中国式的抒情的人道主义者"！我想，这必定也是苏北的散文追求。

38. 彭学明：庄稼地里的娘

湘西钟毓灵秀，人才辈出，前有沈从文，中有黄永玉、孙健忠、蔡测海，后有彭学明、田耳和米米七月等实力派作家。

彭学明，我的好兄弟，务过农，干过教师和记者，从过政，当过全国人大代表。作为一个从湘西来北京看世界的土家人，他永远是那么单纯、善良，一副热心肠，不被世俗污染。同时，他永远都有不屈的骨头和血性，永远都爱自己的国家、民族和亲人。主要作品有长篇纪实散文《娘》和散文集

---

① 苏北新浪博客：http://blog.sina.com.cn/clx1232001，2013年5月27日16：20查询。

《我的湘西》《祖先歌舞》《文艺湘军百家文库·彭学明卷》等。《白河》《跳舞的手》《鼓舞》《阳光》《庄稼地里的老母亲》《江总书记来到张家界》《一墨乌镇》等散文先后入选教育部等编选的中小学语文教材。现供职于中国作家协会,虽在天子脚下,却依然保持山民的本色和秉性,质朴,实在,粗玉一块。

彭学明的博客点击量为10032843①,这么高的点击量多少与他最新推出的长篇散文《娘》有关。他不断在博客上发布相关新闻、信息,包括各地的评论和邮购的地址。他还推出一系列图片甚至视频,也及时回复网友的提问。他的微博也同步进行,形成良性互动。博客成为彭学明宣传和推介《娘》的最好平台。

彭学明博客的头像是一本书:《娘》!

彭学明的博客名称叫"彭学明:找回我们的娘"。

有人会问:人人都有娘,娘是最亲的人,还需要彭学明"找回我们的娘"?

但是,我要说:如果没读过《娘》,可能你找不到娘,甚至也找不到自己。在今天,许多人天天与娘在一起,却不知道娘想什么要什么,他们甚至看不见娘,看见了,也只是把娘当作自己的出气筒。

《娘》就是这样的一本书,像罗梭的《忏悔录》一样,彭学明字字血泪,反省自己曾经是怎样伤害过娘,又是怎样地深爱着娘。

"没有娘的孩子,家是残缺的、空虚的、没有生气的。没有娘的孩子,再大的孩子都是无家可归……现在,我就是那个无家可归的孩子。我把娘弄丢了。我无家可归了……"于彭学明来说,这是他写给亲娘的长篇祭文。

《娘》成为了文化热点,引起大众的精神共鸣:"彭学明长篇散文《娘》一问世,就以震撼人心的力量,让亿万读者感动落泪,引起了全国读者强烈反响,全国不少地方掀起了全民'读《娘》书、颂母爱、感母恩'的热潮。很多单位和读者都将《娘》作为不可多得的亲情教育教材和文学经典读本。②"

人间,最伟大最绚丽的当属母爱,最质朴最平凡的也当属母爱。

---

① 彭学明新浪博客:http://blog.sina.com.cn/pengxuemingzuojia,2013年5月27日17:00查询。

② 百度百科:《娘》——彭学明长篇纪实散文:http://baike.baidu.com/view/62851.htm#sub8150425,2013年5月27日查询。

第四章 各领风骚：中年作家博客

无论性别和年龄，无论贫富和地位，每个人都一样，都有一个娘。

"娘"的世界里，我们每个人都是一样的。世界上，没有第二个人可以像娘一样对自己无私，无私得以至于成为我们生命的、身体的和情感的组成部分，嵌入我们的本体，当我们习惯了娘，也就习以为常了娘的爱，然后，娘奇怪地消失于我们；娘赋予我们一切权力，我们的一切都会被娘接受和包容，当不管我们怎样，娘都会爱时，我们习惯了忘记娘。

娘，无处不在，娘，消失在我们的生命背后。每个人的生命都从娘开始，原本，我们和娘是一体的，我们诞生，我们成长，我们成家立业，我们养儿育女……我们的每一步，实际都在催着娘老去，我们的每一步实际都在朝着远离娘的方向。很多人说，我心里一直有娘！我一直感恩娘！但是，这是否就够了？但是，绝大多数人的心中，娘都成了一个符号和象征。我们有多少时间陪陪娘、想想娘？娘，你疼不疼？娘，你累不累？娘，你苦不苦？娘啊娘，你何时生了华发，……你不说，不做，不来，娘都不怪你！

我们站在前方，眼里装着世界；娘站在角落，眼里却只有我们！

彭学明则把"娘"接到台前，还我们一个真实有血有肉的娘。

彭学明用亲娘的整个生命填补了文学空白：给我们一个完整的娘！

此书对灵魂的震撼有多大？某犯人看罢此书主动承认杀人罪行，并说："即使被判处死刑，我也能坦然面对。因为在《娘》这本书里，娘教育了我，娘唤醒了我的良知，拯救了我的灵魂，我以良心和灵魂谢罪，良心和灵魂都安宁了。[①]"

"这本书让我重新认识了我的娘。让我看到了娘的好、娘的苦、娘的伤、娘的痛。我为以前恨娘、埋怨娘感到可耻，为骂娘、攻击娘感到可悲。我要劝我熟悉的人都来读《娘》。"一个吸毒女孩深深忏悔，"唉！美好的文章，感动的泪水，悔恨的心情，但愿都能成为一剂剂良药，为我消除迷茫，给我送来健康。我得加紧戒掉毒瘾，我要去看我的娘！我要赡养我的娘！我要报答我的娘！"[②]

彭学明自己说："我曾经是个叛逆之子，对娘不敬，娘却是无怨无悔、不求回报地爱着我，对于那些亏欠、侮辱、损害过自己的人，她也没有一丝

[①] 易果：《〈娘〉为何感动得囚犯承认杀人》，新浪博客 http://blog.sina.com.cn/s/blog_48ed50b20102e457.html，2013年5月27日查询。

[②] 张耀成：《一个吸毒女孩对〈娘〉的感激和呼唤》，新浪博客 http://blog.sina.com.cn/s/blog_48ed50b20102e575.html，2013年5月27日查询。

怨恨。""娘用那颗朴实的心灵包容了一切不幸与苦难，用纯真纯善的胸怀包容了所有委屈与不公。我写《娘》这本书，纯粹是给娘讲个心里话，像写信一样地与她交流。"① 洪治纲评论说，这是一部沉甸甸的长篇散文！是一本需要弯腰才能捧起的书！既是一曲伟大母亲的颂歌，又是一部平凡儿子的忏悔录。②

《娘》不仅让娘不垮、不腐与不朽！更让天下儿女深省和救赎！

娘不肯住院，讲自己这回好不了，逃不过去了。我本就担心娘熬不过去了，娘这么一讲，我觉得晦气，大声呵斥娘……

娘依然不肯。我便愤怒地丢下一句话，再也不搭理娘了：这样不去！那样不去！你死你的！懒得管你！……

娘讲：儿，我痛得受不了，浑身骨头都痛，睡不得！

我听了，更来火，讲：喊你坐院你不坐，你活该！痛死起来！……

护士针下去的瞬间，娘依然哭着看着我哀求：打不得啊！儿！打不得啊！儿！

但我依旧凶狠地呵斥着娘，让护士一针扎了下去。

娘试图艰难地向我伸出手，想拉住我，但已经无力了，没有伸直。娘流着泪，绝望地望着我倒下，倒下，倒下……

娘被这一针，活活吓死了！③

这就是一个儿子对娘的"暴行"！一个作家对自己灵魂的解剖！《娘》就是彭学明的忏悔录！

我突然想到卢梭《忏悔录》的结尾："有一天，终将走到上帝面前，我也会昂起头，我能说：这就是我，一个人。你们谁敢说你们比他更真诚？"

读罢《娘》，我对彭学明不仅仅是感动，更是敬重。试想，有多少人敢于如此暴露自己的"丑行"于天下？彭学明是勇敢的，更是真诚的。

说到真诚，我看到彭学明博客上的另一篇文章《凤凰古城收取门票的理由何在》，他的提问在网上引起轩然大波，因为对湘西的无限热爱，彭学明就此事询问相关领导，并得到答复，他将答复贴于空间。所说内容不无道

---

① 李晓晨:《彭学明：真诚让文学产生力量》，新浪博客 http://blog.sina.com.cn/s/blog_48ed50b20102e5cy.html，2013年5月27日查询。

② 洪治纲:《一本需要弯腰才能捧起的书》，新浪博客 http://blog.sina.com.cn/s/blog_48ed50b20102e4tw.html，2013年5月27日查询。

③ 节选自彭学明著:《娘》，知识产权出版社2012年版。转引自：彭学明：真诚让文学产生力量：新浪博客 http://blog.sina.com.cn/s/blog_48ed50b20102e5cy.html，2013年5月27日查询。

理，但是，网友还是不尽"买账"。彭学明顾不上这些，他要表达自己的责任和担当。

有一位名叫"秋夜有星月"的网友就提问："'彭学明：找回我们的娘'，设想一下你的老娘如果是凤凰古城出来的姑娘，年纪大了要回娘家，走到城门口，被拦要交进城费，不知你娘会如何说？我想，你娘会给你一巴掌这样说：睁眼说瞎话的东东，谁叫你帮这些个官商勾结的家伙宣传来着？"

彭学明真诚地回复："你说得很好，这也是我担心的，我也问到过家乡的领导，如果凤凰的全国各地的亲朋好友到凤凰走亲戚也要买门票，那将是个大麻烦，如果凤凰本地人每天进出凤凰城都要验身份证，将是更大的麻烦，这就会真的给当地百姓带来极大的不便。家乡的领导说正在进一步完善此事。谢谢你！①"

目前，彭学明正在潜心创作《娘》的姐妹篇《爹》。在这个"拼爹"的时代，我真诚希望他能为世界找回我们的爹！

39. 郭文斌：寻找安详

我愿意把郭文斌称呼为孩子，一个寻找安详、寻找文化的根，寻找精神家园，寻找自我的纯粹的孩子。彭学明的《娘》因为太长，一般杂志忍痛割爱，郭文斌却如获至宝，他抽掉已经排版的文章，一次性从他主编的《黄河文学》杂志上隆重发表出来。可见，郭文斌对"娘"的共鸣，对"孩子"身份的强烈认同。

"孩子"这个词本身就含有辩证。从心灵来讲，不存在孩子和成人之分。或许在人家孩子的眼中看成人的世界显得很幼稚，很孩子气呢。② 某种意义上来说，孩子的视域是最高的，最单纯所以它也最纯粹，可以避开所有世俗的杂质一语道破天机。郭文斌说到他的小说《农历》时如是说："《农历》是一个纯粹的世界，一个纯粹得有点另类的世界，每当我的脑海中出现五月和六月这两个小精灵的时候，现在大家看到的这套语言就跟了上来。面对这两个绝尘的小天使，两个不流于世俗又在世俗生活中成长的这么两个小天使，

---

① 彭学明：《凤凰古城收取门票的理由何在》，新浪博客 http://blog.sina.com.cn/s/blog_48ed50b20102e8bm.html，2013 年 5 月 27 日查询。

② 郭文斌：《寻找我们本有的光明》，新浪博客 http://blog.sina.com.cn/s/blog_5fcc03f30100xon3.html，2013 年 6 月 13 日查询。

说实在的，在我找不到一个合适的点的时候，没有语感的时候，是不愿意去写的。"①

他给自己的个人简介是：祖籍甘肃，1966年生于宁夏西吉县。先后就读于固原师范、宁夏教育学院中文系、鲁迅文学院。著有畅销书《寻找安详》《〈弟子规〉到底说什么》、小说集《瑜伽》、散文集《守岁》、诗集《我被我的眼睛带坏》等十余部，出版有《郭文斌论》。短篇《吉祥如意》先后获"人民文学奖""小说选刊奖""鲁迅文学奖"；短篇《冬至》获"北京文学奖"；散文《永远的堡子》获"冰心散文奖"。毫无疑问，他的小说成就是卓越的，短篇小说获得鲁迅文学奖，长篇小说《农历》在茅盾文学奖的最终评选中名列第七，最终遗憾落选。但是，更多时候，郭文斌给我的印象还是散文家。不仅因为他的散文写作自成一派，颇具大家风范，更因为他的小说写作也有他的散文风格，读他的小说就像读散文。

郭文斌作品的精神核心是"安详"，他在个人简介中说："近年来针对现代人的焦虑，提出了安详生活的理念。"这也是我把他看作孩子的原因。小说也好，散文也好，他的主要创作都离不开对传统文化的回归，在纷繁芜杂的当下寻找曾经纯洁的精神世界。他的创作的主要载体是时间，也就是农历和所有节日。

因为忙碌，今年的大年是在没有丝毫心理准备的情况下到来的，就像一列飞奔的列车，突然遇到了路障，不得不刹车。腊月三十下午，处理完单位上的事回到家中，妻在洗衣服。我说，总该准备一下吧？②

这是郭文斌《守岁》里的文字，高压力快节奏的现代生活中，年味淡了很多，他似乎也忘了大年的到来，等他想到的时候，已经是大年了，要做些什么准备？说来说去他的妻子想到了洗衣服，他则是擦玻璃。后来，他才记得还需要一副红红的对联，于是，他出门买对联，出了门看到有人在街角烧纸"请祖先"。这场面我也见过。在城市里，体面敞亮的地方是不好烧纸的，一来，有城管看着，一不小心就会惹来麻烦；二来，这确实也是破坏了公共环境，别人看你的眼光也会是怪怪的，所以，在城里烧纸一般都选择少有人出没的旮旯里，"那地方是平时倒垃圾的地方，怎么能够'请祖先'呢。停

---

① 郭文斌：《寻找我们本有的光明》，新浪博客 http://blog.sina.com.cn/s/blog_5fcc03f30100xon3.html，2013年6月13日查询。

② 郭文斌：《我的大年》，新浪博客 http://blog.sina.com.cn/s/blog_5fcc03f301017c5j.html，2013年6月24日查询。

第四章　各领风骚：中年作家博客

下来打量，发现他们是那么地底气不足，紧张、瑟缩、局促，小偷似的"。①见那景象，郭文斌的思绪又飞回了故乡，他清晰记得旧时候"请祖先"的情形："时辰到了，一家或一族的男众向着自家的祖坟走去，远远看去，一串串葡萄似的挂满山坡。阳光温暖，炮声悠扬，在宽阔绵软的黄土地和黄土地一样宽阔绵软的时间里，单是那种不疾不徐的散淡的行走，就是一种享受……"②

这是光阴的故事，也是文化的故事，舞台变了，味道也变了。

几千年文明，钟表可能有停的时候，时间却一直在走，农历就是时间的尺子，也是文化的尺子。天干地支、二十四节气、节日庆典、人情礼节、婚丧嫁娶、出行、动土、耕种等都在农历的轮盘里，儒家和道家也生根于这个轮盘，它们相互融合，构成了完整的中国文化。公历的出现不过是近百年的事情，缘何现代的城市几乎丢掉了农历的传统？不要说我们也过端午，也过中秋，也过清明，放几天假那不是过节，吃个粽子、月饼和鸡蛋更不是过节。如今我们的节日几乎只剩下一个空壳，甚至连最重要的春节也是这样，丢掉了一份精神的安详，节日徒有其表，没有内涵，缺了味道，甚至所有的日子都丢掉了原本的精神，少了一份属于传统的淡薄和温情，只剩下疲于奔命和麻木不仁。农历在城市几乎已经无影无踪，尽管还剩下一点什么，却是苟延残喘；农历在遥远的乡村依然还在，还能找到往昔的安详，然而在农民工大潮中也已岌岌可危。传统文化式微并非农历的问题，强制放弃公历几年，属于农历的精神就能回来？农历只是传统文化的象征，归根结底这是人的问题，人丢掉了心中的那片安详净土。

安详是文化精神，安详更是生活的态度，郭文斌的博客头像就笑得安详。

通过农历在时间中找寻和传播文化的精神，郭文斌多年间在北大、清华、中大、深大等高校和多省市演讲，为的就是找回那份属于文化和人的安详。他也用这份源于传统的安详来教育自己的孩子，他的儿子就是"农历的孩子"。他的最新博文是"大山行孝记"，③洋洋洒洒近万字，还搭配了很多

---

① 郭文斌：《我的大年》，新浪博客 http://blog.sina.com.cn/s/blog_5fcc03f301017c5j.html，2013年6月24日查询。

② 郭文斌：《我的大年》，新浪博客 http://blog.sina.com.cn/s/blog_5fcc03f301017c5j.html，2013年6月24日查询。

③ 郭文斌：《大山行孝记》，新浪博客 http://blog.sina.com.cn/guowenbinkzxx，2013年6月13日查询。

照片，展现了大山同学从小到大对所有亲人的孝敬和关爱，也写出了大山同学品学兼优，让我印象最深的是大山同学"高考过后，做小贩，体验生活，一个馒头，一个西红柿，骄阳下，街上行人稀少，他也不改其乐"，① 照片中，大山同学坐在一辆破旧的三轮车上，车里放着西红柿，骄阳下，他的脸黝黑，啃着馒头他却笑得很甜。看完所有的文字和所有的照片，我才觉得大山同学最优秀的品质就是淡薄安详，淡薄所以明志，安详所以纯粹而高尚，勤俭而节约，幸福而温暖，乐观而积极。

或者真正懂得了安详，我们才能收获美丽的人生。

郭文斌的博客背景置顶是晨曦明暗交错的光影，黑色的大地，亮黄的天际，几颗星子，几片树影，一栋安静的小屋矗立在地平线上。我喜欢这个背景，除了安详，还是安详。212482② 的点击量并不高，希望更多的人能够抵达他的博客空间，体味一份难得的安详，收获一份属于人心的精神财富和文化传承。

40. 谢宗玉：田垄上的婴儿

谢宗玉是文学湘军五少将之一，是我的师弟。当年，我在湘潭大学读研究生，他在那里读本科，是一个不显山露水、性格文静、颇有个性的"多面手"作家。

在新浪上搜了半天，找不到他的博客，后来才知道他的"阵地"在天涯社区，2005 年 7 月 22 日他就在天涯开了博客，八年下来，写了 686 篇文章，且仍旧在不断更新中，2938248③ 的点击量也算惊人，博客也被认证为"天涯名博"，在天涯博客中排名 312 位，他给自己的个人简介为：天蝎座。O 型血。中国作协会员。一级作家。著书八部。如下：《田垄上的婴儿》《村庄在南方之南》《遍地药香》《天地贼心》《末日解剖》《蝶变》《黑色往事》《贼日子》。

众所周知，相比新浪博客，天涯社区是一个更为开放的空间，更加的鱼

---

① 郭文斌：《大山行孝记》，新浪博客 http://blog.sina.com.cn/guowenbinkzxx，2013 年 6 月 13 日查询。
② 郭文斌新浪博客：http://blog.sina.com.cn/guowenbinkzxx，2013 年 6 月 24 日 18：00 查询。
③ 谢宗玉天涯博客：http://blog.tianya.cn/blogger/blog_main.asp?BlogID=196465#，2013 年 6 月 25 日 10：40 查询数据。

第四章 各领风骚：中年作家博客

龙混杂，如果新浪是一个大型商场，天涯则更像是市井里的菜市场，当然，这个菜市场的影响力绝对不比新浪的大型商场差。天涯的帖子五花八门什么都有，各种人和各种类型的文章在这里都被允许，有阳春白雪，也有下里巴人，无论正统文学作品，还是奇幻甚至带有一点情色和暴力的文字都能见到，且总能得到关注。我也在天涯社区发过帖子，贴我的文章，跟帖也不少，但是，我用的都是网名，也没有开博客，因为，我对天涯还是有所忌惮，这个网络空间太开放了，氛围着实让人有些害怕。我的印象中，一些不知名的作者或者网络作家才会长期在此驻足，寻求关注，所以，我没想到宗玉会在这里开博。他是作为实力派散文家被列入湘军五少将的。他的散文我很喜欢，尤其是《遍地药香》。因为散文，他给我留下了美玉般的高洁形象，这似乎和天涯不合拍，我甚至担心他能不能抗得住天涯网友的狂轰滥炸。但是，翻看他的博客，我觉得担忧是多余的，因为，似乎有两个谢宗玉：一个是属于《遍地药香》的谢宗玉，一个是属于《末日解剖》的谢宗玉。

许多人喜欢他的《田垅上的婴儿》，不少名家也推介过该书，但我似乎更喜欢《遍地药香》的纯粹和丰富。比如他写"山枣子（山楂）：药用，具有消食积、散瘀血、驱绦虫等功能。主治肉食积滞、腹满胀痛、恶露不尽。山枣子的学名叫山楂。就是每年的这时，一树树红彤彤的山枣悄然点缀在瑶村山路旁的林木之间。那情形，就像国画大师完成他的泼墨山水后，再用鲜目的橙红点洒其间。或作春花，或作秋实"。① 随后，他回忆起童年时代的关于山枣子的种种，尤其是跟着父亲进山的情形："父亲一年四季都一个人进山砍柴。父亲已习惯了那种孤独的劳动。只有在秋天山枣成熟时，父亲才带我上山。很多细节，我现在已记不清了。我现在能依稀记住的，是那一山秋色凄艳的木叶；是深秋温凉如水的阳光；是山风姗姗徐来，无边落木萧萧而下的样子；还有那一山寂静和寂静里细细碎碎的响动……"② 文章结尾附录了关于山枣子的几个药方，不妨看看药方一：

主治：食滞不化，肉积，乳食不消

方药：山楂 30 克，陈皮 6 克

用法：水煎分 2～3 次服。

---

① 谢宗玉：《天气新，菜花黄，回故乡》，新浪博客 http://blog.tianya.cn/blogger/post_read.asp?BlogID=196465&PostID=31658691，2013 年 5 月 25 日查询。

② 谢宗玉：《天气新，菜花黄，回故乡》，新浪博客 http://blog.tianya.cn/blogger/post_read.asp?BlogID=196465&PostID=31658691，2013 年 5 月 25 日查询。

谢宗玉笔下植物总是质朴安静的，又是温润高洁的，富有灵性、神性和浓郁的生活气息。他的文字也充满诗性，诗性的散文将时光、乡土、传说、故事和文化完美揉捏在一起，仿佛一丛花瓣轻轻落在清澈的泉水中，这是属于乡村的谢宗玉，和美，宁净，诗意。

还有另一个谢宗玉，是属于城市的谢宗玉，是解剖末日的谢宗玉，这个谢宗玉＝黑色＋暴力＋怪诞。这是谢宗玉的"两面性"。

谢宗玉的最新博文是"长篇小说《寂寞成群》寻求出版！"其中罗列了小说的结构，并一句话说明了小说的大概内容。文章有题记曰："我想在一碗比刀子还清的水里，画一尾红鱼。"这句诗化的文字很美，美丽之下是血红的伤口。我喜欢这句话，很有谢宗玉的风格，但是，小说的内容应该和他的散文风格迥异，以《末日解剖》为例，其中的主角法医王泽荫是一个灰色的挣扎的甚至变态的人物，其中不乏主角将女性尸体肢解拼凑成一个完美女人的荒诞情节。

现在想来，这些小说的出现早于他的乡村散文，也就是说，这个谢宗玉要早于"遍地药香"的谢宗玉。谢宗玉是地道的乡里孩子，考上大学进了城市，从乡村到城市的二元割裂在他的灵魂里制造了冲突和矛盾。他干过警察，接触过社会黑暗的病态的人群，这也让他对人性的思考有了不同于一般人的视角。这也注定了他更多的时候是在困顿和阵痛的挣扎中探索文学，"解剖"人性的病态。

由此分析，他对乡土的回归可能仅仅是一种偶然，他说："当年我之所以要写乡土散文，就是想，儿子现在的生活，跟我童年时的农耕记忆，是多么不相同啊……我最初目的仅仅是为家族存档，但结果瑶村却成了广大读者或深或浅的一个记忆符号……①"实际上，这种偶然应该也是必然，那份干净的乡土一直住在他的灵魂里，造就了他的现实与理想的割裂，促使他成为"人性解剖者"。

近年来的谢宗玉则似乎放下了很多，放开了很多，也成熟了很多。

他开始什么都写，小说也好，散文也好，杂文也好，包括写影评，甚至开"两性话题专栏"，不乏玩世不恭的调侃和戏谑。他大秀自己的小说《贼

---

① 博文《复旦大学汪雨萌博士写俺的评论以及俺的创作谈》中附录了谢宗玉自己写的"无序的抒写"：天涯博客社区 http://blog.tianya.cn/blogger/post_read.asp？BlogID＝196465＆PostID＝51377486，2013 年 6 月 25 日查询。

第四章　各领风骚：中年作家博客

日子》进入小说畅销榜①，更津津乐道"与儿子谈两性"的话题连载，并在博客中寻求出版。他自信这本书一定有出版商感兴趣，只是他更关心书的首印多少问题。在我看来，"与儿子谈两性"中甚多轻佻的调情，也不乏赤裸裸的情色镜头，想来他也不放心给儿子看的，所谓"与儿子谈两性"其实是一个噱头，为的只是更好地出版。

如今的谢宗玉似乎远离了他的神性、灵性和乡村，也远离了他锋利的"解剖刀"，但是，我并不认为这是他的迷失，相反，我认为他很清醒，我替他高兴。因为他在寻找，寻找突破，寻找精神上新的出口。他的人生到了一个新的阶段，可以放下一直以来的诸多沉重，收获难得的轻松快乐。文学创作上也得到了一定的成绩，是该为此成绩而庆贺。我愿意把此理解为他在享受文学和人生。

他自己也说：

"我的写作只是一件率性而为的事情。我没有大师情结，不像有些作家朋友一样，坚持要固守元气，出手必定不凡，非世界名著不写。每临写作，其龇牙咧嘴的痛苦状，堪比便秘。我没有那个才情，不堪忍受那份磨砺的痛苦。我的写作都是一时兴起。通过这两年，我发现自己胡说八道的领域很是宽广。也许有一天，我还能回到文学创作上来。"②

这样的夫子自道很难得，这是率真的谢宗玉，一个我喜欢的师弟。

人生难得率性而为，不妨胡说八道吧，即便胡说八道也并非信口开河。何况，我相信谢宗玉的灵魂里，那个干净的解剖者一直都在，甚至时不时冒出来，警告他：喂，老兄，你想干吗？

41. 刘亮程：一个人的村庄

据悉文坛上有"南谢北刘"之说。南谢，即南方之谢宗玉；北刘，即北方之刘亮程。不管此说是否成立，我愿意把"谢刘"并列一起。

刘亮程，一个遥远的名字，又是一个神奇的名字，一如他的家乡新疆！

他的博客名称是"刘亮程村庄"，博客题头简介为：作家刘亮程，被誉

---

① 我的小说畅销了……：天涯社区博客 http://blog.tianya.cn/blogger/post_read.asp?BlogID=196465&PostID=50983554，2013年6月25日查询。
② 博文《复旦大学汪雨萌博士写俺的评论以及俺的创作谈》中附录了谢宗玉自己写的"无序的抒写"：天涯社区博客 http://blog.tianya.cn/blogger/post_read.asp? BlogID=196465&PostID=51377486，2013年6月25日查询。

为"20世纪中国最后一位散文家"和"乡村哲学家"。[1] 任何一个作家都是一定程度上的哲学家,刘亮程则有些特殊,他是一个彻头彻尾的作家,又是一个彻头彻尾的哲学家。"刘亮程村庄"并不是"刘亮程的村庄",而应该解释为"刘亮程就是一个村庄",这个"村庄"仅仅是无限空间中的一个地方,却又代表了整个世界,这个"村庄"在时间里流淌,又装下所有时间,这个"村庄"其实是一个人。

说得玄妙一点,我们将此可以理解为"人即宇宙",这就是哲学意味了。

如果非要把"刘亮程村庄"解释为"刘亮程的村庄",那么这个村庄一定在遥远的新疆戈壁滩上,刘亮程就住在那里。2007年7月31日,刘亮程写下第一篇博文"村头",附有一张照片,高高的天空下,戈壁滩上一面断墙照在一片斜阳中,枯黄的灌木丛有些尽显苍凉。全文为:"我居住的村庄,一片土梁上零乱的房屋,所有窗户向南,烟囱口朝天。麦子熟了头向西,葵花老了头朝东,苞谷黄了脸朝天,人死了埋在南梁,脚朝北,远远伸向自家的房门,伸到烧热的土炕上,伸进家人焐暖的被窝。"百余字以内写尽了人世生死与大漠沧桑,既彰显了刘亮程的人文情怀又体现了他的哲学思维,诗性的文字让他无愧哲学家之誉。

开博五年,刘亮程的博客文章并不多,共计五页,不足百篇,但是,文章大多是精品,不管是他原创还是转载的文章,都值得玩味。阅读他的博文,你能发现哲学的思维始终在流淌,人文的气息在弥漫,二者融会贯通,相互交融。

比如,"这是一个被看见最多的时代,也是一个被遮蔽最多的时代,无数的'看见'在遮蔽更大的现实。记录本身是一种遮蔽。"[2] 一语道破天机!犹如画圆,圆圈越大,圈住的东西越多,没圈住的东西也更多了。

再比如:"我们在许多城市,在世界的许多地方,已经少有其他生命的眼睛在看人世了。我不知道大家关不关注这样一个问题、当人的生活,当人世间的生活只被人看见的时候,这是一种什么生活?是一种孤单的生活,是一种不被看见的生活。人是不会相互看见的,我看你你看我的时候,只是两只人的眼睛在看,没有第三者,这样的看见是孤独的。[3]"这似乎是在说,

---

[1] 刘亮程新浪博客:http://blog.sina.com.cn/oneofthevillages,2013年6月15日查询。

[2] 刘亮程:《新疆无传奇》,新浪博客 http://blog.sina.com.cn/s/blog_4df3d77b0101fzzl.html,2013年6月15日查询。

[3] 刘亮程:《新疆无传奇》,新浪博客 http://blog.sina.com.cn/s/blog_4df3d77b0101fzzl.html,2013年6月15日查询。

人的文明程度越高就会越孤独，并只能孤独下去。刘亮程的另一篇文章更形象地说明了这种孤独："劳动的人把名字放在家里出去了。劳动不需要姓名。那是一个人远离另一个人的孤远劳动。一村庄人远离另一村庄人。同行的老牛不会喊出你的名字。它顶多对你哞一声，像对其他牲口那样……你引水浇灌的麦田不会记住你的名字，那些在六月的骄阳下缓缓抬起头来的麦穗不会望见你，它遍地的拔节声中没有一声因你而响为你而呼……多少年……你默默打它们身边走过，它们不认识你。"①

能够以散文而成为哲学家，这和刘亮程的灵魂力量不无关系。仔细观察他的博客头像，可以发现他冷静的面庞和冷静的目光，仿佛一个平静的深潭，深不可测又不动声色，睿智却不至于冷漠，犀利却不至于冷酷，悲悯却不愿意叹息，关切却不愿意哀伤，成就了他哲学家和散文家的双重风格。他的博客没有个人简介，也没有文章列表，简单到不能简单，145846②的点击量他应该也不会在意。

只那样听着、看着和想着，似乎已经听到了一切、看淡了一切，又想透了一切，他把所有的思绪交给话语和文字，冷静地剖析时间、空间和人。

比如，他说新疆："新疆是一个远方，对于去过新疆或没有去过新疆的人，它都是一个遥远的地方。没去过新疆的人，新疆是文化心理上的远方。去过新疆的人会加上一个远，就是地理之远。其实新疆对整个世界来说都是一个遥远的地方。……我是新疆人，我在新疆出生、长大，这么多年未曾离开。新疆是我的家乡，家乡无传奇。对你们来说遥远新疆的传奇事物，对我来说都是平常，……我从来没有书写过新疆的传奇。我从来没有猎奇过新疆，因为新疆的一切事物都是我熟视无睹的，我看着它们看了半个世纪，在我眼中就是一个我生活的新疆。③"

似乎半个世纪，他从来不会让情感淹没理智，只在坚守着他的新疆。他对新疆感情很深，他的大部分博文都和新疆有关，但是，又不是传统意义上的新疆，而是他一个人的新疆，一如他的著名的《一个人的村庄》，他的新疆既是生活化的新疆又是哲学化的新疆，是"不一定的新疆"。其实，他的

---

① 刘亮程：《劳动是件荒凉的事情》，新浪博客 http://blog.sina.com.cn/s/blog_4df3d77b01012oal.html，2013年6月15日查询。

② 刘亮程新浪博客：http://blog.sina.com.cn/oneofthevillages，2013年6月24日21:00查询。

③ 刘亮程：《新疆无传奇》，新浪博客 http://blog.sina.com.cn/s/blog_4df3d77b0101fzzl.html，2013年6月15日查询。

名作家博客100

新疆是众人更近的新疆，又是更遥远的新疆，他的新疆是"一片叶子下生活"，他对妻子说："如果我们要求不高，一片叶子下安置一生的日子。花粉佐餐，露水茶饮……我会让你喜欢上这样的日子，生生世世跟我过下去。叶子下怀孕，叶子上面产子。……我们不要家具，不要床，困了你睡在我身上，我睡在一粒发芽的草籽上，梦中我们被两只手一样的蓓蕾捧起来，越举越高，醒来时就到夏天了。"①

其实，无论身在何处，我们每个人都诞生于一个村庄，如刘亮程所说"向上三代，我们都来自农村"，这是我们血缘里的村庄；我们每个人的心里也住着一个村庄，无论世界多大，我们只会在一个地方认真经营自己的生活，这则是我们灵魂里的村庄。刘亮程坚守着他的遥远的村庄，那是大写的村庄，甚至不在新疆。

他在博文里有多幅"无为"②书法，"心远地自偏"正是他村庄所在的地方。

在灵魂里建造一座世界上最遥远的村庄，发现自己，你就成了哲学家。

三、诗人博客

诗歌是文学之王，诗人是文学的脊梁之一。

当下"诗人"和"诗歌"面临"贬值"和"变质"的困境，诗人越来越被边缘化，诗歌也越来越小众化，众人甚至拿"诗人"来"骂人"，这令人心痛和扼腕。这种背景下，有信仰的诗人仍能坚持纯粹的诗歌创作实属难能可贵。

博客兴起之后，诗人并没有却步，反而选择激流勇进。诗人开博的比例，比任何其他文体者都高，这可能与博客这种自媒体与诗歌本身的"民间性"和长久以来的"地下性"有关。诗歌发表的园地较少，而诗歌写作者人数最多。一般公开报刊发表不了，先在自己的园地里秀一秀，至少可以引起同行关注和传播。应该说，博客、特别是微博的兴起，为诗歌的全民写作和

---

① 刘亮程：《一片叶子下生活》，新浪博客 http://blog.sina.com.cn/s/blog_4df3d77b01000acr.html，2013年6月15日查询。

② 刘亮程、欧宁：《不一定的新疆——刘亮程专访》，新浪博客 http://blog.sina.com.cn/s/blog_4df3d77b0101e6qz.html，2013年6月15日查询。

第四章 各领风骚：中年作家博客

繁荣提供了技术平台。

本人爱诗，也经常浏览诗人的博客。于坚、翟永明等中国最优秀的诗人开博写作尤其让我欢喜。诗歌的博客化不仅表明真正的诗人还在坚持，并紧跟时代，把阵地拓展到网络空间，进一步丰富了诗歌创作方式，大大推动了诗歌的发展；与此同时，博客的诗意涌动也见证了大众对诗歌的喜爱，博客的开放平台和自由空间对诗歌大众化的普及也大有裨益。

42. 于坚：尚义街六号档案

如果你想知道什么是真正的诗人，什么是真正的诗歌，那就读读于坚吧。

于坚是一位文学大家，是中国当代的大诗人，是当代中国少有的具有世界性的诗人！他拥有的不仅是世界性，可能还是宇宙观！他对中国当代诗歌的贡献是不可磨灭的，未来的中国文学应该会记住他。

当代华语诗坛，他和北岛是具有黑暗气息的两个传奇，但是，他与"卑鄙是卑鄙者的通行证，高尚是高尚者的墓志铭"的北岛的精神纹理又是截然不同的。他把雪莱和拜伦诗歌的美好时代掩埋，又把中国古典诗歌的诗言志进行"改造"，让一切忽明忽暗的琐屑细节登堂入室，他用石头思考，用钢筋歌唱，用水泥书写，关于铁锈，内裤，台阶，一滴汗水，关于无数现实和隐喻。于坚的世界里，最普通的一句话，最平凡的一个存在都彰显着世界哲学观的纯粹诗性。

　　建筑物的五楼 锁和锁后面 密室里 他的那一份
　　装在文件袋里 它作为一个人的证据 隔着他本人两层楼
　　他在二楼上班 那一袋 距离他50米过道30级台阶
　　与众不同的房间 6面钢筋水泥灌注 3道门 没有窗子
　　1盏日光灯 4个红色消防瓶 200平方米 一千多把锁
　　明锁 暗锁 抽屉锁 最大的一把是"永固牌"挂在外面①

这也能是诗歌么？是的，这是改变了诗歌理念的长诗《0档案》的一部分。

还有更加匪夷所思的诗歌，且看看他的成名作《尚义街六号》：

----

① 《0档案》于坚当代汉语诗歌的一座"里程碑"：http://www.chinapoesy.com/gongxiang220d7289—8f62—4395—ac75—b6a2ba45d4f9.html, 2013年6月26日查询。

尚义街六号/法国式的黄房子/老吴的裤子晾在二楼/喊一声 胯下就钻出戴眼睛的脑袋/隔壁的大厕所①

如果是一般人写出这些文字可能还会被人笑话，但是，于坚写出来就是杰出的诗歌，因为是于坚。天才的诗人心中装着整个世界，他把看似无趣甚至无聊的东西按照属于诗歌的永恒秩序摆放在宇宙的格子里，伟大的诗篇就出现了。

打开于坚的博客，可以看到他幽暗的博客背景，黑暗的顶部是裂开的一片天空，耀眼的阳光从炸开的裂口泼下，照亮一片明晃晃的湖面。置顶的博客认证只有一句话："知名当代诗人。"没有累赘信息，没有什么作品介绍，没有什么获奖介绍，他在博客中也没有设置个人简介。诗人就是他最好的身份，诗人的头衔就是他的王冠。天下间那么多人写诗，水分究竟有多少？那么多被称为诗人的人，水货究竟有多少？于坚的创作绝对都是诗，他也绝对配得上诗人称号。

于坚是个光头，庞大的身躯上顶着一颗锃亮的脑袋，这是他很久以来的固定形象，他的博客头像也不例外。看上去，他更像一个彪形大汉，但是，这个彪形大汉却能"在纸上绣花"，其实"绣花"这个词也不适合他，他更是在雕刻，雕刻灵魂，雕刻远古，雕刻宇宙，雕刻黑暗，雕刻永恒，雕刻时间，雕刻诗歌。

如果你能读懂他沉默的表情和他黑色的眼睛，就会懂得他为什么是诗人。

几乎和所有那个时代产生的大家一样，于坚年少时代也颇为坎坷，幼时因病致弱听，14岁辍学。16岁后当过铆工、电焊工、搬运工、宣传干事、农场工人。但是，生活的尘埃并不能掩埋他诗人的心，那颗心像底下的钨矿一样，黑暗的明亮。1979年，16岁的于坚离开故乡昆明，"受李白的影响，自觉书已经读得差不多了，要顺江东下，云游名山大川。最后去到哪里呢？李白去了长安。那时候中国没有长安，北京是政治中心，中国已经没有什么地方像古代长安那样，诗人云集。或者三十年代的上海，一块砖头砸过去，必然砸到文人骚客的脑袋。"②

中国的诗歌当时已死，他找不到大唐的长安，他破衣烂衫流浪在大

---

① 于坚的成名作《尚义街六号》节选。
② 于坚：《过小日子的上海》，新浪博客 http://blog.sina.com.cn/s/blog_4889207c0100uyn1.html，2013年6月26日查询。

上海。

中国的诗歌当时正在复活,大唐的长安在他心里,他在荒原捡着诗歌。

20岁他开始写诗歌,25岁发表诗歌,20世纪80年代成名,如今他已是第三代诗歌①的代表性人物。他以诗人方式生存,敬畏诗人的灵魂,珍惜诗歌的共鸣。他的博客唯一与常人相同的设置是链接,链接的是韩东等诗人的博客。

诗人拥有广阔的灵魂,总是行走在大地之上,于坚也是这样。他的博客共有25页近200篇博文,诗歌占据相当的分量,散文也占据相当的分量,这些散文多是行走和记录。他在法兰克福,他为爱而来,他在法国巴黎,他在世界各地参加诗歌音乐节、朗读会,在那些属于诗歌的沙龙里,昏黄的灯光洒下,寂静之中,音乐乍起乍落,处在众人之间,聆听着外国诗人阅读他的《0档案》,那是属于诗歌的纯粹空间,是诗人的美好季节。

他的博文也有"阅读"和"思考",那是他在寻找诗歌,最新博文是"读托马斯·特朗斯特罗姆②的回忆录《记忆看见我》"。于坚把博文当诗歌来写。

他在他们熟睡的时候给上帝打电话。

他少年时代喜欢去博物馆,他提到的一个动物博物馆。我似乎也去过……

远古的骨骼给我高大的印象。后来我只看见小骷髅。

他的博物馆还在,我那个早已灰飞烟灭。

他的历史里面充满花园。这令他轻吗?

花园。关于这方面的虚构在我们之间不乏天才。

贫乏使虚构发达。专制是隐喻的温床。

---

① 第三代诗歌即"第三代"诗人所创作的诗歌。所谓"第三代"诗人是相对于1949—1976年间的第一代及朦胧诗为代表的第二代诗人所界定的概念,泛指以朦胧诗以后到90年代这段时间出现的一批诗人。第三代诗歌具有以下特征:呈现出反理性,反崇高,反英雄倾向,倡导小人物,平民意识;重视流派与理论建设;在创作上高度的语言意识,用口语化的语言拓展了当代新诗发展的空间。他们把诗从群体意识中解放出来,促使中国诗歌呈现出多元化、边缘化、个人化的趋向。第三代诗歌被看作中国当代诗歌的分水岭。

② 托马斯·特朗斯特罗姆,男,1931年生,瑞典著名诗人,同时是一位心理学家和翻译家。1954年发表诗集《17首诗》,轰动诗坛。至今(截至2013年1月)共发表诗歌200余首。曾多次获诺贝尔文学奖提名,并终于在2011年10月6日获得诺贝尔文学奖,理由是"他以凝炼、简洁的形象,以全新视角带我们接触现实"。

但我们的心智也同样成熟了,虽然时代一直以幼稚为荣。①

世界性的诗歌具有世界性的哲学观,永恒的诗歌蕴藏宇宙的哲学观,这里的世界性和宇宙观并非当下所言的全球化,于坚心中的诗歌恰恰与这个逐渐因物质同质而精神同质的全球同一化对抗。他说:"高速公路、摩天大楼,全世界都一样,同样的方向盘、同样的按钮。但诗永远守护着人类灵魂的黑暗大陆、守护着不可在经济层面沟通的地带,它恰恰是民族作为独一无二的文明得以确立的东西。"②

地方的也是世界的!真正懂得一个世界的诗性,就能架起世界性的哲学,然后抵达所有世界,这正是诗人要做的,这也是于坚在做的,然而,这恰恰注定了诗人的孤独,尤其是在这个时代。但是,于坚并不失望,他认为只要汉语还存在,中国的诗歌就有希望,中国的文化就绝不会完全跟着西方亦步亦趋,而会在自己的文化中继承与创造,归根结底,他在说:语言是诗歌的魂。他说:"新诗三十年最重要的品质正是它的孤立、它的不被理解,新诗在黑暗中坚守着大道。"③

912690④的点击量说明很多人在关注于坚,也告诉我们当下还是有很多人仍旧拥有诗的灵魂,并矢志不渝地热爱着纯粹的诗歌,这也是新诗的希望。

不要觉得那些诗歌文字只是非理性的口语,于坚笔下一滴汗液也能成化石。

如果你喜欢诗歌,就不应该错过于坚,他告诉你什么是诗歌的纯粹和魅力。

如果你不喜欢诗歌,也不应该错过于坚,他告诉你什么是汉语的丰富和美丽。

---

① 读托马斯·特朗斯特罗姆的回忆录《记忆看见我》:新浪博客 http://blog.sina.com.cn/s/blog_4889207c0101b0aa.html,2013 年 6 月 26 日查询。

② 于坚:《在黑暗中坚守大道》,新浪博客 http://blog.sina.com.cn/s/blog_4889207c01017y1x.html,在黑暗中坚守大道——谈新诗(在台湾第二届世界华文文学高峰会的发言),2013 年 6 月 26 日查询。

③ 于坚:《在黑暗中坚守大道》,新浪博客 http://blog.sina.com.cn/s/blog_4889207c01017y1x.html,在黑暗中坚守大道——谈新诗(在台湾第二届世界华文文学高峰会的发言),2013 年 6 月 26 日查询。

④ 于坚新浪博客:http://blog.sina.com.cn/yujian,2013 年 6 月 16 日 15:34 查询。

第四章 各领风骚：中年作家博客

43. 荣荣：风中的花束

荣荣首先是一个温暖的女子，其次是一个温暖的诗人。

若非这份温暖，她肯定还是女子，但是，可能成不了一个诗人，至少成不了优秀的诗人。

温暖就是荣荣的诗！她把天赋才情都转化为温暖，然后转化成一行行诗：

"我内心温暖外表随和//我的泪水已走过彻夜的不安//绕过几度飞花又绕回苦熬的日子/也许幸福太大了　我无从下嘴"①

愁绪、痛苦、幸福、眼泪、人间和爱，密密麻麻、深深恰恰落在她的温暖里，她用温暖叙述一切，融化一切，包容一切，宽恕一切，发现一切。

荣荣，原名褚佩荣。1984年毕业于浙江师范大学化学系。先后做过教师、公务员。现任《文学港》杂志社副主编。参加过诗刊社第十届青春诗会。曾获首届徐志摩诗歌节"青年诗人奖"、第五届华人青年诗人奖、"新世纪全国十佳女诗人"称号，诗集《像我的亲人》获第二届中国女性文学奖。诗集《看见》获第四届鲁迅文学奖。评委吕进认为："荣荣善于从日常生活中寻找诗意。她的诗落脚在小的生活入口处，通过对现象的穿越，写出了'上升的蔚蓝'。"此外，长诗《仅有爱情是不够的》获得十佳女诗人奖。评委对她的诗歌评价是："娴熟地瞄准当下底层市民生存的本真状态。"的确，荣荣写的就是日常生活中的一地鸡毛。

打开荣荣的博客，可以看到一片绯红淡紫，若隐若现的温情瞬间就打湿了心绪，绯红就像她永远不老的诗歌才情，淡紫则是她恰到好处的温暖。她的博客名称为"荣荣1819的博客"，1819具体有什么内涵，是18岁19岁呢，还是1819年？我无从得知，也无法深入讨论，姑且把它看作荣荣的灵魂密码吧。

博客头像中，她神情饱满，浅浅的笑满溢温柔的慈悲！

荣荣很勤奋，将近7年的时间，写了346②篇博客，分为"近作""童话""随笔""心情""评论"和"精选"若干个类别，绝大部分都是诗歌，

---

① 荣荣：《更年期（十二）》，新浪博客 http://blog.sina.com.cn/s/blog_4a6b47510102e8lt.html，《与干小妖说》，2013年6月26日查询。

② 荣荣新浪博客：http://blog.sina.com.cn/rongrong1964，2013年6月26日11：11查询。

163

阅读这些诗歌，很容易发现她对语言的热爱、对诗歌的敬畏和对生活的虔诚。她是一个写着诗歌认真生活认真去爱的人，温暖是她的挚爱，诗歌是她的信仰。201766①的博客点击量，读者们也是喜欢她温暖而纯粹的诗情的。

2006年8月8日，荣荣写下第一篇博客"几段话"，算是她的自白：

"二十年前，我把诗歌看成自己的情人，没有一刻不在想着念着，现在呢，诗歌在我心中已是一个姐妹，那种天然的血缘关系，让我觉得与诗歌更亲更近也更自然了。于此变化而变化的是我写诗的方式，以前总有点为赋新诗强说愁吧，总有些急，逼自己要变着法儿去讨好这位情人，……而现在呢，我觉得写作更是一件自然的事情，想写了就想，能写什么就写什么，想怎么写就怎么写。"②

看来，她并非追求语不惊人死不休，因为，她并非为人性僻耽佳句！

随着年龄增长阅历丰富，诗歌上又获得了鲁奖等肯定，她淡定从容了很多。

对于当下诗歌的式微，甚至把诗人看成"笑话"的现象，她也不无思考，却不执著于此，她说："说诗人是'不正常'的，这种观念几乎深入人心，究其原因，许多诗写得不怎么像诗人样与十足的诗写者自然逃不了干系。三分诗七分吟，在诗歌已不作兴朗诵的现代，不少诗人们只好以七分演来凑足十分。"③反而，她认为女性诗人在这方面有着天生的自觉，爱美之心人皆有之，抛头露面之后一般就会审视自己的形象。"自爱的女性，她们的诗也因此更值得期待。"

如今的荣荣已经过了18、19岁，步入更年期，她也是女人，也敌不过时间。岁月长长，青春转眼即逝，她说："那些沙覆盖了更多的沙/那些水只为了明日的流逝"，④但是，美并未消失，心境变了情思不变，她依然可以多愁善感，反而情绪更温暖，文字也更丰满。她的最新博文中有组诗《更年期》连载："左边　还是左边/她又一次挨近它暗中的瓷光//这是身体与灵魂的相见/狭窄的爱是镜子而她是自我的宽宥者/那一刻　他是存在的/而她仍

---

① 荣荣新浪博客：http://blog.sina.com.cn/rongrong1964，2013年6月26日11：11查询。
② 荣荣：《几段话》，新浪博客 http://blog.sina.com.cn/s/blog_4a6b47510100061c.html，2013年6月26日查询。
③ 荣荣：《几段话》，新浪博客 http://blog.sina.com.cn/s/blog_4a6b47510100061c.html，2013年6月26日查询。
④ 荣荣：《更年期（十三）》，新浪博客 http://blog.sina.com.cn/s/blog_4a6b47510102e91c.html，《沙湖》，2013年6月26日查询。

然是美的"①

越年长越智慧，更年期的她，属于女人的母性的光泽也愈加明显。温暖更温润，安详更慈祥，深爱亦疼爱。她的博文中有很多关于儿子的诗歌，比如《雪花》："雪花从很冷的地方来，/雪花像六角形的飞盘，/它停在我的手上，/变成了一滴眼泪。"②

对于一个女人，诗歌终究是诗歌，不是生活的全部，柴米油盐酱醋茶都在女人的细节里，荣荣写着诗歌，过着生活，儿子才是她最重要的一首诗。她以诗歌陶冶儿子的情操，陪着儿子她写了很多同题诗歌，从这些诗歌中，我可以感觉到一个母亲的爱。在儿子眼里，荣荣就是一个普通的母亲。而在荣荣眼里，儿子就是她最美的诗歌。

我摘录荣荣这么些诗句放在这里，是因为喜欢这些文字，也乐意让读者来分享。作为一位更年期的女人，荣荣知道如何面对生活。她用属于诗歌的温情认真地享受着生活的喜怒哀乐。比如她也热爱"国粹"，喜欢打打麻将，"泡在牌桌上，享受着一个人对付三个人的乐趣"。③ 她说："一个诗人在牌桌上是写不出诗的。但是，他会把一手牌码得像诗句一样有声有色。牌桌上的诗人不喜欢屁胡，他终究是个完美主义者啦。④"这是属于她的精神释然，也是属于她的女人本色。

不用怀疑她的诗歌的才情，更不用质疑她对诗歌的真诚。

一个温暖纯洁的女子的灵魂，其实就是一首纯粹的诗！

44. 翟永明：一个女人的白夜谈

如果有机会去成都，我会去一趟白夜酒吧，希望在那里能碰到翟永明。

1998 年，翟永明辞掉了所有的工作，与友人在成都玉林西路 85 号的一栋民国时期的老房子开了白夜酒吧，多年之后，这间酒吧成了成都的文化地标。

---

① 荣荣：《更年期（十三）》，新浪博客 http://blog.sina.com.cn/s/blog_4a6b47510102e91c.html,《他是存在的》，2013 年 6 月 26 日查询。

② 2006 年 12 月 17 日，荣荣在博客发布《我儿子的叁首童诗》，此为其中一首《雪花》。新浪博客 http://blog.sina.com.cn/s/blog_4a6b47510100089t.html，2013 年 6 月 26 日查询。

③ 荣荣：《几段话》，新浪博客 http://blog.sina.com.cn/s/blog_4a6b47510100061c.html，2013 年 6 月 26 日查询。

④ 荣荣：《几段话》，新浪博客 http://blog.sina.com.cn/s/blog_4a6b47510100061c.html，2013 年 6 月 26 日查询。

可以说，这个文化地标是属于翟永明的，是属于诗歌的。

翟永明在这里拾起了诗歌的传统，定期举办诗会，音乐与灯光中，红酒摇曳，杯盏闪烁，中外众多的文化名人在这里进进出出，不乏国内外最优秀的诗人。

感谢翟永明，在世人藐视诗歌的世界，她给诗歌留下了一间房子。

房子虽然不大，却成了诗歌和翟永明的灵魂栖息地，翟永明再也离不开"白夜"二字。翟永明的博客背景置顶就是两片深绿色的图书封面，这是她的《白夜谭》，她把多年在"白夜"空间的随笔集结成书，由花城出版社出版。

诗歌给翟永明蒙上了一层神秘面纱，单看她的照片就会让人感觉这是一个特立独行的女人，那是一种哥特式的女人面容，所有的照片几乎都看不到明亮的色调，文艺的气息蔓延，昏黄或者黑白，仿佛巫术，尽显妖冶气息。她棱角分明的沉郁面庞分明在说"我就是我，我是诗人，与任何一个都不同"。

她最喜欢的中国女诗人是陆忆敏①，最喜欢的中国小说家是张爱玲，她说："多年前，在上海复兴路的一家旅馆，我第一次看到诗人陆忆敏，她文静秀气，说话是吴侬软语式的温柔。一年后，……在一本新出版的《张爱玲传》上看到张年轻时的照片，我们俩同时发现陆忆敏长得非常像年轻时的张爱玲。"②

同样天赋才情，陆忆敏拥有张爱玲的气质，翟永明的气质则和张爱玲并列。

她拥有张爱玲一样的女人心，却不是张爱玲的脆弱，多出的是一份高贵。

在她的图片播放器中能够看到她披着披肩的照片，尽管她落在阳光里，我却觉得她是站在风口，这让我想起俄罗斯的诗人阿赫玛托娃，作为女性诗人，她们的精神有着一定的相似，阿赫玛托娃披着披肩在俄罗斯历史的风口站了一生，直到耗尽最后一口气，翟永明是否也站在中国文化的风口呢？她知道风在吹。

"鹧鸪天，凄凉犯/用姜白石韵，写宽窄巷子/群楼之间找不到/菊花梅花

---

① 陆忆敏：1962年出生于上海，20世纪80年代毕业于上海师范大学中文系，中国第三代诗人代表之一。就诗歌写作所取得的成就而言，就20世纪最后20年内对于现代汉诗写作的可能性和潜力进行探索和建树而言，陆忆敏无疑是一位"显要人物"和"先驱者"。她早早被认可是一个不争的事实。

② 翟永明：《女诗人系列之一：在一切玫瑰之上》，新浪博客 http://blog.sina.com.cn/s/blog_518b17d40100qc8x.html，2013年6月26日查询。

第四章　各领风骚：中年作家博客

的高矮视线/高　又或是矮/都未曾随秋风改变①"

作为一个女人，还有什么比成为女诗人更美的事情呢！

翟永明是以一种奇袭的姿态升起的女性诗人，犹如一颗彗星一样迅疾，又如恒星一样持久，这也让我想起了俄罗斯的另一位女诗人茨维塔耶娃。不同的是，翟永明的诗歌生涯开始的较晚，她的实际上的青春时光都消耗在一个研究所，诗歌一直活在她心里，折磨着她的灵魂，年近而立，她终于写下《女人》组诗，第一篇《独白》破空而出：

"我，一个狂想，充满深渊的魅力/偶然被你诞生。泥土和天空/二者合一，你把我叫作女人/并强化了我的身体。"翟永明二十七岁的热情却像极了茨维塔耶娃的十七岁，那一年茨维塔耶娃说："我的灵魂呀，瞬息万变？/你给我童年，更给过我童话/不如给我一个死——就在十七岁②"。

1986年，怀着对诗歌的热爱，翟永明参加了青春诗会，在诗会上发表了她的《女人》组诗，轰动了中国诗坛，她也正式进入诗歌殿堂。就在那一年年底，她毅然辞掉了研究所的工作！后来，她短暂到美国居住，文化漂泊的岁月让她心生迷茫，她没有留在大洋彼岸，而是回到了成都，于是，就有了后来的故事。多年间，热情从没熄灭，她把一颗女人心烧成炽烈的火焰，寻找女人的光。

翟永明的博客彰显她的个性，冷艳，简约，高贵，没有过多粉饰和设置，甚至个人简介，只有一众诗友的博文链接。我本人怀疑有多少普通读者阅读过她的诗，尽管她的博文点击量有903291③，但是相对于她5年的博客写作、210篇博文来说，还是明显感觉有些冷清，或者她的读者可能都是白夜酒吧的客人，知道白夜酒吧才知道她。

于是，我还是想再介绍一下她，我是作为一个诗歌推崇者来说她。

翟永明是一位真正的世界性的诗人。这样评价她并非因为她获得过"意大利国际文学奖"，也并非附和意大利国际文学奖主席对她"当今国际最伟大的诗人之一"的评价，只因为她的诗歌和她的诗魂。作为女诗人，她的诗

---

① 翟永明：《2013年03月30日》，新浪博客 http://blog.sina.com.cn/s/blog_518b17d40101cdk9.html,《宽窄韵》，2013年6月26日查询。
② 茨维塔耶娃诗歌《祈祷》，收录于茨维塔耶娃1910年出版的诗集《黄昏纪念册》，时年她18岁。
③ 翟永明新浪博客：http://blog.sina.com.cn/zhaiyongming，2013年6月26日16：32查询。

歌具有世界哲学价值意义，我相信她会像俄罗斯"白银时代"①的女诗人一样长久永恒下去。

她在博文中有给自己的诗歌，坐在旧纸堆中看着过往的信笺，她写道："一个成精的女孩/浑身都是诗句/她就坐在参天植物下/嚼食着那些东西/她会不会长生不老？"②

翟永明的光阴流淌成河，也静止成潭。诗歌锁住了她的一切，锁住了她的年老，她已经没有年老；锁住了她的青春，她的青春永远不逝。当身子佝偻，她应该不会对着镜子看见自己衰老的面容而哀伤，因为她心中还仍旧热情。她在博文中有一张和曹克非③的合影④，二人身穿大红的吊带裙落在白夜酒吧红色的光里，她满头湿漉漉的长发，抱着双臂，下巴上翘，露出胸前的肌肤，性感撩人。这应该就是她的定格形象，一个白夜里的女人，像极了酒吧老板娘或者流浪歌手。

白夜酒吧现在已经有30多家店子，想来应该遍布整个成都了。我希望翟永明能把白夜做得更大，像她的诗歌一样，遍布中国，香溢世界。

---

① 白银时代是指俄罗斯19世纪末20世纪初文学，时间区间的界定，不同学者的观点也略有不同，比较公认的时间段是1890年——1921年。白银时代是相对于以普希金、莱蒙托夫、屠格涅夫等为代表的俄罗斯19世纪文学而言的，18、19世纪随着俄罗斯国力的强盛以及社会文化领域的觉醒，俄罗斯文学产生了空前绝后的繁荣景象，在世界文学上有着举足轻重的地位，这个时期被学界称作"黄金时代"。19世纪后期，随着屠格涅夫、陀思妥耶夫斯基等文学巨匠逝世，托尔斯泰、契诃夫创作式微，以及各种实证主义、本土派、西欧派、民粹派文学流派的纷繁芜杂，俄罗斯文坛呈现混乱与衰落的趋势。19世纪末，随着西欧现代主义的传入，俄国文坛尤其是诗坛重新兴盛，以有别于以往文学风格的姿态再次将俄国文学推向新的高潮。这个时期的主要文学流派有象征主义、阿克梅主义和未来主义，其中以象征主义影响最为重大，代表诗人有布洛克、别雷、伊万诺夫、勃留索夫、巴尔蒙特、阿赫玛托娃、吉皮乌斯、曼德尔施塔姆、马雅可夫斯基等。

② 今天读旧信，想起一位早逝的女孩：新浪博客 http://blog.sina.com.cn/s/blog_518b17d401017t0h.html，2013年6月26日查询。

③ 曹克非：出生于上海，曾就读于上海理工大学德语系和瑞士伯尔尼大学戏剧学系，在中国和德国以及瑞士从事戏剧导演工作，多年来策划了一系列中德戏剧交流活动。2008年创办了LADYBIRD瓢虫剧社。她导演的舞台剧曾参加过大量的戏剧艺术节，其中包括"中国大陆、台湾和香港两岸三地亚洲戏剧艺术节"、韩国"密阳夏季表演艺术节""柏林中国当代艺术节"和"米尔海姆(Mühlheim)戏剧节"等，导演的主要中外剧作有：《在路上》《习惯势力》《火脸》《终点站－北京》《斯特林堡情书》《在一起》等。2009年3月曹克非在杜塞多尔夫剧院执导了诗人多多的首演剧作《天空深处》，获得巨大成功。

④ 翟永明、曹克非：《翟永明VS曹克非：好戏剧的内核是什么》，新浪博客 http://blog.sina.com.cn/s/blog_518b17d40100q40t.html，2013年6月26日查询。

第四章 各领风骚：中年作家博客

45. 聂沛：手握一滴水

聂沛是我的好兄弟，是一位十分难得的纯粹的诗人，一位被严重低估的诗人。我认为，他没有获得湖南省青年文学奖是这个奖的耻辱。必须承认：很长一段时间，聂沛不仅是我文学上的引路人，而且是前进路上的明灯和动力。聂沛原名叫徐捷，我的原名叫陈庆云。不少文友看到聂沛、聂茂，想当然地以为是亲兄弟。其实我们并无血缘关系，以乡党而论似乎更恰当，但不是兄弟胜似兄弟。当年我在乡下一家医院工作，每逢周末，我都会迫不及待去他供职的县文化馆去看他，吃喝之余，还要借回一大摞书，这是我的精神滋养。当聂沛的诗歌《歌唱黄河》和组诗《生命交响曲》在《诗刊》《绿风》等横空出世并斩获大奖的时候，我的一家也从二公里之外的竹水村（现叫中华村）搬到了凤石堰镇，与他成为邻里，相隔不足一百米。聂沛因为得过小儿麻痹，两次高考超过重点本科分数线都无法被大学录取，后来因为写诗成名而转干。那个时候，聂沛说过的每一句话都是那么迷人，许多女读者千里迢迢赶到凤石堰镇他的老家来看望他，分享他慈祥可爱的父母做出的乡下大餐，感受诗歌给人们带来的美好生活。

在博客中，聂沛设有个人简介："聂沛，中国作家协会会员。1985年开始写作，同年在《诗刊》头条发表处女作。代表作有长诗《下午是一条远逝的河》等。1986年出版诗集《季节河》，2000年出版诗集《文艺湘军百家文库•聂沛卷》，2007年出版诗集《天空的补丁》。2012年出版文集《闲人颂》。诗作入选百十种权威选本。短诗《手握一滴水》，为2012年四川高考作文题。"

这里提一下《手握一滴水》。2012年，四川高考作文题目是：

"一滴水里有阳光的谱系图／有雪的过去和未来式／有沙漠干渴的大陆架／有人的生命……／／我手握一滴水／就是握着一个重大的世界／但一个小小的意外，比如一个趔趄／足以丢失这一切。"

根据阅读全诗后的感悟和联想，写一篇不少于800字的文章。

正如前面提过的，聂沛的诗歌成就很高，获奖也很多，但是，他特别强调了《手握一滴水》，似乎也别有用意的。在当下这个诗歌越来越曲高和寡的时代，有多少普通大众会去关注一个诗人的诗呢？但是，高考就不一样，能够被选作高考作文题这是一种符合标准审美极高的文化认定，是一种抵达大众的教育认可，也是一个诗人实力的最好说明，这和入选语文教材实际是差不多的。或者考生不知道是他的诗,但是,至少读到了这首诗。想来对此他也是有些满意的。

2012年6月间,他有多篇关于"手握一滴水"的博文,甚至开起了玩笑,从网上转载了一篇名曰《手握一滴水》的零分作文,作文最后一句话为:"手握一滴水,山美水美人更美!手握一滴水,屌丝抱得白富美![①]"不要看到这样插科打诨的博文就以为聂沛不正经,实际上,他正经得很,无论是对生活还是对诗歌他都有一百分的真诚与认真。他的博客名称为"菊石楼:聂沛的博客",菊石楼是他的住所,我在那里做过客,书香四溢,格调高雅。博客背景是一片深绿色,右上角有一个欧式的小屋,洁白的篱笆内外伸出几丛绿树和粉红的花朵。2007年4月30日,他写下第一篇博文,六年来共有280篇博文、117233的点击量[②]。他的博客头像是他的照片,挺直的腰杆,饱经沧桑的面庞,刀刻的眉心纹,一脸严肃,一身正气,这正是他做人和写诗的风格。

聂沛的诗歌最大的特征套用流行话来说就是"接地气",他把中国古典诗歌优美的意境和西方高度密集的意象群结合起来,善于从最平常的生活中发现诗歌,最无趣的小事情,最无名的小人物,最粗鄙的小事情在他笔下都成了真正的诗:

"和你躺在长途软卧里/就像躺在温暖的灰尘里/太舒服了,无法入睡/一辆辆列车从对面呼啸而来/空气急迫地拍打着车窗/让我们知道它会说话/让我们知道它有脾气/我也想跟你说点什么话/可是太亲近,反而无话可说"[③]

聂沛也曾经鼓捣过一阵子小说,写过一系列带有先锋性质的中短篇小说。当年我在复旦大学求学时,还多次带着他的手稿去《上海文学》找厉书燕老师。但运气欠佳,他的小说并未得到名编辑的赏识。所发表的也只有《湖南文学》杂志的头题《寻找情人》尚差强人意,值得一说。

我们的老家是衡阳祁东县,一个出黄花菜和草席的地方,那儿的水土养育了我们,也养育了早逝的天才诗人雷善华和不久前突然命殒的诗人聂青,以及陈阵、李志高、罗鹿鸣、冷燕虎、郁金、起伦、聂沛、聂茂、聂泓、唐艋、张海峰、充原、陈琳、张振萍、家禾、马灯、陈渡风、胡人、罗志成、

---

① 网传《手握一滴水》零分作文:新浪博客 http://blog.sina.com.cn/s/blog_4cf351a501014fsr.html,2013年6月27日查询。
② 聂沛新浪博客:http://blog.sina.com.cn/niepei08,2013年6月26日21:32查询。
③ 聂沛:《晒旧作:〈生活的空气〉之一》,新浪博客 http://blog.sina.com.cn/s/blog_4cf351a501013t25.html,其中一篇《和你躺在长途软卧里——给K》,2013年6月26日查询。

冰洁、施晗等一大批诗人，我们热情地讴歌那里的每一座山，每一条河，每一株稻穗。我的散文《九重水稻》就是对故乡的感恩和礼赞，如今，我只能怀念那些关于故乡过往的美好岁月，因为，我走遍了湖南，后来去了海外，几经辗转，现在定居在长沙。故乡是很少回去的。尽管故乡一直在我心头，但是，我毕竟不能每天看着她守护着她的每一寸美好。但聂沛不一样，他一直呆在祁东。从前，他生在祁东，长在祁东；现在，他工作在祁东，书写着祁东。他有机会跳出祁东，但是，他坚持下来。我佩服他这份坚持，更敬重他这份对故乡的诗情。

故乡有一条河叫作白河，在聂沛的博文里有对她的赞歌：

"一辈子走不到她的尽头/尽管只有87公里的流程/你走向湘江、长江/甚至大海/走得越远，感受越深//一眼看不清她的源头/尽管只有几条小溪/就像你永远也看不清/这些水中，有多少祖先的面容"①

聂沛是纯粹的诗人！似乎，只有故乡这片厚土，才能更好地给予他的精神滋养，也才能更好地支撑他高贵的诗歌品格。于是，祁东的一草一木都浓缩在他的诗里。走在祁东的土地上，他感觉的如同肖洛霍夫"顿河"一样的世界。还是那句话，民族性、地域性才是真正的世界性，马尔克斯的马孔多就是这样，聂沛的祁东同样浓缩着整个世界。若问祁东给予聂沛最大的财富是什么，我想应该就是孤独了。在诗中他这样咀嚼孤独："他是一块会射击的石头/遵从一道莫名其妙的命令/狙击一种叫爱的目标/冰层在溶化；心在流泪/他感到一股绝望的力量/把失眠钉子似的锲入意志。孤独是最好的安慰"② 聂沛的诗，意境清新，想象奇特，充满张力，既有东方的禅意和节奏感，又有西方的冷艳和画面感："子夜寒星闪烁，让我窗前的枫树失眠/秋天已经死了，被悔恨的泪水淹死/我不知道这是谁说的，也不知道事件的真相/我试图，并且只能从孤独中获取答案/但我不知道孤独是什么，不知道孤独"③

真正的诗人注定是孤独的，灵魂是被放逐的，放逐在世人之外。这种孤独是身处众人的喧闹之中却始终只有一个人的孤独，这种孤独给诗人提供了一个视角和空间，所有的诗意都从这种孤独里生发，诗人由此看到、听到和

---

① 聂沛等：《〈白河〉同题诗》，新浪博客 http://blog.sina.com.cn/s/blog_4cf351a501014df5.html,聂沛部分，2013年6月26日查询。

② 聂沛：《一个人的孤独（外一首）》，新浪博客 http://blog.sina.com.cn/s/blog_4cf351a50101hqmk.html, 2013年6月27日查询。

③ 聂沛：《晒旧作:〈生活的空气〉之一》，新浪博客 http://blog.sina.com.cn/s/blog_4cf351a501013t25.html, 其中一篇《我不知道风会吹向哪个方向》，2013年6月26日查询。

感受到众人看不到的东西，然后，便有了诗。对于诗人来说，孤独就是诗人的通行证。正如里尔克所说："假如你现在孤独，那么你将永远孤独。"祁东这个狭小的底层社会空间恰恰是聂沛的孤独的源泉，他在祁东孤独地行走，从祁东的每一个生命细节和生活细节中寻找语言和诗歌的秩序。一如他在诗中所说："我熟悉了这种生活，就像熟悉了/自己的亲娘；然而我，摸着这个小城/就像摸着街边一块偶然的、硌手的/常常为之颤栗的石块——一块/后妈一般，煨了凉、凉了煨的石头/有时干脆是搬一块顽石砸自己的脚/脸上不露声色，影子却连连喊疼"①

聂沛和祁东生死相依，他有血有肉有躯体，有滋有味地活在祁东；

聂沛又和祁东格格不入，他的精神是属于世界的，他只是在祁东孤独地拾荒。

聂沛的价值远远不可能局限于衡阳和湖南，而应该将他堂而皇之地放在当代新诗创作的整个坐标系来考虑，他是当代诗坛标志性建筑之一②。手握一滴水。一滴水可以折射太阳。聂沛的博客跟他的心跳连在一起，熊熊燃烧的是诗歌的太阳。

46. 李少君：河流与村庄

少君是从湖南湘乡走出去的诗人，也是我的一位很好的朋友。

少君的身份很多，著名出版人、学者、评论家，我更喜欢称呼他为诗人。

作为出版人也好，学者评论家也好，他关注最多的都是诗歌，这也看得出他骨子里的诗歌情结，他是以诗人的热情在搞出版与评论，为的是诗歌的繁荣。

作为出版人和评论家，少君是一位入世很深的人。

少君的朋友很多，少君从事的社会活动也很多。如今他居住在海南，那是天涯海角，作为海南文联专职副主席，他还是重要文学期刊《天涯》的主编，另外，他还是文化名人呢，是众多诗会、学术会议、文化活动的常客。从湘乡到海南，这一路他走过了很多地方，打出了一片天地，拥有了很高的

---

① 聂沛：《晒旧作：〈生活的空气〉之一》，新浪博客 http://blog.sina.com.cn/s/blog_4cf351a501013t25.html，其中一篇《洪桥》，2013年6月26日查询。

② 海啸选编诗集：《有一种方向叫远方》，内蒙古人民出版社，2009年12月第一版，序言部分。转引自：转发论文：新浪博客 http://blog.sina.com.cn/s/blog_4cf351a50100tm29.html，2013年6月26日查询。

第四章 各领风骚：中年作家博客

话语影响力。

他的最新文章是"每月推荐：2013年6月好诗选①"，文中是他推荐的雷平阳、沈浩波、叶辉等人的诗歌。这是他自2009年8月起发起和组织的一个活动，每月集中推荐一批好诗。主要面向年轻诗人，目的是向网友呈现生机勃勃的21世纪汉语诗歌的当下真实现状。个人独立制作，不依附任何机构和集体，最后集中统一公开出版。四年以来，这个诗歌活动他一直坚持着，主战场就是他的博客，其中，有些诗歌他会推荐给《中国诗歌》等杂志发表。

2012年9月，他进一步把这个活动升级。他在博客中这样写道："中国好声音走了，中国好诗歌来了；中国好声音结束了，中国好诗歌开始了。2012年9月，四位诗人雷平阳、臧棣、潘维、陈先发联袂推出'中国好诗歌'，每月一次。在李少君发布的好诗每月推荐的基础上，每人再选出自己喜欢的一首诗加以点评，在网络、微博及报纸杂志上发表，供广大诗友讨论。②"

仅此一项活动就更看出他作为出版人和评论家的诗歌热情，更勿论组织类似"七夕乞巧，鹊桥传情"爱情诗大赛、全国大学生樱花诗歌邀请赛等大型诗歌活动。他的最新的文化活动是做"地方性诗歌研究"。

2013年4月19日，他主持了首届湖广诗会关注"当代诗歌的地方性"③，此次诗会，共有湖南、湖北、广东、广西60多位重要诗人参加；后来，他应《新文学评论》杂志之邀开始主持"地方性诗歌研究专栏"，每辑一个地方，如今已经做了天津、甘肃诗人、江南、昭通新诗群、湖北（1）、湖北（2）等六辑，每一辑他会发主持人语。他认为："诗歌的地方性发展将是当代汉语诗歌走向高潮必然经过的阶段……当代诗歌进入了一个群雄逐鹿、相互竞争又相互促进的时代，也有人形容为诗歌的'春秋战国'时代。诗歌的地方性除了激发诗人的创造力之外，无疑还将带来诗歌的普及，培育诗歌的市场，夯实诗歌的基础，然后，也就将自然地带动诗歌的上升与发展。"④ 想来，少君为诗歌真是煞费了苦心。

少君是一个诗人，少君不是一个简单的诗人，他的心里有份大的诗歌情怀。

---

① 李少君：《每月推荐：2013年6月好诗选》，新浪博客 http://blog.sina.com.cn/s/blog_4b4e87540102etng.html，2013年6月29日查询。

② 李少君：《中国好诗歌（2012年9月）》，新浪博客 http://blog.sina.com.cn/s/blog_4b4e87540102ehje.html，2013年6月29日查询。

③ 李少君：《首届湖广诗会关注"当代诗歌的地方性"》，新浪博客 http://blog.sina.com.cn/s/blog_4b4e87540102eoxa.html，2013年6月29日查询。

④ 李少君：《"地方性诗歌研究专栏"第二辑主持人语》，新浪博客 http://blog.sina.com.cn/s/blog_4b4e87540102eojh.html，2013年6月29日查询。

他从诗歌的市场、环境、创作、研究等各个领域关注中国当代诗歌的发展。

如同他的老乡曾国藩一样，他有心忧天下的大的诗歌责任担当。

他不仅仅局限于诗人，更是文化名人，笔耕不辍，多年之间他写了64页600多篇博文，正因如此，很多人都关注他，1095824①的博客点击量说明了问题。

烦务缠身，少君终究是入世的、很忙的，但是，他又是可以闲着的、出得了世的，所谓闲着和出世正是他的心灵境界，写诗就是他的闲着和出世。

少君的博客置顶写着：my life，轻描淡写，这倒是很应景的一个博客模版。

少君说，他不过是一个神情之人，有真性情，所以，他有隐士之心。

"恍惚间小兽来敲过我的门/也可能只是在窗口窥探//我眼睛盯着电视，耳里却只闻秋深草虫鸣/当然，更重要的是开着窗/贪婪地呼吸着山间的空气。"②

少君是真的隐士，他乐山乐水，能够小隐于山。

少君有《隐士》诗一首，曰：

"隐士，就应该居住在像隐士藏身的地方/寻常人轻易找不着/在山中发短信，像是发给了鸟儿/走路，也总有小兽相随//庭院要略有些荒芜杂乱/白鹅站立角落，小狗挡住大道/但满院花草芳香四溢/宛若打开了一大瓶香水//然后，就像你所知道的/房子在水边，船在湖上/而那些不时来探访隐士的人/心，飘到了云上。"③

少君是真隐士，更能大隐隐于市，是大隐之人。

"那我曾经常对着朗诵的涟水河/对我当然印象深刻，我曾献给它无数的诗歌/猛一见到消失多年的我，流速一下加快/河边草木也有些小小的激动//对面母校大门里轻盈走出一位白衣少女/她好像认识我，我也看着很面熟/她仿佛二十多年前隔壁班的女生，先是冲着我一笑/然后害羞地低下了头。"④

少君有诗歌《新隐士》，其中写道：

---

① 李少君新浪博客：http://blog.sina.com.cn/lishaojun1，2013年6月29日11：00查询。

② 李少君：《五桂山中》（组诗），新浪博客http://blog.sina.com.cn/s/blog_4b4e87540102ehxp.html，摘引自其中一首《山中一夜》，2013年6月29日查询。

③ 李少君：《我不过是一个深情之人》，新浪博客http://blog.sina.com.cn/s/blog_4b4e87540102elbm.html，第一首为《隐士》，第二首为《新隐士》，摘引自第一首《隐士》，2013年6月29日查询。

④ 李少君：《〈大雾〉等一组诗歌》，新浪博客http://blog.sina.com.cn/s/blog_4b4e87540102epfe.html，摘引自其中一首《回湘记》，2013年6月29日查询。

"孤芳自赏的人不沾烟酒,爱惜羽毛/他会远离微博和喧嚣的场合/低头饮茶,独自幽处/在月光下弹琴抑或在风中吟诗//这样的人自己就是一个独立体/他不愿控制他人,也不愿被操纵/就如在生活中,他不喜评判别人/但会自我呈现,如一支青莲冉冉盛开。"①

一如所有的湖湘先人一样,有天下情怀,齐家治国平天下的同时,内心修为都很高,少君为了诗歌四方奔走,行走于无数人和无数地方,忙碌于社交工作,灵魂深处却幽然静寂,清心寡欲,明理笃志。他守得住一份属于自己的性情,有着独立精神,淡泊而明志,宁静而致远,出淤泥而不染,濯清涟而不妖。

少君不仅是一位文化名人,更是一位诗人。

少君是具有浓厚古典主义情怀,传统文化对他影响很大。

他拥有古人崇尚自然和自由的情怀,诗歌随意而为,信手拈来都是诗意,所谓心远地自偏,诗歌也像极了中国山水画,言有尽而意无穷,美不胜收。如:"肥大的叶子落在地上,触目惊心/洁白的玉兰花落在地上,耀眼眩目/这些夜晚遗失的物件/每个人走过,都熟视无睹//这是谁遗失的珍藏?/这些自然的珍稀之物,就这样遗失在路上/竟然无人认领,清风明月不来认领/大地天空也不来认领。"②

黑白色调,板寸头,宽额头,鼻子架着眼镜,

眺望远方,目光坚定如炬,又淡若幽兰,

这是少君的博客头像,这也是少君的精神写照!

47. 傅天虹:黑云背后的蓝天

傅天虹的博客名称为"傅天虹的小木屋"。

傅天虹是有身份和地位的人,这样说很谦逊,这是文化人难得的品质。

傅天虹这样说旨意也是高远的,以小为大,踏实做文化才称得上大家。

麻雀虽小,五脏俱全,更何况傅先生做的是大学问,傅先生的小木屋不失雅致,且包罗万象。打开博客就像进入了一件藏诗馆,无数厚厚的诗集放

---

① 李少君:《我不过是一个深情之人》,新浪博客 http://blog.sina.com.cn/s/blog_4b4e87540102elbm.html,第一首为《隐士》,第二首为《新隐士》,摘引自第二首《新隐士》,2013 年 6 月 29 日查询。

② 李少君:《草根集》中有一首诗《夜深时》,转引自:[转载]在自然和肉身之间,新浪博客 http://blog.sina.com.cn/s/blog_4b4e87540102eipn.html,2013 年 6 月 29 日查询。

在那里，有的是崭新的，有的则有些年月，不管新旧，总归书香四溢，让人肃然起敬。

之所以尊敬傅天虹，是因为他做学问的认真和严谨，以及他对诗歌的真诚。

博客题头背景像是书房的一角，古朴的木质墙壁，两边放着很多书，这应该就是小木屋的来源了。中间是教学用的"小白板"，上面有傅先生的照片一张，应该是他获得"美国世界文化艺术学院荣誉文学博士"时穿着学位服留下的照片，照片中的他留着浓浓的八字胡，像极了五四时期的文化人形象。这也是我对傅天虹长久以来的阅读印象，傅天虹的精神世界不像大陆文人，反而更像五四时期的文人，身形清减，衣着朴素，性格纯洁，对文化有着发自灵魂的皈依和热爱。

之所以我会有此印象，可能也和傅天虹的个人经历有关。傅天虹，本名杨来顺。祖籍安徽，生于南京。现任北京师范大学珠海分校华文所常务副所长、文学院教授。"傅天虹襁褓中父母就去了台湾，由南京的外婆抚养成人。上个世纪70年代后期他和家人取得联系[①]"，80年代，傅先生作为诗人在大陆成名，之后就去了香港，因此，他有一些港人的特质，也不算严格意义上的大陆作家。如今的傅先生则不再是单纯的诗人，而是著名诗人、学者、出版家和社会活动家，他在大学任教，却长期奔走于港澳台和中国大陆之间，为中国的新诗复兴而不懈努力。

我并不清楚，百年以后，人们会以什么身份记住傅天虹，是著名诗人，还是著名学者，或者是国学大师，抑或是中国文化复兴运动的著名践行者？

傅天虹的博客有个副标题：傅天虹教学、出版和馆藏园地。这看上去和"诗人"的傅先生无关，傅天虹的博文有73页700[②]篇之多，但是，关于他自己诗歌的博文却是寥寥，更见不到他在博文中直接发表、转载或者粘贴自己的诗歌。傅先生的博客除去博文还共有18个板块，其中有一栏名约"我是一蓬根"，这应该也是他的"个人简介"，恰恰这是在他博客中唯一能直接见到的他的一首诗歌：

"我是一蓬根/请莫要吃力地寻找我的身影/我在板土下，是一蓬潜行的

---

① 傅天虹新浪博客：http://blog.sina.com.cn/tianhongxiaozhu，"傅天虹简介"，2013年6月29日查询。

② 傅天虹新浪博客：http://blog.sina.com.cn/tianhongxiaozhu，2013年6月29日17：25查询。

根/沿着石缝抓紧每一寸泥土/绕过瓦砾探取生存的养分//我为春天贡献点点新绿/希望的芽苞是我送出了土层/我为秋天贡献灿灿金黄/浑圆的硕果是我升起的星辰//请莫要吃力地寻找我的身影/我是一蓬潜行的根。/密匝的根毛是我敏感的神经/我最能领略泥土的深情。//我知道枝叶发展每天都要新生/我更需要深入大地的纵深/太阳知道我的位置,/绿叶捎来了它的慰问……//请莫要吃力地寻找我的身影/我是一蓬潜行的根/我活跃在广袤的地层下/把一个绿色的家族支撑。"

落红不是无情物,化作春泥更护花。汉语诗歌曾经给傅先生带来至高无上的荣誉,如今,傅先生甘愿摘下这项王冠,而奉献自己以反哺汉语诗歌。

他的博客就是为汉语和诗歌复兴而设,置顶有这样的话:"'汉语新诗'是针对当前中国近百年来新诗研究所存在的,由文化心理、政治历史因素、人为因素等形成的新诗学科研究的命名上的尴尬和错位而提出的新命名,倡导人傅天虹教授提出一切从诗出发,试图通过对'汉语新诗'的命名意义及可行性、来路与现状、使命的探讨,为促进新诗与诗学健全、科学、有序的发展而做出努力。"[①]

他以《当代诗坛》为主阵地,开展各种新诗活动,他的博文中有很多论文、专题、学会记录,所涉及的几乎都是两岸三地乃至整个华人世界华语诗歌的重要人物和重要事件,最新的"百年新诗纪念专题《世纪访谈》"就有谢冕、徐敬亚等,更多的还有关于台湾、香港、澳门和海外诗人的评论和记事,最新的活动则有"两岸四地第五届当代诗学论坛""第四届华文诗学名家国际论坛活动"等。

博客所设置的栏目则有"诗学论坛机制""汉语新诗一千部""当代诗学会"等,特别是"汉语新诗库"和"中英对照诗丛出书事项"两个栏目,都是着眼于汉语新诗发展的大手笔项目,以"中英对照诗丛"为例,该诗歌工程由他于"2000龙年创立并主持,该工程纯由诗人采用自费互助的民间方式出版,海内外诗人同舟共济,已坚持十二年,步步艰辛,推出各系列丛书二十套,达六百部中英对照诗集,有口皆碑,影响广泛。今年又是龙年,傅天虹教授期望和诗友们继续群策群力,争取今后五年再出版 400 部,新诗百年诞辰时,能以一千部自选的中英双语原创诗集铺就一条辉煌的纯民间传承的汉语新诗史迹。"[②]

---

① 傅天虹新浪博客:http://blog.sina.com.cn/tianhongxiaozhu,"我是一蓬根"2013 年 6 月 29 日查询。

② 傅天虹新浪博客:http://blog.sina.com.cn/tianhongxiaozhu,"中英对照诗丛出书事项"栏目,2013 年 6 月 29 日查询。

傅天虹皈依于汉语，诗歌理想远大，他在"汉语新诗库"中表示，华人诗歌文学在根本上都源于五四以来的文学传统，尽管出现两岸四地乃至海内外的地域割裂，但是，深层的语言文化心理结构仍相同。傅天虹所做的则是，尊重历史，基于当代，着眼于华人世界，找回属于汉语的诗歌王冠。

四、报告文学家博客

报告文学是最容易被忽视的文学方阵！

报告文学恰恰也是当代中国亟需的文学力量！

报告文学与现实社会休戚相关，旨在发现实事的真相，寻找事件背后的故事，思考事件的现实社会意义，基于这种立意出发，报告文学与新闻传播有很深的血缘关系，所以，报告文学家们必然会抢占博客这种新兴的传播载体。中国最优秀的报告文学作家几乎都开了博客，只是，他们的博客创作主题却各不相同。

48. 杨黎光：抚慰没有家园的灵魂

杨黎光是报告文学大家，他的博客中有他的个人简介："姓名：杨黎光；性别：男；年龄：成功绅士；居住地：广东省深圳市。"这样有板有眼的个人简介像填写履历表，不过倒也符合他记者的性格。

随后的介绍则更详细具体，却也算是言简意赅：杨黎光，高级记者，一级作家，享受国务院特殊津贴专家。曾获得第一、二、三届中国"鲁迅文学奖"，第一、二、三届"中国报告文学'正泰杯'大奖"，首届"徐迟报告文学奖"，首届"冰心散文奖"等。出版有《杨黎光文集》（十三卷），代表作有长篇报告文学《没有家园的灵魂》《惊天铁案——世纪大盗张子强伏法纪实》《瘟疫，人类的影子》等，其长篇小说《园青坊老宅》入围第七届"茅盾文学奖"。

看着杨黎光丰厚的著作和长串的荣誉，我不由感叹：这个记者不简单。1997年，我与他一同参加《华西都市报》召开的笔会，当时我就感觉到，这个白面书生、拿着手提电脑不停地敲打的人与众不同。后来，就经常读到有关他的作品及其有关他的新闻，包括那一尊尊沉甸甸的奖杯。然而，面对

第四章 各领风骚：中年作家博客

如此多的荣誉，杨黎光却是处变不惊笑对人生。这是一个人的不同凡响。

他的博客背景是一幅水墨山水画，寥寥着墨，勾勒出几片山，几条小船，竹篙和人影，岸边还有一幢茅屋，大片的留白空间则是无边无际的水。这幅典型的中国画正好能代表杨先生的心境和气度。他的博客头像是他的照片，照片中他临着一栋大型建筑，斜倚石栏，微笑面对镜头，给人厚实、稳重而又正直的感觉。

杨黎光是心怀天下的人，他的作品带有浓重的忧患意识和人文思考。

杨黎光的博客名称为："杨黎光〈我们为什么不快乐〉"。

之所以有这样一个博客名称和杨黎光的博文不无关系。

2010年3月1日，杨黎光在博客中开始发表系列文章"我们为什么不快乐？"杨黎光说："我坐在家中改定这篇文章的时候，正值除夕之夜，窗外鞭炮响成一遍，手机里不停地传来一批又一批的贺年短信，满世界都在营造着快乐喜庆的气氛，可我却在不合时宜地思考着一个问题：我们为什么不快乐？其实，思考这个问题已经很久了，由于记者和作家的职业生涯，再加上近十几年来，主要从事的是报告文学的创作，使我长期接触大量不同职业的人群，在采访中给我留下一个深刻的印象，即许许多多的人对你叙述的，大部分都是不快乐的经历和感受！"①

杨黎光此番感叹我是感同身受。我和杨黎光的经历有些相似，有记者和作家两重身份，如今我入大学教书，记者是不做了，而杨黎光也高升为深圳报业集团副总编辑兼深圳特区报副总编辑，新闻一线也是不跑了，但是，长期的记者生涯加上报告文学创作留下的心灵痕迹是抹不掉的。杨黎光作为记者做的都是深度报道，而非应景的官样文章或者歌颂类型的宣传报道，比如他做"没有家园的灵魂"和"非典"的报告文学，这都是沉重的话题，这也和我有些类似。

在《湖南日报》做记者的日子，我做过很多深度报道，一旦深入底层社会很多让人揪心的社会现实就暴露出来，比如当初为了"打拐"（打击拐卖儿童），我甚至打入黑社会团伙内部，还跟随公安奔赴浙江、福建一带打拐，后来还被人恐吓勒索，但是，我并不畏惧，反而因为揭露出事件的经过而感到快慰，这叫作嫉恶如仇吧，杨黎光的《惊天铁案——世纪大盗张子强伏法纪实》，嫉恶如仇的背后是让人警醒。忧患意识也是这样产生的，深度报道

---

① 杨黎光：《我们为什么不快乐？——〈我们为什么不快乐？〉之一》，新浪博客 http://blog.sina.com.cn/s/blog_6351a6540100gn9t.html，2013年6月29日查询。

接触的更多是事件真相、是平头百姓，他们对生活总有这样那样的忧虑，作为采访者我们也不由自主地忧天下之忧。不干记者之后，我还是怀着这份情愫，进行了很多报告文学创作，其中就有关于中国农村留守儿童的《伤村》。

由此，我觉得杨黎光也是一位有价值信仰和做人原则的作家和记者。

这样说并非是自夸，只是，能够作为这样的记者和作家，我个人很自豪。

有了精神共鸣，我也就很容易理解杨黎光的博文，以及"不快乐"的感叹。

杨黎光这是怀着人文情怀关心社会，关注民生，思考文化和人性。他说："哲学，特别是科学发达以后的哲学，开始理智地向我们提示人的真相，生命的真相。它可能无法使我们最终获得快乐，却能告诉我们为什么不快乐，能帮助我们破解'郁闷'之谜！宗教，是依赖对上帝的信仰，来抚慰我们孤苦无助的心灵，哲学则是通过理智发现我们不幸的根由，通过思辨，努力寻找一种高尚的快乐。"①

杨黎光拥有大智慧，是一个观察者、记录者，更是一个思想者。

杨黎光经营博客时间并不长，2009年12月4日开博，2011年之后就没有更新过博客，想来，这和他离开新闻一线成为高层领导不无关系，事务繁忙没有时间再更新博客，也可能是因为身份不同就不能再像从前一样开展时评。但是，杨先生博客空间里的112篇博文仍旧可以让我们受益匪浅。这112篇博文都是用心制作，蕴含的信息相当丰富，具有很高的社会价值和文化价值，无怪乎杨先生的博文都有一个"荐"字，新浪网站把他的每一篇文章都作为了推荐文章，方便大家阅读，所以，杨黎光的博客有2962461②的点击量也就不足为奇了。

我们为什么不快乐？因为不能认识自己，他说："在哲学家们看来，认识自己，是人类解决自身问题的最佳途径，是人类获得快乐的根本手段。然而，人类能够真正认识自己吗？这本身就是个值得怀疑的问题。先哲苏格拉底在说出'认识你自己吧'这句话的同时，又说了一句传世名言：'我只知道一件事，那就是我什么也不知道。'……从此，人类沿着追问一步步摸索着，我们找到了文明的新途径：哲学……宗教与神学是站在神的立场，纯净

---

① 杨黎光新浪博客：http://blog.sina.com.cn/yangliguang，2013年6月29日21：10查询。
② 杨黎光：《破解人的"郁闷"之谜——〈我们为什么不快乐？〉之二》，新浪博客 http://blog.sina.com.cn/s/blog_6351a6540100gom7.html，2013年5月29日查询。

人的心灵，规范人的思想和行为的。哲学，则是独立于人的立场，思索人的问题，追求人的快乐。①"

我们为什么不快乐？因为我们的自知，因为我们缺失了信仰。

无论作为记者还是报告文学作家，杨黎光先生都有他的准则：尊重事实真相。

杨黎光在他的第一篇博文中就说："在我们这个由皇家垄断历史的民族，若想了解过去的真相，往往是看信史不如看野史，看野史不如看民间话本。"②

尊重并寻找记录真相，这是杨黎光认识世界的过程，也是认识自己的过程，真相就是杨黎光的信仰与哲学，也是他成功的根本，是他快乐的根本。

49. 何建明：一个大写的国家

何建明对文学和家国有大情怀、大情操和大爱，他的博客说明了一切，用"铿锵书写，黄钟大吕"来形容一点都不过份。

何建明的博客中有这样的"个人简介"：何建明，著名报告文学作家、全国劳动模范。现任中国作家协会副主席、中国作协党组成员、书记处书记、中国作家出版集团党委书记、管委会主任、作家出版社社长、中国报告文学学会会长。第一、二、四届鲁迅文学奖获得者。中宣部"五个一工程奖"、国家图书奖、中华优秀读物奖和五届报告文学奖获得者。代表作《落泪是金》《中国高考报告》《国家行动》《共和国告急》《部长与国家》《我的天堂》《永远的红树林》等。

何建明的博客背景是一幅山溪的照片，清澈的流水潺潺，绿树倒映，青草扶岸，溪水中石头光滑，排成一行，溪水流过石头的罅隙泛起洁白的浪花。置顶是一处亭台水榭，阳光落下，屋宇高耸，假山矗立，水塘中生长着一丛绿荷。这些背景设置告诉我们，何先生有自己的安身立命之所，悠然自得中胸有万钧，时刻蓄势待发。而何先生的博客头像则是他作为 2008 年北京奥运火炬手的照片，虽然已经有些年龄，可是他依然精神矍铄，举着火炬

---

① 杨黎光：《人类能够认识自己吗？——〈我们为什么不快乐？〉之三》，新浪博客 http://blog.sina.com.cn/s/blog_6351a6540100gqeo.html，2013 年 5 月 29 日查询。
② 杨黎光：《官商勾结，暴发户的变态人格》，新浪博客 http://blog.sina.com.cn/s/blog_6351a6540100flmp.html，2013 年 5 月 29 日查询。

笑着向沿途观众做出胜利的手势，看来他是格外珍惜这份荣誉，这是国家荣誉，他有发自内心的自豪。

何建明是纯粹的报告文学作家，拥有高尚的信仰和无限的激情："在我看来，一切文学皆于激情而滋生出的。没有激情的存在文学就不可能出现。文学乃是人学，人学的产生来源于一个情字，没有情的文章可以是论文，可以是报告，但不会是文学作品。文学作品离不开情字，因为有情，所以才有文学。文学因此是情的派生物，激情锻炼了文学的血脉与血流。"①

何建明的博客有100余篇博文，绝大部分都是极为认真的报告文学作品，可以说他的博客就是一份"报告文学档案"。806600②的读者点击量，略显不够，我以为，要想了解和学习报告文学，那么看看何先生的博客是再好不过的。

报告文学讲究的是真实性，在真实中寻找重要事件的过程，思考事件背后隐藏的故事，这就需要报告文学家时刻关注社会，紧跟时代步伐，用心做文章。

何建明关注着国家民族，做的都是震撼人心的大文章，他的最新博文就有"生命第一：5·12大地震现场纪实""非典十年祭·北京保卫战""邓小平在苏州首提'小康'概念"等，这都是有关重要社会事件的宏大叙事和深刻思考，这是在记录与发现历史，为的是我们更好地前行。其中，尤其以"中国外交空前行动"系列最为醒目，何先生用了"国家叙述""祖国万岁"等慷慨激扬的标题。

"'砰……'这第一声枪响，是利比亚反对派2011年1月14日在班加西市一个叫苏卢格的施工现场打响的。"③利比亚内战④打响，关于中国有史以来最大的海外撤侨行动（共撤离35860名华侨）开始了，后来，这部报告文学以《国家》为书名出版，何建明写下这样的题记："如果离开了自己的国家，你还会有什么？如果没有了自己的人民，国能是什么样？"封底则留下

---

① 何建明：《文学于激情》，新浪博客 http://blog.sina.com.cn/s/blog_6378d89a0100h229.html，2013年6月30日查询。

② 何建明新浪博客：http://blog.sina.com.cn/hjm9991，2013年6月30日12：00查询。

③ 何建明：《前方，战乱惊心……》，新浪博客 http://blog.sina.com.cn/s/blog_6378d89a01019quf.html，2013年6月30日查询。

④ 利比亚战争，是利比亚在2011年发生的武装冲突，在利比亚国内常称为"2月17日革命"，交战双方为穆阿迈尔·卡扎菲领导的政府和反抗卡扎菲的势力。受邻国的"阿拉伯之春"浪潮影响，2011年2月15日开始和平反政府示威，但活动遭到政府军的武力镇压后引发起义，进而爆发的反政府势力的武装力量同利比亚政府军之间的激烈军事冲突。

第四章　各领风骚：中年作家博客

这样的话："一个国家是否强大和自信，不能仅看其GDP总量是多少，外汇储备世界排名第几，其中一项重要的衡量指标是，这个国家的公民无论走到哪里，遭遇灾祸或事故时，都能得到自己国家政府积极有力的保护。如果说1940年的敦刻尔克大撤退是一个历史契机，2011年中国政府组织的利比亚侨民大撤离绝对值得历史铭记。"①

报告文学的名称从"中国外交空前行动"变为"国家"是极好的！

这不只是一场外交行动，这更是中国国家崛起的一个象征！

何建明是2009年12月11日开的博客，那天刚好是他的生日。他说，选择那一天开新浪博客，也是迫于朋友们的劝说。实际上他是有顾虑的。网络时代，博客信息传递很快，这是资源，不开博客就会丢掉很多资源；但是，很多话、很多事不能随便为外人知，博客又过于开放，开了博客也可能给自己找来麻烦。何先生不是没有因文字遇到过麻烦，他心里记得很清楚。

1997年，受团中央邀请，何建明跑了40多所大学、采访了400余人写出了他的成名作《落泪是金》，在社会上引起了巨大反响，却也惹上了不该有的官司。作品中的主人公之一、原中国农业大学学生王文喜和该校学生处主管贫困生工作的刘庆江，将作家以及刊发《落》文的《中国作家》杂志推上了法庭。声称：《落》文中有近5000字的内容"抄袭"和"剽窃"了王文喜《我的成长之路》一文。1999年5月，北京市第二中级人民法院在一审中裁定，何建明及《中国作家》杂志社败诉。据此，作家及杂志社不服判决，向北京市高级人民法院提出上诉。经过近一年的重新审理，2000年3月13日，北京市高级人民法院认为，上述提及的5000字内容，是作家根据实际采访及所获资料有改动地加以使用的片断，不构成抄袭剽窃。其间，因为此事何建明病重的祖母受了打击而逝世，祖母下葬何建明甚至没能去祭拜现场，而是身在公堂，何建明一直有愧疚在心里。

想来也是，人怕出名猪怕壮！这个社会想出名、想牟利的人太多了，最简单有效的方法就是"消费名人"，借着名人的博客与名人吵嘴制造话题和热点的事情屡见不鲜。开博客确实有其风险，可是，再三权衡，何建明还是开了博客。

何建明说："开博是要带感情的，而且这感情必须是真实的，属于你性格的。开博是需要智慧的，而且这智慧必须是对别人有借鉴的。开博是需要

---

① 何建明：《中国外交空前行动》，新浪博客 http://blog.sina.com.cn/s/blog_6378d89a01019p9m.html，2013年6月30日查询。

183

平和的，而且这平和必须是给这个世界带来温暖的。因此我认为开博不能太随便，就像我们写一篇文章一样，你得文责自负，因为博客中的每一个文字都具有它的尊严性，否则这个世界就成了裸体原始人的时代。是为开博之言。"①何建明行得端坐得正，不怕流言，心中坦荡。他对得起头上的荣耀，守得住属于文学的尊严。

50. 李春雷：钢铁是这样炼成的

李春雷是纯正的主流作家，他的博客也像极了个人官方宣传网站。

李春雷的博客里有个人简介："李春雷，河北成安人，国家一级作家，河北省作家协会副主席，中国报告文学学会副会长。代表作品有：短篇报告文学《木棉花开》《夜宿棚花村》《索南的高原》等；长篇报告文学《钢铁是这样炼成的》《宝山》《赤岸》《摇着轮椅上北大》《山生》等；散文集《那一年，我十八岁》等。曾获第三届鲁迅文学奖、徐迟报告文学奖（蝉联三届）、河北省文艺振兴奖（蝉联三届）、河北省五个一工程奖（蝉联五届），全国五个一工程奖等。"

李春雷是报告文学大家、名家，尤其是获得了很多大奖！

谁也不能否认李春雷是中国当代报告文学的主将之一。

李春雷总能审时度势，认清中国主流的思想动向，由此制造影响力，这是他的法宝。但是，我不喜欢李春雷的博客，恰恰因为他太看重他的法宝！

2012年11月29日，新一届中央领导集体在国家博物馆参观《复兴之路》展览，习近平同志发表重要讲话，中国梦的概念不胫而走，并传遍了大江南北，习近平同志定义"中国梦"——实现伟大复兴就是中华民族近代以来最伟大的梦想，而且满怀信心地表示这个梦想"一定能实现"。于是，从中央到地方，从政府到企业，从集体到个人，从领导到普通的孩子都开始有了"梦想"。中央电视台也开始做中国梦的公益广告，并声称"国家好，民族好，人民才更好"。

与时俱进，李春雷先生总能紧跟时代脉搏，团结在党中央周围讴歌伟大时代。2012年11月25日，歼15舰载机研发项目总负责人、沈阳飞机工业集团董事长、总经理罗阳同志病逝在工作岗位上。中共中央总书记、中央军

---

① 何建明：《开博一言》，新浪博客 http://blog.sina.com.cn/s/blog_6378d89a0100h21k.html，2013年6月30日查询。

第四章　各领风骚：中年作家博客

委主席习近平 11 月 26 日做出重要指示，要求党员学习罗阳优秀品质和可贵精神。习近平指出，雷锋、郭明义、罗阳身上所具有的信念的能量、大爱的胸怀、忘我的精神、进取的锐气，正是我们民族精神的最好写照，他们都是我们"民族的脊梁"。凭借一位报告文学作家的职业敏感性，李春雷先生迅速响应党的号召，全面记录罗阳同志光荣先进事迹的报告文学应运而生，名字起得也甚好，叫作《我的中国梦》!

2013 年 1 月 9 日，《我的中国梦》在《人民日报》整版刊登!

李春雷在博客里发布了全文，开头是："从珠海飞回沈阳的时候，已经是晚上 8 时了。南北温差太大，冰火两重天。他体内虚火浮躁，满嘴起泡，唇角还淤结了一片不大不小的疮痂，黑糊糊的，像一粒溃烂的桑葚。"落幕是："罗阳殒落了。但他的梦想已经起飞。他的笑容，他的笑声，写满了中国的万里空疆! 祖国，终将选择那些忠于祖国的人! 祖国，终将记住那些奉献于祖国的人!"①

李春雷绝对称得上报告文学大家! 写作水准也是极高的!

全文有细节故事，又有大情大义，以小见大书写了一个有血有肉的大英雄!

这是报告文学的写作模板，值得喜爱报告文学的人学习，也值得记者学习。

我佩服李春雷的写作能力，但是，请原谅我不太喜欢李春雷的写作宗旨。

一个英雄走了，人们应该记住他! 但是，一个真正的作家，不应该仅仅为了时局的需要而去搞某个人物的宣传，哪怕这个人物就是英雄。

诚然，这个时代需要有人去讴歌，去宣扬，可是，这应当是记者的工作，而不是作家关注的重点，作家关注的重点是属于普通人的故事，属于平凡人的真相，属于内心真实的文章。要震撼别人，首先要震撼自己；要感动别人，首先要感动自己。但是，不能为了震撼而震撼，不能为了感动而感动! 坦白说，我觉得李春雷做报告文学有些"投机取巧"，更像是为了写宣传主旋律或主流价值而写报告文学，为了迎合和诠释中国梦而写中国梦。当然，也许是我太肤浅，体会不到李春雷的信仰，也没有达到李春雷的崇高使命、思想境界和认识高度。

---

① 李春雷：《人民日报：〈我的中国梦〉》，新浪博客 http://blog.sina.com.cn/s/blog_51ae428b0101aqw0.html，2013 年 6 月 30 日查询。

名作家博客100

李春雷的博客有近两百篇文章，但是，很抱歉，读完之后我没有留下任何印象，也没有任何深刻的感悟和真心的感动，因为，我看不见我所想看到的真诚的文字，看不到一个真正属于作家的人文情怀、人性思考和属于文化的信仰。

李春雷的博客中多是粘贴文章，有些是他人对他的作品的评论，比如：《又是一声春雷响——读李春雷报告文学〈我的中国梦〉有感》《一曲深情的当代英雄的赞歌》；有些是他作为作协领导人的活动近况，比如，金庸先生设家宴"请"他和中国作协副主席陈建功吃饭；有些是关于他作品的主流新闻稿件，比如，九三学社安徽省委召开机关全体学习会；有些则是他的作品图片和获奖信息，比如，2008年他开博，头两篇文章是两个书籍封面，都是他的《钢铁是这样炼成的》。

这些文章中，尤其让我觉得如鲠在喉的是这些主流新闻稿件：

"1月14日，九三学社安徽省委召开机关全体会，学习人民网文章《各民主党派顺利实现了新老交替》和《人民日报》记述罗阳先进事迹的报告文学《我的中国梦》。社省委专职副主委檀莉主持会议并讲话。"[①] "6月29日至30日，中国报告文学学会第三届代表大会在北京召开。中国作协党组成员、副主席何建明当选为会长。河北省作家李春雷等当选为副会长。"[②]

这哪里是一个作家的博客？这分明是赤裸裸的个人宣传，这分明是赤裸裸的机关作风！

当然，这是李春雷个人的网站，他有权利这么干，但是，读者也有权利不买账。2008年4月开博，五年时间，李春雷的博客时常更新，不能说他不勤奋，但是，57844[③]的点击量确实有点寒碜，想来这和他的博客内容有关，让人感觉不到真诚的博文和博客是不会有太多人来关注的。

文学的价值和意义可能不在表扬，而更应该是批评，丧失了批评性的文字也就丧失了强有力的生命，尽管更容易获得一时的辉煌。报告文学的本质是带着深刻的思考去寻找世事的真相，这深刻的思想要带有深刻的人文思考，而非去制造真相。作家首先要学会敬畏文字，赋予每个文字以尊严，而

---

① 九三学社安徽省委召开机关全体学习会：新浪博客 http://blog.sina.com.cn/s/blog_51ae428b0101ayay.html，2013年6月30日查询。
② 河北作家网消息：李春雷当选中国报告文学学会副会长：新浪博客 http://blog.sina.com.cn/s/blog_51ae428b01016kc3.html，2013年6月30日查询。
③ 李春雷新浪博客：http://blog.sina.com.cn/lichunleigongzuoshi，2013年6月30日17：50查询。

非亵渎文字的尊严。文字是有生命的，而非任由作家玩弄。都说了要学会批评和自我批评，即便没有深刻的批判，文学也不应该成为机关的官样文章、宣传报道和自我表扬文章，这不是一个作家该做的事情，这样的事情还是留给新闻记者和机关文秘吧。

我并非怀疑和否定李春雷的文学作品，也不敢亵渎李春雷对文学的真正信仰。李春雷的博客背景是一片绿，置顶是几棵白桦树干和一片青草花香，这是很有品味的，也是高洁的。李春雷是报告文学的大家，李春雷有很好的报告文学作品，但是，李春雷的博客无疑是失败的，一个作家应该拿文字说话，即便是在博客之上，其他诸如功名利禄就都留给自己而不要为外人道了罢，可是，李春雷却刚好相反。他剃掉了文字的真，把一些冠冕的东西放在博客里，恰恰这掩盖了他自己作为报告文学作家的真相，只让读者看到一个机关干部自我标榜的模样。

关掉博客，我愿意相信李春雷是一位有着卓越思想的纯粹的作家。

不是因为他的大奖和头衔，也不是因为那些报道，而是因为我相信只有一个真诚的无限敬畏文字的人，才愿意拿出如此多的经历和激情去书写文字。

51. 陈启文：河床的命脉

陈启文是我的兄弟，也是我敬重的有个性、有血性的作家。他曾送给我一本小说代表作《河床》以及一本散文集《季节深处》。但直到今天，我没有写过有关他作品的片言只语。虽然他对评论并不在乎，但我还是有些愧疚。

他的博客背景很有意思，是一幅关于城市的水彩画，画中高楼矗立，绿树成荫，一带长廊横在中央，最右边是一排水龙头，其中一个水龙头还在不停滴水。我说不出这有什么特殊含义！只能理解为这是陈启文的印象城市空间吧。

陈启文是湖南临湘市人，同在湖南文学圈，多年之间我们都有交往，他是一位老实做文章的人，性格直爽，为人实在，对文学有难得的真诚。陈启文做过很长一段时间的自由撰稿人，认笔为锄，卖文为生，实在难得。两年前他把户口迁出，成为东莞文联的引进人才，生活稳定后，创作如鱼得水，佳作迭出。他是好客之人，博客设置了一些作家博客的链接，应该都是文坛好友，317678①的点击量说明很多人关注他。让我格外注意的是他专门设了一条公告，发布的是"著作权声明"，是2013年4月份才发的，原来他的文章被堂而皇之地发布到了报纸上，他却不知道。这样的事情不是第一次，原本他也不想计较，可是，一次次发生，这是对作者的不尊重，他还是有些不快。按他的话说，他是纯粹靠文字"讨生活"的人，出版者不在乎那点钱，他还是在乎的。这也说明了他的难处。②

在这个众声喧哗的时代，陈启文对报告文学有一份珍贵的坚持，要知道，报告文学在所有的文学题材中算得上最吃力不讨好的一种，正如陈启文所说："一个报告文学写作者的辛酸与苦楚，个中滋味惟有寸心知。"③

报告文学讲究真实性，要实地采访、搜集资料，甚至像搞科研一样整理分析，不像写小说，可以坐在屋子里天花乱坠去创作，所以，报告文学工程浩大，更像是体力活。这还不是最致命的！最难的是写报告文学难以出彩！很多人眼里报告文学应该是冷门文学题材，除了专业文学领域专注，普通社会大众一般是不怎么看的，最受欢迎的还是小说，所以，报告文学可以很出彩，却难出名。仔细看看当代文化圈，没有哪一本报告文学是畅销书，也没有报告文学家是世人皆知的名人，自然，报告文学作家也就发不了大财，搞报告文学就是和名利过不去。

"当我又一次出发时，一位风头正健的青年作家疑惑地问我，为什么要写报告文学？我能感觉到他的惋惜，他的一片好心我也理解，一个正在走向天命的人，应该抓紧时间写几部属于自己的作品，譬如说潜心创作几部长篇小说，这才是文学的正途与大道。而报告文学，在很多人眼里并不是纯文学。必须承认，在很长时间里，我一直是一个职业虚构者，我也更愿意生活在虚构之中。但在我从不惑走向天命之际，有越来越多的东西逼着我去直面绝对不能虚构的现实。"④

陈启文耐得住寂寞，独自上路，默默耕耘，写出了很多有影响力的大作，长篇报告文学就有《南方冰雪报告》《共和国粮食报告》《问卜洞庭》

---

① 陈启文新浪博客：http://blog.sina.com.cn/hunanchenqw，2013年7月1日23:30查询。
② 陈启文：《质问侵权报刊：你们要找到我就这么难吗？》，新浪博客 http://blog.sina.com.cn/s/blog_4b812ace0102eb74.html，2013年7月1日查询。
③ 陈启文：《我为什么要写报告文学》，新浪博客 http://blog.sina.com.cn/s/blog_4b812ace0102e5f9.html，2013年7月1日查询。
④ 陈启文：《我实在无法袖手旁观》，新浪博客 http://blog.sina.com.cn/s/blog_4b812ace0102eci8.html，长篇报告文学《命脉:中国水利调查》创作谈，2013年6月30日查询。

第四章　各领风骚：中年作家博客

《命脉——中国水利调查》等。其中，我对《南方冰雪报告》印象比较深刻，时值2008年南方冰雪灾害，整个湖南社会陷入一片白色恐慌，在政府和人民的共同努力下湖南人战胜了这场冰灾。事后，出了几部关于冰灾的报告文学，陈启文写的是铁路系统的冰灾报告，就是《南方冰雪报告》；我负责的是高速公路系统的冰灾，名字是《回家——2008南方冰雪纪实》[①]。所以，感同身受，我很清楚要做这样一本报告文学需要走多少路，下多大功夫，花多少时间和心力。

为何陈启文对报告文学有这样的坚持？这可能就是他的耿直和信仰。他说："一个优秀的作家，重要的是走进自己的内心。"他是这么说的，也是这么做的。

"越是题材重大、越是关注民生的报告文学，越是被有意无意地忽视了……我深知自己只是人微言轻的一介小民，虽是小民，却又从未忘记我们这个国度是'人民共和国'，我也是共和国的一个公民。而在叙述方式上，我几乎没有选择，我的叙述只能随着河流而推进，在对流水的追溯中一点一滴地慢慢建立。"[②]

这是属于陈启文的一份家国情怀，这也是他的报告文学的良心！

位卑不敢忘忧国！这是湖湘文化的大义，更何况陈启文算得上士大夫！

陈启文的耿直正是源于他对文字的质朴的信仰。陈启文是位质朴的作家，看看他的博客头像就清楚，两抹淡淡的八字胡，面容温和，嘴角挂着淡淡的微笑，眼中写满安详。他的性情是极好的，他做文章也如他的做人，难得淡泊。

最能体现陈启文淡泊的是他的散文！陈启文是报告文学作家，也是难得的散文家，是冰心散文奖和老舍文学奖的获得者。我喜欢他的报告文学，我更喜欢他的散文，文字质朴，感情细腻，意境高远，有着丰厚的人文情怀。我曾经有过这样的经历：心烦意乱的时候阅读他的散文，读着读着人就沉静安稳下来。

当然，陈启文的创作不仅局限于报告文学和散文，他也写小说。

他的博客名称是"江州义门陈启文"，这个名字就和他最新的长篇小说

[①] 陈启文：《我为什么要写报告文学》，新浪博客 http://blog.sina.com.cn/s/blog_4b812ace0102e5f9.html，2013年7月1日查询。

[②] 陈启文：《我实在无法袖手旁观》，新浪博客 http://blog.sina.com.cn/s/blog_4b812ace0102eci8.html，长篇报告文学《命脉：中国水利调查》创作谈，2013年6月30日查询。

有关。

他最新出版了家族长篇小说《江州义门》，写的是江西陈氏的历史，以宗族思想为脉络，从东汉末年，陈翔、陈实和陈蕃陈氏三大名士，一直写到现代的陈宝箴、陈衡恪、陈寅恪三父子，记录大历史中的小历史，在小历史中书写大历史，陈家的血脉和祖训延续几千年，中国的文化也传承了几千年。洋洋洒洒五十多万字，看得出，陈启文也有他的"野心"。小说跳出了一般创作技法，陈启文直接介入到小说当中，有叙述也有议论，读来更像是一部厚重沉郁的散文叙事。

"江州义门"这也是陈启文的祖籍，小说更像是他对家族情怀的皈依！

无怪乎他的博客名称为"江州义门陈启文"。

小说也好，散文也好，根本意义上来说，陈启文还是一位报告文学作家。

我以为，他的灵魂就是属于报告文学的。

陈启文有这样的深情告白：

"我们对这种关注民生、关注我们最基本生存问题的所谓'重大题材'真的关注够了吗？客观公正的报告文学之所以得不到客观公正的评价，只能说我们对报告文学的评价体系以至于我们的价值观本身已失去了最基本的公正，甚至发生了致命的倾斜。而在这种倾斜的状态下，要恪守所谓公正的立场是多么难，要恪守独立调查、独立思考的立场又有多么难。"[①]

可是，无论有多难，陈启文一直都在坚持着他的报告文学。我相信，无论前面的路途有多远，无论前面的跋涉有多艰难，他依旧会义无反顾，奋力前行，无怨无悔！

---

① 陈启文：《我实在无法袖手旁观》，新浪博客 http://blog.sina.com.cn/s/blog_4b812ace0102eci8.html，长篇报告文学《命脉：中国水利调查》创作谈，2013 年 6 月 30 日查询。

第五章 精彩纷呈：青年作家博客

70后作家们都是正当年华，风头正健之际，他们其中很多人已经成为中国当代文学的主将。与中年作家们不同的是，他们经历过70年代的童年，成长于改革开放的80年代，经历过正规的大学教育，成熟于90年代乃至新世纪，他们的思想更为开放，思维更为发散，性格更为多元，创作风格各不相同，语言更为犀利，文笔更为大胆。同时，70后的成名之路各不相同，他们成熟的年代正好是网络风起云涌的年代，他们有些是通过传统的纸笔创作而崭露头角，有些则搭上网络文学的第一班车，迅速成名，但是，不管是否成名于网络，他们最终都坚持和实现了从网络到纸媒的华丽转型。这些作家有强烈的自我意识，都乐意于接受和尝试新事物。比如博客，70后作家们开博的比较多，更新的较快，经营的也比较好，博客都有强烈的个人特色，总归很好看，很耐看。

52. 安妮宝贝：告别薇安

严格意义上来说，安妮宝贝应该是第一个偶像级美女作家。她的影响力甚至不在韩寒和郭敬明两位"新概念作家"之下。她的博客有81篇博文，2011、2012和2013年几乎很少更新，但是，总点击量却有29902014[①]，由此可见她的影响力，也可以看出大众对她的喜爱。

安妮宝贝，曾任职中国银行、广告公司、网络公司、出版社、杂志社，等等。网络时代在中国诞生以来，她是第一批吃螃蟹的作家，且是最成功、

---

① 安妮宝贝新浪博客：http://blog.sina.com.cn/babe，2013年7月3日10：40查询。

最风光的一个作家。

把时间推回到1998年，那时网络才刚刚在中国起步，腾讯QQ等重要聊天工具才刚刚诞生，而博客还没有出现。此时，网上只有一些中文网站，但是，这个空间也弥足珍贵。在当时来说，这些中文网站有开拓先锋的意味。就是在这样的网络原初年代，一片洪荒和未知，安妮宝贝开始在网络发表文章。那时候她还不是作家，而是一个银行职员。她的最早的文章是《告别薇安》，之后是《七月》以及《七月和安生》。星星之火，可以燎原！安妮就这样出名了。

那些年月，我经常听到身边年轻的朋友谈到薇安、七月、安生，众人就像叙述港台明星一样，张口就能说出他们大堆的事情。关于她的《告别薇安》短篇小说集，有人这样点评："城市、爱、宿命、消失，纯白文字惊艳眼目绵延回味！"

走在街头的灯影里，人影稀薄，人声寥落，淡淡的落寞，淡淡的寂寥，淡淡的温暖和凄冷，雨水轻轻洒下，柏油路面在昏黄的路灯下倒映出破碎的镜像，是淡淡的疏离，淡淡的疼痛。这就是安妮给我讲的故事，轻描淡写地发生，简单简洁，清澈的情愫在文字间游走，不知不觉就能割破读者心里的一份柔软。

她的文字灼人肌肤，信手采撷，随便一段对于很多人来说就是至理名言：

"我觉得人与人之间始终有疏离和坚硬的本质。[①]"

"人若没有经历过一些世事，未曾被内心的力量困扰，袭击，并且曾与之对抗，就无法具备经验去洞穿心的幽微复杂。他只能逐渐学习去理解和容纳自己，以及理解和容纳他人。[②]"

"你需要找到一种合理的方式，自身平衡清洁，才可能让一段关系不痛苦。[③]"

看看，不经风雨，没有沧桑，哪里会有如此美丽的文字？

[①] 《2006年《城市画报》对"安妮宝贝长篇专访 暗涌，自决，内省，单纯。"，转引自：《城市画报》285期《春宴》访谈：新浪博客 http://blog.sina.com.cn/s/blog_45456f800102drrj.html，2013年7月3日查询。

[②] 《城市画报》285期《春宴》访谈：新浪博客 http://blog.sina.com.cn/s/blog_45456f800102drrj.html，2013年7月3日查询。

[③] 《城市画报》285期《春宴》访谈：新浪博客 http://blog.sina.com.cn/s/blog_45456f800102drrj.html，2013年7月3日查询。

第五章 精彩纷呈：青年作家博客

安妮应该是个极为感性的人，但是，她总能很好地控制自己的情绪，一个人游走在城市精神的边缘，游走在华灯初上霓虹闪烁的漫漫长夜，默默地看着一切发生，享受一个人的孤独。所以，她称呼自己的博客为"安的夜游园"。的确，她的文字就像梦中的呓语，很软，很淡，很轻，很美，很灵动，很自然，是城市灵魂的絮语，是深深浅浅的内心独白。于是，有人说，安妮的文字是"治愈系"文字，安妮也是治愈系的创始人和大师。

安妮的文字适合这样阅读：在有雨的夜里，坐在高高的建筑里，隔着落地玻璃窗，蜷缩在沙发或者地板上，临着台灯，身上掩着一个毯子，听着雨水打在玻璃窗上的嗒嗒声，隔着雨幕对着整个世界的高楼林立和车水马龙，最好能放一点罗曼蒂克的爵士乐或者蓝调，再摆上一杯咖啡或者红酒，一个人阅读。

说安妮的文字为治愈系是有道理的！于我看来，她的文字有些小资情调。

这种情调里，作为一个城市人，她追求独立，崇尚自由，坚持自己的格调。

这是每个城市人梦想的状态。但是，大多数城市人在现实里却只能忙于无休止的工作，承受着一种又一种压力，疲惫和麻木让人失去了灵魂感知。

安妮的文字在追问灵魂，更是在表达城市的精神，她能抓住城市的最微小的表情，以及人最微小的情感情绪细节和最微弱的心灵颤动。所以，她的文字让无数的读者在僵硬的城市表情中找到灵魂的慰藉。

她的博文共分五个类别，13篇"出版作品情况"、3篇"关于作者"、11篇"静默有时"、14篇"书写有时"、15篇"阅读跳舞亦有时"，这些分类文字也很有安妮的风格，按照当下的话说是"文艺小清新"，其实，我会想，如果安妮不是第一个"吃螃蟹的人"，她可能未必会有如今的知名度，在她之后，无数的人模仿她在网上书写小清新，极少数人成功了，绝大部分都泯然众人，当然，这也恰恰说明了安妮的影响力。有一点是可以肯定的，这条路上，无论多少后来人，都不可能达到安妮的水准和成就，这不仅是第一个的问题，也是她的实力使然。

严格意义上来说，她的作品不是网络文学风格，尤其不是当今的网络文学风格，我更乐意于把她定位为一个严肃作家。同时，她的严肃文学又是一种时尚文学，这是属于安妮独一无二的风格，也是安妮的魅力。她对自己的简介就有这样的文字："1998年开始发表小说，题材多围绕工业化大城市中

193

游离者的生活。①"

她的才情是很高很难得的，她的性情也是很自由很随意的，跟着心走。

她的博文大多都是2005年和2006年发表的，之后几年她的博文更新很少，对应的是2006年发表长篇小说《莲花》之后的五年，她只公开发表了几个中短篇新作，直到2011年的新长篇《春宴》和2013年的随笔集《眠空》。

但是，她的影响力丝毫没有减弱：她的第一篇博文《危险的美感》阅读量有95665②，最新的博文2013年1月10日发表的"《城市画报》新书采访③"阅读量有97300④，她的"作者介绍和著作年表⑤"点击量则有356015⑥。

人们依旧爱着安妮，疼着安妮，追逐着安妮。

如今的安妮仍旧细腻柔软，多的则是一份寂静淡然和沉郁俊美。最近几年，她开始回归传统文化，甚至皈依宗教，她还最新出版了《古书之美》。

"我不觉得自己是一个很有天分的写作者，也不觉得自己重要，但我认为自己生活在这个世界上，也许生命中最凝聚的最好的能量应该用来写作。⑦"她说，"读者一起共同成长了十年，有旧人离开，也有新人加入。对于我来说，始终都只有一个任务，以写作为表达，保持真诚和力量，用小我持续探索大我。⑧"

如何看待自己，如何穿过一条道路，又试图通向哪里，这是永久命题⑨。

安妮正走在自己的路上，寻找自我，为了听到自己内心的声音。

---

① 安妮宝贝：《作者介绍和著作年表》，新浪博客 http://blog.sina.com.cn/s/blog_45456f80010000ue.html，2013年7月4日查询。

② 安妮宝贝新浪博客：http://blog.sina.com.cn/babe，2013年7月3日19：15查询。

③ 《城市画报》新书采访：新浪博客 http://blog.sina.com.cn/babe，原载《城市画报》"阅读，解读，以及误读。——安妮宝贝新书《眠空》《古书之美》"，2013年7月4日查询。

④ 安妮宝贝新浪客：http://blog.sina.com.cn/babe，2013年7月4日20：00查询。

⑤ 安妮宝贝：《作者介绍和著作年表》，新浪博客 http://blog.sina.com.cn/s/blog_45456f80010000ue.html，2013年7月4日查询。

⑥ 安妮宝贝新浪博客：http://blog.sina.com.cn/babe，2013年7月4日20：08查询。

⑦ 《城市画报》285期《春宴》访谈：新浪博客 http://blog.sina.com.cn/s/blog_45456f800102drrj.html，2013年7月3日查询。

⑧ 《城市画报》285期《春宴》访谈：新浪博客 http://blog.sina.com.cn/s/blog_45456f800102drrj.html，2013年7月3日查询。

⑨ 《城市画报》285期《春宴》访谈：新浪博客 http://blog.sina.com.cn/s/blog_45456f800102drrj.html，2013年7月3日查询。

她说:"很多时候,一个人选择了行走,不是因为欲望,也并非诱惑……为了遵循自己内心的声音生活,我们曾为此付出多么巨大的代价。"①

点评当下70后作家时,不能不提的就是安妮宝贝和冯唐。

一个安静,沉郁,简洁,深刻;一个流氓,疯狂,智慧,厚重;同样的才情卓著,不同的文字风格,成就了他们各自的文学地位,更难得的是他们在得到文学界和评论界的充分肯定的同时,都以畅销书作家的身份得到了大众的认同。很多人认为,他们二位是扛鼎70后文学的旗帜性人物。

安妮宝贝是新文学的一种趋势,她完成的是网络到现实的蜕变,这种蜕变让人觉得她从来就不是网络作家。早期关注人性边缘和文化的疏离,现在则关注人与外界和自我的关系,注重内心关照,有较多人性和哲学上的探讨深入。她有杜拉斯、村上春树的文字神韵,又有沈从文等近代散文家之风范。

安妮是文学的宝贝,安妮之后,无数的新作者沿着安妮的路前行,但是,都没有安妮的美!

53. 冯唐:万物生长

每当读到冯唐的名字我就会想到那句著名的古语:"冯唐易老,李广难封。"

冯唐为什么弄了这个名字?难道他是觉得自己容易老,还是已经老了?

2010年春天,冯唐去了一趟北京大学,参加入学二十年聚会,他真感到自己老了。他说:"不是伤春,不是装蒜,第一次明确意识到,自己真老了,满街、满校园、满眼已经都是你们90后了……看着校园里的大学生仿佛小学生,看着原来的大学同学仿佛地下几千米挖出来的过去,忽然明白,自己已经不是大学生很多年了,自己是真的老了。"他真的老了么?那年他还不到40,正是众人眼中的人生黄金期。他终究不是想说自己老,更像是在说时间老了。

冯唐,如果不是寓意冯唐易老,那就是想说李广难封了?

冯唐是不是觉得他的文字在这个时代很难被接受,至少他的文字不会受官方欢迎,没有官方的头衔算是真正的难封吧!但是,他应该不在乎官方

---

① 安妮宝贝:《危险的美感》,新浪博客 http://blog.sina.com.cn/s/blog_45456f800100001c.html,2013年7月3日查询。

荣誉。

冯唐是一位很嚣张的作家，嚣张得让人敬佩。

冯唐是一位很流氓的作家，流氓得让人喜欢。

听听冯唐怎么"谈谈爱情，得得感冒"，他说："感冒病毒到处存在，就像好姑娘满大街都是。人得感冒，不能怨社会，只能怨自己身体太弱，抵抗力低。人感到爱情，不能恨命薄，只能恨爹妈甩给你的基因太容易傻屄。①"

如果你就此认定冯唐只是一位哗众取宠的跳梁小丑，那就错了。

某种意义上来说，冯唐很像王小波，看看《十八岁给我一个姑娘》等小说你就知道冯唐有多像王小波，那是一种极为深刻的赤裸裸的毫不留情的现实主义，只不过，同为北京青年，王小波所处的时代不同。在那个疯狂的年代里，王小波才情呼啸，"很俗"地写了"白银时代"的残酷和沉重，但是，他本人却是温润如玉，十分低调老实，且纯洁纯粹。而同为北京青年的冯唐身处"伟大的时代"，按说他不应该有王小波一样"千疮百孔"，但是，他仍旧书写那些个事情，且写的更粗鄙粗俗，似乎很三俗，痞子气很重，吊儿郎当的味儿很浓。

他说他爱家乡，北京比上海好："北京的马路比上海的宽太多，不是不方便，是特别设计，战时起落飞机，宁时多撞死些老头老太太。北京的风沙比上海的大太多，不是不宜居，是特别安排，现在培养男生更有兽性，将来移居火星。北京的姑娘比上海的邋遢太多，不是不美好，是特别逻辑，是坦诚，不洗脸都能迷死你的，就是你一辈子的女神，不洗脸能吓死你的，就是你一辈子的克星。②"

冯唐的博客里有他的作品一栏，写着：

《欢喜》《万物生长》《十八岁给我一个女孩》《北京北京》《猪和蝴蝶》。

2005年11月21日他开始写博客，当天就发表了19篇博文。2005年11月22日发表了8篇博文，2005年11月23日发表了51篇博文，整个2006年他就再没发一篇博文。这似乎是他的风格，很长时间不发文章，然后，在某一天或几天集中发很多文章。2010年6月21日之后，他就再也没有更新过博文。但是，他的博文点击量依然很高，有2100195[3]，看得出他

---

① 冯唐：《谈谈恋爱，得得感冒》，新浪博客 http://blog.sina.com.cn/s/blog_471facb1010009s4.html，2013年7月4日查询。

② 冯唐：《大城（GQ简体字版专栏2010年5月）》，新浪博客 http://blog.sina.com.cn/s/blog_471facb10100j8bl.html，2013年7月4日查询。

③ 冯唐新浪博客：http://blog.sina.com.cn/fengtang，2013年7月3日23：50查询。

蛮招一些人喜欢。

他的博文有三个分类：1 篇"我是冯唐"，56 篇"冯唐随笔"，13 篇"批判冯唐"。其中，"批判冯唐"都是他人对他的评论，大多都是赞美之词，他却硬是说成"批判"，由此能看出他很嚣张，不按常理出牌，也能看出他的哲学理念。

牛逼轰轰，玩世不恭，愤怒青年，这就是冯唐，可谓，不流氓，不冯唐！

流氓，每个有出息的人小时候都或长或短地当过，难得的是当一辈子流氓。他说，"我的文字几乎和我没有关系，在瞬间，我是某种介质，就像古时候的巫师，所谓上天，透过这些介质传递某种声音。我的文字有它自己的意志，它反过来决定我的动作和思想。当文字如仙丹一样出炉时，我筋疲力尽，我感到敬畏，我心怀感激，我感到一种力量远远大过我的身体、大过我自己。当文字如垃圾一样倾泻，我筋疲力尽，我感觉身体如同灰烬，我的生命就是垃圾。①"

冯唐或者真的流氓，但是，流氓只是他的疯魔，是他的真性情。

天才，怪才，人才，字字见血，这些你也都可以和冯唐挂上钩。

实际上，冯唐是一个高智商的人才，思维缜密，学识渊博，文化素质也非常高。看看他给自己的简介："冯唐，一九七一年出生，北京土著。协和医科大学医学博士，美国 Emory 大学 MBA。已出版长篇小说《万物生长》、长篇小说《十八岁给我一个姑娘》，散文集《猪和蝴蝶》。现定居香港，从事管理咨询。②"

一个医学博士，一个美国的 MBA，你可以想想冯唐的智商有多高！

拿了医学博士他不搞医学，搞着管理咨询他从事文学创作，想来，他几十年的学业似乎白白荒废了，其实，他恰恰没有荒废，鲁迅先生不也弃医从文了么？如果不是这漫长的读书和成长，冯唐可能就不是冯唐了，冯唐可能就不是流氓。

冯唐是流氓，我觉得是因为他读书读得太多了，读明白了人生！

"我是冯唐"一文中还有他的中文签名和一张着墨对比强烈的黑白照片。

---

① 冯唐：《难得的是当一辈子"流氓"》，新浪博客 http://blog.sina.com.cn/s/blog_471facb1010000dl.html，2013 年 7 月 4 日查询。

② 冯唐：《我是冯唐》，新浪博客 http://blog.sina.com.cn/s/blog_471facb1010000ba.html，2013 年 7 月 4 日查询。

当然，你可以说照片中的冯唐更像流氓，你也可以说那其实是一种深邃。

冯唐的嚣张和流氓背后实际上是他对文字的真诚和敬畏。

他的博客名称是"用文字打败时间"，这是他对文学的终极的皈依。

在我看来，冯唐的一切，包括他的流氓和文学都是因为他有一颗童心！

之所以叫冯唐，是因为他怕失去这颗纯洁的心。

有了这颗童心，他就可以尽情流氓，尽情去创造他的文学帝国。

一如王小波，王小波就是时间的孩子，在疯狂的年代保有纯净的心。

在这个众生喧闹的世界，冯唐的心里也住着一个孩子，所以，他敢流氓，因为，童言无忌，更因为，一个孩子才是真正自由的，敢说真话的。

冯唐真的像个小孩子，他博客头像是两只可爱大熊猫，萌死人不偿命。

这样的人"用文字使坏"你并不觉得讨厌，反而会去爱！

他说："没懂事的小孩儿还没来得及变态，他们通常更直接，更不二，更佛。所以，我更喜欢那些小孩，更倾向于在男女之事上，像小孩儿学习。"①

他又在使坏了！其实他说的并非只是男女之事，更是做人和做文。

这正是冯唐的高明之处！只有一个孩子才敢说：用文字打败时间！

与安妮宝贝相比，冯唐是新文学的另一种趋势！关于他的赞美之词也有不少。李敬泽说，70年代出生的，冯唐第一；盛可以引用别人的话说，中国新文学趋于21世纪，始于《万物生长》（冯唐长篇小说），始于冯唐；石涛说，王朔聪明，王小波智能，阿城文字功夫独步。冯唐集三人之长……胡纠纠说，冯唐的贫嘴三流、叙述二流、每每关键时候的意象一流，至于文字魅力，绝对独步天下②。

冯唐之后也有很多的人学习他的风格，但是，只有模仿，没有超越，没有一个人能比他更"流氓"！

54. 李师江：逍遥游

因为周星驰的《喜剧之王》，斯特拉夫斯基的著作《一个演员的自我修

---

① 冯唐：《像小孩儿那样恋爱》，新浪博客 http://blog.sina.com.cn/s/blog_471facb10100celz.html，2013年7月4日查询。

② 冯唐：《买了三本书（七郎）》，新浪博客 http://blog.sina.com.cn/s/blog_471facb1010000f6.html，2013年7月4日查询。

养》成了一本尽人皆知的名作，无数的人开始拿他开涮，动辄则说："对不起，我是一个演员！"对了，这个调调应该出自《无间道》，是梁朝伟最后说的。

不知道为什么，看李师江的博客我很自然地想起了《一个演员的自我修养》。

作家当中也有"演技派"，演技炉火纯青，以至于你会觉得他太多面。

李师江的博客看上去很平常，博客背景也很简单，2007年开博，200多篇博文，462855[①]的点击量，没有个人简介，只有N个文友的博客链接。

让人称奇的是他没有博客头像，显示的头像就是新浪的logo。

看上去他是个"无脸人"，这正是演员的特征。

现实中的李师江很面善，留着小平头，戴着一副眼镜，斯斯文文！

但是，他的很多照片表情有些诡异，很像《无间道》里的梁朝伟。

他是正式的科班出身，北京师范大学毕业，属于高级知识分子，这点和冯唐很像，当然，他没有冯唐的学历高，也没有冯唐嚣张，可是他比冯唐会"演"。

如果你要真觉得他是个斯文人，写些斯文的文字，那就大错特错了。

实际上，李师江是个"演员"，他很懂得《一个演员的自我修养》！

最开始是《逍遥游》，他写的是一群北漂青年的京城生活，以大胆而细腻的文字描写了北漂青年的精神困境，以及自我放纵放逐，制造了一场属于漂一族的文化盛宴。这个命题很大，这个漂不仅是"北漂"，他可以普及到更广的人群，在这个大时代，漂的人越来越多，农民工、大学生、工薪阶层几乎每个人都在漂。漂泊的人生，大部分人都在被生活放逐，《逍遥游》就成了典型。

《逍遥游》是什么样的小说？有人说，它的前半部分在用下半身思考，它的后半部分又回到了上半身思考。所谓下半身思考读者应该知道是什么意思。李师江的文字也够流氓，雄性激素足够让你热血贲张。他的博客里就有这样的诗歌："他干了一个小时/她说/我还要//他又干了一个小时/她说/别停下//干完第三个小时/她说/别偷懒/真的没完//他说/算了吧/要是让人晓得/这样的纪录/别人怎么好意思/再玩这项运动呢//不/这种私密的事/别人怎么会知道呢//那也未必/要是哪天/找不到写诗的材料/指不定它自个儿就/

[①] 李师江新浪博客：http://blog.sina.com.cn/lishijiang2007，2013年7月4日16:10查询。

冒出来了。"① 用下半身思考也好，办事也好，总归下半身还是受上半身控制的，说到底，李师江还是用脑在思考。

之后是《福寿春》，洋洋洒洒几十万字的长篇小说，写的是农村家族叙事，李师江自己说："很难用一两句话来概括小说的主旨，但有一些藏在我内心的关键词可以与读者分享：温暖、父子、命运、土地、香火、传承、舐犊、爱溺、生老病死。"他和一般的农村叙事不同，这里的叙事显得平和，写的都是农村生活的日常琐碎之事，平和之中却不是赞颂乡村的宁静，也没有丝毫对乡村生活的眷恋，而是在说这种平和之中更多的是庸俗、懒惰和颓废。图书封面写着："从《逍遥游》到《福寿春》，喧嚣时代李师江心灵蜕变的力作。"

别看他很质朴，他看上去是有农村来的孩子的质朴，但是，他绝对不会赞颂乡村，赞颂不是李师江的风格，他要打倒一切，甚至打倒农村的传统，把农村的所谓的淳朴和纯粹从泥土里挖出来，晒出他们的腐朽，他甚至要打倒母亲：

"我家乡的朋友们/一个接一个地结了婚/却把我母亲急得/一个劲儿电话里催我：/孩子，到时候了/你快结婚吧/我知道她的着急是因为/当别人谈起儿媳妇时她却没有了可炫耀的资本/没想到一辈子朴实无华的/母亲/竟然隐藏着这么大的/虚荣心"②

《福寿春》中也有一位母亲勤劳善良，"是一个处处为孩子们着想，宁可自己受苦，也不让孩子吃亏的人，她不计报酬的付出，给人以一种深深的震撼，母性的伟大跃然纸上。但是，现实生活告诉我们，母亲太爱孩子，等于害了孩子。正如文中所写，由于她对安春、三春的过于溺爱，使得这些孩子养成了懒惰、依赖的性格，看着看着，不觉得让人难过"③ 他在说母爱和母性的幻灭！

然后就是《中文系》了，从北漂到西南农村，李师江回到了大学时光，看上去这是一次时间上的逆转，却是他的心灵的又一次进化，当然，不变的还是他斯文背后的流氓，这回更进一步，进化到低俗了。他自己说："《逍遥

---

① 李师江：《湿》，新浪博客 http://blog.sina.com.cn/s/blog_4ddc48650100fb47.html,世上没有不透风的诗，2013 年 7 月 4 日查询。

② 百度百科李师江：http://baike.baidu.com/view/1229254.htm,母亲的虚荣心，2013 年 7 月 4 日查询。

③ 温柔一枪：《品评李师江小说〈福寿春〉》，新浪博客 http://blog.sina.com.cn/s/blog_4ddc486501000bxw.html，2013 年 7 月 4 日查询。

游》其实是写欲望,《中文系》是写爱情。①"美其名曰的爱情看上去并不美,因为他要用爱情打倒现有的僵死的教育机制和大学生麻木的精神世界。比如小说中的男生为了追女生,果断割了包皮,还赋诗一首:"这个月/我给小兄弟/一份特别的礼物/它鲜血淋淋/但受益终生/是的/在俗世生活中/有什么比你出人头地更让我幸福呢。②"

李师江果然是一个文字演员!专门用文字演流氓,演出了流氓的多重境界。

谈到自己多年以来的小说创作,他说:"写《逍遥游》那一阶段之后,自己觉得在语言上太过用力,爽是爽了,但是余味不足,有所反省。《福寿春》想做一种新的尝试,用一种客观的、平淡的语言写一种第三人称的小说,或许走得太远了一点,也颇刻意,失去了自己的味道。因此《中文系》的语言恢复了自身,在保留一种幽默、坦诚、反讽的基础上,比之前会含蓄、会收一点。有语言自身的余味,也是我正在初步形成的自身语言的风格,符合自己的审美和性格。③"

恰恰他本人像一个斯文人,对比他的流氓文字,他就像个演员了。

现实中的他,虽然会耍流氓,但也有很正经的时候,他写各种评论,也谈电影,说足球,甚至搞育儿经。他的博客置顶就是他的《儿女培养手册》的链接。

但是,归根结底他还是一个用文字耍流氓的人。

他耍得很好很高超,更是耍得坦坦荡荡甚至具有合理性和正义性。

正因为他是一个斯文人吧,所以,他才敢耍流氓,能耍流氓,会耍流氓。

无论如何,在群星闪烁的70后作家群中,李师江都是一个重要人物!

55. 饶雪漫:离歌

饶雪漫很有爱,饶雪漫是甜心作家,是青春文学的绝对翘楚。

---

① 巩晓莉:《精品访谈》,新浪博客 http://blog.sina.com.cn/s/blog_4ddc48650100na0s.html,李师江的《中文系》逼真的零度写作,2013年7月4日查询。

② 周猫又同学对《中文系》的评论:新浪博客 http://blog.sina.com.cn/s/blog_4ddc48650100m4v4.html,可曾记得爱——李师江真诚的流氓叙事,2013年7月4日查询。

③ 巩晓莉:《精品访谈》,新浪博客 http://blog.sina.com.cn/s/blog_4ddc48650100na0s.html,李师江的《中文系》逼真的零度写作,2013年7月4日查询。

她的博客名称叫作"饶雪漫的秘密花园",整个空间都是洋红色,洋红的背景里分布着几扇精致的白色窗子和白色椅子,椅子上"坐着"白色的音符。这个空间设计也足够甜,洋溢着纯洁温暖的气息。博客头像里,她留着洋气的卷发,穿着色彩斑斓的衣服,笑容很干净,给人的感觉像是一个儿童文学家。

她是拥有一颗童心,她的文字也是给少男少女看的,但是,她不搞儿童文学。她的阅读人群是花季雨季的高中生以及一些初涉社会的青涩男女。她的博客认真写得很明确:饶雪漫,青春文学作家。她入行比较早,从十四岁发表文学至今,已经在青春文学经营了十八年,并曾与伍美珍、郁雨君成立国内第一个作家组合"花衣裳",她给自己的简介还是"青春文学职业写手"!写手和作家是两个概念,饶漫雪是太谦虚了,不过这也说明她作品众多,是高产作家。她在个人简介中说:已出版作品五十余部,代表作有《小妖的金色城堡》《校服的裙摆》《左耳》《沙漏》《离歌》等,作品多次登上全国各地(含港台地区)畅销书排行榜,是当之无愧的青春文学领军人物。2008年12月1日,"2008第三届中国作家富豪榜"重磅发布,饶雪漫以800万元的版税收入,荣登作家富豪榜第4位。[①]

饶雪漫也算才情很高,文风独特,文字清新,情感细腻。

她开创了"青春爱情系列""青春疼痛系列""青春疗伤系列"等作品,她的有500多篇博文、7602511[②]的博客点击量可以看出年轻人对她的喜欢程度,在青春少年心中她是当仁不让的"知心姐姐",是绝对的青春文学教主。

看的出来,在优秀作品的基础上,她很有商业头脑,各种图书策划很到位。

她对文学的理解和一般的作家不同。一般的作家可能是把写作作为事业来搞,而她应该是把写作作为职业来搞,这也是她为什么被称为"职业写手"的原因吧。她对文学的职业规划很到位,在她的博客相关栏目中可以看到她自己创办了《17SEVENTEEN》杂志,出品了系列"雪漫公仔",还把她的作品推广成电视。她还成立了文化公司,看的出来她把文学经营得有声有色。

但是,饶雪漫并非一个唯利是图的商人,反而她是一个很有爱的人。

---

① 百度百科饶雪漫: http://baike.baidu.com/view/139467.htm,2013年7月4日查询。
② 饶雪漫新浪博客: http://blog.sina.com.cn/raoxueman,2013年7月4日21:30分查询。

第五章　精彩纷呈：青年作家博客

她的文字真诚，对青少年也极为真诚，并且十分关注青少年尤其是青少年作家的成长，通过她的博文可以了解到，多年里她一直在举办各种夏令营活动。

她的博客有若干链接，第一个链接是韩寒。为什么是韩寒呢？

他们应该是朋友，但是，韩寒的博客没有链接她，那么，他们有什么瓜葛呢？

看了她的博文我才知道，他们之间还是有些关系，韩寒"代笔门"① 发生之后，她甚至专门发了一篇博文替韩寒申冤，名字是《愿世上所有的疯狗都安息》。

十四岁还在读中学，她就开始写作，憧憬着能够成为大作家。但是，父母却觉得她是异想天开。父亲眼里发表东西是要靠关系的。可是，没想到她第一次投稿，文章就被采用发表了。她说："没有投稿经验，地址电话也没留，稿子发出来，我才看见。那篇作品给我赚了一大笔钱（三百多块，当时我爸一个月工资不到一百元）不说，从此开启了我的创作道路。我收到的读者来信，是用麻袋拖回家的，那个编辑，叫顾宪谟，那本杂志，叫《少年文艺》（江苏版）。②"

她和《少年文艺》的缘分就此开始，大学毕业以后，她就去了《少年文艺》，主持的正是当年她发表处女作的栏目"少年创作之页"。由于人手缺少，这个栏目已经几近荒废，稿件堆积很多。她在一堆稿件中审阅来稿，就看到了韩寒的文章，那个时候的韩寒应该还只是初中生。饶雪漫说："首先吸引我的，是他的字，非常漂亮、工整。（韩父晒的家书可作证）。然后就是他的稿子，文笔很特别，与众不同，透着一股少年特有的机灵劲儿。由于年代久远，我早就不记得那稿子的名称了，据他后来在《零下一度》里写的，说是他的处女作。③"

此后，他们并没有任何联系，也没有见过面，多年之后，再次相见是在图书出版人路金波那里。一个是为了《离歌》，一个是为了《他的国》，两人

---

① 2012年年初，知名博主麦田在春节前发表一篇《人造韩寒》的博客而引发"韩寒代笔门"，之后"打假名士"方舟子加入战局，在自己的微博上发表一系列文章，指出韩寒作品有"代笔""水军""包装"的嫌疑。面对质疑，韩寒自行整理了手稿、通信、素材本等资料，并委托律师在上海提起诉讼，向方舟子索赔10万元。

② 饶雪漫：《愿世上所有的疯狗都安息》，新浪博客 http://blog.sina.com.cn/s/blog_476b498a0102dw3w.html，2013年7月4日查询。

③ 饶雪漫：《愿世上所有的疯狗都安息》，新浪博客 http://blog.sina.com.cn/s/blog_476b498a0102dw3w.html，2013年7月4日查询。

有了一次短暂碰面。韩寒还帮饶雪漫拍摄《离歌》的 MTV，饶雪漫去了韩寒老家。饶雪漫回忆说："（韩寒）态度亲和，毫无架子。也是那一次，他跟我咨询到做杂志的事情。他总觉得，让读者反复花钱买他写的字不太好，我说，我的影响力不够，所以杂志一直做不好，你跟我不一样，你如果愿意做，可能会给很多新人机会，让他们出来，青春文学不能就这几个人在写。①"这里的杂志应该就是后来的《独唱团》（中国稿费最高的一期"杂志"），当然，还有最后夭折的《合唱团》。

饶雪漫在说，她比我们都更早认识韩寒，她从一个侧面来说明韩寒的清白。

她说了很多，似乎什么都说了，又似乎什么都没说，但是，她的心意是明确的。想来，雪漫姐姐眼里，韩寒真真是极好的，应该是青年人的楷模。

文章结尾，她有一段呼吁，这段呼吁中她甚至为韩寒"骂人"了：

"如果再继续下去，这不仅是对韩寒一个人的侮辱，也是对所有写作者的侮辱。在这个美好的新春佳节，一个作家，本来可以陪老婆聊聊天，陪女儿晒晒太阳，睡睡懒觉，打打麻将，享受一下美好的生活。却不得不花这些精力，来对付那些不停地扑上来要咬他一口的疯狗……我在等一个新的韩寒，等了很多年，一直没有等到。这个世界从来都不少疯狗，但是我们只有一个韩寒。请爱护，请珍惜，请信任，请尊重。愿这世上所有的疯狗都安息。②"

我懒得追求韩寒是不是代笔，只是觉得这里的饶雪漫很不饶雪漫。

她似乎忘记了她是治疗系、疼痛系和温暖系的青春文学作家！

文学界各种争端在所难免，你吵我也吵，多是为了博得一个彩头，增加一些热点，提升自己的名气。饶漫雪开骂绝对不是博彩头，她是真的"疼"韩寒。

为了一个老龄青年韩寒她竟然对着全网络的青年爆粗口！

希望这篇文章不会影响那些花季雨季少年的心灵！

56. 宁财神：武林外传

最初听到宁财神这个名字是看了《武林外传》。我吃惊地发现武侠片还

---

① 饶雪漫：《愿世上所有的疯狗都安息》，新浪博客 http://blog.sina.com.cn/s/blog_476b498a0102dw3w.html，2013 年 7 月 4 日查询。

② 饶雪漫：《愿世上所有的疯狗都安息》，新浪博客 http://blog.sina.com.cn/s/blog_476b498a0102dw3w.html，2013 年 7 月 4 日查询。

可以拍成情景喜剧，情景喜剧也可以拍成武侠片。

可以说，宁财神发现了一个世界，也开创了一个喜剧时代。当我从江苏卫视的《非诚勿扰》节目中看到作为点评嘉宾的宁财神不断地不自信，不断地低头，不断地摆手、挡鼻眼、坐不住的时候，这条丑丑的大汉怎么会是那个文字异常了得、才华横溢的作家呢？说真的，我很难把两者拉到一起，后来看多了，感觉这就是宁财神，一个其实很天真、很单纯、很实诚、很可爱的优秀编剧。

2006年3月1日，他开始写博客，第一篇博文就是关于《武林外传》。

2002年5月，上海的一间酒馆里宁财神突然想到要写一部不一样的武侠片。《武林外传》就这样诞生了。他从二十集，写到四十集，后来又增加到八十集。2004年才算完工，紧接着就要拍电视剧。2005年12月，"武林"正式在中央八台播出，很快就席卷了大江南北，与从前的热播剧不同，比如《编辑部的故事》，《武林外传》的大红大紫网络功不可没，宁财神本人也表示："要感谢百度的武林贴吧，天涯社区的影视和八卦论坛，以及新浪，和上万个提到武林的博客。网络的热度，带动了媒体的热度，人们第一次知道，电视剧，竟然能从网上火起来。这个观念性的转变，也许能为日后的制播方式指了条不太一样的路。[①]"

实际上，宁财神最初能够成名也和网络不无关系。他和安妮宝贝一样，都是网络时代最早的文学淘金者。1997年他就开始接触网络，是天涯虚拟社区早期网友之一，做过天涯的专区版主，也就是网络用语中的"斑竹"，后来，他又转投另一知名中文网站"榕树下"做起了编辑。

宁财神是个人才，更是大才，性格比较直爽，文字简洁明快。而且他喜欢搞怪，搞得很真诚；喜欢玩，玩得还非常好。他常在网上发帖子，语言幽默、犀利、睿智，如今看来，这种风格很适合网络空间，反过来说宁财神开创了一种属于网络空间的话语风格，即：恶搞，他的最新电视剧《龙门镖局》就是例证。

早起的鸟儿有虫吃，这是对的！在那个网络文学还未兴起的年代，他很快建立了自己的知名度，火爆程度直逼当年蔡智恒的《第一次亲密接触》。那个时代，网络还没有那么大的影响力，网络上出名只是开始，人一旦在那里博得一个彩头，就会转入现实世界。安妮宝贝是这样，宁财神也是这样，

---

① 宁财神：《武林拾遗录的后记》，新浪博客 http://blog.sina.com.cn/s/blog_591993d0010002fz.html，2013年7月5日查询。

只是宁财神不写小说,而写剧本,且多是情景喜剧,这刚好适合他恶搞的风格。打铁要趁热,随后,他迅速完成了从网络到现实的转型,《都市男女》《健康快车》等一系列的作品问世,《武林外传》一出,天下就都知道了宁财神。

如今,网络上还流传着宁财神的各种传说,很多人也竞相拜访他早年的帖子。

可以说,网络成就了宁财神,某种意义上,宁财神也成就了网络。

他的博客名称是"手中有剑心中无码",心中无码自然是说他为人坦荡荡,做事真性情,这一点是没错的。他不玩虚的,不玩阴的,有话直说,无话就不说,只要说了必然是真话。好就是好,不好他也不在意,他只自己说,你且听,他不想听你说。想来他是谙熟网络世界的种种,所以,他的博客没有评论功能。

他在博客里晾晒自己最喜欢的十部电影:虎兄虎弟,倩女幽魂,秦俑,黄飞鸿之狮王争霸,喋血双雄刀(徐克版),matrix,鬼子来了,咒怨,双瞳。还晾晒自己最喜欢的十部电视剧:雍正王朝,lost(1),everbody hates chris,Friends,alias,恋爱世纪,house,monk,蓝色生死恋,流星花园①。

他不故作高雅,就是一个大俗人,有七情六欲,也有小心情、小爱好。

《武林外传》获奖他也像个孩子一样乐不可支,毫不避讳:

"最想拿的两个奖,都拿到了。武林从网络上火起来,最该得的,就是网络上来的奖项。百度的年度电视剧,居然还有年度关键字,太夸张啦,还有新浪的年度古装剧……好像还有别的奖,回头我打听打听。没别的好说,只有开心。希望老爸也开心,他在天的那边,会为我骄傲的。②"

他的博客头像是一条白色的西洋狗,耷拉着舌头有些可爱。用小狗做头像是什么意思呢?凡事未必一定要有意思,他就是喜欢,这理由够充分。同样,他的博客设置很简单,只列了几个友人链接,再没有其他栏目设置,简单就好。

六年间,他在博客中写着自己想说的话,积累了200多篇博文,

---

① 宁财神:《排名不分先后》,新浪博客 http://blog.sina.com.cn/s/blog_591993d00100062k.html,2013年7月5日查询。

② 宁财神:《开心》,新浪博客 http://blog.sina.com.cn/s/blog_591993d0010007fu.html,2013年7月5日查询。

第五章　精彩纷呈：青年作家博客

8954792①的点击量也证明了他的网络人气，其实，如果他要是开设评论功能，可能博客点击量会更高，但是，他是宁财神，不喜欢听别人唠叨就是不喜欢。

"手中有剑"则有仗剑而行的味道！的确，宁财神手中真的有把剑，但是，他绝对不像杨过这些金庸笔下的人物，而是像李寻欢傅红雪这类古龙笔下的高手，说到底，宁财神不是侠客，只是一个剑客。他闯荡江湖并非行侠仗义，讲的不是大道理，而是凭借自己的喜好做事，走的是一个人的江湖！看着顺眼的他关起门来一个人乐或者不乐；看着不顺眼的他心里不痛快，一定要找茬。

他有一篇博文叫"日娜体"："各位博友，请回答我几个问题吧：1. 你现在是不是在上网？2. 你是不是在看我的 blog？3. 你在看我 blog 的时候，是不是得用眼睛？4. 你除了傻逼呵呵回答是之外，是不是就没有第二种答案了？5. 你现在是不是想一耳刮子抽死这个提问题的人呢？②"这个玩笑很恶俗，但是，他敢找所有人的不快。

这是典型的网络恶搞！恶搞正是他的专利和标签。

网络就是他的手中的剑，有了这把剑他谁都敢"搞"，谁都要"搞"！

2013 年 1 月 1 日，他有最新博文《一代宗师》，开头他就写道：

"我骂一代宗师，就是为了炒作。那么，今天就接着炒……我身边有品位的知识女性，几乎个个都大爱，朋友圈刷屏，看的我有点懵：难道又是我犯错误了？此前我骂卧虎藏龙，人家当年就囊括所有大奖。后来，我又重新看了卧虎藏龙，还是继续不喜欢。罢了，只配吃鸭脖子的嘴，就别吃潮州菜了。③"

其实，我蛮喜欢宁财神，因为喜欢他的恶搞，他的恶搞很高端。

他的博客置顶是一片雪和几枝残荷，这恰恰说明了他的心境。

不要以为他在玩，实际上，他心里清清楚楚，丝丝分明。

不要以为他在跟你玩，其实，是他在玩你。这正是财神爷的高明之处。

---

①　宁财神新浪博客：http://blog.sina.com.cn/ningcaishen，2013 年 7 月 5 日 0：50 分查询数据。

②　宁财神：《日娜体》，新浪博客 http://blog.sina.com.cn/s/blog_591993d001000f0d.html，2013 年 7 月 5 日查询。

③　宁财神：《一代宗师》，新浪博客 http://blog.sina.com.cn/s/blog_591993d0010155ft.html，本文讨论的是 2013 年上映的王家卫最新电影《一代宗师》，2013 年 7 月 5 日查询。

57. 卫慧：上海宝贝

说卫慧是中国用下半身写作的第一人，恐怕没有多少人会反对。

卫慧也是第一个被标榜为"美女作家"的作家，她真的很美，无论是人还是文字，她的美有毒，有毒所以耀眼，但是，她的美并非徒有其表，而是很有内容。

冯唐、李师江等在她面前应该算是"晚辈"，尽管当年她被称为"晚生代""新新人类"女作家，但是十余年过后她俨然已经成了"先驱者"。在这位美女作家面前，引发"博客革命"的木子美小姐只能算是小巫见大巫。木子美小姐的下半身和卫慧的下半身不在同一"档次"，木子美小姐的下半身行为更像是庸俗的耍流氓，卫慧的下半身行为则是一次革命，一场风暴，一种艺术，一个现代性的文学范本，没有哪位美女作家能把下半身写得像卫慧那样惊世骇俗。

1995年复旦大学毕业，卫慧开始了她的疯狂文学。美国作家亨利·米勒是她的精神之父，《北回归线》[①]则是她的"圣经"。1999年，《上海宝贝》一出版就轰动了整个中国，出版署的行动还是"慢"了点，《上海宝贝》大卖热卖了他们才想起来"查封"这本"低俗小说"，此时，"禁令"已经禁止不了卫慧，"查封"也封不住卫慧，越是禁止越是查封卫慧的名气越大，《上海宝贝》越出名。

这是传播的一种手段，有人后来就分析说，卫慧是故意这样做的，她清楚这本书会被"查封"，所以她才想出版，"查封"是她和她的作品的最好宣传，最终效果是：越封越是封不住，越查越是有更多的人想看看卫慧是如何"低俗"。

这手段像极了当年亨利·米勒出版《北回归线》的情况。

《上海宝贝》在当时的中国被禁很容易理解，但是，《北回归线》在开放的美国也被禁则出人意料。某种意义上来说，卫慧的《上海宝贝》就是中国的《北回归线》，你可以想象一本在美国都可能被禁的书到底低俗到了什么

[①] 《北回归线》是美国著名作家亨利·米勒（Henry Miller）的第一部自传体小说，也是他出版的第一本书。此书以回忆录的形式写就，米勒在书中追忆他同几位作家、艺术家朋友在巴黎度过的一段日子，旨在通过诸如工作、交谈、宴饮、嫖妓等超现实主义和自然主义的夸张、变形生活细节描写揭示人性，探究青年人如何在特定环境中将自己造就成艺术家这一传统西方文学主题。

地步。

卫慧的文字应该不止是低俗的问题了，而是颓废和危险的问题。

性、暴力和毒品这是美国当代青年的三个顽疾，《上海宝贝》说的就是这个。

《上海宝贝》让人想起《北回归线》，带有明显的实验主义特征，关于性的描写则会让人想起《查特莱夫人的情人》《生命中不能承受之轻》等小说。性是人最根本的本能，小说中它是一种表征，是精神困境中现代人的一种寻找自我的表达形式，尽管是一种隐喻，却写得够赤裸裸，难怪当年劳伦斯的作品在英国也被禁。《上海宝贝》的整体颓废气质和混乱情绪则像极了《猜火车》《发条橙》《低俗小说》《搏击俱乐部》[①]等西方电影，表现的是现代人的心理病症，钢筋水泥的现代文明使人陷入困顿和迷惘的牢笼，僵死灵魂和麻木情绪之下人在挣扎，"争渡，争渡，却惊不起一滩鸥鹭"，某种意义上"上海宝贝"就是一种现代人的自画像，只是她太惊艳，太热血贲张，太极端，选择的是燃烧和牺牲。

卫慧是位美女，更是位才女，她的作品在国内雅俗共赏，登上畅销书排行榜。

她的作品也被翻译成多种外国文字，在国外也都能够荣登畅销书排行榜。

我本以为打开她的博客也可以看到一个凶猛的下半身世界，带着几分颓废、昏暗和抑郁，看得让人热血贲张或者精神错乱，可是，我错了。

卫慧的博客太简单了。背景是一片粉红色，散落几片桃花瓣，这或者还能让人想入非非，与她美女作家的称谓有些联系。她的博客认证名为"卫慧－love"，这里的love应该和"情爱"有些关系，总不会脱离那些男男女女的"下半身"，但是，真的没有下半身，这里的love似乎很暖很安静。她的博客名为"我的神"，博客头像是她小时候的青涩照片，全部博文只有十余篇，且大部分为转载，最新一篇发表在2012年12月20日，看得出，她是删除了从前的很多博文，所以，她的博客访问量依然保持在3116439[②]，这难免让人有些惋惜。

卫慧的博客表明她在"洗心革面"，进入不惑之年，她似乎变了另外一个人。仅有的几篇博文要么关于亲子育子，要么关于佛和修身养性。近些年

---

① 均为西方经典社会问题电影，揭示了西方现代人的精神困境。
② 卫慧新浪博客：http://blog.sina.com.cn/weihui，2013年7月11日11：00查询。

她没有作品问世，她的心境也在迈往新的世界，博中可见诸如以下文字：

"昨天与今天练习静定，我感觉到的一个突破是：我不再习惯性地逃避日常生活中时时出现的无聊与无所适从感，不再为了填补这种不舒服的感觉急急地无意识地去抓取（比如抓取食物或别的东西）。①"

"关系密切与个体活力流动的并存，才能让我们安然地成为自己。②"

"自律自控为定力，说的就是'修定'，很有道理。其中讲到时空转移、畅想未来，其实也是修定时的'转移注意力'或直接空掉妄念。定力是像六块肌一样可以训练增强的。另外强忍也不行，反会损耗心力，不如疏通一点。总之，以中法修定。自控与仁慈的关系，其实是定慧，再悲智双运。③"

这里的卫慧和我印象中的卫慧反差太大，以至于我无法接受。仿佛一个吸毒青年，在戒毒所呆了很长时间刚刚出来，换了面貌。不再吸毒或者是好的，但是，少了戾气和锐气、颓废和疯狂，剩下的是中规中矩的正常人。

是该庆幸呢？还是该悲哀呢？这样的卫慧还是不是卫慧？

无论如何我都相信卫慧还是一位美女作家，她可以变为正常人，但是，她应该不会丢掉她的疯狂，"毒"就住在她心里，所以她才艰难地自律自查和自控着，她试图平息内心的风暴。如今的卫慧并没有戒掉"毒"，毒性让她战栗也让她疼痛，所以她试图"戒毒"，为此，她甚至把往昔的自己全部"删除"，可是"删除"并不代表不存在，"毒"不可能完全消失，所以，她应该还是卫慧。

58. 棉棉：吃糖的素食者

谈及棉棉自然会让人想到卫慧，谈及卫慧自然也让人想起棉棉。

上个世纪末的文坛，两个人都被称为美女作家，都扛着"下半身主义"的大旗，气质上有很多相似之处，同样的暗色调、非理性，同样的充斥着"暴力、性和毒品"。其实她们二人并没有多少交际，唯一的交际可能就是棉棉指责卫慧的《上海宝贝》抄袭了她的《糖》，最后却不了了之。2000年市

---

① 卫慧：《不再逃避无聊感》，新浪博客 http://blog.sina.com.cn/s/blog_62bd370d0102e55l.html，2013年7月11日查询。

② 卫慧、武志红：《［转载］解开活力的封印》，新浪博客 http://blog.sina.com.cn/s/blog_48866b020101ao94.html，2013年7月11日查询。

③ 卫慧、罗玲：《［转载］自律与自控的秘密》，新浪博客 http://blog.sina.com.cn/s/blog_48866b020101afx2.html，2013年7月11日查询。

面上还出现过一本书叫作《无性的卫慧和有性的棉棉》，此书确实是卫慧和棉棉所写，但是，并非二人合著性质，而只是出版商的手段，二人没有实际联系。归根结底二人有所不同，卫慧显得更温和、更寂静，这也注定了她当下向"正常人"的转变，棉棉则是彻底的叛逆者，阴郁、鬼魅、混乱、暴走等等都可以看作她的代名词。棉棉的很多照片都是非主流造型，一副桀骜不驯的表情，手里又总喜欢夹着烟。

如果拿文学和音乐对比，那么棉棉一定是文学中的摇滚一派！

她从青春期就开始叛逆，在喧哗与躁动之中歇斯底里地追求自由和自我。她在博文中有一段话描写的是一位摇滚明星：

"红，中国第一位被年轻人当成摇滚明星般热爱的演员。她参与演出的电影大多讲述了城市摇滚乐手的生活、破碎的爱情故事、复杂的性幽会、步入歧途的青年、在酗酒吸毒和自杀中虚度的青年时代。她将一种激情淹没后的青春触痛演绎得绵密幽深，她的悟性使她天生具有一种思想的力量，她演出了存在的不同层次。①"

这是说红，其实也是在说她自己。棉棉坚持着自我，走着小众路线，和拥有摇滚灵魂的青年成为伙伴。

不要把所有的叛逆都和"问题青年"联系，或者她也打耳洞、有纹身、钉鼻环，这只是她彰显自我的一种手段，只是，叛逆的风格绝对不会受主流赞颂。

她自己说："我从16岁开始作品就不断遭遇审查问题和被禁，有过与各种出版社不规范合作的经验，被各种网站侵犯版权，也被各种盗版商盗版，一直到当我知道谷歌数字计划扫描了近千名作家的作品时，我觉得我应该出来为自己争取一些话语权。""我跟作家协会一点关系都没有。""（2012年）三年后的现在我将不再以作家身份在中国跟任何出版社合作出版再版任何作品，我不相信这个系统。我会想出一些办法让我的读者依然可以看到我的作品。②"

与卫慧喜欢沉默相比，棉棉则是一个热血青年，不喜欢受委屈，想说就说，想做就做，敢于向一切权威挑战，比如她状告谷歌侵权，她说"与谷歌

---

① 棉棉：《青少年无码与灰姑娘》，新浪博客 http://blog.sina.com.cn/s/blog_471cacb10100h86l.html，第一集《誓言》，一、红，2013年7月11日查询。

② 棉棉：《与谷歌的案件不是战斗，没有愤怒，因为我们生活的现实本身就是一场战争》，新浪博客 http://blog.sina.com.cn/s/blog_471cacb10101a08l.html，2013年7月11日查询。

的案件不是战斗,没有愤怒,因为我们生活的现实本身就是一场战争",她和谷歌打了近两年的官司,最后胜诉,获得5000元赔偿!5000元不多,但是,尊严很重。

卫慧的博客简单至极,没有任何设置,也无个人简介,博文少得可怜(和她删除博客有关)。棉棉则不然,除了无个人简介之外,她几乎什么都有。

热血的棉棉喜欢冒险,愿意尝试各种新鲜和刺激,这也注定了她的世界是多元化的、立体的。她很勤奋,写下近600篇博文,尽管大多是2011年之前所写,近两年却还是有更新,点击量有1279926[①]。她的博客有很多设置,有微博、音乐、视频和一些网址链接。链接中有FACEBOOK(这在国内是无法使用的软件,必须网络翻墙),有她的书籍的豆瓣讨论小组,也有她的电台,甚至还有淘宝店。所有的叛逆者都会注意并走在潮流的最前端,棉棉亦是时尚达人和潮流先锋。

她的博客背景是没有背景,空空的一片白色铺在她的博客上,倒是让所有的文字和图案都显得更清晰。头像则是典型的棉棉风格,暗色调、隐晦、魅惑、简洁却犀利——狭小的房间,一扇窗子,窗外是城市的辉煌灯火,一个女子,上身黑衣,下身白裙,面对一团烛火,火焰燃烧,房间暗红,女子也跟着流光变得模糊,映像流淌,看不清面庞,显得很不真实,这是属于棉棉的灵魂动荡!

生活本身就是一场战争!这是棉棉的信条,20岁到25岁她过了一段极度动荡的生活,这种动荡是她自己"制造的动荡",可以说是她灵魂的动荡,她游走于各个城市和地方,这一点和卫慧也很像,卫慧曾经一年搬家11个地方。棉棉最后定居在摩登城市大上海,这也和卫慧一样,当然,卫慧也有很多时间住在美国。棉棉的"置顶"博文中放了一只白色的浴缸,搭配着:"一直跟我搬家的浴缸![②]"棉棉这类人注定是动荡的、漂泊的,灵魂里的需求,身体自然会漂着。

和卫慧一样,棉棉的作品同样也被翻译成英、荷、意等多种文字,且大多都是畅销作品。我们完全可以理解为卫慧和棉棉都是主流之外的世界性的作家。在阿姆斯特丹接受采访时,棉棉说:"我最初开始写小说可能是在16

[①] 棉棉新浪博客:http://blog.sina.com.cn/mianmian,2013年7月11日查询。
[②] 棉棉:《〈与忧郁的明天升上天空〉延续版》,新浪博客 http://t.sina.com.cn/writermian,http://blog.sina.com.cn/s/blog_471cacb10100p0ny.html,2013年7月11日查询。

岁，或者更早……我看了在学校附近邮局买的《作品与争鸣》上徐星和刘索拉的小说，可能那是第二次我觉得'我活着'。第一次可能是再小一些的时候，有一次我姥爷拉着我的手去玩的时候有人问他几岁了他说他76岁了，那一刻之后我陷入了巨大的恐惧中，那是我第一次想到死亡的问题，也许也是第一次觉得自己是'活着的'……我很自然地开始写小说。因为我觉得那让我觉得'我活着，而且很酷'！①"

与卫慧相同，棉棉也在信佛！她称呼乔美仁波切为她的上师；她的视频设置播放的是《释迦牟尼传奇》；她2013年4月7日的博文是用佛家的眼光讨论生死与灵魂不灭。与佛对应的是她的博客名称为"完全素食棉棉"，我们可以理解为如今的棉棉是一位素食主义者，但是，不吃肉的棉棉还是棉棉么？

我的理解中，棉棉是一位用"身体吃荤"的美女，但是，骨子里她有着"吃素的灵魂"，喧哗与躁动、呻吟与宣泄的文字背后掩藏着的是棉棉干净的灵魂，一个自由的孩子。一如卫慧一样，棉棉的肉体与灵魂是撕裂的，扯得她支离破碎，所以，她才义无反顾地用文学宣称"我活着"，其实，她很疼！

59. 蔡骏：荒村公寓里的病毒

蔡骏被称为"悬疑大师""中国悬疑小说之王"，感觉似乎有点过，主要是因为他太年轻，我的印象里他和韩寒、郭敬明应该是一代人，通过《萌芽》"新概念作文大赛"出道，实际则不然，他说："许多人都误以为我也参加过新概念作文，其实我从没有过。最早在《萌芽》杂志上发表作品，还是陈村老师推荐，由傅星老师作为责编刊发，就是在2004年3月号上的短篇小说《荒村》。②"

蔡骏出道较晚，可能比韩寒和郭敬明还要晚一点，所以，我才会产生错觉。

但是，出道以来他确实给我们带来一个又一个惊喜！看看他的个人简介，他给自己的简介是链接"度娘"的："中国作家协会会员。2000年起发

---

① 棉棉：《在阿姆斯特丹》，新浪博客 http://blog.sina.com.cn/s/blog_471cacb10100vppl.html，2013年7月11日查询。

② 蔡骏：《追忆赵长天老师》，新浪博客 http://blog.sina.com.cn/s/blog_470c2b390102e5b9.html，2013年7月14日查询。

表作品,同年获"贝塔斯曼·人民文学"新人奖。2001年长篇小说《病毒》横空出世,至今已出版《地狱的第19层》(获2005新浪年度图书奖)《荒村公寓》《旋转门》等长篇小说15部。"蔡骏心理悬疑小说"已申请注册商标保护。截至2007年1月,蔡骏作品在中国大陆累计发行达500万册,连续三年保持中国原创悬疑类小说畅销纪录"。这信息看上去比较"古老",因为,蔡骏每年都有几部新的作品问世,他在不断刷新着自己的各项纪录,他是一位高产作家,如今他已经写下二十多个长篇悬疑小说,2011年-2012年他连续两年荣登中国富豪排行榜。

笔耕不辍是蔡骏的特征,他似乎拥有无穷的思维火花和创作精力。他的博客也说明了这一点,2005年11月1日,他写下第一篇博文《荒村在这里》,文曰:"今天是2005年11月1日,我第一次开通了自己的博客。昨晚和几个朋友吃饭,不经意间提到了万圣节之夜——10月31日,西方人的鬼节,正如圣诞节与圣诞夜一样,其实真正的万圣节是今天——千年之前,天主教会把11月1日定为'天下圣徒之日',后世称之为'万圣节'。今天意外地接到了电话,天上掉下来一个大博客,这究竟是万圣节的一个特别礼物?还是冥冥之中的前世注定?常常在网上看别人的博客,甚至还构思过关于博客的小说,但拥有自己的博客还是头一回,也算是缘分吧。至于这个博客的名字,就叫作"荒村"吧,聊以纪念那本关于小枝的书,以及许多人向往的那片荒原。[1]"

与此对应,蔡骏的博客认证名称也是:"荒村——蔡骏的博客。"

这里说的是他的那本《荒村公寓》,七年多的时间下来,他写了873篇博文,4954365[2]的点击量,人来人往,这个"荒村"不再是"荒",但是,又让人感觉更像"荒原",因为,蔡骏的文字把无数的"悬疑"种在这片荒原,使得这里像迷宫又像地狱,像末日又像天堂,仔细阅读,你会发现这里充满"天机"。

悬疑小说一直是世界文学的一个重要组成部分,欧美和日本的很多作家在这一领域做的比较好,并由此享有世界声誉,知名的作品比如《神探福尔摩斯》《达芬奇密码》《白夜行》等。中国搞悬疑小说的人不在少数,比如周德东等,他们的作品同样深受大众喜爱,都是市场上的畅销书,但是,总体

---

[1] 蔡骏:《荒村在这里》,新浪博客 http://blog.sina.com.cn/s/blog_470c2b3901000076.html,2013年7月14日查询。

[2] 蔡骏新浪博客:http://blog.sina.com.cn/caijun,2013年7月14日12:50查询。

第五章　精彩纷呈：青年作家博客

来说其作品的文学价值并不算高；网络作家和网络作品更是很多涉及这一领域，但是，总体文字质量同样不高，是一种跟风现象，有粗制滥造、为了悬疑而悬疑的嫌疑。真正能将悬疑小说提升到文学作品这一层次的，可能只有蔡骏等为数不多的作家。

有人这样评论蔡骏的作品："他以天马行空般的想象力、严密紧凑的逻辑思维，在历史与现实、爱情与惊悚、悬念与推理之间展开故事。致力打造属于中国人自己的心理悬疑小说，探寻深邃命题的同时，亦不失贯通中西。[①]"

蔡骏是一个天才，更难得的是他是一个有文化信仰的作家，对文学有着无比的虔诚，他致力于"心理悬疑"的中国文化元素发掘，以及创造中国风格的"心理悬疑"，其作品有着浓厚的人文关怀和文化思考，并通过"人性"这一文学的永恒主题将他的中国"心理悬疑"与世界文学接轨，所以，有人说蔡骏是"唯一一个可能享誉世界的中国心理悬疑小说"作家。这话不无道理，小说并不仅仅是一个好故事，好故事谁都会讲，难得的是在小说中展现出民族的文化思维、国人的精神特征和属于民族的历史思考，蔡骏则做到了。

每年的12月13日，蔡骏的博客都会粘贴博文《杀人墙》，讲述的是发生在六朝古都南京的"鬼杀人"的故事，读完之后，你会发现，这不是现代的"鬼杀人"，而是在控诉70多年前一群"魔鬼"的恶行，当年，他们头戴钢盔，手端刺刀，在古老的南京城墙下屠杀了无数无辜的中国平民。蔡骏在文章结尾写道："请记住——1937年12月13日，中国南京。附记——谨以此文献给南京大屠杀中所有的遇难同胞。[②]"这是他在2001年文学生涯早起创作的一个短篇，犹如一把刀子，每年这一天他都划一道痕迹以"祭奠亡魂"，告诉人们"勿忘国耻"。

作为中国首屈一指的悬疑作家，蔡骏视野开阔，思维立体，他懂得像经营产业一样经营文学，更想着要发扬和壮大中国的悬疑文学。

他的博客头像是他的一部小说的封面：《谋杀逝水年华》，书的腰封上写着："中国社会悬疑小说开山大作。"尽管这有出版炒作之嫌，但是，这绝对不仅仅是噱头，蔡骏的文字和故事确实货真价实，算是对得起这份"标榜"。他的最新博文是发表在2013年7月5日[③]，文中也有张图书封面，是他的最

---

① 百度百科蔡骏：http://baike.baidu.com/view/15567.htm，2013年7月14日查询。
② 蔡骏：《每年的12月13日，我都会贴这篇小说〈杀人墙〉》，新浪博客 http://blog.sina.com.cn/s/blog_470c2b390102e3hd.html，2013年7月14日查询。
③ 《生死河》7月15日上市：新浪博客 http://blog.sina.com.cn/s/blog_470c2b390102e6us.html，2013年7月14日查询。

215

新作品《生死河》，标题下方有这样的文字："在一片灰死之中，走过两个孩子，一个鲜红，一个淡绿。"腰封上则写着："蔡骏最令人激动的作品，中国社会派悬疑文学作品""'大时代'里的'小命运'，是社会性谋杀，还是人性深处的悲剧?!"这些文字刚好画龙点睛，一语道出蔡骏文学作品的精髓。

蔡骏总是在不断地思考和探索，《谋杀逝水年华》应该是他文学创作的转折点，由此，他把文字对准人性和时代，思考人与社会，这也注定他将是超越一般悬疑作者的一个。他说："我想把这本书（《生死河》）送给一位作家，他叫松元清张。自《谋杀逝水年华》以来，我的所有作品，都是在向他致敬，包括《生死河》。"

蔡骏似乎很喜欢日本作家，松元清张[①]就是日本悬疑作家，蔡骏最喜欢的当代作家则是大江健三郎[②]。这是好的现象，充分说明了文学无国界。别人的东西，只要是好的，都值得学习，即便，我们同时也在很多事情上痛恨着日本人。

同样，蔡骏也从韩国文化吸取养分，尽管我们常说韩国"棒子"太自大，"偷了我们的很多文化"，但是，韩国人做的确实好，韩国人足够尊重传统文化，即便那些传统文化里有很多是从中国舶来，可是，他们无比虔诚。蔡骏在博文中提到了《杀人的回忆》[③]、《追击者》《黄海》[④]、《金福南杀人事件的始末》[⑤] 等韩国悬疑电影，它们是韩国近年电影崛起的代表，均为探讨人性和社会的佳作。

学习日本的也好，学习韩国的也好，这都在文学旨意之内！人性是相同和永恒的，真正的作家有所信，有所不信，有所取，有所不取，这样才能抵达世界。

蔡骏的博客中设置了很多栏目，大多是网站链接，有"悬疑世界""蔡

---

① 松元清张（1909~1992）日本推理小说作家。代表作有《点与线》《隔墙有眼》《零的焦点》《日本的黑雾》《女人的代价》《恶棍》《砂器》《谋杀情人的画家》。多次获各种文艺奖，是大器晚成的作家典型。于1992年8月因肝癌逝世，享年82岁。

② 大江健三郎（1935~）日本小说家，大江健三郎出生于日本四国岛的爱媛县喜多郡大濑村，1959年3月，大江健三郎完成学业，从东京大学法文专业毕业，著有《广岛日记》（1965年）、《作为同时代的人》（1973年）和《小说方法》（1978年）等作品和文论。1994年获得诺贝尔文学奖。

③ 《杀人回忆》取材于20世纪80年代中后期令韩国社会陷入一片恐慌的韩国华城连环杀人案。通过1996年首次经金光林导演拍摄成舞台剧 'Come and See Me'并根据实际调查资料与采访记录等，2003年被正式搬上银幕。导演：奉俊昊，主演：宋康昊，金相庆。

④ 《追击者》和《黄海》均为罗宏镇导演作品，主演均为：河正宇，金允石。

⑤ 韩国影片，由张哲秀执导，韩文名为"김복남 살인사건의 전말"。影片曾入围了2010年戛纳电影节。讲述了由淳朴女性向残忍的女人蜕变的故事。

第五章　精彩纷呈：青年作家博客

骏贴吧""蔡骏官方授权淘宝店""人人网官方主页""蔡骏新浪微博",看得出来,蔡骏是一个与时俱进的人,尝试着当下最前卫的网络互联方式。其中,"悬疑世界"是他主编的一本杂志,也是中国悬疑文学领域最专业的杂志之一。《悬疑世界》2013年2月3月合刊,蔡骏写下一篇《悬疑拯救世界》的卷首语:

"我们都在生命的道路上奔跑,从小充满各种希望与梦想,也会遇到各种悲伤与彷徨。各种罪恶随时会浮现于脑海,而绝大多数的人并不会付诸实施,那是因为有我们的法律,还有数千年来中国人的道德教化,抑或更为神圣的各种信仰。

然而,一旦罪恶变成了活生生的现实,那么你的梦想便会因此而死亡。

过去的一年,我早已亲眼看到了许多这样的例子。

写悬疑的小说,做真诚的人,怀赤子的心。

这是我给自己,也是给我们大家的期许与约定。①"

在悬疑丛生的世界,蔡骏锐气,执著,叛逆,他自成一家,风景独好。在怪招迭出的文坛,蔡骏敏感,果决,真诚,他风生水起,不成功都难。

60. 徐则臣：通向乌托邦

徐则臣的出现是70后作家的集体荣光,也是高校文学专业的荣光。现在,站在《人民文学》杂志这座神圣而至高的殿堂,徐则臣左右逢源,且编且写,春风得意马蹄疾,风头稳健,气势如虹。

当大多数70后作家选择灵魂释放和燃烧,进行"下半身写作""流氓写作"或者进行"文艺小清新"素描时,徐则臣选择了用灵魂透视现实,冷静叙事。同样是北漂一族,在他身上,你看不到疯狂的张扬、躁动、混乱,也看不到入骨的冷漠、疏离、疼痛,更看不到赤裸裸的性、暴力、毒品和自杀等,徐则臣拥有的是属于一个科班出身文学作家的俊美、沉郁、细致和睿智。他毕业于北京大学中文系,有文学硕士的头衔,一直热爱文学,拥有一颗属于文学青年的美好纯洁和高尚的灵魂。2008年,他凭长篇小说《午夜之门》获第六届华语文学传媒大奖·2007年度最具潜力新人奖,评委们给予他这样的评价：

---

① 蔡骏：《悬疑拯救世界》（系《悬疑世界》2013年2月3月合刊卷首语）,新浪博客 http://blog.sina.com.cn/s/blog_470c2b390102e4vy.html,2013年7月14日查询。

"徐则臣的写作敏锐、正直、宽阔。他的小说,正视人类经验的复杂,体认卑微人生的艰难,也珍视个人成长史上的创伤记忆对自我的影响和塑造。他以一种平等的思想、冷静的观察介入当代现实,并以叛逆而不失谦卑的写作伦理建构个人的历史,使其中的每一个人都拥有被理解的权利……他的叙事果决,但语言并不尖刻;他的内心沧桑,但感情并不孤冷。他对低矮的生活不轻慢,对重大的问题不怯场;对青春有警觉,也有向往,对人性有拷问,也有善意。随着徐则臣在稳重与冒险、写实与虚构之间的进一步抉择,他的写作也正在重新出发。"

徐则臣的博客空间是一片漆黑的黑暗,黑暗侵袭了天上的云层和地上的树林以及房屋,只在顶部出现一团亮黄的天空,浮现几多明亮的云彩,太阳则消失在云层之后,地上是一片暗黄的麦田。整个空间凸显出漫画风格,类似于好莱坞电影《斯巴达300勇士》,让人感觉这不是颜料和图案,而是灵魂在弥漫。

徐则臣一直用灵魂在现实中寻找文学的可能性,在平庸背后挖掘诗意,在彼岸竖起宏大而卑微的向往。他的博客头像是他的生活照,照片中他站在白桦林里,带着眼镜,头部倾斜45度眺望天空,乍一看上去,他不应该只有30多岁,实际上因为他的长相显得老成,眉头总是紧促,眼睛微微眯着,一脸淡定,仿佛一直在思考,仿佛一直在眺望。他可以看得很远,看得很多。作为中文系的硕士生,他的思维格外严谨,辩证十分缜密,这样的人深深懂得文艺批评,也有哲学思维,他把这些能力与文字写作能力结合,就创造出了不凡的小说世界。所以,才会有评论家说:"徐则臣标示出了一个人在青年时代可能达到的灵魂眼界。"

正因为如此,很多人读徐则臣的小说不能领会其意,比如,很多朋友告诉他,没有读懂他在《收获》发表的短篇小说《如果大雪封门》,于是,他在博文中转载了评论家张艳梅教授的相关评论。张教授感慨:"与常见的底层叙事不同,徐则臣小说有自己的气息,主人公大都心怀善意,有着苦中作乐的智慧,徐则臣写他们日常生活中的不安,包括灵魂的动荡,那些看得见的,他写得郑重,那些看不见的,他写得更用心用力。文字清冽温暖,质地坚实,节奏也好,沛然可感,有种近距离的艺术感,和思考世界的纵深感。[①]"小说涉及北漂青年、流浪、广场、鸽子、大雪等具有隐喻色彩的概

---

① 张艳梅:《[转载] 徐则臣〈如果大雪封门〉》,新浪博客 http://blog.sina.com.cn/s/blog_4c8783e101017jf9.html,2013年7月14日查询。

念,勾勒出现实世界的迷惘、残酷、失落和生命之路的闭塞、狭窄、幽暗,鸽子不断消失,"我"不断追逐奔跑,奔跑在灵魂最深的苦涩和最重的尘埃下,不如下一场大雪,一场大雪封门,世界就变成了统一的颜色和面容,但是,当大雪消融,所有的一切并未被洗得干干净净,世界又重回原来的模样。张教授说:"其实,大雪不过是这世界虚幻的装饰,一尘不染是短暂的假象,雪融化后,世界变得更加肮脏。而对这世界的所有美好想象,才是我们能够在如此不完美的世界活下去的动力。①"徐则臣也同意。

徐则臣的博客共有 331504 的点击量,博文 364② 篇,其中,"小说"36 篇、"随笔"110 篇、"谈艺"46 篇、"我批"9 篇、"批我"79 篇、"杂记"6 篇、"资料"68 篇,随笔当中大部分也是在做文艺思考,仅由博文来看,他似乎更像一个搞文艺批评的学者,而不是一个专业的小说作家!实际上这更是徐则臣的风格,这让我想起萨特③。学者?哲学家?小说家?很难界定萨特的身份,尽管他凭借《恶心》获得了诺贝尔文学奖,但是,我认为《恶心》并不是一部严格意义上的小说,而更像一篇故事情节弱化、重于哲学思考的长篇论文,《恶心》的出现于萨特来说更像是他论证"存在主义"的论据。徐则臣也是这样。

徐则臣是一个安静的人,静若幽兰,又温柔如刀,他的作品的最大特征并非在于他的故事有多精彩,而是在于故事以外。故事可能都是一些平凡的故事,平凡的故事只是骨架,在这些骨架之上徐则臣布置的是哲学思考,看上去他在把小说复杂化,实际上这是更高明的文学化,是具有世界性的文学创作方式。徐则臣有自己的哲学思辨,他用灵魂感知,叙述则是为所要表达思想而服务的素材。仅仅看他的作品名称就可以知道他的与众不同,《古斯特城堡》《跑步穿过中关村》《我看见的脸》《到世界去》等等无一不体现出浓重的哲学意味。

徐则臣写小说的过程正是他进行哲学思考的过程!

阅读他的小说需要很强的哲学思辨,如果你没有发散思维,那么很难懂他。

徐则臣最新出版了随笔集《通往乌托邦的旅程》,在"自序"中他说:

---

① 张艳梅:《[转载]徐则臣〈如果大雪封门〉》,新浪博客 http://blog.sina.com.cn/s/blog_4c8783e101017jf9.html,2013 年 7 月 14 日查询。
② 徐则臣新浪博客:http://blog.sina.com.cn/xuzechen,2013 年 7 月 14 日 22:13 查询。
③ 萨特(Jean Paul Sartre,1905—1980)生平:是 20 世纪法国著名的文学家、哲学家和政治评论家,法国无神论存在主义的主要代表人物,同时也是优秀的文学家、戏剧家和社会活动家。

"这些年,我一直将写作视为通往一个心仪的乌托邦的最佳路径,或者说,写作本身就是在建构我一个人意义上的乌托邦,我之所见所闻所思所感所困惑所回答,尽在其中。此书(《通往乌托邦的旅程》)的创意满足了我,由我而及写作,由写作又反观我自己,这个过程,正是通往我的乌托邦的旅程。所以,我写了这些小说;所以,我写下这些往事。这些,算是对第一个问题的回答。①"

无论如何,徐则臣是一个理想主义者,这和他中文系的身份相契合。

带着一份属于学术的纯粹和美好出发,他一直在寻找灵魂的皈依之所。

他的小说建立在深厚的美学和哲学视域基础之上,所以,他才显得更为特殊。

如果说安妮宝贝和冯唐代表着70后的两种文学趋势,那么,徐则臣则是70后的第三种文学趋势,这一趋势更为遵循文学的传统,是在传统之上的飞跃。

---

① 徐则臣:《作品集〈通往乌托邦的旅程〉》自序,新浪博客 http://blog.sina.com.cn/s/blog_4c8783e1010198al.html,2013年7月14日查询。

第六章　青春无敌：80/90后作家博客

　　80后作家群已经崛起，并呈现不断上升的趋势，他们其中的一些作家已经成为中国当代文学乃至中国当下文化的重要力量，他们当中有些通过文学大赛出道，比如韩寒、郭敬明、张悦然；有些通过网络文学出道，比如孙睿、春树；有些走的仍是传统的纸笔创作、纸质出版这条成名之路，比如笛安、郑小琼。虽然，成名之路各不相同，但是，他们都是新一代，是文坛新星，思想最激进，思维最多元，伴随着网络一同成长，他们最有可能成为博客最忠诚的人群。

　　确实，历数名作家博客，80后可能是开博最多的群体，但是，他们的博文却不算多，更新不算快，坚持经营的时间也不长，总体态势为：基本都有博客，但基本又都不怎么重视博客。归根结底，这和80后的"反叛"有关。80后是一个特殊的群体，曾经他们被看作为新新人类，很多话语和行为不能被长者们接受，但是，他们在很短的时间成熟下来，迸发出巨大的创作能量，并颠覆了人们对他们的看法。他们思想模式最让人捉摸不定，他们也最为追求和彰显个人风格，他们对博客的态度表明了他们的雄心和自信，以及渴望被认可，博客对于他们来说只是一种手段，他们已经在向主流文学发起攻势，准备接过前辈们的大旗。

　　相比较来说，90后则是网络摇篮里的孩子，他们读着网络文学成长，目前还在中学校园里，为升学而发愤苦读，在网络文学的篮子里，虽有想法甚至野心，但精力不济，突围者不多，他们开博，更多的是为了尝试打开一个精神的窗口，不是为了展示自己的风景，而是为了期待美好的明天。

61. 张悦然：脚穿红鞋的誓鸟

从名气上来讲，韩寒和郭敬明是80后的两座大山，能与这两位男性抗衡的只有张悦然。三位同一时期出道的"新概念作家"，我最喜欢的还是张悦然。

才女也好，美女也好，无论怎么夸奖张悦然，我觉得都不为过。

我曾经在湘西举行的一个文艺评论会上与张悦然有一面之缘。先前，早就听过她的大名，也看过她的文字，但是，并不十分"感冒"，这也是我对80后代表作家的大抵印象，张悦然无非就是一个小女孩子，写着一些感性的文字，抒发少女不识愁滋味的情怀，可能徒有其表，盛名之下其实难副，登不了大雅之堂，见了一些实力派名家或者身处一群评论家当中就会现了原形。真的见到张悦然，我有些吃惊。在一群男性居多的中青年文艺界人士当中，她显得鹤立鸡群，俨然最大的明星。沉稳、大气、端庄，淡淡的眉毛，大大的眼睛，厚实的嘴唇，有几分感性，又有几分性感，毫不张扬，也不矫揉造作，当然，更没有青涩和怯场。她的发言字字铿锵，见解独到。恍然间，我觉得这位小姑娘不可小视。或者不该再称呼她为小姑娘，她的隽秀文字和华贵气质让她看上去和她的年龄不太相符，而仔细想想，出生在80年代的她也已经是而立之年，但是，她依然拥有年轻朝气，兼备成熟的风韵。总归，她的确是一位难得的文学女性，第一次见面我被她的淡定和雅致击中了。

她的气质很典型，是民国那些文艺名媛的气质，不分左派右派，只关文艺。她有博文《25岁的选择》，对25岁这个年龄的文化名流做足了功课："25岁那一年，张爱玲出版了她最重要的小说集《传奇》，与胡兰成的那段'低到尘埃里'的爱情也快要接近尾声；而萧红已经完成了《生死场》，离开中国远赴日本，人生导师鲁迅的离世，她闻讯悲痛难当。至于丁玲，也写出了第一部长篇小说《韦护》，正与丈夫筹备办一本名叫《红黑》的杂志。25岁的林徽因，生下她和梁思成的女儿梁再冰。陆小曼则是从25岁那年吃起了鸦片，那时她已经离过一次婚，在与徐志摩的第二次婚姻里，爱情正遭受着日常生活的磨损。粗略看过来，对于那些民国名媛们来说，25岁，人生中的大事大抵已经发生。在最鼎盛的年纪，她们已经成为了自己。"[1]

---

[1] 张悦然：《25岁的选择》，新浪博客 http://blog.sina.com.cn/s/blog_3dc20b180101c28g.html，2013年7月15日查询。

第六章 青春无敌：80/90后作家博客

张爱玲、萧红、丁玲、林徽因……她们每一个都住在张悦然的灵魂里。

显然，她是典型的中国式才女，但又不是单独任何一个，而更像是一个合体，她可以淡雅芳香，也可以桀骜不驯；她可以轰轰烈烈，也可以安逸宁静；她也可以呼朋引伴，或者孤芳自赏。非要概括，我认为那是：摩登的古典气质，即心思细腻却不声张，简约大方又不失潮流时尚，一如她的博客背景。

一张若隐若现的薄纱，或者是一披轻绢，上面密密疏疏的针孔仿佛可见，其中，置顶有只淡蓝色的高跟鞋，典型的二三十年代上海女人搭配旗袍的鞋子，鞋子里长出一簇红樱桃，大片的留白中，有几行纤细的英文，其余部分疏疏落落绣着几点樱桃红，五四时期的文艺风味"跃然纸上"，这正是悦然的风格。

张悦然的博客认证名很简单："悦然的blog！"左侧置顶是她的个人简介，内容链接百度百科："张悦然（1982—），女，山东济南人，青年作家。已出版作品有：短篇小说集《葵花走失在1890》《张悦然十爱》。长篇小说《樱桃之远》《水仙已乘鲤鱼去》《誓鸟》，图文小说集《红鞋》，主编主题书《鲤》系列等。①"

张悦然的博客头像是她垂眉凝思的照片，照片中，阳光洒在她的黑发之上，水红的衣服只露出肩头部分，她的眼神很深邃，大大的鼻子和厚厚的嘴唇正好搭配她的面庞，也恰到好处地显示出她的气质。下方是她的新浪微博链接，再下方是关于她的三个豆瓣读书链接，图片播放器里可以看到她的很多写真照和生活照，写真照片勾勒出张悦然或性感、或知性、或文艺的多重魅力，生活照中她则像个大姑娘，或耍或闹或搞怪，显示出她平时的大大咧咧、不修边幅。

2005年12月8日张悦然写下第一篇博文《在北方》，是她从新加坡国立大学毕业回北京之时所写，所谓北方应该就是北京："身形浑圆的加湿器汩汩冒着白气，小狗睡在乱糟糟的窝里，鼾声起伏。非常安静，此刻我的周围，像许多年前在这张桌子上温习功课、初尝创作的苦乐时一样。北方还是那样干燥，我靠近它，像剥落脆糖纸般窸窸索索寻觅着，那颗在我的牙齿里制造隐患的糖。我等着一场糖霜一般的雪降临，严酷的甜……再回到北方，我心中竟有些怯意。在机场换上去年冬天穿过的靴子和外套。在口袋里摸出

---

① 百度百科张悦然：http://baike.baidu.com/view/41430.htm，转引自，张悦然新浪博客：http://blog.sina.com.cn/adore，2013年7月15日查询。

一两张去年收存的名片、记着电话的小纸条、购物收据。去年的事犹如苍麒麟色的苔藓，一层层生现和蔓延，沿着潮湿的台阶，我将要走去哪里？谁在等我和迎接我？十二月的貌合神离。①"

  七年多共写下 160 多篇博文，可见她写博客比较随性。文章不多，6837955②的点击量还是说明了她的人气。多年来，她一直生活在北京，从事与文学相关的事业。在我看来，她最大的作为并非她的小说，而更是那本图书杂志《鲤》。众所周知，杂志的刊号太难搞定，取而代之以图书形式办杂志就容易些，但是，风险很大，需要有市场号召力的作家坐镇，张悦然显然压得住场，尤其是这本图书杂志还是"纯文学"，每期一个主题，可以说，整个中国她应该是首创。从 2008 年到现在，她一直坚持着，她的博客空间大部分的篇幅也都给了这本杂志。2011 年 1 月 23 日，写下博文《鲤：来不及》，她说："和时间的这场比赛，是注定要输的。可是我们必须参加这场比赛，还要不断骗自己说也许会赢。事实上，从生命的一开始，我们已经来不及了。或者说，以上帝面前的那只钟表来看，我们永远都是来不及的。③"之后，两年多她都没有更新过博客。直到 2013 年 4 月 8 日，她才有新博文《25 岁的选择》和 2013 年 5 月 6 日的《占星中国》④。

  时间总是走着，不因任何人而回头和驻足，张悦然也感觉到时间的沧桑，她说："在我的记忆中，总是会在两个时节去上海，要么是夏天，要么是冬天，算起来这样竟然有十年了……想来不免有些恍惚，竟然有十年了，这样在冬夏二季去上海。去上海，去着去着长大了，去着去着变老了。⑤"但是，在我眼中，张悦然不会变老，她只会越来越感性和性感，只会在时间里更美、更年轻。

  如果有作家能够代表整个 80 后群体，那么，不是韩寒和郭敬明，而是张悦然，正如莫言所说："张悦然小说的价值在于：记录了敏感而忧伤的少年们的心理成长轨迹，透射出与这个年龄的心理极为相称的真实。他们喜欢

---

  ① 张悦然：《在北方》，新浪博客 http://blog.sina.com.cn/s/blog_3de20b180100011w.html，2013 年 7 月 15 日查询。
  ② 张悦然新浪博客：http://blog.sina.com.cn/adore，2013 年 7 月 15 日 18：00 查询。
  ③ 张悦然：《鲤：来不及》，新浪博客 http://blog.sina.com.cn/s/blog_3de20b180100obhf.html，2013 年 7 月 15 日查询。
  ④ 张悦然：《占星中国》，新浪博客 http://blog.sina.com.cn/s/blog_3de20b180101cs0h.html，2013 年 7 月 15 日查询。
  ⑤ 张悦然：《上海归来》，新浪博客 http://blog.sina.com.cn/s/blog_3de20b180100jzs0.html，2013 年 7 月 15 日查询。

什么、厌恶什么、向往什么、抵制什么,这些都能在她的小说中找到答案。"

62. 笛安:龙城走来的灰姑娘

笛安称呼自己为灰姑娘,但是,这位灰姑娘完全超出我的想象。

她的博客名称为:"恋恋笛安的博客",认证信息为:"上海最世文化签约作家,《文艺风赏》主编,已出版《告别天堂》《西决》《东霓》《芙蓉如面柳如眉》。"没错,这个简介里没有她的《南音》,想来,新浪对她认证的时候她还没有写完《南音》,写完之后,她则很少再过问她的博客。其实,她的博客经营时间本来就不长,博文也不多。2009年8月5日写下第一篇博文,2012年2月14日写下最后一篇博文(至今没有新的更新)[1],两年多时间,她写了不到30篇博文,但是,749199[2]的点击量,海量的最新留言评论,还是能看出她的火爆人气。

我愿意把笛安看成一位不沾浮世尘埃的乖孩子,把她的一切都定位为美好。她的博客背景就是一片童话城堡,干净可爱。她的头像是一张很普通的照片,照片中她正在对着电脑打字,长长的头发遮住半边脸,却遮不住她的柳叶眉,连衣裙则刚刚好衬托出她的瘦弱,让人见了有些怜惜。笛安的确很瘦,但是,精神很好,她的第三篇博文有她和周汝昌老先生的合照,照片中,周先生已经看不见东西,却笑得自然,而笛安则像个乖孩子一样明眸皓齿。笛安在博文中记录了她和周先生的谈话:"我说,我可以叫您周爷爷么,因为我不喜欢诸如'周老'这样的称呼。他说,可以……我说,您愿意把60年的时间交给一本小说,并且是心甘情愿地、开心地这么做,您好幸福哦。他笑了,笑得开心,他说,是的。[3]"

乖孩子也罢,灰姑娘也罢,笛安在文字创作上有着惊人的能力。

初识笛安还是2010年的事情,那时候她的名字传得很厉害,因为《西决》在图书市场上很火,以前没有听说过她,她的出名让我觉得是奇袭,仿佛一夜之间就冒了出来,这也和我不太关注80后新人创作有关。我对80后

---

[1] 笛安新浪博客:http://blog.sina.com.cn/bonjourbaby1983,2013年7月23日17:55分查询。
[2] 笛安新浪博客:http://blog.sina.com.cn/bonjourbaby1983,2013年7月23日17:55分查询。
[3] 笛安:《造化》,新浪博客 http://blog.sina.com.cn/s/blog_616b70d00100ep07.html,2013年7月23日查询。

作家有着固有的思维定势是，他们要么迷惘，要么叛逆，要么文艺小清新，真正让我惊艳的少之又少。最初，我也没有太注意笛安和《西决》，看了苏童的一篇评论文章，我才有了阅读笛安的冲动。苏童在《很美好，也很幻灭——关于〈西决〉》一文中说："开门见山，我很喜欢笛安的《西决》。要谢谢笛安，我是一口气读完这部小说后，才发现这不仅是一次功课，笛安给了我一次享受小说的机会。"①

找苏童写序言和评论的人应该不在少数，帮别人写评论和序言我也深有体会，大多就是应景文章，就是一次"功课"，但是，写归写，苏童却是很少写的，而苏童真心夸奖一个作者和一本书就更少有了，苏童说："我无法给这部小说归类，它当然不是我想象中的'八零后'作品，也不是改头换面的'家族'小说，似乎也不是什么'成长'小说，它给我带来了一定程度上的迷惘，迷惘在于我自身的阅读感受，我一时无法判断我是怎么被这个年轻人的小说所吸引的……必须承认，年轻的笛安的叙述能力超出了我的预料，甚至超出了我的智商。"②

是什么样的年轻作者能够让苏童这样"贬低"自己？一瞬间，我对笛安和《西决》充满了好奇心，于是，在网络读书频道找到了《西决》。

"我们家乡每年年初都是寒冷的，感觉隆冬一直都没有过去，也似乎永远都不会过去了。冰冷的空气，清晨藏蓝的天空，还有下午4点就开始涌上来的暗沉沉的暮色，都会让人凭空生出一种时光流逝得非常缓慢的错觉。"③

仅仅一个开头，我就被笛安的叙述能力震撼了，我也喜欢上《西决》。

与苏童一样，我也是欲罢不能，一口气将《西决》读完，仍意犹未尽。笛安确实是一位新人，从她所写的故事可以确定她是80后作家，而她的新还不止于此，更在于她的叙述方式。苏童说的没错，她的叙述方式是崭新的，不同于所有前辈和同辈，崭新的叙述方式中蕴藏着笛安超强的成熟和自信。《西决》描述的是两代人、三个兄弟姐妹的故事，西决、东霓和南音性格迥然不同，都有着极强的性格特征，相互之间又有着深深浅浅却很疼很热的微妙关系，这种关系不能轻易定位为兄弟姐妹。笛安最厉害的地方在于她用前所未有的叙述方式将琐碎无趣的生活写得熠熠生辉、生机勃勃、跌宕起

---

① 笛安著：《西决》，长江文艺出版社2009年版，第6页，序第2页："很美好，也很幻灭"，苏童。

② 笛安著：《西决》，长江文艺出版社2009年版，第6页，序第2页："很美好，也很幻灭"，苏童。

③ 笛安著：《西决》，长江文艺出版社2009年版，第12页。

伏，且诠释了中国小市民的精神特质。

"仇恨，是种类似于某些中药材的东西，性寒、微苦，沉淀在人体中，散发着植物的清香。可是天长日久，却总是能催生一场又一场血肉横飞的爆炸。核武器、手榴弹、炸药包，当然还有被用作武器的暖水瓶，都是由仇恨赠送的礼品盒，打开它们，轰隆一声，火花四溅，浓烟滚滚，生命以一种迅捷的方式分崩离析。别忘了，那是个仪式，仇恨祝愿你们每个带着恨意生存的人，快乐。"①

这是笛安在《西决》封底写下的一段话，也是书中的一段话，这段话很好地说明了这部小说的精神核心，也抽象诠释了笛安叙述方式的特征。

我对笛安起初生疏可能也并不为奇，因为，她不像韩寒郭敬明张悦然等年少成名，于是，也就没有为名所累。相对来说，她比较低调，生活轨迹很简洁，创作环境很纯洁，这样，她也就更容易幸福，但是，她只要出手，必定不凡，2003年，她的处女作中篇小说《姐姐的丛林》就成了当期《收获》头条！之后的几年，她陆续有作品问世，大多中短篇小说都发表在重量级文学杂志上。然而，她真正火起来，还是《西决》问世之后，这在某种程度上也要归功于郭敬明的策划，没有郭敬明的"最世文化"可能也就没有笛安的奇袭，至少笛安不可能火到这种程度——"龙城三部曲"②完成之后，她已是天下皆知，是兼具写作实力和市场人气的80后作家。现在的她，还主持着《文艺风赏》杂志，她的最后一篇博文就是2012年2月份的《文艺风赏》的主编手记，这一期的主题是"围城"③。

如今，笛安俨然成了80后作家群中最璀璨的一颗星，但是，所有的繁华背后其实可能都是一些平淡的故事，关键写故事的人是笛安。

笛安在博文中讲到自己的十年，2000年到2009年，也就是她高二到《西决》的十年。她说她的故乡是一个暗沉的工业城市，"小学六年，出了小区的大门，要往左转；中学六年，出了大门，要往右转——也就是说，从没有离开过那条我出生并长大的街道"。④ 十八岁高考结束，她成绩并不理想，被录取到故乡的一所大学，如果这样下去，她将继续在那里待着。于是，她

---

① 笛安著：《西决》，长江文艺出版社2009年版，第32页。
② 笛安的关于"龙城"的三部小说《西决》《东霓》《南音》（上下）。
③ 笛安：《〈文艺风赏〉2012年2月围城主编手记》，新浪博客 http://blog.sina.com.cn/s/blog_616b70d001010vd7.html，2013年7月23日查询。
④ 笛安：《2000—2009：灰姑娘的南瓜车》，新浪博客 http://blog.sina.com.cn/s/blog_616b70d00100ijv3.html，2013年7月23日查询。

选择了出国。2002年她去了法国，但是，她的法国和所有人的法国都不一样，至今，她很少提及法国，她的小说中也见不到法国踪迹。反而，她的所有小说都是关于北方那座暗沉的工业城市，最有代表性的是"龙城三部曲"。十九岁，在法国，写作成了她梦想的马车，当她写下一篇小说：

"钟声就敲过了十二点。马车又变回了南瓜，因为我每一次重读自己的小说，都会觉得我写的时候那种美好的感觉都到哪里去了；我依然是灰姑娘，异乡的寂寞就是我脏脏的裙子和拖鞋。我永远都不会忘记，某年某天，我坐在朋友的爸爸的车上经过公路的收费站，在夜晚里蔓延着的空旷的长路似乎有生命，只不过是在沉睡而已。那一瞬间我问自己，我在什么地方？远处，麦当劳巨大的黄色M在深蓝色的天空里暂时代替了月亮，我心里没来由地一暖——那就暂时错把他乡当故乡吧，谁又能确定这世上究竟有没有故乡呢？①"

她并不迷恋尘世繁华，而是将世间一切万象化整为零，化繁为简，藏于内心。

读着笛安的十年，我不禁感叹她的才情和实力，其中的叙述方式完全是崭新的、前卫的和成熟的，一如"龙城三部曲"，我不得不承认：笛安的叙述能力超越了所有80后作家，甚至也超越了很多老资格的作家，是独一无二的。

一个柔弱的姑娘为何会有如此的文字爆发力？我想这和她热爱文字不无关系，更和她热爱生活有关。她只寂静欢喜，享受着自己的文学创作。

"要是我也能像他（周汝昌）一样，那么幸福该多好。我总是觉得，为何人生总要左右为难，总是那么多说不出的辛苦。我和我爸爸说，我今天才知道，什么叫真正的书香门第。带着书香的精神，真是迷人。我也想要这样的幸福。"②

实际上，笛安所说的"爸爸"不是别人，正是著名作家李锐。笛安原名

---

① 笛安：《2000—2009：灰姑娘的南瓜车》，新浪博客 http://blog.sina.com.cn/s/blog_616b70d00100ijv3.html，2013年7月23日查询。

② 笛安：《造化》，新浪博客 http://blog.sina.com.cn/s/blog_616b70d00100ep07.html，2013年7月23日查询。

李笛安,是李锐①和蒋韵②的女儿!但是,笛安从头到尾都没有沾过父母的光。只能说父母给了她天赋才情,并影响她走上写作之路。如今,她的名作家父母完全可以她为荣,因为,更多的年轻读者可能并不知道李锐和蒋韵而只知笛安。

我愿意把所有的赞誉都送给笛安,因为,再多的赞誉我都不觉为过。

我几乎可以断定,笛安日后必然会成为一代大家。

63. 孙睿:草样年华

原本我以为会在孙睿的博客里看到一些吊儿郎当的文字,毕竟他被称为"80后王朔系男孩",再联想到他的《草样年华》的犀利,博文应该自然也就会有这样或者那样的"京骂""看不顺眼"和"喋喋不休",但是,我失望了。

博客中的孙睿出奇地简洁,话少得可怜,全部博文只有23篇,分为三类,"杂文""小说""贴图",其中归于杂文的有4篇,归入贴图的有5篇,归入小说的则为零。我以为这可能是他删除了以前的博文所致,可是,点到最后一篇文章才发现,这真的就是他的全部博文。2007年4月18日,他写下第一篇博文,2013年5月3日,他写下最后一篇博文,6年的时间,他真的只写了23篇博文。但是,他的博客点击量却有2081782③,这也正说明了他的超高人气。

2004年以前,没有人知道孙睿是谁。那个时候,他只是一个读了大学找不到工作的年轻人。郁郁不得志,"稀里糊涂过日子",他写《草样年华》,据说是受王朔影响。他自己也承认,即便和王朔没有什么交往,但是,读书时代他看王朔的作品最多,王朔也就成了他的精神导师。以大学生活为蓝

---

① 李锐,男,1950年生于北京,祖籍四川自贡。1974年发表第一篇小说,出版有小说集《丢失的长命锁》,曾获"山西文学优秀小说奖""赵树理文学奖"。他的《厚土》在文艺界和读者中反响强烈。曾获第八届全国优秀短篇小说奖,第十二届台湾《中国时报》文学奖。曾任《山西文学》副主编。2004年3月,李锐获得法国政府颁发的艺术与文学骑士勋章。李锐是被瑞典著名汉学家看中的少数几个可能问鼎诺贝尔文学奖的中国作家之一。

② 蒋韵,女,1954年3月生于太原,籍贯河南开封。1981年毕业于太原师范专科学校中文系。1979年开始发表文学作品,迄今已出版、发表小说、散文随笔等近300万字。主要作品有:长篇小说《隐秘盛开》《栎树的囚徒》《红殇》《闪烁在你的枝头》《我的内陆》以及小说集《现场逃逸》《失传的游戏》《完美的旅行》和散文随笔集《春天看罗丹》《悠长的邂逅》等。

③ 孙睿新浪博客:http://blog.sina.com.cn/sunrui,2013年7月23日查询。

本,"草样青春写作"他是第一人,在80后集体躁动的年代他一炮而红,一发不可收拾,声名直逼郭敬明韩寒等人,但是,难得的是"吊儿郎当"的故事之下,是他文字的质朴和深刻,一如他质朴的长相。

"北京的某片地区坐落着大大小小的工厂和高矮不一的烟囱,它们为振兴民族工业和提高空气污染指数做出了巨大贡献。而今天,它们已处于瘫痪状态,等待着陆续被拆除,颇像地主家的大老婆,失去了生机与活力。一座座高耸入云的现代化建筑取而代之,在此处拔地而起,犹如刚过门的小媳妇,倍受青睐。①"

这是《草样年华》的开头!这个开头很棒,与笛安的《西决》可以一比,很有才情。同时,从这类文字不难看出他的厚重和沧桑感,这正是他的质朴所在。

最新博文《看一眼黄河》写道:

"君不见黄河之水天上来,奔流到海不复回……这些描述黄河的文学语言,安在此刻的黄河身上,显得矫情,我所看到的黄河,就是两岸有树林和农田,枝叶随风而动,一座钢筋水泥大桥跨越两岸,桥面上过往着各种车辆,嫌前面开得慢的司机按着喇叭,河面上停着船,平静、稳重,一副不慌不忙的样子……看一眼黄河,对一个中国人来说,是一个郑重的需要,是一个郑重的理由,也成了一个郑重的邀请,无论成行后会怎样。②"

这里也可以看出他的质朴,一种罕见的少年老成,当然,他现在已经不是少年,但是,这种由少年时代就形成的老成却始终没有改变。

与他的质朴同时存在的则是他的幽默和嘲讽,《草样年华》在一个让人惊艳的开头之后,不是继续惊艳,而是极快转入一种戏谑,当然这种转变同样让人震撼:

"我的学校便坐落在这些工厂和写字楼的包围之中,它就是北京××大学,简称北×大,以'四大染缸'的美誉扬名北京,尤其在高中学生中间流传甚广,但每年仍会有愈来愈多的高中毕业生因扩招而源源不断地涌向这里,丝毫看不出计划生育作为一项基本国策已在北京实施多年的迹象,倒是录取分数线越降越低,以致让我产生了'这还是考大学吗'的疑惑。③"

---

① 孙睿著:《草样年华》,长江文艺出版社2008年版。
② 孙睿:《看一眼黄河》,新浪博客 http://blog.sina.com.cn/s/blog_46e1fb2401016uvr.html,2013年7月23日查询。
③ 孙睿著:《草样年华》,长江文艺出版社2008年版。

第六章 青春无敌：80/90后作家博客

孙睿很好地将质朴的文风和嘲讽的精神融合在自己的文字中，于是也就有了小说《草样年华》系列。

孙睿的博客里看不到他的小说，只是在博客右侧贴着五六个凌乱的他的小说链接，读者需复制地址，才能进入。博客里也很少有幽默小品文字，最早的博文里倒是有"文学系女生上体育课穿运动鞋，平时也穿运动鞋。表演系女生上体育课穿靴子，平时也穿靴子。文学系女生戴眼镜。表演系女生眼镜只带隐形的。文学系女生兜里装的是购书卡。表演系女生兜里装的是美容卡"。① 但是，此类玩味文字委实太少。看完孙睿的博客，我都觉得博客风格太不孙睿了，至少和他的小说给人的印象有些出入，博客显示的孙睿更像是一个搞艺术的。

孙睿的博客背景干净简洁，置顶有一块类似小黑板的设置，上面写着他的博客名称："天寒人寒，直须随流"，博客并无认证信息，也没有他的个人简介。他的头像并非他本人，而是一个拿着相机正在照相的小孩子。如今的孙睿似乎很喜欢搞摄影，他的博文大多图文并茂，且以图片为主。比如，博文《2011》就是11张内容不同的照片，每张照片搭配一句话，算是对2011做了一个总结。而接下来的2010年系列博文《12月》《8月》《7月》《6月》《5月》等更是一个字都没有，直接粘贴多张照片作品，算是对生活和行程做了总结。

孙睿不仅喜欢搞摄影，还会搞摄像，成名之后，他似乎就喜欢上摄影和电影，拿到北京电影学院导演系硕士学位，他和田壮壮导演是好朋友，他的小说也有改编为电影的，比如《我是你儿子》。他的博文"2009年10月5日②"就是这部电视剧的拍摄现场图，导演为唐大年，摄影为孟凡，但是，上面的日期是"2009年11月5号"，且是"开机大吉"，想来他似乎不够认真，把时间弄错了。

孙睿会继续搞摄影和摄像，但是，他肯定也会继续他的文字。

因为，文字是他血管里的东西，影像则只是他精神世界的装饰和小品。

当然，有着如此天赋和才华横溢的孙睿，我希望他不仅仅是成为第二个王朔，更希望他成为一个大写的孙睿。

---

① 孙睿：《表演系和文学系女生的区别》，新浪博客 http://blog.sina.com.cn/s/blog_46e1fb24010009x6.html，2013年7月23日查询。

② 孙睿：《2009年10月5日》，新浪博客 http://blog.sina.com.cn/s/blog_46e1fb240100f8c8.html，2013年7月25日查询。

64. 春树：不羁的北京娃娃

暗夜里闪着神秘光泽的某种黑色金属，春树给我的印象正是这样的。

2004年2月，北京少女作家春树带着她的《北京娃娃》登上了美国《时代》周刊亚洲版的封面，与韩寒、黑客满舟、摇滚乐手李扬4人一起被称为"中国80年代后的代表"。封面上的她一身男性打扮，一头红褐色短发，穿着满是金属装饰的皮衣，面容倔强，目光坚定，很容易让人想起台湾歌手伍佰！

春树的博客背景是一片深深的乌蓝色，置顶是无数的微小亮斑，斑点仿佛破碎的金属，又好像无数的星星，是的，这很容易让人想起夏夜的星空！这是灵魂的不安、躁动与呐喊，这也是灵魂的纯粹、澄澈与神圣，这就是春树。

和韩寒一样，她被"时代周刊"定义为"新激进分子"，"时代周刊"在她的照片下方清楚地写着"breaking out"，叛逆的春树在中国文坛呼啸而出。

韩寒代表一种叛逆，高中辍学，尚未成年就发表了老成的《三重门》（虽然方舟子等人不断质疑此书系他老爸所写，但如同陈丹青所说一样，纵使是他老爸所写，我连他老爸一样喜欢），批判中国教育，誓死不做"吊书袋"的人。但是，在我眼里，韩寒还是有些世故，且不说"代笔事件"真实与否，单就他喜欢赛车甚于喜欢写作，就可以看得出他不够纯粹，当然，你也可以把此看作是韩寒的真性情，而我总觉得他喜欢玩票，即便是写作，对于他来说都是玩，玩也是一种精神，是80后的一种标签，韩寒把"玩"的精神发挥到了极致，赛车和文字都玩得很成功，并成了大众偶像和青年的意见领袖，赚到了大笔钱，不能不说韩寒很成功，但是，成功并非高尚。

春树的叛逆与韩寒不同，是一种彻底的发自灵魂的叛逆。春树同样高中辍学，开始自由写作，并长时间混迹于网络，写些诗歌，她的诗歌在网络上被很多人阅读，引起强烈反响，但是，她最终成名，还是依靠那本"半自传体"小说《北京娃娃》，书中记载了她14岁到17岁的灵魂风暴，不矫揉造作，不粉黛雕饰，她用赤裸裸的残酷物语打破了一直以来被人们津津乐道的"美好童年"和"美丽的花季雨季"，让世人重新认识了80后青春的另一种心灵世界。时年，《北京娃娃》和孙睿的《草样年华》等一同席卷大江南北，与孙睿的老成幽默相比，春树的语言更直接，就像用刀子捅进自己的身体，

总要见血,所以,我认为,孙睿固然牛气,但是,远没有春树鲜红滚烫和夺目耀眼,看看她的文字就知道:

"蔑视/用17岁的眼/那些号称长大了的人们/我和你/到底在做什么……命运/它未曾召唤于我/等待得太久/我已经忘了在等待什么/染过那么多次头发/保持身体的纯洁/它都没有到来/现在到了/我做决定的时候/铸钢像/站立/扭头就走。①"

春树用生命考虑一个问题《我是谁?》:

"我从来不是一个自信的人,我永远都在恐惧和压抑中,我仅仅是在克服,仅仅是自己让自己更有力量一点,以免内心彻底粉碎。我永远都在回忆过去,永远都不满意自己的现状,我永远都在怀疑,怀疑难道现在的生活就是我真正想要的么,难道我真的是我自己么。②"

这个哲学命题恰恰说明了春树的真诚,一路走来,她从未放弃对这一命题的追问,所以她才走得更远、更彻底、更纯粹。她并不贪恋"尘世"的游戏规则,只忠诚于自己的灵魂,苦苦追问,哪怕病入膏肓。她说:

"青春期的那些痛哭流涕的昨天,还有永远忘不了的那持续几年时间的崩溃,那时候我驻立在心理咨询室门口却不敢进去,直到我住进寺院一个星期,我才差不多记起我自己是谁。③"

茨维塔耶娃④曾经把自己比作一颗彗星,她宣称自己是拾荒者,是麻风病人,是与时代格格不入的被遗弃者,因此,她进行的是彗星式的生存,用一种可怕的思想速度燃烧自己的生命,然后,发光发热,即便只在瞬间闪亮,却已足够。春树应该也是这样,她宁愿做一颗彗星,瞬间燃烧,也不能苟且于平庸和麻木。

"如果要死/让我死/我是纯洁的、纯粹的、勇敢的/让我死/来让那些不纯洁、不纯粹、不勇敢的人/活下去/如果非要死/让我死/我愿意少活十年/

---

① 春树:《诗一些,2012—2013》,新浪博客 http://blog.sina.com.cn/s/blog_467956940102ecnx.html,其中一首《后青春期》,写于2013年5月5日,2013年7月25日查询。
② 春树:《我是谁》,新浪博客 http://blog.sina.com.cn/s/blog_467956940102dsw6.html,2013年7月25日查询。
③ 春树:《我是谁》,新浪博客 http://blog.sina.com.cn/s/blog_467956940102dsw6.html,2013年7月25日查询。
④ 茨维塔耶娃·玛琳娜·伊万诺夫娜(Цветаева Марина Ивановна),1892—1941年,俄罗斯著名的诗人、小说家、剧作家。茨维塔耶娃的诗以生命和死亡、爱情和艺术、时代和祖国等大事为主题,被誉为不朽的、纪念碑式的诗篇,在20世纪世界文学史上占有重要地位,被认为是20世纪俄罗斯最伟大的诗人之一。

来换它多活一年生命/如果必须要死/那就让我死/我愿意牺牲/让那只猫活下去。①"

　　于是，我认为，春树的叛逆是发自她的血与骨的叛逆，而非"为了叛逆而叛逆"，叛逆是她的灵魂需要。其实，我们所说的叛逆并非她的叛逆，只是她的本能，当她不愿意与"芸芸众生同流合污"，以耀眼的速度将众人甩在后面，我们才觉得她是叛逆，叛逆恰恰是她的荣耀。她给自己的认证是"作家，80后诗人"，我完全认可她是一位诗人，她对诗歌有着最高的虔诚，甚于小说，小说只是她的工具，诗歌才是她的灵魂，只有真正的诗人才足够疯魔，一如春树。

　　春树的博客点击量为4491841②，博文400多篇，大都是2012年之前写的。2012年一段时间她停止了博客更新，直到7月份，她说："围脖字数太少，过于碎片化。必须得重新恢复blog，就当一记录。③"此后，她的博文更新虽然并不多，但是，内容都很精彩，且重心几乎全在诗歌上，2013年7月22日她的最新博文④是《寻找小糖人和另外一些东西》等在内的几首诗歌，让人看得过瘾。

　　辉煌的春树注定是一位个人主义者。博客头像里她显得孤单又忧郁，倔强又坚强，仿佛让人心生怜爱的孩子。她的博客设置很直接——没有个人简介，没有评论，没有留言，一切都是春树的，比如她喜欢的音乐，比如她的相册，比如她的新浪微博，比如一串长长的名曰"生命不容等待"的博客链接。从这串长长的博客链接可以看出来，春树的精神注定孤独，但是，春树的世界却不封闭，她喜欢与懂她的或者她喜欢的人交流，比如她的博客中就有她和作家阎连科的一段交往故事。春树也是谦逊的，在文学领域她一直在学习，她读过鲁迅文学院，走遍世界的每个地方，如今，她自己也在办杂志。实际上，她有纯洁的灵魂，她愿意与一切真诚之人来往。但是，走遍四海，转过天涯，她能原谅一切，不打扰一切，但是，她唯独不能原谅的是自己，与自己为敌，这是她的精神之路。

---

　　① 春树：《诗一些，2012—2013》，新浪博客 http://blog.sina.com.cn/s/blog_467956940102ecnx.html，其中一首《一个人，一个中国的人》，写于2013年5月1日，2013年7月25日查询。

　　② 春树新浪博客：http://blog.sina.com.cn/springtree，2013年7月25日21:50查询。

　　③ 春树：《我得恢复写博客》，新浪博客 http://blog.sina.com.cn/s/blog_467956940102e3jg.html，2013年7月25日查询。

　　④ 春树：《寻找小糖人和另外一些东西诗一组》，新浪博客 http://blog.sina.com.cn/s/blog_467956940102ee0e.html，2013年7月25日查询。

第六章 青春无敌：80/90后作家博客

"我是谁？"她说："我永远都对自己感到那么羞愧，那么抱歉……15岁的时候我给自己起了个笔名叫春树，那时候开始，我开始做一切我认为春树应该做的事。我的内心里两个我在斗争，一个是原来的我，一个是我自己创造出来的我。她们何时可以合二为一，我不知道。或许我应该再创造第三个我？①"

我相信，春树会继续她辉煌的道路，并注定会成为一位非凡的女诗人。

65. 郑小琼：在黄麻岭独自浅唱

长在泥土里的莲藕，浑水之中越洗越白，这就是郑小琼！

声名鹊起之前，她曾以诗歌的名义，这样责问所有诗人："原谅这些用诗歌撒谎的人/原谅这些用文字抒伪情的人/原谅这些对大地视而不见的人/他们还坐在酒杯与咖啡里/他们还坐在词语与技巧中/他们还坐在赞歌与自我中//让他们在这世界彻底的消失干净②"这是何等大胆和张狂？不，请不要责难她，这恰恰是她对诗歌的真诚。

一片白色，一盆花，一泓清水，几抹绿色，几片散落的花瓣，这是郑小琼的博客背景。博客名曰"独自浅唱"。左侧置顶是图片播放器，有她的照片，和她的博客头像是同一张，照片中冬日阳光照在农村干燥的土地上，她穿着红色的棉衣，面容平静，也活脱脱一个乡里姑娘模样。图片播放器中还有《落在机台上的诗》《两个村庄》《暗夜》《夜的深度》等，她的几本书的封面。

2007年3月12日开博，至今写下36页共300多篇文章，大多是诗歌，但是，博客点击量却不算多，594981③，也难怪，她是一个真正的诗人，她的文字则是上等的文字，纯文学精品市场不大，曲高和寡，与此相对应，她的博客不设置"评论"和"留言"功能，颇有孤芳自赏之意，实为她自己所说"独自浅唱"。理解她的人自然会爱她，不理解她的人她也不勉强。但是，她并不是孤独上路，她的博客就有几组链接，分别是一些朋友、一些诗友和

---

① 春树：《我是谁》，新浪博客 http://blog.sina.com.cn/s/blog_467956940102dsw6.html，2013年7月25日查询。
② 郑小琼：《给某些诗人》，新浪博客 http://blog.sina.com.cn/s/blog_45a57d30010008rt.html，发表时间2005年12月，2013年7月26日0：48查询。
③ 郑小琼新浪博客：http://blog.sina.com.cn/u/1168473392，2013年7月25日23：40分查询。

235

一些写散文的朋友。

1980年出生的郑小琼赶上了80后的"末班车"或者说是"头班车",特殊的出生时期,让她看上去并非严格意义上的80后,当然,也不是70后,更不是70后和80后的过渡人物。她的身上没有70后典型的疼痛和复仇,也没有80后典型的迷失与躁动,质朴无华、踏实稳重才是她的特征,或者说她就是她自己吧。

她确实是特殊的一个,她的人生履历和精神属性与任何一个都不同。

1980年郑小琼出生在四川一个贫苦农村家庭。2001年,南充卫校毕业,注意,这是中专学历,行过一段时间医,但是,苦于生计,她开始外出打工,辗转中山、深圳,进过玩具厂、磁带厂、家具厂等等,最后定在东莞,进入东莞黄麻岭一个五金加工厂,成了车间流水线上的一名工人,因为,流水线工人太多,且流动性较大,大家几乎都以编号相称,郑小琼也有一个编号245!每天工作十二个小时,一干就是五年,手上老茧重生,指甲盖都掉了,皮肤也开始暗黄,生命低到了泥土里,生活没有任何色彩,身体极度劳累的情况下,诗歌写作成了她唯一的慰藉、唯一的光。而无形之中,五金工厂车间也成了她的写诗房。

郑小琼何以成为一名诗人?因为困难、苦难把她磨砺得愈加光亮。初期,她的诗歌几乎都在关注打工者的命运,关注逃荒者的灵魂,比如:"上帝也偷懒,用流水线造人/我在世间可以寻找的另一半太多/他们像工业流水线的制品整齐,平整/婚姻生长于幽怨的刺,从中午到黄昏//开始,从扳手到螺丝,从图纸到卡尺/从孤独到丢失的青春,它的光泽有着狮毛/你不过是一块铁,想想与铁有关的言辞①。"这样的诗歌带着寂寞之光和机器切割的野性力量,冲击诗坛的苍白、虚荣和忸怩之态,成为打工文学的代表性作品。

2005年,郑小琼开始崭露头角,2007年她更是获得了多个大奖,一时之间,她声名鹊起,被很多人称为"第三代打工诗人",她自己也说,第一代打工诗人是为了"走出去",第二代打工诗人是为了"留下来",第三代打工诗人是为了"融进去",这样看待这个命题未免有"使命"意味,实际上,我觉得这并不是几代人的问题,这更不是郑小琼的责任,农家也好,城市也好,为什么要分得这么清楚?总归,她是在认真写诗,这就足够了,其他的

---

① 郑小琼:《在五金厂》,新浪博客 http://blog.sina.com.cn/s/blog_45a57d30010009li.html,2007年4月18日博文,2013年7月26日0:48查询。

事情留给评论家去说好了。而且,我一直觉得把郑小琼定位为"打工诗人"是不公平的,以"社会身份"界定她的"文学身份"欠妥,"文学"不应该有城乡壁垒,我们更没有必要因为她的经历和身份而于她特殊对待,这是降低了她的成绩,因为,她的诗歌内涵和价值具有更广泛的意义,她的诗歌精神在人这一主体上则是具有世界性的。

应当说,郑小琼是年轻一辈诗人中的佼佼者,或者是数一数二的,即便在当代所有诗人群体当中,郑小琼也应该有自己的位置,而且是很高的。应该说,她有极高的诗歌天赋,诗歌语言仿佛与生俱来就藏在她的身体里,等待时间的挖掘。于是,诗歌对于她来说,没有任何生涩,也没有任何胆怯。几乎在一开始,她就是一个成熟的诗人——她的诗歌是成熟的,她对诗歌的态度就是成熟的。

她的第一篇博文《胃》(2007年3月12日),实际上写于2005年12月,是以诗歌的方式完成的:

"这饥饿的胃,吞下一列奔跑的火车/却忍受着爱与恨的疼痛,它收缩着/一群四处逃散的病症触及它的腹部……//这世间悲剧总是比喜剧要多/这饥饿的胃不再侵扰与折磨/习惯了做个幻想与失意的人/却在胃里藏一个活着的灵魂[①]"

一个中专文化程度的打工女孩,居然可以写出这样出色的诗歌,不得不说,她天生就是写诗的材料,诗歌天生就是为她准备的。诗歌与郑小琼本人的这种成熟从一开始就定格了。今天,离开工厂、专注写作的她,诗歌创作一脉相承,她努力拓展题材的广度,并有了足够的自信。并非是说她没有拓展诗歌的深度,而是她的诗歌深度在一开始就已经足够深,深不可测。正如有人评论她的诗歌是时间的诗,不是"过去现在和未来"这种线性,她的时间是一个场域,把一切融化在这个场域,她拓展的是这个场域。更奇妙的是,郑小琼的诗歌的时间场并不是虚空的,而是有形的,正是她的五金工厂车间。上帝早已经安排好了这一切,因为,只有在一个封闭车间,在无数的形体劳逸之下,时间才能被无限放大,郑小琼也才能被磨出光泽。

从黄麻岭的五金工厂车间走出来以后,郑小琼"并未真正离开那里",从前,在那家工厂,她就是一个精神逃荒者;走出那间工厂,她依旧是一个精神逃荒者,而精神逃荒恰恰是诗人的权杖,也让她的诗歌超越了"打工",

---

① 郑小琼:《胃》,新浪博客 http://blog.sina.com.cn/s/blog_45a57d30010008rg.html,发表于2005年12月27日,2013年7月26日0:48查询。

超越了"五金",具有了普遍价值。正因如此,如今的郑小琼,精神还在那间工厂车间里,所有的诗歌和所有的精神逃荒都从那里发端。更具体的说,郑小琼的灵魂里有间"五金工厂车间",在那里,她刚好独自吟唱,铸炼无数诗歌。

一间五金工厂的小小车间,是郑小琼的不幸,也是她的幸运。这小小的车间,让人看到一个诗人的成长,一个国家的转型,一个民族的心路历程。

66. 莫小邪:醉在人间

80后作家中比莫小邪更厉害更出名的其实很多,但是,我还是决定写她,之所以这样,是因为我觉得她代表一种现象。她是个异类,异类得很美!

"莫小邪是有三分天才,三分鬼才。三分天才是说,她构建的小说世界致广大而尽精微,造出了一个似北京而非北京的'北京'。鬼才是说,她写的人物都是性格极端剑走偏锋的人物,满纸都是似人而非人的'人'。鬼行天上,好看!"①

莫小邪成为作家很早,但是,真正出版她自己的书籍却很晚。

莫小邪的博客名称即为:"何不醉在人间"。这其实是一本关于职场黑色幽默小说的名称,2012年7月份由安徽文艺出版社出版,图书腰封上写着"不伟大,但绝对好看的一部小说;与众不同的一次,汉语言魅力之旅,'80后'鬼才女作家莫小邪的绝对力作"。她的置顶博文就是关于这部小说的一篇文章,曰"长篇小说《何不醉在人间》亚马逊已经卖疯了",其中有关于这部小说的简介:

"(此小说)行文既有诗人的情怀和小市民的尖酸刻薄,又饱含了浓郁的人文关怀。小说讲述了一个北京80后女孩'何不醉'初入职场的所见所闻,针对当下国民所津津乐道的时事娱乐,既有女主人公的巧遇初恋的尴尬,又有暗恋'凤凰男'的无疾而终……作品生动诙谐,让人忍俊不禁。"②

她的博客空间左侧一栏也都是关于《何不醉在人间》,有此书的封面照

---

① 莫小邪:《长篇小说〈何不醉在人间〉亚马逊已经卖疯了——》,新浪博客 http://blog.sina.com.cn/s/blog_46fd3ed201017gkp.html,2013年7月26日查询。
② 莫小邪:《长篇小说〈何不醉在人间〉亚马逊已经卖疯了——》,新浪博客 http://blog.sina.com.cn/s/blog_46fd3ed201017gkp.html,2013年7月26日查询。

第六章　青春无敌：80/90后作家博客

片，以及这本书的"简历"，粘贴着此书在亚马逊、当当、京东商城等各个购物网站的网址。"简历"中她再次感叹："作者受不了的事儿终于发生了——亚马逊已经卖疯了"，这当然是莫小邪鬼马精神的一种表现，不能说这绝对出乎莫小邪的预料，但是，这确实应该让很多人意外，毕竟这才是她的第一部长篇小说。

莫小邪很早就出名了，即便没有长篇问世，她也出名得不得了。她自己给自己的定位就是："中国惟一一个没出书就被叫作家的人。"她的博客点击量虽说不是极高，却也有337520①。既然没有出过书，她是怎么出名的？她解释说，这个论调实际上是她的狂热顽皮的年轻粉丝调侃郭敬明的话，意思是郭出版了许多本书，不如她出一本书更赋予"作家"这个称呼的力量之美②。

2000年她开始写小说，2002年开始写诗歌，发表在网络和各种杂志上。她有很高的才情，受过良好的教育，文字自成一派，性格多元，古灵精怪，潇洒率真，自由自在，又有北京女孩典型的京味，另外，她也有些"贵族的优越感"，她是爱新觉罗氏，她自己说："我的祖先爱新觉罗皇太极最早提倡双语教学。"

可能是流淌着皇族的血，她对北京的感觉是极好的，"以北京为坐标，在这儿生活的人，不仅有高官达贵、工人与农民、白领与老板，文艺青年与艺术家……一座包容之城，理当容纳、接受、调解各类人。北京是我的故乡，我对北京的热爱无需以任何形式去表达。当我在外地溜达，优哉游哉时，难道得向众人标榜自己多有北京人的气节。③"然而，她又说自己有源于传统的自卑心，常常觉得自己是外地人，这正是她特殊的精神纹理。如果说她是皇族格格，那么应该是"还珠格格小燕子"一样的人物，纯净之中带着邪气，一如她的笔名，莫小邪。

2005年11月10日，她写下第一篇博文，名曰《结婚总是难免的事》，文章开头她明确说："我不喜欢一味狂野，却喜欢酿酒，但不一定豪饮。④"

---

① 莫小邪新浪博客：http://blog.sina.com.cn/moxiaoxie，2013年7月26日10：40查询。
② 力量强势现实善说真话：新浪博客 http://blog.sina.com.cn/s/blog_46fd3ed20101ag4j.html，2013年7月26日查询。
③ 告诉你什么叫老北京：新浪博客 http://blog.sina.com.cn/s/blog_46fd3ed201016tkl.html，2013年7月26日查询。
④ 答案在风中：新浪博客 http://blog.sina.com.cn/s/blog_46fd3ed2010007fq.html，写于2007年1月6日，2013年7月26日查询。

7年时间,她写了218篇博文,小说9篇,诗歌22篇,随笔80篇,照片12组,还有新闻、书评、小说:天天蒙自己、情商的力量等,看得出,她的写作十分多元,且写什么成什么,尤其是小说,吴玄说:"莫小邪既善于胡说,又善于沉默;既是北京人,又是外省人;既是京味的,又是西方的,抒情,反讽,黑色幽默,形而上学,现代和后现代,很好玩,好像是个横空出世的天才。"①

她是粗线条力量派女孩,神经大条,曲线也很大条,如今,算是成熟的年纪她依然不改鬼马风格。头像照片中,她身子微微发福,脖子上带着皮项圈,头上ps了两只角,眼神出奇邪,却可爱,她说她是一个善于说真话的人,不需要靠几本出版物来证明自己是不是作家,她的性情天生适合一种"力量"写作,即她的文字很有力,传达出来的精神也很有力,她就是微缩版"堂吉诃德",她恣意宣泄,无所顾忌,真性情,看似玩得不亦乐乎,实际上都是"认真的玩"。

早期博文她有给自己的画像——

2002年,最后一场雪,我提早5年/胡乱写下〈我的生死遗言〉,正如篇末所写:如果顺利度过二十五岁,要干什么干什么,其实不干什么。在社会上混久了,吃五谷吃多了,看多了或想多了的家伙,会觉得本人在故意炫耀自己的知识领域,以"要死要活"来哗众取宠。说句心里话,想死,但没视死如归的勇气,以至于,这些年,过得不好不坏,我比宇春丰满,我比黛玉忧伤。跟我走吧,探索"本我",在"超我"中焦虑。我的优点+缺点=母性!我希望,若干年后,可以做到:不以物喜,不以己悲,宠辱皆惊……

现在,她的博客背景是佛陀入定的画像,希望她已经达观入定,但是,"宠辱皆惊"不要丢了邪,她能够为大众所喜爱正是因为她的邪,她邪在哪里?

她是多元风格的混搭,解玺璋如是评述:"没见过她时读了她的小说,觉得这是一个顽皮有趣的孩子。见过之后,反倒觉得这孩子有几分端庄。②"

不容忽视的则是她的文字能力,这一点支撑起她所有的邪气和无限可能。

《何不醉在人间》仅仅是一个开始,相信她可以走得更远。

---

① 莫小邪:《长篇小说〈何不醉在人间〉——亚马逊已经卖疯了》,新浪博客 http://blog.sina.com.cn/s/blog_46fd3ed201017gkp.html,2013年7月26日查询。

② 莫小邪:《长篇小说〈何不醉在人间〉——亚马逊已经卖疯了》,新浪博客 http://blog.sina.com.cn/s/blog_46fd3ed201017gkp.html,2013年7月26日查询。

第六章 青春无敌：80/90后作家博客

67. 安意如：人生若只如初见

安意如具有一种古典美，仿若一尊青花瓷，又有芳草兰花之香。她的文字的最大特征是婉约，颇有古人之风韵。

她的博客名称为"安意如的大海"，博客背景为一片绯红色，置顶部分有一张黑白照片，是一个浓艳打扮的西洋女人的脸，旁边浮动几片花瓣。博客头像是她自己的照片，照片中的她很美，淡然一笑，倾国倾城之感。7211668[①]的博客点击量说明了她的超高人气，738篇博文说明她很勤奋，文章分类为：34篇"看张·爱玲画语"、37篇"人生若只如初见"、164篇"当时只道是寻常"、51篇"诗三百 思无邪"、263篇"连朝语不息"、61篇"爱君笔底有烟霞"，可以看出她的博客分类名称都很有诗意，看罢让人怦然心动，不由赞叹，安意如真美。

2006年6月1日，她在一篇散文《式微，式微，胡不归?》中写道：

"常常坐在客栈的阳台上看云，这样闲淡的时光。日影衔山的时候，看见妇女背着箩筐经过，筐里常是装满柴火、蔬果，是一家人生活的给需。因她们，总想起《式微》。本是薄暮西山的时候，女子对在外辛勤劳作的男子的担忧和呼唤，而在这里，整日在田间，露水泥巴中劳作的是女人。仿佛风转了方向，'式微，式微，胡不归?'成了端坐家门口烤太阳的男人，对女人的殷殷等待。[②]"

这样的安意如仿佛从诗经中走来的女子！

如若人生真的只如初见，那么，安意如应该是一位完美无缺的美女作家。

2006年，几乎可以称得上"安意如年"，《人生若只如初见》和《思无邪》两部小说让安意如春风得意，市场爆棚的同时，两本书也为她赢得了无数粉丝，同时，她也成为社会上有名的励志人物。安意如，1984年出生，先天性轻微脑瘫，但是，她身残志坚，敢于挑战命运，勇于追梦，用双手创造了独树一帜的青春言情小说。她文笔清新，故事隽永，俨然成为新一代青春言情小说掌门。各种关于她的正面报道和赞颂文章也是满天飞，很短的时

[①] 安意如新浪博客：http://blog.sina.com.cn/anyiru，2013年7月26日查询。
[②] 安意如：《式微，式微，胡不归?》，新浪博客 http://blog.sina.com.cn/s/blog_5800748101000435.html，2013年7月26日查询。

间内她就到达了顶峰。

然而,好景不长,2006年11月份,就有人找上门了。

网上惊现"安意如多处文字照抄天涯煮酒写手江湖夜雨的文章"的帖子,作者网名为"江湖夜雨"、真名石继航,可能很多读者不知道石先生,其实石先生在网上大有名气,尤其是2005年那段时间,石继航说,2006年11月初,朋友向他推荐安意如的书,他在网上看了之后,觉得似曾相识。仔细对照了安意如的书之后,他认定,安意如多处抄袭他的文章。为这事情,他特地打电话到出版社,但是出版社没有给出一个合理说法,于是,他就在网上发了帖子。安意如很快就给他打了电话,电话中承认了用了他的文章,并说他是她的偶像,很喜欢他的文字,所以才用,如果他需要稿费,可以好商量。石先生觉得她态度很好,就原谅了她,只要求她澄清此事。她答应了。据说,2006年12月25日,安意如在个人博客中写了一篇《遇见》,详细叙述了事情的来龙去脉。文中称:

"他是我这个冬天遇见的惊艳之一。没想到以这样的方式正式认识和再见。打电话给他,他说,呵,我是江湖夜雨。我说,我是安意如……这是个我等待了许久的名字。就这样响在耳边,竟也不觉得什么,心里欢欢喜喜平平静静。惊艳是明光乍现。故人重逢,亦并非世上就有了沧桑之隔。或者原本就是在这里的。没那么多动荡……我还记得那些趴在电脑上看他帖子的时间,看他发在天涯上的帖子,半夜三更看得像呵呵地笑……因为他找到我,说你书里的好多观点和我一样,引用了我的,没做申明吧。我一想,哦,是。怯怯地向他道歉,面对偶像做检讨。结果他宽大处理了我。"

这究竟是一篇文章?我看不出安意如有道歉之意,或者羞愧之心,反而,在对石先生一顿夸奖,她把此时当作故人重逢。何来故人?2003年安意如就开始在网上写东西,当然也在看东西。网络是个好地方,各种文章都有,点击鼠标,复制剪切就是一篇文章。她也看石先生的文字,是石先生的粉丝,我不否认她可能是真喜欢石先生,她的喜欢就是直接拿来用了,当然,修改使用后的可能更多。那么,她和石先生怎么会是故人呢?是安意如心安理得,还是故作镇定。一次恶劣的抄袭事件,她竟然就这样轻描淡写地写了出来,而且是"心里平平静静"。

我在安意如的新浪博客中并非没有发现《遇见》这篇博文,这篇所谓的声明文章在后来应该是受到了更多人的责难,不知道是不是被她删除了,如果是这样,那么更看得出她的道歉根本就没有一点诚恳之心,当然,也可能她还有其他的个人博客,而我没发现,是我以小人度君子之腹,我倒希望是这样。不然，我对这位姑娘就真的是彻底失望了，我不怀疑她有才华，但是，我会否定她的写作态度，随意窃取别人的文章是对他人和自己的不尊重，更是对文学的不尊重。

剽窃事件之后，更多的人找安意如的麻烦，其中，找的最多的就是她的"诗三百，思无邪"系列。人们拿出她的文章，逐字逐句与纳兰性德的诗词解读做比较，说她剽窃了纳兰性德的文字。后来，这些讨论也不了了之。如今的安意如依然很火，火得不得了，而且人们越说她剽窃，她似乎就越火，书一本接着一本，全部是畅销书，2012年甚至荣登中国作家富豪榜，这也成了网络时代的独特现象。网络时代是一个人人皆会"写文章"的时代，黏黏贴贴就是一篇文章。重要的不是你的文章有剽窃成分，而是你要出名，一旦出了名，你抄一点也"变成了可以原谅的事情"，同时，"抄写事件"还可以更进一步提升你的知名度。

其实，仔细想想，我们哪个写文章没有借鉴过别人的东西？只是网络时代，这种"借鉴"更方便了，更直接了，由此，我们有必要重新审视剽窃这个问题，作家写作不能因为"方便了"剽窃，就"直接"去剽窃，还是需要自己去创造。我并不怀疑安意如的天分和才情，以及她的文字功力。看看她的最新博文《浮香绕曲岸，圆影覆华池——少白画评（贰）》品评的是少白的《风露清荷》，文笔十分清新，简介也算独到："犹记得看过雨后的荷塘，淅淅沥沥的热闹过后，那欲说还休的宁静。杨万里诗云，映日荷花别样红，但荷花必是要沾过雨露才有娇态，若有风起，那水气的清润已叫人觉得脱俗……少白画荷，时而细笔勾勒，时而浓墨挥洒。或浓或淡，均写意自在，墨色之间的过渡极果断，又不突兀。"①

我愿意以一种更宽容的眼光去看安意如，她敢于写作就已经很了不起了。

更何况她写了那么多好的文字，剽窃之事，瑕不掩瑜，希望她能一直美丽着。

68. 蒋方舟：第一女生

蒋方舟有本书叫作《第一女生》，同样，她也是我眼里的第一女生。

10岁的时候，你在干什么？可能你连最基本的道理都还没有完全学懂，

---

① 安意如：《浮香绕曲岸，圆影覆华池——少白画评（贰）》，新浪博客 http://blog.sina.com.cn/s/blog_580074810101fprp.html，2013年7月26日查询。

但是，蒋方舟已经出版了自己的第一本书《打开天窗》（长江文艺出版社），这表明，不到10岁，她已经在进行《打开天窗》的文学创作；11岁，她又完成了长篇小说《正在发育》，并于她12岁的时候由陕西师范大学出版社出版，后来，这本书还在台湾出版了繁体版本；12岁，她则写成了长篇小说《青春前期》，更难能可贵的是这篇小说发表在了中国最权威的文学杂志之一——《当代》上。我们不禁要问，这位小姑娘哪里来的超能力？她是个超级天才！

在她的个人博客中，有关于她自己的个人简介："蒋方舟，女。汉族。1989年10月27日出生于湖北襄阳。7岁开始写作，9岁写成散文集《打开天窗》（长江文艺出版社出版），此书被湖南省教委定为素质教育推荐读本并改编为漫画书，现已出版作品9部。在由《人民文学》杂志社主办的第七届人民文学奖评奖中，蒋方舟获得散文奖。2012年从清华大学毕业，就任《新周刊》杂志副主编。[1]"她的博客认证也只是简单地写道："蒋方舟，作家，《新周刊》杂志副主编。"

年少成名，蒋方舟却没有被名所累，她是一个阳光少女，她的博客背景就是一片树林和一束明丽的阳光，尤其是她的博客头像，照片中她素颜对人，睡眼惺忪，大眼睛却忽闪忽闪，嘴角挂着神秘的微笑，这是一个青春美少女，一个精灵。如果你觉得她是一个偶像派，那就错了。她并非被捧出来的"明星作家"，一路走来，她都靠实力说话。1989年出生，她已经是准90后，但是，在她身上却看不到90后的稚嫩，当然，也看不到80后的叛逆。在她已经出版的著作中，很多是写为高中和高中之前的时代，这意味着她青春期和青春期之前，有大部分的时间用来写作，学业自然可能被荒废，曾经她也想过退学，专注于写作，但是，最终她还是选择了读大学，2008年9月她考入了清华大学。这一点和她的"前辈"韩寒十分不同。韩寒是一个叛逆者，从一开始就高举着反对"素质教育"的旗帜，于是，他自然要退学，更多意图可能不在于为了专注写作，而是为了彰显个性。相比之下，蒋方舟则温顺的多，写作学业两不误的她更像邻家乖乖女。

2005年10月24日写下第一篇博文至今，蒋方舟已经有317篇博文，她一直在更新，未曾间断。29736366[2]的点击量，201120的关注人气，同时，博客上还显示着她的新浪微博，微博粉丝有7510158[3]人，她还有自己

---

[1] 蒋方舟新浪博客：http://blog.sina.com.cn/jfz，2013年8月3日查询。
[2] 蒋方舟新浪博客：http://blog.sina.com.cn/jfz，2013年8月3日3：53分查询。
[3] 蒋方舟新浪博客：http://blog.sina.com.cn/jfz，2013年8月3日3：53分查询。

第六章 青春无敌：80/90 后作家博客

的博客圈，她的"组织"、《新周刊》博客链接、"新知识人文沙龙"，可见她的名气非同一般，文化活动也很丰富，称呼她为"文化名人"一点不为过，即便她小小年纪。

其实，提起蒋方舟，我总习惯把她看作为一个女生，因为，她出名太早了，以至于，我看她的目光一直停留在她成名之时，自然，如今的她其实也不大，还是个姑娘，褪不去的青涩，但是，年龄却遮盖不住她的成熟的文字和思想。她在博文《对不起，生为女人》当中写道：

"对不起，生为女人。战争中，男人通过死亡获得勋章，女人只能以卑微的方式——被强暴、被踩躏，成为微不足道的牺牲品。……对不起，生为女人。生命在不被阳光照耀到的角落流逝：过去五十年来遭到杀害的女孩，比死于二十世纪所有战斗的男性还多。幸而，生为女人。女人有着连自己都无法想象的顽强生命力，无论多少歧视和虐待加诸于身，仍要反抗。生为女人，等待、孕育、再等待、再孕育，终有一天，命运被照亮。①"

她完全沉得下心，稳得住局面，站在一个很高的高度，看得更多，想得更远。

或者，你可以说她很早熟，但是，她似乎从未丢掉那份属于少女的美好，然而，只要她一发言或者写文字，你就会发现与她年龄十分不相称的成熟。这是一种落差，这份落差在她的博客中也可被明显察觉，她的博客左侧有"我的书开火车"一栏，罗列她出版的图书的封面，从上到下看过去，这些图书的装饰都很儿童系和青春系。目光移到右侧博文部分，却全是一些很有深度和广度的书评和文化漫谈，《睡眠是一种众生平等》中就高屋建瓴地说：

"在历史上，失眠曾经是一件伟大而文艺的事情……文学家们为失眠找了很多崇高而艺术化的借口，很多成功的人把自己的成功归功于从小养成的少眠习惯……失眠不是现代病，但是由焦虑引发的失眠却是现代病。②"

我们并不需要为此大惊小怪，因为，蒋方舟年龄和思想的落差从一开始就出现了，她的年龄一直在"追"她的思想。

她在博客中，特别设置一栏，黏贴着秘鲁诗人塞萨尔·巴列霍的诗歌

---

① 蒋方舟：《对不起，生为女人》，新浪博客 http://blog.sina.com.cn/s/blog_3e89803f0102elkj.html，2013 年 8 月 3 日查询。

② 蒋方舟：《睡眠是一种众生平等》，新浪博客 http://blog.sina.com.cn/s/blog_3e89803f0102elez.html，2013 年 8 月 3 日查询。

《相信望远镜》："相信望远镜,不相信眼睛;/相信楼梯,但从不相信台阶;/相信翼,不相信鸟/还相信你,相信你,只相信你……相信窗,不相信门;/相信母亲,但不相信九个月;/相信命运,不相信黄金的骰子,/还相信你,相信你,只相信你。"

透过这首诗歌,我们可以看到属于她的一个少女的最初的纯洁和美好。

69. 李军洋:开往青春的火车

相比 80 后作家的实力和风头,90 后应该略显单薄,90 后作家群至今没有一部重量级的高水准的能够引起全社会广泛关注的作品,蒋方舟应该是 80 后和 90 后过渡中的代表,也是文坛最后的惊艳,自蒋方舟之后,90 后没有哪位作家能够扛起属于他们的大旗。当然,也可能是因为时候还未到,总要给 90 后一些沉淀的时间,但是,也应当看到,这个时间可能不会太长,20 世纪末 21 世纪初,80 后作家群已经震动文坛,韩寒同学甚至成了整个中国的热点,90 后作家们,还更多的仍在走着校园青春书写风格,不能不说他们需要一些重大突破。同时,我本人也不排除另外一种可能,即当下 90 后的思维模式还未得到充分认可,就像我们曾经对 80 后的态度那样,若干年之后,可能会有更多的 90 后作家创作出更好的作品,并成为中国文学的重要力量。希望总是美好的,我们也应该心怀美好的祝愿,正因如此,我还是要说说 90 后作家,比如李军洋。

李军洋的博客名称为:"华丽的青春——李军洋",坦白说,这个名称有些单调,略显普通,但不失 90 后的风格,他的博客认证为:"书香重庆网副总编辑、重庆市大学生影视创作中心主任。"博客中有他的个人简介:"李军洋,重庆黔江人,出版有《一路向北》《沉淀》《开往青春的火车》等书。在《诗选刊》《辽宁青年》等杂志发表文章百余篇。原中国 90 后作家联谊会第一届、第二届主席。获得第四届巴蜀青年文学奖。现在供职于重庆新闻出版信息中心。①"

李军洋的博客背景设置是一片橙色,这很好地说出了 90 后的青涩,置顶有一位小女孩,穿着花衣裳,抱着膝盖,埋着头,牵着一串气球,画面之中充斥着淡淡的忧伤、些许的忧郁和一些若有若无的迷惘,这可能也是 90 后的境况。面对 90 后文学的尴尬境况,李军洋同学也有忧虑和思考,2011

---

① 李军洋新浪博客:http://blog.sina.com.cn/u/1277298880,2013 年 8 月 3 日查询。

年8月25日他正式开博客,第一篇文章就是《"90后"的困境与出路在哪里》,开篇入题,他说道:

"从今年在南川举办的'90后'书展和收集的'90后'作家出版的图书情况来看,给我们的印象是,这个群体在发展,但形势并不乐观,这个群体有潜力,但是却一直缺少爆发的力量。'80后'在这个年龄的时候,已经形成一支实力雄厚、影响广泛的队伍,那么'90后'作家这些年又在做什么,是什么样的原因造成了他们的沉默?①"

他的结论是:"从2006年到至今,没有出现一个值得阅读的'90后'作家。②"看得出,他有清醒的认识。他将90后的困境总结为"'复制校园'的尴尬""缺乏具有爆发力的代表性人物"等。

李军洋分析认为:"在中国文学历史上,'60后'、'70后'的写作者依靠乡村,'80后'的成长依靠城市,而'90后'的成长则是网络写作。网络最大的问题是为每个人都提供了写作平台的时候,也让文本和经典被完全解构了,对于'90后'出现的问题就是写作火于网络,却没有半部精品。"且不说他的论述是否准确和严谨,但是,有一点他说的很对:90后是成长于网络的一代人!他们势必受到网络的影响。李军洋说:"梳理'90后'的创作,会发现恰恰是对'90后'起到关键作用的网络文学却是最大的败笔。"③实际上,问题的根源不仅仅是网络的问题,80后、甚至70后当中也有很多人是靠网络而起步的,问题的根本应该在于,90后作家丢掉了生活本身,于是,他们的文学就丧失了生命力。

李军洋同学开博较晚,更新也不频繁,至今只有12篇文章,似乎刚一开博就失去了兴趣,缺乏持久经营的耐力,这可能也是90后的一个问题,即很难去长期坚持一个信念,缺乏有影响力的作品支撑,又不够认真经营博客,46066④的点击量也就不足为奇了。从李军洋的博客头像看,他是一位温文尔雅的男生,给人敦厚温煦之感,有一定的文学才华,文字也有一定的水准,但是,文字并不算上乘文字,对文字的驾驭能力还不够成熟,自信不

---

① 李军洋:《2011年08月25日》,新浪博客 http://blog.sina.com.cn/s/blog_4c2208c00100u5t7.html,《"90后"的困境与出路在哪里》,2013年8月3日查询。
② 李军洋:《2011年08月25日》,新浪博客 http://blog.sina.com.cn/s/blog_4c2208c00100u5t7.html,《"90后"的困境与出路在哪里》,2013年8月3日查询。
③ 李军洋:《2011年08月25日》,新浪博客 http://blog.sina.com.cn/s/blog_4c2208c00100u5t7.html,《"90后"的困境与出路在哪里》,2013年8月3日查询。
④ 李军洋新浪博客:http://blog.sina.com.cn/u/1277298880,2013年8月3日4:36查询。

够,深度不够,受限于生活阅历和思想疆域,他的文字还仅限于个人的小感知和青春的小情绪。

比如,《十年花开》中他说:

"我喜欢无尽的夜,当夜色划破黄昏,我在惨淡的夜色里能渐渐隐退去我的回忆。随着自己一天一天的成长,时光倒退,我能看见过去如书本一样渐渐翻去我流沙里的那份曾经。是的,安静的时候,我就喜欢坐在某个角落里,听着一曲音乐,然后滴答滴答的用时间去冲缓心里的故事。而我自己觉得我却不是一个喜欢安静的人,我更多的喜欢那种沉重喧嚣的环境,那样我更能看清楚我自己。①"

这里的文字就太平淡,没有特点,感染力也很弱。

再比如,《烟云深处》中他这样开头:

"南方的天气显得有些疲惫,这个西南小镇的天气更是喜怒无常。小镇的太阳又出来了,少年走在光滑的石子路上,踩着清晨被挑水人打湿的路,他显得有些急促和紧张。小镇被烟云包裹着,柔情之处像是一层轻纱蒙着一位刚刚出阁的少女,少年的脚步声拉开了这个小镇的清净,小镇开始热闹起来。②"

这样的叙事显得稚嫩,也不够简洁和生动。

总归来说,如今的90后作家有成名的,但是,名气都不大,归根结底是因为没有好的作品作为支撑,只靠吹捧和炒作是不可能长久的。90后作家还有很长的路要走,他们要有一个突破,要学会回归生活,创造出属于自己的文学特征,找到自己的文学定位,并最终出现能够代表90后的作品和作家,对此,我期待。

70. 林卓宇:琉璃街

如果要选择90后作家的代表人物,我觉得林卓宇会是一个。这位湖南青少年作家已经被很多人称为"90后作家掌门人"!与韩寒有一个作家爸爸和蒋方舟有一个作家妈妈不同,林卓宇只有一个当警察的爸爸和一个做会计的妈妈,他

---

① 李军洋:《十年花开》,新浪博客 http://blog.sina.com.cn/s/blog_4c2208c001012lar.html,2013年8月3日查询。

② 李军洋:《烟云深处》,新浪博客 http://blog.sina.com.cn/s/blog_4c2208c001011syz.html,2013年8月3日查询。

第六章 青春无敌：80/90后作家博客

的文字没有枪手的嫌疑，有的只是他个性十足、才华横溢的书写。

2013年8月3日下午，林卓宇应邀来到宁波市"天一讲堂"主讲《纸上年华——90后的青春与写作》，成为与易中天、蒙曼、王蒙、李银河、周国平、毕淑敏等学者名家同台的90后，也是继蒋方舟之后的"天一讲堂"最年轻主讲人。是年2月，林卓宇凭借小说《图书馆里的猫》获得第十五届全国新概念作文大赛一等奖，比起前辈郭敬明、韩寒等人的获奖经历，林卓宇表示这次获奖对自己的意义"并没有太深刻"。林卓宇这样认为："写作者的孤独和他的生命是密不可分的。"他的少年老成令我吃惊。

林卓宇的博客背景是纯洁的白色，置顶是一片抽象的童话世界，城堡、孩童和火车等事物集合在一起，形成一只大象，旁边写着英语"天堂花园"。博客认证名为："90后作家、诗人。湖南省作家协会会员。"2010年3月1日他写下第一篇博文《作者简介及出版著作年表》①，是他的个人简介，但是，还是不够详细，这里我有必要补充说说："林卓宇，1995年出生，作家，中学生。男，湖南浏阳人。著名90后作家、诗人。2000年开始创作文学作品，现出版著作多部。其作品深入人心，感动了无数读者。主要作品有：小说《看海的街》《抹香鲸的琉璃街》，小说集《落日工厂》，散文随笔集《那曲年月》《海棠影下》《流景闲草》《芳香日日》，诗集《仙境的节奏》，童话集《风居住的街道》等。"

应该说，林卓宇也是一位写作天才，如同蒋方舟一样。他3岁就开始阅读中外儿童文学经典，5岁发表了第一篇作品。天才加上汗水则等于成功，他说："大概是9岁那一年的暑假，自己莫名间有了一种难以抑制的写作欲望，尽管我没有做什么形式上的安排，但基本上自己每天都能够写5000字左右的文章。一个夏天过去，写了好几个本子，现在我都很难想象自己当时是如何坚持那种高强度的写作的，那一阶段的创作对自己的文字驾驭能力有很大的帮助。"

还未上大学他已经出了多部作品，且涉猎十分广泛，同时擅长小说、散文和诗歌。林卓宇是年轻的，但是，他看青春的角度显然和其他人有些不同，至少在90后作家群中他是比较特殊的一个，抽象是他的思维特点之一，这表明他看得已经比较远、比较深，思考也有了自己的风格。如同他的博客设置，他的博客头像也是很抽象的，不是他本人的照片，是一只抽象的彩色

---

① 林卓宇：《作者简介及出版著作年表》，新浪博客 http://blog.sina.com.cn/s/blog_51ca1a890100hrev.html，2013年8月3日查询。

茶壶，壶嘴飘出一串心。开博不到3年，只有30多篇文字，博客点击量却有1112865①，由此可以看出他作为"90后作家掌门人"的影响力，而对于这个标签，他有自己的认识："这一称谓真的算不上是我的一个标签，人们也不应该将此称谓的获得者当作90后作家群的代表。当别人谈及这一个称谓的时候，我一般不发表看法，对我来说这就仅仅是自己已取得成绩的象征或日后前行的一个目标。总而言之，这一个光环一定程度上使我获得了超越同龄人的话语权以及关注度，但它也一定会随着时间渐渐淡去，大家没有必要担心我是否会清醒地对待它。"

作为一名新人作家，他很谦逊，也有上进心，对自己的文字更有清醒的审视。

在《南国都市报》对他的访谈中他说：

"一直以来都觉得自己写过的很多作品只能称得上是'小打小闹'，也就是说这些作品在语言的打磨、结构的经营、想象力、感染力甚至爆发力上表现得与自己设想的相差甚远，尽管我没有写出可以令自己长时间满意的作品，但自己并没有'悔己少作'的感觉，有许多作品虽说不能让所有人都记住，但一旦落到了纸上，总归有它存在的意义……我一直期待自己有一天能够得到灵感的眷顾，并有充分的体力达到儿时的创作水平。②"

"80后作家应该说是最先做到与传统文学悖离的一批人，他们带着一身在世人看来有些非法的才华，自由地开辟了自己的天地。90后作家大体上是紧随着他们的后尘的，所谓的离经叛道也是在前者的基础上进行的，这当然包括在语言上追求陌生化，在结构上不拘一格还有题材的选择等等。③"

对于90后文学他有这样的思考，同时，他也认为：

"80后作家……抢先占领了新生代文学的市场，90后作家在写作上很难走出80后作家的影响带来的桎梏，所以在市场上也更难和他们直接竞争……80后作家都赶上了一个写作易成名时代，那时候新概念作文大赛刚刚举办，如日中天，风靡全国，包括郭在内的一批80后写手顺利通过这样一个平台走向大众视野，取得成功。而这在一个传媒兴盛、娱乐至上的今天

---

① 林卓宇新浪博客：http://blog.sina.com.cn/linzhuoyu，2013年8月3日18:30查询。
② 林卓宇:《〈南国都市报〉专访林卓宇：拒把"掌门人"当标签》，新浪博客 http://blog.sina.com.cn/s/blog_51ca1a890101kmrx.html，2013年8月3日查询。
③ 林卓宇:《〈南国都市报〉专访林卓宇：拒把"掌门人"当标签》，新浪博客 http://blog.sina.com.cn/s/blog_51ca1a890101kmrx.html，2013年8月3日查询。

第六章 青春无敌：80/90后作家博客

只能是幻想罢了，更何况纯文学本身就是很边缘化的。"①

难得这个男生有这样的眼界和思考，这也是我看好他的原因。

实际上，我早就认识他，并阅读过他的作品，我把他当成湖南文学新的希望和新的亮点。

他的博客中有曹文轩、肖复兴、汪国真等一系列名家关于他的作品的评论，这其中也有我在《文艺报》上对他的一篇评论文章《聂茂：让单纯无声的文字长出翅膀》②。我认识林卓宇是在湖南省召开的作代会上，作为全省作家中最年轻的代表，省作协领导把他隆重推介给我，说：这个少年才俊，文字写得很棒，你好好关注他。不久，林卓宇送来了他出版的几本书，我打开翻看，竟一下子被吸引住了。说真的，在这个信息海量的网络时代，人人都可以码文字，人人都可以当作家，我们的感觉已经迟钝，我们的审美早已疲劳，因此，能够真正吸引我们、真正值得我们去关注的作品和作家实在不多。林卓宇是个例外，他是如此的年轻，却又如此的少年老成，充满睿智。他写作的功底，显露的才气，以及对文学的执著，都让我感到兴奋，感到眼前一亮。无论是作为文学评论工作者还是一个大学教师，林卓宇及其作品都让我不得不生出偏爱之情。我把他的作品放在我的床前案头，不但细细地品味，而且希望有朝一日指导我的学生以林卓宇的作品作为本科生或研究生毕业论文的研究对象。我还在自己曾经主编的《三湘人物周刊》上以四个整版的篇幅对林卓宇及其作品进行大力推介。我认为，林卓宇是值得我这么做的。

2012年12月31日，他在岁末随笔中写道：

"这次沉寂的时间似乎长了点，不过没关系，沉寂的时间最善于酝酿美好的相遇。很想和这个世界促膝长谈，加进彼此的了解，但以一个高中生目前的生存状态来看，貌似不太现实。这个时代轰轰奔向前的节奏虽说改变不了我们的心跳和步伐，但却是我们耳畔最持久的警告和催促。③"

看得出，林卓宇有些无奈。谈及如何平衡生活与写作的关系，林卓宇说："生活就是生活，写作就是写作。我喜欢把和悲悯、沉重相关的东西留

---

① 林卓宇：《〈南国都市报〉专访林卓宇：拒把"掌门人"当标签》，新浪博客 http://blog.sina.com.cn/s/blog_51ca1a890101kmrx.html，2013年8月3日查询。

② 聂茂：《让单纯无声的文字长出翅膀》，新浪博客 http://blog.sina.com.cn/linzhuoyu，2013年8月3日查询。

③ 林卓宇：《岁末随笔》，新浪博客 http://blog.sina.com.cn/s/blog_51ca1a890101gbw9.html，2013年8月3日查询。

给写作，把更轻松的东西留给生活。"小小年纪，林宇卓竟有了如此深刻的思想，殊为难得。

年少成名，往往被名所累，可喜的是林卓宇很清醒。他明白，创作之路是漫长的心灵旅程，无论如何，他都在面对世界，走自己的路。

第七章 大家争鸣：文学评论家博客

信息时代的到来，网络化发展趋势是不可逆转的，网络话语的影响力越来越大，网络话语拥有实时性、广泛性、交互性的特征，快速化、大众化、全球化的快播，某种程度上来说，网络话语的影响力甚至超越现实世界的话语，所以，任何一个有追求、有雄心的评论家，都不可能忽视网络的力量，因此，众多大腕级的文学评论家开设博客也就不难理解了。不仅开了博客，这些文学评论家经营博客也是最持久的，发文是最多的，更新是最快的，态度也是最认真的。

71. 朱大可：先知先觉的神话时光

朱大可的博客背景是一片绿色，置顶有几张长凳，凳子下方散落着花瓣，类似于印象风格的水彩画。他的头像很有味道，蓝天下的海滩，海滩上一排栅栏伸向远方的大海，这正好应和了他的博客名称"朱大可博客@栅栏后的絮语"。他的影响力不小，拥有 7028031[1] 的点击量和 9737 的关注人气。

朱大可说，他注定要成为一个孤独的守望者，人们也称他为"中国文化的守望者"，这让人想起《麦田守望者》："有一群小孩子在一大块麦田里做游戏……我呢，就在那混账的悬崖边。我的职务是在那儿守望，要是有哪个孩子往悬崖边奔来，我就把他捉住……我整天就干这样的事。我只想当个麦田里的守望者。"

---

[1] 朱大可新浪博客：http://blog.sina.com.cn/zhudake，2013 年 8 月 5 日 20：50 查询。

与此相对应的是他的"守望者书系",此书系共计五本书,在他的博文中均能找到,分别为《神话》《审判》《乌托邦》《先知》和《时光》。朱大可在此系列图书的自跋中总结:"在自省的框架里反观自身,我此前的书写,经历了三个时期:狂飙时期(青春期)、神学写作时期和文化批评时期。其中30~40岁有着最良好的状态,此后便是一个缓慢的衰退和下降过程。我跟一个不可阻挡的法则发生了对撞。我唯一能做的是减缓这种衰退的进度。如果这衰退令许多人失望,我要在此向你们致歉。但在思想、文学和影像全面衰退的语境中,如果这种恐龙式书写,还能维系住汉语文化的底线,那么它就仍有被阅读或质疑的可能性。"[①]

朱大可的博客设置了"新书启示",链接着他的图书《文化批评》的电子版;"网站推荐"则有"影响力中国"的链接,并有注明曰"中国唯一的思想文化类网站",实际上朱大可正是影响力中国网的特邀主持人,近年来,朱大可发起和参与了很多影响力中国的评选,比如几年前的"中国作家实力榜"就是代表。同时,他的博客还链接着和他有关的图书、电视视频,以及他的众多友人博客。

2005年,朱大可开始写博客,八年间从未间断,絮絮叨叨共写了492篇博文,都是思想精华,涵盖范围十分广泛,包括130篇"文化时评"、4篇"文化随笔"、104篇"学术探索"、25篇"历史解读"、51篇"建筑-地理随笔"、23篇"旧时记忆"、4篇"神话传说重释"、22篇"序跋与书评"、10篇"其他文体"、21篇"影像方志"、10篇"演讲稿"、51篇"媒体访谈"、15篇"教学资讯"、11篇"他人议论"、3篇"口水垃圾",这充分显示了他的博闻强识。

2005年10月25日,朱大可在第一篇博文《马加爵事件:人民需要这样的戏子》中说:"事实上我非常注意观察媒体对马加爵事件的报道。最令人震惊的是:四个受害者,根本没有人去关心。几乎所有的媒体对此都表现出令人吃惊的冷漠!马加爵事件本身已经变成公众的一场狂欢,它就是一个公众娱乐节目,这就像美国打伊拉克一样。它已经超出了法律或道德事件的范畴。"[②] 在朱大可看来,如果是有道德的,那么,关心受害者和杀人犯至

---

① 朱大可:《新书上架:朱大可守望书系之〈神话〉》,新浪博客 http://blog.sina.com.cn/s/blog_47147e9e0102efdg.html,2013年8月5日查询。

② 朱大可:《马加爵事件:人民需要这样的戏子》,新浪博客 http://blog.sina.com.cn/s/blog_47147e9e010002ao.html,2013年8月5日查询。

少应该是同等的,这是最低要求;而一个更健康的社会,关心受害者应该甚于关心杀人犯。这就是中国人的"看客"心理,朱大可进一步指出,鲁迅早就在《药》中描述了这种"看客"心理,可悲的是我们今天仍旧还在充当"看客",这是中国公共话语传媒的特征。

2013年7月18日,他的最新博文《朱大可:互联网广场的话语卫生》则讨论了当下的网络公共话语的生态环境特征,文中配有四幅"蒙娜丽莎的微笑"插图,只不过四张图中蒙娜丽莎的头都换成了鸡头,揭示出"长期以来,中国互联网是哄客的主要阵地,他们借助微博之类的自媒体,针对各种新闻事件发表看法,以匿名、化名或实名的方式,卷入舆论制造的宏大潮流"。但是,"蛊惑"和"迷失""谣言"和"轻信""误导"和"盲从"的所谓"乱象"并不是他研究的重点,他研究的重点在于"自媒体的本性",他认为,自媒体在学堂和厕所之间摇摆,有正能量,也有负能量。以微博为例,他认为:"微博上的真相披露,有开启民智的强大功能,正在成为推动思想进步的力量,必须小心地加以呵护。"同时,他认为:"互联网的负能量,不是来自网民的表达激情,而是在于放肆的语言污染。我们已经看到,正是在以微博为主体的互联网广场上,大学教授和娱乐圈搞笑明星,以脏词跟网民对骂,直接把贫弹扔进茅坑,激起大面积污染。①"

朱大可是一位很有良知和自觉的知识分子,是位难得的评论家,他的评论思想深刻,文字厚重,论证严谨,自成一派。博客中,他有"邾大可独白",我不知道他为何把朱写成"邾",或者可以把此看作他对传统文化的敬畏,但是,无论如何,这份独白却是真诚的,且肃穆的:"二十世纪的精神动乱,使我们处于丧失自己的预言精神的危难之中。中国游戏精神和后现代主义,从拒绝关怀未来的角度,深化了这一事端的后果。先知早已化为尘埃,只有他们的姓氏,滞留在历史的遥远景象里,仿佛是一些与我们完全无关的事物。这正是世界之夜本性的尖锐呈示:未来沉浸于巨大的黑暗,它已丧失了预言光辉的照看和眷注。而更令人惊异的是,几乎没有什么人对此发出不安的询问。——引自《先知之门》②"

中国文化的守望者!这是朱大可对文化的高度自觉担当。他说:"今天,我们正站在这个伟大的刻度之上。历史就这样垂顾了我们,令我们成为转折

---

① 朱大可:《互联网广场的话语卫生》,新浪博客 http://blog.sina.com.cn/s/blog_47147e9e0102epou.html,2013年8月5日查询。
② 朱大可新浪博客:http://blog.sina.com.cn/zhudake,2013年8月5日查询。

点的守望者,并握有转述真相的细小权利。[①]"

守望是一种态度,中国文学需要朱大可,中国文化需要朱大可!

72. 李敬泽:重建伦理的故乡

李敬泽是评论界的重量级人物,作为中国作家协会书记处书记,他的评论很主流,很权威,但同时他又很新潮,很锐利,很个性。早在上个世纪90年代初期,我就与他相识。但深入的交流并不多,原因是,他听不懂我的乡音。十多年后的某天,在一个发言场合,他不无遗憾地告诉我这个残酷的事实,令我痛心不已。

他的博客空间是米黄色的,置顶是个性化的涂鸦,仿佛纽约等西方大城市的小胡同里的那种艺术化的现代涂鸦。他的头像则十分有范,有格调,有品味,这应该是他精挑细选的一张照片,照片中,光线昏暗,他穿着毛衣,叼着烟嘴,眯着眼睛,一只手竖起,放在颚下,梳着油亮的头发,背后是几点模糊的灯光,如果不知道他是李敬泽,可能还以为这是五四时期的某位知识分子,或者是现代的某位名流雅士!

李敬泽不喜欢咬文嚼字,他的评论总透露出几分率真,于是也就不追求学术上的字字珠玑,很多文字仿佛率性而为,快人快语,甚至不乏口语化和大众化,实际上却有着严密的逻辑和新颖的观点,说起话来也不留情面,有时让人感觉咄咄逼人,这就是他的实力,也是他的自信。很多时候,他讲话都不用草稿,而是临场发挥,说的却头头是道,句句在理,让人心服口服,这是很高的境界。

他的最新博客《"打工文学"与壁橱——在东莞打工文学高峰论坛上的发言》提到"打工文学",他分析:"最初看到这样一些作品的时候,我并没有从学理上仔细考虑,我只是凭着直觉说,哦,这个世界上,有人这样生活着,而以前我们都不知道,通过他们的写作,我们意识到那些人、那些事是和我们息息相关的,就是我们的现实的一部分、生活的一部分。这些作品让我重新认识和调整我与现实的关系。从这个意义上,我觉得这些作品是好

---

① 新书上架:朱大可守望书系之《神话》:新浪博客 http://blog.sina.com.cn/s/blog_47147e9e0102efdg.html,2013年8月5日查询。

第七章　大家争鸣：文学评论家博客

的。①"洋洋洒洒四千多字，论述旁征博引，分析丝丝入微，结尾却注明：2012年12月13日即席发言。

李敬泽尚且不到50岁，还很年轻，但是，他的经历却十分丰富，他和众多学术派评论家不同，不是大学教授，他很长时间的身份是《人民文学》主编。这个身份让他有机会阅读更多的作品，更让他的阅读和其他著名评论家有所区别。通常，评论家都会阅读一些好的知名的作品，李敬泽不同，好的、坏的来稿他都要阅读；另外，评论家阅读往往都是耗费大量时间的精细工作，慢工出细活，李敬泽则习惯了快速阅读，这些在一定程度上也影响了他的评论风格。

他在《人民文学》做了很多年，一路走过来，他说："'我不敢肯定我总能像你期望的那样保持头脑清醒和目光锐利。实际上，很多的时候我是茫然的。我甚至担心自己太清醒和锐利，也就太自以为是……我'青睐'那些让我觉得没有把握的作品，不熟悉、不习惯，使我的经验和趣味经受挑战，我猜测，某些新的、创造性的因素可能就包含在里面。我知道很多人只喜欢他们一向熟悉的那类作品，作为一般的读者那当然没有问题，但无论是作为编辑还是作为评论家，都有必要保持谦逊和警觉，向着艺术创造的无限可能性开放。②"

《人民文学》主编的身份也影响了他的博文的构成。2005年11月28日开博，2013年3月29日为止，他写了160篇博文，绝大多数都是书评，要么就是接受采访，要么就是会议发言，当然，还有《人民文学》的卷首语。天知道这些年，他到底阅读了多少本书，总之各种各样的书他都读了，尽管快人快语，他却是有着丰厚的文艺沉淀，他的评论绝不信口开河，深度、广度和厚度都不欠缺。

很多人都知道他的名字，1505402③的点击量说明了一切，但是，很多读者看了他的文字会产生错觉，以为他是一个"老头"。他的第一篇博文是关于毕飞宇《玉米》的评论，第一条评论有人写道："呵，久违大名，印象中以为是位清瘦的老先生呢～看到相片，有些惊讶，又觉有趣。先留言一条

---

① 李敬泽：《"打工文学"与壁橱——在东莞打工文学高峰论坛上的发言》，新浪博客 http://blog.sina.com.cn/s/blog_474002d3010175b9.html，2013年8月5日查询。
② 李敬泽：《答〈辽沈晚报〉宋波鸿》，新浪博客 http://blog.sina.com.cn/s/blog_474002d30100mci3.html，2013年8月5日查询。
③ 李敬泽新浪博客：http://blog.sina.com.cn/lijingze，2013年8月5日22：41分查询。

257

问个好~收藏了博客,继续关注中。①"他则打趣地回复说:"呵呵,都以为是老头,可见文字有点问题。"用"中年老成"来形容他可能很贴切,但是,他肯定不会喜欢,因为,他是一个摩登的前卫的评论家,称呼他为"评论达人"可能更好。

个性化始终是他的标签,他的博客设置非常简单,没有个人简介,没有作品链接,没有新浪微博,只有几个网站链接,且非常与众不同,他在"窗子"中链接着:英国金融时报、华尔街日报、基督教科学箴言报、纽约时报、今日美国、时代周刊、BBC、英国卫报、财富杂志、纽约客、德国之声、香港环球经济电讯、美国参考、国家图书馆②。这份链接名单充分表明了他的时尚特征,和五四时期的众多知识分子一样,他更喜欢西洋的东西。这不是故弄玄虚,更非沽名钓誉,西方的东西他读了很多很多,然后消化,用来审视、分析和探索中国的文化。

同样,在博客中他也谈到过网络文学,有人问他怎样看待现代的网络作家,一天能码三四万字,并且还能名利双收。其中,更深层的含义是传统文学该何去何从?他认为,变化是不可逆转和阻挡的,但是,他并不完全否定"网络文学"。他认为,内容为王,不能完全由技术决定,而是取决于我们的选择。"就像你手里有把刀,用来切菜还是用来杀人,那取决于你的选择,技术只是规定了你的选择范围,比如你不可能用它绣花。"他坚信:

"这样一种媒介和传播方式,给文学创造提供了宽阔的可能性。但是同时,我们恐怕还得相信人类文明的一些最基本的常识,比如我们是不是要相信,一年三百多天,日写几万字,能写出好作品、写出我们期待的伟大作品?是不是相信,在艺术创作中,我们可以不顾人类体力和智力的起码限度创造大规模的奇迹?还是说,我们根本不在乎这个,我们愿意接受这种东西?——这些都涉及价值判断,我们此时做出什么判断,决定着我们将在全媒体时代会有怎样的未来。③"

2012年9月10日,他在博客中推荐了自己的新书《平心》,封面设计简约典雅,高贵大方,这应该也就是李敬泽的内心世界,他一直在平心而论!

---

① 李敬泽:《守望〈玉米〉》,新浪博客 http://blog.sina.com.cn/s/blog_474002d3010000rb.html,2013年8月5日查询。

② 李敬泽新浪博客:http://blog.sina.com.cn/lijingze,2013年8月5日查询。

③ 李敬泽:《答〈人民日报〉》,新浪博客 http://blog.sina.com.cn/s/blog_474002d30100m1y0.html,2013年8月5日查询。

73. 雷达：灵性激活历史

雷达是功勋级别的评论家，1943年出生，今年已经70岁，却老当益壮，精力充沛，勇于尝试各种新鲜事物，尤其是博客这一点。雷达玩博客实属意料之外，又在情理之中，他是搞评论的，话语影响力对他来说至关重要，所以，他自然不会放过博客这个话语，但是，雷达搞博客绝对不是玩，他是很认真的。

雷达的博客背景很适合他：一片白色，几抹水墨，构成一幅意境幽远、格调淡雅的山水画，让人很容易想到"越老越智慧""越老越通透"，雷达的人生已近化境，雷达的评论也近乎化境。中国的大师很多，由评论家升格为大师的也不在少数，比如谢冕先生，如今，又多了一位雷达先生，我不是强调他的老，而是真心地有一种尊重和敬仰。中国文学和中国文化大大小小的评选活动很多，评委当中总缺不了他，尤其越是重要的评选活动，越是要有他压阵。

2007年4月19日开博至今，他一直没有间断过博客更新，进入2013年，仍旧每个月都有新博文面世，六年间，写了120篇博文，包括18篇散文，36篇随笔，2篇日记，29篇"作家作品"（主要为图书评论文章），24篇"文学思潮"，均为工整的文章，无论评论还是散文，都是精挑细选仔细打磨的用心之作，作为著作等身的评论家，怀着一份文化责任感，他以无限的激情和热忱，一直在行走阅读，观察体味，学习创造，并奋笔疾书，这份执著着实让我佩服。

《当今戏剧创作中的文学性及其他》是他的第一篇博文，发表于2007年4月19日。2006年秋冬，应文化部之邀，他担任了国家舞台精品工程评委，在近两个月时间跑了近二十个省市，观摩了包括话剧、地方戏、歌剧、音乐剧等在内的二十九台精品剧目，他本人很重视这份经历，认为这是一次充实和提高自己修养的机会，并专门写下这篇评论，其中，谈到戏剧文化中的道德重构与"现代性置换"时，他说：传统戏曲的命脉，是其道德精神。所谓"非关风化体，纵好也枉然"。它总体上无疑属于封建意识形态。那么，一个依然突出的问题是，传统戏曲所体现的忠、孝、节、义、仁、礼、智、信，是否也是今天能够接受和继承的道德？如果不是，那该怎么办，怎样实现道德的继承与重建？这当然是短期内谁也解决不了的大问题，过去是，现在也是，但却关系着戏曲的现代命运。①

在另一篇博文《原创力的匮乏、焦虑，以及拯救》当中，针对"几乎人人言必称原创，人人在追问原创性"的现象，他在文中给予"原创力"的内涵以讨论，认为"原"字格外重要，"它强调的是原初性，即一切来自本源，根本，大地和生命，作品有其不可复制性和排他性，它是新鲜的，独一无二的，又是反抗平庸、陈旧和重复的，它是一种新的对世界和人生的把握角度，一种新生命形式的艺术显现"。②对于中国文学目前缺少原创力，他直言不讳，认为当下很多作家没有贴近生活，而是把写作当成生活本身，要想找回原创力，就必须创造真正的"中国经验"，更需要"直面现实，正视民生疾苦，正视人的尊严、良知、正义的价值准则和被伤害问题，塑造坚强的中国性格，还原并扩大人性中的真善美。作家需要在个人经验的基础上培养原创性思维方式，重返文学的深度和本质③"。雷达德高望重，敢说，针砭时弊，振聋发聩，此博文下方就有读者留言说："真是直抵内核！……这样的写作，不论好坏，至少是有良知的，也是值得敬仰的。"

雷达关注文学，博客中有很多的作品评论，雷达也有随笔，记录他的生命思考。他这样理解时间：

"时间是什么？钟表上的刻度毫无意义，那不过是一个假相，只给人提供虚幻的满足，以为所有人拥有的时间都是相等的。它根本不能计算时间真正的长度、含量和性质。那么，用产品来估量时间总该准确了吧？不，它把时间机械化、数理化了，精确固然精确，却忽略了时间的精神性特质。④"

基于《生命中不能承受之轻》，他在讨论生命的重与轻：责任、使命、功利、机遇和由之而来的沉重感、艰辛感是"重"，那么，理想、自由、纵情、梦幻和由之而来的解脱感就是"轻"。没有重，就没有轻；没有轻，重也不成其为重。有谁幻想永远耽溺在"轻"的境界里吗？他将咀嚼无意义的深刻痛苦。反之，舍"轻"就"重"，就一定好了吗？那又会饱尝媚俗的屈

---

① 雷达：《当今戏剧创作中的文学性及其他》，新浪博客 http://blog.sina.com.cn/s/blog_4cd60ad601000991.html，2013 年 8 月 6 日查询。

② 雷达：《原创力的匮乏、焦虑，以及拯救》，新浪博客 http://blog.sina.com.cn/s/blog_4cd60ad60100aykq.html，2013 年 8 月 6 日查询。

③ 雷达：《原创力的匮乏、焦虑，以及拯救》，新浪博客 http://blog.sina.com.cn/s/blog_4cd60ad60100aykq.html，2013 年 8 月 6 日查询。

④ 雷达：《时间是什么（生命与时间之一）》，新浪博客 http://blog.sina.com.cn/s/blog_4cd60ad6010009od.html，2013 年 8 月 6 日查询。

辱，仍然没有意义。①

作为文化名人，雷达很受大众的欢迎，1624195②的博客点击量、4474的关注人气、数量众多的评论都说明了问题，而且，他的读者绝大部分应该都是知识分子，或者文化圈子里的人，因为，他的博客评论几乎都是真诚的带有思考性的文字，比如一个叫"古之草"的网友就有这样的评论："时代性的精神焦虑根本原因：一：作家们不知道为什么要写作？二：不知道一个真正的作家最重要的是什么？三：作家没有灵魂的标杆，没有真正的'神'来提升精神高度。四：作家们普遍缺少对人类、对世界、对苦难、对底层切肤的生命体验……③"

作为文艺评论家，雷达得到了文化界的高度认同，比如2013年，文坛就专门为雷达举办学术研讨会，"雷达每年要参加许多作家的作品研讨会，今日倒是开他的评论研讨会，想想觉得很有意思"。贾平凹同志到场祝贺，并发表了真挚的讲话，他点出雷达的评论的两大特点："正"和"大"。正的意义是："雷达，文以载道，担当、责任、社会、历史、民族文化，可以说，他的文章一直起着指导意义，代表了正，代表了主流。""大，是指他有大局意识。"贾平凹说："雷达是中国当代最重要的评论家之一，是一个对当代文学做出了大贡献的人。他的存在，对于中国文坛是一种荣幸，对甘肃、对西北，是一种光荣。④"

我是带着敬畏之心阅读雷达的博客，收获良多，在此，我向这位孜孜不倦、硕果累累的学者致敬！

74. 张颐武：新世纪的隐喻

张颐武是一位文化学者，经常在电视上就流行文化和各类大赛发表点评。电视曝光率与余秋雨可有一拼。阅读他的博客就可以发现他和朱大可不同，朱大可的文化评论主要聚焦于哲学和文学，属于当下看来有些曲高和寡

---

① 雷达：《轻与重（生命与时间之二）》，新浪博客 http://blog.sina.com.cn/s/blog_4cd60ad6010009oe.html，2013年8月6日查询。
② 雷达新浪博客：http://blog.sina.com.cn/leida2007，2013年8月6日22：00查询。
③ 雷达：《原创力的匮乏、焦虑，以及拯救》，新浪博客 http://blog.sina.com.cn/s/blog_4cd60ad60100aykq.html，2013年8月6日查询。
④ 贾平凹：《从雷达说文学评论》，新浪博客 http://blog.sina.com.cn/s/blog_4cd60ad60102e5g3.html，2013年8月6日查询。

的精英文化,属于更广意义上的美学范畴;当然,张颐武的评论和李敬泽、雷达就更加不同,李敬泽和雷达的评论主要聚焦于文学,属于文学评论家。张颐武的涉猎则很杂很广,可以视之为大众文化评论,评论也很大众化,这和他的研究方向不无关系。

张颐武的博客认证是:"北京大学中文系教授,博士生导师",实际上他还有一个身份是北京大学文化资源研究中心副主任,这决定了他的研究方向。他更多关心国家大文化,比如全球化的问题、现代性的问题,再比如文化产业的发展现状问题等等,同时,社会上各种文化热点问题也都是他研究的对象。2005年11月开博至今,他写下了468篇博文,没有任何博文分类,大多都是实时性的社会文化评论,任何新鲜话题他几乎都会凑热闹,电影就是其一,所以,他的很多博客都被新浪推荐到首页,大众也十分喜欢这样的时评,于是,他的博客知名度就很高,10600794[①]的博客点击量、21811的关注人气,在评论家群中实属前列。

2005年,"一个馒头引发的血案"轰动全国,陈凯歌大导演一句"人不能无耻到这种地步"人人皆知,这一切都关于电影《无极》。李安导演的《卧虎藏龙》在奥斯卡获得大奖后,古装武侠片就成了香饽饽,而自张艺谋同志重磅推出《英雄》后,中国电影就进入了大片时代,为了赶上潮流,与张艺谋同志的《英雄》《十面埋伏》等相抗衡,陈凯歌大导演推出了《无极》,此片是当时中国最大投资的一部大片,聚集了日本、韩国、中国等东亚地区优秀的演员,但是,推出之后却遭观众大吐口水,一味追求画面的精美和宏大而致使故事情节太弱成为电影致命的缺点。简单来说,此片讲述了一个小孩因为馒头被抢,心灵受到伤害,长大之后一心想要复仇的故事。网络红人胡戈敏锐地发现了这个故事核心,并借用《无极》的镜头,混搭中央电视台的新闻节目,推出了恶搞视频《一个馒头引发的血案》,此视频一出,红遍大江南北,甚至盖过了《无极》,也使得陈凯歌大导演苦心经营的古装大片成了当年最大的笑话,后来,很多人说一部电影烂常会说:"比《无极》还烂!"话虽如此,《无极》里一些奇葩的对白却成了一种流行元素,被流传下来,比如"跟着主人,有肉吃"等。而《无极》最大的意义却是在于,它开启了一个"口碑越烂,票房越高"的国产电影畸形的大片时代。

无独有偶,张颐武也关注了《无极》,2005年11月15日,他的一篇博文就给了《无极》,名曰"关于陈凯歌《无极》的意见",不同于大众,张颐

---

① 张颐武新浪博客:http://blog.sina.com.cn/zhangyw,2013年8月7日16:00查询。

第七章 大家争鸣：文学评论家博客

武对陈凯歌还是支持的，对《无极》也是肯定的："《无极》当然证明了陈凯歌的强烈的企图心。他毕竟已经沉寂得太久了，有点好像淡出了的样子，但电影毕竟是吸引人的职业，不甘心还是人生的常态……投资人这一次和陈凯歌一样赌了一把。希望能够将许多年的沉闷化为一次华丽的转身。"文中，他特别强调了影片的"历史架空性""游戏性""奇幻"，并赞扬这是一种创新，是一种启蒙，是电影发展的新高度——制造梦想。结尾，张颐武还说："无论如何，《无极》是要达到它的票房的，任何人都不忍心它的失败，这就是它成功的条件。看看关于《无极》的种种炒作，其实都有一股诡异的氛围。让我们大家到电影院看《无极》吧。①"

看得出，张颐武更多是从电影产业的角度来发表意见的，但是，这仍旧不能让我苟同。《无极》是一场烧钱的游戏，一如《十面埋伏》，是没有内容的电影，更表达不出中国的古典美和一种传统精神，何以要赞美？更不能鼓吹！这是助纣为虐，中国的电影发展至今，似乎越来越退步，且不说"过检"的影响究竟有多大，单看电影的内容，就可以发现几乎没有几个电影人能够沉下心来讲故事，过于浮躁，过于急功近利，一味追求绚丽，追求大牌，往往华而不实，长此以往电影不再是电影。面对这样的电影，还鼓动大家去看，就更不应该了。我们常说，中国的电影缺少好的电影人，同时缺少好的电影观众，如果电影人都是好的，何来烂片？如果电影观众都是好的，何来烂片的生存空间？其实，我们也缺少好的电影产业乃至文化产业的理论，张颐武是大家，尚且这样鼓吹，让人情何以堪！国产电影需要鼓励，但是，更需要批评和鞭策，一味宠溺，后果会很严重。

张颐武总是紧跟大众文化的潮流的，与时俱进，他能够抓住世上的文化元素，也能学来后现代的文化语言，比如，他的博文中常常能够看到"屌丝""高帅富"等带有恶搞性质的时尚用语。还是关于电影，2013年，他又关注到了《泰囧》《致我们终将逝去的青春》和《中国合伙人》，他声言，这三部电影表明70后们开始主导怀旧消费，并充分肯定了这"三部"电影的"接地气"，总体说来，张先生认为，这三部电影都与钱有关，《中国合伙人》是以钱为中心的励志片；《致青春》则是因为没有钱而焦虑的青春片；《泰囧》则是"有钱却不快乐，压力山大"的喜剧片。总体来说，这三部片子充分展示了中产阶级、小市民阶层的精神生活，也说明了当今中国物质欲的膨

---

① 张颐武：《关于陈凯歌〈无极〉的意见》，新浪博客 http://blog.sina.com.cn/s/blog_47383f2d010000ln.html，2013年8月7日查询。

263

胀。最后，张颐武说："这一类描写当下人群'曾经失落、回头找补'的影视作品会越来越有市场，因为有越来越多的'70后'愿意为他们梦想与现实之间的距离买单。①"坦白讲，这样的分析十分有见地，但是，张颐武的评论仅仅局限于电影事件，从电影的产业特征出发，而并没有真正探究这三部电影的艺术质量，也没有用批判性的眼光从电影中探寻人的问题。实际上，《致青春》只是导演"意淫出来的假青春"，《中国合伙人》所谓的励志和梦想只不过是中国人一直以来庸俗的功名观，而《泰囧》则是一场远远比不上其前作《人在囧途》的普通人根本无法承担的虚幻的"自愚自乐"。

张颐武一直站在全球化高度，从总体战略、从产业发展、从大众视角去评论文化，所以，他的态度一直都很温和，鼓励多于批评，这是十分必要的。我们有理由对文化的进步给予宽容，但是，我们同样有理由以批评的态度审视文化，而相对来说，文化的评判性才是根本。文艺评论永远都是一项严谨而深刻的活动，不能把他简单流于大众化，要想文化复兴，我们需要更多的思考。

75. 谢有顺：我们并不孤单

评论界有"北李南谢"的说法，"北李"指的是李敬泽，"南谢"则指谢有顺，虽然，这个说法不够严谨，李谢二人可能也并非是中国前两位的文学评论家，但绝对在最优秀的评论家之列，谢有顺少年得志，在评论界的名气由此可见一斑。

谢有顺博客上的头像是他的照片，照片中的他很年轻，坐在一扇红色的木门前面，穿着条纹短袖，带着手表，左手抓住右手，给人沉稳大气的感觉，又显得朝气蓬勃。他的博客中有"公告"，是他的简介：谢有顺，1972年8月生于福建省长汀县。现居广州，2006年起，任中山大学中文系教授、博士生导师。这个简介的确很简，实际上，他的个人信息值得好好书写一番。

29岁成为中国最年轻的冯牧文学奖得主，34岁成为国内最年轻的文科教授和博士生导师，当下他是中国最具影响力的学者之一，比起他的硕士生导师孙绍振和博士生导师陈思和来说，大有长江后浪推前浪或青出于蓝而胜

---

① 张颐武：《"70后"一代开始主导怀旧消费？》，新浪博客 http://blog.sina.cn/s/blog_47383f2d0102e48e.html，2013年8月7日查询。

第七章 大家争鸣：文学评论家博客

于蓝之势，他甚至被国内某周刊评为"影响中国的 50 位青年领袖"的候选人之一，可以说，谢有顺几乎已经是一个传奇。1972 出生，谢有顺在当今中国顶尖文学评论家当中年龄应该是最小的，年纪轻轻他如何能够跻身于顶尖行列？很多人猜测谢有顺可能和他的福建老乡、文艺评论大家谢冕有些关系，不然，他的成名之路不可能如此顺利，实际上，谢有顺和谢冕只是刚好同姓，又刚好同乡，别的就再没有太多关系。谢有顺是地地道道的农家孩子，靠着自己的真本事一步步走到今天。如果要说真的有什么对他有特别大的影响，应该是广州这座城市。

福建师范大学中文系毕业不久，谢有顺就到了广州，在《南方都市报》就职，1998 年起，担任《南方都市报》专刊副刊部副主任，2002—2004 年在暨南大学中文系文艺学专业进修硕士生课程，后在复旦大学中文系攻读中国现当代文学专业博士学位，如今他在中山大学担任教授、博士生导师。广州靠近香港，是中国最开放的地区之一，可能广州不适合出大作家，但是，广州适合出思想者，孙中山就是一位伟大的思想者，而《南方都市报》《南方周末》等都是中国最具思想活力的知名报纸刊物，在这里，一个思想者可以尽情展示其才华。谢有顺就是一个非凡的思想者，从《南方都市报》一步一个脚印，走向了全中国。

中国有很多种类的文学奖，华语文学传媒大奖就是其一，由《南方都市报》主办，面向整个华语文学世界，每年颁发一次，其中，年度杰出成就奖得主个人独得 10 万元大奖，以年度计，是当时（2003 年）中国奖金最高的纯文学大奖，它也是国内第一个有国家公证人员参与评选全过程的文学大奖，十余年来，它一直"坚持公正、独立和创造的原则，坚持艺术质量和社会影响力并重"的原则，每年的评奖结果几乎都受到了文学界的广泛认同，如今，它已经成为华语文学最重要的文学奖项之一，在全社会产生了巨大的影响力。华语文学传媒大奖中有年度文学评论家这一奖项，回顾这一奖项，李敬泽、耿占春等均有中的，但是，看不到谢有顺的名字，为何《南方都市报》不眷顾自己人？因为，谢有顺一直是这一文学奖的终审评委之一，一般此文学奖终审评委有七人，分别由小说家、散文家、评论家等组成，而多年以来，唯一不变的终审评委只有谢有顺一人！

2012 年华语文学传媒大奖上，谢有顺强调：这个奖走到第 11 年了，大家应该思考一下这个奖往下走会碰到的一些问题，但基本原则要立足在文学上——不能因为外面的文学样式、文学潮流、文学议论的变化，华语文学传媒大奖就要贴近、靠近它，试图投合于某种潮流，我们没必要把自己突然弄得蓬头垢面的，扮演成一个奇装怪服的形象重新出现在文坛上，这个奖更需要强调文学本有的价值和意义，在崇尚变化的时代，有的时候，不变也是一种值得尊重的价值观①。

与他并肩而坐的是麦家、阿来、程永新、徐敬亚、阎晶明等作家、编辑、评论家中大腕级人物！

2012年年度杰出作家由翟永明获得，授奖辞为：

"翟永明的诗歌是一部女性之书，也是命运之书。那种纤细、尖锐的痛感与激情，智性而又不失轻逸的语言，令人心碎的美，开创了当代女性诗歌新的书写谱系。她于二〇一二年度出版的《翟永明的诗》，语言上如同一个幽昧的黑夜文本，内心却不断地走向澄明。她以隐忍的陈述置换激越的独白，以戏剧性的结构减缓抒情的疼痛，以精警的表达质询现代的迷思，在历史与当下、古典与现代之间，不断调校自己与世界的距离，既悠游于词语的丛林，亦内敛地发声，并忠直地指认存在的现状。翟永明以自己富有耐力、独步当代的写作，深刻诠释了何为真正的现代诗人。②"

这份授奖辞就是由谢有顺亲笔撰写，不仅年度杰出作家，此文学奖各个奖项的授奖辞都由谢有顺撰写，可见他的传奇和评论界的份量之重。

谢在顺有博文456篇③，其中"华语文学传媒大奖"一栏就有102篇。这些都表明，他是这一文学奖的主持人！年纪轻轻，就成为了华语文学界重要文学大奖的主持人，拥有了如此大的话语权，影响力也就产生了，这种影响力不仅在学术界和文学界，更是全社会性的，2091313④点击量就是佐证。

谢有顺的影响力与《南方都市报》、华语文学传媒大奖有着有重要联系，但是，把谢有顺的成功仅仅归功于《南方都市报》和华语文学传媒大奖却是不公允的。他的成功和他的天分分不开，和他的学识分不开，更和他的勤勉分不开。谢有顺的学识可能并非最渊博的，但是，他绝对是最勤勉的评论家之一。

2005年12月6日开博至今，除了102篇"华语文学传媒大奖"之外，他还有65篇"人文讲演录"、16篇"心的重量"、105篇"我的世界"、47

---

① 谢有顺：《第11届华语文学传媒大奖终评会议实录》，新浪博客 http://blog.sina.com.cn/s/blog_59380f500102e9w0.html，2013年8月7日查询。

② 谢有顺：《第十一届华语文学传媒大奖授奖辞》，新浪博客 http://blog.sina.com.cn/s/blog_59380f500102e9vz.html，2013年8月7日查询。

③ 谢有顺新浪博客：http://blog.sina.com.cn/xieyoushun，2013年8月7日21：00查询。

④ 谢有顺新浪博客：http://blog.sina.com.cn/xieyoushun，2013年8月7日21：20查询。

篇"小说论坛"、10篇"身体笔记"、22篇"文学伦理"、18篇"散文讲稿"、58篇"读书笔记"①。他的评论涵盖了文学、哲学、美学的方方面面，境界很高，思维很新，有信仰，也有创造；他对当代华语文学所有重量级的作家和其作品几乎都做过评论，把握准确、分析透彻。另外，他的博客链接着孔庆东、李敬泽、卫慧等作家和评论家的博客地址，可见他与文学圈的人联系密切，这种密切并非仅仅局限于博客，实际上，他和中国当代最重要的作家几乎都有着密切往来，比如莫言。

他的最新博文有"谢有顺小说课堂"系列，分为八篇，第七篇是关于莫言和诺贝尔文学奖②，文中提到，他和莫言的第一次见面是在2001年初，是一起在北京领一个文学奖。颁奖后半年多，却没拿到奖金，他不急，莫言急，因为莫言答应要将奖金捐助出去，于是写信给他求助，因为，他是记者，他答应了，后来，帮莫言"讨"到了奖金，于是，也就和莫言熟络了，后来，他和莫言常有见面和联系，也研究过莫言的小说，国内惟一由莫言审订和认可的《莫言评传》是他主编的丛书里的一本。莫言获得诺贝尔奖之后，他做了一次"莫言的国"的讲课，文本足足一万多字，并以"文学比政治更永久"赠给莫言，以示祝贺。

在我看来，谢有顺的出现是中国评论界的惊喜，也是中国文学界的惊喜，他代表着一种新生力量，一如华语文学传媒大奖，必将能够促进中国文学的发展。

76. 陶东风：转型社会与当代知识分子

陶东风1959年生于浙江，1991年毕业于北京师范大学中文系，获文学博士学位。现为首都师范大学中文系教授、博士生导师，首都师范大学中国诗歌中心兼职研究员，北京师范大学文艺学研究中心专职研究员、兼职博士生导师。陶先生主要从事文艺学、当代中国文艺思潮与当代中国文化研究。他是我很敬重的学者，务实、勤恳。他学问做得很好，学识很广，为人平和，是一位大家。

---

① 谢有顺新浪博客：http://blog.sina.com.cn/xieyoushun，2013年8月7日查询。
② 谢有顺小说课堂之七：莫言小说与诺贝尔文学奖的价值观，原题为《莫言的国——关于莫言获诺贝尔文学奖的一次演讲（录音整理稿）》：http://blog.sina.com.cn/s/blog_59380f500102e76j.html，共分为：一、文学比政治更永久，二、诺贝尔文学奖的价值观，三、莫言小说的特质，四、莫言获奖的两点启示等四个部分。2013年8月7日查询。

2013年9月19日,《人民日报》刊出陶东风的文章,题目就叫《比坏心理腐蚀社会道德》,他对比了《甄嬛传》《大长今》的价值观,认为"近年来,一些领域的道德状况令人担忧:犬儒主义盛行,人际关系恶化,社会诚信缺失。更可怕的是,一些人其实已经看到了这种情况,但出于一己私利,不是努力去疗救它、修复它,而是自觉不自觉地甚至无所顾忌地参与到对它的进一步破坏中。这种犬儒主义与投机主义的态度,比社会道德的损坏更为可怕"。这篇文章被各类网站置顶,轰动一时。写了无数的学理性文章,许多人没有读过,但这篇小文却引起社会广泛的共鸣,不知道陶东风本人是喜还是忧?

陶东风开博较早,从2006年2月23日至今,他一共贴出了989篇博文,2675382①的点击量。这是一个相当惊人的数字,这要耗费相当大的精力,也要消耗很多的时间。他要上课,还要讲学,闲时还能写这么多博文,真的不容易。或者写博客对他来说并非闲时之事,他应该是把博客当作一门学问来搞,看得出他是很认真的,同时,也看得出他是十分勤奋的人。

陶东风十分关注教育和教学,作为老师,陶东风传道授业解惑,有仁者之心,一直搞文艺评论的他,对文艺学的发展和教育现状有着深刻思考,他认为,现代文艺学的传播很大程度上依赖于大学教学这个环境,所以,文艺学教材就成了香饽饽,很多人争相把自己的文艺学观点和理论"写"进教材,以这种方式想树立自己的权威性。陶东风是大学教授,可以说对于文艺学教材他也"近水楼台",但是,他对这种做法很是反对,他认为:"文艺学教材承担的任务不是或主要不是表达编写者(作者)个人的、当然也不是其他某个理论家个人的所谓'一家之言',而是把文学理论、文学观念发展史上最主要的、最有代表性的研究成果和知识积累以学生能够接受的方式传达给学生。②"他认为,文学首先的问题是什么是文学,很多一家之言的教材,在书本最初就给文学下了一个定义,这恰恰是最不妥的,"钦定的、武断的定义"必然无法反映出文学观念本来具有的丰富性和复杂性,学生也无法明白关于"文学"本来就有无限多元的解释与理解。③

陶东风对博客很感兴趣,"玩"得不亦乐乎,博文覆盖面很广,题材和

---

① 陶东风新浪博客:http://blog.sina.com.cn/taodongfeng,2013年8月1211:48查询。
② 陶东风:《我的教材理念》,新浪博客 http://blog.sina.com.cn/s/blog_48a348be0100026u.html,2013年8月13日查询。
③ 陶东风:《我的教材理念》,新浪博客 http://blog.sina.com.cn/s/blog_48a348be0100026u.html,2013年8月13日查询。

第七章 大家争鸣：文学评论家博客

类型也很多，并没有全部分类，只标签出 78 篇论文，107 篇随笔，30 篇读书笔记，这两百多篇文章是陶先生博客的精华部分，全部都是认真严谨的论述。

博客中，陶东风用六篇博文讨论了"新文学终结了么？"的问题，"新文学终结"论、"新世纪文学"论与"新新中国"论就近来在文坛上出现的一个最新论调。文学批评家张颐武先生是此论的倡导者。其核心就是鼓吹"五四文学"和"五四精神"在这个"新新中国"已经过时，那套启蒙主义现代性的华语已经彻底丧失了对当代中国人的演说能力[①]。陶东风显然是不认同的，同样，我也是不认同的。一如我前面对张颐武先生博客的描写，张颐武似乎是"新时代的鼓手"，所谓"鼓手"只是"鼓吹之手"，讨论问题太多流于事件表面和文化的功利性，缺乏深刻的批判精神和反思精神，其实也就是缺乏五四时期的现代性。

对于张颐武的论调，陶东风毫不客气地说："（张颐武）他所向往的'新新中国'则不过是'后全权中国'的别名而已。"所谓"后全权中国"即"在延续全权社会基本体制的同时，增加了经济上的有限多元化和物质上的消费主义、生活方式上的享乐主义[②]"的中国，这里我们且不必讨论全权中国的问题，这和政治、意识形态有些关系，单单只讨论消费主义、享乐主义就已经足够我们警醒，我一直认为，物质欲望的膨胀，以及娱乐精神的盛行造成当下的文化很是聒噪，形成了所谓的"后现代主义"，话语秩序的凌乱、精神的空洞、恶搞和低俗的兴盛等，表面上看上去是一派欢乐的欣欣向荣，实际上，文化丧失了信仰和核心，人也丢了道德底线，陶东风说：

"如果这种只有物质消费的'自由'而没有人性尊严的畸形生存真的成为支配中国的现实，那它必将在中国产生犬儒主义、机会主义、及时行乐、醉生梦死、无聊郁闷等畸形的生活态度和心理体验，在这样的社会文化土壤中产生的所谓'新新中国'是个什么东西也就很清楚了。[③]"

仅仅因为五四精神和"新新中国"的现实已经格格不入，就断定新文学终结了，这是十分荒谬的事情。一个真正的思想者不是随大流的人云亦云，

---

① 陶东风：《新文学终结了么？(1)》，新浪博客 http://blog.sina.com.cn/s/blog_48a348be01000271.html，2013 年 8 月 12 日查询。

② 陶东风：《新文学终结了么？(6)》，新浪博客 http://blog.sina.com.cn/s/blog_48a348be01000275.html，2013 年 8 月 12 日查询。

③ 陶东风：《新文学终结了么？(6)》，新浪博客 http://blog.sina.com.cn/s/blog_48a348be01000275.html，2013 年 8 月 12 日查询。

更不是粉饰太平的鼓吹者。思想者需要做的是透过现实，发觉真相。我一直认为，中国的现实恰恰说明我们需要新文学，中国当下文化的窘境恰恰是因为我们很多大众丢掉了五四精神，中国文化不仅需要复兴，也需要启蒙，这就必须拥有自己的新文学，这种新文学应该与五四新文学的价值导向一脉相承。如果文学也跟着大众一起"娱乐和愚乐"，那么，文学才是真正死了。

"中国的现实到底发生了哪些彻底的、根本性的变化，以至于五四以来的新文学和五四现代性已经彻底过时了？另外一个是对五四新文学和五四现代性的认识问题：它真的过时了么？"陶东风这一问发人深省。

陶东风做学问很严谨，但玩起来也很尽兴，热爱生活，喜欢搞摄影。陶东风最新的博客都是摄影，有新加坡系列，也有西行系列（青海、祁连山、西藏等），这些照片太美了，博文《天路印象之二》① 的第一张照片，陶东风配文"火车上见到的纳木错湖，小水潭相间错落，空灵有致，既有色彩的对比，更有构图作用，其魅力不逊于大湖。"照片中光影错落，色彩流淌，仿佛一幅水彩画，很不真实，像极了幻境，可那真是陶东风亲眼所见。而在《大自然的鬼斧神工，酷似后期印象派油画》② 一文中，陶东风惊叹："贵德国家地质公园离西宁一个小时车程，原先不知道有这个地方。看了以后极为震撼！那种狞厉粗犷的美给你无言的震撼。仿佛一切都在燃烧。这是一个火的世界。让人想起梵高的画。"可能是在城市呆的太久，没有走出去看看，看着陶东风的美图，我甚至有些嫉妒。

心有高山流水，追求思想自由，担当文化使命，这就是陶东风，一个境界很高的人。《新加坡印象之一：没有街头艺术家》中讲到新加坡见不到街头艺术家一事，与此对应的是，陶东风在纽约、巴黎等世界大都会都能见到很多街头艺术家，陶东风认为新加坡太秩序化，"干净得如同无菌城市，规矩多得让人时刻提心吊胆"，由此展开论述："追求秩序的代价是没有了自由，艺术需要自发性和想象力，而自发性和想象力的土壤就是自由。不妨把这个逻辑推到极致：最秩序井然的地方是哪里？当然是监狱。最没有自发性

---

① 陶东风：《天路印象之二（本人此次青藏之旅比较满意的一组照片）》，新浪博客 http://blog.sina.com.cn/s/blog_48a348be0102ee8a.html，2013 年 8 月 12 日查询。

② 陶东风：《大自然的鬼斧神工，酷似后期印象派油画（2013 年 7 月 23 日摄于青海贵德国家地质公园）》，新浪博客 http://blog.sina.com.cn/s/blog_48a348be0102ee25.html，2013 年 8 月 12 日查询。

第七章 大家争鸣：文学评论家博客

和创造力的地方是哪里？当然也是监狱。①"这是在说国家，这可能也是在说做文艺评论和做人。文艺评论是一门需要缜密逻辑思维的学问，有很多范式和秩序，但是，搞文艺评论又不能太死板，一味追求规矩就没了活力。所有的知识和学问都是死的，关键是看你怎么运用、怎么思考。有秩序的自由和自由的秩序方是好的文艺评论。

陶东风是这么搞文艺评论的，他也是这样做人的，所以，他很快乐。

陶东风的博客头像就是一张他微笑的照片，笑容很安静，很满足，很幸福。

---

① 陶东风：《新加坡印象之一：没有街头艺术家》，新浪博客 http://blog.sina.com.cn/s/blog_48a348be0102edcj.html，2013年8月12日查询。

第八章 众声喧哗：网络作家博客

网络作家均是靠网络文学起家，绝大部分都是从天涯社区、红袖添香等中文网开始，极少数网络作家以博客文学创作出家，不管起步于哪里，网络作家一般都有博客，但是，这些人在成名之前，一般都有一个漫长的蛰伏期，废掉很多很多文字，所以，他们对网络文字实际从心里应该有些免疫，于是，他们的博客一般经营的时间都不够长，经营的时候更新频率也不高，博文内容一般也不多，除了贴已经发表的作品内容（这样的作家博文数量很大）。

77. 当年明月：明朝那些事儿

谈名作家博客，我认为缺了谁都不能缺当年明月，在木子美小姐之后，还没有哪位作家能像他一样（如果木子美小姐不能称之为作家，那就是"那位名人"）与博客拥有如此密切的联系，甚至可以说，他在一定程度上改变了传统的写作模式。

21世纪80年代之前的历史，作家写作只能用纸笔墨砚，写完之后，修改很久，才有可能印制成书，然后，才能与读者见面。进入90年代以来，甚至是21世纪，主流作家仍旧坚持这种写作和出版模式，而兴起的网络文学和网络作家则习惯直接把文章晾晒于一些中文网站上，与读者实时沟通和互动，一边看一边写的模式应运而生，如果点击量高，影响力大，往往会被出版商青睐，继而才被以纸质图书的形式出版，抵达到大众那里，这些人被称为网络作家。当年明月无疑就是其中之一，但是当年明月又和绝大部分的网络作家有所不同。

第八章 众声喧哗：网络作家博客

还是木子美事件，当年，木子美小姐成名、出书，靠的不是在传统中文网站中发表作品，而是通过自己的个人网络日志（部落格，即今天的博客）发表自己的"性爱日记"而出名，这和绝大部分网络作家通过"天涯""榕树下""红袖添香""起点"等中文网站而出名的模式不同。在她之后，当年明月是第二个走了此路的人，不同的是，当年明月没有贴他的"性爱日记"，而是"明札记"，这样看上去，当年明月就显得光明正大、理直气壮得多，而木子美小姐则像走偏门，同时，当年明月也远比木子美小姐更火，图书的发行量和版税也多得多。

打开当年明月的新浪博客，你会发现一片米黄的格子背景，仿佛书写用的纸张，似乎寓意着他就是为写一部大书而开的博客，置顶是一片有些粗糙纹理的深紫色，显得雅致大气，这似乎也表明他要写的东西比较有品味、有格调，实际则是雅俗共赏。头像也不用他的照片，就是"当年明月"四个字，有些神秘色彩，这倒是符合他网络作家的身份特征。1793①篇的博文数量着实让人惊叹，全部关于"明朝那些事儿"，一切迹象表明，博客就是他的写作主战场。

当年明月的出名模式和木子美小姐还是有点区别的。当年明月的"明札记"连载不仅局限于他的个人博客，同时，他在天涯社区煮酒论坛同步发布了他的连载。当年明月最早"出名"还是在天涯煮酒论坛。当时，他以网络名称"就是这样吗"在论坛中连载了自己的"明札记"，至于为什么叫"明札记"，他在"明朝那些事儿"的前言中说道："其实我也不知道自己写的算什么，不是小说，不是史书，就姑且叫《明札记》吧。②"他的写作主旨是"历史应该写得好看"。

缘何他会选择这个题材，我想应该和当时风头正火的"文艺超男易中天"有关吧，时下流行什么，就会有人创造什么，紧跟阅读时尚总是没有错的。况且当年明月是草根阶层，以草根阶层更接地气的方式通俗地"说史"还是可以吸引眼球的，而且他也算是饱读诗书，尽管他的职业是一个公务员，一个警察。他白天上班，晚上写史，没想到在天涯上火了。今天，回顾他火起来的那段时光，还是有些异议的。传闻他以"就是这样吗"在天涯发帖后，他的文字受到了众多网友的追捧，很短的时间内就聚集了很高的点击

---

① 当年明月新浪博客：http://blog.sina.com.cn/dangnianmingyue，2013年8月12日查询。
② 当年明月：《明朝的那些事儿——历史应该可以写得好看》，新浪博客 http://blog.sina.com.cn/s/blog_49861fd5010003go.html，系"前言"，2013年8月12日查询。

量，但是，有人却说他的点击量是通过不正常渠道造假而来，闹了一番之后，逼得当时的版主辞职，这件事情被放大之后，推动了网络论坛的革新，规范了版主的管理机制。版主辞职也罢，点击量造假也罢，"就是这样吗"却是真的火了，谁也挡不住他。

可能是"点击量造假事件"的刺激，当年明月又在新浪博客开辟了另一战场 2006 年 5 月 22 日，他正式开辟新浪博客，发表了《明朝的那些事儿 历史应该可以写得好看［版权说明］》①，以他在小说中介绍"朱元璋"的风格模式介绍了自己。第二天，他连续发布了 8 篇"其它回复集②"，把天涯论坛里他和众多读者的实时回复沟通转移到了新浪博客中，此举博得众多追随者的好评，纷纷说他"重感情"。也是在这一天，他开始发布《明朝的那些事儿》的前言，说道："好了，今天晚上开始工作吧！……从我们的第一位主人公写起，要写三百多年，希望我能写完！③"他说的没错，在博客中写《明朝的那些事儿》仿佛真是他的工作。

因为之前他已经写了两卷本《明朝的那些事儿》，所以，前期他的博文更新很集中，一天会发布很多篇文章，属于集中复制和粘贴，但是，经年累月，到了《明朝的那些事儿》三、四、五、六、七，他几乎每天更新两千字，实时写作，实时更新，与天涯煮酒论坛同步。中间，他很少间断，如果有事情，他会张贴一篇博文，专门向读者"请假④"，特殊的日子，他也会有特殊的问候，比如"春节快乐"，比如"九一八，勿忘国耻"等。这种实时写作风格，和读者打成了一片，加上他彬彬有礼，又懂得怎样调动读者的情感共鸣，所以，他的博客影响力十分巨大，尽管他的博客在 2012 年 5 月

---

① 当年明月：《明朝的那些事儿——历史应该可以写得好看［版权说明］》，新浪博客 http://blog.sina.com.cn/s/blog_49861fd5010003jn.html，2013 年 8 月 12 日查询。

② 当年明月：《其它回复集［1］》，新浪博客 http://blog.sina.com.cn/s/blog_49861fd5010003m9.html～其它回复集：［8］http://blog.sina.com.cn/s/blog_49861fd5010003mg.html，2013 年 8 月 12 日查询。

③ 当年明月：《明朝的那些事儿——历史应该可以写得好看》，新浪博客 http://blog.sina.com.cn/s/blog_49861fd5010003go.html，系"前言"，2013 年 8 月 12 日查询。

④ 如，请假三天：新浪博客 http://blog.sina.com.cn/s/blog_49861fd5010005y0.html，内容为："请假条——各位网友：你们好！谢谢大家对我的支持。你们给我的留言我也都一一看了，谢谢你们的鼓励和鞭策，我将继续写下去。本周五、周六、周日（27、28、29 日）三天，我要去一趟成都。因此，这三天暂停更新，下周一继续更新。望各位理解和准假。当年明月 2006 年 10 月 26 日。"

之后就再也没有更新过,却仍旧一直吸引着众多读者前来"朝圣",236793673①的点击量,179599的关注人气,只有韩寒等极少数人能够与之媲美,对应的是《明朝的那些事儿》在图书市场上大红大紫,《明朝的那些事儿》第一部印刷量过千万,他也连续五年登上过中国作家富豪榜。

博客是促进学习、记录收获、共享知识、交流看法、练习文笔、宣传自己的交流平台,但当年明月在他的博客从来没有谈及个人隐私或生活细节,执著的发表《明朝的那些事儿——历史应该可以写得好看》长篇连载,全部是新作品连载,并以每天2000字的速度更新。这种方式,让当年明月以极快的速度,一年之内就成为红人作家,这是独一无二,也是令人没有想到的。

与读者交流,当年明月真实再现了一种和读者实时交流的实时写作!这是他成功的重要原因之一。关闭当年明月的博客,阅读纸质的《明朝的那些事儿》,我的思考仍旧没有结束。当年明月的成功还关系到更多——他有创造性的思维,丰厚的知识积累,更有难得的写作才华,他的确把历史写得很好看。

78. 天下霸唱:鬼吹灯

一个作者的小说,正版书卖了几百万本,盗版书却卖了上千万本!

这是文坛怪现象,是奇迹,更是奇谈。除了是奇谈,也只能感叹这个作者太火了,他的书太火了。

这个人就是天下霸唱,真名张牧野,这本书就是《鬼吹灯》!

和很多网络作家的成名之路一样,天下霸唱最初也是"混"天涯的。

张牧野原本和别人合作开金融投资公司,28岁之前,其生活与写作几乎毫无关系。"2005年国庆节以前,连一百字的工作报告、检讨书都写不利索",自从在猫扑上看了别人转贴的一篇鬼故事,他就天天眼巴巴地等更新,"一天刷十遍,后来知道那位作者是在天涯的莲蓬鬼话发表的这个故事,于是屁颠儿屁颠儿地跑来天涯蹲坑,结果那位大人总不更新"②,把他等急了,

---

① 当年明月新浪博客:http://blog.sina.com.cn/dangnianmingyue,2013年8月12日21:30查询。

② 天下霸唱:《扯了这么多故事了,稍微发表一些制作花絮》,新浪博客 http://blog.sina.com.cn/s/blog_48c95ee90100074y.html,2013年8月13日查询。

他女朋友也着急。女友居然催着张牧野去联系那位作者，将故事继续写下去，这有些无理取闹的意味了，张牧野去哪里联系作者呢？既然女友喜欢鬼故事，那不如自己写算了。

那个时候他的公司很不景气，有大把时间。于是乎，一冲动他就在天涯注册了"天下霸唱"，开始了写作，写的就是鬼故事。他的第一个故事《凶宅猛鬼》是"发生在一栋小洋楼里的鬼故事，扯到中美联军大战，妖兽部队上去了"，天花乱坠又不着边际，他自己也写不下去了，但是，这个故事让他有了一些读者。他说："挖完第一个坑，塌方了，当时在天涯认识了很多好朋友，总觉得有点对不住大伙，就利用半个月的时间扯了第二篇故事《雨夜谈鬼事》"①。之后，又有了《阴森一夏》，他觉得，这个故事是"完全失败的一个段子，扯得没谱了，而且篇幅太长，一长就使自己失去了乐趣"，自己都看不下去，更不指望别人看得下去。

天下霸唱不说自己在写小说或者讲故事，而是说自己在扯淡，"因为不管是哪个故事，我都没有写作大纲，连我自己都不知道以后扯出来的是什么东西，基本上靠即兴发挥，篇幅不够的时候，就用短篇凑数"。可见，最开始他搞网络写作就是图个好玩。那时候，他的公司9点上班，他7点就会到公司，写作到11点，发到网上，然后吃中饭，下午处理公司事务，晚上回去玩会儿游戏就睡觉，生活规律而单调。写作，只是他生活中的一部分，而且可能连"重要的一部分"都算不上。他自己说，如果要选择生命中重要的事，钱、公司、游戏的排名都会在写作之前。他坚持网络小说创作，熬夜很多，总是一个人在一个房间里，所以，他习惯了抽烟，抽烟的量越来越大，他的博客头像里他就叼着一根烟，带着墨镜。

写了几个短篇，他的女朋友出国了，分手了，空闲时间更多了，他就开始尝试写长篇，但是，他"不太擅长扯十万字以上的长篇"，于是，他扬长避短，"结合以前几个月的经验来看，七八万字以内，能保证精彩程度，一超过这个字数，我就会产生一种厌倦的情绪，希望尽快完结。这是我性格上的缺点，很难弥补。所以吸取了以往的教训，开始把鬼吹灯扯成系列故事。"② 这样一扯，《鬼吹灯》就出来了，他火了。所谓"霸唱"就是"传

---

① 天下霸唱：《扯了这么多故事了，稍微发表一些制作花絮》，新浪博客 http://blog.sina.com.cn/s/blog_48c95ee90100074y.html，2013年8月13日查询。

② 天下霸唱：《扯了这么多故事了，稍微发表一些制作花絮》，新浪博客 http://blog.sina.com.cn/s/blog_48c95ee90100074y.html，2013年8月13日查询。

第八章 众声喧哗：网络作家博客

奇"，他也真的成了网络"传奇"。

用成功学去看待天下霸唱，这是一个很好的励志故事！

话又说回来，实际上大部分的网络作家的成名之路都是很好的励志故事。

天下霸唱2006年3月8日开博，那个时候他还没有出名，只能算是网络写手，第一篇文章是"鬼吹灯"的《引子》，之后，他在十几天内连续发布了二十多篇博文，也就是《鬼吹灯》第一部的全文初稿①，这些文字都是他在天涯发表过的，此后，他的博客停开了一段时间。半年过后，2006年9月，他《重开博客》："鉴于各方压力，我的博客重新开张。虽然积了好厚的一层灰了，但是不少读者大人还在上面留了爪印，激动得不得了。这个博客的功用主要是回答读者问题及发布我的各种通知，恕不能一一回复各位读者大人了。另：《鬼吹灯》第一本《精绝古城》今天全国上市，各位有钱的捧个钱场，没钱的捧个人场。谢谢。"② 天下霸唱很清楚，他的写作要依赖于网络读者，他需要和他们打成一片。

7年的时间，天下霸唱写了140多篇博文，最后一篇博文发表在2013年1月，文章不算少，也不算多，3685075③的点击量说明他的影响力不容小觑，但是，终归还是比不得当年明月。他和当年明月的做法异曲同工，却又不尽相同。当年明月后来的创作几乎都是实时的，且依托于新浪博客平台。天下霸唱成名之后，则不在新浪博客或者天涯搞实时创作了，而是依托于"起点中文网"，所以，在他的博客里，见不到《鬼吹灯》另外几部的内容④。但是，他的博文还是带着他鲜明的写作特征。即便没有《鬼吹灯》，故事也几乎都和鬼怪奇谈有关，最新博文就和他的新书《河鬼》有关，名曰《〈河神〉之外的"鬼水"奇闻》《微博节目1亲眼看到的僵尸》《微博节目2公司里的闹鬼事件》《微博节目3我的邻居是妖怪》等也都离不开神鬼怪

---

① 天下霸唱：《第一章白纸人》，新浪博客 http://blog.sina.com.cn/s/blog_48c95ee901000346.html ～第二十一章沙海魔巢(扎格拉玛山谷2)：http://blog.sina.com.cn/s/blog_48c95ee9010003bb.html，2013年8月13日查询。

② 天下霸唱：《重开博客》，新浪博客 http://blog.sina.com.cn/s/blog_48c95ee90100074x.html，2013年8月13日查询。

③ 天下霸唱新浪博客：http://blog.sina.com.cn/guichuideng，2013年8月13日12：00查询。

④ "鬼吹灯系列"，《鬼吹灯Ⅰ精绝古城》《鬼吹灯Ⅰ龙岭迷窟》《鬼吹灯Ⅰ云南虫谷》《鬼吹灯Ⅰ昆仑神宫》《鬼吹灯Ⅱ黄皮子坟》《鬼吹灯Ⅱ南海归墟》《鬼吹灯Ⅱ怒晴湘西》《鬼吹灯Ⅱ巫峡棺山》，第一部出版时章节调整，与博客中的章节略有不同。

277

力，他俨然成了中国恐怖探险小说的翘楚。

与当年明月不同的是，天下霸唱是典型的网络作家，身上带着众多网络写手的嘻哈特征，初一看他的照片，我还以为他是卢正雨，就是那个《嘻哈四重奏》的导演、在网络走红成了周星驰《西游降魔》编剧的湖南嘻哈青年。博客的公告部分，他有留言："咱哥们儿发帖，图个什么啊？不就是图个风云际会吗！"

天下霸唱身上的草根气息还很重，不像作家，更像网络写手！恰恰这也让天下霸唱显得更可爱，更纯真，毫无一些作家的酸腐和清高。他是难得的青年，谈网络作家绕不开他，一如《鬼吹灯》系列是非凡的作品，谈网络文学也绕不开他。

79. 流潋紫：后宫里的女人们

今天，如果你不知道甄嬛小主，那你真真就是"奥特"① 了！绝大部分人都会说，我当然知道甄嬛小主。是的，你知道甄嬛小主，但是，你未必知道流潋紫。流潋紫是谁？不说不知道，一说吓一跳，她是甄嬛小主的主子！甄嬛的主子不是雍正么？那是在戏里。没有流潋紫就没有这出戏，也就没有甄嬛小主了。

雍正元年，大臣甄远道之女甄嬛小姐正如花似玉，17岁的雨季，她天真烂漫，单纯可爱，已经初长成了，她的命运很快发生了转变。雍正要选妃子，她和两个姐妹也进了宫，参加选秀大会。她很幸运，顺利当选；她也很不幸，一入后宫深似海，回首已是百年身。深深的宫闱，明争暗斗，尔虞我诈，藏着的都是阴谋，只为了讨好雍正，能够上位。甄嬛小主在这样的环境里遇到了各种各样的人和各种各样的事，步步成长，点点蜕变，她再也回不去了，从前的少女消失了，一个深谙权术的后宫妇人诞生了。经历各种斗争，她走到了顶点，成为雍正宠爱的妃子，一人之下万人之上，但是，看似美好的结局终究不是"从此他们过上幸福快乐生活"的大团圆，因为，这里是后宫，高墙大院永远锁住了她的命。

正所谓："当西天的晚霞渐渐浸透深宫重重华墙琉璃之时，已经成为万人之上的太后的甄嬛，会在那一刻想起谁？曾经的爱恋固然刻骨铭心，眉姐

---

① 网络用语，"out"的音译。

第八章 众声喧哗：网络作家博客

姐的笑语犹在耳边，可身边唯有槿汐一人相伴而已。知心情长，又与谁人诉？①"

甄嬛小主，2012 年，《甄嬛传》② 播放之前，我还真不知道有这么一个人和这样一个故事，看罢之后，我确觉得是真真极好的！这言必称"真真"的话语模式也被成为"甄嬛体"，走红大江南北，甚至登上了春晚的舞台。但是，回顾历史，在任何一本清宫的典籍中都找不到甄嬛小主的姓名，她是一个虚构的人物，创造她的人叫流潋紫，她是流潋紫年少青葱时节的华美清宫梦。

打开流潋紫的新浪博客，仿佛进入奇幻世界，她的博客背景美轮美奂，梦境一般长着透明发光的不知名的植物，两只精致的蝴蝶比翼双飞，一如水晶模型，又带有说不出的古典美，这莫名让我联想到京剧中凤冠霞帔的花旦，我猜想流潋紫或者就是这样。尽管，流潋紫的博客头像告诉我，她是一个现代都市女孩，只是回眸，淡淡一笑，却有些倾国倾城的架势，或许，她本就该是一位古代美女子，只是投错了胎，到了现代；或许，她的前世就是深锁后宫的苦命宫女，转世为人，依旧活在前世的梦境里，不然，年纪轻轻，她怎么可以写尽那深深的后宫？

或者她就是那苦命的华妃，正所谓："当年一袭红衣策马入王府的她，一定未曾想过，人生的最后，竟会是这样的收梢。银衣素裙，寂寂坐于冷宫之中，外头淡金色的阳光把空气里的尘灰照耀得耀武扬威，而她，是那样黯淡。面对这一世最强悍的情敌的步步逼问，揭开华丽美裳下的底子，竟是这般血肉模糊，虮虫横行，不堪入目。③"前世太悲、太苦，她只能做梦，今生，梦依然未醒。

流潋紫的博客中有极为简短的个人简介："女，作家，编剧"，这太简单了，我需要补充一下，她真名为吴雪岚，浙江湖州人，1984 年生，2005 年末开始从事业余写作，陆续在各大杂志发表短篇小说及散文，并成为各文学网站专栏写手。2006 年 2 月开始在中文网站写长篇小说，即《后宫甄嬛传》，由此成名，与之对应，她的博客空间几乎写满与《后宫》有关的文字，

---

① 流潋紫：《因为流朱，只有一个》，新浪博客 http://blog.sina.com.cn/s/blog_4a8ccbd30102e1vs.html，2013 年 8 月 13 日查询。

② 电视剧《后宫·甄嬛传》改编自流潋紫所著的同名小说。《甄嬛传》，由郑晓龙导演，孙俪、陈建斌、蔡少芬等人主演，由北京电视艺术中心制作。上映时间 2011 年 11 月 17 日。

③ 流潋紫：《华妃去，红药殇》，新浪博客 http://blog.sina.com.cn/s/blog_4a8ccbd30102e1ud.html，2013 年 8 月 13 日查询。

比如各地书友会联系方式，比如相关视频链接；她的博客空间也贴满了《后宫》的图书封面和购买网址。

流潋紫在网上的简介都清晰写着："2006年8月，她转战新浪博客进行博文文学创作"，她的博客也印证了这一点。2006年8月20日，她写下第一篇博文，名曰《补充关于〈后宫——甄嬛传〉的一些材料》[1]，文章语言风格是古体与白话的混搭，算是就《甄嬛传》对读者一个交代，但是，博客中却没有发布《甄嬛传》的小说正本。其实，话说流潋紫转战博客文学创作是有些勉强的，7年以来，她写了188篇博文，55264755[2]的点击量，大部分文章是关于《后宫》的，倒是有16个很短的故事，分量却不重，最突出的作品，只有一个中篇《后宫——玉簪秋（初稿）》[3]。说到底，她搞博客不是为了创作，而是开一扇窗，传播作品，与读者交流。只是小小的窗子，却称得上精雕细琢，窗子里，她很美。

她是网络写手，她的文字风格却一点也不"网络化"，文笔清新，叙事婉约，颇有唐宋之风。个人简介里，滚动着一段文字，这段文字是她对自己的"自梳"，气质也像极了甄嬛小主，正所谓："'水流心不竞，云在意俱迟'的懒人态度，懒写文，懒思考，犯懒成性。沉溺诗词、武侠、言情，尤爱野史。胸无大志，热爱阿堵物与美好皮相，迷惑于爱情。喜欢别人称自己'阿紫'，刁钻、犀利、温柔、忍让、古怪，无意做天使与魔鬼，潜心修炼成阿修罗。平生所愿'愿得一心人，白头不相离'。最简单的愿望，恐怕也是很难很难的……[4]"

一个22岁的在校姑娘写出这样的文字，着实了得，我不由赞叹。

透过这段文字，仿佛看见一位古典美人，身着一袭粉色衣裳，倚窗而望，点滴心事，才下眉头，又上心头。这样的女子一定是在江南，比如乌镇，那一刻，她可能正感叹年华似水，一如流潋紫，正所谓："那里有高高的屋檐，黑黑的窗棂，长长的青石路，窄窄的街衢，幽幽的水巷，瘦瘦的乌篷船，烟起雾落，云蒸霞蔚，草长莺飞，花开花落，流年似水。有一个曾经

---

① 流潋紫：《补充关于〈后宫——甄嬛传〉的一些材料》，新浪博客 http://blog.sina.com.cn/s/blog_4a8ccbd30100081r.html，2013年8月13日查询。

② 流潋紫新浪博客：http://blog.sina.com.cn/iazi，2013年8月13日17：20查询。

③ 《后宫——玉簪秋（初稿）》（一）：新博客 http://blog.sina.com.cn/s/blog_4a8ccbd3010007td.html～《后宫——玉簪秋（初稿）》（完结）：http://blog.sina.com.cn/s/blog_4a8ccbd3010008eo.html，共21篇博文，2013年8月13日查询。

④ 流潋紫新浪博客：http://blog.sina.com.cn/iazi，"个人档案"，2013年8月13日查询。

深爱我的男子,他安静、沉默地握住我的手,站在乌镇冬日清静的古渡口,看着年华悠悠似水。"[1] 这是 2006 年 9 月 4 日,流潋紫在乌镇的心灵独白。同一篇博文里,流潋紫还写道:"一月初的乌镇酷似美人,典雅、精致、温和、端庄、玲珑而且剔透,完全符合'蒹葭苍苍,白露为霜'的古典韵致;乌镇的一月也类似诗歌,细润绵长,甜美芬芳,花好月圆,终日沉醉在小桥流水、夕阳烟波深处,如同大梦一场……[2]"

最初,我是因为喜欢《甄嬛传》这部电视剧而关注流潋紫。了解了她的成名之路,又看了她的文字,我才觉得她本人比甄嬛小主更有魅力。她有极高的语言天赋,她有堪比唐宋名家的才情,明丽婉约,楚楚动人,我打心眼里喜欢。

80. 南派三叔:盗墓笔记

南派三叔的博客更新停止在 2013 年 2 月 2 日,这一日他有博文"2013 年 02 月 02 日",这篇博文也基于发长微博而发,开头提到:"这个长微博是为了消除昨天的消极影响。你们只比我小两岁,也 28 岁了,今年也要组建家庭,在这里祝福你们。"这里的你们,是《盗墓笔记》亚洲版漫画原作者月鹿、东东二人。

自从微博诞生,南派三叔的主阵地似乎就转移到了微博上,2011 年 9 月 18 日,南派三叔发布了他的作品的同人漫画创作的"开放授权":

"1,同人本属于开放授权,不需要任何的版权申请,没有销售数量限制。2,纸质印刷品,包括自有形象的海报,开放授权,没有销售数量限制。3,周边除金属首饰、服装外,制作方销售额度在 2 万以下开放授权。4,周边中金属首饰和服装,制作方销售额度在 1 万以下开放授权。[3]"

2013 年 2 月 1 日,南派三叔发布微博,宣布可能在 2 月 5 号收回《盗墓笔记》的开放授权,原因就在于月鹿和东东。此二人本是《盗墓笔记》官方同人漫画团队成员,因为合作中出现了一些问题,退出团队,但是,仍使

---

[1] 流潋紫:《年华似水》,新浪博客 http://blog.sina.com.cn/s/blog_4a8ccbd3010005gw.html,2013 年 8 月 13 日查询。

[2] 流潋紫:《年华似水》,新浪博客 http://blog.sina.com.cn/s/blog_4a8ccbd3010005gw.html,2013 年 8 月 13 日查询。

[3] 南派三叔的新浪微博:http://weibo.com/1237869662/A4BFY33t0?type=repost,2013 年 8 月 14 日查询。

用《盗墓笔记》官方漫画形象制作周边产品，南派三叔大为光火，认为，这"是双重侵权的行为，在法律，从来没有官方画家退出合作之后继续使用官方版权进行同人活动的先例。法理上，盗笔漫画的所有形象我都付过报酬属于漫工厂所有"①。

　　此事件在网络上被炒得沸沸扬扬，基于多重考虑，南派三叔在第二天发了这篇博客，也是长微博内容，回顾了他与月鹿和东东合作过程中的一些问题，同时，也算澄清了此事件背后的一些故事，看得出，南派三叔的文字还算是克制的。他说道："我仔细的想过了，你们有你们自己的想法，你们在工作室创建上以及作画理念上的坚持我一直给予了最大的空间，如今想来，也许是错误的，也许我一开始更深的介入你们的工作室的构架，我们也就不会走到这一步……昨晚也有很多人劝过我，我在微博上说一句话，也许会影响你们很多很多年，我不想这样的事情发生。②"南派三叔这话说得没错，以他今时今日在文化圈的地位，他一句话绝对可以对这两位日后的漫画创作生涯产生致命影响，甚至断了他们的谋生手段。但是，南派三叔并没有这么做，他给予了他们最大的宽容、包容和理解。

　　文章最后，南派三叔说："我最后要说的是，我还是非常痛惜你们的离开，在盗墓笔记这个项目上，你们日后会明白，你们没有欠我，我也没有欠你们，但是，你们自己欠自己的，不论是你们本应该在这个项目得到的金钱受益，还是你们说的，我们当时的初衷……祝你们一路顺风，希望有朝一日我们能在各自的事业的高峰再次相遇，相信那个时候，我们之间的理解，不是现在这样。③"

　　此文章最后，南派三叔有一句感叹："我真的太累了。"

　　南派三叔可能真的累了，此后，他就再也没有博客更新，后来，通过他的微博，人们惊奇发现他的生活和创作在改变。2013年2月28日，南派三叔在微博中透露自己开始脱发了，头发出现三指宽的发路，还好，他通过朋友找到了一种有效的护发用品，头发又长了出来。接着，2013年3月22日，他通过微博发布信息，宣布封笔，不再进行任何文学创作。2013年4

---

　　① 南派三叔的新浪微博：http://weibo.com/1237869662/A4BFY33t0？type＝repost，2013年8月14日查询。

　　② 南派三叔：《2013年02月02日》，新浪博客 http://blog.sina.com.cn/s/blog_49c8645e0102e3rj.html，2013年8月14日查询。

　　③ 南派三叔：《2013年02月02日》，新浪博客 http://blog.sina.com.cn/s/blog_49c8645e0102e3rj.html，2013年8月14日查询。

月16日,他又在微博上宣布自己出轨,说自己是"人渣"①,随后,他的妻子声称,他精神分裂。

一连串的问题在2013年上半年出现,人们不禁要问:南派三叔怎么了?

南派三叔的博客名为"南派三叔奇妙的平行世界",博客认证信息为:"《倩女幽魂2》剧情创意总监,《盗墓笔记》《沙海》等书作者。②"显然,这个介绍也不够详细,至少一些其他信息我们需要知道:"南派三叔"本名徐磊。著名畅销书作家,《惊叹号》创办人兼主编,主要作品,《盗墓笔记》系列、《大漠苍狼》系列、《怒江之战》《黄河鬼棺》《藏海花》《沙海》等作品,被誉为中国探险类第一畅销书作家。2011年11月21日,"2011第六届中国作家富豪榜"重磅发布,南派三叔以1580万元的版税收入,荣登作家富豪榜第2位。

1982年出生的他,成名之前,在网络上做过很多事情,唯独不搞创作。"大学之前属于隐形人物,严重口吃,几乎不敢和人说话,大学(浙江树人大学)之后突然好了,竟然还去参加辩论赛。"白天忙着讨生活,晚上读书,甚至字典他都一个字一个字读了好多遍,实在无聊至极,他才开始码文字,写东西。靠《盗墓笔记》走红于网络,走红之前,他写完又废掉的文字达2000多万!走红之后,他与唐家三少、江南等著名网络作家长期混迹于"起点中文网"。

南派三叔的成名和新浪博客不无关系,2006年7月1日,南派三叔开办自己的新浪博客,开博第一天,他粘贴了23篇文章,系"盗墓笔记系列"《七星鲁王宫》"二十三篇"。2006年7月2日,他贴出《开通声明》:"我在《七星鲁王宫》贴吧里看到一个朋友建议我搞个BLOG,我以前没搞过这东西,先搞个来试试。今天正式开通,希望大家捧场!③"随后两天,他又贴了七篇"七星鲁王宫"。此时,他已经在其他中文网站发表了《七星鲁王宫》,并小有名气,在新浪开博贴文只不过是为了扩大小说的影响力,同时,也方便和读者交流。

后来,他很少发表博文,2008年8月29日,他发文《告别》:"本博客正式关闭,短时间内不会再来了。不要再发送好友邀请,不要再发送纸条和

---

① 南派三叔的新浪微博:http://weibo.com/1237869662/A4BFY33t0? type=repost,2013年8月14日查询。
② 南派三叔的新浪博客:http://blog.sina.com.cn/npss,2013年8月14日查询。
③ 南派三叔:《开通声明》,新浪博客 http://blog.sina.com.cn/s/blog_49c8645e01000477.html,2013年8月14日查询。

留言。预祝中秋快乐。①"

2009年1月3日,他回来了,发文《新浪博客的新开》:"9年了,我相信近半年的沉淀已经变化了你我,这里的人气也已经散尽,所以重新开启了新浪的博客,作为我展现另一个自我的平台,这里将只有作品,没有私生活也没有心情故事。08年世事无常,天地不仁,以万物为刍狗,所以在这里我们还是渴望一下安宁,希望我们能度过一个安宁的2009,不再有眼泪和悲伤,不再有天灾和人祸。上帝爱世人,世人要爱自己。②"

几年间,他写了520篇博文,博客有44449425③的点击量,关注人气129487。博客中有他作品通告栏,张贴着他全部的作品明细。他的头像很有特色,是一台老式的打印机。他在博客中则称呼自己的粉丝为"淀粉稻米"。尽管他没有设置任何链接,但是,从他的博文中看得出,他和众多网络作家、社会名流都保持着很好的关系,博客中链接着他的微博,一条微博里,他正和台湾歌手萧敬腾互动。他是一个很有才华的人,作品不像天下霸唱一样题材单一,他做编剧、搞杂志,算得上复合型人才。而从他博客断断续续的经营,以及很多博文流露出的情绪来看,他与人为善,十分勤奋,但是,性格比较阴柔,或者说有些纠结,他未必有精神分裂,但是,心里肯定放着很多东西,想来,他也不容易。

他的最新微博发布在2013年8月13日23:42分,其中写道:"这里暂时托付给小助一段时间,晚安,我要去趟医院的Voronya。七夕快乐。④"

不管他的身体出现了何种问题,我都希望他能早日康复,送上祝福。

也希望他早日回归文学创作,网络文学他是不可或缺的中坚力量之一。

81. 慕容雪村:今夜请将我遗忘

一般评论家常将慕容雪村视为文字工作者,都不习惯把他当作网络作家,因为,他的写作很严肃。

有评论说他是一个真正的隐者,大隐隐于市,是谓此人也。读其人,可

---

① 南派三叔:《告别》,新浪博客 http://blog.sina.com.cn/s/blog_49c8645e0100alld.html,2013年8月14日查询。

② 南派三叔:《新浪博客的新开》,新浪博客 http://blog.sina.com.cn/s/blog_49c8645e0100bvzz.html,2013年8月14日查询。

③ 南派三叔新浪博客:http://blog.sina.com.cn/npss,2013年8月14日11:40查询。

④ 南派三叔新浪博客:http://blog.sina.com.cn/npss,2013年8月14日查询。

第八章 众声喧哗：网络作家博客

知其人乃极其深刻，颠倒红尘，痛苦悲观之人，一个潜行于罪恶与绝望边缘的中年男子。他无疑是这个年代城市人群的一个缩影。读其文，言简意赅，直逼主题，开门见山，直指人心。更有很多评论家把他看作为70后文学的一员主将。

慕容雪村的博客名称很有趣叫"葫芦葫芦"，博客认证信息为："知名作家。长篇小说《成都，今夜请将我遗忘》《天堂向左，深圳往右》；最新小说《原谅我红尘颠倒》。"① 其中，《成都，今夜请将我遗忘》为其成名作。他本名郝群，1974年出生于山东平度，14岁迁移到吉林白山，后来考入中国政法大学，毕业后最初在成都，有着稳定的工作。互联网诞生和崛起之后，他开始在网上写东西，2002年，《成都，今夜请将我遗忘》在网上引起强烈关注，他也成为早期网络文学的主将之一，与安妮宝贝和后来成为著名出版人的李寻欢（本名路金波）齐名。

慕容雪村是典型的双鱼座，敏感细腻，他称自己为中年网络写手，悲观的胖子，怀疑主义者，平凡中带一点书卷味道的清秀，由于酷爱读书，双眼近视，鼻梁上总是架着一副眼镜，身高1.70米左右，虽然算不上所谓的五短身材，但也不是鹤立鸡群。他的博客中看不到他的照片，他的博客头像是一位异域来的小女孩，鼻子上戴着鼻环，眼睛里装着恐惧，我不知道慕容雪村为何要用这个人物作为头像，或者他是想表达一种深处这个社会，无所适从、诚惶诚恐的心态。

网络真的很适合慕容雪村，因为，网络可以让他畅所欲言，同时又让他隐匿起来，这样他就格外安全。而悲观和怀疑主义，则让慕容雪村修炼出一种简练而幽默、犀利而睿智的语言风格。2005年11月3日，他在新浪博客发布第一篇文章《牛逼是一种宗教情感》，其中写道：

"天涯网站。。有枚傻逼。。给老夫发短消息。。说。。你牛逼很久了。。现在该让我牛逼牛逼了吧。。老夫读之。。茫然若失良久。。潸然泪下两米。。……牛逼是一种宗教情感。。SO。。老夫赞美牛逼。。就像茅盾赞美杨树。。杨朔赞美蜜蜂。。赵忠祥赞美饶颖。。此三子中。。老夫独认同赵老师。。因为你很难想象。。一个人瞧见棵杨树。。竟能有那么大的性欲。。喝上两勺蜂蜜。。就敢对着蜜蜂勃起。。也不怕被蛰得尿不出尿来。。靠。。真牛逼。。"②

---

① 慕容雪村新浪博客：http://blog.sina.com.cn/hawking，2013年8月14日查询。
② 慕容雪村：《牛逼是一种宗教情感》，新浪博客 http://blog.sina.com.cn/s/blog_467a3a7f010000dj.html，2013年8月14日查询。

慕容雪村并没有把博客当作他的主阵地，从 2005 年 11 月 3 日到 2006 年 10 月 23 日他只写了 11 篇博文，2007 年 1 月 24 日，他在博文《原谅我红尘颠倒》中写道："没时间写博客了，还是发小说吧，我发誓这个会写完。"于是，整个 2007 年他几乎都在粘贴原来写好的小说，而 2007 年也是他发布博文最多的一年，共 37 篇博文，尽管，随后几年，他每年也会发博文，却是一年两三篇，所以，这么多年下来，他只有 66 篇博文，点击量倒是不少，有 3463013①。

传闻，慕容雪村平日穿着打扮非常随意，多穿休闲装，舒适的鞋子，头发虽然不是精心打理，但也还是比较整齐。经常出没在影碟店和咖啡馆里面，外表看上去像一般的上班族，这与很高深莫测的作家形象联系在一起便难免会诚惶诚恐，因为，他太善于隐藏自己了，所以，才有人说他是隐者，并非只是隐身，而是能够隐藏心灵，超然物外，看淡一切。他习惯以老夫自居，住过很多地方，甚至在拉萨呆了几年，看上去有些心远地自偏。我行我素是自嘲、放浪不羁是他的特色。

他总是善于发现恶的东西！在世间行走，仿佛在无间行走，颠倒红尘，醉生梦死，说着不着边际的话，却做着规规矩矩的事情。他的第二篇博文是《我灵魂里的恶》，写道：

"老夫。。向来以恶人自居。。因恶而生。。以恶为食。。哪来的鸡巴善意。。如果老夫能够隐身穿墙。。可以断定。。全拉萨的美女都要遭殃。不爱洗澡的除外。。……血与杀人有关。。在老夫之观念中。。杀人是个传奇。。被杀也是。。每当夜深人静。。行至幽僻小巷。。有单身的傻逼走过来。。老夫总会想。。干掉他。。……剩下的恶。。部分来自虚荣。。部分来自贪婪。。给我一辆白宝马。。我会加入任何一个党。。②"

他在网络上的很多文章都是句子简短而犀利，全部用两个句号衔接，看上去有些乱，读的多了反而觉得是很好的文字风格。

这种灵魂里的恶，很多时候表现在他黑暗风格、粗砺、残酷的叙事中，单单是《原谅我红尘颠倒》的一个开头就让人对他的风格了解一二：

"午夜三点，任红军发来一条短信：能不能借给我十万元？一个月以后还你。我正睡得迷迷糊糊的，看了一眼，翻身又睡了过去。第二天刚醒，邱

---

① 慕容雪村新浪博客：http://blog.sina.com.cn/hawking，2013 年 8 月 14 日 17：30 查询。
② 慕容雪村：《我灵魂中的恶》，新浪博客 http://blog.sina.com.cn/s/blog_467a3a7f010000e1.html，2013 年 8 月 14 日查询。

大嘴打我手机，说中院的李法官找他打麻将，问我去不去。邱大嘴是我同事，长得奇丑无比，一张嘴占了脸的一半，獠牙外翻，双眼暴突，一副野猪踩地雷的表情，他最近接了个大案子，一天到晚陪着法官在外面厮混。①"

千万不要真的以为慕容雪村是一个大恶人，其实，他是一个嫉恶如仇的人，也不要觉得他悲观就懦弱，他是一个勇敢的人。我觉得他颇有堂吉诃德的精神，也有金庸笔下大侠的气质，拼命贬低、挖苦和嘲讽自己，正是他对现实一切的恶的宣战。2009年底，慕容雪村卧底进入传销集团，真正进入"无间地带"，根据这一亲身经历，写作揭露传销的纪实作品《中国，少了一味药》。

慕容雪村是网络文学的代表，更是70后文学的一个代表。他给我带来关于网络文学的思考比任何一个网络作家都多。如果网络作家都朝着慕容雪村的方向发展，那么，绝对是中国文学的幸运，但是，我无法左右网络文学的大局。

如今的慕容雪村依然神龙见首不见尾，不亦乐乎逍遥游！

闲时，他可能会到博客转转，但是，想看他的新博文，就要好等了。

---

① 慕容雪村：《原谅我红尘颠倒》，新浪博客 http://blog.sina.com.cn/s/blog_467a3a7f010007ab.html，2013年8月14日查询。

第九章 炎黄骄子：境外华文作家博客

境外作家一般都生活在中国大陆以外的地区，但是，他们都坚持华语文学创作，并且十分重视中国大陆这个文学市场，首先，这是一种身份认同的文化需求，其次，这是他们创造自身影响力的条件，而网络是个好东西，它能够打破地理上的界限，让境外国家与中国大陆读者实现零距离交流，所以，境外作家一般都有自己的博客，且搞得有声有色，博文数量较多，写作态度也十分认真。

一、香港作家博客

香港被称为东方明珠，这不是没有道理的。东西方文化在香港和谐共处，西方文化里的法制、自由、民主精神在香港作家的思维里根深蒂固，在一种宽容和自由的氛围中写作，香港作家追求独立，个性十分独特，几乎每一个的性格都不相同，这是他们的精神标签，同时，他们又都十分重视对传统文化的继承和发扬，中国古典人文精神以及五四文风是他们的另一个精神标签。

82. 李碧华：霸王别姬

李碧华1959年出生，原名李白，祖籍中国广东台山，出生、成长于香港，生活在香港。她的博客没有设置博客认证信息，但是，广大读者对她应

第九章 炎黄骄子：境外华文作家博客

该一点也不陌生，只要你看过电影，就几乎一定会听说过她的名字，《胭脂扣》《青蛇》《霸王别姬》都是她的作品，个个如雷贯耳，大名鼎鼎。

李碧华的博客头像是一支玫瑰，花瓣飘零，鲜红如血，与背景的白形成强烈的对比，刺激着读者眼球。她没有用她本人照片作为头像，翻遍整个网络，也很少能见到她的照片，她说：

"别那么好奇我的面貌，我是那种摆到人群里，不容易特别被认出来的样子，没什么好描述的。和外界的人和事保持适当的距离，对我来说是好的，不老记挂着自己的影响力，不去想有多少人正在看你写的文字，不至于动不动就把自己当成苦海明灯，方才真可以潇潇洒洒地写。"

2011年年初，有记者问她：热烈？冷静？感性？理性？你的作品呈现出各种各样的风格，无法用简单词语来描述你，你给自己做一个准确的描述吧？

她爽快地说："我的功课是准确描述好每个人物每篇文章，就是个人风格。本人有什么可描述的呢？又，网络上的照片全是台湾歌手李碧华小姐，不是我。[①]"

记者又问：你孤独么？你的思维体系是什么样的？也就是说，你能告诉我们什么是你长久的关注和思考？

她答："我为东道主，不作奴才文章。[②]"

看得出，她是一个快人快语之人，真性情，直性子。

如果和李碧华对话，千万别吊书袋故作高深，想到哪儿说到哪儿最好。

入行那么多年，写了那么多知名的本子，人们对她的文字归纳总结，挖掘其中的深刻内涵，李碧华却说她写作是为了自娱，如果本身不喜欢写，只是为了名利，到头来是会很伤心的，她相信自己的灵感，她创作从来没有刻意怎么写，所有的景象、联想、见到什么，想到什么，都是在下笔的时候不知不觉地出来的。

用当下流行的话来说，李碧华像个"汉子"，至少，她身体里住着一个汉子。

这和我看完《霸王别姬》《胭脂扣》《青蛇》等而想象的她的形象很不一

---

① 李碧华：《云淡风轻（李碧华答央视及传媒问原版）》，新浪博客 http://blog.sina.com.cn/s/blog_475afdce0100oe9j.html，2013年8月14日查询。
② 李碧华：《云淡风轻（李碧华答央视及传媒问原版）》，新浪博客 http://blog.sina.com.cn/s/blog_475afdce0100oe9j.html，2013年8月14日查询。

样。我想象的李碧华是什么样子？应该是一位水袖衣衫的古代婉约女子，或者就是梨园里的著名戏子，妩媚婉约，柔情似水，纤手一弄，扯乱红尘和爱，痴情得很，同时，又是命苦的女子，各种不圆满发生在她身上，悲情得很，哀怨得很。

其实，这些统统不是她，如今的她已经年过花甲！但是，青春可能逝去，性情不会改变，孤傲于她才最贴切，一如她笔下那些女子，一定要惊世骇俗。

看过张曼玉和王祖贤主演的《青蛇》，故事情节、人物演绎、电影配乐均一流，白蛇仍是大美人，重情重义、宅心仁厚、贤良淑德，青蛇则是冷美人，妩媚性感、爱憎分明、敢爱敢恨，李碧华颠覆了《白蛇传》，青蛇不再是白蛇的跟班，个性魅力甚至超越了白蛇，而且让人心服口服。再联想《胭脂扣》的如花和《霸王别姬》的程蝶衣，很容易发现，她们和青蛇一样，都是敢爱敢恨的主，最后，都为了世人不能接受的爱甘愿玉石俱焚，李碧华骨子里就活着这样的女子。

有记者问她：作为一位以现代香港为成长背景的作家，你的作品背景往往不仅限于香港本土，比如《霸王别姬》《生死桥》的故事发生在历史文化气氛与香港差异很大的老北京、旧上海，你是如何把握这些城市的印象的？

她答：也许前生到过[①]。

是的，一句前世今生，道破了所有天机！世间事，哪来那么多为什么？

她的博客背景倒是很应景，几片卷起的荷叶，托着几朵淡紫绯红的荷花，两只黑色的蝴蝶飞在中间，给人的感觉不像春日，反而是秋日的萧条，是病态的美，这应是她刻意而为，不然，荷叶应肥厚，荷花应全红，蝴蝶应是彩色。

李碧华擅长写哀怨的故事，提到李碧华我就想起舞台上的那些花旦，我不想问这种印象产生的缘由，因为，舞台就在那里，正所谓"人生如戏，戏如人生"。不管李碧华的性格如何，她的笔触却是风格一致的，清新秀丽淡雅脱俗。

她的第一篇博文叫《红耳坠》，发布于 2005 年 12 月 2 日，开头是这样的：

"一回，我们在北京一家著名的百年老店晚饭，柜台上有一大缸酒，呈

[①] 李碧华：《云淡风轻（李碧华答央视及传媒问原版）》，新浪博客 http://blog.sina.com.cn/s/blog_475afdce0100oe9j.html，2013 年 8 月 14 日查询。

浅橘红色，透过玻璃缸，见底部堆积药材，但以鲜红的枸杞子为主，如一层红土，忽见有一颗没有下沉，在酒中间静定地'悬'着，看上去，像一颗红痣。真漂亮。①"

是呀，文字也真漂亮！读来，仿佛采摘一朵兰花，手有余香；仿佛品一杯茶茗，苦中有甜；仿佛饮着这家百年老店又香又浓的陈年老酒。

几年间，李碧华发布了 178 篇博文，点击量 5564395②，2013 年 4 月还有博文更新，是一篇访问，关于《青蛇》。之前，《霸王别姬》改编为舞台剧，在日本上演，却因为审核不能登陆中国，她惋惜和不平。2013 年 4 月，《青蛇》话剧版在北京中国国家剧院上演，她欣喜激动，心里的怨消了很多。她说，有一点（意外）。因为这是个离经叛道的创作，与舞台剧一贯厚实稳重名家巨著相比，题材已行走于边缘，意识大胆，给人惊喜之余，也见内地某程度上的开放，希望日后有更前卫，更多新鲜离奇的项目啊③。

借着一个记者的提问，她还谈了自己的东方禅意和人生哲理：

"人心不同，看到什么是什么。""中国人专门相信一切飘渺的东西，如一生一世的爱情、轮回、长生不老、富足、平等、复活、因果、自由、快乐——我认为人生追求不外'自由'和'快乐'，我希望活得逍遥，不欠人，如粤剧《紫钗记》中所云：'欠人一文钱，不还债不完'、'欠人一分债，不还不痛快'。如到终结那天无债在身，就走得潇洒自在，重新出发。④"

香港是一个国际化大都市，李碧华身居其中，她很有冲劲，正当壮年，笔头正健。她有理由让自己的作品在国际上产生更大的影响力，我们也有理由期待她更上一层楼！

83. 温瑞安：四大名捕

谈到香港文学就不能不谈武侠小说，金庸和梁羽生当然是最合适的代表，但是，无奈金庸先生开了博客却不写博文，梁羽生先生已经仙逝。另

---

① 李碧华：《红耳坠》：新浪博客 http://blog.sina.com.cn/s/blog_475afdce010000p1.html，2013 年 8 月 14 日查询。
② 李碧华新浪博客：http://blog.sina.com.cn/libihua，2013 年 8 月 14 日 16：28 查询。
③ 李碧华：《〈青蛇〉之后……（李碧华答传媒问原版）》，新浪博客 http://blog.sina.com.cn/s/blog_475afdce0101ajmv.html，2013 年 8 月 14 日查询。
④ 李碧华：《〈青蛇〉之后……（李碧华答传媒问原版）》，新浪博客 http://blog.sina.com.cn/s/blog_475afdce0101ajmv.html，2013 年 8 月 14 日查询。

外，有黄易为新武侠的代表，却也没有开博客。不过，还好有温瑞安先生，他有新浪博客。

温瑞安先生是马来西亚人，后来在台湾大学读书，留在了台湾和香港发展，这倒和很多歌手相似。马来西亚和新加坡都是华语国家，出了很多明星，都在台湾或者香港地区发展。温瑞安1973年赴台湾留学，1976年就被台湾"驱逐出境"，原因是他创立的社团遭检举"为匪宣传"，为此，他还被拘留了3个月。

1981年，温瑞安到了香港，并留在香港发展，期间，又写了很多武侠作品，最著名的当属《神州奇侠》《血河车》等，总体来说，他是一位高产作家，作品的知名度没有金庸、古龙和梁羽生高，但是，也不失为一代武学宗师。近年来，他把工作重心放在了内地，香港内地两地跑，但他仍可以称得上为香港作家，因为，他骨子里的文化气质还是香港的，思想开放，思维严谨，对传统文化十分虔诚，他的博客背景就很好地说明了这一点。乌红之中，镶着几只金色的梅花，落款有枚黑色的印章和"贺岁"两个大字，喜庆、古典，带有浓重的传统情结[①]。

2007年12月29日，他开通博客，发表了第一篇博文，取名《开博的话》，黏贴了他各个时期的照片，其中有一张黑白老照片，注释为"1972年，我办天狼星诗社及十大分社，其中核心'刚击道'兄弟成员[②]"。时年，他只有十八岁，和他一同创办天狼星诗社的是方娥真，他们一同习文练武，后来，他们这帮人集体转战台湾，成立规模庞大的"神州诗社"，挑起"发扬民族精神，复兴中华文化"的大旗，组织发展十分迅猛。正是因为神州诗社，他和方娥真引起了"台湾当局"的注意，并被定了上文的"罪名"，二人锒铛入狱，又被驱逐。

成立组织，习文练武！看得出，温瑞安是个热血青年，他青年时期的照片似乎也印证了这一点。《开博的话》中有他七八十年代穿着古典服饰、梳着古典发型的照片，留着小胡子的他，脸庞很宽，眼睛很大，炯炯有神。和同志们在一起，为共同的理想奋斗，在天狼星诗社期间，温瑞安以无限的激情创作了数量众多的武侠小说，包括他最著名的武侠作品《四大名捕》，还有《大宗师》等。

[①] 温瑞安新浪博客：http://blog.sina.com.cn/wenruian，2013年8月17日查询。

[②] 温瑞安：《开博的话》，新浪博客 http://blog.sina.com.cn/s/blog_4768cb2e010082cx.html，2013年8月17日查询。

第九章 炎黄骄子：境外华文作家博客

在 2013 年 7 月 24 日的博文《情非得已〈大宗师〉原版自序》一文中，他写道：

"《大宗师》是我想写了十年的故事。这是一个仁侠、好义、深情、激越的故事。故事里的主人翁……不按牌理出牌，够义气、守信用、肯牺牲、敢拼命。以决斗者的精神气魄来完成他生命的意义。还有一些吸引我的人物，例如：一向睥睨天下，只求'生尽欢，死无憾'但最后仍是悲惨下场的宋自雪；潇洒自若、王者气度的长空帮帮主桑书云……我喜欢他们，犹如喜欢我身边形形色色的人，以及我自己在各种不同生活情态上所作出的不同'反应'。①"

由此，我们看得出温瑞安的真性情，他的风格和金庸、古龙、梁羽生等截然不同。金庸先生笔下浓墨重彩的是家国天下的侠之大者，古龙先生笔下则是彰显个性的快意恩仇，梁羽生的武侠更近似古代传奇小说文本，温瑞安笔下的人物性格更近似今人的性格，武侠世界也像当下社会。热血的他，似乎很推崇水泊梁山的好汉情结，故事的主人公大都很热血，大有"杀了老子不要紧，十八年后又是一条好汉"的气概，这主要因为温瑞安骨子里就是一个"热血青年"。但是，他博客头像中，他衣衫整齐，打着领带，带着红花，捏着手指，设坛开讲，俨然一位知名的文化学者，又仿佛一位领导，一点也看不出"武林热血"。

2007 年 12 月 29 日开博，发了《开博的话》之后，温瑞安就一直没有更新过博客，2012 年 1 月 1 日，他重新开博，发了《2011 年回顾：与尔同销万古侠》开篇就说：

"2011 年还是跟过去十年里任何一年没有多大的分别：还是把常识当作真相，真相当作流言。还是依仗销量、票房、点击或关注去鉴定人或作品的价值，还是很多人在喋喋不休，但很少耳朵在倾听。还是有很多网络、影视频道供人选择，但不知为啥人总找不到他心里的声音，内里的渴望。②"

更让他不平的是，"2011 年，人还是说'武侠死了'，现在是什么穿越、历史、科幻、盗墓的当道，但奇怪的是，这种传说都传几十年了，到现在还

---

① 温瑞安：《情非得已〈大宗师〉原版自序》，新浪博客 http://blog.sina.com.cn/s/blog_4768cb2e0101fgim.html，2013 年 8 月 17 日查询。
② 温瑞安：《2011 年回顾：与尔同销万古侠》，新浪博客 http://blog.sina.com.cn/s/blog_4768cb2e01010tih.html，2013 年 8 月 17 日查询。

有人专访温巨侠有什么感想?①"他声言,"武侠是最牛的钉子户"。他的新作《少年无情》因为出版商、网络版权方的问题迟迟未出版,他愤怒,大骂:"操,实为贼矣!"最后,他表态,"也许,新一年的展望,温巨侠理应直面微博,面对读者,与侠友一道同销万古愁!"这是一个转折点,此后,他的博客常有更新,如今有 233 篇博文,1210744② 的点击量,看来,为了重振武林,他是下定了决心,拿出看家本领,现身说法,誓要与"危害武林的恶势力"斗一斗。

　　针对"有的人声称不看武侠小说的原因,是因为有太多斗争、打杀了"。温瑞安说:"人各有志,性之所趣,喜不喜欢是个人的选择,无可厚非。"但是,针对一些人"武侠小说根本是破坏社会秩序,扰乱法制精神,是反智的,幼稚的,逃避现实的,应该予以打压"的言论,他却不能苟同,认为"言过其实,也言过其甚了③"。他的解释很有味道,他认为,一切的社会都是充满暴力、斗争和打杀的,他认为:"现在仍在地球上联合国挂号的一百多个国家,有哪几个不是'打'出来的?翻开中国历史,甚至可以说,《史记》充溢着权谋,《通鉴》贯串(穿)的是杀戮。撇开厚颜无耻、党同伐异、无所不用其极的政治斗争不论,你从商,要斗;炒股,要斗;连考试升职追求创业,无一不在斗……社会的真正现实就是'斗',斗智、斗力、斗勇、斗功夫,甚至斗背景,斗运道,斗钞票,斗脸皮厚。④"他没有强调武侠小说好,没有说武侠小说的大仁大义,而是从现实说起。他认为,武侠即现实,现实即武侠,都是相同的。这种说法很实在,很诚实,也很温瑞安风格。

　　接着,他又从文本分析了武侠:"武侠小说里的'武打',应是为'侠行'而武,而武乃为'止戈',即是以必须的暴力达到和平的理想。真正的武侠小说或电影,当然不是由头打到尾,你去洗手间上个大号,再去星巴克喝一杯咖啡回来,那人还是给呼呼碰碰的擂鼓一样挨揍,却偏偏仍然'打不死'的那种。⑤"不仅仅是温瑞安,所有的"武侠大师"身上都几乎看不到

---

① 温瑞安:《2011 年回顾:与尔同销万古侠》,新浪博客 http://blog.sina.com.cn/s/blog_4768cb2e01010tih.html,2013 年 8 月 17 日查询。

② 温润安新浪博客:http://blog.sina.com.cn/wenruian,2013 年 8 月 17 日 0:05 查询。

③ 温瑞安:《武侠大说—武侠是最牛的钉子户》,新浪博客 http://blog.sina.com.cn/s/blog_4768cb2e0101fssm.html,2013 年 8 月 17 日查询。

④ 温瑞安:《武侠大说—武侠是最牛的钉子户》,新浪博客 http://blog.sina.com.cn/s/blog_4768cb2e0101fssm.html,2013 年 8 月 17 日查询。

⑤ 温瑞安:《武侠大说—武侠是最牛的钉子户》,新浪博客 http://blog.sina.com.cn/s/blog_4768cb2e0101fssm.html,2013 年 8 月 17 日查询。

"武打暴力"。武侠可以是梁羽生的儒雅,可以是金庸的大气,可以是古龙的潇洒,可以是温瑞安的热血,但唯独不是单纯的暴力,因为,武侠小说和功夫电影一样,并非在推崇武力、以暴制暴,而是强调"一切止于武力",更多的意味都在于"点到为止"。

从温瑞安的博文中还可以了解到,温瑞安至今不会摆弄电脑,他的博文都是他写好之后,他的妹妹们帮他发的,这委实难得。更让我吃惊的是,他说自己已经是年逾花甲的老人,他的年龄的确已经近了六十,但是,我总觉得他还是一位青年,因为,他始终怀有一腔热血和无限激情,是武侠世界里的最牛"钉子户"。

84. 梁凤仪:醉红尘

梁凤仪开博是 2012 年 4 月 1 日的事情,在名作家当中算是很晚的一位。当日,她写下第一篇博文《我要写我的最后一本小说了!》。

开头即问候:

"亲爱的读者,您好,说了很久很久,我要写一本关于我、关于香港人的香港历史小说。可是,一直力不从心,事与愿违,既因为才情有限,也由于商务缠身,无法腾空执笔,更遑论专注创作。①"

这部小说的创作源于多年之前。当时,倪匡和她见面,鼓励她尽快放下手头的商业事物,做这本家国背景之下关于香港的小说。在倪匡看来,这本小说由与共和国同龄的梁凤仪来写最适合,与"公司上市"相比,这部小说才是大事,是千秋万代的事业。倪匡帮梁凤仪写第一章,并让梁凤仪尽快开始第二章的写作。聊天过程中,倪匡就把"第一章"写完了:第一章只有三段话,第一段,一九四九年;第二段,中华人民共和国成立;第三段,梁凤仪于香港出生。

梁凤仪感叹:"三句话等于三章书,简单、明确、清晰,有想象力、吸引力、震撼力,具挑战性、历史性、文学性。②"

2008 年,她已经准备动笔,金融危机却来了,她的精力基本放在了商

---

① 梁凤仪:《我要写我最后的一本小说了!》,新浪博客 http://blog.sina.com.cn/s/blog_a1ab494b01012iaq.html,2013 年 8 月 21 日查询。
② 梁凤仪:《我要写我最后的一本小说了!》,新浪博客 http://blog.sina.com.cn/s/blog_a1ab494b01012iaq.html,2013 年 8 月 21 日查询。

业上，2011年，她终于准备要写了，9月又碰上经济衰退，写作日程又被搁置下来。

看到此，我们不禁要问：梁凤仪到底有多少商业活动要处理？

梁凤仪是一位商业奇才，1949年出生的她在英国和美国先后留过学，后来返回香港，1977年在香港创立碧利菲佣公司，首开香港菲佣先河，这算是她对香港社会的一大贡献，如今菲佣已经成为香港人生活中不可或缺的一部分。她还创办过出版公司，名曰"勤+缘"，位列香港3家营业额最高的出版公司之一，2005年，她推动"勤+缘"在香港上市，由此，不难看出，她和倪匡的谈话应该是在2005年公司上市之后。不仅如此，她还拥有很多商业机构头衔：1985年底，梁凤仪成为香港联合交易所国际事务部的首选负责人；1994年加入香港金融管理局；2000年4月升为金融管理局助理总裁。现任（2013年）香港财经事务及库务局副局长，同时为香港贸易发展局财经事务咨询委员会成员。

2006年，梁凤仪转售自己在"勤+缘"出版公司的部分股份，套现两千多万港币，此事件值得我们关注。这应该是她与倪匡会面之后的事，我们有理由相信她从"勤+缘"公司"大撤退"可能就是为了写那部在她心中放了很久的"最后的一本小说"，但是，无奈此后经济局势大变，她还是没能完全脱身，但是，从中我们不难看出写作在梁凤仪心中的地位，梁凤仪的世界，文学可能大于商业。她的博客认证名就是：作家梁凤仪，与其他金融财经界的头衔完全无关。

1989年，梁凤仪正式走上文坛，当年发行了《尽在不言中》等五部小说，在香港红极一时，此后，她笔耕不辍，行文从商两不误，1993年，她已经成为香港最著名的畅销书作家之一，她的小说也被人们称为"财经小说"，后来，她的小说在内地出版，也引发了"梁凤仪热潮"。如今的梁凤仪，出版有近百部小说和散文集，可谓著作等身，但是，她仍旧谦虚地称呼自己为"小卒"。

2012年3月底，她终于搁下一切，履行她和倪匡的约定，写那部关于香港的小说的第二章了。她说：

"写得好几乎是不可能了，勇闯文学殿堂的小卒，毕竟有自知之明，但我会很认真地写、很努力地写、很负责任地写，这是可以向我的读者们保证的。问题是究竟会不会完成这本跨度自1949年至今，以香港政治、经济、人情为背景的历史小说，真的不敢说。当然第一关应该是我肯写、愿写。背

第九章 炎黄骄子：境外华文作家博客

着孤独、顶着寂寞、冒着艰辛，坚持朝朝暮暮地写。①"

网友留言说："从文中我读出了'谦卑'，期待书面市。""几经风雨过后，收获的便是甘露。"

同一篇博文下方，有很多评论说"我特别喜欢梁女士的散文"，更有人表示"担忧"："几乎看全了你的书啊，期待你写一本类似全景化的书，但是不要是最后一本啊!②"看得出人们对她的喜爱之情，与之对应，她的博客有5275423③的点击量。她值得人们喜爱，她以旺盛的精力进行创作，来回报读者，2012年年初开博，一年多一点的时间，她发表了302④篇博文，几乎平均一天一篇。

相对于梁凤仪的小说，我更喜欢她的散文，娓娓道来的文字，朴实无华，情真意切，又充满哲理。2013年8月18日她有博文《对父母的歉疚》，开篇直接是一句告白："如果我有一根魔术棒，随时可以变出我心爱的人与物来的话，我会毫不犹豫地把我去世的父母变回阳间，在我身旁过快乐的日子。⑤"随后，她表达歉疚，"父母已故于我踏入商界社会干活之初期，是我们一家的不幸。因为如果我早出道一点，觉察到社会上头的种种权奸、险窄、阴毒、利害，我会更深切地体会到父母对子女那种誓无反顾、真心诚意的爱护，是世上的无价之宝，因而会竭力恪尽孝道。父母也必会得在他们晚年时，多享几年儿孙福分!⑥"

她的另一篇博文《不要男女平等》是一篇"随想"，和老同学见面，聊些家常，有感而发，她和当今社会一直提倡的"男女平等"唱起了"反调"，其中说道："我觉得男人养家、照顾女人是女性的专利和享受。女人赚钱买花戴，再辛苦也不会辛苦，这种舒畅感为什么要为了平等而拱手相让给男

---

① 梁凤仪：《我要写我最后的一本小说了!》，新浪博客 http://blog.sina.com.cn/s/blog_a1ab494b01012iaq.html，2013年8月21日查询。
② 梁凤仪：《我要写我最后的一本小说了!》，新浪博客 http://blog.sina.com.cn/s/blog_a1ab494b01012iaq.html，2013年8月21日查询。
③ 梁凤仪新浪博客：http://blog.sina.com.cn/u/2712357195，2013年8月21日11：40查询。
④ 梁凤仪新浪博客：http://blog.sina.com.cn/u/2712357195，2013年8月21日11：40查询。
⑤ 梁凤仪：《对父母的歉疚》，新浪博客 http://blog.sina.com.cn/s/blog_a1ab494b0101f5vc.html，2013年8月21日查询。
⑥ 梁凤仪：《对父母的歉疚》，新浪博客 http://blog.sina.com.cn/s/blog_a1ab494b0101f5vc.html，2013年8月21日查询。

人?并非反对作为一个独立女性,而是要搞清楚作为一个怎样的独立女性。①"应该是她的老同学当中有游手好闲的男性,其妻子因坚持"男女平等"而工作养家,梁凤仪看了觉得很不应该,结尾便说:"老同学问我要不要见这家人,我摆手兼摇头。举凡有能力持家而不尽责任的男人,跟从(纵)容男人,把他们的义务揽上身犹自鸣得意的女人,都一般的没出息。见了没出息的人,我会火起,不见也罢。②"

未必梁凤仪就不坚持男女平等,但是,在她看来,男女平等要看场合。如果她心中没有追求,她也不可能把商业和文学同时都搞得那么成功,可能正是因为她太成功了,所以,有时候也会累,于是,就会发些"不要男女平等"的唠叨。当然,我们也可以把她的这种"男女不平等"看作为对传统文化的遵从。不同的读者眼中有不同的梁凤仪,还是要读了她的文章才能和她走得更近。

85. 蔡澜:附庸风雅

蔡澜先生贵为"香港四大才子"之一,其余三位分别为金庸、黄霑和倪匡。已经七十多岁的蔡澜仍旧精力充沛,博客玩得尽兴,2006年4月10日开博,共写了1211③篇博客,最新博文发布于2013年8月21日。

蔡澜的第一篇博文为《履历书》,开篇写道:"申请澳门籍,官方要我一个履历。至今幸运,从未求职,不曾写过一篇。当今撰稿,酬劳低微,为付出之脑力精力不成正比。既得书之,唯有借助本栏,略赚稿费,帮补帮补。④"

《履历书》中他这样介绍自己:"蔡澜,一九四一年八月十八日出生于新加坡,父副职电影发行及宣传,正职为诗人、书法家,九十岁时在生日那天逝世。母亲小学校长,已退休,每日吃燕窝喝XO干邑,九十岁了,皮肤比儿女们白皙。"同时,他还介绍了自己的姐姐蔡亮,妻子张琼玟。读完"履

---

① 梁凤仪:《不要男女平等》,新浪博客 http://blog.sina.com.cn/s/blog_a1ab494b0101f1sw.html,2013年8月21日查询。
② 梁凤仪:《不要男女平等》,新浪博客 http://blog.sina.com.cn/s/blog_a1ab494b0101f1sw.html,2013年8月21日查询。
③ 蔡澜新浪博客:http://blog.sina.com.cn/cailan,2013年8月21日20:45查询。
④ 蔡澜:《履历书》,新浪博客 http://blog.sina.com.cn/s/blog_4726af53010003ho.html,2013年8月21日查询。

第九章 炎黄骄子：境外华文作家博客

历书"，我们可以对蔡澜的生平有一个大致了解：蔡先生说他喜欢电影，他的一生也和电影结缘，年少的时候，他就跟着父亲在电影片场玩，发的第一篇文章就是影评，随后，一发不可收拾，他曾经住东京、纽约、巴黎、汉城、台北、巴塞罗那和曼谷等地，通晓多国语言，后来，加入香港邵氏影业公司，邵氏破产以后，他又加盟了嘉禾影业公司，他监制过很多电影，比如成龙的《快餐车》《龙兄虎弟》《福星高照》。他自己说："成龙在海外拍的戏，多由蔡澜监制，成龙电影一拍一年，蔡澜长时间住过西班牙、南斯拉夫、泰国和澳洲，又是一晃二十年。[①]"

后来，他"发现电影为群体制作，少有突出个人的例子。又在商业与艺术间徘徊，令蔡澜逐渐感到无味，还是拿起笔杆子，在不费一分的纸上写稿，思想独立"。于是，他重操旧业，把精力重点放在了写作上。"《东方日报》的龙门阵、《明报》的副刊上，皆有蔡澜的专栏，《壹周刊》创刊后，蔡澜每周二篇，一为杂文，一为食评。也从第一天开始在《苹果日报》写专栏至今"。日积月累，笔耕不辍，据不完全统计，截至目前，蔡澜出版的图书有200多种！

如今，他过得逍遥自在，有自己的美食坊、茶馆等，他说："数年前，红磡黄埔邀请蔡澜开一美食坊，一共有十二家餐厅，得到食客支持，带旺附近，新开了三十多间菜馆。"闲时，附庸风雅，喜欢搞搞书法和篆刻艺术，"得到名家冯康侯老师的指点，略有自己的风格"。他的博客头像就是他在泼墨挥笔的照片。

蔡澜先生是个杂家，什么都搞，这由他的博文分类也能看出一二。他的博文共分为15类，包括：访问自己（15）、杂文随笔（724）、蔡澜谈倪匡（20）、谈吃～未能吃素（78）、谈电影．谈书（58）、闲暇篆刻（3）、谈日本（64）、谈台湾（32）、谈星马（41）、谈韩国（14）、谈欧游（22）、谈澳洲（12）、谈中国（14）、谈友（30）、谈港澳（31）。他在网上的人气也很高，博客有41497242[②]的点击量，134584的关注人气，置顶有他的新浪微博，有6334986[③]名粉丝，博客设有"评论"和"留言"栏目，最下方关注了"扬帆计划（让贫困地区的孩子有书读）"。

[①] 蔡澜：《履历书》，新浪博客 http://blog.sina.com.cn/s/blog_4726af53010003ho.html，2013年8月21日查询。
[②] 蔡澜新浪博客：http://blog.sina.com.cn/cailan，2013年8月21日20：49查询。
[③] 蔡澜新浪博客：http://blog.sina.com.cn/cailan，2013年8月21日20：49查询。

蔡澜说自己"交游甚广,最崇拜的金庸先生,有幸成为他的好友之一①"。博文《我在金庸兄心里的印象》粘贴的是金庸的《走近蔡澜》,文中金庸说道:"除了我妻子林乐怡之外,蔡澜兄是我一生中结伴同游、行过最长旅途的人。他和我一起去过日本许多次,每一次都去不同的地方,去不同的旅舍食肆;我们结伴共游欧洲,从整个意大利北部直到巴黎,同游澳洲、新、马、泰国之余,再去北美,从温哥华到旧金山,再到拉斯维加斯,然后又去日本。最近又一起去了杭州。我们共同经历了漫长的旅途,因为我们互相享受作伴的乐趣,一起享受旅途中所遭遇的喜乐或不快。②"按时下流行的话说,蔡澜和金庸是对"好基友③"。

金庸说:"蔡澜是一个真正潇洒的人。率真潇洒而能以轻松活泼的心态对待人生,尤其是对人生中的失落或不愉快遭遇处之泰然,若无其事,不但外表如此,而且是真正的不萦于怀,一笑置之……蔡澜见识广博,懂的很多,人情通达而善于为人着想,琴棋书画、酒色财气、吃喝嫖赌,文学电影,什么都懂。④"

香港文化圈的人一般都和和气气,同为四大才子,蔡澜和金庸没有间隙,同样,蔡澜和倪匡也是惺惺相惜,算得上另一对"好基友",不然,蔡澜也不会专门设一个博文分类"蔡澜谈倪匡",两人见面都是老来乐,插科打诨,有酒有肉,闹腾得厉害。蔡澜的最新博文《全红》写的就是倪匡,文章说:"黎智英在'大班楼'宴客,座上有倪匡夫妇、李柱铭夫妇和张敏仪。黎太把小儿子抱来,俊俏得很,不哭,一直哼着歌,可爱到极点。倪匡兄最喜欢看小孩子,街上遇到好看的难看的都爱看,前者望了笑个不停;后者看完,捏捏他们肥胖的手臂,转过头来问我:'红烧如何?'……中午大家本来不喝酒,但有菜无酒不欢,黎智英和倪匡兄来杯啤酒,我说不如喝店里的'桂花陈酒'加冰。⑤"从中不难看出,蔡倪二人贵为才子的风流和豪情,年纪越大,他们越通透,越有味道。

---

① 履历书:新浪博客 http://blog.sina.com.cn/s/blog_4726af53010003ho.html,2013 年 8 月 21 日查询。
② 我在金庸兄心里的印象:新浪博客 http://blog.sina.com.cn/s/blog_4726af530100099w.html,为金庸所写《走近蔡澜》,2013 年 8 月 21 日查询。
③ 当下年轻人用来形容关系特别亲密的同性的词汇。
④ 我在金庸兄心里的印象:新浪博客 http://blog.sina.com.cn/s/blog_4726af530100099w.html,为金庸所写《走近蔡澜》,2013 年 8 月 21 日查询。
⑤ 全红:新浪博客 http://blog.sina.com.cn/s/blog_4726af530102ebqb.html,2013 年 8 月 21 日查询。

第九章 炎黄骄子：境外华文作家博客

二、台湾作家博客

与香港作家相比，台湾作家身上的五四精神气息更浓，反而少了一些现代气息，我的印象里，台湾作家性情都比较温和，感情更为细腻，与之对应，文字也都温润如玉，叙事都很沉静，只是少了些许个性，作品投射的精神几乎都是一样的，美倒还是很美的，只是读多了也腻，然后，就会觉得这些人多情得几乎矫情了。

86. 琼瑶：花非花雾非雾

琼瑶的博客是委托于他人管理的，博客中设置有"转载声明"："本博客的文字图片已全权授予上海创翊文化传播有限公司如需转载请联系……"尽管如此，我还是选了她的博客，她"太典型化"了，以她为代表，可见一群名家博客。

2010年8月4日琼瑶"开博"，有《欢迎光临》一文："见到琼瑶阿姨相隔多年之后又快乐的投入工作，且重新启动了博客真是开心极了。琼瑶本人为这次的博客复出命名为'琼瑶与还珠'，往后将在此园地和喜爱琼瑶作品的大众一起分享她的生活和各种心情……琼瑶阿姨也计划不定期举办一些与网友互动的小游戏和大家一起找快乐，期望这里用心构筑的一切都能满足大众对琼瑶作品的关注。"显然，这些文字不是琼瑶本人发布的，但是，又是经过她授权的。

琼瑶的博客背景很是华美，淡蓝的底色，置顶是一片琉璃世界，几朵精致的花，几丝吹动的风，一只白色的蝴蝶，一只彩色的蝴蝶。头像是她本人的照片，照片中，她身着红衣，胸前一朵白色的花，面容素净，精神饱满。只是，如今，她的博客名已经不叫"琼瑶与还珠"，而是改名为"琼瑶博客"，这和"琼瑶被开博"的目的和博客内容不无关系。"琼瑶"就是一个品牌，她是小说家，又是编剧，她的小说耳熟能详，根据她的小说拍成的电视剧更是影响了几代人，比如《青青河边草》，比如《还珠格格》，正因为她太出名，所以，以她的名义开博就有巨大的影响力，只有39篇博文，点击量却达到惊人的22629881[①]。因此，也不难理解，博客链接微博也非她本人，而是电视剧"花非花雾非雾"官方微博。

归根结底，"琼瑶开博"只是一个宣传工具，为她的电视剧服务。最开始，她是为新版《还珠格格》服务，"琼瑶被开博"就是基于这部电视剧的宣传，所以，我们可以看到她的第二篇博文就是《还珠格格之燕儿翩翩飞——故事大纲》[②]，随后，她又发布博文：《我为什么要拍新'还珠系列'》。

琼瑶说："2007年，我忙完了电视剧《又见一帘幽梦》，我认为，那是我人生中最后的一部电视剧，我大概不会再做戏，也不会把我的作品卖给任何公司去做戏，我的戏剧生涯，应该已经划上了句点。"但是，她缘何又与"还珠重续前缘"？博文《我为什么要拍新还珠系列Ⅰ》中，琼瑶叙述了她人生观的改变。因为身边人的一场大病，她彻夜未眠，想着，人生到底在追求些什么？"我们年纪已经老了，总要面对生死，我已经忙忙碌碌度过一生，老早就准备好迎接最后的日子。"她感叹感情太丰富，是她一生痛苦的根源！她要寻找快乐："我如果活着一天，就能快乐一天，那是多么美好的事？我什么都不苛求，只想'快乐'！"她需要"小燕子"，于是，又重新用纸笔，对"还珠格格"再创造。

2010年8月至2011年9月，"琼瑶博客"发布的全是新版《还珠格格》的相关文章和美图，贯穿了此剧的制作、发行和播出的全过程，博文诸如《新还珠的"足球风云"及"刺乾隆"》[③]《小燕子的三角习题及新还珠的浪漫》[④]等，博客名最初也被定为"琼瑶与还珠"，但是，2012年6月，又有了《花非花雾非雾》，她的博客要为此剧服务，原有名称就显得不太合适了。

2013年8月4日，琼瑶博客发布最新博文《〈花非花雾非雾〉会是我封笔之作吗？》，文章为琼瑶本人所写，文中写道："50年！50年有多少天？有多少小时？有多少分多少秒？我几乎用我的一生，来证明我自己对"爱"的信仰。"相信爱情"！不止要相信爱情，还要相信人类的亲情友情，以及对国家民族的感情。我坚信人类只要有爱，就没有过不了的关。这个信念，让我

---

① 琼瑶新浪博客：http://blog.sina.com.cn/qiongyao, 2013年8月22日11：39查询。
② 琼瑶：《还珠格格之燕儿翩翩飞——故事大纲》，新浪博客 http://blog.sina.com.cn/s/blog_4d5ce2700100lfxh.html, 2013年8月22日查询。
③ 琼瑶：《新还珠的"足球风云"及"刺乾隆"》，新浪博客 http://blog.sina.com.cn/s/blog_4d5ce27001016v7m.html, 2013年8月22日查询。
④ 琼瑶：《小燕子的三角习题及新还珠的浪漫》，新浪博客 http://blog.sina.com.cn/s/blog_4d5ce2700100m3hu.html, 2013年8月22日查询。

第九章 炎黄骄子：境外华文作家博客

晨昏颠倒，日以继夜，一天天，一月月，一年年……时间不会停格，等我乍然梦觉，从第一本书写完到今天，已经整整 50 年！"她又说："可是，人逃不开年龄，在岁月迁逝中，我也渐渐老去。①"所以，她也打算休息，但是，她不会停下来，她说："琼瑶戏剧，应该不会从这一部而划上句点。"她说："万一我休息够了，灵感又来了，或者再度'感动'在'万众一心'的呼吁下，说不定，还有下一部呢？你们知道我爱作梦，有时也会美梦成真！所以，爱我的朋友们，千万别悲伤，无论如何——'相信爱'，因为它无所不能。不管将来我做戏还是不做，我永远和你们同在！"②

总归来说，琼瑶并非为了玩博客而开博客，而更像一次营销事件，只是，从这份营销中我们依稀还能看到琼瑶的文字，文字不失真诚，也算是一种幸运。

87. 刘墉：冷眼看人生

2006 年 10 月 23 日，刘墉先生开博，第一篇博客《谈睡眠》是写给他的孩子的，开篇即说："随着你升入高年级，会愈来愈觉得时间不够用。你要用时间的紧迫逼自己有更高的效率，而非用恶性循环的拖延，使自己损失睡眠与健康。③"文章结尾处又说道："孩子！随着你升入高年级，会愈来愈觉得时间不够用，而不得不减少你的睡眠，如果你还希望睡得饱饱的，恐怕也得为自己作个睡眠和工作规划了。你要用时间的紧迫逼自己有更高的效率，而非用恶性循环的拖延，使自己损失睡眠与健康。④"刘墉把这篇文章归为"励志系列"。

刘墉散文涉猎范围十分广泛，文字叙述简约流畅并富含哲理，很多"文摘"常会选登他的文章，比如《读者》《青年文摘》。他的作品受众普及率非常高，博客点击量为 15570177⑤，共有 197 篇博文，包括 20 篇"刘墉「励

---

① 琼瑶：《〈花非花雾非雾〉会是我封笔之作吗？》，新浪博客 http://blog.sina.com.cn/s/blog_4d5ce2700102ezkf.html，2013 年 8 月 22 日查询。
② 琼瑶：《〈花非花雾非雾〉会是我封笔之作吗？》，新浪博客 http://blog.sina.com.cn/s/blog_4d5ce2700102ezkf.html，2013 年 8 月 22 日查询。
③ 刘墉：《谈睡眠》，新浪博客 http://blog.sina.com.cn/s/blog_4b2a1c16010006tz.html，2013 年 8 月 25 日查询。
④ 刘墉：《谈睡眠》，新浪博客 http://blog.sina.com.cn/s/blog_4b2a1c16010006tz.html，2013 年 8 月 25 日查询。
⑤ 刘墉新浪博客：http://blog.sina.com.cn/liuyongblog，2013 年 8 月 25 日 11：30 查询。

志系列」、14篇"刘墉「处世系列」"、6篇"刘墉「深情系列」"、6篇"刘墉「纯文学系列」"、4篇"刘墉「画论画法系列」"、1篇"刘墉「图文私房书系列」"、91篇"刘墉作品发表"、28篇"刘轩作品发表"、1篇"小帆作品发表"、24篇"活动记事"。

刘墉的第二篇博文同样是写给孩子的,名曰《谈出头》,他教育孩子不要畏惧辛苦,又分析当下教育对小孩子太用力,他说:"我还作过比较,发现我这一代的健康,反不如上一代。原因是上一代身处在二次大战的环境,常常要躲轰炸、换学校,有了不少'中间喘息'的机会。相对的,我生在一九四九年的台湾,战争过去了,但是学校少、学生多,入学考试的压力大,于是有了所谓'恶补'。①"但是,他并不反对对小孩子"用力",他说:"有一些民族,尤其是那些经历苦难的民族,无论在中国或美国,他们心底自然有股力量——拼命作个人上人!②"

从2006年10月23日的《谈睡眠》到2006年12月4日的《谈恐惧》,刘墉最初11篇博文都是写给孩子的,在《谈恐惧》中,他讲到孩子在练钢琴,一只苍蝇从窗外飞进来,孩子吓得大喊大叫,刘墉觉得不应该。孩子说:"我怕嘛!我就是会被吓到嘛!"刘墉怪孩子大惊小怪,说:"你当然会被吓到。"又说:"可是你要控制自己,不要被吓一大跳,因为'吓'不危险,真正危险的是'一大跳'!③"

刘墉的博客链接着百度百科对他的简介,但是,显示出的"刘墉"却不是他"本人",简介内容为:"刘墉(1719～1804),字崇如,号石庵,另有青原、香岩、东武、穆庵、溟华、日观峰道人等字号,清代书画家、政治家。山东省高密县逄戈庄人(原属诸城),祖籍江苏徐州丰县。乾隆十六年(1751年)进士,刘统勋子。"看上去风马牛不相及,这正是"图方便"直接链接百科的不好之处,因为,重名现象很多,一个人名可能不止代表一个名人。点击百科的链接,直接进入百度百科"刘墉"页面,才在多重选项中发现"当代散文家刘墉"。

可能是发现百度百科没有把他"显示出来",他又在博客中张贴了"公

---

① 刘墉:《谈出头》,新浪博客 http://blog.sina.com.cn/s/blog_4b2a1c16010006ua.html,2013年8月25日查询。

② 刘墉:《谈出头》,新浪博客 http://blog.sina.com.cn/s/blog_4b2a1c16010006ua.html,2013年8月25日查询。

③ 刘墉:《谈恐惧》,新浪博客 http://blog.sina.com.cn/s/blog_4b2a1c16010007j8.html,2013年89月25日查询。

第九章 炎黄骄子：境外华文作家博客

告"："刘墉——水瓶双鱼座。国际知名画家、作家、演讲家。一个很认真生活，总希望超越自己的人。曾任美国丹维尔美术馆驻馆艺术家、纽约圣若望大学专任驻校艺术家、圣文森学院副教授。出版中英文著作九十余种，在世界各地举行画展三十余次，在中国大陆捐建希望小学四十所。"他说自己"有一颗很热的心、一对很冷的眼、一双很勤的手、两条很忙的腿和一种很自由的心情"。他的创作原则是"在感动别人之前，先感动自己；为自己说话，也为时代说话"。处事原则是"敲自己的锣，打自己的鼓；不负我心，不负我生"。

刘墉有博文《小帆的暑假计划》，是其女儿在纽约市读书实习的文章，文章说："美国大学放暑假了。小帆除了实习打工，并且勤学中文，她试着把《藏在故事背后的心灵》翻成英文，我们会随时放几篇上来。她的中文能力有限，可能有译不妥的，请大家千万别客气，除了欣赏，也帮忙指点（欢迎至讨论区留言指教）。谢谢。[①]"文章附录了小帆与纽约市长的合影，后面附录的是小帆的文章，全部为英文，英文下方黏贴了中文翻译，应该是刘墉自己翻译的。与此对应，刘墉的博客里有一栏"小帆作品发表"，看得出他对孩子的爱很深。

同样，他的博文中还有他儿子的文章，即"刘轩作品发表"，总共有26篇，看来刘墉大有想让儿子子承父业的打算，当然，借着刘墉的博客平台，很多读者也能够很快认识刘轩，刘墉的最新博文2013年7月18日发表的《购物的理智教训》就是刘轩的文章，讲的是他和老婆一起逛街买东西的感悟，其中说道："当下惊觉：女人在购物时，不需要男人的理智，尤其是一位本身就不懂得购物的男人。其实'她挑东西，我付钱'就一个规则：不要问任何问题，付完也不要说话，微笑即可，这样才帅。但不服输的我，决定要试别招。若老婆觉得我太理智，还要问东问西，那我干脆自己来，给她一个惊喜！若不合她的style呢？就改变她的style！这样才帅啊！我就不信自己不会愈买愈精！[②]"仔细读来，刘轩说的不无道理，其实，他所写文章基本也是从小事情感悟大道理，似乎深得刘墉真传。

---

① 刘墉：《小帆的暑假计划》，新浪博客 http://blog.sina.com.cn/s/blog_4b2a1c160100e2t8.html，2013年8月25日查询。
② 刘轩：《购物的理智教训》，新浪博客 http://blog.sina.com.cn/s/blog_4b2a1c160101eujm.html，2013年8月25日查询。

88. 胡因梦：胡言梦语

我特别喜欢胡因梦的博客，从她的博客里我找到一条通往灵魂高处的路。

蓝色的天空，干净的阳光，几株高高翘起的马尾草，这些是胡因梦的博客背景。她的博客认证信息为："胡因梦，台湾作家，翻译家。"博客头像为她的个人照片，照片中的她人到中年，一头短发，戴着眼睛，很精神，穿着休闲衣服，站在一幅书法前面，微微一笑。我总觉得，她的眼睛会说话，笑容满是慈悲。

胡因梦是美女作家，而且是老牌美女，演过电视，写过书籍，被誉为"七十年代台湾第一美女"，桀骜不驯、看谁都不顺眼的李敖对她却是情有独钟，说："如果有一个新女性，又漂亮又漂泊，又迷人又迷茫，又优游又优秀，又伤感又性感，又不可理解又不可理喻的，一定不是别人，是胡—因—梦。[①]"她"集美丽气质与才华于一身，并为洞悉事物真相，不断地努力追寻。她自称拥有灵媒般的特殊体质，敏感度颇高，视成长、灵修与自疗，为人生中最重要的事[②]"。

胡因梦 2006 年 7 月 20 日开博，至今博客点击量 13897395[③]，关注人气 16863，共有博文 598 篇，分别为"我的相册（27）""我的故事（37）""克里希那穆提（41）""大陆之行（84）""恩宠与勇气（71）""生活在禅中（92）""答问（40）""业力占星学（26）""钻石途径（22）""懂得健康（17）""万法皆一味（5）""新世界（2）"。博客设有图片播放器，播放着她的一些老照片和图书封面。另外，她的博客设置有友情链接，链接着"龙君儿的博客——没有屋顶的人生[④]""立品图书——自觉 觉他[⑤]""春暖花开博

[①] 美女？才女？——别人眼中的胡因梦：新浪博客 http://blog.sina.com.cn/s/blog_4a2119e101000424.html，2013 年 8 月 27 日查询。

[②] 美女？才女？——别人眼中的胡因梦：新浪博客 http://blog.sina.com.cn/s/blog_4a2119e101000424.html，2013 年 8 月 27 日查询。

[③] 胡因梦新浪博客：http://blog.sina.com.cn/yinmeng，2013 年 8 月 27 日 20：56 查询。

[④] 龙君儿的博客——没有屋顶的人生：新浪博客 http://blog.sina.com.cn/u/2649871193，2013 年 8 月 27 日查询。

[⑤] 立品图书——自觉 觉他：http://www.tobebooks.net/，2013 年 8 月 27 日查询。

客——点滴归海 朵朵向善①""一滴水——文化重建 匹夫有责②"等博客，这些博客并非很知名，胡因梦链接它们单纯是因为个人喜好，从中能看出她灵性作家的品性，也能看出她的文化责任感。

她的博客没有个人简介，但是，她的第一篇博文《美女？才女？——别人眼中的胡因梦》中有有关她的介绍："胡因梦，又名胡茵梦、胡因因、胡因子，1953年生于台中市，12岁以前的童年生活都在台中度过。1971年考进辅仁大学德文系。20岁主演《云深不知处》，从此展开长达15年的演艺生涯。演出过《梅花》《海滩上的一天》《我们都是这样长大的》等四十余部电影。35岁之后，完全停止演艺工作，专事有关身心灵探究及翻译与写作，首度将克里希那穆提的思想引介到台湾，并致力于推动'新时代'的意识革命及生态环保等议题。③"

何谓胡因梦的身心灵探究及翻译？在我看来，她在体味佛教教义和道家教义，向内探究灵魂，感悟生命，修身、修心、修行，阐释人的生老病死，寻找天人合一的道路。2013年5月20日，她在博文《当生命陷落时——与逆境共处的智慧》中说："1995年我休了一年的假，整整十二个月我完全没做事。那是我一生中精神体悟最丰富的一年。除了放松之外，我没做什么认真的事，我只是看书，健行，睡觉。我煮东西吃，打坐，也写点东西。我没有行程，没有时间表，也没有什么'应该做的事'。④"她大部分的时间都用到了这本书的翻译当中。这是一本演讲集，胡因梦为何对它如此着迷？"从某方面来看，这些演讲都只是在阐述同样的东西：我们都需要'慈'（对自己的爱），然后从其中逐渐唤醒对人对己之痛苦无惧的悲心。在我看来，这些谈话的背后都有一个观点，那就是我们要跨进未知的领域，轻松地看待自己无依无恃的情境。另外一个主题则是接受我们平常逃避的东西，消除我们与他们、这个与那个、好与坏之间二元对立的紧张。⑤"

---

① 春暖花开博客——点滴归海 朵朵向善：新浪博客 http://blog.sina.com.cn/tobebooks，2013年8月27日查询。

② 一滴水——文化重建 匹夫有责：新浪博客 http://blog.sina.com.cn/thislightinoneself，2013年8月27日查询。

③ 美女？才女？——别人眼中的胡因梦：新浪博客 http://blog.sina.com.cn/s/blog_4a2119e101000424.html，2013年8月27日查询。

④ 胡因梦：《当生命陷落时——与逆境共处的智慧》，新浪博客 http://blog.sina.com.cn/s/blog_4a2119e10102e98b.html，系《当生命陷落时》的图书前言，2013年8月27日查询。

⑤ 胡因梦：《当生命陷落时——与逆境共处的智慧》，新浪博客 http://blog.sina.com.cn/s/blog_4a2119e10102e98b.html，系本书的"前言"，2013年8月27日查询。

这正是胡因梦多年以来潜心研究的方向，生命到了一定阶段，人生也入了一定境界，胡因梦在尝试为众生寻找灵魂之路，为纷繁社会中的人们疗伤，不仅如此，她更是身体力行身心灵的三重体验，将此写进她的自传，即《生命的不可思议：胡因梦自传》："本书从她父母那一代开始谈起，直到她长大成为一名演员、作家、译者、身心灵整体健康的探索者与实践者为止。书里生动地描绘了她与生命中几位重要人物的互动、童年经验、两性关系、周遭诸多事件的缘起缘灭，以及对大环境的观察与思考。""除了令人有一股时时刻刻逼近自己，时时刻刻都在死亡与再生的冲击，还有一种欲罢不能的阅读感受，是近几十年来最好看的一本深具剖析自我、治疗自我意义的精彩传记。"在这篇博文中，我们还能看到胡因梦年轻时候的照片，她留着长长的头发，穿着朴素的衣裳，举手投足间都是电影明星的范，完全看不出她会成为一位拥有极高内心修为的作家。

她的自传是在她46岁时写下的，缘何这么早就写自传？她答曰："如果命运之说成立，我可能活到90岁，46岁就成了中途站，不妨做个阶段性的整理，如果命运之说被推翻，说不定一年半载之后我就走了，此时不写，有点辜负诡谲多变的一生。"她这么说并非是她悲观，而是因为她已经超脱，看开了生死。

她的最新博文《发四无量心》发表于2013年7月21日，开头是一首"四无量心颂"，因为我觉得它对众生都有好处，不妨摘抄于此："愿众生具足安乐及安乐因；愿我们永离苦恼及苦恼因；愿我们永不离失无苦之乐；愿我们远离爱欲、侵略性和偏见而永住平等心。①"接下来，她写道："一切取决于自己。我们可以将一生都花费在培养嫌恶之心和渴求上，或者可以探索一下精神勇士的修行之道——滋养豁达开朗的心胸以及勇气。大部分人一直不断地在强化自己的负面习气，并因此种下了痛苦的种子。然而菩提心的修炼却能播下安康的种子。尤其是四无量心——友爱、慈悲、喜乐和平等心——的修持。②"

以普世的目光去爱众生，显然，胡因梦已经入境了。

读着她的博客，我的灵魂仿佛也在接受洗礼，这就是我爱她的理由。

---

① 胡因梦：《发四无量心》，新浪博客 http://blog.sina.com.cn/s/blog_4a2119e10102eabn.html，2013年8月27日查询。
② 胡因梦：《发四无量心》，新浪博客 http://blog.sina.com.cn/s/blog_4a2119e10102eabn.html，2013年8月27日查询。

第九章 炎黄骄子：境外华文作家博客

89. 张大春：城邦暴力团

张大春的博客认证信息很简单：作家。

看得出他很低调，博客中连个人简介也未设置，所以，我必须给他一个简介：

张大春，华语小说家，山东济南人。好故事、会说书、擅书法、爱赋诗。台湾辅仁大学中国文学硕士，曾任教于辅仁大学、文化大学。现任辅大中文系讲师、News98 电台主持人。曾获时报文学奖、吴三连文艺奖等。著有《鸡翎图》《公寓导游》《四喜忧国》《大说谎家》《张大春的文学意见》《欢喜贼》等。而《城邦暴力团》尤其值得一读，曾被卫斯理（倪匡）誉为金庸之后最精彩的武侠小说。

张大春的博客背景设置很简洁，一片淡蓝的天空，几抹淡淡的云彩。照片中的他摸着额头，戴着眼镜，侧脸面向镜头，一脸微笑，投射出几分从容淡定，又有几分意气风发。博客访问量 1517742[①]，关注人气 3806，共有 164[②] 篇博文，分类为"时论（3）""文论（4）""随笔（25）""小说（5）""书法（0）""旧体诗（8）""我 X（0）""网络收藏（3）""歌谣（2）"，看得出来，他只是分好了类别，写博文时并没有严格按照分类整理，但是，从这份博文的分类却可以看出他的性情爱好，比如他是喜欢书法和旧体诗歌的，由此可推出他对古典文化十分重视。

比如，2010 年 8 月 28 日，他有博文《一律和南山子》："一瞬愁知一岁新，生朝迫眼事如尘。//吹嘘穷羽因长叹，趁得高风袖手人[③]。"2010 年 9 月 1 日，又有博文《与诸友话昔夜探巴陵遇雨忽霁斩路出福山》："橘衫渐染几青春，移座相看头白人。//三十三年余一懒，闲盘老腿忆精神[④]。"应该说，张大春秉承了台湾作家的风格，主要以繁体写作为主，和其他台湾作家不同的是，即便新浪博客面向的是大陆最广泛的简体字读者，他仍坚持用繁

---

① 张大春新浪博客：http://blog.sina.com.cn/zhangdachunblog，2013 年 8 月 28 日 10：30 查询。

② 张大春新浪博客：http://blog.sina.com.cn/zhangdachunblog，2013 年 8 月 28 日 10：30 查询。

③ 张大春：《一律和南山子》，新浪博客 http://blog.sina.com.cn/s/blog_6b736b5b0100l342.html，2013 年 8 月 28 日查询。

④ 张大春：《与诸友话昔夜探巴陵遇雨忽霁斩路出福山》，新浪博客 http://blog.sina.com.cn/s/blog_6b736b5b010015hc.html，2013 年 8 月 28 日查询。

体字。

2010年8月27日,他写下第一篇博文《演讲稿:从武侠小说谈小说的书写(一)》,大谈白话文以来的小说创作,武侠小说好和侠义小说创作,他说道:

"武侠小说有几个特色,就结构来讲,故事里一定有个年轻的少侠,而除了《儿女英雄传》里面的十三妹之外,多半是男性。第二,那个少侠都是在很小的时候离开家,而且在离开家很远的地方会碰到奇遇,比方说一个怪老人,或者一个叫花子,一个僧道徒,可能还会碰到恐怖的坏人,奇遇之后就会练成武功。然后一关打过一关,小说五册有四册在挨打。挨打后再经过不断的培养训练,再经过其他的奇遇例如得到武功秘笈、一柄神器,宝剑或者是宝刀。"①

在他看来,武侠小说和侠义小说是中国文学的传统,从来没有消失,"以武侠小说的这些元素都已经被号称写实主义的文学,或者是现代文学,或者是知青文学也好,被这样的一个作者吸纳进去,变成了一个极其沉潜的元素。所以武侠小说并没有消失"。②

在第二篇博文《谁能比他还要宅(旧作)》中,他谈到了当下的"宅",说"宅"名词被动词化了,并说到他自己是十分宅的人,他说:

"我毕竟近于巢居穴处的动物,但见有人发现了热闹而不能不凑者,便替他感到寂寞难受。前不久书展盛会,我和一双儿女有如逃难一般地穿越过重重人墙,在窒息前一刻冲出现场。心中不免焦躁而自责。试想,好不容易亲历了难得的人气和商机,我非但不能欣赏、甚至已经不能忍受那集体的热情了。③"

接着,他又历数了古今中外众多大家的宅,包括达尔文、司马光、孙辙、杜五郎等,说了他们的人生境界。最后,他总结说:"'无用于时,无求于人'肯定不是拯救低迷景气的良方,好在今天的宅人还有网络交易可以畅货之流。然而,古之宅人提醒我们的也是我们久已不思不闻的妙理:我们所

---

① 张大春:《演讲稿:从武侠小说谈小说的书写(一)》,新浪博客 http://blog.sina.com.cn/s/blog_6b736b5b010o12kf.html, 2013年8月28日查询。
② 张大春:《演讲稿:从武侠小说谈小说的书写(一)》,新浪博客 http://blog.sina.com.cn/s/blog_6b736b5b010o12kf.html, 2013年8月28日查询。
③ 张大春:《谁能比他还要宅(旧作)》,新浪博客 http://blog.sina.com.cn/s/blog_6b736b5b010o12qb.html, 2013年8月28日查询。

第九章 炎黄骄子：境外华文作家博客

真正赖以维生而不得不贪图的，其实没有多少东西。①"

2012年8月28日，张大春发布博文《文化太大了》，文章提及上海书展，"绝大部分的记者都不时流露出庞大的焦虑，关于文化，关于传统，甚至关于旧学。似乎有一种集体的内在骚动，要藉由催促着某些已经不再属于现实主流的生活形态、艺文表现、美学品味之再现，才能抒解一种看不见、摸不清的商业或政治大潮山雨欲来的催迫之势"。更具体来说，"但凡有机会提问，于创作、出版这一类话题之外，记者们总是对社会整体的'文化趋势'有着说不清也道不尽的不满和期待。窗外阳光如常，行人如常，车水马龙的都会区看似并没有任何渴求'文化洗礼'的容颜与呐喊。可是，回荡在我耳际的话却是：'中国说是崛起了，可你不觉得古典的文化已经相当程度地在这个社会里崩坏了吗？'②"张大春不这么认为，他想到了"晋国天下莫强焉"，并打了一个字谜，谜底他说道："「字谜是很细琐的文化载体，就是因为不碍其小，才有深趣。大问题，通常是应该隐藏起来的。」"有人问他是什么样的大问题，他又说"晋国天下莫强焉③"。

他的最新博文是发表于2013年7月16日的长律诗《酒辩》，诗尾写道："神前三雅权一寄，/曼卿自在人间世。/呼君莫作止酒文，/伴我枕流常漱砺。"从诗中，可以看出他的风流倜傥，做达观文章，以笔为剑，行侠天下，这就是张大春。

90. 骆以军：西夏旅馆

骆以军是个很有意思的人，其博客也很有意思。

他的博客名称为：西夏旅馆，骆以军。其博客背景为一个童话式的城堡（镇），一座钟楼，一幢高塔，还有一栋建筑上写着EMP三个大字，左边有一辆公车驶出这个镇子，右边有一辆电车驶进这个镇子，这应该就是他的旅馆。他的博客头像很有意思，黑白照片中，他笑得夸张，额头很宽，嘴张得很大，眼睛紧闭。

---

① 张大春：《谁能比他还要宅（旧作）》，新浪博客 http://blog.sina.com.cn/s/blog_6b736b5b010012qb.html，2013年8月28日查询。
② 张大春：《文化太大了》，新浪博客 http://blog.sina.com.cn/s/blog_6b736b5b0102e0mf.html，2013年8月28日查询。
③ 张大春：《文化太大了》，新浪博客 http://blog.sina.com.cn/s/blog_6b736b5b0102e0mf.html，2013年8月28日查询。

博客中他有对自己的个人简介："骆以军，一九六七年生，台湾中生代最重要的小说家。2010 年，小说《西夏旅馆》获得'红楼梦奖'（世界华文长篇小说奖）首奖。广西师范大学出版社理想国，2011 年引进简体版。"个人简介下方有他的相册专辑，其中有他的作品封面（共 5 张），默认相册里则是他的个人照片。

骆以军 2010 年 11 月 19 日开博，博文不多，只有 3 页，不到 30 篇博文，总点击量为 253004[①]。他在内地影响力不高，但是，写作才华却毋庸置疑。

他的第一篇博文为《〈西夏旅馆〉红楼梦文学奖得奖感言》。文中，他这样评论曹雪芹和《红楼梦》：

"二百五十年前曾有一个天才写下了一本奇书，那本书赋予了「小说」一个全景：一种将时光冻结，让我们可以慢速微观人类黑暗之心的纹脉；对美的艳异惊叹；对超过单一个体的劫毁崩坏心生恐惧与哀戚；一个微物之神所照看的繁华文明。只有小说才可能演义的，迷宫般的完满宇宙。[②]"

他的《西夏城堡》是一个封闭空间，里面充满奇幻的故事，一如宫崎骏的《哈尔的移动城堡》和《隐秘少女》一样，他说：

"我非常喜欢这样的一个禁锢住所有人物的一个结界。像博格曼的那些仲夏夜之梦，所有人在一封禁剧场将所有疯魔、恨意、嫉妒、伤害全彩色毒液喷洒出来。但这样的昔日梦境全景蜡像馆对我这样的创作者是近乎不可能，其关键还是老话题：经验的贫薄、教养的匮缺。我不仅如默片般并不能真正理解上一代本省长辈内心的哀愁、繁华、灰黯和幽默；事实上我对老外省的内心景观不也总是印象画式的摹拟？[③]"

他看上去是一个彪形大汉，博客中有很多他的照片，魁梧的身材，宽大的脸庞，浓密的胡子，而标志性的笑容则让人感受到他的豁达，别以为他是粗人，实际他能够"绣花"，他写小说很有一套，有自己的小说理念。2010 年 11 月 29 日，他有博文《贵族》，其中说道："对我而言，好写者有三：少年、梦中故人、鬼（或外星人）；难写者有三：贵族、博学者（不是故意写得丑化滑稽，而是写实主义定义，栩栩如生、焕然发光者）、说笑话之人。"

---

① 骆以军新浪博客：http://blog.sina.com.cn/xixialvguan，2013 年 8 月 28 日 15：10 查询。

② 骆以军：《〈西夏旅馆〉红楼梦文学奖得奖感言》，新浪博客 http://blog.sina.com.cn/s/blog_6f4a24cd0100mpum.html，2013 年 8 月 28 日查询。

③ 骆以军：《〈西夏旅馆〉红楼梦文学奖得奖感言》，新浪博客 http://blog.sina.com.cn/s/blog_6f4a24cd0100mpum.html，2013 年 8 月 28 日查询。

他也有感叹小说这行当不好做，难写，又没大钱："小说写到一定年岁，就有限经验深植密耕，明眼人一看：此老狗玩不出新花样也。新种葡萄树可一年多获但就怕母干被操死也。有时掷笔怨祖师爷不赏饭吃，其实非也，要怪仍得回去怪当初在投胎轮盘前犹豫不决时分，一脚把你从屁股踹下去的鬼卒大哥：为何不把我踹至张佩纶家、康有为家、白崇禧家某媳妇之肚子里？"[①] 啼笑皆非、插科打诨之间，看得出他有一份自嘲，但是，对于小说，他终究是不会厌烦的。

2010年11月29日，他有博文《搜索骆以军的几个关键词》，算是对自己的更详细的介绍，读起来很有意思。他给自己的第一个关键词为"小说家"，其中说道："骆以军看来极简单，若是你不认识他，在路上看到这个人，恰巧那天他穿得整齐，那么他只是一个搬家工人，或是快递员工，偷闲放风般在街头闲晃。若是那天他不修边幅，或是仓皇疾走于往咖啡馆的路上，眉头锁着小说下一段的情节该如何进行，这样眼神亮闪闪却无法凝定于现实的风景中，那么他看起来会是个街角边的无赖、浪游者。"[②] 有的只是叙述，他几乎都基于"小说家"来写。

他给自己的第二个关键词为"外省第二代"，其中说道："小说家的'外省第二代'身份很不幸，来得又晚了两百年，不免被人大哥笑二哥般的欺生。我想象再经过两百年后，已经是某个人的高高高高祖父的小说家，难道还得背负我们这个时代流亡与杀戮的记忆吗？不过，骆以军很勇敢，那些小说家不曾亲身经历过的被时间泛黄的时代，如果有什么罪愆，他全把它扛了起来。"[③]

他谈到了"忧郁症"："写作期间忧郁症侵袭了小说家。第一次持续了九个月，病好时，骆以军觉得像做了一场梦。然而梦醒时分，记忆衰退，好像脑袋瓜里的数据全部被洗去，比之《西夏旅馆》写作之初的四个月，那种意志力高烧，体力和斗志旺盛的情况，真是天堂坠入了地狱。"[④]

他还谈到了"快乐"："最终小说家还是在有限、破碎、生病的时间里完

---

① 骆以军：《贵族》，新浪博客 http://blog.sina.com.cn/s/blog_6f4a24cd0100n0qm.html，2013年8月18日查询。

② 骆以军：《搜寻骆以军的几个关键词》，新浪博客 http://blog.sina.com.cn/s/blog_6f4a24cd0100n0qp.html，2013年8月28日查询。

③ 骆以军：《搜寻骆以军的几个关键词》，新浪博客 http://blog.sina.com.cn/s/blog_6f4a24cd0100n0qp.html，2013年8月28日查询。

④ 骆以军：《搜寻骆以军的几个关键词》，新浪博客 http://blog.sina.com.cn/s/blog_6f4a24cd0100n0qp.html，2013年8月28日查询。

成了四十五万言的《西夏旅馆》,简直是个奇迹(光用抄写的写足四十五万字,就不知要多久?)。而且如果看过骆以军的手稿,……这些纸张厚厚一迭超过一千五百页排开来足足两座篮球场的面积……说来好像都是苦的多,那到底是什么支撑着小说家?答案很简单,写小说的快乐!"① 这是骆以军的真心话,也是大多数写作者的真心话,创作就是作家心灵深处的需求,并由此享受这个过程。

半夜、清晨,铁道边的旅馆不时传来火车喀答喀答摩擦轨道的声响,骆以军的心理时钟也跟着喀答喀答的醒着……我,我们,你,你们,他,他们,所有孤单在自己的西夏旅馆里的人们,小说家缓缓地摊开纸张,紧握着笔,以文字画出一道窗口,而那时,天刚亮,由窗口漫射旋绕而来的是:黎明白、瓦斯焰紫、纯黑、鲤鱼红、亮橘色、灰色、蟹壳青……骆以军,我思,故我在;我写,故我醒。

三、澳门作家博客

澳门地方不大,搞文学的人却是不少,但是,与香港和台湾相比,澳门文学相对不受内地关注,一来,他们没有出一两个金庸、琼瑶之类的代表人物;二来,他们自己也不太重视内地文学市场的开发。本书特地选择诗人姚风的博客进行推介、欣赏和分析,也算是让大家对澳门文学有一个感性认识吧。

91. 姚风:瞬间的旅行

姚风的博客名称即"姚风",他并没有新浪博客的认证信息,博客中也没有个人简介,在此,我有必要补充一下:姚风,原名姚京明,诗人、翻译家。生于北京,后移居澳门,现任教于澳门大学葡文系。著有中葡文诗集《写在风的翅膀上》(1991)、《一条地平线,两种风景》(1997)、《瞬间的旅行》(2001)、《黑夜与我一起躺下》(2002)、《远方之歌》(2006)、《当鱼闭

---

① 骆以军:《搜寻骆以军的几个关键词》,新浪博客 http://blog.sina.com.cn/s/blog_6f4a24cd0100n0qp.html,2013 年 8 月 28 日查询。

第九章 炎黄骄子：境外华文作家博客

上眼睛》（2007）以及译著《葡萄牙现代诗选》（1992）、《澳门中葡诗歌选》（1999）、《安德拉德诗选》（2005）、等十多部。曾获第十四届"柔刚诗歌奖"和葡萄牙总统颁授"圣地亚哥宝剑勋章"。

姚风博客采用的是传递次数很多的新浪博客模版，查询显示此模版已被新浪网友传递了12419063①次，此模版与巴西有关，上面有巴西基督山的基督像，以及上海世博会的巴西馆造型，想来，此款模版应该是上海世博会时出炉的。他的博客头像是一张抽象漫画，用最简单的线条画着一个女人、一个孩子，还有阿拉伯数字4。2009年12月开博，至今他有63篇博文，博客点击量不高，只有4643②，由此也可以看出澳门文学并不太为祖国大陆读者熟知。

2009年12月5日他发了4篇博文，均系"姚风诗歌/Poems of Yao Feng（中英文对照）"系列，第一篇"姚风诗歌"中，罗列了他的50篇中英对照诗歌。第一篇诗歌为《喜欢一头畜牲》：

在阿连特茹/看见这匹马，高贵，强健/白色的鬃毛，像它的本性那么纯净/它静静吃着青草/不时抬起蹄子，或用尾巴驱赶马蝇//简单，纯粹，完美的造物/明亮的眼睛里没有掺杂一丝杂质/除了吃草和奔跑/它并不思索如何过得更好//我心生柔情，轻轻抚摸它的皮毛/在我孤独的内心，在这易变的尘世/喜欢一头畜牲/比喜欢一个人更加容易。③

姚风在写一匹马，姚风更是在写他自己，孤独的灵魂总有光亮在闪，那里住着一头野兽，完美纯粹得没有杂质，姚风就是纯粹的诗人，这样的诗歌关注人本身，具有世界情怀。

同样，姚风的内心也有中国情结，比如《葬花词》：为了埋葬，那些必须埋葬的/我在花园里挖坑/却发现，坑的形状/就是一朵盛开的鲜花。④ 读完此诗歌，可以发现，除了题目很"中国"之外，内容还是现代性的。此诗歌虽短，寓意却深刻，很有哲学意味——人类常常只顾追逐着目标，却忘了享受追逐的过程。花的美好并非只在开放时，心中有花，世界也就开满了花。

---

① 姚风新浪博客：http://blog.sina.com.cn/bacalhau，2013年9月6日16：14查询。
② 姚风新浪博客：http://blog.sina.com.cn/bacalhau，2013年9月6日16：21查询。
③ 姚风：《姚风诗歌/Poems of Yao Feng（中英文对照）》，新浪博客http://blog.sina.com.cn/s/blog_635b4cd00100g4af.html，系诗歌《喜欢一头野兽》，2013年9月6日查询。
④ 姚风：《姚风诗歌/Poems of Yao Feng（中英文对照）》，新浪博客http://blog.sina.com.cn/s/blog_635b4cd00100g4af.html，系诗歌《葬花词》，2013年9月6日查询。

315

和很多港台作家以及海外作家一样，姚风先生身在澳门，却十分关注传统文化，对中华文化有深刻的思考，比如他有诗歌《午门》：从来不喜欢星巴克咖啡/但如此年代，故宫博物院的选择/就是我的选择//和一杯粗大的美式咖啡一起/坐在午门前的星巴克/坐在历史的门口/坐在黄昏中/看太阳这颗巨大的头颅/如何以慢镜头的速度滚落在地/在石板地上涂抹一层血色//在午门，在砍下无数头颅的地方/我想平静地喝一杯咖啡/端起来呷了一口，才知忘了放糖。①

作为诗人姚风也注重东西方文化的交流，他有博文《白色上的白色》，翻译的是葡萄牙诗人埃乌热尼奥·德·安德拉德的诗歌，其中写道：做一把钥匙，哪怕很小/也可以走进家门。/在甜美中赞许，对/梦和鸟的物质满怀同情。//祈求火焰、光亮/和身体两侧的音乐。/你不要说是石头，说是窗子/你不要像阴影一样。//说说男人，说说孩子，说说星辰。/在你重复的音节中/光芒快乐，不愿离去。//你又会说：男人，女人，孩子。/在此，美，青春无比。②

他有博文《安东尼奥·拉莫斯·罗萨的诗》详细介绍葡萄牙诗人安东尼奥·拉莫斯·罗萨。罗萨是诗歌"秘密学徒"，在"词语之路"上不懈试验和探索，罗萨认为现代诗人"写作不是为了写出他已经熟知的事物，而是为了写出他未知的、陌生的、新鲜的、原初的事物；语言与现实之间所建立起来的距离必然会导致诗人与世界构建一种崭新的关系，而罗萨漫长而卓有成果的写作正是对构建这种崭新关系的实践。③ 随文还有罗萨诗歌，比如《一个人》：在某个地方，一个人/悄悄死去。//举起一朵鲜花。/托起一座城市。//当太阳继续升起/或者一朵云飘过，/会出现一个新的影像。//在某个地方，一个人/松开他的拳头，笑了。④

2012年5月12日，他有博文《命运》，描写了弗罗斯特，描写了属于诗人的宇宙灵魂：

命运有时浩大、遥远，有时虚无、神秘/不可预知/无数大道朝它延伸/

---

① 姚风：《姚风诗歌/Poems of Yao Feng（中英文对照）》，新浪博客 http://blog.sina.com.cn/s/blog_635b4cd00100g4af.html，系诗歌《午门》，2013年9月6日查询。
② 姚风：《白色上的白色》，新浪博客 http://blog.sina.com.cn/s/blog_635b4cd00100nt3a.html，2013年9月6日查询。
③ 姚风：《安东尼奥·拉莫斯·罗萨的诗》，新浪博客 http://blog.sina.com.cn/s/blog_635b4cd00100nt3d.html，2013年9月6日查询。
④ 姚风：《安东尼奥·拉莫斯·罗萨的诗》，新浪博客 http://blog.sina.com.cn/s/blog_635b4cd00100nt3d.html，2013年9月6日查询。

第九章 炎黄骄子：境外华文作家博客

但决定命运的/往往是迷路之后见到的小路/或者是弗罗斯特没有选中的那条路/或者不是路/只是一个眼神，一个微笑，一滴眼泪/一个词语，一个电话，一道掠过心间的闪电/一场冲进窗内的暴雨/抑或只是一个瞬间，一个动作/命运就在须臾之间，就是一念之差/命运并不知道自己的命运。①

姚风是写弗罗斯特，也是写他自己，他和弗罗斯特应和，与宇宙共鸣，一如他说：就像在那一年，在那一个瞬间/一个回眸，固定了一颗行星的轨迹和方向/就像在此刻：夜晚十点三十分，窗外的宇宙/茫然得充满了废墟的静谧/一缕星光，经过十亿光年的旅行/最终抵达了我们的脸庞。②

四、海外华人作家博客

海外华人作家当中，大家很多，名家也很多，他们因为各种各样的理由选择生活在国外，演绎着各不相同的精彩故事。不管他们身处何地，关注的焦点都是中国，心里的语言永远是母语，他们通过博客与祖国母亲相依相偎，倾诉衷肠。

92. 徐贲：赢得尊严的公共生活

徐贲学富五车，才高八斗，是一位在华语文化界比较有分量的作家和评论家。

徐贲的博客背景是一段残墙，经年的石灰斑斑驳驳，在一些地方显示着英文字母"MY"，头像是他本人，一头花白的头发，带着眼镜，注视前方，典型的知识分子、精英人士形象。博客中有他的个人简介："徐贲，曾就读于复旦大学，马萨诸塞大学文学博士，曾任教于苏州大学外文系，现任美国加州圣玛利学院英文系教授。"附带介绍了他的个人著作，包括 Situational Tensions of Critic－Intellectuals（1992）、Disenchanted Democracy（1999）

---

① 姚风：《姚风诗歌：〈命运〉》，新浪博客 http://blog.sina.com.cn/s/blog_635b4cd00100zi0w.html，2013年9月6日查询。
② 姚风：《姚风诗歌：〈命运〉》，新浪博客 http://blog.sina.com.cn/s/blog_635b4cd00100zi0w.html，2013年9月6日查询。

317

等英文著作,以及《走向后现代和后殖民》(1996)、《文化批评往何处去》(1998,2011)、《知识分子:我的思想和我们的行为》(2005)、《人以什么理由来记忆》(2008)、《通往尊严的公共生活》(2009)等中文著作。

2007年开博,如今他的博客有近500篇文章,点击量共3140339①,关注人气为14332,友情链链接着他的两个专栏,分别是"徐贲《爱思想》专栏"②,以及"徐贲《选举与治理》专栏"③,另外,链接着崔卫平、陶东风等文艺评论家的博客网址,还链接着"学术中国""思与文——中国近代思想文化研究"。

2007年4月5日,徐贲发表了第一篇博文,名曰《韩剧中的文化保守主义和道德习俗(上)》,文章开始说:"有报道说,某影视界名人针对正在播放的《大长今》说:'中国在历史上曾被入侵过,但文化上却从未被奴役过,如果我们电视台、我们的媒体,整天只知道播放韩剧,这跟汉奸有什么区别?'看韩剧这种普通人平常的娱乐喜好,一下子成了对'我族'的'出卖'行为。一些影艺界人士甚至以此为理由,要求以国家行政力量限制韩剧在中国流行。"④ 与此对应,"在1980和1990年代输入日本和美国电视剧《姿三四郎》《血疑》《阿信的故事》《鹰冠庄园》《豪门恩怨》等等的时候,并不见人出来喊'不当汉奸'。反倒是韩剧在今天成了可能"奴役"中国人心灵的文化侵略。"⑤

韩国文化源于中国,因此,中国人看韩剧一般不把其当作外国剧,剧目所投射的情感法则、道德法则和社会礼仪我们都十分熟悉,这"应该是我们的东西",可能韩剧把中华文化的精髓表现得太好了所以才让我们嫉妒。徐贲认为:"韩剧让我们看到了现代社会转型中传统价值观和道德习俗对群体和谐和道德凝聚所起的作用。也许正是因为当今中国特别缺乏群体和谐和道

---

① 徐贲新浪博客:http://blog.sina.com.cn/xubenblog,2013年8月29日15:40查询。
② 徐贲《爱思想》专栏:http://www.aisixiang.com/thinktank/xuben.html,2013年8月29日查询。
③ 徐贲《选举与治理》专栏:http://www.chinaelections.org/scholar.asp?ScholarID=278,2013年8月29日查询。
④ 徐贲:《韩剧中的文化保守主义和道德习俗(上)》,新浪博客 http://blog.sina.com.cn/s/blog_4cacf1f3010008oj.html,2013年8月29日查询。
⑤ 徐贲:《韩剧中的文化保守主义和道德习俗(上)》,新浪博客 http://blog.sina.com.cn/s/blog_4cacf1f3010008oj.html,2013年8月29日查询。

第九章 炎黄骄子：境外华文作家博客

德凝聚，中国观众才对韩剧的'人情味'有特殊的向往和感受。"① 文章结尾更说："韩剧给观众以人情温暖的感觉，因为韩剧中的那个韩国社会虽然也面临着现代社会的隔阂冷漠、尔虞我诈、缺乏信任、个人利益当头等等问题，但毕竟传统和习俗的人际关系没有遭受过毁灭性的摧残，相对完整地保存了下来。中国观众看韩国人的忠厚信义、尊敬师长、诚恳待人、有情有义，怎么能不发出'礼失求诸于野'的感叹？"②

由此可以看出徐贲有强烈的中华文化责任感，但是，论述又十分理性，这可能和他在国外生活有关，看问题比较客观公正，不带个人情感，不偏袒。

2007年4月22日，徐贲发表了第二和第三篇博文《当今中国大众社会的犬儒主义》（上下），他旁征博引论述了犬儒主义的来源和机理，结合当代中国，他说："'说一套做一套'形成了当今中国犬儒文化的基本特点。它不仅弥漫于政治领域中的公开话语，而且成为社会普遍的欺诈、虚伪和腐败行为不成文的规范。按此规范言论行事已成为人们日常活动的自我保护手段和生存技能。"③ 一个人说谎、作假是个人道德意识的问题，大面积的民众都习惯于说谎和作假则代表"犬儒化的社会"，这不再是个人道德危机，甚至可以升级为公众生活规范危机。

同样，和很多生活在国外的华人知识分子一样，徐贲也是比较敢说话的。他的最新博文是发表于2013年8月24日的《"红卫兵"道歉是一种怎样的良心行为》，写这篇文章的起因是因为"最近各地陆续有'文革'时的红卫兵站出来，为自己以前的行为向受害者道歉"，有人称此为"集体反省"的良心行为。徐贲首先就分析了何谓良心，他认为对"良心"的解释主要有两种："第一种看法认为，良心是一种人可以用自己的善恶辨别能力来获得的关于善和恶的知识。""第二种是把良心直接看作是一种知觉或知识机能（faculty）。"④ 简单来说，第一种良心是一种精神认知，第二种良心则是灵魂自觉，两者发自于心的程度不同。基于这"良心"的这两种内涵，徐贲

---

① 徐贲：《韩剧中的文化保守主义和道德习俗（上）》，新浪博客 http://blog.sina.com.cn/s/blog_4cacf1f3010008oj.html，2013年8月29日查询。
② 徐贲：《韩剧中的文化保守主义和道德习俗（上）》，新浪博客 http://blog.sina.com.cn/s/blog_4cacf1f3010008oj.html，2013年8月29日查询。
③ 徐贲：《当今中国大众社会的犬儒主义（二）》，新浪博客 http://blog.sina.com.cn/s/blog_4cacf1f3010008r2.html，2013年8月29日查询。
④ 徐贲：《当今中国大众社会的犬儒主义（二）》，新浪博客 http://blog.sina.com.cn/s/blog_4cacf1f3010008r2.html，2013年8月29日查询。

说:"他们今天感知的良心是对'文革'时引导他们的那个所谓的良心的否定,而赞同他们忏悔行为的人们认同的则是忏悔者们现在的良心,一种基于人性和勇气,而不是盲信、偏执和'革命热情'的良心。"①

无独有偶,2013年7月8日,徐贲还有另一篇关于"红卫兵道歉"的文章,名称为《什么是真诚的悔过和道歉》,文中,他写道:"对待他人,与其责问他'你为什么不忏悔',不如等待他自己慢慢醒悟。对待自己,如果我曾经做过什么错事,那么在别人责问我之前就有所忏悔,由此而作的道歉就比较真诚,而且也比较可能得到别人的原谅。刘伯勤所做的便是这样的自发道歉。"②

93. 唐师曾:一个人的远行

唐师曾一直在行走,从国内到国外,边走边看,边看边思考!

他的博客名称为"唐师曾:一个人的远行",博客认证信息十分简洁,只有俩字:"记者。"博客背景是苍茫的山水和飘荡的云朵,置顶是一幅照片,最前方是一辆车,后方有红日一轮,虚化处理的景物看上去像土耳其的伊斯兰古堡,照片上同样写着"一个人远行",落款为中华全国新闻工作者协会名誉主席邵华泽。

他的博客头像是一幅漫画,画着一只飞翔的鸭子,有中文曰"和平鸭"和英文"peace duck"。个人简介中也有一只鸭子,鸭子坐在车上,写着"think walk",即"思考着行走",显然这是鸭子就是他给自己的自画像,他对此阐释道:"胯下大吉普,掌中Mark IV,光头内嵌Thinkpad,靠朋友走遍天下。"自画像下面写着:"切记:能见面不电话,能固话别手机,能手机绝不飞信、微信……"

唐师曾的个人简介很冗长,详细介绍了他的生平和主要经历、获得过的主要荣誉和称号、出版的主要作品,以及制作过的主要电视等。这里只做简要摘引:"唐师曾,1961年生,江苏无锡人,北大国际政治系79级。新华社记者、北京大学国际关系学院理事、北京大学国学社文化传播顾问、中国

---

① 徐贲:《"红卫兵"道歉是一种怎样的良心行为》,新浪博客 http://blog.sina.com.cn/s/blog_4cacf1f30102e7jx.html,2013年8月29日查询。

② 徐贲:《什么是真诚的悔过和道歉》,新浪博客 http://blog.sina.com.cn/s/blog_4cacf1f30102e6oc.html,2013年8月29日查询。

第九章 炎黄骄子：境外华文作家博客

政法大学兼职教授、装甲兵学院研究员，中国作家协会会员、中国摄影家协会会员。"

个人简介下方是"公告"，公告中同样有一只"和平鸭"，并写着"鸭窝规则，鸭窝说明"，注明"未经书面授权，严禁使用本博内容"。下方煞有其事地引用了几段中英文的名言警句，比如"在那里，每个人的自由发展是一切人自由发展的条件"——马克思《共产党宣言》。"引领我，跟随我，或从我的路上滚蛋"——巴顿。"铲平老鸭喉舌，共建大众语像"——老鸭（唐师曾）。

他的博客设置了很多栏目，比如链接显示着他的博客，放有图片播放器，专门设有他的奥运评图，博客推广中链接着他的淘宝店，还有地图显示他去过的地方，以及若干个博客链接，同时，设置有视频播放器，最重要的"栏目"则是"书"。"书"一栏从上到下依次粘贴着他的十几款图书封面，比如《我从战场归来》《我钻进了金字塔》《重返巴格达》《我的诺曼底》等。他的博客最上方则设有"相册专辑"，显示着"我从战场归来（26）""自然探险（41）""穿越蒙古（35）""一个人的远行（90）""老鸭2008（35）""我的诺曼底（25）"等专辑相册。

博客是唐师曾的网络主阵地，多年之间，他一直坚持博客写作，一路走，一路写，其博文大部分图文并茂，共有206页近2000篇博文，点击量67332360。① 他的博文很有特色，最新博文每一篇都带有发布日期，比如，最新博文为《20130828 唐师曾：新华社说："薛蛮子聚众淫乱，拖欠嫖资。"》，还有《20130827 唐师曾：亲历文革，复制文革，克隆文革》②《20130826 唐师曾：马阴藏相》③《20130826 唐师曾："薄瓜瓜神肉"被切成"薄片"》④ 等博客。

唐师曾的每篇博客都有固定的"标签设置"，所谓"标签"也就是设置在页面模式中的几段字，只要发布博文，这些文字都会在博文结尾处显示，第一段为："看生活！放眼世界，目击大事。看穷人的面孔和骄傲者的姿态；

---

① 唐师曾新浪博客：http://blog.sina.com.cn/tangshizeng，2013年8月29日16:37查询。
② 唐师曾：《20130827 唐师曾：亲历文革，复制文革，克隆文革》，新浪博客 http://blog.sina.com.cn/s/blog_4ab761450102ecwc.html，2013年8月29日查询。
③ 唐师曾：《20130826 唐师曾：马阴藏相》，新浪博客 http://blog.sina.com.cn/s/blog_4ab761450102ecvh.html，2013年8月29日查询。
④ 唐师曾：《20130826 唐师曾："薄瓜瓜神肉"被切成"薄片"》，新浪博客 http://blog.sina.com.cn/s/blog_4ab761450102ecv8.html，2013年8月29日查询。

看奇异的事物——机器、军队、群众、丛林和月球上的阴影;看人类的创造——绘画、雕塑、大厦、宫殿、城堡;看人类的贪婪和杀戮;看美丽的动物;看自然,看山上每一棵不同的树;看自然的反抗和报复;看灾难和战乱;看难以想象的危险;看男人所爱的女人和孩子。看!赏心悦目的看!看!惊愕赞叹地看!看,从看中得收益!"[①] 有了这些文字,我们大抵能体味出唐师曾的人生百态!他不仅有大视野、大胸怀、大气象,同样,他也搞些奇闻异事。

比如,《20130828 唐师曾:新华社说:"薛蛮子聚众淫乱,拖欠嫖资。"》是转的新华社的一篇网络报道,写的是北京端了一窝嫖娼人员,其中就有网络大V"薛蛮子",还说"薛蛮子"不仅嫖娼,还涉嫌聚众淫乱。目前,案件正在审查中。并详细记录说:"薛体貌特征明显、嫖娼活动频繁、有特殊性癖好并且经常拖欠嫖资,在卖淫女圈中有较高的知名度。就在8月22日,即薛必群因嫖娼被抓获的前一天下午,薛还打电话给其中一名涉案女性马某,要求帮忙联系'女孩'。但马某嫌薛必群经常欠付嫖资没有答应。薛心有不甘,自己跑到马某住处,马某无奈之下找来4名'女孩',薛必群就在马某住处与其中3人进行了聚众淫乱活动。[②]"究竟是文化人,难为老来仍风流快活,但是,出了这样的事还是不好。

看到这样的文章,你或许会觉得唐师曾的博客太杂乱,但是这正是他的脾气,也正是他的博客风格:"无计划、无腹稿,每天拍摄,即兴乱侃。短兵相接,随拍随说,是为'语像'。无立场、无判决、客观记录。漏洞百出,欢迎补漏。"

94. 房晓辉:北欧中国研究站

房晓辉是著名的学者,长期旅居北欧瑞典,进行的却是中国研究,有他的博客名称为证:他的博客名称为"TONYFANG 北欧中国研究博客",博客头像为他的个人照片,照片中的他梳着四六分头,头发一律向后,面容红润,眼睛炯炯有神,头像下方的落款也是"房晓辉北欧中国研究站"。博客背景是一片栗色,栗色之中有一片湖面和一带远山,阳光从天空探下,湖面

---

① 唐师曾新浪博客:http://blog.sina.com.cn/tangshizeng,2013年8月29日查询。
② 唐师曾:《20130828 唐师曾:新华社说:大V薛蛮子聚众淫乱,经常拖欠嫖资》,新华博客 http://blog.sina.com.cn/s/blog_4ab761450102ecx4.html,2013年8月29日查询。

第九章 炎黄骄子：境外华文作家博客

波光粼粼。

房晓辉 2009 年开博，至今写了 180 多篇博文，博客总点击量为 436644[①]，读者似乎不太关注他，但是，他的博客却是十分有料的。

2009 年 11 月 20 日，房晓辉写下第一篇博文，讨论的是爱情，名称为《人一辈子只能爱一个人吗？》，文章中还配了一幅西洋美女的插图，开头便用英语问道："One can only love one person in one's life?"他写道："人一辈子只能爱一个人，只能对一个人忠诚，这似乎是古今中外的法则。爱是排他（她）的；对某人忠诚就不能对其他（她）人忠诚。完美的男子一辈子只能爱一个女子；完美的女子一辈子也只能爱一个男子，否则就是大逆不道，剐，万夫唾弃。[②]"

他认为，网络的出现改变了一切。在今天全球化和网络化时代，价值观念变得多元化，爱变得多元化。房晓辉说："在今天这样一个多元的时空里，忠诚可以是多元的；忠诚不排他（她）；我们完全可以对多人多事多物忠诚。在今天这样一个多元的时空里，护照和国籍已经失去了原有的意义。长着一张老外脸，可以拥有一颗中国心；长着一张中国脸，可以做一个全球人。[③]"这倒是符合他旅居瑞典的身份，从某种意义上来说，他就是一个全球人，心里放着世界。

实际上，无论古今，也无论国内或者国外，每个人对爱的需求和追求都是相同的，爱的本来意义是一致的，和形式无关，和对象无关，重要的是真诚和真心。房晓辉的答案是："用身去爱。用心去爱。用灵去爱。用身心灵去爱。去爱他（她）的身。去爱他（她）的心。去爱他（她）的灵。去爱他（她）的身心灵。[④]"

同样是在 2009 年 11 月 20 日，他在晚些时候又发表了第二篇博文《许文强——我的一个偶像》，文章是全英文的，里面配用上海浦东的夜景照片，照片上显示拍摄时间是 2007 年 6 月 16 日，在英文的映衬下，上海这个城市的国际化意味跃然纸上。其中讲到许文强是一个有爱的人，是一个游侠，是

[①] 房晓辉新浪博客：http://blog.sina.com.cn/nordicchina，2013 年 9 月 3 日 10:47 查询。
[②] 房晓辉：《人一辈子只能爱一个人吗？One can only love one pers》，新浪博客 http://blog.sina.com.cn/s/blog_63128c170100fu9w.html，2013 年 9 月 3 日查询。
[③] 房晓辉：《人一辈子只能爱一个人吗？One can only love one pers》，新浪博客 http://blog.sina.com.cn/s/blog_63128c170100fu9w.html，2013 年 9 月 3 日查询。
[④] 房晓辉：《人一辈子只能爱一个人吗？One can only love one pers》，新浪博客 http://blog.sina.com.cn/s/blog_63128c170100fu9w.html，2013 年 9 月 3 日查询。

一个梦想家。接着他还写到,许文强是顶天立地的。① 看来,许文强是房晓辉为数不多的偶像之一。仔细想来,许文强有全球人的气质,又有中国人的骨子,这也正是房晓辉的性格特征。

生活在瑞典,过的却是"中国人的日子",房晓辉听王菲和顺子的歌曲,看新闻联播和中国的电影,他在做什么呢？他在博文《有没有绝对西施？》中写到,在电影《非诚勿扰》中大陆笑星葛优对台湾影星舒淇说的一句台词是："人家都说情人眼里出西施,你是仇人眼里也是西施啊。"葛优的这一句台词可以让我们研究国际跨文化理论学者们,开一个全球性的论坛来研讨。存不存在跨越国家、民族、人种、时空的绝对的美,绝对的价值观念,绝对的领导力②？由此可见,他完成了自我超越,在寻找一种全球性的价值观,并在这个价值观里审视中国。

博文《丽江,中国一夜情之都。》他讨论了著名旅游圣地丽江成为"一夜情之都"的故事。开头粘贴了一张他骑行茶马古道的照片,配文曰"在拉市海恩宗三队湿地骑马穿古茶马道,低头思古人,仰首见碧天"。他说一夜情实际上要讨论的也是中国人的思想变化。他说,在中国能这么敞开地谈一夜情,当今中国文化之开放可窥一斑。最近这些年,感到中国文化在情调上开始容纳一种新的趣味。2009年春晚赵本山把"苏格兰情调"有意讲错成"苏格兰调情",不论此招俗还是不俗,它是有社会大背景衬托的③。一夜情就是"找睡觉",找睡觉的人似乎是"缺睡觉"？其实,睡觉这个词在当今社会的意义也变了,一次学术交流活动中,中国的女学生回答瑞典男学生的提问时,就说她们的兴趣是"睡觉（sleeping）",瑞典男学生瞠目结舌！中国女学生说的睡觉当然不是"一夜情"的意思,只是想说喜欢"赖床",但是,丽江却是真的被人称为"一夜情之都"的,房晓辉感叹：丽江真是个神奇的地方,她让含蓄的中国人不再含蓄。

房晓辉的最新博文让我备感亲切,名字叫作《瑞典社会主义新农村》,作为中国人,我们对社会主义再熟悉不过,我们当然也知道瑞典搞的不是社会主义,但是,为何会有"瑞典社会主义新农村"呢？房晓辉说的地方叫作

---

① 房晓辉：《许文强——我的一个偶像 My idol Xu Wenqiang》,新浪博客 http://blog.sina.com.cn/s/blog_63128c170100fub9.html,2013年9月3日查询。

② 房晓辉：《有没有绝对西施？Does exist the absolute beauty?》,新浪博客 http://blog.sina.com.cn/s/blog_63128c170100fud8.html,2013年9月3日查询。

③ 房晓辉：《丽江,中国一夜情之都》,新浪博客 http://blog.sina.com.cn/s/blog_63128c170100fuc9.html,2013年9月3日查询。

穆拉（MORA），是西丽洋（SILJAN）湖边的农村，他在瑞典的第二故乡。有时，周末假日他到这里住上几天。他说，这是人生的一大幸福。并说，这里可以说是瑞典的社会主义新农村，是瑞典城镇化的典型代表。何以为新农村？仅用文字可能是表现不出来的，于是，博文中房晓辉粘贴了几十幅照片，展示了穆拉农村生活的方方面面，以及他作为一名外来的（来自中国）"新农民"，与住在这里的农民、工匠、房产开发商、公务员、IT主管、CEO、研发工程师、教授等等交朋友，学当地土话，唱当地土歌，跳当地土舞，喝当地土（井）水等的溢于言表的快乐①。

今天，越来越多的中国人走出国门，有的回来了，有的则留在了国外。留在国外的人大部分都成了全球人，具有世界性的思维，比如房晓辉，但是，血浓于水，从房晓辉身上可以看出这些人还是具有浓重的中国情怀。

95. 毛丹青：日本虫子

毛丹青这个名字常常让我把他与陈丹青联系起来。但此丹青非彼丹青。毛丹青是旅日华人，他的博客认证信息是旅日华人作家！毛丹青的日文功底相当了得，他的日文代表作《日本虫眼纪行》曾在日本放送协会和中国国际广播电台连日朗诵播放。他是中国人，可以用日文写作，并写下一系列日常生活中的日本人，被当地舆论认为他的日文著作是20世纪最成功的描写日本人的文学作品之一。

毛丹青的博客背景很梦幻，一片毛绿色，朦胧之中是一片大海和一个现代化的海边城市，高楼林立，灯火通明，右上角有一棵樱花树，下方是他的两本图书，《感悟日本》系列。他的博客头像很有味道，照片中，他平躺着，闭着眼睛发笑，胸前放着一只黑色的猫咪，猫咪的头抵住他的下巴，眼睛正对镜头。

毛丹青的博客很有人气，有42677691②的点击量和125944的关注人气。博客中有公告，贴着他的个人简介：毛丹青，外号"阿毛"，中国国籍。北京大学毕业后进入中国社会科学院哲学所，1987年留日定居，做过鱼虾生意当过商人，游历过许多国家。2000年弃商从文，中日文著书多部。现

---

① 房晓辉：《瑞典社会主义新农村》，新浪博客 http://blog.sina.com.cn/s/blog_63128c170101anvo.html，2013年9月3日查询。

② 毛丹青新浪博客：http://blog.sina.com.cn/maodanqing，2013年9月3日16：00查询。

任神户国际大学教授,专攻日本文化论。当下因钓鱼岛问题,国人对日本的印象很差,他也似乎有意特别强调了"中国国籍",突出说明他不是"日本国籍"。

公告中,他还对博客进行了说明:阿毛博客以日常生活为主线,随想随写,不完全拘泥于对日本文化的细节描述,有时写其他,许多目的是为了了解日本人。欢迎网友交流,入驻微博或者发纸条。博客文章均属原创,谢绝商业利用!博客靠左下方还粘贴着他在中国大陆、日本、台湾等地出版的各类图书的封面。

2005年11月20日写下第一篇博文,至今他有1305[①]篇博文,博文分为:虫眼游走(85)、俗世浮华(129)、美食美言(49)、人海冲浪(213)、讲课所感(106)、佛门无量(158)、另类阅读(248)、日本拾零(191)、我爱我猫(40)、村上春树(69)。

他的第一篇博文是《你能记住灵魂飘流的轨迹么?》,文章很短,说的是博客:"博客对我来说是一次捕捞灵魂的过程。每日的所想所思也许会擅自行走,如果不记下来,老了就后悔了。所以,我把BLOG定位在记录自己一些闪念,一些灵魂飘流的轨迹。记的不是多大的事情,而是由于这些事情所引发的想法。[②]"

第二篇博文《虾头跟鱼尾巴》说的是日本菜,文章配有一幅照片,照片中是一盘生菜、金针菇、蘑菇和一盘鱼肉、蟹腿,他说日本菜最大的特点莫过于漂亮,让人的眼睛先享个福份。当然,中餐也漂亮,可更多的是炒熟或者煮熟以后的漂亮。日本菜注重生的,保持原材料的鲜度,给人一个活生生的感觉,不过,有时也叫我觉得挺假的。比如"虾头跟鱼尾巴",尤其是生鱼生菜跟你的生嘴唇粘合到一起的时候,有一种极端的口腔感觉,是熟菜无论怎么做也做不出来的。[③]

第三篇博文算是博客宣言,名字曰《把博客搬了》。原本他都是用日本当地网站的博客,通过朋友介绍他才用了新浪博客,他甚是满意,其中说道:"今儿在京都的立命馆大学开《人与宗教》的讲座,这个系列讲座半年15回,一回90分钟,按理说,每周二应该备课什么的,可全靠童子功,拿

---

① 毛丹青新浪博客:http://blog.sina.com.cn/maodanqing,2013年9月3日16:30查询。
② 毛丹青:《你能记住灵魂飘流的轨迹么?》,新浪博客 http://blog.sina.com.cn/s/blog_4747bc07010000ml.html,2013年9月3日查询。
③ 毛丹青:《虾头跟鱼尾巴》,新浪博客 http://blog.sina.com.cn/s/blog_4747bc07010001bc.html,2013年9月3日查询。

第九章 炎黄骄子：境外华文作家博客

20年前在社科院哲学所练就的本事说事儿，挺快活，有一种人倒着成长的强烈感觉。学生满堂，百八十人，说起来也给劲儿。坐在大学的办公室里，阳光照着屁股暖暖的。一边喝咖啡，一边就把博客搬了家。新浪网在北京，跟我没有距离，经常觉得比日本近。"① 毛先生究竟是中国人，因为网络，他身在日本，心在北京，天涯若比邻。

毛丹青有博文分类"日本拾零"，第一篇文章为《阿国斜舞》，"阿国"不是国，是一个人，是一个日本女人的名字，是一位歌舞伎。歌舞伎至今已经有400多年的历史了，今天日本的显达们不仅为之倾倒，而且以通晓这类舞艺作为符合身份的一大筹码。文章源于毛丹青看了一场阿国的歌舞，毛丹青写道："夜半浓妆。歌舞伎出台的店内灯光摇曳，茶香满堂，暖色的光影把舞伎的身姿映得如水波般荡漾，三味线的琴弦音也是漂浮而虚幻的，有时悲风流水，有时玉盘倾泻，让坐客们一阵阵的尖叫把迷离的歌舞剪得支离破碎。"② 同样，毛丹青也为之倾倒。

毛丹青和村上春树熟识，也常见面，所以，他比较关注村上春树，博文也有分类"村上春树"，但是，他并非是村上春树的鼓吹者，看问题还是比较客观的，《活人比死人？村上春树跟三岛由纪夫PK？》一文中就有人说"村上春树超越了三岛由纪夫"，他提出了不同意见："三岛由纪夫是故人，是用一把尖刀把自己插入了日本文学史里的一个才气横溢的狂人，他是剖腹自杀的。相比之下，村上春树是一位贤达人士，感性十分柔软也十分细腻，而且至少是现在，他还活得很好。日本文学难道非靠一个活人跟一个死人的PK才能弄清楚吗？这个想法挺滑稽也挺荒诞。如果日本文学非要PK，我看至少得让村上春树也剖腹，跟三岛由纪夫才能有一拼！因为让三岛死而复生是不可能的。③"

毛丹青是一位很洒脱的人，中日钓鱼岛问题对他似乎没有太大影响，他只关注文化和文学，文化是可以交流的，而文学则是世界性的，他一直享受着他的旅日生活，在日本教着他的书，写着他的文字，博文《我最近的校园意趣》中写道："下午为日本学生讲当代中国文学，同时也介绍了莫言，其

---

① 毛丹青：《把博客搬了》，新浪博客 http://blog.sina.com.cn/s/blog_4747bc07010000jl.html，2013年9月3日查询。
② 毛丹青：《阿国斜舞》，新浪博客 http://blog.sina.com.cn/s/blog_4747bc07010001vn.html，2013年9月3日查询。
③ 毛丹青：《活人比死人？村上春树跟三岛由纪夫PK？》，新浪博客 http://blog.sina.com.cn/s/blog_4747bc07010001hx.html，2013年9月3日查询。

中特别讲了 2002 年的冬天大江健三郎之所以去中国与莫言对谈的理由，作为当时的现场翻译，我根据笔记讲解了文学越境的每一个细节。一边讲课，一边回顾了两位诺奖作家的交往，甚觉文学得以越境是需要神韵的，其实这跟村上春树小说受海外欢迎异曲同工。①"在身份上，他仍是一个中国人，包括国籍，骨子里他的精神则超越了国界，上升到全球性，当然，血浓于水，他同样摆脱不了母语的羁绊，身在日本，可能只是刚好为他提供了一个恰当的观察地点和一份轻松的思考空间！

96. 严歌苓：金陵十三钗

2011 年最火的电影当属《金陵十三钗》，故事讲述的是 1937 年南京沦陷之时，一位冒充神父的外国人以及 14 位中国风尘女子在教堂拯救中国女学生的故事。乍看上去，这片子有些"辛德勒名单"的意味，但是，在 14 位风尘女子闲庭信步、浓妆艳抹的映衬下，此篇显然达不到黑白风格的"辛德勒名单"的沉重，同样也不及"辛"片所体现的战争与人性的高度。再看这部片子的战争镜头则颇具"拯救大兵瑞恩"的风格，但是，片中的战争镜头更像是为个人和英雄主义服务的，与"拯救"一片赤裸裸几近真实地再现二战残酷场景的艺术高度实有很大差距。说到底，张大导演是想学习斯皮尔伯格，就像当年《英雄》一片学习黑泽明的《罗生门》，但是，只学到了形式，没学到精神，反而搞得四不像。坊间传闻，此片投资达十亿，国内票房只有 6.1 亿，应该是亏了。此片之后，张大导演至今也没有再拍新电影，想来，张大导演应该是在进行总结和思考。

当然，我并非在否定《金陵十三钗》，这部片子拍得还是可以的，表现了很多东西，比如战争、人道主义、苦难、英雄等，尤其值得称道的是此篇刻画出了战争中的美丽人性光辉，士兵壮烈自我牺牲还是好理解的，而骗子和妓女在战争面前实现了灵魂升华，实属难能可贵，这恰恰表现出人性最美的一面。尤其是十三钗为了学生而选择自我牺牲之时，我也热泪盈眶了，虽然，张大导演的拍摄没有摆脱他一贯的矫揉造作的大片情节，但是，情感表达还算是到位了。而我以为，此片之所以还算成功是因为有一个好剧本，这要归功于严歌苓。严歌苓成就了《金陵十三钗》，当然，《金陵十三钗》也成

---

① 毛丹青：《我最近的校园意趣》，新浪博客 http://blog.sina.com.cn/maodanqing，2013 年 9 月 3 日查询。

第九章 炎黄骄子：境外华文作家博客

就了严歌苓。《金》本是严歌苓的小说，《金》片之前，国内读者不太知道严歌苓，现在，严歌苓火了。

严歌苓的博客认证信息为"著名旅美作家，代表作有：长篇小说《扶桑》"，博客中并无个人简介，查阅百科，对严歌苓有这样的介绍：严歌苓，享誉世界文坛的华人作家，是海外华人作家中最具影响力的作家之一。以中、英双语创作小说，是中国少数多产、高质、涉猎度广泛的作家。其作品无论是对于东、西方文化魅力的独特阐释，还是对社会底层人物、边缘人物的关怀以及对历史的重新评价，都折射出人性、哲思和批判意识等。代表作品：《一个女人的史诗》《小姨多鹤》《第九个寡妇》《赴宴者》《扶桑》《穗子物语》《陆犯焉识》等。

严歌苓的博客背景有点意思，纯洁的白色，置顶放着两张红纸，上面写着"my life"，红纸前放着两瓶牛奶（clover milk），奶瓶上画着笑脸。她的博客头像是她的个人照片，照片中的她一头长发，目光斜睨，穿着低胸花毛衣，左手轻轻触碰右手，沉静之中投射出高端大气的气场，又有种雍容华贵的气质。

严歌苓的博文很少，至今只有 6 篇博文，点击量 143296[①]，关注人气 3469。2009 年 11 月 16 日，严歌苓做客新浪，聊她的新作《赴宴者》，也就是趁这个契机，她开了新浪博客。当日，她在博文中写道："我正在新浪做客，聊我的新作《赴宴者》，欢迎大家参与互动，下面是视频直播地址（随文附录网址）。"

2009 年 11 月 17 日，她的博客发布了新浪对她的访谈，还是关于《赴宴者》。此书是她在非洲的时候写的，原书是英文写作，2007 年在美国出版，2009 年在国内出版中文版本。博文中她说："我觉得人在语言上有两种性格，我汉语的性格是比较多思的，内敛的，而我英文的性格大概属于直接莽撞，因为它很年轻，只有 20 岁，又比较幽默，所以我觉得也不妨让我这个英文的人格出来试一试。这个尝试还是很愉快的，我觉得我用英文写作还是尝到甜头的。[②]"但是，她同时也觉得她用英文肯定不如用中文写得好，不过，她又说："我觉得它有一种新的生命力，作为我的英文来说，我觉得它反而显得很年轻，显得非常有生命力，很灵活，跟我的中文比较起来，中

---

① 严歌苓新浪博客：http://blog.sina.com.cn/yangeling, 2013 年 9 月 8 日 11：39 查询。
② 严歌苓：《我觉得我用英文写作还是尝到甜头的》，新浪博客 http://blog.sina.com.cn/s/blog_6305d6d10100g0fz.html, 2013 年 9 月 8 日查询。

文显得过于老成了，过于含蓄了。当然也是有好处的。特别是对于这样的题材，它特别适合用直接的语言来写。①"

长期处于英文写作和中文写作中间，她也感触颇多："中国语言，是一个全人类语言发展的例外。它保持了很多鲜明的、视觉性很强的特色，其他的语言是根据人的声音去发展的。从这点看来，把英文完全变成中文或者把中文完全变成英文，中间不失去什么是不可能的。作为我个人的经验，既有把英文变成中文，也有把中文变成英文的，这是我感觉最大的困惑，也是无奈的地方。②""其实这两种语言都有它妙不可言而不可替代的一些地方。我作为读英文文字已经读了20年的人，常常会觉得我要是能拿双语写作，就像博纳科夫用法语和英文同时写作，他的小说常常是大段的法文上去，就会把两个语言的最最妙的地方都放上去，就好了。其实两种语言都有最最妙的地方，而且绝对不可以代替的。③"

某种意义上说，严歌苓是一位"被放逐者"，她选择自我放逐，从国内一路走到国外，在国外走遍天涯海角，看到的是别样风景，她说："我相信一个人走的地方多了，他比较的机会就会更多。他会比较当地和自己人民的文化上的不同，语言上的不同。任何事情要在比较当中才能使你认识得更清楚，使你对他的感觉更敏感，使你对自己的东西更加地去反思和批评或者是更加地欣赏。所以这就是为什么我们有很多很多的比较，比较文学，比较政治学，比较经济学，各种各样的比较，这个比较是很有作用的……我很感谢这样一种自我放逐的生活。④"

她的最初几篇博文《我觉得我用英文写作还是尝到甜头的》《用不同语言写作各有各的妙处》《我很感谢这种自我放逐的生活》都是采访，且应是同一采访，只是被作为几篇博文发出来。她真正意义上的第一篇博文是2009年12月8日发布的《写作之瘾》，其中说到她喜爱长跑、打坐和写作，这些都是她的"瘾"，"那和我通过每天长跑、打坐、写小说所过的瘾，本质有什么不同呢？本质都是要从自己的躯壳里飞出来一会儿，使自己感到这一

---

① 严歌苓：《用不同语言写作各有各的妙处》，新浪博客 http://blog.sina.com.cn/s/blog_6305d6d10100g0g6.html，2013年9月8日查询。

② 严歌苓：《我觉得我用英文写作还是尝到甜头的》，新浪博客 http://blog.sina.com.cn/s/blog_6305d6d10100g0fz.html，2013年9月8日查询。

③ 严歌苓：《用不同语言写作各有各的妙处》，新浪博客 http://blog.sina.com.cn/s/blog_6305d6d10100g0g6.html，2013年9月8日查询。

④ 严歌苓：《我很感谢这种自我放逐的生活》，新浪博客 http://blog.sina.com.cn/s/blog_6305d6d10100g0g7.html，2013年9月8日查询。

会儿的生命比原有的要精彩。在这时,你愿意宽谅,与世无争,为了去满足那'瘾',你不和世人一般见识。你相信他们身不由己,而你有那么个秘密办法,能给自己一刹那的绝对自由①"。

97. 蒋丰:架空的革命

蒋丰是一位新闻传媒工作者,拥有传媒人的信仰。对政治的热情,对革命话题的关注,对日本国情的了解,使得他的博客拥有很高的人气和博文转载率。

蒋丰的博客认证信息为"《日本新华侨报》总编辑"。博客中有一篇置顶博文《传媒人传思传情传心》,发布于 2009 年 8 月 1 日,这也是他的第一篇博文,文中说道:"作为一个从事了四分之一世纪以上传媒工作的传媒人,最终还是要适应传媒的时代变化,走进博客。但是,时代的变化,依然不能改变的是——传媒人还是要传思、传情、传心。因此,2009 年 8 月 1 日,我开始撰写新浪博客。②"

蒋丰的博客头像是他的个人照片,照片中的他一身西装革履,满头银发,表情淡定,笑容平静。他是位认真的人,搞博客也搞得认真。2009 年 8 月开博,几乎每天都会更新,至今有 2125 篇博文,很多博文写的是与日本相关的焦点新闻,博文分类为:中日关系问题评论(111)、中国驻日使领馆系列访谈(2)、日本天天"蒋"(709)、日本问题评论(122)、日本高端访谈(120)、华人问题评论(69)、华人"围城"浓情苦恼录(46)、从数字看日本(6)、说说日本眼前的事儿(500)、日本旅游(44)、尺斋日钞录(124)、随笔(183)。

蒋丰的博客设置有些味道,置顶是一根手杖和一顶礼帽,帽子下方、靠近手杖刚好写着"蒋丰的博客",乍一看上去仿佛"蒋丰"正戴着礼帽,挂着手杖。在当下中日因为钓鱼岛问题而关系紧张的背景下,蒋丰的博客关注量也很高,总点击量达到 98214877③。博客的"视频"一栏,罗列着中央电视台制作的关于他的纪录片,更多的视频则是关于日本"右翼势力"和钓鱼

---

① 严歌苓:《写作之瘾》,新浪博客 http://blog.sina.com.cn/s/blog_6305d6d10100g9ej.html,2013 年 9 月 8 日查询。
② 蒋丰:《传媒人传思传情传心》,新浪博客 http://blog.sina.com.cn/s/blog_615fb6320100ej4s.html,2013 年 9 月 9 日查询。
③ 蒋丰新浪博客:http://blog.sina.com.cn/jnoc,2013 年 9 月 9 日 17:43 查询。

岛问题的，有凤凰卫视、东南卫视、星空卫视等对他的采访。"链接"部分链接着人民网对他的专访"日本名人访谈录"，同时链接着他的新浪微博，以及日本新华侨报的网址。

2009年8月1日，他有第二篇博文《渐爱"秋水只深四五尺"》，说的大抵还是他开设了新浪博客的事情，其中说道："如愿，今天在新浪网建立了自己的博客——2009年8月1日。本来，首先选择的是凤凰网。整理了一下今年以来写的评论，分类，粘贴了几篇。但是，'港式文字狱'让我离它而去。"同时，这篇文章也是他的系列博文"尺斋日钞录"的第一篇，为的是"在评论之外，还想写一点摘抄性的、轻松的、随想性的、让思绪可以松缓的文字"。①

开设博客，他是为了"新闻传播"，更是为了进行交流学习，如他所说，想想人生，读书也罢，交往也罢，都应该相信"尺有所短，寸有所长"的。这样，方能取长补短，相得益彰。当然，如果不时地想到自己作为"尺"之短，也许还可以进步。而回顾他的职业生涯，他也感慨颇多：曾经教过书，站过"三尺讲台"，洋讲台、土讲台、国内的讲台、国外的讲台，都曾经站过。感受过"三尺"的局限，因为无法与那种"手握三尺定山河"的人物相比，但也因此感受了那种传播、交流带来的心的感动，因此记住了"此三尺非彼三尺"。②

"日本高端访谈"一类博文，蒋丰聚焦的是与日本有关的国内和国际问题。2013年9月7日他有博文《福岛核污水外漏是"国家非常事态"》，说的是日本福岛核泄漏事件，他的切入角度和日本主流媒体不同，提要内容为：在日本所有政党中，日本共产党是唯一一个始终与日本自民党对着干的政党。自从主张修宪、扩军的安倍政权第二次上台以来，日本共产党在国内的发言力上升到了前所未有的程度，强力牵制着日本"向右走"的步伐。尤其是在反核电的日本民众中，日本共产党更赢得了最高支持率。2013年8月27日，蒋丰就福岛第一核电站污染水外漏事故，对日本共产党政策副委员长、众议院议员笠井亮进行了专访。③

---

① 蒋丰：《渐爱"秋水只深四五尺"》，新浪博客 http://blog.sina.com.cn/s/blog_615fb6320100ej4x.html，2013年9月9日查询。

② 蒋丰：《渐爱"秋水只深四五尺"》，新浪博客 http://blog.sina.com.cn/s/blog_615fb6320100ej4x.html，2013年9月9日查询。

③ 蒋丰：《福岛核污水外漏是"国家非常事态"》，新浪博客 http://blog.sina.com.cn/s/blog_615fb6320102edgc.html，副标题为"访日本共产党籍众议员笠井亮"，2013年9月9日查询。

蒋丰最主要的博文为"日本天天'蒋'",内容为他对日本各种新闻事件的时评,作为一名华侨,他的"日本天天'蒋'"一般都关注与中国有关的问题,并且基于这些问题给出新锐的评论,2013年9月4日他有博文"日本应反思中国留学生减少的现象",详细陈述了2012年日本的中国留学生比2010年减少了40%。蒋丰认为:"随着2010年中国GDP超过日本,中国人的对日心态发生微妙变化,加之地震和中日关系恶化的影响,赴日留学人数下降并不奇怪。越是在这种背景下,日本越应该拿出具体措施吸引中国留学生,如加强大学的赴华宣讲、强化中日大学合作等。"① 文章结尾,更是指出:日本一直想增强其国际影响力,甚至不惜通过修宪来增强军力。对日本来说,最可悲的结果也许是,军力等硬实力增长,文化软实力的影响力却下降。同时,日本人口不断下降,日本各地各部门不断推出政策吸引外国劳动力。如果留学生都吸引不来,再多的吸引劳动力的政策恐怕都是徒劳的。从这个角度看,中国留学生减少十分值得日本警醒。②

2013年9月6日,他的博文《"偶遇外交"能否成中日关系减震器》直接对准了中日外交,说的是G20峰会上,习近平与安倍晋三进行了短暂会谈,并声称:习近平与安倍的"偶遇外交",再次成为测试中日关系走向的"试纸"——简短会谈后日方态度将成中日关系走向焦点。针对中日问题,蒋丰认为:安倍上台以来,日本右倾化明显,姿态颇为强硬。从安倍的"侵略定义未定论",到桥下的"慰安妇必要论",再到麻生的"效仿纳粹修宪论",无一不令人震惊。日本国家的右倾化达到了战后从未有过的程度。能否改善中日关系说到底取决于日本的态度能否向好的方向转变。"其实,改善中日关系并不难,需要日本方面拿出足够的诚意,好好反思自身,而不是表面一套,背地里一套。与中国保持好关系是符合日本国家长远利益的,还是那句老话,'中日和则两利',但愿安倍以中日关系大局为重,转变强硬的姿态,积极寻求解决中日关系困境的新方法。③"

---

① 蒋丰:《日本应反思中国留学生减少的现象》,新浪博客 http://blog.sina.com.cn/s/blog_615fb6320102edde.html,2013年9月9日查询。
② 蒋丰:《日本应反思中国留学生减少的现象》,新浪博客 http://blog.sina.com.cn/s/blog_615fb6320102edde.html,2013年9月9日查询。
③ 蒋丰:《"偶遇外交"能否成中日关系减震器》,新浪博客 http://blog.sina.com.cn/s/blog_615fb6320102edfp.html,2013年9月9日查询。

名作家博客100

98. 洪晃：无目的美好生活

洪晃的身份比较复杂，她的博客名称叫作"洪晃在ilook的BLOG"，博客认证信息为"BNC薄荷糯米葱中国设计师店投资人，《ILOOK》杂志出版人"。博客中没有她的个人简介，但是，可以在网上找到——她12岁时被送往纽约学英文，1984年毕业于美国纽约州瓦瑟大学。曾经做过咨询、有色金属贸易、投资等方面的工作。她的家庭背景很好，外公（养）是民国名人章士钊，母亲是民国才女章含之。她是作家，也和电影有点缘分，是大导演陈凯歌的前妻。

洪晃是海外华人作家，拥有美国国籍，说起国籍这档子还有意思。当年她和她的美国同学结婚，成了美国人；后来，她离婚，又和陈凯歌结婚，陈凯歌也有了美国国籍；再后来，他们又离婚，陈凯歌和陈红结婚，陈红也有了美国国籍。而和陈凯歌离婚之后，洪晃又和一位法国人结婚，后来也离了婚。她结婚离婚，就像她的生活一样，没有目的，却也美好。

洪晃和她的母亲章含之一样，也是一位才女，母亲是对她影响最大的人。洪晃说："从深度与美貌及聪明上讲，我没有看见一个女人真能超过我娘。"但是洪晃却不愿意成为母亲那样的女人，也不愿意在母亲的影子下生活，虽然，生活在妈妈的影子下会生活得更舒服一些，不用那么奔忙，但是，她习惯了奔忙。

洪晃的博客背景是一片黑暗，置顶露出晨曦，晨曦中有一带灰色的山和几根电线杆以及长长的电线，黎明破晓，世界一片安静，她就在"这个空间"思考和活着。她的博客头像是一张老照片，照片中站着一位小姑娘，应该是她小时候的照片。至今她有312篇博文，分为：ILOOK杂志（38）、性问题和性话题（22）、为朋友写软文（1）、旅行日记（35）、损人又不利己的文章（7）、杂谈（12）等。

她的博客点击量很高，120203766①，关注人气为187892。博客中有她的新浪微博链接，微博粉丝8162684②人，"公告"栏的内容都是关于她的杂志《I LOOK》的："《i look 世界都市》出电子杂志了，花一元钱就可看当月杂志，点击这里（附有网址）进行下载。"同时，还罗列了杂志在全国

---

① 洪晃新浪博客：http://blog.sina.com.cn/honghuang，2013年9月5日11：05查询。
② 洪晃新浪博客：http://blog.sina.com.cn/honghuang，2013年9月5日11：10查询。

第九章 炎黄骄子：境外华文作家博客

各个主要城市的销售地址和电话。"maganize"一栏，贴着她的图书《无目的美好生活》的封面，还有多期《i look 世界都市》的封面。"友情链接"中链接着她的杂志网站、杂志博客群，另外还链接着沈宏非、陈丹青等人的博客。博客最下方链接着"让贫困地区的孩子有书读"的"扬帆计划"和"为西南灾区捐思源水窖"的捐款计划。

洪晃的第一篇博客写于 2006 年 2 月 14 日，名曰《情人不过节》，文中她写了情人节和礼物的话题，她说："我这辈子谈过不止一次恋爱，但是没有过一次情人节。在我的记忆中，年轻的时候，如果恋爱了，天天都在过情人节。周围的世界都消失了，眼前的恋人就是所有，其它都不重要。我还记得谈恋爱的时候不希望有任何干扰，不接手机，不上班，不见朋友。在这种情况下跑出门去买点花、巧克力或者一大钻石戒指似乎真是有点多余。我的任何一个男朋友真的这么作了，我会觉得这个人很假，而因此干脆吹了。当然，这只是我。①"

2006 年 2 月 15 日她有博文《睡多少男人算"值"》，这样惊世骇俗的博文也只有洪晃能写出并敢于发表："一个多月以来，我和张小姐一直在争论一个问题：就是一个正常女人这辈子到底能和多少个男人发生关系。事情是由于有人自告奋勇地坦白曾经有过上百个情人，让我们都大吃一惊，张小姐首先认为这完全是不可能的，除非这个人是专业人员。我半信半疑，总觉得有时候人不可貌相，海不可斗量。"她算了算这位四年有上百个情人的人，平均一个月零三天就要换一个男人，自己也吃了一惊，回头又感叹"数字"是个奇妙的东西，"数字不仅在性方面不能说明问题，在出版方面也不能说明问题。所有刊物的出版人都会非常富有想象力地把发行量理想化的夸大；所有书商都会在作者面前富有现实主义精神地将发行量缩小，实际上都是为了利益，为了得到什么。如果这种东西可以谎，那如果有人问你跟过几个男人，还不是张嘴就来的是，我想单纯一些，三个，想复杂一些十三个。这些数字成了一种标志。""我和张小姐的辩论没有任何结果，我们后来都觉得这个话题很无聊，但是想想还是挺可笑的，以后再议论人都可以说：'她是二十个左右的那种女人。'②"

---

① 洪晃：《情人不过节》，新浪博客 http://blog.sina.com.cn/s/blog_476bdd0a010001so.html，2013 年 9 月 5 日查询。
② 洪晃：《睡多少男人算"值"》，新浪博客 http://blog.sina.com.cn/s/blog_476bdd0a010001tj.html，2013 年 9 月 5 日查询。

2006年2月16日,她有博文《前夫和馒头》,说的是电影《无极》的那档子事情,也就是"一个馒头引发的血案"。任性而率真的她颇有幽默地写道:"由于前夫和一个馒头过意不去,这一周以来,我的所有朋友都毫无遮拦地拿我开涮,带着讽刺和嘲笑的口气,点拨我对男人的判断能力和品味。昨天晚上已经到了高峰,一桌八个人,原来都还绷着点,现在全喷出来了。今天早上看了博客,发现帖子里面我也受牵连,看来这女人出嫁一定要慎重,我这辈子真是来不及了,下辈子得注意了。"接着,她开始叫冤,"非要把我跟一个我十多年既没见过面、也没说过一句话、甚至连碰都没碰到过的人联系在一起,这实在不太公平";但是,她同时也觉得这事情好玩,"我一直想装个正人君子,高姿态一点,沉默一点。但这事实在太好玩了,我都快给憋坏了,再说我再怎么努力这辈子也不会有人把我当淑女,所以干脆,就在这儿多几句嘴了。"①最后,她还不忘说:"必须向当事人道歉,但是我再憋着会得癌的。"这话有点"坏",不失礼貌地和前夫划清了界限,又自嘲和嘲他一番。

洪晃最新的博文《我所知道的"例外"与"无用"》发布于2013年3月27日,说的是时尚圈的事情,也是文化圈的事件。当下的社会,热点造就口碑,服装品牌也可以这样。"中国第一夫人"连续出访国外,穿的都是"例外"这个本土品牌的服式,"例外"一夜之间爆红,"例外"能不能hold住,原来的设计师能不能hold住。"多年来,例外经营得很好,但是从来没有大红大紫过。这两天算是紫得都发青了。红得这么快,这么热,是一定要付出代价的——网站先崩溃了。随后店里也会火爆,但愿大家不是去买第一夫人穿的高订款,而是彭丽媛还不是第一夫人的时候就热爱的例外成衣;也希望不管例外现在的首席设计师是谁,我只知道不是马可了,后来两个小设计师也走了,不管你是谁吧,希望你hold住。"②最后,她还不忘说一句,希望"例外"的老总以后还会接她的电话。

99. 桐华:步步惊心

最近网络上盛传一句话:"雍正很忙!"此话不假。

---

① 洪晃:《前夫和馒头》,新浪博客 http://blog.sina.com.cn/s/blog_476bdd0a010001uq.html,2013年9月5日查询。
② 洪晃:《我所知道的"例外"与"无用"》,新浪博客 http://blog.sina.com.cn/s/blog_476bdd0a0102e93g.html,2013年9月5日查询。

第九章　炎黄骄子：境外华文作家博客

从2011年开始，《宫锁心玉》《步步惊心》《甄嬛传》等热播电视剧都把目光对准了雍正帝，于是，很多网友大呼"请放过雍正吧"。雍正为什么会那么火？可能还是和他"登基帝位"的过程有关，"九龙夺嫡"的戏码还是很有料的，而把"九龙夺嫡"演绎到极致的剧应该就是2012年的《步步惊心》了。随着这部剧的热播，出现了很多"四爷党"和"八爷党"，众网友为了"四爷""八爷"和"若曦"三角恋的关系争得头破血流，另外，网友也为"十三阿哥""十阿哥""十四阿哥"等各位爷大送红心。《步步惊心》电视剧好，首先还要归于小说写得好，电视剧火了之后，小说也火了，桐华的名字也传遍了中国。

桐华的博客名称即为：桐华。博客认证信息为："言情小说作家。"她没有对自己进行更细致的介绍，有必要为之补充一下，她原名任海燕，美籍华人。生于西北，毕业于北京大学光华管理学院。毕业后在深圳中国银行从事金融分析工作，后赴美国加利福尼亚州攻读财经类专业硕士，现与丈夫定居纽约。已出版的作品有《步步惊心》《大漠谣》《云中歌》《最美的时光》（原名《被时光掩埋的秘密》）《那些回不去的年少时光》《曾许诺》《长相思》。2013年成立工作室，策划电视剧《金玉良缘》①。

《步步惊心》之后，桐华的小说已经成为电视圈里的香饽饽，《大漠谣》《云中歌》和《最美的时光》也均被拍成了电视剧，且受到了极大关注，而随着她的"穿越剧"的热播，社会又再次对穿越剧进行了审视。如今的孩子看电视剧比看小说多，比较来说也更信电视剧，长此以往，孩子们记住的历史就是"虚构"的历史了。但是，桐华认为架空历史只是一种文学创作手法，无可厚非。她拥有十分丰富的历史知识，在写作过程中她很少有触及正史的禁忌。这似乎也是合理的，她可以用一种方式把历史写得更有意思，让更多人读，也不失为好事。

桐华的博客背景是淡蓝色，置顶是一片夜空，有星子在闪，云层朵朵，云层中的一弯新月被拟人化，睁着大眼睛，笑得恬淡，2006年9月她开博，至今有233篇文章，分为"走过的地方（3）""看过的书影（2）""做过的事情（9）""有过的感觉（2）""写过的文章（7）""《步步惊心》相关（4）"。博客点击量共6929335②，关注人气19051。博客头像没有用她的个人照片，

---

①　百度百科桐华：http://baike.baidu.com/link? url＝7ls26zx1ckHFFRtPprP8pkJ4oQXe_YZEmPDhFla1SxFFWuL8oGC6 Mudh DcSo－Wrn，2013年9月6日查询。

②　桐华新浪博客：http://blog.sina.com.cn/xiaosanju，2013年9月6日10：49查询。

而是一幅美图，美图中是一株不知名的花草，白色的小花开得正好。博客设置有她的新浪微博链接，新浪微博有465763[1]位粉丝。友情链接一栏链接着"桐华居——桐华论坛""缪娟——一半现实，一半浪漫"等7个网址。"公告"栏张贴着她的已出版的作品列表，以及《那些回不去的年少时光》《被时光掩埋的秘密》的封面。

  桐华是通过网络写作成名，曾长期混迹于"晋江文学网"，但是，她对互联网却不太感冒，2006年9月26日，她发布第一篇博文《一个不小心注册了这个东东》，说的是注册了"新浪博客"，只留下几个字"踩个脚印先[2]"。2006年10月22日，她又发博文《唉！原来如此难！》，说的还是"新浪博客"，她在大吐苦水，文中说："编辑同志说，你的blog还是荒芜中，赶紧写一写。我冲进来干活，发现光是那些这个、那个的设置就让我头晕，建立一个条理清楚分明，能让大家看懂的blog不容易呀！到了休息时间了，休息，休息！[3]"

  桐华的第三篇博文说的还是电脑写作的事情，她在博文《我是一个电脑白痴》中说："想在晋江的《大漠谣》上传一个封面，结果发现难度高得很，折腾了一个小时还没有搞定。唉！不知道哪个环节有问题，看来回头还是要请'清'帮忙搞定。在文章下面留言说，因为太过疲惫，停止更新一个周。很多朋友都说，连载文章有争论，那是好现象。可是我自小喜静不喜闹，争执声音过大时，我会觉得很疲惫。压力太大。[4]"那个时候的桐华还不出名，只是一个"网络写手"，言语之间都是平常人的闲言碎语，倒也正好显示出她率真的小性情。

  同一篇文章中她说："已经确定了十二月份会去赌城。本来计划中的圣诞party计划恐怕要取消了。忽然想起上次从三番一带玩回来的照片还没有整理，感觉整天都是匆匆，可是时间依然如此地快。原本的春季墨西哥之行恐怕要泡汤，玛雅，玛雅文化！我是一个地理盲，本来朋友议论去墨西哥潜水时，我一点都没有心动，懒懒的。可突然他们说有玛雅遗址，我一下就心

---

[1] 桐华新浪博客：http://blog.sina.com.cn/xiaosanju，2013年9月6日11：00查询
[2] 桐华：《一个不小心注册了这个东东》，新浪博客 http://blog.sina.com.cn/s/blog_4aeb085a010005tr.html，2013年9月6日查询
[3] 桐华：《唉！原来如此难！》，新浪博客 http://blog.sina.com.cn/s/blog_4aeb085a01000658.html，2013年9月6日查询
[4] 桐华：《我是一个电脑白痴》，新浪博客 http://blog.sina.com.cn/s/blog_4aeb085a01000662.html，2013年9月6日查询

第九章　炎黄骄子：境外华文作家博客

跳了起来，玛雅，希腊，埃及，古大西洋文明，这都是我心中念念的半真半传说的神秘文化呀！①"

桐华的很多博文是关于她的图书的，有些博文粘贴着她的图书封面，这不失为一种广告策略，但是，桐华的"广告"并不让人讨厌，反而让人喜欢，因为，她的文字很美且真诚。我很喜欢她的文字，她的文字告诉我她的真性情。

2013年8月30日她有最新博文《把相思辜负》，属于"旧文新发"，文中以各种古典诗词回顾了她的小说《长相思》的种种，最后写道："相思如酒，小酌怡情，大醉伤身。人生的路途上，不可能没有聚散，短暂的相思，是情感的调味料，那些电话里的甜言蜜语，那些想见不能见的惆怅都是美丽的；但是长相思，长到伤心伤神，就没必要了，毕竟现在不是古代，没有那么多身不由己、无可奈何。生命有涯，青春有限，宁可辜负了相思，千万别辜负自己！②"

100. 虹影：饥饿的女儿

虹影原本旅居英国，与著名评论家赵毅衡离婚后，重新出发，现在已经定居北京，她既是我在鲁院的同学，也是复旦大学的同学。当年，她住我的隔壁，像风一样飘过。真没料到，若干年后，她小小的身体竟然爆发出宇宙般的能量来。

虹影的博客名称为"火狐虹影的BLOG"，博客认证信息为"著名作家，代表作有《上海魔术师》《上海王》《上海之死》等"。虹影的博客背景很有味道，铺着一片白色的心型花瓣，中间有漫画风格的一男一女，漫画风格很有宫崎骏的风格，女生有一双翅膀，应该寓意为天使，二人身前还有不断飘落的心型花瓣。

虹影的博客头像是她的照片，照片经过处理，涂上水红色，还写有她的名字"虹影"二字。她的博客中链接着她的新浪微博，微博名称也为"火狐

---

① 桐华：《我是一个电脑白痴》，新浪博客 http://blog.sina.com.cn/s/blog_4aeb085a01000662.html，2013年9月6日查询。

② 桐华：《把相思辜负》，新浪博客 http://blog.sina.com.cn/s/blog_4aeb085a0101b64w.html，2013年9月6日查询。

虹影",粉丝数为 2574747① 人,博客相关链接一栏还链接着"虹影的腾讯微博""虹影的豆瓣""99 网有虹影作品系列专号"。另外,虹影的博客还链接着她在 2005 年获罗马文学奖现场照片,以及新浪网聊天、照片和《饥饿的女儿》等相关作品连载,同时,还有一些友人链接,如"短发美女子②""特务小强③"等。

虹影最初写诗,后来才写小说。作为中国新女性文学代表性作家之一,她 1962 年生于重庆。1981 年开始写诗,1988 年开始发表小说。代表作有长篇《孔雀的叫喊》《阿难》《饥饿的女儿》《K》《女子有行》,诗集《鱼教会鱼歌唱》等。2005 年 10 月 21 日虹影在新浪网开博,至今写了 264 篇文章,博客访问量 3947913④。她的第一篇博文为《仅仅是为了爱》,写的是北京城。文中,她有提到在伦敦的家,家中有红狐,我想这也是她称呼自己为"红狐虹影"的原因吧。

"十七年前,1988 年北京机场路旁边的花家地有大片的空地、空田,长着高高的白杨树。社科研究生院不知为何落到这荒郊野地。那时候,我知道附近地名望京,但一点也看不到京城,那时北京几乎没有高楼。"时光流转,旅居海外,她还是常回北京,还是在机场附近,却是高楼林立。在高处看北京的感觉不一样,在庄严的古都,处于高处俯瞰皇城这一直是皇家的特权,如今平民百姓也可以了,虹影说:"北京就像我的丈夫,我把自己的心交给了他。每次从国外飞回北京,回到望京住所,打开窗子,满京都如夜夜灯节狂欢,光如银河。此情此景,每次都叫我禁不住感叹:我飘泊一生,走遍中国,浪迹世界,我还是最爱北京,连那永远不息的沉沉噪音,连二十一层上都能闻到的汽车废气味,都那么可爱!⑤"

2005 年 10 月 21 日,虹影发布了第二篇博文《写博客 想萧邦》,虹影第一次知道萧邦是在乔治桑的传记里,乔治桑是那位"左手抽雪茄烟右手写字的奇女子,她爱的人必须左右开弓,才能让她如此倾倒"。虹影喜欢上萧邦

---

① 虹影新浪博客:http://blog.sina.com.cn/hongyinghongying,2013 年 9 月 4 日 10:00 查询。

② 短发美女子——万鸿的博客:新浪博客 http://blog.sina.com.cn/wanhong,2013 年 9 月 4 日查询。

③ 特务小强:http://www.tewuxiaoqiang.com/blog/,2013 年 9 月 4 日查询。

④ 虹影新浪博客:http://blog.sina.com.cn/hongyinghongying,2013 年 9 月 4 日 10:37 查询。

⑤ 虹影:《仅仅是为了爱》,新浪博客 http://blog.sina.com.cn/s/blog_46e98efa01000069.html,2013 年 9 月 4 日查询。

的音乐，更喜欢上乔治桑这位女人，她也喜欢"左右手同用"，比如写博客。她说："我发现左右手并用，不仅是技巧，而且是艺术的必要：我写小说用右手，写散文用左手，要写诗时间不够怎么办？就用鼻尖啄一下琴键。那么写博客呢，就是沉入深海之中，与周遭鱼群一起畅游五千里，五百万里，吐出的一个个气泡。①"

虹影思想新潮，平易近人，成名后没有端出一点架子，早期的博文中她和读者的沟通很多，博文《写博客 想萧邦》中网友"沙漠骆驼"评论："虹影不愧为'汉字魔女'，写出来的博客文章，意随心转，短小精炼。你能左手写散文，右手写小说，鼻尖弹琴，嘴吐小气泡，与我们这些网海里的小鱼小虾共游，真让我们感到幸运。"虹影回复说："引你为知音。求你也引我为知音。旧时知音只一人，现世知音多多益善，可结帮成俱乐部，做我们想做的事，博客们可团结起来，为共同的理想奋斗。②"

虹影在博文《虹影对红狐说自己》中对"红狐"进行了更详细的说明，这份说明也是对她自己的一个更详细的介绍。"话说虹影流寓英伦小岛后，隐居乡村，更觉得写作是好伴侣。经常有只红狐，携家带小来造访她的花园，有这样的读者是一大幸，所以虹影有一天鼓足勇气请他读读，并且不吝指正。红狐眼睛飞快地扫描她的文字，一边表情凝重地点头，好象已经掐算出她简简单单的命运，她的过去，她的将来。"利用"红狐说"，虹影把自己的生命分为四个"十年"：

虹影的第一个十年是她的童年，她是幺女，且出生是个秘密；第二个十年是小学、中学，她知道自己是私生女，并见了亲生父亲；第三个十年则是最重要的十年，"虹影全国流浪，混迹于各个城市的艺术家之间，尝试各种生活方式。她拼命写作。不到二十岁就开始写作，至今未曾后悔这一选择。"第四个十年是在国外生活的十年，"赤手空拳打江山，总算世界上有不少国家在读你的书。在海外用华语写作，非常不易。她觉得自己是幸运的"。她说："红狐是个不愿意被人类社会驯服的动物，所以虹影尊敬它。面对着他挑战的眼睛，虹影必须说明，她也一样，不是一个容易驯化的灵魂。③"红

---

① 虹影：《写博客想萧邦》，新浪博客 http://blog.sina.com.cn/s/blog_46e98efa0100006b.html，2013年9月4日查询。
② 虹影：《写博客想萧邦》，新浪博客 http://blog.sina.com.cn/s/blog_46e98efa0100006b.html，2013年9月4日查询。
③ 虹影：《虹影对红狐说自己》，新浪博客 http://blog.sina.com.cn/s/blog_46e98efa0100006p.html，2013年9月4日查询。

狐就是虹影，虹影就是红狐。

虹影的最新博文是 2013 年 8 月 15 日发布的《在东京拜访一事无成者周树人》，随文带有她的一张黑白照片，照片有典型的英伦风，她穿着风衣，围着围巾，戴着帽子，对着宽大的镜子，面容安详，左手抓住右手，高贵又典雅。文章开头就说："那是东京最热的夏天，是我移居国外后遇到的最酷热的日子，那是 1996 年。漫长宽阔的青山大道，我忽然觉得与我并肩而行的那个身着和服的人，似曾相识。他沉静地走着，没有朝我看一眼。"这里的他是周作人，她的灵魂与周作人的灵魂在日本不期而遇，她回顾了周作人的生命，最后说道："那年夏天在东京，我突然醒悟：我应当学学我去见的人，周树人从来没有梦想充当民族的喉舌，我也决定清除代小女子发言的打算。于是自己沉一沉气，开始乱读闲书，胡拼 CD，让自己在忧郁中慢慢体验忧郁。心理消沉时，看男人女人，也就都平淡如水。周树人近四十岁突然爆发，变成自己也没有想到会变成的人：我在临近四十岁时渐渐沉静随遇而安，做一个努力模仿当年周树人的人。"①虹影的文字有诗意，有骨力，有热度。

文章的最后，虹影说："我终于敢做一个失败者。"如果她是一位失败者，也是一个令人尊重的失败者。一个敢于说自己是失败者的人，她已经没有失败。我为这样的失败者骄傲！

---

① 虹影：《在东京拜访一事无成者周树人》，新浪博客 http://blog.sina.com.cn/s/blog_46e98efa0101dsvg.html，2013 年 9 月 4 日查询。

参考文献

一、文献与资料

[1] [加] 埃里克·麦克卢汉、弗兰克·秦格龙著：《麦克卢汉精粹》，何道宽译，南京大学出版社 2000 年版。

[2] [德] 尤尔根·哈贝马斯著：《现代性的哲学话语》，曹卫东译，商务印书馆 2008 年版。

[3] [法] 安东尼奥·葛兰西著：《现代君主论》，陈越译，上海人民出版社 2006 年版。

[4] [美] 洛厄里·德弗勒著：《大众传播效果研究的里程碑》，刘海龙等译，中国人民大学出版社 2004 年版。

[5] [法] 米歇尔·福柯：《疯狂与非理性：古典时代的疯狂史》，巴黎普隆 1961 年版，转引自杜小真编选：《福柯集》，上海远东出版社 2003 年版。

[6] [法] 罗兰·巴特著：《符号学原理》，李幼蒸译，中国人民大学出版社 2008 年版。

[7] [德] 尤尔根·哈贝马斯著：《公共领域的结构转型》，曹卫东等译，学林出版社 1999 年版。

[8] [美] 约翰·费斯克著：《理解大众文化》，中央编译出版社 2001 年版。

[9] [法] 布尔迪厄著：《关于电视》，许钧译，辽宁教育出版社 2000 年版。

[10]［法］米歇尔·福柯著：《知识考古学》，谢强、马月译，生活·读书·新知三联书店2007年版。

[11]［美］帕特·华莱士：《互联网心理学》，中国轻工业出版社2001年版。

[12]［英］卡尔·波普尔著：《开放社会及其敌人》（第一卷），郑一明等译，中国社会科学出版社1999年版。

[13]［德］哈贝马斯著：《交往与社会进化》，张博树译，重庆出版社1989年版。

[14]［法］帕斯卡尔（Pascal，R.）著：《思想录》，何兆武译，上海人民出版社2007年版。

[15]［德］叔本华著：《伦理学的两个基本问题》，何立等译，商务印书馆1996年版。

[16]［美］简·奥尔森著：《集体行动的逻辑》，陈郁译，上海人民出版社1996年版。

[17]［法］罗兰·巴特著：《批判与真实》，屠友祥译，上海人民出版社2000年版。

[18]［美］罗尔斯著：《正义论》，何怀宏等译，中国社会科学出版社1988年版。

[19]［古希腊］柏拉图著：《理想国》，郭斌和等译，商务印书馆1986年版。

[20]［法］米歇尔·福柯等著：《权力的眼睛——福柯访谈录》，严锋译，上海人民出版社1997年版。

[21]［美］奥尔特加·加赛特著：《大众的反叛》，刘训练、佟德志译，吉林出版社2004年版。

[22]［美］萨缪尔·亨廷顿著：《文明的冲突与世界秩序的重建（修订版）》，新华出版社2009年版。

[23]朱光潜著：《诗论》，三联书店1984年版。

[24]［法］布吕奈尔等著：《什么是比较文学》，葛雷、张连奎译，北京大学出版社1989年版。

[25]朱光潜著：《西方美学史》，人民文学出版社1981年版。

[26]［英］罗素著：《西方哲学史》，何兆武、李约瑟译，商务印书馆1982年版。

[27]［英］戴维·洛奇著：《小说的艺术》，王竣岩译，作家出版社1998

年版。
- [28] [英] 伊·鲍温著：《小说家的技巧》，吕同六主编：《二十世纪小说理论经典》，华夏出版社1995年版。
- [29] [德] 姚斯：《接受美学与接受理论》，辽宁人民出版社1987年版。
- [30] 童庆炳：《文学理论教程》，高等教育出版社2002年版。
- [31] 梁启超：《论小说与群治之关系》，《新小说》1902年创刊号。
- [32] 梁晓声：《中国当代知识分子》，《世纪观察》1998年第2期。
- [33] 许纪霖：《中国知识分子死亡了吗》，《中国大学学术讲演录》，广西师范大学出版社2001年版。
- [34] 刘小枫：《走向十字架上的真》，三联书店1994年版。
- [35] 冯友兰：《中国哲学简史》，北京大学出版社1984年版。
- [36] 谢有顺：《小说的叙述前景》，《文学评论》2009年第1期。
- [37] 盛晓明：《话语规则与知识基础》，学林出版社2000年版，第138页。
- [38] 仰海峰：《实践哲学与霸权：当代语境中的葛兰西哲学》，北京大学出版社2009年版。
- [39] 陆扬、王毅选编：《大众文化研究》，上海三联书店2001年版。
- [40] 鲍海波：《新闻传播的文化批评》，中国社会科学出版社2002年版。
- [41] 陈卫星：《网络传播与社会发展》，北京广播学院出版社2001年版。
- [42] 余纪元：《理想国》演讲录，中国人民大学出版社2009年版。
- [43] 郭庆光：《传播学教程》，中国人民大学出版社1999年版。
- [44] 伊瑟尔：《隐在的读者》，上海译文出版社1974年版。
- [45] 周光凡：《领导者的媒体驾驭能力》，清华大学出版社2008年版。
- [46] 沈晓阳：《正义论经纬》，人民出版社2007年版。
- [47] 应奇：《两种政治观的对话——关于哈贝马斯与罗尔斯的争论》，《浙江学刊》2001年第1期。
- [48] 欧阳友权：《数字化语境中的文艺学》，中国社会科学出版社2005年版。
- [49] 欧阳友权：《网络文学的学理形态》，中央文献出版社2007年版。
- [50] 欧阳文风、王晓生等：《博客文学论》，中国文史出版社2007年版。

[51] 黄桂萍、吴文虎：《对网络话语暴力现象的探讨》，《当代传播》2007年第5期。

[52] 马道全：《信息传播对社会危机的控制》，《当代传播》2007年第6期。

[53] 强恩芳：《新网络暴力的五大特点》，《青年参考》2006年第8期。

[54] 杨立雄、杨月明：《生活世界殖民化、话语商谈与福利国家的未来——兼论哈贝马斯与马歇尔、罗尔斯的区别》，《人文杂志》2007年第1期。

[55] 夏群友：《论葛兰西的领导权理论》，武汉大学马克思主义哲学硕士毕业论文，2003年第4期。

[56] 赖广昌：《试论网络规范的构建》，《广西民族学院学报》（哲学社会科学版）2004年第12期。

[57] 张赐琪：《公民新闻的产生与特征》，《毛泽东邓小平理论研究》2009年第5期。

[58] 王达翎：《浅析网络公共领域话语特性》，《采·写·编》2008年第5期。

[59] 王慧敏：《草根与权威——试析网络传播中话语权变更》，《东南传播》2008年第7期。

[60] 陈万怀：《传播学视角下网络谣言的认知与消解》，《新闻界》2008年第12期。

[61] 张守荣：《网络话语权的表现与特征》，《网络财富》2008年第9期。

[62] 范敬群：《网络话语意义的生产与传播研究》，《华中农业大学学报》（社会科学版）2009年第2期。

[63] 林如：《网络公关：话语权争夺和网络舆论引导——以美国总统大选中奥巴马的网络公关为例》，《新闻界》2009年第1期。

[64] 高海建：《网络暴力的文化学思考》，《东南传播》2009年第3期。

[65] 鄢焜：《网络民主与集权体制之间的价值冲突》，《科学技术与辩证法》2001年第10期。

[66] 祁林：《以BBS为例论网络话语权的有限性》，《新闻知识》2003年第11期。

[67] 夏益群、蒋天平：《权力的力量：福柯思想的结构之维》，《求索》2009年第5期。

[68] 苑国华：《布迪厄"语言交换的经济"理论及思想渊源》，《成都大

学学报》（社科版）2009 年第 2 期。

[69] 陆天珺：《公共话语权欲隐私权的博弈——浅析"人肉搜索"》，《管理观察》2009 年第 2 期。

[70] 陈力丹：《90 年代西方新闻理论讨论了哪些话题》，《国际新闻界》2000 年第 1 期。

[71] 展江：《哈贝马斯的"公共领域"理论与传媒》，《中国青年政治学院学报》2002 年第 2 期。

[72] 张树旺、周庆贵：《试论马尔库塞〈单向度的人〉内涵及意义》，《管理观察》2009 年第 6 期。

[73] 张如良：《虚拟现实与哈贝马斯的公共领域理论》，《西安交通大学学报》（社会科学版）2009 年第 3 期。

[74] 何雪松：《后现代架构下的空间思考：从哈维、福柯、詹明信到索加》，上海市社会科学界第四届学术年会文集（2006 年度）哲学·历史·人文学科卷。

[75] Michel Foucault：*The Will to Knowledge*，The History of Sexuality，volumel，Penguin Books.

[76] Habermas，*Reconcile libation through the Public Use of Reason：Remarks on John Rawls's Political Liberalism* in The Journal of Philosophy，Vol. XCII，No. 3，1995.

[77] McQuail，Denis ，*Sociology of Mass Communication*，Penguin Books，london，1972

[78] Morley，David，*Family Television：Culture Power and Domestic Leisure*，Routledge，1988

[79] Morley，David，1992，*Televison，Audiences，and Culture Studies*，Publisher：Rutledge 1988

[80] Evra，J. *Television and the Public Interest*. London：sage Press，1992

[81] McQuail，Denis，*Mass Communication theory：an introduction*，London：Sage Publiccations. 1980

[82] Schwartz，Tony，*Media：The Second God*，Bantam Dell Pub Group，1983

[83] Harold Bloom. *The Western Canon—The books and school of books*. Printed in USA：1993

[84] Vico. *The first new science*. ENGLAND：Cambridge. 1982.

[85] Thomas Dilworth. "A Romance to Kill for; Homicidal. Complicity in Faulkner's' A Rose for Emily'," in Studies. in Short Fiction 36(1999).

[86] Jacques Derrida, *Margins of Philosophy*, trams. Alan Bass, Chicago: The University of Chicago Press.

[87] Paulde Man, *Resistance to Theory*, trans. Publishing Corporation.

[88] Jacques Derrida, *Dissemination*, trams. Barbara Johnson, Chicago: The University of Chicago Press, 1981.

[89] Frederick Buell, "*Sylvia Plath's Traditionalism*," in Boundary 2, Vol. 5, No. 1.

[90] 新浪网：www.sina.com.cn

[91] 百度百科：http://baike.baidu.com/

[92] 天涯社区：www.tianya.com

[93] 百度贴吧：http://tieba.baidu.com/

[94] 淘宝网：http://www.taobao.com/

[95] 当当网：http://www.dangdang.com/

[96] 亚马逊网：http://www.amazon.cn/

[97] 起点中文网：http://www.qidian.cn/

[98] 榕树下社区：http://club.rongshuxia.com/

[99] 红袖添香社区：http://www.hongxiu.com/

二、100名作家博客网址

1. 韩寒新浪博客：http://blog.sina.com.cn/twocold
2. 郭敬明新浪博客：http://blog.sina.com.cn/guojingming
3. 郑渊洁新浪博客：http://blog.sina.com.cn/zhyj
4. 叶永烈新浪博客：http://blog.sina.com.cn/yeyonglie
5. 莫言新浪博客：http://blog.sina.com.cn/blogmoyan
6. 阿来新浪博客：http://blog.sina.com.cn/imalai
7. 麦家新浪博客：http://blog.sina.com.cn/maijia
8. 刘醒龙新浪博客：http://blog.sina.com.cn/liuxinglong
9. 徐坤新浪博客：http://blog.sina.com.cn/xukun

10. 熊育群新浪博客：http://blog.sina.com.cn/xyq1
11. 田耳新浪博客：http://blog.sina.com.cn/tianer
12. 衣向东新浪博客：http://blog.sina.com.cn/yixiangdong
13. 葛水平新浪博客：http://blog.sina.com.cn/geshuiping
14. 郭雪波新浪博客：http://blog.sina.com.cn/guoxuebo
15. 格致新浪博客：http://blog.sina.com.cn/jlgezhi
16. 李进祥新浪博客：http://blog.sina.com.cn/u/1720744661
17. 曹文轩新浪博客：http://blog.sina.com.cn/caowenxuan
18. 汤素兰新浪博客：http://blog.sina.com.cn/u/1213170300
19. 杨红樱新浪博客：http://blog.sina.com.cn/u/1645061557
20. 周国平新浪博客：http://blog.sina.com.cn/zhouguoping
21. 张贤亮新浪博客：http://blog.sina.com.cn/zhangxianliang
22. 梁晓声新浪博客：http://blog.sina.com.cn/liangxiaosheng
23. 冯骥才新浪博客：http://blog.sina.com.cn/fengjicai
24. 柯云路新浪博客：http://blog.sina.com.cn/keyunlu
25. 北村新浪博客：http://blog.sina.com.cn/beicun
26. 毕淑敏新浪博客：http://blog.sina.com.cn/bishuminblog
27. 残雪新浪博客：http://blog.sina.com.cn/canxue
28. 方方新浪博客：http://blog.sina.com.cn/zjfangfang
29. 陈应松新浪博客：http://blog.sina.com.cn/cyscys5656
30. 谈歌新浪博客：http://blog.sina.com.cn/zjtange
31. 王朔新浪博客：http://blog.sina.com.cn/why781
32. 王跃文新浪博客：http://blog.sina.com.cn/wyuewen
33. 陆天明新浪博客：http://blog.sina.com.cn/lutianming
34. 刘慈欣新浪博客：http://blog.sina.com.cn/lcx
35. 邱华栋新浪博客：http://blog.sina.com.cn/qiuhuadong
36. 苏北新浪博客：http://blog.sina.com.cn/clx1232001
37. 彭学明新浪博客：http://blog.sina.com.cn/pengxuemingzuojia
38. 洪烛新浪博客：http://blog.sina.com.cn/hongzhublog
39. 郭文斌新浪博客：http://blog.sina.com.cn/guowenbinkzxx
40. 刘亮程新浪博客：http://blog.sina.com.cn/oneofthevillages
41. 谢宗玉天涯博客：http://blog.tianya.cn/blogger/blog_main.asp?BlogID=196465#

42. 于坚新浪博客：http://blog.sina.com.cn/s/indexlist_1216946300_1.html
43. 荣荣新浪博客：http://blog.sina.com.cn/rongrong1964
44. 翟永明新浪博客：http://blog.sina.com.cn/zhaiyongming
45. 聂沛新浪博客：http://blog.sina.com.cn/niepei08
46. 李少君新浪博客：http://blog.sina.com.cn/lishaojun1
47. 傅天虹新浪博客：http://blog.sina.com.cn/tianhongxiaozhu
48. 杨黎光新浪博客：http://blog.sina.com.cn/yangliguang
49. 何建明新浪博客：http://blog.sina.com.cn/hjm9991
50. 李春雷新浪博客：http://blog.sina.com.cn/lichunleigongzuoshi
51. 陈启文新浪博客：http://blog.sina.com.cn/hunanchenqw
52. 安妮宝贝新浪博客：http://blog.sina.com.cn/babe
53. 冯唐新浪博客：http://blog.sina.com.cn/fengtang
54. 李师江新浪博客：http://blog.sina.com.cn/lishijiang2007
55. 饶雪漫新浪博客：http://blog.sina.com.cn/raoxueman
56. 宁财神新浪博客：http://blog.sina.com.cn/ningcaishen
57. 卫慧新浪博客：http://blog.sina.com.cn/weihui
58. 棉棉新浪博客：http://blog.sina.com.cn/mianmian
59. 蔡骏新浪博客：http://blog.sina.com.cn/caijun
60. 徐则臣新浪博客：http://blog.sina.com.cn/xuzechen
61. 张悦然新浪博客：http://blog.sina.com.cn/adore
62. 笛安新浪博客：http://blog.sina.com.cn/bonjourbaby1983
63. 孙睿新浪博客：http://blog.sina.com.cn/sunrui
64. 春树新浪博客：http://blog.sina.com.cn/springtree
65. 郑小琼新浪博客：http://blog.sina.com.cn/u/1168473392
66. 莫小邪新浪博客：http://blog.sina.com.cn/moxiaoxie
67. 安意如新浪博客：http://blog.sina.com.cn/anyiru
68. 蒋方舟新浪博客：http://blog.sina.com.cn/jfz
69. 李军洋新浪博客：http://blog.sina.com.cn/u/1277298880
70. 林卓宇新浪博客：http://blog.sina.com.cn/linzhuoyu
71. 朱大可新浪博客：http://blog.sina.com.cn/zhudake
72. 李敬泽新浪博客：http://blog.sina.com.cn/lijingze
73. 雷达新浪博客：http://blog.sina.com.cn/leida2007

74. 张颐武新浪博客：http://blog.sina.com.cn/zhangyw
75. 谢有顺新浪博客：http://blog.sina.com.cn/xieyoushun
76. 陶东风新浪博客：http://blog.sina.com.cn/taodongfeng
77. 当年明月新浪博客：http://blog.sina.com.cn/dangnianmingyue
78. 天下霸唱新浪博客：http://blog.sina.com.cn/guichuideng
79. 流潋紫新浪博客：http://blog.sina.com.cn/iazi
80. 南派三叔新浪博客：http://blog.sina.com.cn/npss
81. 慕容雪村新浪博客：http://blog.sina.com.cn/hawking
82. 李碧华新浪博客：http://blog.sina.com.cn/libihua
83. 温瑞安新浪博客：http://blog.sina.com.cn/wenruian
84. 梁凤仪新浪博客：http://blog.sina.com.cn/u/2712357195
85. 蔡澜新浪博客：http://blog.sina.com.cn/cailan
86. 姚风新浪博客：http://blog.sina.com.cn/bacalhau
87. 琼瑶新浪博客：http://blog.sina.com.cn/qiongyao
88. 刘墉新浪博客：http://blog.sina.com.cn/liuyongblog
89. 胡因梦新浪博客：http://blog.sina.com.cn/yinmeng
90. 张大春新浪博客：http://blog.sina.com.cn/zhangdachunblog
91. 骆以军新浪博客：http://blog.sina.com.cn/xixialvguan
92. 徐贲新浪博客：http://blog.sina.com.cn/xubenblog
93. 唐师曾新浪博客：http://blog.sina.com.cn/tangshizeng
94. 房晓辉新浪博客：http://blog.sina.com.cn/nordicchina
95. 毛丹青新浪博客：http://blog.sina.com.cn/maodanqing
96. 严歌苓新浪博客：http://blog.sina.com.cn/yangeling
97. 蒋丰新浪博客：http://blog.sina.com.cn/jnoc
98. 洪晃新浪博客：http://blog.sina.com.cn/honghuang
99. 桐华新浪博客：http://blog.sina.com.cn/xiaosanju
100. 虹影新浪博客：http://blog.sina.com.cn/hongyinghongying

后　记

　　我们处在日新月异的时代，信息技术的出现改变了我们的生活，虚拟网络的诞生打破并重构了我们的社会秩序，文学和文化也在随着网络而发生变化。二十多年前，作家都是通过纸墨笔砚进行文学创作，文字在笔尖上生成，思想在纸张上流淌。今天，很多作家已经放弃了这种传统的创作模式，与时俱进地采用电脑和键盘开拓自己的文学世界，尤其是新生代作家们更是起步并成长于电脑时代，网络已经成为他们生活世界的基本工具，这是技术革命必须经历的过程，当信息和网络从技术上彻底改变文学的时候，它也必然会促使文学发生一次质的飞跃；当文学的创作和传播都离不开键盘、鼠标和显示器时，我们必须重新审视文学，及其文学创作，名作家博客无疑为我们提供观照文学生态的新的切入点。

　　通过对名作家的网络博客研究，我们可以看出作家的文学创作特征，也可以看出作家的文学心理和传播方式。虽然，作家进行文学创作仍然是一种个人行为，每个作家的文字都有自己的独特风格，每个作家的文本也都有自己的精妙思维和逻辑架构，但是，文学创作已经不再是专属于作家个人的私密行为，而变成了一场可以晾晒在大众目光之下与读者广泛分享的公共事件；作家的作品也不再仅仅依靠纸质媒介传播，而是通过网络公共平台进行多次传播、实时传播、立体传播，作品的产品性和文学的产业性在网络的世界被进一步放大，在众多作家那里，文学创作行为开始和商业宣传行为合二为一，这究竟是文学的幸运，还是文学的不幸，有待进一步观察。对于这个课题，我抱有很大的兴趣，也十分乐意去做更多的努力和更深的思考。

　　然而，最近三年，我被一个巨大的阴影所包围，我的生活处于高度紧张和压抑之中。本书的写作就是在这种极其困难的情况下完成的。我来不及作

后 记

更深入的分析，更谈不上对文字的推敲和打磨，书中的粗糙、疏忽甚至错误一定存在不少，最初的设想在最后的成果中大打折扣。尽管如此，我仍然愿意把它交付出来，作为特殊时期的研究成果，加以呵护爱惜。这种见证，弥足珍贵。去年和今年，中国作家协会先后两次安排我携家人去杭州和北戴河等地进行休假疗养，我都婉言谢绝了。我们学院也先后组织出境学习和去西藏开会，我也忍痛放弃。还有一些文学笔会和一些学术研讨会等，我都无法前去参加。不是我不愿意去，而是无法离开，我每天被迫奔走于自己最不愿意去的地方，说些自己不愿意说的话，做些自己不愿意做的事，见些自己不愿意见的人。环境的恶劣使阴影更加肆无惮忌，正义的钟声何时敲响？我默默呼唤，一路找寻。我把眼泪留给自己，把痛苦埋进心底。2013年夏天，长沙的气温连续50多天超过37度以上，为了完成这本书稿，我强迫自己利用一切可以利用的时间，进行一场智力、体力和心力的大比拼。我每天坚持查阅名作家博客和相关资料，像当年考研、读博一样，强迫自己以一当十。我发现，当我把注意力集中在对名作家博客的研读时，就忘了周遭的不如意。阅读名作家的博文，我不自觉地转换了心境，乐名作家之所乐，悲名作家之所悲。十余年间的博客记录，从海量般的作家和博文中，筛选出100个作家，聚焦一千多种心境，细读一万多篇文字，这真是一次难得的体验。我打开了一扇又一扇窗子，看到了窗外的精彩、窗外的世界和窗外的人生。

这是一场生命之旅。在此书研究和写作过程中，我领略了众多不同年龄层次、不同风格、不同领域的作家的风采，在他们的博客中，我看到了他们的精妙文字，也看到了文字背后他们的真实的性情，100个作家，100种人生，由此，我获得了很多人生的真谛，受益良多。

这是一场精神之旅。通过名作家博客研究，我跟着众多名家一同走遍天涯海角，感受不同的世界、不同的风景和不同的感悟，美文美景相得益彰，我的灵魂也跟着100位作家起起伏伏、或悲或喜，最后归于深深的宁静。

这更是一场文学之旅，通过对这些作家的博客创作的研究，我看到中国文学的希望和力量，从青春勃发的80/90后青年到年逾古稀、仍孜孜不倦的老者，所有的作家都在紧跟时代，对华语和汉字表现出极高的热忱和担当，并自觉地融入到信息时代的大潮中，开拓与探索新时代的文学之路，他们的文字丰富了我的阅读，他们的才情激发了我的灵感，他们的创作模式也拓展了我的视界。

"值得一提的是，在文本分析时，本书摘录了名作家博客中的一些文字。为保留博客文本的原始风貌，即便发现错误，哪怕是明显的错误，我也未加以纠正。比起纸媒出版三审三校等严格的把关制度，博客的把关人只有博主自己。由于时间匆忙和一些可以理解的原因，博文中出现一些小差错在所难免，这也正是博客文本的特征之一。总之，这是一次难忘的写作，我心存感念。"

感谢这些名作家，感谢他们的博客，感谢这个日新月异的时代。这次不同寻常的人生之旅对我以后的研究和创作之路都大有裨益。

在写作的过程中，我的家人给予了我很大的理解和支持，感谢我的岳父、岳母，感谢我的妻子和可爱的女儿，你们让我温暖，让我幸福，让我不断前行；同时，我要感谢中南大学这个平台，感谢文学院的同事们，尤其是欧阳友权院长，你们给予我的是鼓励，是支持，是包容，没有你们，我无法克服重重困难。最后，我要感谢一直以来默默给予我帮助和支持的所有亲朋好友，包括我的弟子，你们的微笑是我人生的最大财富。

书稿完成之际，正是举国欢庆之日，也正是阴影被正义的力量驱散之时。我深深地舒了一口气，抬起头，看到鞭炮齐鸣、焰花燃放的窗外，优美的旋律响起，谷村新司的《星》让我泪流满面——

啊，散落的群星，
点缀夜空指示着命运。
静谧中放射出光明，
蓦然照亮我的身影。
我就要出发，
脸上映着银色的星光。
我就要启程，
为了辞别那命运之星！

2013年国庆节定稿于长沙通泰·梅岭苑抱虚斋